JN437304

OMNISCIENT READER'S VIEWPOINT

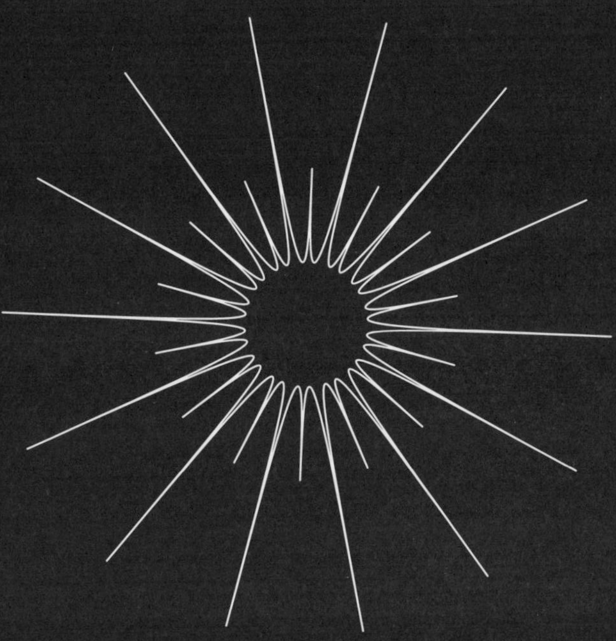

OMNISCIENT READER'S VIEWPOINT

전지적 독자 시점

싱숑

9

VICHE

일러두기

- 이 책은 단행본《전지적 독자 시점》(페이퍼백 에디션)을 바탕으로 편집 및 제작되었습니다.
- 인명 등 고유명사는 국립국어원 외래어 표기법을 따르되, 입말로 굳은 단어 등은 예외로 하였습니다.

CONTENTS

Episode 95 ✦ 개천開天 007

Episode 96 ✦ 악마 같은 불의 심판자 055

Episode 97 ✦ 볼 수 없는 별 093

Episode 98 ✦ 지켜야 할 것은 모두 지켰나 145

Episode 99 ✦ 가장 오래된 꿈 195

Epilogue 01 ✦ 제로의 세계 263

Epilogue 02 ✦ 어디에도 없는 373

Epilogue 03 ✦ 작가의 말 449

Epilogue 04 ✦ 전지적 독자 시점 497

Epilogue 05 ✦ 영원과 종장 617

작가 후기 695

외전 아포칼립스 699

ORV

OMNISCIENT READER'S VIEWPOINT

개천開天

Episode 95

I

[현재 BY-9158의 화면 송출이 일시적으로 중단된 상태입니다.]

현재 채널 내 성좌들은 우리 위치를 특정할 수 없었다. 비유가 임의로 행한 일일 수도 있고, 방주로의 전송 과정에서 문제가 발생했기 때문일 수도 있었다. 어느 쪽이든 도망 중인 지금의 우리에게는 잘된 셈이었다.

눈앞의 사람이 없다면 더 좋았을 것이다.

"안나 크로프트."

나는 바람에 흩날리는 예언자의 금발을 바라보았다.

우거진 숲의 인근에서 추가로 기척이 느껴졌다. 아마 그녀의 직할 부대인 '차라투스트라'겠지.

한수영이 인상을 찌푸렸다.

—돌멩인가 자갈인가 왜 재한텐 안 통해?

나는 대답하지 않았다. 지금 '환생자들의 섬'에서 있었던 일을 모두 설명할 수는 없었다.

한수영은 대답을 기다리는 대신 내 손을 강하게 움켜쥐었다. 그리고 다른 한 손으로 안나 크로프트를 노려보며 손가락을 겨눴다. 그 끝에 사나운 [흑염]의 불꽃이 일렁이고 있었다.

"비키든지 뒈지든지."

두 사람의 시선이 허공에서 부딪쳤다.

[예상표절]을 발동한 한수영의 동공에 새파란 귀기가 어리자, '대악마의 눈동자'를 가진 안나 크로프트의 눈에도 붉은 기운이 일렁였다. 미래를 읽는 두 사람의 시선이 부딪치자 희미한 스파크가 튀어 올랐다.

그 균형을 잠시 유지하던 안나 크로프트가 입을 열었다.

"김독자, 이 층을 빠져나가고 싶겠죠?"

한수영이 정색하며 으르렁거렸다.

"야, 나 무시하냐?"

"내가 당신을 도울 수 있어요."

"아까는 죽이겠다고 달려들더니?"

한수영의 말과 함께, 주변 성좌들의 기척이 느껴졌다. 주변 지형을 마구잡이로 파괴하며 우리를 찾는 녀석들도 있었다.

시간을 오래 벌기는 힘들었다.

"어쩔 수 없었어요. 거기서 당신들 편을 들었다간 우리가 먼저 쓸려 나갔을 테니까."

"지금은 상황이 다른가?"

"이런 식으로 계속 시간을 끌 건가요? 지금 급한 건 내가 아니라 그쪽일 텐데요."

"그쪽을 신뢰할 근거가 있습니까?"

"근거를 제시하면 믿는 타입이었던가요?"

다른 상황이었다면 이 도움을 기쁘게 받아들였으리라. 하지만 안나 크로프트는 성운 전체와 직계약을 맺은 존재였다.

"당신은 성운 〈아스가르드〉의 화신입니다."

[성운, <아스가르드>의 거대 설화들이 오랜 잠에서 깨어납니다!]

그리고 하필 이 층은, 〈아스가르드〉의 성좌들이 머무는 선실이었다.

안나 크로프트는 순순히 인정하며 고개를 끄덕였다.

"그렇죠. 난 저들의 화신입니다. 그러니 더욱 이상하지 않나요. 내가 당신들을 보고 있는데, 왜 저들이 달려오지 않는지."

나 역시 인근에서 서성이는 성좌들을 보고 있었다. 우리의 대화를 듣지 못하는 것 같았다. 그녀가 모종의 방식으로 성좌들의 시선을 차단한 모양이었다.

"무슨 생각이지?"

나는 안나 크로프트의 심유한 눈을 마주 보았다.

[전용 스킬, '독해력'이 발동합니다!]

「**안나 크로프트는 누구보다 현실적인 대의를 중시하는 화신이다.**」

어떤 의미에서 이 세계의 가장 큰 올바름을 추구하는 이는 안나 크로프트였다. 유중혁의 대의가 분노와 증오로 만들어진 것이라면, 안나 크로프트의 대의는 정의로 만들어졌다.

절대다수의 생존.

그녀의 목표는 자신이 태어난 라스베이거스를, 미국을, 나아가 지구 전체를 이 시나리오의 지옥 속에서 보존하는 것이었다.

「**하지만 이번 세계선에서 미국은 멸망했다.**」

그녀의 고향은 대멸망이 일어난 그날 사라졌다. 이제 남은 이들은 그녀를 따르는 소수의 '차라투스트라'뿐이다.

그럼에도 안나 크로프트의 표정은 어둡지 않았다. 오히려 그녀의 표정은 열의로 가득했다. 드디어 자신이 원하는 세계에 가까워진 사람의 표정.

배 전체에 울려 퍼지는 부드러운 진동을 느끼며, 나는 입을 열었다.

"당신은 이 방주를 차지할 생각이군."

거의 동시에 나와 같은 해답에 도달한 듯, 곁의 한수영이 침음했다.

안나 크로프트가 빙긋 웃었다.

"역시 이야기가 빨라서 좋군요."

"성좌들을 몰아내고 방주를 차지하는 건 쉽지 않을 겁니다."

"인류에게 주어진 마지막 기회예요."

안나 크로프트의 계획은 명료했다.

'최후의 방주'는 다른 세계선으로 설화의 씨앗을 옮기는 거대 설화 병기.

성좌들을 물리치고 이 방주의 통제권을 얻을 수만 있다면, 그녀는 새로운 세계선으로 인류를 이송할 수 있을 것이다. 그곳에서 모든 것은 다시 시작되는 것이다.

"단 하나의 성좌도 살려둘 순 없어요. 설령 그게 당신이라 해도."

그 말을 들으며, 나는 멸살법의 오래된 문장을 떠올렸다.

「안나 크로프트의 ■■은 '완전한 밤'이다.」

그 어떤 별빛도 비추지 않는 암흑의 세계.

안나 크로프트는 인간이 다시 그 어둠 속에서 자유로워지기를 원하는 사람이었다.

그녀가 꿈꾸는 세계라면 내 일행들도 모두 살아남을 수 있겠지.

나는 조금은 외로운 느낌을 받으며 입을 열었다.

"그럼 한시적인 동맹이겠군요. 방주의 '핵'이 있는 곳까지만 동행하는 겁니다."

"그때까진 내 [미래시]의 힘을 빌려주겠어요."

곁에 있던 한수영이 나를 향해 메시지를 보냈다.

—거짓 간파로 계속 확인하고 있는데, 거짓말은 없어. 딱히 포커페이스를 발동한 것 같지도 않고.

나는 고개를 끄덕였다.

"좋습니다. 동맹을 받아들이겠습니다."

나는 비형이 남긴 설화를 더듬으며 주변 지형을 읽었다.

「삼림 지대의 바깥쪽. 창공에 닿은 가지 쪽 출구.」

안나 크로프트를 따라가는 동안 깨달은 것은, 우리가 서 있는 장소가 벌판이 아니라 나무의 한 층위였다는 사실이었다.

—세계관 구현을 제법 잘해놨네.

한수영이 감탄했다는 듯 중얼거렸다.

정교하게 구현된 〈아스가르드〉의 세계관을 보고 있자니, 최후의 방주가 얼마나 오랫동안 준비된 물건인지 실감이 났다.

이것이 우주수 이그드라실의 전부는 아닐 것이다. 기껏해야 표본 정도겠지.

그럼에도 이 나무는 충분히 넓고 광대했다. 아마 〈아스가르드〉의 성좌들은 이 설화를 기반으로 다음 세계선에서도 기득권의 지위를 누리며 살아갈 수 있을 것이다.

안나 크로프트는 그런 성좌들을 가만히 바라보더니, 이내 고개를 돌리고 전방 탐색에 집중했다.

안나 크로프트를 보던 한수영이 물었다.

—그런데 저 녀석 괜찮을까? 성운을 배신한 대가가 클 텐데.

내가 답하기도 전에 먼저 입을 연 것은 안나 크로프트였다.

"내 사정은 당신들이 상관할 바 아니에요."

"뭐야, 너 이런 것도 엿들을 수 있어?"

"오래 말이 없으니 '밀회'를 나누고 있을 거라 짐작했을 뿐이에요."

"믿고 있는 뒷배라도 있나 봐?"

한수영의 질문에, 안나 크로프트의 표정이 처음으로 굳어졌다.

"무슨 소리죠?"

"일개 화신이 '성운' 전체의 시야를 차단하는 게 상식적으로 가능할까 싶어서 말이지."

한수영 말이 맞다. 그 어떤 화신이라 해도 그런 일을 해낼 수는 없다.

나는 안나 크로프트의 뒤쪽을 가만히 노려보았다.

[전용 스킬, '독해력'의 집중도가 더욱 높아집니다!]

짐작 가는 것이라면 있었다.

그녀의 뒤쪽에서 부드럽게 뭉그러지는 혼돈의 기운.

그 너머에서, 안나 크로프트의 눈동자와 닮은 붉은 눈동자가 언뜻 보이는 것도 같았다. 애초에 성좌들이 보는 채널에 간섭할 수 있는 종족은 이 세계에서 둘뿐이다.

허공에서 날벼락이 떨어진 것은 그때였다. 일대의 대지가 갈라지고, 주변의 공기가 심상치 않게 흔들렸다. 폭풍이 오는 소리였다.

[성좌, '외눈의 아버지'가 자신의 외눈을 천천히 깜빡입니다.]

츠츠츠츠츠츳!

안나 크로프트도 안색이 하얗게 질리고 있었다.

98번 시나리오에서 싸운 창조신 '라'도 저 정도 박력은 아니었다. 아까 본 토르조차 능가하는 아득한 격.

이 세계관의 최강자가 지금 막 잠에서 깨어난 것이었다.

"오딘!"

우리는 달리기 시작했다.

아무리 〈김독자 컴퍼니〉가 강해졌다 해도, 〈아스가르드〉의 땅에서 신화급 성좌인 오딘을 맞상대하는 것은 멍청한 짓이었다.

[성좌, '외눈의 아버지'가 자신의 세계를 바라봅니다.]

무시무시한 시선이 세계를 훑었다. 그리고 얼마 지나지 않아, 뭔가가 우리를 노려보는 듯한 느낌이 들었다.

"이쪽이에요! 빨리!"

안나 크로프트가 가리키는 방향에서 이그드라실의 상층부로 통하는 나무줄기가 나타났다. 우리는 그 줄기 위를 달려갔다. 그리고 거의 동시에, 바닥의 줄기들이 힘을 잃고 무너지기 시작했다.

"더 빨리!"

나는 온 힘을 다해 달리며 바람을 움직였다.

[전용 스킬, '바람의 길 Lv.???'이 발동합니다!]

지금까지 모은 거대 설화의 영향으로 더욱 강력해진 [바람의 길]이 일행들에게 가속도를 붙였다. 가능하면 [마왕화]를 전개해 날개를 펼치고 싶었지만, 전송 직전 다친 한쪽 날개의 회복이 더딘 상태였다.

두두두두두두두!

뭔가가 우리 뒤를 쫓고 있었다.

[성좌, '하프와 호른의 신'이 아버지의 명령을 듣습니다.]

[성좌, '사랑과 고양이의 여신'이 아버지의 명령에 따릅니다.]

[성좌, '멸망의 늑대에게 팔을 잃은 자'가 울부짖습니다!]

[성좌, '큰 뿔 다리의 수호자'가 누군가의 존재를 눈치챘습니다!]

"이제 다 왔어요!"

말과 함께 돌아선 안나 크로프트가 뒤를 향해 양손을 뻗었다. 주변 정경이 변하며 일대의 시야가 사라졌다. 안나 크로프트의 특기인 [환영 결계]였다.

한순간 주변이 암전된 성좌들이 기함을 했다.

츠츠츠츠츠츳!

안나 크로프트의 눈이 충혈되더니, 곧이어 입과 귀에서 피가 흘러내리기 시작했다. 자신의 성운에 직접 대항한 대가였다. 안나 크로프트는 그런 상황에도 굴하지 않고 외쳤다.

"이리스! 셀레나! 동료들을 데려가!"

우리보다 앞서 달리던 두 사람이 '차라투스트라'를 데리고 가지의 끝을 향해 나아갔다.

"달려요! 바로 앞이니까!"

피를 쏟는 안나 크로프트는 어느새 한쪽 무릎이 꺾이고 있었다. 도저히 혼자서 달릴 수는 없는 상황이었다.

"한수영."

내 말이 떨어지기도 전에 한수영이 안나를 안고 달렸다. 얼마 지나지 않아 우리는 가지의 끝에 도달했다. 무지갯빛이 감도는 신비한 다리가 그곳에 있었다.

「다른 층으로 통하는 무지개다리, '비프로스트'.」

신화 속에나 나오던 환상의 다리가 눈앞에 놓여 있었다. 셀레나와 이리스 일행은 이미 그 다리를 절반 이상 건너간 상태였다.

나는 [전인화]를 발동해 추진력을 이용해 단번에 건너가려 했다. 그런데.

콰아아아아앙!

허공에서 빛이 번뜩인다 싶더니, '비프로스트'의 중심이 뚝 끊어졌다.

창공을 가르는 거대한 창이 회수되고 있었다.

나는 그 창이 무엇인지 바로 알아보았다.

신왕神王 오딘의 무기, 궁니르Gungnir.

그는 다른 세계로 통하는 다리를 직접 끊어버림으로써 우리를 제거하기로 결심한 것이다.

나는 뒤쪽에서 쫓아오는 성좌 무리를 바라보며 입술을 깨물었다.

이곳에서 오딘과 싸우면 우리는 필패한다. 결국 답은 다리를 건너가는 것뿐이었다.

하지만 끊어진 다리의 폭은 너무나 컸고, 그 사이에는 오딘이 생성한 폭풍이 불고 있었다. [바람의 길]이나 [전인화]를 전력으로 발동해도 건널 수 있다는 보장이 없었다.

한수영이 답답하다는 듯 외쳤다.

"빨리! 방법 없어?"

한수영에게 의지한 채 흔들리는 안나 크로프트가 피를 꾸역꾸역 토하며 말했다.

"내 미래시도 완전한 건 아니에요…… 다만 이번만큼은…… 확실히 봤어요. 이 다리를…… 우리 네 사람이 건너는 걸……."

네 사람?

물어보고 싶었지만, 지나치게 피를 많이 흘린 안나 크로프트는 어느덧 말이 없었다.

그 순간, 내 머릿속에 어떤 장면이 떠올랐다.

「김독자는 생각했다. '그게 될까?'」

하지만 다른 수가 없었다. 하늘을 올려다보자, 채널의 격변에 당황한 성좌들의 간접 메시지가 쏟아지고 있었다.

[성좌, '악마 같은 불의 심판자'가 채널 화면을 보고 싶어합니다!]

[성좌, '흥무대왕'이 갑작스러운 채널 암전에 불평합니다!]

[성좌, '대머리 의병장'이 사라진 김독자를 찾습니다!]

"비유! 화면 틀어!"

"뭐? 돌았어?"

지금 채널을 열면 방주 안의 모든 성좌가 내 위치를 눈치채게 될 것이다.

하지만 이것은 채널을 열어야만 가능한 일이었다.

[채널 BY-9158의 화면 송출이 정상화됐습니다.]

[다수의 성좌가 눈앞의 화면에 깜짝 놀랍니다!]

[일부 성좌가 당신의 위기를 깨닫고 경악합니다!]

[소수의 성좌가 이 상황에 대한 기시감을 느낍니다.]

성좌들이 말하는 기시감이 무엇인지 나도 잘 알고 있었다.

「언젠가 그들은 끊어진 다리를 함께 건넌 적이 있었다.」

끊어진 동호대교 위로 발동했던 '데우스 엑스 마키나'.

[절대다수의 성좌가 당시 상황을 기억합니다!]

[성운, <김독자 컴퍼니>의 거대 설화들이 움직입니다!]

성좌들의 시선과 함께 개연성이 요동쳤다.

['무대화'가 발동합니다!]

['데우스 엑스 마키나'가 발생합니다!]

그때 성좌들이 놓아준 바로 그 다리가, 눈앞에서 재현되고 있었다.

[데우스 엑스 마키나 - 짝수 다리]

설명: 성좌의 가호로 만들어진 빛의 다리. 오직 '짝수' 인원만이 다리를 건너갈 수 있다. 홀수 인원이 다리를 건너려 할 시, 다리는 즉시 소멸한다.

짝수 다리. 정말 오랜만에 듣는 이름이었다.

"한수영! 안나를 데리고 달려!"

"뭐?"

"빨리!"

나는 한수영에게 [바람의 길]을 발동해 강제로 다리를 건너게 했다.

—야! 에이 씨, 모르겠다!

나는 멀어지는 한수영의 뒷모습을 보며 등을 돌렸다.

어느새 안나 크로프트의 [환영 결계]를 빠져나온 성좌들이 하나둘 모습을 드러내고 있었다.

나는 그들을 향해 격을 개방하며 생각했다.

「짝수 다리는 반드시 짝수 인원만이 건널 수 있다.」

멀리서 한수영의 목소리와 분노한 오딘의 포효가 번갈아 들려왔다.

그리고 나는 '부러지지 않는 신념'을 뽑았다.

여기서 죽을 생각은 조금도 없었다.

「안나 크로프트는 '네 명'이라고 했다.」

달려드는 성좌들을 향해 [전인화]의 전격을 방출하는 순간, 성좌들의 후미에서 폭발음이 들려왔다.

누군가가 탱크처럼 성좌들을 깨부수며 이쪽으로 달려오고 있었다.

익숙한 설화. 방금 이 층으로 소환된 이가 있었다.

뿌옇게 차오른 설화의 안개 너머로 녀석의 얼굴이 나타났다.

―그대로 달려라. 김독자.

달려드는 화신들을 모조리 쳐내고, 성좌들의 골통을 박살 낸 놈이 흉흉한 눈빛으로 달려오고 있었다.

나는 쓴웃음을 지었다. 다른 사람은 몰라도 저 녀석이랑은 건너기 싫었는데.

―이번엔 던지지 마라, 개자식아.

2

다리를 향해 달려오는 유중혁과, 뒤를 쫓는 〈아스가르드〉 측 성좌들.

화면을 보던 '대머리 의병장'이 외쳤다.

[힘내게 후손들이여!]

그러자 '외눈 미륵'이 중얼거렸다.

[머리에 땀 찼다, 너.]

[자네 머리나 신경 쓰게.]

[도우러 안 갈 거냐?]

[화신이 없는데 무슨 수로 가나?]

[직접 현현하면 되잖아.]

[여기에 너무 오래 갇혀 있어서 돌아버린 건가? 남은 코인으로는 상징체 현현도 불가능하네.]

투덜거린 '대머리 의병장'이 머리를 닦으며 뒤쪽을 돌아보았다.

그곳에는 단조로운 무채색으로 만들어진 커다란 연무장이 있었다.

92층 시나리오 지역, '무한의 성소'.

총 10개의 미션을 완료해야만 탈출할 수 있는 이곳에, '대머리 의병장'을 포함한 다수의 위인급 성좌가 벌써 몇십 년째 갇혀 있었다.

'외눈 미륵'이 투덜거렸다.

[빌어먹을 척가 놈 때문에 이게 무슨 고생인지 모르겠군.]

'무한의 성소'를 처음으로 찾아낸 이는 고려제일검이었다.

「진정한 무인이라면 당연히 가야 할 곳이지. 시련들도 아주 쉬우니 숨겨진 조청 같은 곳이라 할 수 있다.」

척준경 다음으로 시나리오를 클리어한 '해상전신'은 이렇게 말했다.

「해볼 만한 곳일세. 통과하기만 하면 대단한 성취를 이룰 수 있어.」

척준경과 이순신의 무위를 동경하던 위인급 성좌들은, 그 말에 모두 '무한의 성소'로 향했다. 그리고 지금 수십 년째 이 꼴이었다.

[우리가 척준경과 이순신이 아니란 걸 그땐 잠깐 잊고 있었네.]

어디서든 재능이 문제다.

'대머리 의병장'은 한숨을 푹푹 내쉬었다.

연무장 중심에서 병장기의 파찰음이 반복해서 들려왔다.

[저치들은 아직도 싸우는 건가?]

'외눈 미륵'의 외눈이 향한 곳에는 드잡이질을 벌이는 두 노인이 있었다.

우락부락한 근육을 가진 호랑이 같은 사내와 호리호리하고 단단한 근육을 가진 여우 같은 사내.

두 자루의 검이 허공에서 부딪치자 강한 스파크가 튀었다.

[김유신! 오늘은 반드시 승부를 내겠다!]

[계백, 자네는 아직 내 상대가 안 되네.]

그들의 주변부로 '무대화'가 발생하며 황산벌의 전장이 펼쳐지고 있었다. 언젠가 김독자가 [간평의]를 이용해 만들었던 바로 그 전장이었다.

김유신의 용화향도들이 계백을 공격했고, 계백 또한 웅혼한 격을 방출하며 귀신처럼 전장을 누볐다.

대단한 전투였지만, 다른 위인급 성좌들은 따분한 눈으로 그 광경을 지켜볼 뿐이었다. '매금지존'은 고개를 절레절레 흔들었고, '한남군 개국공'은 혀를 쯧쯧 찼다.

'외눈 미륵'이 비웃었다.

[저렇게 폼 잡아봤자 지들도 알아. 이제 여긴 황산벌이 아니라는 거.]

한때는 진심인 적도 분명 있었을 것이다. 깊은 은원이 있었고, 죽음으로도 풀 수 없는 한이 있었다.

그들은 자신의 모든 것을 걸고 황산벌에서 싸웠다.

분명 그런 시절도 있었다.

[설화, '노을이 지는 황산벌'이 드문드문 이야기를 계속합니다.]

성좌가 되고 난 후 가장 빨리 닳아버리는 것은 성좌 자신의 '설화'다. 자신의 이야기가 고갈되어갈수록 성좌의 힘은 약해진다. 무료해지고, 따분해지며, 깊은 우울에 빠지거나 권태에 침식된다.

그런 수렁에서 벗어나기 위해 성좌들은 필연적으로 다른 설화를 찾게 된다. 이 끔찍한 영원의 굴레에서 잠깐이나마 해방되기 위해, 또 새로운 비극을 찾아 나서는 것이다.

카가강!

병장기가 부딪치는 속도가 점점 빨라지자, '서애일필'이 말했다.

[그래도 전보다는 힘이 좀 들어갔는데?]

[그때 '구원의 마왕'이 저들을 소환하고 나서부터 다시 불이 붙은 것 같아.]

'매금지존'의 말에 성좌들은 동시에 시나리오 채널을 향해 눈을 돌렸다.

다리를 건너가는 김독자와 유중혁의 모습.

이미 반대편에 도착한 한수영이 외치고 있었다.

—김독자! 더 빨리!

시끄럽던 병장기 소리가 멈췄다. 황산벌을 재현하던 김유신도, 계백도 어느덧 숨을 죽이고 있었다. 성좌들은 하나둘 건들거리며 패널 근처로 모여들었다.

몇몇이 김독자가 건너는 다리를 보며 알은체했다.

[잠깐, 저거 '짝수 다리' 아닌가? 옛날 생각나는군.]

[뭔 헛소린가. 자넨 저때 구독도 안 하지 않았던가?]

[험.]

오딘이 김독자와 유중혁을 쫓아오고 있었다. 거센 폭풍 속에 둘의 전진 속도는 점점 느려졌다. 서늘한 격의 움직임. 결코 빗나가지 않는다는 신창 궁니르가 김독자의 등을 겨냥하고 있었다.

'외눈 미륵'이 소리쳤다.

[아니! 오딘 저자는 그래도 신화급 성좌의 위상이 있지—]

[김독자 군도 신화급 성좌일세.]

[신화급이라도 다 같은가! 우리 김독자는 아직 연약한 새내기 신화급이야!]

언제 다투었냐는 듯, 화면 앞에 나란히 앉은 김유신과 계백도 외쳤다.

[후손이 수련을 게을리했군.]

[간평의로 나를 부를지도 모르겠어. 준비를 해야…….]

[계백 그대를? 저런 상황에서라면 당연히 나를 소환하겠지.]

또다시 황산벌이 재현되려는 기미가 보이자, '외눈 미륵'이 경고하듯 말했다.

[둘 다 닥치고 화면이나 보시지.]

[그나저나 저자가 또 김독자를 던져버리는 건 아니겠죠?]

다리 위를 달리는 유중혁의 오른쪽 팔에 스파크가 튀고 있었다. 모든 성좌가 우려하던 와중, 갑자기 유중혁이 그 팔로 김독자의 멱살을 잡았다.

[내 저럴 줄 알았네! 저럴 줄—]

유중혁은 김독자를 힘껏 앞으로 내던지며 김독자의 등을 발판 삼아 짓밟았다. 마치 서핑이라도 하는 듯 폭풍을 거슬러 나아가는 유중혁.

다음 순간, 오딘이 던진 궁니르가 광대한 빛살과 함께 폭발을 일으켰다.

콰아아아아아!

빛이 걷혔을 때, 그곳에는 부서진 '비프로스트'의 다리 잔해만이 남아 있었다.

[어떻게 된 거야? 성공인가?]

이내 화면이 전환되며, 다음 칸으로 넘어간 김독자 일행이 나타났다.

[오오, 성공이군!]

자기 일이라도 되는 것처럼, 한반도의 성좌들이 마주 보며 기뻐했다. 심지어 계백과 김유신조차 머쓱하게 서로 보더니 가볍게 주먹을 맞댔다. 그러나 기쁨은 오래가지 못했다.

—놈들을 쫓아라.

분노한 오딘의 일갈에 〈아스가르드〉 성좌들이 움직이기 시작한 것이다.

「<김독자 컴퍼니>는 오래 달아나지 못할 것이다.」

모두 알고 있는 사실이었다. 아무리 김독자라고 해도 저렇게 불리한 무대에서 거대 성운의 추적을 벗어나는 것은 불가능하다. 게다가 채널이 공개되었으니, 곧 방주 내 다른 성운도 〈김독자 컴퍼니〉를 노리기 시작할 터였다.

깊게 내려앉은 침묵. 누군가가 체념조로 중얼거렸다.

[이번엔 힘들겠군…….]

[사실 죽어도 한참 전에 죽어야 했던 친구지.]

그 말에 몇몇 성좌가 고개를 끄덕였다.

지금까지 김독자의 생존은 기적의 연속이었다. 동호대교 아래로 떨어졌을 때도, '절대왕좌'를 깨부술 때도, '구원의 마왕'이 되었을 때도, 1,863회차에 다녀왔을 때도. 김독자는 몇 번이나 죽어야 했다.

심지어 그가 '외신왕'이 되어 나타났을 때, 모두 이번에야말로 그가 죽을 것으로 생각했다.

「몇 년 전까지만 해도 그들보다 한참 하위 시나리오에 있던 화신.」

이제 성좌들은 자신보다 앞선 시나리오를 살아가는 김독자의 뒷모습을 보고 있었다. 누군가는 부러운 눈으로, 누군가는 자조적인 눈으로. 모두 하고 싶은 말이 있지만, 누구도 감히 그 말을 꺼내지 못했다.

입을 연 것은 계백이었다.

[신단수의 예언을 훔쳐 들은 적이 있네. 어쩌면 이 세계선이 최후의 세계선이 될 수도 있다더군.]

누구도 <김독자 컴퍼니>의 끝이 어디인지는 모른다. 그들이 끝내 어디에 도달할지, 어떤 ■■을 보게 될지는 아무도 알지 못한다. 어쩌면 많은 이의 예상대로 이 세계의 끝에 도달조차 해보지 못하고 끝나버릴 수도 있다.

계백이 자신의 대도를 짚은 채 천천히 자리에서 일어났다.

그의 시선은 연무장 중심에 있는 포털을 향해 있었다. '무한의 성소'의 마지막 시련이 있는 장소.

김유신이 물었다.

[설마 다시 도전할 셈인가? 이번에는 죽을 수도 있네.]

[죽으면 여기가 나의 ■■이겠지.]

계백의 말에, 김유신이 웃었다.

[우리의 ■■은 황산벌이다.]

목을 꺾으며 김유신도 자리에서 일어났다.

세 번째로 일어난 것은 '대머리 의병장'이었다.

[나도 다시 한번 도전해보겠네.]

의기에 찬 그의 눈동자가 빛났다. 이어서 몇몇 성좌가 자리에서 일어났다. '매금지존' '한남군 개국공' '서애일필'…… 그리고.

[지난번에 파티로 갔다가 몰살당할 뻔한 걸 다들 잊진 않았겠지.]

'외눈 미륵'의 말에 모두의 표정이 어두워졌다.

그들은 지금껏 이 시나리오의 마지막 관문을 통과할 수 없었다.

[하지만 저기를 통과하지 않으면 저치들을 도우러 갈 수가 없어.]

애초에 '무한의 성소' 최종장은 이 정도 인원으로 클리어할 수 있는 곳이 아니었다. 일인군단인 척준경과 군함을 이끄는 이순신이 괴물인 것이다. 하다못해 성좌 몇만 더 있었어도—

성소 한쪽 구석이 환하게 빛난 것은 그때였다.

[누군가가 '무한의 성소' 10층에 입장했습니다!]

'외눈 미륵'이 반색하며 외쳤다.

[오, 신입인가?]

빛살 속에서 나타난 이는 두 사람이었다.

잠시 후, 그들이 누구인지 눈치챈 '외눈 미륵'이 멍하니 입을 벌렸다. 아주 큰 사람과, 아주 작은 사람.

먼저 입을 연 것은 작은 사람 쪽이었다.

[척준경 말대로군. 아직도 여기에 있었나? 한심한 놈들.]

사나운 패기를 흩날리며 키리오스가 말했다.

[네놈들이 미적거려서 내 제자가 죽게 생겼다.]

빛무리가 일제히 부서지는 광경과 함께, 나와 유중혁은 세계관의 출구로 빨려나갔다. 정신을 차렸을 때, 나는 유중혁에게 짓밟혀 있었다.

"던지지 말라니까!"

유중혁은 뭔가 불결하다는 듯 가볍게 자기 전투화를 털었다. 우리를 기다리고 있던 한수영이 다가왔다. 표정을 보니 또 한마디 쏘아붙일 요량이었다. 불행인지 다행인지 안나 크로프트가 먼저 입을 열었다.

"'무대화'를 그런 식으로 사용할 줄은 몰랐군요. 솔직히 조금 감탄했습니다, 구원의 마왕."

그러자 한수영이 안나 쪽으로 시선을 돌렸다.

"넌 [미래시]로 다 본 거 아니었어?"

"다리를 건너는 건 보았지만 그게 저런 다리인 줄은 몰랐습니다."

"완전 사이비네 이거."

나는 둘의 다툼을 무시하고 주변 정경을 살폈다. 줄기의 관다발처럼 생긴 통로가 곳곳으로 뻗어 있었다.

아마 이곳이 '최후의 방주'의 복도인 모양이었다.

우리보다 앞서 통로로 진입한 '차라투스트라'들은 보이지 않았다.

잠시 눈을 감고 뭔가 느끼던 안나 크로프트가 말했다.

"아마 각자 다른 통로로 흩어진 것 같군요. 다행히 목숨을 잃은 사람은 없습니다."

"우리 쪽 일행도 무사한 것 같군."

유중혁의 말에 나도 고개를 끄덕였다.

[해당 지역에서는 타 신화의 영향력이 약해집니다.]

[성운, <김독자 컴퍼니>의 맥락이 다시 활성화됩니다!]

〈아스가르드〉의 세계관에서 벗어나자, 일행들의 설화가 조금씩 감지되고 있었다. 곳곳에 흩어진 일행들의 기운이 느껴졌다.

[설화, '구원의 마왕'이 자신의 존재를 알립니다!]

나는 내 설화를 힘껏 방출해 일행들이 한곳으로 모일 수 있도록 유도했다. 일행들이라면 어렵지 않게 나를 찾을 수 있을 것이다.

우리가 닫고 나온 〈아스가르드〉 출입구에서 연달아 폭음이 울려 퍼졌다. 누군가가 닫힌 문을 열고 나오려 하고 있었다. 누구인지는 뻔했다.

"계속 움직이죠."

3

우리는 〈아스가르드〉의 성좌들을 피해 복잡하게 배열된 통로를 달려나갔다.

[성좌, '멸망의 늑대에게 팔을 잃은 자'가 피 냄새를 맡습니다.]

[성좌, '하프와 호른의 신'의 음표들이 당신의 귓가에 아른거립니다.]

[성좌, '환생자들의 시조'가 당신의 영혼을 추적합니다!]

[성좌, '아비도스의 주인'이 당신에게 두 번의 기회는 없다고 선언합니다!]

채널을 통해 우리를 응원하는 성좌들이 있는가 하면, 채널에 공유된 시야로 우리를 쫓아오는 성좌들도 있었다. 우리 위치가 공개된 순간, 자신의 세계관 장벽을 넘어서 우리에게 살의를 드러낸 별들.

우리가 아직 잡히지 않은 것은 지금 모인 멤버가 바로 이 넷이었기 때문이다.

"오른쪽으로 꺾으면 안 돼요. 좋지 않은 예감이 드니까."

안나 크로프트의 직감을 믿고 방향을 틀었다. 비록 적이지만 이럴 때는 가장 든든한 우군이었다.

연이어 갈림길이 나타났다.

[설화, '예상표절'이 이야기를 시작합니다!]

"오른쪽으로 가면 죽을 확률 92퍼센트. 왼쪽으로 가면 죽을 확률 44퍼센트. 계속 직진!"

머릿속으로 수많은 클리셰의 패턴을 읽어내며 한수영이 소리쳤다.

"직진하면 살 확률은 얼만데?"

"나도 몰라!"

나를 쏘아본 한수영이 앞서 달려나갔다.

"위에서 온다."

다른 누구도 아닌 주인공의 직감이었다. 유중혁이 [파천강기]를 줄기차게 발산했다. 선제공격에 당한 성좌들이 비명과 함께 복도에 나동그라졌다. [파천검도]가 뭔가를 썰어대는 소리가 간간이 들렸다.

"계속 달려라."

문득 우리 네 사람이 모인 이유를 알 것도 같았다.

「이 넷은 이 시나리오를 가장 안전하게 클리어할 수 있는 사람들이었다.」

한 사람은 예언자, 한 사람은 작가, 또 한 사람은 회귀자.

그리고 마지막 한 사람은…….

"멈춰."

내 말과 함께, 일행들의 걸음이 동시에 멈췄다. 세 사람 모두 나를 보고 있었다. 나는 그들을 흘끗 보고는, 앞쪽의 선실을 향해 천천히 다가갔다.

안나 크로프트가 내 어깨를 붙잡았다.

"설마 그 방으로 들어갈 생각은 아니겠죠?"

유중혁은 아무 말도 하지 않았다. 나는 일행들을 돌아보며 말했다.

"여길 통과하는 게 유일한 방법입니다."

"지금 그 선실에 뭐라고 적혀 있는지 안 보여?"

아주 잘 보인다. 그리고 이 뒤에서 느껴지는 어마어마한 성좌들의 격도 아주 잘 느껴졌다.

〈올림포스〉.

「내가 원하는 장소에 도달하기 위해서는, 반드시 <올림포스>의 세계관을 지나가야만 한다.」

비형이 남긴 설화에 따르면 다른 길은 없었다. 당연한 일이지만 방주 밖에서 우리에게 치욕을 당한 제우스는 결코 길을 내주지 않을 것이다.

"뒤는 오딘, 앞은 제우스로군."

유중혁이 앞으로 다가오며 말했다.

"여기만 돌파하면 놈들에게 대적할 방법이 있는 건가?"

"있어, 반드시."

바로 뒤쪽에서 쫓아오는 오딘의 격이 느껴졌다.

한수영이 소리쳤다.

"젠장, 그럼 빨리 열어! 저 새끼들 쫓아오니까!"

우리는 〈올림포스〉의 문을 박차고 들어갔다. 뭔가가 우리를 강하게 흡입한다 싶더니, 정신을 차렸을 때는 〈올림포스〉의 창공을 활공 중이었다.

멀리서 〈올림포스〉의 웅장한 하늘성이 보였다.

[성운, <올림포스>의 성좌들이 침입자의 정체를 확인했습니다!]

대기가 딱딱하게 굳어갔다.

삽시간에 몰려든 뇌운이 하늘을 뒤덮었다.

[성좌, '번개의 좌'가 <올림포스> 전체에 자신의 영향력을 행사합니다!]

〈올림포스〉의 왕이 우리를 기다리고 있었다.

그리고 그 왕의 주변을 지키는 12신좌.

[성좌, '전능의 태양'이 자신의 마차를 움직입니다!]

[성좌, '흉포의 군신'이 자신의 검을 집어 듭니다!]

[성좌, '순결한 달빛의 사냥꾼'이 활시위를 겨눕니다!]

해역 아래로 우리를 기다리는 신화의 괴물들이 보였다.

[성좌, '미궁의 괴물'이 당신을 향해 울부짖습니다!]

[성좌, '죽음을 노래하는 요정'이 당신의 죽음을 노래합니다!]

이 세계관 전체가 우리의 적이었다. 먼 곳에서 천둥이 치는 순간, 나는 일행들을 향해 외쳤다.

"움직여!"

내 [바람의 길]과 유중혁의 [허공답보]가 동시에 발동했다.

안나 크로프트의 [질풍가도]와 한수영의 [흑운칠성]이 그 뒤를 이었다. 우리가 낼 수 있는 최고의 속도로, 우리는 창공을 질주하고 있었다.

하늘의 뇌운이 점점 더 불길한 빛을 띠었다.

[구원의 마왕!]

12신좌가 뒤를 바짝 쫓아왔다.

허공을 가르고 날아드는 아레스의 거검. 나는 '부러지지 않는 신념'을 휘둘러 가까스로 그 공격을 막아냈다. 콰드득, 하는 소리와 함께 관절 마디마디가 내려앉는 느낌이 들었다. 마치 중전차 아래에 깔린 듯한 느낌. 이것이 자신의 세계관을 등에 업은 12신좌의 진짜 힘이었다.

나는 전신의 격을 개방하며 진언을 발출했다.

[얕보지 마라, 아레스.]

[거대 설화, '신화를 삼킨 성화'가 포효합니다!]

다른 존재라면 모를까, 적어도 아레스에게는 지지 않는다.

왜냐하면 나는 이 녀석에 대한 승리 설화가 있기 때문이다.

[설화, '전쟁의 신을 패퇴시킨 자'가 이야기를 시작합니다!]

하지만 상황은 난항이었다.

[흑염]을 두른 한수영을 향해 '순결한 달빛의 사냥꾼' 아르테미스가 달려들었고, 허공을 누비는 유중혁은 이미 '정의와 지혜의 대변자' 아테나와 격전을 벌이는 중이었다. 가장 아래쪽에 있던 안나 크로프트를 〈올림포스〉의 하위 성좌들이 물고 늘어졌다.

[나는 너를 응원했다, 김독자.]

내 배후에서 들려오는 목소리.

이 하늘에서는 누구보다도 빠른 성좌. 신발 끝에 달린 날개 무늬.

[하지만 너는 이곳으로 오지 말았어야 했어.]

'하늘 걸음의 주인' 헤르메스였다. 그가 안타까운 눈으로 나를 보며 말을 이었다.

[아버지께서 몹시 분노하셨다.]

그리고 새하얗게 백열하던 뇌운이 폭발했다. 모든 것이 슬로모션처럼 움직였다. 하늘의 시야가 녹아버리듯 사라지고 있었다.

이 세상 전체를 뒤덮는 낙뢰. 세계관 안에 살아 있는 그 어떤 존재도 제우스의 분노를 피해 갈 수 없었다.

이쪽을 보는 한수영이 뭐라고 외쳐대고 있었다. 나는 그런 그녀를 향해 말해주었다.

'괜찮아.'

천천히 숨을 들이켜고, 정신을 집중했다. 벌써 승부가 끝났다는 듯 의기양양하게 웃는 아레스가 보였다. 나는 녀석을 무시하고 하늘을 향해 피뢰침처럼 검을 들었다.

콰아아아앙!

하늘의 낙뢰가 나를 향해 모여들었다. 단번에 모든 설맥이 타버릴 정도의 격이었다. 하지만 나는 그것을 버텨냈다. 정확히는, 내 손끝에서 일렁이는 어둠이 제우스의 낙뢰를 빨아들이고 있었다.

내 입에서 알 수 없는 비명이 터져나왔다.

[거대 설화, '신화를 삼킨 성화'가 으르렁거립니다!]

시야가 붉게 물들고, 입에서 설화가 꾸역꾸역 쏟아졌다.

파츠츠츠츠……!

제우스가 더욱 강한 격을 방출했다. 더 이상은 버틸 수 없었다. 힘이 빠진 몸이 추락하기 시작했다.

「이제 됐다.」

[끝이다, 구원의 마왕. 아무리 네놈이라 해도 우리 '세계관'에서는—!]

낙뢰를 맞고 하염없이 추락하던 내 몸이 허공에 멈춰 섰다. 놓치기 직전이던 '부러지지 않는 신념'에 다시 힘이 들어갔다. 딱딱하게 굳어진 아레스의 표정이 보였다. 그 어떤 공포에도 굴복하지 않는 전쟁의 신의 눈동자에 두려움의 감정이 번지고 있었다.

「누군가가, 김독자의 검을 함께 쥐고 있었다.」

아주 크고 튼튼한 손.

고결한 밤을 깎는 듯한 진언이 울려 퍼졌다.

[왜 이 세계관이 너희 것이라 생각하지?]

추락하는 내 몸을 안아 든 온화하고 깊은 어둠.

[오만하기 짝이 없구나, 아레스.]

낙뢰를 삼키는 밤이 창공에 번지고 있었다.

[성좌, '부유한 밤의 아버지'가 '최후의 방주'에 현현했습니다!]

[성좌, '가장 어두운 봄의 여왕'이 '최후의 방주'에 현현했습니다!]

〈올림포스〉의 신화는 제우스만의 것이 아니다.

그들의 빛나는 낮이 '신화'가 될 수 있었던 것은, 그들을 낮이라 불러준 밤이 있었던 까닭이다.

[<명계>가 지상에 현현합니다!]

지하의 가장 깊숙한 곳에 잠들어 있던 세계가 깨어나고 있었다.

[하데스!]

나를 지상에 내려놓은 명계의 왕이 하늘을 보며 담담히 말했다.

[승부를 가릴 시간이 왔다, 늙은 형제여.]

하늘을 향해 치켜든 하데스의 낫이 울자, 지하의 어둠이 활화산처럼 하늘을 향해 치솟았다. 〈명계〉의 군세였다. 심판관들의 진군 명령이 떨어지자, 〈타르타로스〉의 지하를 지키던 켈베로스가 울부짖었다.

[지하의 천한 것들이—!]

세계관의 영웅들이 병장기를 부딪쳤다. 아르고 호의 영웅들이 전장에 투입됐다.

제우스와 12신좌의 군세는 막강했다. 심판관 아이아코스와 헤파이스토스가 충돌했고, 켈베로스와 미노타우로스가 서로 물어뜯었다. 아르테미스를 위시한 숲의 병사가 몰려왔다. '현명한 점성술사' 케이론의 말발굽이 명계의 군세를 짓밟았다.

[그대들의 밤이 아무리 깊다 한들—!]

그런 케이론의 머리통이 허공을 날았다.

지하에서 기어 나온 괴물들이 거대한 손가락으로 그의 머리통을 떼어 으적으적 씹어먹었다.

[제—우—스—!]

깊은 설움과 원한으로 얼룩진 목소리.

나는 그들을 알고 있었다.

「그렇게, <올림포스> 최후의 <기간토마키아>가 시작되고 있었다.」

거신족 기간테스. 비통한 세월을 견디며 지하에 웅크리고 있던 모든 거신족이 〈올림포스〉의 밤 위로 모습을 드러내고 있었다. 심지어 그런 기간테스보다 몇 배는 더 커다란 몸집을 가진 괴물도 있었다. 언젠가 〈명계〉의 감옥에서 만난 적 있는 자들이었다.

[연옥의 모든 거신들이 <올림포스>의 하늘을 올려다봅니다.]

헤카톤케이레스 삼형제.

그리고 〈기간토마키아〉에서 함께 싸운 백수거신 브리아레오스.

[결국 여기까지 왔구나, 아이야.]

브리아레오스의 손 중 하나가 내 머리 위를 가볍게 스쳤다.

[이 전장은 너를 위한 것이다.]

하늘의 권좌에 도전하는 거신들이 밤을 딛고 일어났다. 그들의 포효에 〈올림포스〉의 천공이 흔들리고 있었다. 제우스의 옥좌를 위협할 정도의 격.

전장의 중심에서 하데스와 격전을 벌이는 제우스의 모습이 보였다. 두 신화급 성좌의 충돌에 새카만 낮과 밤이 뒤섞이며 세계의 시공간이 뭉그러지고 있었다.

명계의 병력을 지휘하던 페르세포네가 나를 향해 말했다.

[가거라. 절대 뒤를 돌아보지 마라. 네가 원하는 끝을 보거라.]

나는 고개를 끄덕인 후, 휘청이는 몸을 일으켰다. 이설화가 준 '생사환'을 삼키자 타버린 신경들이 조금씩 회복되기 시작했다. 살점이 부서지고 피가 튀는 전장을, 나는 비틀거리며 걸어나갔다.

아수라장을 헤쳐온 한수영과 유중혁, 그리고 안나 크로프트가 나를 기다리고 있었다. 한수영이 달려와 나를 부축했다. 뒤를 돌아보자 눈을 부릅뜨고 죽어간 영웅들의 시체가 그곳에 있었다. 하늘에서 추락한 별들. 이제 더 이상 이야기되지 않을 설화들이 원망스럽다는 듯 나를 올려다보고 있었다.

「내가 선택한 길이었다.」

처음부터 이렇게 될 것을 알고 있었다.

내가 이곳에 오면, 명계가 움직일 것은 당연했다.

나는 내가 원하는 ■■을 위해 그들의 설화를 이용했다.

[거대 설화, '신화를 삼킨 성화'가 울음을 토합니다!]

멀리 〈올림포스〉 출구가 보였다. 우리가 가야 할 길이었다.

그리고 그런 우리를 막은 성좌가 있었다.

나는 그를 향해 물었다.

"디오니소스. 우릴 막을 겁니까?"

자신의 신도단을 이끈 '술과 황홀경의 신' 디오니소스가 나를 보고 있었다. 그는 이미 술을 몇 병이나 마신 듯 얼큰하게 뺨이 달아올라 있었다.

취한 듯 몽롱한 눈길로 나를 보던 디오니소스가 술병을 쥐며 말했다.

[모두 비켜라.]

주인의 말에 바쿠스의 광신도들이 길을 비켰다. 우리는 그 길을 걸어나갔다. 어디선가 세이렌의 노랫소리와 오르페우스의 연주가 들렸다. 내가 아는 누군가가 죽어가는 듯한 소리도 들렸다.

「김독자는 뒤를 돌아보지 않았다.」

내 사위 또한 취한 것처럼 흔들렸다.

우리는 걷고, 다시 걸었다. 그리고 마침내 〈올림포스〉의 출구에 도착했다.

우리의 뒤에는 디오니소스가 있었다. 뒤를 돌아보면 슬픔으로 물든 그의 표정을 볼 수 있을 것이다. 우리의 이야기를 몹시 좋아했던 성좌였다.

[김독자. 네가 가는 결말에 우리 〈올림포스〉는 없겠지?]

나는 대답할 수 없었다.

「"그야, 네 이야기를 좋아하기 때문이지."」

아주 오랫동안 내 설화를 지켜보아준 이.

몇 번이나, 나를 구해준 존재.

「"나와 몇몇 성좌는 네가 ■■에 도달할 수 있는 존재라 믿는다."」

뒤를 돌아보려는 나를 향해, 디오니소스가 말했다.

[그동안 즐거웠다, 위대한 별이여.]

등 뒤로 하나의 세계가 닫히는 소리가 났다.

쉽게 걸음이 떨어지지 않았다.

한참이나 말없이 서 있는 나를 향해, 누군가가 말했다.

"아직 끝난 게 아니다."

우리는 불이 꺼진 방주의 어둠을 걸어나갔다. 이제 목적지가 눈앞이었다.

4

〈올림포스〉를 통과한 후 우리는 한동안 말이 없었다. 달리거나 걷고, 또 달릴 뿐이었다. 별들이 사라진 자리에서 휑한 비명이 메아리처럼 돌아왔다.

저 비명들도 설화로 남을까. 그리고 다시 누군가가 그것을 들을까. 얼마나 더 많은 설화가 반복되어야 이 세계가 끝날까.

"김독자."

"알고 있어."

나를 부축한 한수영의 목소리에 가까스로 마음을 다잡았다.

마침내 내가 찾던 선실의 문이 멀찍이 보이기 시작했다. 멀리서 보기에도, 다른 선실의 입구와는 달리 작고 누추한 문.

우리가 지나온 복도가 시끄러워졌다. 다른 세력의 성좌들이 부딪치는 소리였다. 나는 망설이지 않고 문을 열었다.

['소품 보관실'에 입장하셨습니다.]

"뭐야? 이 누추한—"

중얼거리던 한수영의 목소리는 방의 정경이 펼쳐진 순간 도로 들어갔다.

흰색 도료로 덮인, 크기를 한눈에 어림할 수 없는 방. 만약 이곳을 '소품 보관실'이라 말한다면 이 방은 세상에서 가장 큰 소품 보관실일 것이다.

「'시나리오의 모든 것'을 모아놓은 선실.」

비형의 설화가 들려왔다.

「이제껏 시나리오에 사용된 모든 소품이 그곳에 전시되어 있었다. 소모성 아이템부터, 시나리오의 주요 보상이나 힘을 잃은 성운의 성유물까지.」

내가 어룡을 사냥할 때 사용했던 '망치 해마의 점액'과 '스톤호그의 뾰족한 가시'도 있었다. 그땐 진짜 죽는 줄 알았는데…… 이렇게 보니 감회가 새로웠다.

"나쁘지 않군. 아직 쓸 만한 것들이다."

어느새 소품들 사이로 뚜벅뚜벅 걸어간 유중혁이 장비를 교체하고 있었다. 놈은 흑천마도 표면을 설화 금속 스프레이로 코팅하고, 입고 있던 코트도 새것으로 교체하더니, 낡은 전투화를 내던지고 성유물을 집어 들었다. 번뜩이는 눈동자를 보니 만족스러운 듯했다.

"쓸 만한 정도가 아니라, 아예 지금까지 본 적도 없는 것들인데? 빨리 챙겨서 뜨자."

어느새 아이템 더미에 뛰어든 한수영도 착용할 물품을 골라내기에 바빴다. 늘 성운의 풍족한 지원을 받아온 안나 크로프트조차, 허리를 숙이고 아이템을 물색하고 있었다.

우리는 시나리오의 히든 피스를 발견한 평범한 화신처럼 아이템을 찾고, 물품을 교체하고, 서로를 보며 빙긋 웃었다.

「모두 알고 있었다. 이렇게라도 하지 않으면, 지금 이 순간을 견뎌낼 수 없다는 것을.」

방 밖에서 다시 한번 폭음이 울렸다.

이번에는 소리가 매우 가까웠다.

"다음 방은 어디야?"

피로 때문일까, 한수영은 잠시 [예상표절]의 이야기를 중지한 상태였다.

시선이 마주친 한수영의 눈꼬리가 슬쩍 떨렸다.

「"작가라고 항상 이야기하는 게 즐거운 줄 아냐?"」

저 웃음의 의미를 이제는 이해할 수 있었다.

세계가 멸망해도, 시나리오가 비극으로 향해도, 녀석은 여전히 작가다. 그렇기에 더 고통스러울 것이다. 서술되지 않은 아픔까지도 녀석의 머릿속에는 전부 존재하고 있을 테니까.

「그렇기에 이 선택은 '독자'인 그만이 할 수 있었다.」

"아니, 우린 여기서 싸울 거야."

「어떻게든 원하는 결말을 보고야 말겠다는 탐욕과 아집으로 가득 찬 그만이 할 수 있는 선택이었다.」

한수영이 역정을 냈다.

"설화핵을 부수러 가는 거 아니고?"

"설화핵에 도달하려면 거대 성운의 세계관을 더 지나쳐야 해."

"잘 피해서 가면 되잖아. 저 문으로 나가면—"

한수영은 그 말을 하며 한쪽 구석에 덩그러니 놓여 있는 문을 향해 걸어갔다.

"그쪽은 〈황제〉로 통하는 문이야."

"그럼 저쪽으로—"

"거긴 〈베다〉와 연결된 문이고."

"시바."

기겁한 한수영이 문고리에서 떨어지며 선실의 잠금장치를 눌렀다.

다시 한번 폭음이 울려 퍼졌다. 둔중한 진동과 함께, 누군가가 선실 문을 두들겼다. 뭔가가 터지는 소리. 선실 벽이 격렬하게 흔들렸다.

"이제 바로 앞까지 왔어요."

안나 크로프트가 말했다. 가뜩 인상을 찌푸린 한수영이 다시 이마를 짚었다.

[설화, '예상표절'이 이야기를 재개합니다!]

결국 한수영이 다시 설화를 발동했다. 표정이 심상치 않은 걸 보아하니, 예상하고 싶지 않은 전개들이 녀석의 머릿속을 물들이는 모양이었다. [미래시]를 가진 안나 크로프트도, 무수한 회차를 겪으며 패턴을 읽어온 유중혁도 슬슬 태세를 갖추기 시작했다.

"우린 여기서 싸워야 해. 이곳이 우리가 이길 가능성이 있는 유일한 방이야."

'최후의 방주'의 모든 선실에는 거대 성운의 세계관이 구현되어 있다.

「그러나 이 방주에서 유일하게, 그런 세계관이 만들어지지 않은 장소가 있었다.」

바로 이 '소품 보관실'이었다.

시나리오에 사용될 아이템을 비축해놓은 장소.

[해당 선실은 어떤 세계관의 영향도 받지 않는 곳입니다.]

내가 이 방을 전장으로 택한 이유였다.

"왔다."

유중혁이 흑천마도의 칼자루를 뽑는 순간, 보관실의 네 방위를 차지하고 있던 문이 한꺼번에 터졌다. 문을 통해 성좌들이 넘어오기 시작했다.

[성좌, '12월 25일의 주인'이 방주에 현현했습니다!]

[성좌, '우주의 순환을 책임지는 자'가 자신의 시종들과 함께 전장에 합류합니다!]

〈베다〉.

[성좌, '아비도스의 주인'이 분노와 함께 현현합니다!]

[성좌, '지진과 화산의 관장자'가 오랜 잠에서 깨어납니다!]

[성좌, '들숨과 날숨의 지배자'가 자신의 설화를 일깨웁니다!]

〈파피루스〉.

[성좌, '외눈의 아버지'가 자신의 창을 바로 잡습니다.]

[성좌, '멸망의 늑대에게 팔을 잃은 자'가 당신을 발견합니다!]

〈아스가르드〉.

[성좌, '흙으로 사람을 빚은 대모신'이 방주에 현현했습니다!]

[성좌, '대라천존'이 방주에 현현했습니다!]

[성좌, '황천상제'가 자신의 옥좌에 올랐습니다!]

[성좌, '삼첨창의 주인'이 자신의 보패를 모두 꺼냈습니다!]

거기다 〈황제〉까지.

보관실의 모든 문이 개방되는 순간, 공간 전체의 설화들이 부딪치며 팽창했다. 서로 다른 세계관의 '거대 설화'들이 자신의 언성을 드높이고 있었다.

한수영이 웃었다.

"우리 싫어하는 놈들은 다 몰려왔네."

[저쪽이다!]

누군가가 외침과 동시에 우리는 뒤쪽으로 훌쩍 물러났다. 굉음과 함께 조금 전까지 우리가 서 있던 바닥에 새카만 재가 흩날렸다.

['거대 설화'들이 새로운 선실을 발견했습니다!]

[일부 설화가 선실에 자신의 세계관을 이식하기 시작합니다!]

시간은 그리 많지 않았다.

폭발음과 함께 우리는 제각기 병장기를 꺼내 들었다. 나 역시 온갖 종류의 시나리오 소품을 미리 챙겨둔 상황이었다.

우리는 동서남북으로 등을 맞대고 선 채 다가오는 성좌들을 향해 격을 방출했다. 한수영이 [흑염]을 발출하며 전방으로 몸을 날렸다.

"다 뒈져라!"

한수영이 던진 새카만 구체가 허공을 날아 성좌들 사이에 떨어졌다. 뭔가 싶었는데, 다음 순간 구체에서 어마어마한 폭염이 끓어 올랐다.

[크아아아아아아!]

나는 폭염의 정체를 바로 알아보았다. 241회차, 95번 시나리오의 보상 아이템이던 '악몽 폭염'. 〈에덴〉의 지옥에서 끌어올린 불길을 담은 그 폭탄은, 범위 내 지역에 불꽃을 점화해 십 년의 세월 동안 불태우는 지독한 설화 병기였다.

[멸망한 성운의 불꽃 따위―]

후우우우, 하는 소리와 함께 여와의 흙이 겁화의 중심에 길을 냈다. 〈황제〉의 성좌들이 그 길을 밟고 우리를 향해 달려들었다. 한때 '서유기'에서 우리와 맞서 싸운 적들도 있었다.

한수영이 바락바락 이를 갈았다.

"쟤들도 왔는데 넌 왜 아직이야 흑염룡!"

[성좌, '심연의 흑염룡'이 조금만 기다리라고 외칩니다!]

문을 통해 넘어오는 성좌의 수가 기백을 넘어섰다. 삼백, 사백, 오백…… 세계관 내에 흩어져 있던 모든 성좌가 이 광활한 방으로 들어오고 있었다.

성좌 숫자가 많아지면서 그들을 중심으로 '무대화'가 발생하기 시작했다. 무채색의 땅이 황폐한 사막으로 바뀌고, 거대한 피라미드가 솟아올랐다. '아비도스의 주인' 오시리스가 말했다.

[나를 잠에서 깨운 게 누구인가 했더니.]

이어서 하늘의 구름이 모여들며 천상계의 전경이 펼쳐졌다.

'흙으로 사람을 빚은 대모신' 여와가 말했다.

[아직 늦지 않았다, 아이야. 내가 네게 자리를 마련해줄 수 있다.]

[누구 마음대로?]

어디선가 코끼리 울음이 들리는가 싶더니, 거대한 거북의 머리에 올라탄 '12월 25일의 주인' 미트라가 말하고 있었다.

[내 '부활의 축일'을 거부한 녀석에게 처해질 형벌은 죽음뿐이다.]

우주수의 가지 끝에 걸터앉은 오딘이 세상의 삼라만상을 통찰하는 눈으로 나를 보고 있었다.

[어리석은 별아, 너는 정말로 우리 모두를 상대할 수 있다 믿는 것이냐?]

터져나오는 웃음소리. 이 안전한 '방주'에서 자신의 거대 설화를 보장받고 있던 모든 별들이 우리를 비웃고 있었다.

['신화'조차 되지 못한 설화로 감히—]

우리를 향해 껄렁한 목소리를 늘어놓던 '우레를 먹는 새'의 입이 푸슈슉, 소리와 함께 꿰뚫렸다. 어느새 녀석의 배후를 점한 유중혁이 녀석의 목을 베어낸 것이었다.

"말이 너무 많군."

[죽여라!]

싸움이 시작되었다. 숫자에서 압도적으로 불리한 우리는 주변의 소품을 적극적으로 활용하며 싸웠다. 곳곳에 우리가 사용할 수 있는 설화 병기가 놓여 있었다.

특히나 80번대 시나리오의 병기 창고는, 그야말로 유중혁의 전장이었다.

[설화, '생과 사의 동료'가 이야기를 시작합니다!]

[설화, '영원불멸의 지옥도'가 이야기를 시작합니다!]

'마왕 선발전'에서 한번 드러났던 유중혁의 재능이 빛을 발하고 있었다.

올라운더 유중혁. 1,863회차의 세월을 거치며 모든 병장기에 숙달된 녀석이 대궁으로 성좌를 학살하고 있었다.

[저놈부터 죽여!]

유중혁의 속사에 위인급 성좌가 죽어나가며 별들의 잔해로 이루어진 방호벽이 만들어졌다. 우리는 그 틈에 엄폐하며 싸웠다.

[오른쪽으로 피해요!]

안나의 경고와 함께, 신화급 성좌의 맹공이 발치를 휩쓸었다. 한 대만 맞아도 치명상을 피할 수 없는 일격들. 이설화의 생사환이 거의 다 떨어진 상황이기에, 더 이상의 중상을 감수할 수는 없었다.

〈아스가르드〉의 하위 성좌들이 안나 크로프트를 향해 달려들었다.

[감히 우리 성운을 배신해?]

말을 잇던 성좌의 머리통이 그대로 터졌다. 안나 크로프트의 배후에서 긴 혓바닥 같은 것이 튀어나와 성좌의 머리를 터뜨려버린 것이다.

[성별 바꾸기를 좋아하는 한 성좌가 이죽거립니다.]

안나 크로프트가 성운을 배신하도록 협력한 배후가 우리를 돕고 있었다.

"김독자! 더 버티기 힘들어! 유중혁도 한계야!"

신화급 성좌들의 시선이 유중혁에게 집중되고 있었다. 병장기 창고가 불에 타올랐고, 피 칠갑을 한 유중혁이 거대한 해머를 휘둘러 성좌들과 맞서 싸우고 있었다.

「김독자는 보관실을 뒤지며 뭔가를 찾기 시작했다.」

"찾았다."

나는 '성유물 카테고리' 가장 끄트머리에 놓여 있는 한 병의 시험관을 끄집어냈다. 시험관에는 다음과 같은 이름이 붙어 있었다.

신단수의 씨앗.

나는 망설이지 않고 씨앗을 바닥에 풀었다. 그러자 바닥에 떨어진 씨앗이 곧 싹을 틔웠다. 싹은 순식간에 자라서 내 키만 한 나무가 되었다. 그러고는 성장을 멈추었다.

[거대 설화, '신단수'가 자신의 뿌리를 내립니다!]

[거대 설화, '신단수'가 당신의 존재를 인식합니다.]

[거대 설화, '신단수'가 개천開天을 위한 설화를 필요로 합니다!]

보관실이 불타고 있었다.

유중혁은 아직까지 잘 버티는 중이었다. 독기 어린 유중혁과 눈이 마주친 성좌들이 질겁하며 외쳤다.

[멍청한 놈들! 머리를 써! 이쪽도 아이템을 사용해서 대적해라!]

그들이 가장 먼저 발견한 것은 우리 역시 잘 아는 아이템이었다.

'절대왕좌'.

네 번째 시나리오의 핵심 아이템이자, 획득하는 것만으로도 이계의 신격의 가호를 받을 수 있는 아이템. 왕좌를 발견한 위인급 성좌들이 탐욕스러운 눈으로 그쪽을 향해 달려갔다.

나는 그쪽을 향해 달려가려는 한수영을 막았다.

"내버려둬."

몰려가는 위인급 성좌들.

[왕좌는 나의 차지다!]

누군가가 '절대왕좌'에 올라선 바로 그 순간, 나는 '신단수'의 잎사귀를 쥐었다. 아무리 생각해도 이 녀석에게 먹일 만한 설화는 이것뿐이었다.

심상찮은 기색을 느낀 일부 성좌가 '절대왕좌'를 향해 소리쳤다.

[잠깐만, 멈춰라!]

'절대왕좌'에서 흘러나오는 격이 이쪽을 향해 범람하는 순간, 내 가슴 깊은 곳에서 뭔가가 꿈틀거렸다.

[설화, '왕이 없는 세계의 왕'이 이야기를 시작합니다!]

[거대 설화, '신단수'가 새로운 신화의 시작을 감지합니다!]

「그 이야기는 왕좌를 부수며 시작되었다.」

쿠구구구구.

설화 조각을 먹어치운 '신단수'가 폭발적인 개연을 얻어 자라나기 시작했다.

[새로운 세계관이 해당 지역에 뿌리를 내립니다!]

「신단수」.

거대 성운 〈홍익〉의 거대 설화.

나는 성좌들을 향해 말했다.

"너희 말대로 우리한텐 '신화'가 없어. 하지만 우리는 늘 그 '신화'와 싸워왔지."

설화가 이야기를 시작했다.

「어떤 신화도 그 이야기에서 벗어날 수는 없다.」

다음 순간, 보관실 천장까지 뻗어나간 '신단수'가 굉음을 일으켰다. 방주의 천장이 무너지고 있었다.

[개천이 시작됩니다!]

가공할 소용돌이와 함께 하늘이 열리기 시작했다.

[오래된 성운의 늙은 별들이 아득한 잠에서 깨어납니다!]

눈부신 광휘 속, 찢어진 하늘 사이로 만개한 가지의 그림자가 보였다.

그림자의 끝에 별들이 열매처럼 맺히기 시작했다.

[그 왕좌, 오랜만이군.]

가지 끝에 매달린 일곱 개의 별. 내가 '절대왕좌'를 파괴할 때 도움을 주었던 북두성군들이 그곳에 있었다.

무수한 성좌들이 하늘에서 유성처럼 낙하하기 시작했다.

[성좌, '대머리 의병장'이 방주에 현현합니다!]

[성좌, '흥무대왕'이 방주에 현현합니다!]

[성좌, '매금지존'이 방주에 현현합니다!]

[성좌, '천제의 풍신'이 방주에 현현합니다!]

이 방주에서 유일하게 우리 편이 되어줄 별들.

낙하하는 성좌들 사이로 벼락같은 일검이 떨어지며 '절대왕좌'가 폭발했다.

부서진 왕좌 위에서 가짜 왕을 짓밟은 성좌가 나를 보며 입을 열었다.

[잘했다, 후예여.]

[성좌, '고려제일검'이 방주에 현현합니다!]

OMNISCIENT READER'S VIEWPOINT

악마 같은 불의 심판자

Episode 96

I

['최후의 방주'에 진입했습니다!]

방주에 떨어지자마자 정희원이 마주한 것은 성좌들의 무리였다.

[당신은 '팔열지옥八熱地獄'에 입장했습니다!]

대체 뭐가 어떻게 돌아가는지 알 수 없었다.

"하필 떨어져도 지옥에 떨어지다니, 전생에 죄를 많이 지었나."

확실한 것은 눈앞에 그녀를 노리는 적들이 있다는 것뿐. 정희원은 서로 몸통을 밟고 파도처럼 밀려오는 배불뚝이 아귀들을 노려보며 소리쳤다.

"우리엘!"

우리엘은 대답이 없었다. 하지만 우리엘의 가호는 여전히 그녀에게 깃들어 있었다. 등에서 흰색 날개가 돋아남과 동시에, 정희원의 전신에 환한 불꽃이 깃들었다.

['심판의 시간'이 발동합니다!]

검을 휘두르는 순간, 앞쪽 아귀 떼가 모조리 휩쓸려 나갔다.

[악 성향의 성좌들이 당신의 냄새를 맡습니다.]

끝도 없이 몰려오는 아귀들. 아무래도 이 「팔열지옥」이란 세계관에 기생하는 괴물인 것 같았다.

"희원 씨!"

어디선가 달려온 이현성이 정희원과 등을 맞대고 섰다.

"현성 씨도 잘못한 게 많은가 봐요?"

[마왕, '붉은 안개의 지배자'가 당신을 노려보고 있습니다!]

[마왕, '괴완공'이 당신을 향해 증오심을 드러냅니다!]

[성좌, '지옥 기생자'가 당신을 지켜보고 있습니다!]

[성좌, '무스펠하임의 불꽃'이 당신을 보며 인내심을 기르고 있습니다.]

여기서 모든 아귀를 상대하다가는 마력이 남아나질 않을 것이다.

게다가 호시탐탐 기회를 노리고 있는 지옥의 성좌와 마왕들도 있었다.

"뒤쪽입니다!"

어느새 그녀의 뒤로 접근한 아귀 떼가 아가리를 벌리며 달려들었다. 그 아귀를 향해 어디선가 날아든 탄환이 폭발했다.

"희원 언니!"

이지혜의 전함이었다. 화색이 된 정희원이 외쳤다.

"지혜야, 애들은?"

"애들은 상아 언니, 설화 언니랑 같이 근처에 떨어진 거 같아요! 그리고 필두 아저씨는—"

"그 아저씨까지 신경 쓸 시간 없어!"

갸아아아아악.

지옥의 존재가 점점 더 늘어나고 있었다.

'암흑성'에서 상대했던 악마 백작부터, '마계'의 지배자였던 악마 공작급에 육박하는 적들도 보였다. 모두 다음 시나리오의 소재로 쓰이기 위해 지옥의 일부가 되어 있던 자들이었다.

"대천사!"

"놈들을 죽이면 우리도 마왕위를 얻을 수 있다!"

그들을 향해 이지혜가 사격을 개시했다. '터틀 드래곤'의 모든 총포가 불을 뿜자, 지옥이 지각 변동을 일으키며 곳곳에서 용암이 분사되었다. 용암 덩어리에 맞은 악마들이 녹아내렸다. 하지만 악마들의 개체수는 거의 줄어들지 않았다.

[해당 세계관은 '악'의 지배구역입니다.]

죽은 줄 알았던 개체들도 몇 분 뒤 자리에서 다시 몸을 일으키고 있었다. 이지혜가 경악하며 소리쳤다.

"장군님! 대체 어디 계세요! 성좌들은 왜 안 와!"

하지만 그녀의 부름에 그 어떤 성좌도 응답하지 않았다. 우리엘도, 해상전신도, 999회차의 이현성도. 그들은 온전히 그들의 힘으로 싸워야 했다.

허공에서 스파크가 튄 것은 그때였다.

[바아아앗!]

동그란 포털과 함께 비유가 나타났다.

"비유!"

축구공만 했던 비유의 몸통은, 이제 품을 벌려 안아도 모두 감쌀 수 없을 정도로 자라나 있었다.

「모든 도깨비는 설화를 먹고 자라난다.」

몸을 한껏 웅크린 비유의 전신에서 강렬한 스파크가 튀었다. 이내 스파크는 선실의 한쪽 벽면을 열어젖혔다.

두두두두두두.

열어젖힌 벽면에서 튀어나온 자동 포탑의 탄환들.

"모두 괜찮나!"

공필두의 '움직이는 성'이 그곳에 있었다. 성흔의 진화를 거듭해, 오롯한 전투 성채의 규모를 갖춘 공필두의 [무장요새].

요새의 꼭대기에는 유상아와 이설화, 그리고 두 아이도 있었다.

"언니! 아저씨! 이쪽으로 올라오세요!"

정희원과 이현성이 이설화의 손을 잡고 요새 위쪽으로 뛰어올랐다.

요새의 벽면을 타고 무섭게 따라붙는 아귀 떼를 향해 이지혜의 장도가 번뜩였다.

「어떤 별빛도 그들을 비추지 않는 세계에서, 오직 <김독자 컴퍼니>의 일행들만이 서로를 비추었다.」

"시작하죠."

[연화대]의 권능으로 유상아가 적들의 움직임을 제어하자, 이지혜와 공필두가 발포를 계속했다. 요새의 최첨단에 앉은 '키메라 드래곤'이 공중으로 접근하는 성좌들을 향해 브레스를 쏘아댔다. 아수라장을 뚫고 기어코 올라오는 적들에게 정희원의 검격이 쏟아졌다. 이현성의 [강철화]가 일행들의 피부를 보호했고, 일행들을 대신해 다친 이현성을 이설화가 치료했다.

「그 조합은 아주 오래전부터 한 사람이 구상한 것이었다.」

그중에는 원작에 등장하지 않는 한 소년도 있었다.

"아아아아아아아아아!"

['선악을 가르는 벽'이 자신의 권능을 발휘합니다!]

[성좌, '무저갱의 지배자'가 자신의 권속들을 불러들입니다!]

새카만 황충이 몰려와 지옥의 하늘을 덮었다. 황충들은 죽음에서 되살아난 악마들의 화신체에 달라붙어 그들을 뜯어먹기 시작했다.

[아아아아아악!]

피부가 재생될 때마다 다시 뜯어먹히는 고통에 악마들이 절규했다.

조금씩 줄어가는 아귀의 세력을 보며 정희원의 눈에도 희망의 빛이 감돌았다. 일방적으로 불리하던 전세가 조금씩 뒤바뀌고 있었다. '팔열지옥'을 부수는 것은 무리겠지만, 적어도 시간을 끄는 것은 가능했다.

문제는 아직까지 전장에 개입하지 않고 있는 성좌들이었다.

그때, 지옥도의 하늘을 차지하던 별들이 한꺼번에 어딘가로 움직이기 시작했다. '팔열지옥'의 내벽을 두드려 부순 성좌들이 모두 어딘가로 빠져나가고 있었다.

성좌들의 빛이 사라지자 세계관 전체의 균형도 무너졌다. 아귀들은 더 이상 회복하지 못하고 지옥의 심연으로 가라앉았다.

간신히 한숨 돌릴 수 있게 된 일행들이 그제야 서로 돌아보았다.

"어떻게 된 걸까요?"

이설화가 물음을 던졌으나, 대답할 수 있는 이는 없었다. 확실한 점은, 저 별들이 이곳에 흥미를 잃을 만큼 어디선가 엄청난 일이 벌어지고 있다는 것이었다.

일행들의 시선이 공필두에게 꽂혔다. 작게 투덜거린 공필두가 [무장요새]를 운전하기 시작했다.

"알겠으니까 재촉하지 마라."

〈김독자 컴퍼니〉 또한 그 별들을 따라 움직이기 시작했다. '최후의 방주' 구석구석에서 모습을 드러낸 성좌들이 블랙홀에 빨려들 듯 하나의 선실을 향해 움직이고 있었다. 그렇게 많은 별들이 움직이는 광경을 본 것은 처음이었다.

정희원도, 이현성도, 유상아도…… 하늘의 모든 별이 쏟아지는 듯한 그 압도적인 정경에서 눈을 뗄 수 없었다. 아름다웠고, 전율적이었다.

그리고 슬펐다.

불현듯 정신을 차렸을 때, 일행은 그 모든 별들이 하나의 별을 중심으로 소용돌이치고 있다는 것을 깨달았다.

부서진 내벽의 균열 사이로 방의 정경이 드러나고 있었다.

하늘을 부순 '신단목'.

그 나무를 중심에 두고 싸우는 김독자의 별들이 있었다.

[막아라! 여기가 우리의 황산벌이다!]

한반도의 성좌들이었다.

팔을 잃은 김유신이 외치자, 계백이 성좌들을 향해 거환도를 휘둘렀다. '대머리 의병장'이 자신의 곤봉으로 적들을 격멸했고, '서애일필'이 허공에 써 갈긴 붓으로 성좌들의 격을 강화했다.

거대한 호랑이로 변신한 '조선제일술사'가 미트라의 거북이와 맞섰고, 자신의 화랑을 모두 불러들인 '매금지존'이 〈황제〉의 세력을 막아내고 있었다.

개중에는 처음 보는 성좌도 있었다. 나무의 중심에서 눈을 감고 있는 별.

그를 중심으로 '신단목'의 설화가 용솟음치고 있었다.

[성좌, '선인왕검仙人王儉'이 창세신들의 개연성을 모으고 있습니다!]

아마도 그가 한반도의 '창세신' 중 하나인 모양이었다.

창세신의 가호가 김독자와 한반도의 성좌들을 감싸며 수호하고 있었다.

"장군님?"

거북선을 타고 싸우는 성좌들도 보였다.

'무대화'로 넘실대는 바다의 정경. 그곳에 이지혜의 배후성이 있었다.

[노량露梁의 그날이 생각나는군. 함께 싸울 수 있어 영광이오, 준경.]

[나 또한 그러하다.]

으르렁거린 척준경의 검이 토르의 해머와 충돌했다. 하지만 그 둘만으로 막아서기에, 〈아스가르드〉의 군세는 지나치게 많았다.

[성좌, '무스펠하임의 불꽃'이 자신의 거검을 소환합니다!]

이윽고 정희원과 같은 지옥에서 찾아온 성좌들까지 가세했다.

아무리 척준경과 이순신이 뛰어난 성좌라도, 저들을 전부 막아낼 수는 없었다.

'신단목'에서 빛이 번쩍이더니, 가지 끝에 뭔가 맺히기 시작했다. 열매처럼 낙하하는 빛살 속에, 일행들도 잘 아는 누군가가 있었다.

"대사부들!"

백청의 강기와 파천의 검격이 전장을 물들였다. 그들과 함께 장하영과 「무림」의 초월좌들이 전장을 누볐다.

마주 달려드는 일본 측 요괴 성좌들이 보였다. 깃털 부채를 쥔 '텐구'들과, 물속에서 떠오른 '갓파', '야마타노오로치'의 권속도 있었다.

[고작 일개 화신에 불과한 놈들이……!]

'신단목'에서 열매가 끊임없이 떨어졌다.

전장을 물들이는 백청의 전격 사이로, 6번 시나리오에서 만난 존재들이 나타났다.

"김 도게자를 위하여!"

'피스 랜드'의 소인들이었다. 재앙에 맞서 함께 싸우던 이들이, 이제 〈김독자 컴퍼니〉를 돕기 위해 이 전장에 강림하고 있었다.

[작은 행성의 작은 성좌가 필살 병기 '드래곤 니들'을 꺼내 듭니다.]

성좌들의 검이 움직일 때마다 소인들이 죽어나갔다.

"아아, 아아아……!"

선실의 끔찍한 정경에 일행 중 누구도 입을 열지 못했다.

그들은 다만 전장의 중심, 별들의 시체로 이루어진 산의 중턱에 위치한 가장 빛나는 별을 보았다.

「부서진 '절대왕좌'의 꼭대기에서 김독자가 침묵하고 있었다.」

유중혁과, 한수영과, 안나 크로프트가 그곳에서 싸우고 있었다. 피를 토하고, 설화를 그러모으며, 자신이 가진 모든 기지를 총동원해서 성좌들과 맞서 싸우고 있었다.

세계관의 충돌 속에 창공이 격변하고 있었다.

〈아스가르드〉의 오딘, 〈파피루스〉의 오시리스, 〈베다〉의 시바, 〈황제〉의 여와…… 그 외 이름도 잘 알지 못하는 성운들의 성좌까지 가세해, 창공은 눈부신 빛으로 범람했다.

빛을 가리는 것은 어둠이 아니라 또 다른 빛이다.

숨 막히도록 밝은 그 세계에서, 일행들은 자신이 부정당하는 것만 같았다.

성좌들의 별빛이 말하고 있었다. 그들이 쌓아온 역사는 아무것도 아니라고.

[거대 설화, '마계의 봄'이 이야기를 시작합니다!]

정희원도 알고 있었다.

지금 일행 모두가 덤벼들어도, 저들을 막아낼 수는 없다.

[거대 설화, '신화를 삼킨 성화'가 이야기를 시작합니다!]

더 강한 설화가 필요했다. 저 눈부신 별들을 모조리 추락시킬 수 있는 설화. 저 모든 별자리를 파멸시킬 수 있는 힘.

그러나 정희원에게는 그런 힘이 없었다. [신살]로도, [지옥염화]로도 무리였다.

[성좌, '악마 같은 불의 심판자'가 자신의 화신을 보고 있습니다.]

정희원이 하늘을 올려다보았다. 지금껏 침묵하던 자신의 배후성이 그곳에 있었다.

그녀는 자신의 배후성을 무척 좋아했다. 그렇기에 함부로 부탁하고 싶지 않은 것도 있었다.

"김독자를……."

그럼에도 정희원은 말했다.

"구해줘요, 우리엘."

그러자 그녀의 배후성이 응답했다.

[그래.]

뜨거운 불꽃이 주변 바닥을 덮었다. 바로 등 뒤에 우리엘이 함께 서 있음을 느낄 수 있었다. 그녀는 특유의 고귀한 눈으로 자신이 보는 세계를 함께 보고 있을 것이다.

순간, 정희원은 덜컥 겁이 났다.

「만약, 이곳에서 우리엘이 죽는다면.」

우리엘은 '설화급 성좌'였다. 아무리 그녀가 강하다고 해도, 신화급 성좌들과 대적해 이길 수는 없다.

그러자 어깨에 고운 손이 닿았다.

[걱정 마, 희원아. 내가 어떻게든 해줄게.]

앞으로 나서는 우리엘의 등은 자신의 것보다 작았다. 정희원은 그 등에서 눈을 뗄 수 없었다.

['가장 오래된 선'이 이야기를 시작합니다!]

대천사의 등에서 펼쳐진 백색의 날개가 세상을 덮으며, 우리엘의 진언이 울려 퍼졌다.

[〈에덴〉이여.]

정희원은 자신의 내부에서 뭔가가 흔들리는 것을 느꼈다. 조각 같은 것이 꿈틀거리고 있었다. '성마대전' 이후로, 그녀의 안에 줄곧 잠들어 있던 무거운 파편.

['선악을 가르는 벽'이 본연의 힘을 되찾습니다!]

츠츠츠츠츳!

다음 순간, 주변에 하나둘 천사들이 나타나기 시작했다. 십, 백, 이

내는 천을 훌쩍 넘긴 하급 천사와 중급 천사들.

개중에는 익히 아는 얼굴도 있었다. 대천사 가브리엘. 심지어는 '성마대전'에서 죽은 줄만 알았던 대천사들의 영령도 보였다.

[우리엘.]

'젊은이와 여행의 수호자', 라파엘.

항상 졸린 눈으로 세계를 보던 그 천사가, 다른 모든 천사와 함께 천천히 무릎을 꿇고 있었다.

[〈에덴〉을 계승할 텐가?]

우리엘은 대답이 없었다. 그 대신 그녀는 자신의 화신을 돌아보았다. 고고한 대천사의 표정에 희미한 미소가 깃들어 있었다.

정희원이 소리쳤다. 하지만 그녀의 목소리는 닿지 못했다.

우리엘이 고개를 끄덕이는 순간, 라파엘이 선언했다.

[우리엘, 그대가 이제 우리의 대선大善이다.]

아득한 태양의 불꽃이 우리엘의 전신을 덮었다.

찬연한 백금빛 플레이트 아머.

무수한 마왕의 머리를 베어내고 악마들의 공포로 군림하던 그날처럼, 우리엘의 모든 격이 현현하고 있었다.

〈에덴〉 최강의 별.

'악마 같은 불의 심판자'가 검을 쥐는 순간, 모든 천사가 자리에서 일어났다.

[천사들이여, 최후의 '성마대전'을 시작하자.]

2

동쪽의 오딘, 서쪽의 여와, 남쪽의 오시리스…….

쉴 틈 없이 몰아치는 거대 설화의 틈바구니에서, 우리는 아슬아슬한 균형을 유지한 채 자리를 지키고 있었다.

[당신의 화신체가 붕괴하고 있습니다!]

저 메시지를 벌써 몇 번이나 들었는지도 잊었다. 바로 곁에 있는 유중혁의 몸도 정상이 아니었다. 한수영이나 나를 대신해서 오딘과 여와의 공격을 감당한 녀석의 전신은 이미 걸레짝이 되어 있었다.

눈이 마주친 유중혁은 뭘 보느냐는 듯 눈살을 찌푸리더니 품속에서 뭔가를 꺼내 삼켰다.

[화신 '유중혁'이 '생사환'을 사용합니다!]

결국 이설화가 준 마지막 생사환까지 사용했다. 이제 남은 생사환은 없었다.

[으아아아아아! 버텨라!]

한반도의 성좌들이 야수처럼 울부짖으면서 병장기를 휘둘렀다.

김유신도, 계백도, 관창도. 한때 서로 검을 맞댔던 모든 성좌가 '신단수'를 사이에 두고 하나의 신화로 거듭나고 있었다.

가장 선두에서 적들을 베어내는 척준경의 모습도 보였다.

「[내가 이래서 이 땅을 저주하면서도 떠날 수가 없지. 몇 명만 뒈지면 되는 걸 다 같이 죽자고 덤벼들다니…….]」

풍백도 그의 곁에서 바람을 일으키며 사자후를 터뜨렸다. '성마대전'에서는 우리와 대립한 그가 이제는 우리를 위해 함께 맞서고 있었다.

「[<홍익>이 후예에게 도움을 줄 수 있다. 대가 같은 건 필요 없다.]」

풍백의 바람이 요동치자 〈홍익〉의 성좌들이 일제히 바람을 타고 달려 나갔다. 이순신의 [유령함대]가 발포를 계속했고, 견훤의 화살이 별들의 심장을 꿰뚫었다.

하지만 적의 숫자는 조금도 줄어들지 않았다.

[한반도는 어디에 있는 나라인가?]

[고작해야 위인급 성좌들이다. 벌레 같은 놈들…… 모두 쓸어버려라!]

그럼에도 한반도의 성좌들은 잘 버티고 있었다.

[거대 설화, '신단수'가 한반도의 모든 성좌의 힘을 격상시킵니다!]

적들에게 오딘이나 오시리스가 있다면, 이쪽에도 신화급 성좌는 있었다.

'신단수'의 힘을 증폭시키는 신화급 성좌, '선인왕검'.

[성좌, '선인왕검'이 자신이 도울 수 있는 것은 여기까지라고 말합니다.]

다른 신화급 성좌와 달리, '선인왕검'은 존재감이 희미했다. 이번 세계선의 영향 때문일 것이다. 〈홍익〉은 이번 회차에서 거의 활약하지 못했으니까. 아마 〈홍익〉의 성좌들은 줄곧 다른 신화급 성좌들의 등쌀에 밀려 방주에서 나오지 못하고 있었을 것이다.

[등을 보이지 마라! 우리는 후퇴하지 않는다!]

[설화, '배수의 진'이 이야기를 시작합니다!]

척준경이 검을 치켜들었고, 이순신이 별들을 지휘했다.

그 어떤 신화에도 굴하지 않는 신화적 역사의 주인공들이, 까마득한 신화의 신들과 맞서 싸웠다. 살점이 찢어지고 전신이 난자당하면서도, 무릎 꿇지 않고 검을 휘둘렀다.

「한반도의 면적은 점점 더 좁아지고 있었다.」

백호로 변신해 싸우던 전우치가 쓰러졌다. '서애일필'의 붓이 부러졌고, 이순신의 유령함대가 한 척씩 침몰했다. 천 명을 베고, 산과 바다를 가르던 척준경의 검도 둔해지고 있었다.

예상한 일이었다. 몇 번이고 마음의 준비를 마친 일이었다.

지금부터 써나갈 설화는 별들의 피로 얼룩진 문장들이었다.

[<스타 스트림> 최후의 거대 설화가 움트고 있습니다!]

다음 순간, 척준경의 목을 향해 토르의 도끼가 날아들었다. 한반도 최고의 무장도 피할 수 없는 일격이었다.

[성좌, '악마 같은 불의 심판자'가 자신의 모든 격을 개방합니다!]

도끼를 막은 것은 전장에 강림한 우리엘.

"김독자! 대천사들이 왔어!"

한수영이 외쳤다.

눈부신 섬광과 함께 전장에 강림하는 대천사들. 그 중심에 '업화의 불꽃'을 휘두르는 우리엘이 있었다.

「[저기, 나랑 가브리엘도 '김독자 컴퍼니'에 들어가고 싶은데.]」

최종 시나리오로 진입하기 직전, 우리엘은 내게 그런 말을 했다.

우리 성운으로 와서, 힘이 되어주고 싶다고.

「김독자가 아는 '원작'과 가장 많이 달라진 성좌.」

나는 우리엘이 왜 우리 이야기를 좋아해주는지 잘 알 수 없었다.

「"그렇게까지 저희를 돕고 싶으십니까?"」

내가 할 수 있는 일은, 비겁하게도 그녀의 선의를 이용하는 것뿐이었다.

[<에덴>에 새로운 '대선'이 등장했습니다!]

화려하게 몰아치는 우리엘의 격.

이제 그녀는 '설화급 성좌' 우리엘이 아니었다.

[새로운 '대선'?]

신화급 성좌들이 우리엘을 보며 경악했다.

〈에덴〉의 새로운 대선이자, 신화급 성좌인 '메타트론'을 대체할 존재.

우리엘은 〈에덴〉의 수장이 되어 우리를 돕기를 선택했다.

[치천사들은 모두 돌진하라!]

라파엘의 신호와 함께 대천사들이 〈파피루스〉와 〈베다〉의 설화급 성좌들과 충돌했다.

['가장 오래된 선'이 자신의 적수를 찾습니다!]

[멸망한 성운 따위가 전세를 뒤집을 수 있다 믿는가?]

여전히 건재한 오딘이, 자신의 창으로 우리엘을 가리켰다. 무엇으로도 피할 수 없다는 신창 '궁니르'가 우리엘을 향해 쇄도했다.

[꺼져.]

'업화의 불꽃'이 '궁니르'의 격과 충돌했다. 하늘을 찢어발기는 오딘의 벼락과 지옥을 불태우는 우리엘의 염화가 정면으로 부딪쳤다.

격과 격의 대결. 한 발짝도 물러나지 않는 두 신화급 성좌의 싸움에서 먼저 물러난 것은 놀랍게도 오딘이었다. 창을 회수한 오딘의 왼팔이 가볍게 떨리고 있었다.

[한심하군, 오딘. 내가 돕지.]

신화급 성좌는 누구보다 위험에 예민한 존재들이었다. 변수를 싫어하는 이 세계의 가장 늙은 별들. 그렇기에 그들은 결코 위험을 감수하지 않는다.

찰나에 시선을 주고받은 신화급 성좌들이 동시에 우리엘을 향해 포격을 개시했다.

콰콰콰콰콰콰.

아무리 〈에덴〉의 대선이라도 받아치기 어려운 힘이었다.

하지만 우리엘은 물러서지 않았다. 날개의 깃털이 찢겨나가고, 새하얀 뺨에 붉은 설화가 튀어 올라도 결코 검을 물리지 않았다.

[너희는 나의 대적大敵이 아니야.]

언제나 하늘 위에서 우리의 설화를 지켜보던 우리엘. 그런 우리엘의 눈이 이제 나를 향하고 있었다.

[성운, <에덴>이 자신의 '거대 설화'를 준비합니다.]

"독자 씨!"

멀리서 정희원을 비롯한 일행들이 달려오고 있었다. 어쩌면 정희원은 알고 있을 것이다. 지금 우리엘이 무엇을 하려는 것인지.

〈에덴〉만으로 저 모든 거대 성운을 상대할 수는 없다. 이 방주에 깃든 신화급 성좌들의 기량은 〈스타 스트림〉 전체와 맞먹으니까.

그러니 저들을 물리치기 위해서는, 가공할 개연성의 '거대 설화'가 필요했다.

['무대화'가 발생합니다!]

말하자면, 저 모든 신화를 멸망시킬 거대한 신화가.

[나는 '악마 같은 불의 심판자'.]

천천히 깜빡인 우리엘의 눈이 그야말로 악귀처럼 불타고 있었다.

[나는 나의 수식언을 성립시킬 '악'을 원한다.]

그 말과 동시에 '업화의 불꽃'에서 뻗어나온 불길이 천공의 별들을 불태웠다. 지옥의 건너편에서 무엇인가가 요동치고 있었다.

「가장 오래된 선이 자신의 적수를 부르자,」

곁에 있던 이길영의 눈동자가 하얗게 뒤집혔다.

「지옥의 무저갱에서 몸을 웅크린 악마가 부름에 응답했다.」

불타는 하늘의 저편에서 새카만 먹구름 같은 것이 밀려오고 있었다. 〈아스가르드〉도, 〈베다〉도, 〈파피루스〉도 아닌 누군가가, 사악하고 음험한 기운을 품은 채 이쪽을 향해 밀려오고 있었다.

[성좌, '무저갱의 지배자'가 '만마전萬魔殿'을 개방합니다!]

불타는 지옥의 하늘에서 마귀들이 깨어나기 시작했다.

['가장 오래된 악'이 자신의 적수를 찾습니다!]

['선악을 가르는 벽'이 자신의 테마를 그려냅니다!]

마왕들의 부재를 대신해, 억겁의 세월 동안 숨을 죽여왔던 만마의 주인이 자신의 힘을 드러냈다. 신화급 성좌들을 사이에 두고 두 개의 선악이 충돌하고 있었다.

「그리고 그 선악의 대결을 지켜보던 오래된 존재가 있었다.」

신유승의 곁에서 날갯짓하던 '키메라 드래곤'의 몸에서 빛이 솟아나기 시작했다. 이미 원작에서도 본 적 있는 광경이었다. 마침내 신유승의 드래곤이 '고대룡'으로 진화하기 시작한 것이다.

눈부신 황금빛 광채. 온전한 '에인션트 드래곤'의 격을 갖춘 '키메라 드래곤'이, 창공을 향해 포효했다.

「**드래곤 콜**Dragon call.」

자신의 생을 바쳐 동족을 부르는 용왕종들의 하울링.

어두컴컴해진 하늘의 건너편에서, 드래곤의 포효가 들려왔다. 곳곳에서 튀는 전류와 불꽃의 잔흔들. 세계의 모든 드래곤이 '키메라 드래곤'의 부름에 응답해 날아오고 있었다.

['무대화'의 재현율이 급격하게 높아집니다!]

용족들은 별들을 물어뜯는 대신 서로 혈투를 벌이기 시작했다.

내 화신체의 심장을 대신하는 「골드 드래곤의 심장」도 요동치고 있었다.

'성마대전'에서 이미 본 적이 있는 광경이었다.

「가장 뜨거운 지옥의 중심에서, 머리가 일곱이고 뿔이 열인 용이 깨어날 것이다.」

「그는 용 중의 용. 혼돈의 중심에서 태어난 모든 용들의 수장이자 세계에서 가장 늙은 증오.」

지옥의 가장 뜨거운 곳에서 벌어지는 용들의 축제, '용의 제전'이 시작된 것이다.

뒤늦게 무슨 일이 벌어지는지 깨달은 신화급 성좌들이 대경했다.

[이, 이 녀석들 설마……!]

[놈들을 멈추게 해라!]

여기서 '성마대전'이 벌어진다면, 어떤 재앙이 들이닥칠지 모르는 이는 없었다.

[감히, 감히 네놈들이!]

비형의 희생으로 이제 몇 남지 않은 대도깨비가 방주 안에 모습을 드러냈다.

뿔이 부러진 대도깨비 '가랑'이 외치고 있었다.

[거대 설화의 개연성을 억제해라!]

대도깨비들이 자신의 권능을 발현하자, 방주의 신화급 성좌들도 일제히 코인을 사용했다.

[성좌, '12월 25일의 주인'이 '성마대전'을 원하지 않습니다!]

[성좌, '흙으로 사람을 빚은 대모신'이 '성마대전'을 원하지 않습니다!]

[성좌, '외눈의 아버지'가 '성마대전'을 원하지 않습니다!]

[성좌, '아비도스의 주인'이 '성마대전'을 원하지 않습니다!]

어마어마한 코인이 한꺼번에 투입되자, 펼쳐지던 '무대화'의 개연성이 억제되기 시작했다.

〈스타 스트림〉의 개연성은 다수가 원하는 방향으로 흘러간다. 이 세계에서 가장 많은 코인을 지닌 별들의 의지를 막을 수 있는 존재는 아무도 없어 보였다.

「오직, 한 성좌를 제외하고는.」

뒤쪽에서 들려오는 가벼운 엔진 소리. 그리고 익숙한 궐련 냄새.

"오셨습니까."

내 곁으로 척 다가선 '양산형 제작자'가 말했다.

[내가 제일 좋아하는 설화로군.]

언젠가 미식협에서 처음 만났을 때도 비슷한 말을 했다.

이 세상 모든 설화를 사랑하는 성좌.

눈앞에서 요동치는 '성마대전'의 설화를 보며, '양산형 제작자'는 알 수 없는 표정을 짓고 있었다.

평생 SSS급 아이템들을 양산하며 살아온 늙은 별.

어쩌면 저곳의 신화급 성좌들보다 더 오랜 세월을 살아왔을지 모를 이.

그의 시선에 감화된 것일까. 한순간 전장의 풍경이 느릿하게 보였다.

오래된 명화를 감상하는 투로, 양산형 제작자가 물었다.

[언제부터 생각했던 건가?]

밑도 끝도 없는 질문. 그래서 나 역시 같은 방식으로 답했다.

"미식협에서 처음 뵈었을 때부터입니다."

그는 왼손에 쥔 담배를 가볍게 빨아들이고는, 묵은 한숨 같은 목소리로 말했다.

[아주…… 오래 걸렸구먼.]

"죄송합니다."

우리는 함께 하늘을 올려다보았다.

언젠가 미식협의 홀에서, 양산형 제작자의 설화를 함께 감상하던 그날처럼. 그때 나는 별점 테러를 당하던 양산형 제작자의 설화에 점수를 주었다.

양산형 제작자 역시 그날 일을 기억하는 모양이었다.

[빚을 갚을 때가 됐군.]

"몇 점이나 주시겠습니까."

내 말에 양산형 제작자가 너털웃음을 지었다. 곳곳에서 뇌전이 떨어지고, 지옥불이 활화산처럼 폭발하는 전장의 화폭 위에서 양산형 제작자의 표정은 한없이 평온해 보였다. 다시 한번 담배를 빨아들인 그가 말했다.

[처음 내 ■■을 알게 되었을 때, 나는 좀 의아했다네. 내게 그런 ■

■이 찾아올 리가 없다고 생각했거든.]

"지금은 생각이 다르십니까?"

'양산형 제작자'는 말없이 궐련을 비벼 껐다.

스파크와 함께 '성마대전'의 무대가 비틀리고 있었다. 도깨비들과 성좌들이 움직인 개연성이 우리의 '성마대전'을 밀어내고 있었다. 〈김독자 컴퍼니〉가 싸워온 모든 설화가 미어질 듯 위태롭게 흔들렸다.

양산형 제작자는 담담한 얼굴로 그 이야기들을 향해 가볍게 손바닥을 펼쳤다.

[적어도 하나는 알 것 같네. 어째서 나의 설화들이, 내가 이토록 많은 코인을 모으도록 종용했는지.]

'양산형 제작자'의 손끝에서 코인이 떠오르고 있었다. 내가 감히 셀 수도 없을 만큼 많은 양의 코인.

['단 하나의 무대'를 완성시키기 위함이었나.]

그의 생과 함께 축적된 코인이 하늘을 향해 빨려나가고 있었다. 그의 코인이 무수한 성좌들의 의지와 충돌하고 있었다.

성난 신화급 성좌들이 고함을 치자, '양산형 제작자'가 입을 열었다.

지금 이 순간, 선실에서 가장 큰 권위를 획득한 성좌가 말하고 있었다.

[성좌들이여, 미안하지만 나는 이 무대를 볼 것이다.]

그의 모든 코인이 창공의 개연성으로 투입되자, 방주 전체가 개연성의 폭풍으로 뒤덮였다. '양산형 제작자'의 육신이 급격하게 노쇠하기 시작했다.

[성좌, '양산형 제작자'의 ■■은 '고갈'입니다.]

[부족한 개연성이 충족됐습니다!]

[거대 설화, '빛과 어둠의 계절'이 무대 위에 완전히 재현됩니다!]

천공에서 끔찍한 굉음이 발생했다. 폭발음과 함께 용족들이 지상으로 추락했다. 나는 한수영과 안나 크로프트를 끌어당기며 유중혁과 함께 일행들이 있는 곳으로 대피했다.

마침내 이 모든 시나리오의 종장, 모든 별의 멸망이 다가오고 있었다.

['성마대전' 따위에 말려들지 마라! 이깟 대멸망 따위, 우린 몇 번이나 겪고 또 이겨내며 여기까지 왔다!]

신화급 성좌의 '거대 설화'들이 한꺼번에 깨어나고 있었다. '성마대전'의 스케일에 결코 압도되지 않겠다는 듯, 세상의 모든 '거대 설화'들이 포효하고 있었다.

하지만 이미 늦었다.

「그 용은 하늘을 한 번, 땅을 한 번 보고 꼬리를 내리칠 것이다. 그 한 번의 꼬리짓에 별들이 추락하고 세계의 한 방위傍位가 사라지리라.」

천공의 어둠 속에서 빛나는 두 개의 눈동자.

거친 용의 하울링이 들려오는 순간, 한수영이 소스라쳤다.

"김독자! 설마—"

"맞아."

"미쳤어? 지금 그놈을 다시 깨우면—"

"우리가 깨우려는 건 그놈이 아냐."

나는 한쪽에서 가부좌를 튼 채 정신을 집중하고 있는 유상아를 보았다. 이마에 송골송골 땀이 맺혀 있었다.

['윤회를 결정하는 벽'이 묵시룡의 봉인을 유지하고 있습니다.]

석존의 후예인 그녀가 살아 있는 한, 봉인된 묵시룡은 이곳으로 초환되지 못할 것이다.

당황한 한수영이 되물었다.

"그럼……."

"모르겠어?"

하늘에서 추락하는 용족들을 보며 한수영이 멍한 표정을 지었다.

'용의 제전'은 최강의 용을 가리는 의식. 그리고 마지막까지 남은 단 하나의 용이, '묵시록의 최후룡'이 된다.

언제부터였을까. 한수영의 왼팔이 미친 듯이 떨리고 있었다.

[새로운 '묵시록의 최후룡'이 선출됐습니다!]

쿠오오오오오오!

마침내, 방주의 부서진 천장 너머로 거대한 용이 모습을 드러냈다. 어지간한 거성조차 손쉽게 찢어발길 정도의 크기. 마지막 탈피를 마친 새카만 유선형의 외피에 황홀한 흑염이 타오르고 있었다.

[성좌, '심연의 흑염룡'이 '최후의 방주'에 현현했습니다!]

"녀석이, 이제 묵시룡이야."

3

묵시록의 최후룡.

'성마대전'의 마지막을 결정하는 대재앙이자, 〈스타 스트림〉의 가장 끔찍한 멸망.

['무대화'의 재현율이 한계치를 돌파했습니다!]

먹구름 사이로 내리치는 천둥이 이전과는 다른 빛을 띠고 있었다.

〈아스가르드〉의 오딘, 〈파피루스〉의 오시리스도 입을 벌린 채 경악했다.

"흑염룡!"

묵시룡의 시선이 아주 짧게 한수영의 얼굴에 머물렀다.

「원작과 다른 성좌는, 우리엘만이 아닐지도 모른다.」

원작에서는 망상악귀 김남운의 배후성이던 녀석.

'절대악'을 대표하는 악룡의 수장이자, 성운 〈흑운〉의 지배자.

녀석이 고개를 들어 천공을 향해 울었다.

이 세계의 최종장을 알리는 포효에 〈스타 스트림〉 전체가 흔들렸다.

「[성좌, '심연의 흑염룡'의 ■■은 '찾을 수 없는 것'입니다.]」

나는 원작에서 녀석의 ■■이 무엇인지 읽었다.

1,863회차에서 잠깐 유중혁의 편이 되었을 때, 녀석에 관한 서술이 나왔다.

「이 <스타 스트림>에서 가장 지독한 우울을 앓는 악룡.」

'심연의 흑염룡'이 자신을 15세라 믿는 이유는, 그렇게 믿지 않으면 살아갈 수 없는 존재이기 때문이다.

수천수만 년에 달하는 아득한 생이 고독한 용을 그렇게 만들었다.

자신을 파멸시키지 않기 위해서 녀석은 늙지 않았다. 세상에 대한 호기심을 잃어버리지 않았다. 화신들을 괴롭히거나 괴상한 장난을 쳤다. 최후의 장난으로 '절대악'을 배신했다.

유중혁의 편에 서서, 〈스타 스트림〉을 조롱하며 자신의 생을 마감했다.

[성좌, '심연의 흑염룡'이 자신의 ■■에 도달했습니다!]

이번 세계선에서는 어떨까. 녀석은 이 공허한 우주에서 자신의 ■■을 찾아냈을까.

[성좌, '심연의 흑염룡'의 ■■은 '순수純粹'입니다!]

'심연의 흑염룡'이 나를 보며 웃었다. 자신이 찾아낸 역할이 썩 마음에 든다는 듯, 흑염룡의 어린아이 같은 눈동자가 세계를 멸망의 밤으로 물들이고 있었다.

[충만한 개연성이 최종 시나리오에 '묵시룡'을 재현했습니다!]

[거대 설화, '빛과 어둠의 계절'이 시나리오와 완전한 합일을 이루었습니다!]

묵시룡의 재현에 신화급 성좌들이 고래고래 소리를 질렀다.

[말도 안 되는……!]

묵시룡의 설화에 대해 모르는 성좌는 아무도 없다.

[막아라! 꼬리짓이 시작되기 전에 놈을 처치해!]

'최초의 꼬리짓'은 〈스타 스트림〉의 한 방위를 날려버릴 대재앙.

대경한 신화급 성좌들이 허둥대며 명령했다.

나도, 한수영도, 유중혁도 그 광경을 올려다보았다.

「신화급 성좌들 중, 정말로 '묵시룡'을 제대로 겪어본 이는 아무도 없다. 왜냐하면 그때 함께 싸운 신화급 성좌는 모두 죽었기 때문이다.」

이 세계에서 가장 안전한 '방주'에 숨어, 묵시룡이 해방되던 그 순간에도 시나리오를 유희처럼 관망하던 게 바로 이곳의 신화급 성좌들이었다.

멸망의 공포를, 두려움을, 목숨을 거는 위험을 오래전에 잊은 자들.

곁에 있던 유중혁이 물었다.

"네놈은 줄곧 이 순간을 준비했던 건가?"

나는 천천히 고개를 끄덕였다.

"그래."

처음 시나리오를 시작하던 순간부터 나는 줄곧 계산해왔다.

「마지막 시나리오의 성좌들을 몰살하려면, 얼마만큼의 설화를 쌓아야 할까.」

답이 나오지 않았다. 인간의 생은 짧았고, 별들은 불멸했다. 시작 지점이 다르니 공평한 싸움이 될 수도 없었고, 무엇보다 나는 유중혁 같은 회귀자가 아니었다. 1,863회차에 달하는 생을 쌓아 놈들에게 대적할 수 없었다.

"설화를 모아 대적하겠다는 생각부터가 틀렸던 거야. 전설급이든 신화급이든, 아무리 많은 설화를 모아도 순수한 격으로 저들을 누를 수는 없어."

"그래서 생각해낸 게 이건가."

나는 고개를 끄덕이며 '신단목'을 등진 채 함께 싸우는 김유신과 계백을 바라보았다.

「김독자는 '무대화'에서 싸움의 해답을 찾아냈다.」

'무대화'. 비록 가상假像이지만 개연성이 커지면 현실이 되는 힘.

'마왕선발전'에서 수르야를 물리쳤을 때 그 힘의 가능성을 확인했고, '기간토마키아'에서 〈올림포스〉를 물리쳤을 때 계획의 초안이 완성되었다.

'성마대전'을 겪고, '서유기'를 이겨내면서부터는 확신이 생겼다.

「그들이 불가능한 시나리오를 이겨낼수록, 그들이 가진 '거대 설화'의 재현력은 더욱 강해진다.」

그날의 공기. 그날의 감정. 쏟아지는 별들을 바라보며 멸망을 마주한 인간들이 느꼈던 공포.

「그날, 그들이 느꼈던 공포를 이제 성좌들이 느낄 차례였다.」

[거대 설화, '빛과 어둠의 계절'이 이야기를 계속합니다!]

묵시룡의 '최초의 꼬리짓'이 시작되었다.

묵시룡의 꼬리짓은 세 개의 충격파로 나뉜다.

1단계 '전격파', 2단계 '염열파', 그리고 실질적인 꼬리짓이자 3단계인 '혼돈파'.

[크아아아아아아아― 내가 막겠다!]

언젠가 나와 함께 전격파를 막아낸 토르가 앞장섰다. 이전에도 함께 충격파를 감당한 적이 있으니 자신이 있었던 모양이다. 하지만 완전한 오판이었다.

[토르―!]

새카맣게 타버린 토르가 허공에서 추락했다.

그때 토르가 전격파를 막을 수 있었던 것은 나와 디오니소스, 그리고 스승님이 계셨기 때문이다.

하지만 지금 토르를 돕는 이는 아무도 없었다.

[으아아아아아―!]

겁에 질린 성좌들이 등을 돌려 달아나는 순간, 모든 신화급 성좌가 자신의 격을 개방했다. 어마어마한 후폭풍과 함께, 천공의 모든 별들이 일제히 점멸했다. 폭발한 전격파가 고운 안개 입자처럼 사위를 덮었다.

시야가 개었을 때, 묵시룡의 전격파는 상당 부분 상쇄되어 있었다.

[고작 이 정도인가?]

전격파를 받아낸 것은 〈아스가르드〉의 수장, 오딘이었다. 그가 자랑하던 고풍스러운 수염이 새카맣게 그을려 있었다. 옷도 완전히 녹아내려 나신이 된 오딘은, 전격파로 흉측하게 일그러진 피부를 드러내며 웃었다.

[겨우 이 정도로……!]

스스스스슷…….

그리고 다음 순간, 그의 곁에 있던 〈아스가르드〉의 성좌들이 먼지로 흩어지기 시작했다. 충격파를 상쇄할 개연성을 감당하다가 생을 다한 성좌들.

오딘의 눈이 커졌다. 허공에 하릴없이 퍼지는 잿빛 가루.

방금의 일격으로, 〈아스가르드〉의 절반이 소멸했다.

〈베다〉도, 〈파피루스〉도 상황은 마찬가지였다.

[여와!]

뒤늦게 상황을 눈치챈 오시리스가 뒤쪽을 돌아보며 외쳤다. 그곳에는 이미 〈황제〉의 세력을 이끌고 선실에서 철수하는 여와의 모습이 있었다. 전황이 불리함을 깨달은 성좌들이 퇴각하고 있었다.

"공필두."

내 말과 함께 공필두의 성채가 움직였다. 〈황제〉의 세계관으로 향하는 길목을 정확히 막아선 [무장요새]의 포탑이 불을 뿜었다.

"너흰 못 간다."

그와 동시에 묵시룡의 두 번째 충격파가 터졌다. 지옥의 가장 깊은 곳에서 끓어 오른 '염열파'의 불꽃이 창공의 성좌들을 녹이고 있었다.

[관리국! 언제까지 보고만 있을 건가!]

오딘의 비명에, 대도깨비 가랑이 설화를 꾸역꾸역 토하며 손을 위로 들었다.

[좋다. 네놈들이 '무대화'를 이용한다면.]

순간 불길한 예감이 들었다.

츠츠츠츠츠츠……!

'무대화'의 권능이 발휘되고 있었다. 강력한 스파크의 기운에 뒤를 돌아보자, 유상아가 입에서 피를 흘리고 있었다.

"상아 씨!"

그녀의 곁에서 회전하던 연화대에 균열이 일었다.

울컥울컥 피를 쏟는 유상아가 면목 없다는 듯 입을 열었다.

"하나는…… 나오지 못했지만…… 다른 하나의 일부가……."

석존이 '환생자들의 섬'에 봉인한 대존재는 둘.

하나는 전대의 묵시룡. 그리고 다른 하나는…….

['윤회를 결정하는 벽'이 거칠게 요동칩니다!]

['윤회를 결정하는 벽'이 자신의 테마를 드러냅니다!]

[이계의 존재가 '벽'의 봉인을 뚫고 세계에 재현됩니다!]

허공을 일그러뜨리며 검은 안개가 밀려오고 있었다.

암무의 건너편으로 보이는 셀 수 없이 많은 눈들.

석존에게 봉인되어 영원의 암흑 속에 갇혀 있어야 했을 〈스타 스트림〉의 청소부.

[■■■■■■■■! '형언할 수 없는 아득함'이여!]

나는 도깨비들이 하려는 짓을 깨달았다. 저놈들은 내가 '성마대전'에서 묵시룡을 막은 방법을 쓰려는 것이다.

「그리하여 <스타 스트림>의 최악 최흉을 대변하는 두 개의 재앙이 부딪쳤으니.」

[하하하! 너희는 결코 종장에 도달할 수 없다. 너희는 결코—!]

그 말을 마지막으로 대도깨비들의 머리가 폭발했다.

그들의 설화를 빨아들인 '형언할 수 없는 아득함'이 거칠게 요동쳤다.

묵시의 힘을 얻은 흑염룡과, 대도깨비의 설화를 얻은 이계의 신격이 서로 마주 보았다.

[세 번째 충격파가 시작됩니다!]

그리고 묵시룡의 꼬리가 움직였다. 아주 천천히, 느릿하지만 확실한 속도로 떨어지는 재앙.

마음이 급해진 여와가 허공을 향해 고함쳤다.

[대체 무엇들 하고 있는가! 복희! 신농! 제곡! 빌어먹을 삼황오제三皇五帝여, 언제까지 심연의 잠에 빠져 있을 셈인가!]

쿠구구구구구구!

여와의 진언이 오래된 〈황제〉의 성좌들을 일깨우고 있었다.

이제껏 나타나지 않았던 '신화급 성좌'들의 가호가 여와의 화신체 위로 덧씌워졌다.

막대한 격의 증폭에 공필두의 [무장요새]가 밀려나고 있었다.

막아야 했다. 여기서 저들을 자신의 세계관으로 돌아가게 내버려둘 수는 없었다.

[거대 설화, '서유기'가 이야기를 시작합니다!]

성운 〈황제〉의 거대 설화가 이야기를 시작하자, 거대한 이무기로 변한 여와가 자신의 불꽃을 입에 물었다. 기세를 모아 〈황제〉의 성좌들이 우리를 향해 달려드는 바로 그 순간.

쿠르르르릉!

하늘에서 뇌전이 내리치며 여와가 비명을 질렀다.

[거대 설화, '잊혀진 것들의 해방자'가 이야기를 시작합니다!]

통천하의 정경이 펼쳐지며, 황금빛 호랑이 가죽을 걸친 존재가 내 앞을 지켰다.

황제의 아득한 신화급 성좌에게 맞설 수 있는 유일한 존재.

[성좌, '가장 오래된 해방자'가 '최후의 방주'에 현현했습니다!]

이제 나의 형제가 된 별.

['미후왕'이 당신을 바라보고 있습니다.]

['필마온'이 당신을 바라보고 있습니다.]

['투전승불'이 당신을 바라보고 있습니다.]

모든 손오공이 내게 말을 걸었다.

['제천대성'이 당신에게서 등을 돌립니다.]

[가거라, 막내야.]

먼 하늘에서 묵시룡의 꼬리와 형언할 수 없는 아득함이 충돌하는 것이 보였다. 저 충돌로 벌어질 결과를 알고 있었다.

「모든 별들의 파멸을 꿈꾸었다. 정말 그리되길 원했는가.」

1,863회차의 마지막 장면이 잊히지 않았다.

돌아선 제천대성이 〈황제〉의 성좌들을 향해 달려 나갔다.

내가 손을 뻗기도 전에, 유중혁과 한수영이 나를 들고 달렸다. 공필두가 뭐라 뭐라 외쳤고, 이설화가 품속에 들어 있던 모든 환약을 꺼냈다. 이현성의 강철이 우리를 덮은 것이 먼저였는지, 새하얀 섬광이 세계를 덮은 것이 먼저였는지 모르겠다. 전신이 뜨거운 고열에 녹아버릴 것 같다 싶더니, 그다음에는 차가운 한파에 노출된 것처럼 추워졌다.

정신을 차렸을 때, 우리는 선실 바깥에 널브러져 있었다.

붕괴한 내벽 사이로 마구잡이로 흘러나온 설화들이 고통스럽게 별들의 최후를 노래했다.

'소품 보관실'의 문은 아직 닫히지 않았다. 반쯤 열린 그 문 너머로, 잿빛 가루가 흘러나오고 있었다.

['제4의 벽'이 격렬하게 흔들립니다.]

어쩌면, 저 안에 있는 모두는—

스슷.

작은 인기척과 함께, 한수영의 목소리가 들렸다.

"김독자……?"

나는 문을 향해 기어갔다. 심장의 두근거림이 멈추지 않았다. 가까스로 문의 언저리에 도달했을 때, 나는 누군가가 그곳에 서 있는 것을 보았다.

「찢어진 백색 깃털이 하늘하늘 떨어지고 있었다.」

나는 입을 뻐끔거렸다. 무언가 말을 하고 싶었다.

입을 열려는 나를 대신해, 우리엘이 천천히 몸을 숙였다.

[……독자…….]

진언은 제대로 들려오지 않았다. 어떻게든 몸을 일으키려는 나를 향해 우리엘이 손을 내밀었다. 그녀의 하얀 손이, 내 뺨과 눈가를 어루만지듯 스쳤다.

망가진 우리엘의 날개 너머로, 적측 성좌들이 몸을 일으키는 것이 보였다. 그 끔찍한 재앙 속에서도 기어이 살아남은 별들이 있었다.

['무대화'가 종료됐습니다.]

'형언할 수 없는 아득함'의 격은 느껴지지 않았다.

바닥에 쓰러진 '심연의 흑염룡'의 거체가 보였다. 그 위로 달려드는 거대 성운의 성좌들과, 대천사들의 날개를 뜯는 악마들.

수많은 적들이 우리엘을 향해 다가오고 있었다.

"우리에……!"

나는 문을 열고, 검을 쥐고 우리엘을 대신해 녀석들을 베려고 했다.

「하지만 문은 열리지 않았다.」

맞은편에서, 단단히 문고리를 붙잡은 우리엘이 손을 놓지 않았다.

비명에 가까운 정희원의 외침이 들렸다.

"우리엘! 나와! 거기서 빨리 나와—!"

[괜찮아.]

이어질 말을 듣고 싶지 않았다.

우리엘이 나를 향해 미소 지었다.

[너희는, 이 이야기를 여기까지만 본 거야.]

선실 문이 닫혔다.

[당신은 <스타 스트림>의 그 어떤 별도 이룩하지 못한 업적을 달성했습니다.]

문 너머의 이야기는 더 이상 들려오지 않았다. 누군가가 비명을 질렀고, 또 누군가가 절규했다.

방주가 기우뚱하더니 굉음을 내며 어딘가에 충돌했다. 나는 바닥을 엉망으로 나뒹굴었다.

현기증 속에서 바닥을 짚었을 때, 진동은 어느새 멎어 있었다. 몸을 일으킬 기운조차 나지 않았다. 간신히 고개를 들어 앞을 바라보았다. 부서진 격벽을 따라 시선을 돌리자, 낯선 정경이 보였다. 외부와 충돌한 방주의 바닥이 새로운 세계를 향한 교량처럼 드리워져 있었다.

[<스타 스트림>의 모든 별은 영원토록 당신을 잊지 못할 것입니다.]

그 어떤 별도 우리를 보고 있지 않았다.

우리를 보고 있는 것은 오직 한 존재뿐이었다.

['이야기의 왕'이 당신을 기다리고 있습니다.]

노란 광물 같은 것이 파괴된 방주의 경사를 따라 굴러떨어졌다. 나는 그것이 무엇인지 알았다. 그 보석이야말로 우리가 방주에서 줄곧 찾던 것이었으니까. 하지만 나도 일행들도, 그 보석에 집중할 기력이 없었다.

"……."

방주에서 내린 우리는 천천히 주변을 둘러보았다.

끝이 보이지 않는 넓이의 벽. 방주에서 흘러내린 설화들이 벽 안으로 스며들고 있었다.

「그리하여, 마침내 김독자는 목적지에 도달했다.」

그 벽이 나를 향해 말하고 있었다.

「이 모든 이야기의 끝. '최후의 벽'이 눈앞에 있었다.」

OMNISCIENT READER'S VIEWPOINT

볼 수 없는 별

Episode 97

I

웅웅, 하는 소리와 함께 코트 속 스마트폰이 진동했다.

「모든 이야기는 그가 그 소설을 읽은 순간 시작되었다.」

스마트폰에 떠오르는 문장들.

눈앞의 광활한 벽은 스마트폰의 액정과 몹시 닮아 있었다.

유중혁의 3회차부터 1,863회차까지. 아마도 내가 아는 모든 이야기가 쓰여 있을 벽.

「QA팀에 근무했던 시절, 김독자는 그런 생각을 한 적이 있다. '나만 이 버그를 알고 있다면 어떻게 될까.'」

"너……."

등을 돌리자 한수영이 그곳에 있었다. 무슨 말인가 하고 싶은데 정확한 말을 찾지 못하는 것 같았다. 그녀가 쥐고 있던 왼손 붕대가 점차 흩어지고 있었다. '심연의 흑염룡'의 가호가 담긴 붕대였다.

나는 일행들을 하나하나 살폈다. 정희원은 무릎을 꿇은 채 덜덜 떨리는 손으로 바닥을 짚고 있었고, 이현성은 혼절한 이길영을 안고 있었다. 이설화와 공필두는 서로를 부축하며 방주를 빠져나오고 있었다.

멀리서 스승들과 함께 가까스로 선실을 탈출하는 장하영이 보였다.

"아저씨."

자기 손바닥을 내려다보는 신유승의 모습. 나를 불렀다기보다는, 중얼거림에 가까운 말. 아이의 손에는 '키메라 드래곤'의 비늘 조각이 남겨져 있었다. 그런 아이의 어깨에 유상아의 손이 닿았다. 흐느끼는 떨림을 느끼며, 유상아는 말없이 우리가 빠져나온 출입구를 바라보았다.

「그들이 아는 별들이 저물었다.」

현기증으로 시야가 흔들렸다. 별들의 시선이 느껴지지 않았다. 모든 별이 소멸했기 때문일까? 아닐 것이다. 그저 대도깨비가 사라졌기 때문이다. 관리국의 모든 채널이 커다란 타격을 받으며 이상을 일으켰기 때문이다.

「그렇게 믿지 않으면 앞으로 나아갈 수 없다.」

비틀거리며 간신히 중심을 바로잡자, 마지막으로 유중혁의 모습이 보였다. 녀석의 흑천마도에 죽은 대도깨비들의 시체가 꿰어 있었다. 죽은 성좌들의 설화가 칼끝으로 뚝뚝 떨어졌다.

평소와 똑같은 표정으로, 녀석은 나를 보고 있었다.

「이것이 네가 원하던 결말인가.」

['제4의 벽'이 격렬하게 흔들립니다!]

['제4의 벽'이 더욱 강하게 발동합니다!]

나는 천천히 입을 열었다가 도로 다물었다.

[최종 시나리오 완료가 임박했습니다.]

눈앞에 내가 줄곧 찾아온 방주의 설화핵이 굴러다니고 있었다.
영롱한 노란빛의 광물.
이 세계선을 표류하는 무수한 '거대 설화'들의 힘이 응집된 정수.

[방주의 내핵].

거대 설화 병기인 '최후의 방주'의 에너지원.
저걸 부수면, 우리가 싸워온 99번 시나리오도 끝을 맺는다.

[<스타 스트림> 최후의 설화가 완성을 앞두고 있습니다!]

순간적으로 발걸음이 굳었다. 바닥에서 튀어나온 덩굴이 내 발목을 잡고 있었다. 어디선가 나타난 '차라투스트라'들이 내게 제어 스킬을 걸고 있었다. 송구스럽다는 듯 내 시선을 피한 셀레나 킴의 얼굴. 이어서 예언자의 목소리가 들려왔다.

"덕분에 수고를 덜었어요, 구원의 마왕."

어느새 방주의 내핵을 손에 쥔 안나 크로프트가 이쪽을 보고 있었다.

「김독자와는 다른 결말을 꿈꾸는 인간의 영웅.」

"별로 놀랍지는 않겠죠? 내핵은 내가 가져가겠어요."

나는 그녀가 꿈꾸는 세계를 이미 들었다.

'완전한 밤'. 모든 성좌의 시선에서 자유로워지는 것. 그녀의 꿈은 이 세계선의 화신들과 함께 다른 세계선으로 무사히 이주하는 것이었다.

하지만.

"이미 방주는 부서졌어."

"다시 만들면 됩니다."

안나 크로프트는 부서진 방주를 돌아보았다. 방주는 이미 재활용이 불가능할 정도로 망가진 상태였다. 하지만 그녀는 희망을 놓지 않았다.

"인간 화신들 중에도 설화 병기 제작에 능한 이들이 있습니다. 당신이 데리고 있는 아일렌도 그중 하나고요. 방해할 신화급 성좌도 이제 없으니—"

나는 말 없이 손바닥을 내밀었다. 그만 내핵을 내놓으라는 표시였다. 안나 크로프트는 내 손바닥을 물끄러미 바라보다가 입을 열었다.

"그렇군요. 아직 '신화급 성좌'가 하나 남아 있었죠."

안나 크로프트의 눈동자가 붉게 빛났다.

'대악마의 눈동자'. 이 세계의 미래와 과거를 읽어내는 그녀의 힘이 나를 옥죄기 시작했다. 이제 완연한 눈의 힘을 각성한 그녀는, 어지간한 설화급 성좌 이상의 격을 갖춘 상태였다.

「모든 별들의 대적자.」

원작과 똑같았다. 이 세상의 모든 성좌를 증오하는 안나 크로프트. 그렇기에 별의 힘을 이용해 별을 파멸시키고자 맹세한 인물. 그녀는 자신의 밤을 완수하기 위해 나를 살려두지 않을 것이다.

「이 이야기가 정말 원작과 같은 것이라면.」

나를 가리킨 안나 크로프트의 검극이 뭔가 망설였다.

"아직 늦지 않았어요, 김독자."

원작에서는 한 번도 없던 일. 곁에서 흑천마도 손잡이를 움켜쥐던 유중혁이 희미하게 놀라는 것이 느껴졌다.

가볍게 숨을 들이켠 안나 크로프트가 이야기를 시작했다.

"나는…… 당신이 생각하는 결말이 무엇인지 몰라요. 내 [미래시]로도 거기까지는 읽어낼 수 없으니까요. 하지만 짐작 가는 것은 있어요. 내 [미래시]가 당신의 결말을 알 수 없다는 건, 당신의 결말이 저 '최후의 벽'과 관련되어 있다는 뜻이겠죠. 하지만 잘 생각하세요, 김독자. 그게 정말로 우리 모두를, 인류를 위한 길인지 말이에요."

그녀가 그토록 많은 말을 한꺼번에 하는 것은 처음이었다. 나는 묵묵히 들었다.

"이만하면 충분하지 않나요? 당신은 이미 충분히 불행을 겪었어요. 많은 것을 잃었고, 소중한 것을 조롱당했어요. 무엇이 기쁨이고 무엇이 슬픔인지 구별해낼 수 없을 만큼 닳아버렸고, 이야기에 지쳐버렸어요. 그런데도 당신은 아직 이 세계의 '단 하나의 설화'가 궁금한가요? 고작 그런 것을 위해 인류의 생존을 저버리겠다는 건가요?"

한 마디 한 마디에 절박함이 있었다. 자신의 정의를 역설하고, 나의 정의를 원망하는 말들.

이내 그것은 설화가 되었다.

'안나 크로프트'와 차라투스트라들을 감싸는 눈부신 설화. 그것은 성좌들의 것처럼 밝지도 화려하지도 않았지만, 굳건하고 아름다웠다. 그들이 쌓아온 설화의 모든 국면에 그들의 신념이 담겨 있었다.

무수한 별들이 오래전에 잊은 감정. 저 마음을 잊지 않았기에, 그녀는 여기까지 올 수 있었다.

"김독자. 당신의 ■■을 포기하세요."

"……."

"부탁입니다. 당신도 내 '완전한 밤'으로 함께 가요."

그 말에 몇몇 차라투스트라가 눈을 크게 떴다. 그럴 만도 했다. 지금 그녀의 제안은 그녀의 신념을 어기는 것이니까.

지금 안나 크로프트는 내게 새로운 세계의 밤을 밝힐 단 하나의 별이 되어달라고 말하고 있었다.

고마운 제안이었다. 그러나

[나는 성좌입니다.]

나는 결코 받아들일 수 없는 제안이었다.

ㅊㅊㅊㅊ…….

가볍게 일으킨 격에 내 손발을 구속하던 덩굴들이 일제히 부서졌다.

그녀의 선의를 조롱하듯, 내 모든 설화가 이야기를 시작하고 있었다.

[거대 설화, '마계의 봄'이 이야기를 시작합니다!]

마왕의 뿔이 머리에서 돋아났고.

[거대 설화, '신화를 삼킨 성화'가 포효합니다!]

신을 죽인 '부러지지 않는 신념'이 거칠게 울었으며.

[거대 설화, '빛과 어둠의 계절'이 인간의 세계를 바라봅니다.]

대천사를 배신하여 얻은 날개가 펼쳐졌고.

[거대 설화, '잊혀진 것들의 해방자'가 <스타 스트림>을 조롱합니다.]

불길하고 사악한 혼돈의 아우라가 내 전신을 덮었다.

안나 크로프트의 눈동자가 격렬하게 흔들렸다. 나의 모습에서 한 줌의 인간성이라도 찾아내려는 듯이 애처롭게 헤매는 눈. 하지만 나도 알고 그녀도 아는 사실이 있었다. 인간성을 애써 찾아야 하는 존재를, 어찌 평범한 인간이라 말할 수 있을까.

"당신도 결국은 똑같은 건가, 구원의 마왕."

안나 크로프트의 중얼거림에 깊은 비탄이 묻어 있었다. 담담한 사실의 토로라기보다는 어떤 결의가 서린 목소리였다.

"당신을 여기서 죽이겠습니다."

안나 크로프트의 전신에서 가공할 격이 범람했다. 여기까지 오는 내내, 그녀가 힘을 아끼고 있었다는 사실은 알고 있었다.

"당신이 아무리 '신화급 성좌'라고 해도, 그런 몸 상태로 나를 막을 수는 없습니다. 이미 당신 동료들도 제정신이 아닌 것 같으니―"

정희원도, 이현성도, 이길영도, 신유승도 여전히 정신을 차리지 못하는 얼굴들이었다. 심지어는 한수영조차 말없이 나를 바라보고만 있었다. 항상 나를 믿어주던 그 눈동자가 처음으로 흔들리고 있었다.

어쩌면 당연한 일이었다. 자신의 배후성들이 당하는 것을 바로 눈앞에서 지켜본 이들이었다.

"이만 끝내죠."

열댓 명의 차라투스트라들이 순식간에 유중혁을 향해 미끄러져 갔다. 그리고 다음 순간, 섬광처럼 다가온 안나 크로프트의 단검이 내 목을 찔러왔다. 나는 태연히 그 단검의 끝을 바라보다가 입을 열었다.

[이제 장난은 그만둬라, 로키.]

그 말과 함께, 안나 크로프트의 움직임이 굳었다.

나는 가볍게 손가락을 들어 그녀의 단검을 옆으로 치웠다.

경악한 안나 크로프트가 중얼거렸다.

"이, 이게 무슨……?"

[성별 바꾸기를 좋아하는 한 성좌가 킬킬 웃습니다.]

"로키, 이건 약속과는 다른—!"

일대의 공기를 짓누르는 격이 안나 크로프트와 차라투스트라들을 동시에 무릎 꿇렸다.

성별 바꾸기를 좋아하는 성좌. 〈아스가르드〉 최후의 별인 '로키'가 그곳에 있었다.

차라투스트라 중 로키의 힘에 저항할 수 있는 이는 없었다. 왜냐하면 그들을 〈아스가르드〉의 지배로부터 해방한 이가 바로 저 로키이기 때문이었다.

"나는 사람들을 위해……!"

그 말을 마지막으로 안나 크로프트가 혼절했다. 그녀의 손에서 떨어진 내핵이 바닥을 굴러 내 발치로 다가왔다. 나는 그것을 주워들었다.

[그동안 정말 재미있었어, 구원의 마왕.]

허리를 들자 눈앞에 사내가 있었다. 초록색 머리카락에 장난스러운 표정.

[성좌, '자신의 존재를 바꾸는 자'가 당신을 바라봅니다.]

자신의 존재를 바꾸는 자.

〈아스가르드〉의 최상위 성좌 중 하나인 '로키'.

여기까지 오는 내내 몇 번이고 우리를 도와준 성좌이자, 그 의중을 전혀 알 수 없는 성좌. 그는 묵시룡의 재앙에서 무사히 벗어나 우리를 쫓아온 것이다.

"도와줘서 고맙군."

[이제 세계의 결말이 코앞인데 하찮은 인간 때문에 모든 걸 망칠 수는 없지. 그보다 이제 겁줄 대상도 사라졌으니, 그 무서운 모습은

해제해도 될 거 같은데.]

나는 뿔과 날개를 해제했다. 그리고 말했다.

"그쪽도 그만 본모습을 드러내는 게 좋겠군."

[무슨 소리지?]

"피차 연기는 그만두기로 한 거 아니었나?"

내 말에, 아까부터 상황을 지켜보고 있던 유중혁이 말을 걸어왔다.

—김독자.

—네 생각이 맞아.

나는 로키를 노려보았다.

성좌, '자신의 존재를 바꾸는 자'.

내 생각이 맞는다면, 저 녀석은 '성좌'가 아니었다.

[성좌, '자신의 존재를 바꾸는 자'가 진정한 정체를 드러냅니다!]

[성■좌, ■ '자신 ■의 ??존재 ■를??'…….]

눈부신 빛이 로키의 몸을 감싸더니, 이내 외형이 변하기 시작했다. 키가 조금 작아졌고, 얼굴의 주름이 급격하게 늘어났다. 그러더니 볼을 중심으로 두 개의 커다란 혹이 자라났다.

「<스타 스트림>의 버그를 자유자재로 이용하는 존재. 세상 모든 도깨비들의 숙적이자, '종말의 구도자'의 창시자.」

그는 이미 나와 조우한 적이 있었다. '서유기'의 통천하에서, 그는 나를 방해하는 대도깨비들을 대신해 상대해주었다.

희미하게 일그러진 그의 입술에 불온한 미소가 떠올랐다.

[〈스타 스트림〉의 종말을 꿈꾸는 것은 그대들만이 아니지.]

"혹부리 왕."

그의 정체를 알아본 유중혁이 망설임 없이 흑천마도를 뽑았다.

[집어넣지. 나는 그대들과 싸울 생각이 없다.]

혹부리 왕이 손사래를 치며 말했다.

[내가 보고 싶은 것은 하나뿐이야. 너희가 찾아온 이 최후의 벽 너머에 있는 '무언가'. 그뿐이지. 그리고…… 지금 그대들은 날 신경 쓸 처지가 아닌 것 같은데.]

뒤를 돌아본 순간, 누군가가 내 멱살을 강하게 붙들었다. 이지혜의 얼굴이 코앞에 있었다. 그녀에게서 흘러나온 분노와 원망의 설화가 내 전신을 두들겨 패고 있었다.

"아저씨. 이거 뭔데. 응? 이것도 계획의 일부야?"

이지혜에게서는 이제 바다의 기상이 느껴지지 않았다. 처음 지하철에서 소녀와 마주했을 때 불어오던 은은한 소금향을, 이제는 맡을 수가 없었다.

"김독자!"

이지혜가 울면서 나를 흔들었다. 누구도 그녀를 말리지 못했다. 유상아도, 정희원도, 신유승도. 모두 고개를 숙인 채로 바닥을 바라보고 있었다.

「그리고 김독자는 그 마음을 이해했다.」

이 원망은 온전히 나의 몫이었다.

「그러나 그렇게 생각하지 않는 사람이 있었다.」

"이지혜."

「한수영이었다.」

"이거 놔!"

어깨를 잡는 한수영의 손길에 이지혜가 거칠게 반응했다. 하지만 한수영은 그녀의 어깨를 놓지 않았다. 완강한 손길로 이지혜의 앞머리를 넘기고, 그렁그렁한 눈물을 닦으면서, 한수영은 계속해서 말했다.

"흑염룡도, 우리엘도, 해상전신도 안 죽었어."

"그걸, 그걸 어떻게 아는데."

"느낄 수 있어. 아주 희미하지만, 그들이 살아 있다는 걸 분명하게 느낄 수 있어. 그리고……."

차갑지만 다정하고, 정확하지만 흐트러짐 없는 목소리. 오직 한수영만이 낼 수 있는 목소리였다.

"눈물 닦고 똑바로 봐. 지금 네가 멱살 잡은 놈이 어떤 상태인지."

혼미한 눈으로 고개를 떨어뜨린 이지혜가, 그제야 천천히 눈을 들었다. 그리고 한참이나 머뭇거리며 나를 바라보았다. 나 역시 시선을 피하지 않았다.

"왜……?"

이지혜가 떨리는 목소리로 말했다.

"왜, 아저씨가 울어……?"

멱살을 잡았던 손이 풀렸다. 그 틈을 파고든 한수영이 내 얼굴을 주먹으로 쳤다.

"정신 차려, 멍청아! 제대로 설명해주라고. 너도 아무 생각 없이 여기까지 온 건 아닐 거 아냐!"

그 말은 거꾸로 하면, 아무 생각 없이 이런 짓을 저질렀다면 반드시 나를 죽여버리겠다는 엄포였다.

한수영이 물었다.

"배후성들을 구할 방법이 있는 거지? 그렇지……?"

「그런 방법 따윈 없었다.」

나는 하늘을 올려다보았다.

캄캄한 〈스타 스트림〉의 밤하늘. 많은 성좌들의 불빛이 꺼졌지만, 자세히 보면 여전히 반짝이는 것들이 있었다. 아주 오래 보아야만 어렴풋이 빛을 느낄 수 있는 별이었다.

「김독자는 성좌들을 증오했다. 단 한 순간도 그 감정을 잊어본 적이 없었다.」

"어쩌면……."

「하지만 이 세계의 시나리오는 그런 김독자조차 변하게 만들었다.」

나는 '최후의 벽'을 바라보았다.

이 세계의 모든 '설화'가 기록된 벽.

모든 도깨비의 소망인 '단 하나의 설화'를 기록하기 위해 존재하는 벽.

"너무 늦었을 수도 있어."

이 모든 불행은, 저 벽에 기록되기 위해 존재한다.

아니, 어쩌면 그 반대일 수도 있다. '저 벽에 기록되었기 때문에' 이 모든 일이 일어난 것이다.

"하지만, 가능할 수도 있어."

이미 일어난 일을 바꾸는 것은 불가능하다. 이미 영혼까지 소멸한 이들을 되살리고, 받은 상처를 없었던 일로 만드는 일 따위 가능할 턱이 없다. 이미 멸망해버린 세계선을 구원하는 게 가능할 리가 없다. 이 세계의 빌어먹을 개연성은 그런 것을 허락하지 않으니까. 그런 것은 한수영이 말했던 '네모난 원'과 같은 이야기니까.

「하지만 그런 게 가능하다면.」

「'네모난 원'을 현실로 만들 수 있는 '벽'이 이 세계에 존재한다면.」

나는 손안의 내핵을 있는 힘껏 움켜쥐었다.

[메인 시나리오 #99 - '이야기의 적'을 클리어했습니다!]

[완료 보상 정산이 시작됩니다.]

[현재 보상 정산을 담당할 대도깨비가 존재하지 않습니다.]

[보상 정산이 지연됩니다.]

.

.

.

[당신은 '이야기의 왕'을 만날 자격을 얻었습니다.]

눈부신 벽이 우리를 향해 입을 벌렸다.

2

[<스타 스트림>이 당신의 마지막 설화에 이름을 짓고 싶어합니다.]

[당신에게 최종 설화의 선택지가 주어집니다.]

[성운, <김독자 컴퍼니>의 서사시가 '단 하나의 설화' 최종 후보에 올랐습니다!]

[<스타 스트림>에 태어날 모든 별들이 당신의 설화를 칭송할 것입니다!]

연이어 떠오르는 메시지를 하나씩 읽으며, 나와 일행들은 사태를 점검했다. 다들 여전히 충격에서 벗어나지 못한 얼굴이었지만, 여기서 멈출 때가 아니라는 것도 이해하고 있었다.

공필두가 물었다.

"이걸로 메인 시나리오는 끝난 건가?"

평소와 달리, 메인 시나리오가 끝났음에도 연계 시나리오는 발동하지 않았다. 그 대신 들려온 것은 시스템 메시지였다.

[<스타 스트림>의 메인 시나리오 시스템이 종료 시퀀스에 돌입합니다.]

생전 처음 들어보는 메시지.

장대한 시나리오의 세계가 드디어 막을 내리고 있는 것이었다.

모두 무슨 말을 해야 할지 모르겠다는 표정들이었다.

"이게 끝나면…… 세계는 어떻게 되는 거지?"

공필두가 허탈한 얼굴로 벽을 바라보았다. 벽에 피어난 무수한 문장들이 그의 시선을 느낀 듯 흩어졌다 뭉치기를 반복했다.

그 문장 중에는 공필두에 관한 것도 있었다.

「시나리오의 시작과 함께 가족을 잃은 남자.」

그는 어딘가 지쳐 보였다. 착각인지 모르겠지만, 눈에 물기가 고여 있는 것 같기도 했다.

망설이던 내가 입을 열었다.

"아직 이 모든 시나리오를 총괄한 존재가 남아 있습니다."

"그 녀석도…… 해치워야 하나?"

"힘들다면 여기 계셔도 괜찮습니다."

"이제 와서?"

공필두의 표정에 분노가 떠올랐다.

"나는 그놈을 용서할 수 없어. 갈가리 찢어 죽여도 모자라."

그 눈을 보는 순간, 나는 마치 내가 공격당하는 것 같았다. 그의 등 뒤로 시나리오에서 죽어간 평범한 사람들의 설화가 비치고 있었다.

「그 모든 설화가 김독자를 원망하고 있는 것 같았다.」

"가족을 빼앗고, 내 땅을 모두 빼앗은 놈이야. 나는, 나는 반드시……!"

거기까지 말하던 공필두가 피거품을 물고 쓰러졌다. 잽싸게 그를 부축한 이설화가 공필두의 맥을 짚었다.

"화신체 손상이 심해요."

선실의 싸움에서 공필두는 이현성과 함께 일행들을 보호했다. 그가 자랑하던 [무장요새]는 엉망으로 망가졌다. 배후성인 '디펜스 마스터'의 격도 거의 느껴지지 않는다. 아마 그가 함께 싸우는 것은 여기까지이리라.

"제가 데리고 갈게요. 이 아저씨도 어쨌든 마지막을 볼 자격이 있으니까."

"부탁합니다."

자신의 특수 스킬인 [침대차]를 발동한 이설화가 마력 그물로 이루어진 침대 위에 공필두를 눕혔다.

그새 기운을 되찾은 이지혜와 정희원도 자리에서 일어났다.

"가요, 독자 씨. 뭐가 나오든 끝은 봐야지."

그 말을 정희원이 했다는 사실에 면목이 없었다. 아마도 이 자리에서 나를 가장 원망하는 사람은 그녀일 텐데.

툭, 하고 내 어깨를 치고 가는 손길.

"쓸데없는 생각 하지 마요. 내 배후성이 말했잖아요. 우리가 본 이야기는 거기까지예요."

"……."

"이다음 이야기가 어떻게 될지는 아무도 몰라요."

서늘한 결의가 담긴 목소리에, 이길영을 업은 이현성도 고개를 끄덕였다.

"희원 씨 말씀이 맞습니다."

신유승도, 이지혜도 마찬가지였다.

「그 모든 일이 있었음에도, 일행들은 여전히 김독자를 믿었다.」

일행들에게는 지금 저 문장이 보일까.

겨우 내가 저런 문장을 읽어도 좋은 것일까.

['최후의 벽' 내부로 입장하시겠습니까?]

이윽고 메시지가 떠올랐다.

벽 위로 몰아치는 개연성의 스파크. 그 스파크를 중심으로 벽이 함몰되고 있었다. 새하얀 벽 위의 활자들이 일제히 물러가며, 벽 위에 우리가 들어갈 작은 출입구가 생성되었다.

한수영이 의심스러운 목소리로 물었다.

"이 너머에도 네 계획이 있는 거야?"

출입구 안쪽은 희뿌연 안개로 가득 차 있었다. 내가 잘 아는 안개였다. 몇 번이나 다시 읽어서, 이제는 외워버린 문장.

「마침내, 모든 것을 잃은 유중혁이 안개 너머를 바라보았다.」

저 통로는 1,863회차의 유중혁이 지나간 바로 그 통로였다.

"이다음은 멸살법에도 안 나온다고 했잖아."

나는 고개를 끄덕였다.

이제 정말 들어가는 일만 남았다. 마지막으로 걸리는 것은…….

"가세요. '차라투스트라'는 여기까지예요. 우리는 입장 권한이 없다고 하네요."

안나 크로프트와 달리, 그녀의 권속인 차라투스트라들은 〈김독자 컴퍼니〉와 연계된 거대 설화를 그리 많이 가지고 있지 않았다.

잠시 침울한 눈으로 나를 보던 그들이, 묵묵히 몸을 비켜 우리가 걸어갈 길을 내주었다.

[화신 '셀레나 킴'이 자신의 ■■을 받아들입니다.]

[화신 '셀레나 킴'의 ■■은 '이룰 수 없는 꿈'입니다.]

—안나를 부탁해요.

전음을 통해 전해지는 셀레나 킴의 목소리. 나는 무겁게 고개를 끄덕이며 등을 돌렸다. 내 뒤로 일행들의 발걸음 소리가 들려왔다. 이제 하나의 별자리가 된 일행들. 하지만 모두 같은 방향을 향해 빛을 내지는 않는 이들.

"가죠."

「그럼에도 이곳의 모두는, 반드시 확인하고 싶은 결말이 있었다.」

허공에 퍼지는 안나 크로프트의 백금발. 안개를 표류하듯 떠다니는 그녀의 붉은 눈이 길잡이처럼 우리를 안내했다. 하지만 그 몸을 움직이는 것은 안나 크로프트가 아니었다.

유중혁은 흑천마도 칼자루를 굳게 쥔 채 혹부리 왕의 동태에 이목을 집중했다.

"혹부리 왕을 믿는 건 아니겠지."

아까부터 경계심을 늦추지 않는 유중혁은 시도 때도 없이 혹부리 왕 쪽을 향해 살기를 방출하고 있었다.

나 역시 혹부리를 좋아하지 않기는 마찬가지였다. 그들은 비유를 납치하려 한 적도 있었고, 마계에서 내게 사기를 치려 한 적도 있었다.

"안 믿어. 임시로 동맹을 체결한 것뿐이야. 전에 계약을 하나 했거든."

"계약?"

나는 설명하지 않았다. 어차피 당사자가 눈앞에 있었기 때문이다.

안나 크로프트의 머리 위에서 불길한 그림자의 형상이 나타났다.

[나를 어지간히 믿지 못하는 모양이군, 회귀자.]

안나 크로프트의 입으로 말하는 혹부리 왕을 보고 있자니, 정말 최악의 조합이 따로 없다는 생각이 들었다. 유중혁이 싫어하는 둘을 합

쳐놓다니.

유중혁은 말없이 흑천마도로 자신의 마력을 흘려보냈다. 여차하면 칼부림이라도 망설이지 않겠다는 투였다.

[다른 혹부리들에게 이야기는 들었다. 그대가 내 아이들의 혹을 잘라냈다더군.]

"네놈도 잘리길 원하는 건가?"

혹부리 왕은 즐겁다는 듯 킬킬 웃었다.

"뭐가 즐겁지?"

[그대의 불필요한 고고함이 좋다. 마계와 무림에서도 그랬지. 거기서 오랫동안 따분한 시간을 보내고 있었는데, 덕분에 아주 즐거웠어.]

"한 마디만 더하면 정말로 혹을 자르겠다."

"어이, 유중혁."

아무래도 평소보다 유중혁이 격앙된 것 같아서, 나는 유중혁을 제지했다. 여기서 혹부리와 드잡이질을 벌여서 좋을 게 없었다.

왜일까. 흐트러진 기도가 평소의 유중혁과는 달랐다. 어쩌면 녀석도 마지막을 앞두고 생각이 복잡해졌을지도 모른다.

그런 나와 유중혁을 번갈아 보던 혹부리 왕이 말했다.

[그대들은 좋은 친구로 보이는군.]

유중혁이 다시 한번 눈을 부라리는 사이, 혹부리 왕이 말을 이었다.

[내게도 그런 이가 있었다. 저기 있는 '구원의 마왕'처럼 이야기를 무척 사랑하는 녀석이었지.]

"네놈의 이야기 따위 궁금하지 않다."

[우리는 함께 시나리오를 수행했지. 몇 번이나 죽을 고비를 넘겼고, 우리를 조롱하는 절대자들과 맞서 싸웠다. 설화를 쌓아 거대 설화를 만들고, 거대 설화를 쌓아 대서사시를 만들었다. 그렇게 만든 대서사시로, 마침내 '최후의 벽'에 도달했다.]

'혹부리 왕'이 '최후의 벽'에 도달한 적이 있었다고?

이것은 멸살법에도 나오지 않는 정보였다.

[들은 적 없는 이야기겠지. 이젠 설화로도 남지 않은 이야기니까. 반복된 세월 속에 미쳐버린 '묵시룡' 정도나 간신히 기억하고 있을 거다.]

"그때도 〈스타 스트림〉이 있었나?"

[그땐 조금 다른 이름이었지. 〈스타 스트림〉은 우리가 이 세계의 끝을 보고 난 후에 정해진 이름일 뿐이야.]

우리보다 앞서 '세계의 끝'을 본 존재.

그들의 ■■은 어땠을까. 대체 무슨 일이 있었기에, 그는 '혹부리 왕'으로 남아 시나리오를 표류하게 된 것일까.

[지금 그 빌어먹을 녀석은 '이야기의 왕'이라 불리고 있지.]

안개 너머에서 우지끈, 하고 뭔가 무너지는 소리가 들렸다.

[그래서 나는 너희의 최종장을 기대하고 있다. 궁금하구나. 너희 중 누가 이 시나리오의 마지막 승자가 될지—]

눈앞의 안개가 일제히 진동을 일으켰다. 혹부리 왕이 쓴웃음을 지었다.

[슬슬 내 오랜 친구를 만나러 갈 시간이군.]

그 말과 함께 혹부리 왕의 잔영이 사라졌다. 그러나 그의 메시지는 계속해서 들려왔다.

[어서 움직이는 편이 좋을 거다. 모두 먹혀버리기 전에 말이지.]

먹혀?

"아저씨!"

뒤쪽에서 우리를 따라오던 이지혜가 단말마와 함께 바닥 아래로 쑥 꺼졌다. 근처의 바닥과 벽면에서 손바닥 같은 게 나타나 우리의 팔과 다리를 잡아채고 있었다.

"지혜야!"

[등장인물 '이지혜'가 위대한 이야기의 일부가 됐습니다.]

바닥으로 빨려 들어가는 이지혜를 향해 정희원이 손을 뻗었다. 하지만 이미 늦었다. 정희원의 몸 또한 바닥으로 빨려 들어가고 있었다. 깊은 유사처럼 벽이 정희원을 집어삼키고 있었다.

[등장인물 '정희원'이 위대한 이야기의 일부가 됐습니다.]

"희원 씨!"

정희원을 향해 달려가는 이현성을 보며, 나는 순간적으로 방향을 잃고 말았다. 멸살법'에서 이런 적이 있었던가? 대체, 이게 무슨—

「**멸살법에서 이 통로를 건넌 것은 유중혁 혼자였다.**」

그 사실을 간과하고 있었다.

한 번도, 유중혁은 이 통로를 여럿이서 건넌 적이 없었다.

"모두 이쪽으로 모이세요!"

하지만 이미 때는 늦었다.

이현성도, 이설화도, 공필두도, 이어서 유상아와 아이들까지 벽의 손아귀에 붙잡혀 빨려 들어가고 말았다.

[등장인물 '신유승'이 위대한 이야기의 일부가 됐습니다.]

[등장인물 '유상아'가 위대한 이야기의 일부가 됐습니다.]

심장이 거칠게 뛰었다.

그 와중에 들려온 '등장인물'이라는 말이 더욱 내 신경을 거슬렀다.

"한수영! 유중혁!"

유중혁도 이미 바닥으로 반쯤 빨려 들어간 상태였다. 저항할 틈도 없었다.

"물러서라!"

유중혁이 쏘아 보낸 검풍이 나를 떠밀었다. 나는 가까스로 발목을 붙잡는 활자들을 피해냈다.

[등장인물 '유중혁'이 위대한 이야기의 일부가 됐습니다.]

결국 유중혁마저 당했다.

남은 것은 한수영뿐이었다. 그 한수영조차도 한쪽 팔이 벽에 삼켜지는 중이었다.

"빨리 이쪽으로……!"

나는 온 힘을 다해 그녀를 잡아당겼다.

[바람의 길]의 공능이 발끝에 깃들며, 폭발적인 추진력이 나를 휘감았다.

['최후의 벽'이 당신의 대서사시를 향해 탐욕을 드러냅니다!]

['최후의 벽'이 자신의 이야기에 포함되지 않은 인물을 바라봅니다!]

츠츠츠츠츳……!

한수영의 몸이 발작하듯 떨리고 있었다.

「한수영은 이제 그를 제외하고는 유일하게 '등장인물'이 아닌 자였다.」

나는 온 힘을 다해 발을 놀렸지만 벽의 추적은 집요했다.

그보다 더 심각한 사실은 내가 어디로 달아나야 할지 알 수 없다는 것이었다. 앞, 뒤, 옆, 위. 둘러보아도 달아날 곳은 보이지 않았다.

쑥.

허공을 헛디디는 느낌과 함께, 바닥이 꺼졌다. 이지혜와 정희원이 당한 방식. 벽이 나를 빨아들이고 있었다.

나는 끝없는 공허로 추락하듯 한수영과 함께 떨어지기 시작했다. 거친 숨으로 밀려드는 희뿌연 안개가 숨통을 조이고 있었다.

「김독자는 자신이 모르는 이야기가 두려웠다.」

엄청난 밀도의 텍스트가 호흡을 방해했다. 너무 글자가 많아서 알아볼 수 없는 설화들. 말 그대로의 '거대 설화'가 나를 짓누르고 있었다.

나는 어떻게든 그 설화에게서 벗어나기 위해 발버둥 쳤다. 하지만 발버둥 칠수록 막연한 공포감이 파고들었다. 내 안의 모든 것이 텅 비어가는 느낌이었다.

손끝으로 문장들이 빠져나가고 있었다. 나를 구성하는 설화들이 사라지고 있었다.

그때.

「너를 구성하는 설화들은, 네가 보고 겪고 느낌으로써 존재한다.」

하나의 문장이 내 손끝에 걸렸다. 언젠가 '환생자들의 섬'에서 유호성이 알려준 '설화 통제법'이었다.

「그 녀석에게 네가 보고 있다는 것을 알려라.」

나는 그 문장을 꾹 붙잡았다. 그러자 그 문장과 함께 설화를 구성하던 것들이 하나둘 머릿속에 떠올랐다.

「김독자는 침착하게 숨을 가다듬었다.」

막막한 문장의 우주에서 나는 도망치는 것을 그만두었다. 설화들이 나를 집어삼킬 듯 아가리를 벌리고 있었다.

「네가 들여다보지 않으면, 존재조차 하지 못할 녀석들이다.」

두려워할 필요가 없는 일이었다. 저것들은 그저 설화다.

ㅊㅊㅊㅊㅊ……!

나는 밀려드는 단어들을 바라보았다. 내가 이곳에서 너희를 읽어 왔다는 것을 알리기 위해서, 눈도 깜빡이지 않은 채 문장들을 노려보았다.

그러자 다음 순간, 안개처럼 흩어져 있던 단어들이 모여들기 시작했다.

「설화에 먹히지 않기 위해서는 반드시 '독자'가 되어야 한다.」

자신들을 발견해준 이에게 감사를 표하듯, 문장들이 내 발치를 떠돌았다. 그것들은 곧 내가 걸어갈 디딤돌이 되었다.

「설화를 사랑하되, 취하지 않고 읽을 수 있는 자.」

「그때야 설화는 비로소 실체 없는 공허에 맞설 수단이 되어줄 것이다.」

추락이 멈추었다. 나는 발치에 쌓여가는 문장들을 사뿐히 밟아보았다. 그것은 멸살법의 문장이 아니었다.

「"저는 독자입니다."」

「사람들에게 나를 이렇게 소개하면 다음과 같은 오해를 받기 일쑤였다.」

그럼에도 어딘가 익숙한 문장이었다. 나는 그 문장들을 읽으며 한 걸음씩 나아갔다. 내가 이미 아는 이야기도 있고, 잘 모르는 이야기도 있으며, 이제는 기억이 희미해진 이야기도 있었다.

「어린 시절, 김독자는 그런 생각을 한 적이 있었다.」

어린 내가 노트에 뭔가 끼적이고 있었다. 가지런히 정리된 멸살법의 파워 밸런스 도표와 히든 피스들. 그리고,

「뭐야, 나라면 이렇게 안 했을 텐데.」

내 나름대로 작성한 멸살법의 공략.

「바보, 씨-커맨더는 이렇게 공략했어야지. 이때 필요한 아이템은 ―」
「극장 던전은 연구소에서 앰플을 얻는 게 공략의 핵심이고.」
「여기서 반드시 간평의를 얻어야 돼. 사인참사검보다 더 중요해.」

걸음을 옮길 때마다 기시감이 더해졌다.

「성좌들을 모두 죽이는 수밖에 없어. 여기서는 그래야 해.」
「회귀하지 않고도 강해지려면…….」
「역시 최선의 루트는 이거지. 첫 번째 '거대 설화'는 마계에서 얻어야 해.」

어린 내가 써 내려가는 문장들이 나의 길을 밝히고 있었다.
그 문장들을 걸어나가며 나는 생각했다.

「모두를 살리기 위해서는 ―」

어쩌면 이 길은, 내가 기억하기도 전부터 시작된 것은 아니었을까.

뚝.

이윽고 문장이 끊겼다.
문장이 끊어진 곳에 작고 하얀 문이 있었다.
1,863회차의 유중혁 또한 열었던 바로 그 문이었다.

「그가 읽지 못한 모든 이야기의 '에필로그'가 그 너머에 있었다.」

나는 문손잡이를 물끄러미 내려다보았다.

「고작, 이 문의 손잡이를 돌리기 위해.」

유중혁으로부터 시작된 그 모든 이야기가 내 머릿속을 스쳤다.
그리고 아주 오랫동안 품어왔으나 한 번도 입 밖으로 꺼내지 못하던 의문이 떠올랐다.

「tls123은, **멸살법의 에필로그를 어떻게 그리고 싶었을까.**」

문손잡이를 향해 손을 뻗으며, 나는 저도 모르게 뒤를 돌아보았다.
아득한 설화들로 이루어진 길. 멀리서 바라보자 그 길의 풍경은 기이하게 낯설었다.

「나는 오래도록 그 길을 바라보았다.」

그리고 문이 열렸다.

3

「태초의 우주는 '하나'였다.」

정신을 차렸을 때 눈앞에 그 문장이 있었다. 그것이 문장인지, 아니면 문장을 빙자한 기억인지는 알 수 없었다.

「그 세계에서 '하나'는 전지전능했다. '하나'는 곧 우주였고, 우주는 곧 '하나'였기 때문이다. '하나'는 완벽했다. 완벽하게 혼자였다.」

뒤이어 눈부신 폭발이 일어났다.

「그렇게 '하나'는 '둘'이 되었다.」

최초의 폭발. 훗날 사람들이 빅뱅이라 부르게 된 현상.

「그리고 '하나'는 더 이상 전지전능하지 않게 되었다.」

나는 어마어마한 현기증과 함께 바닥을 짚었다.

이곳은 문의 안쪽이었다. '최후의 벽'의 가장 깊은 곳.

더 이상 벽은 나를 빨아들이려 하지 않았다. 끝까지 빨려 들어왔기 때문일 것이다.

곁을 돌아보자 한수영이 쓰러져 있었다. 나는 쓰러진 한수영을 업고 일어났다. 고개를 들자, 그곳에 안나 크로프트가 있었다.

[최초의 설화를 본 모양이군.]

안나 크로프트에게 빙의한 흑부리 왕이 나를 향해 웃고 있었다.

[처음 그것을 보았을 때 나도 그대와 같은 표정이었지.]

나는 대답하지 않았다. 설왕설래를 하고 있을 틈이 없었다. 일행들은 어디로 사라졌을까. 내 초조함을 읽었는지 흑부리 왕이 계속해서 말을 걸었다.

[궁금하지 않은가? 왜 이 세계에 '설화'라는 것이 존재하게 되었는지.]

"그런 이야기를 하러 여기까지 온 게 아니야."

[하지만 그 이야기를 하지 않고서는 앞으로 나아갈 수 없다. 나도 그랬거든.]

등에 업힌 한수영의 숨소리가 들려왔다. 그 숨이 곧 설화가 되어 눈앞에 펼쳐지고 있었다. 세계가 일그러지며, 진열장으로 장식된 복도가 눈앞에 나타났다.

「우주가 '둘'이 되어, '하나'는 외로워졌다.」

「'하나'였을 때는 필요 없던 것들이 생겨났다.」

진열장 위에서 작은 장난감처럼 조그마한 존재들이 싸우고 있었다.

지구를 비롯한 수많은 행성에서 시작된 '시나리오'의 역사가 그곳에 있었다.

「둘을 구별할 '선악'이 만들어졌고.」

아가레스와 메타트론이 전투를 벌이고 있었다.

붉은 설화를 토하면서도 끝내 자신의 신념을 굽히지 않는 천사와 악마의 '성마대전'.

「둘의 외로움을 달랠 '소통'이 발명되었으며.」

'공단'의 내벽을 사이에 두고 싸우는 공민들과 악마들.

그 흉벽의 사이에서 싸움을 만류하는 장하영의 모습이 보였다.

「다시 하나였던 시절로 돌아가고 싶은 '윤회'가 창조되었다.」

자신의 방에서 수조 속 화신체를 어루만지는 석존의 모습.

한때 석존이 사랑했던 이, 죽은 삼장의 화신체가 그곳에 있었다.

「하지만 '둘'은 다시는 '하나'로 돌아갈 수 없었고.」

내가 읽어온 모든 설화가 그곳에서 전시되고 있었다.

정해진 결말 안에서 반복되는 싸움.

서서히 정신을 차리는 모양인지, 한수영의 작은 떨림이 느껴졌다.

「'둘'은 곧 갈라진 서로를 이어줄 누군가를 필요로 하게 되었다. 이 모든 설화를 살아가며, 그들의 선악과, 소통과, 윤회를 대리해줄 존재.」

나는 우뚝 자리에 멈춰 섰다.

「**'등장인물'.**」

더는 태연하게 지켜볼 수가 없었다.

곁에서 유령처럼 걷던 '혹부리 왕'이 말했다.

[아주 악질적인 농담이지. 그렇지 않나?]

킬킬 웃던 혹부리 왕이 내 그림자 속으로 숨어들었다.

진열대 위에 떠오르는 인물이 점점 더 많아지고 있었다. 아직 조형이 덜 끝났는지 얼굴만 내놓은 채로 벽 속에 갇혀 있는 이들도 있었다.

"지혜…… 유승이……."

내가 아는 얼굴들이었다. 나도 모르게 그들을 향해 손을 뻗었다. 하지만 두꺼운 유리벽에 막혀 손이 닿지 않았다.

나는 진열대를 따라 빠르게 걸었다.

이설화, 공필두, 이길영, 유상아…… 〈김독자 컴퍼니〉의 모든 이들이 그곳에 있었다. 그리고.

"유중혁."

짙은 안개 속에서 유중혁의 모습이 나타났다. 녀석은 눈을 감은 채 동색 사슬로 전신을 구속당한 채였다.

유중혁의 아래쪽으로 어렴풋한 인형이 보였다.

「**그가 바로 '이야기의 왕'이었다.**」

안개 때문에 얼굴이 잘 보이지 않았기에, 나는 천천히 그를 향해 다가갔다.

[당신은 '이야기의 왕'과 조우했습니다.]

[메인 시나리오의 끝이 다가왔습니다.]

멸살법의 어디에도 도깨비 왕의 정보를 상세히 기술한 곳은 없었다. 하지만 멸살법에 없다고 해서 그에 대한 정보가 전혀 없는 것은 아니었다.

왜냐하면 나는 만났던 이들을 알고 있으니까.

「**하지만 그들도, '도깨비 왕'이 어떻게 생겼는지 말한 적은 없었다.**」

'최후의 안개'의 끝.

그곳에서 '이야기의 왕'이 나를 기다리고 있었다.

['이야기의 왕'이 당신을 향해 웃고 있습니다.]

그리고.

['제4의 벽'이 격렬하게 흔들립니다!]

나는 내 눈을 의심해야 했다.

「**그것은 아주 오래된 기억이었다.**」

지끈거리는 어지럼증과 함께 시야 전체가 흔들렸다.

「**그럴 리가 없다. 그런 일이, 가능할 턱이 없다.**」

[드디어 만나게 되는군요. ■■의 사도…… 아니.]

눈앞에 작은 스파크가 튀더니, 필터링이 해제되었다.

['영원과 종장의 사도'여.]

「김독자는 벼락같은 고함을 지르며 달려들었다.」

생각할 틈도 없었다. 나는 그의 멱살을 틀어쥐었다. 당장이라도 숨통을 조여 죽여버리고 싶었지만, 왜인지 손이 움직이지 않았다.

「그는 키가 컸다. 항상 너무 높은 곳에서 내려다보는 사람.」

이곳에 있을 리가 없는 사람이었다.

「항상 얼굴이 붉었던 사람. 늘 취한 채였고, 그래서 좀처럼 시선을 마주친 적이 없던 사람. 시선이 마주치지 않기를 바랐던 사람.」

[독자야, 김독자.]

「그와 시선이 마주치면, 세상은 악몽으로 바뀌었다.」

[내가 이름 하나는 기가 막히게 잘 지었어.]

나는 온 힘을 다해 주먹을 내질렀다.

「그토록 커 보였던 키는 이제 그와 비슷해졌고.」

시간의 유속이 느려지는 것 같았다.

「손등에 도드라진 혈관은 오히려 그를 앙상해 보이게 만들었다.」

힘껏 내지른 주먹은 그의 코앞에서 멈춰 섰다.

「이길 수 있다고 생각했다. 이제 그는 무력한 어린아이가 아니었다.」

눈부시게 튀어 오르는 스파크가 남자의 얼굴을 환하게 밝히고 있었다. 푸른 안광을 빛내며 웃는 '도깨비 왕'이 그곳에 있었다.

[무슨 짓이냐, 아버지에게.]

나는 고함을 질렀다. 내가 무슨 말을 하고 있는지, 무슨 행동을 하고 있는지조차 제대로 인식할 수 없었다. [제4의 벽]이 무너지고 있었다.

"김독자! 정신 차려!"

그리고 목소리가 들려왔다. 내 등을 짚는 따뜻한 온기. 한수영의 설화가 내게 전해지고 있었다.

「이것은 독자讀者의 설화.」

나를 지켜준 이야기였다.

"제4의 벽! 뭐 해! 일어나!"

['제4의 벽'이 강하게 활성화됩니다!]

['제4의 벽'이 철옹성처럼 두꺼워집니다!]

그 순간, 도깨비 왕의 표정이 바뀌었다.

[방해를 하네?]

그는 내가 아니라 내 안의 무언가를 바라보는 것 같았다.

[최후의 벽의 마지막 파편. 이제 너의 임무는 끝났다.]

['제4의 벽'이 거칠게 으르렁거립니다!]

[너는 무사히 모든 이야기의 끝에 도달했다. 자격을 갖춘 계승자를 데리고 말이지.]

내 안에서 [제4의 벽]이 말하고 있었다.

「그 건 김독 자 가 결 정할 일」

그 말을 들으며 차츰 정신이 돌아왔다.

「눈앞의 존재는 아버지가 아니었다.」

어머니와의 기억이 설화가 되어 눈앞에 떠올랐다.

[제4의 벽]에 삼켜졌던 어머니의 기억. 벽 위에 얼룩처럼 번진 어머니의 문장들이 내게 말하고 있었다.

「그는 그날 죽었다.」

"너는 내 아버지가 아니야."

[어떻게 그렇게 확신하지?]

"장난은 그만둬. 네가 내 '아버지'라는 건 개연적으로 불가능해."

[개연적이라. 하하, 그런 말을 듣게 되다니 할 말이 없네. 이쯤에서 나오기에 누구보다 자연스러운 얼굴이라 생각했는데 말이지.]

내게 멱살을 잡힌 도깨비 왕이 웃었다. 그의 얼굴이 변하고 있었다.

[아니면, 이 얼굴은 어떠냐?]

그는 어머니의 모습으로 변했고.

[이 얼굴도 나쁘지 않지.]

그다음에는 페르세포네와 하데스의 얼굴이었다.

나는 다시 한번 주먹을 휘둘렀다. 그러자 이번에는 강렬한 스파크와 함께, 내 몸이 반대로 튕겨나갔다.

"한 번만 더 그들의 얼굴을 보이면 죽여버릴 거야."

[후후, 장난이 과했던 모양이군.]

"지금 당장 모습을 바꿔. 본모습을 드러내."

[나도 그러고 싶지만 그게 안 돼. 내 원래 모습이 무엇이었는지 이미 오래전에 잊었어. 너무 많은 존재로 바뀌어 살아왔거든.]

그는 여전히 하데스의 모습을 유지한 채 천천히 눈을 깜빡였다.

그러자 그의 뒤쪽에서 설화들이 흘러나왔다. 어딘가 익숙한 설화들이었다.

「그날, 세상에서 가장 오래된 악마가 경외 속에 승천했다.」

[나는 한때 마계의 왕이었고.]

「<에덴>의 모든 대천사들이 그를 숭배하기 마지않았다.」

[대천사들의 메시아였다.]

등 뒤에서 식은땀이 흘렀다.

내가 익히 들은 적 있는 설화들이었다.

사라진 마계의 대마왕과, 에덴의 메시아.

그에게서는 다른 신화급 성운의 창조 설화도 느껴졌다. 〈황제〉의 반고, 〈올림포스〉의 크로노스…… 전신에 오소소 솜털이 돋았다.

지금 내 눈앞에 있는 존재는, 내가 지금껏 상대했던 어떤 신화급 성좌와도 차원이 달랐다.

「이 세계에서 가장 오래된 존재.」

•

나는 긴장을 놓지 않은 채 '부러지지 않는 신념'을 굳게 쥐었다.

"그 모든 게 당신이었단 건가? 〈에덴〉도, 〈마계〉도 너였다고? 그런 말을 하고 싶은 거냐?"

내 말에 도깨비 왕이 고개를 휘휘 저었다.

[결국 모든 것은 지나간 이야기의 변주일 뿐이란 얘기지. 우리는 그저 거대한 이야기의 환생에 불과해. 너도, 나도.]

그는 먼 〈스타 스트림〉의 흐름을 보고 있었다. 별이 떨어진 하늘이 공허하게 펼쳐져 있었다. 그 하늘은 거대한 벽처럼 보였다.

끝없이 뻗어나간 '최후의 벽'.

이 세계는 결국 이 아득한 벽 속의 이야기였다. 쓰다 흘러내린 잉크처럼 희미한 별들이 추락하는 것이 보였다.

그토록 많은 별이 떨어졌음에도, 여전히 남아 있는 별이 있었다. 자세히 보지 않고서는 볼 수 없는 별들.

나는 그 별들의 이름을 기억했다. 그리고 내가 해야 할 일을 되새겼다.

"내 일행들을 풀어줘."

[그들은 쓸모가 끝난 수단일 뿐이야. 그들을 풀어주는 것이 너에게 어떤 의미가 있는데?]

"그 사람들은 내 전부야."

도깨비 왕이 천천히 나에게 다가왔다.

한수영이 '한낮의 밀회'로 말을 걸며 내 곁에 다가섰다.

―김독자.

넝마가 된 붕대를 팔에 질끈 감으며, 녀석은 마지막 전의를 불태우고 있었다.

―셋 센다. 신호하면 동시에 제압해. 하나, 둘…….

[그렇게 속닥거릴 필요 없어. 다 들리니까.]

우리는 빳빳이 굳은 채 시선을 교환했다.

〈스타 스트림〉의 모든 설정은 '도깨비 왕'의 손을 거친 것. 이 세계에 그가 읽을 수 없는 문장은 존재하지 않는다.

한수영도 나도 칼자루를 쥔 채 녀석을 노려보았다.

이미 수가 읽힌 상황에서 덤벼봤자 기습이라고 할 수도 없었다.

도깨비 왕은 그런 우리를 재미있다는 듯 바라보더니, 천천히 내게로 손을 뻗었다.

[이야기의 후계자. 오직 너만이 정확한 시간에 맞춰 이곳까지 왔어.]

"뭐? 여기 난 보이지도 않는—"

츠츠츠츳, 하는 소리와 함께 한수영의 목소리가 사라졌다. 마치 수조 속에 갇힌 것처럼 한수영이 자신을 감싼 투명한 벽을 탕탕 두들기고 있었다.

[당신은 모든 메인 시나리오를 통과했습니다.]

[당신은 범우주적인 <스타 스트림> 통합체에 기록될 것입니다.]

들려오는 시스템 메시지와 함께, 내 존재의 격이 격상되고 있었다.

[그렇게나 멋진 설화를 보여줘놓고, 왜 아직도 낡은 인식의 틀에 갇혀 있는 거지? 숭고한 벽의 파편을 가졌음에도, 왜 이 세계를 떨어져서 바라보지 못하는 거야.]

나를 힐난하는 듯한 목소리. 그 목소리의 아득한 심층부에는 이 모든 이야기에 대한 경외가 묻어 있었다.

그는 자신이 서 있던 벽을 바라보았다. 정확히는 그 벽 너머에 있는 무언가를 상상하는 듯했다.

[네가 가치를 둔 모든 것에는 의미가 없어. 이 세계는 오직 위대한 존재에게 헌정되기 위한 이야기에 불과해. 이 세계의 모든 것은, 그저 그 위대한 존재의 백일몽에 지나지 않아.]

위대한 존재의 백일몽.

"'최후의 벽'은 그 '존재'가 꾸는 꿈을 기록한 것인가?"

[맞아.]

나는 그 존재가 누군지 알 것 같았다.

이 모든 비극을 초래한 원흉.

나는 이곳에 들어오며 본 '최초의 설화'를 떠올렸다.

「**태초의 우주는 '하나'였다.**」

최초의 '하나'.

유중혁을 회귀시키고, 이 세계의 모든 '신화'를 탄생시킨 존재.

"그 녀석이 tls123인가?"

4

[tls123?]

중얼거리는 도깨비 왕의 표정이 이상했다. 마치 오류라도 걸린 것처럼 떨리는 녀석의 입술 위로 파란 스파크가 튀었다.

나는 질문을 바꿨다.

"그가 이 세계를 만든 작가냐고 묻는 거다."

도깨비 왕은 고개를 갸웃하다가 말했다.

['가장 오래된 꿈'은 작가라기보다는 차라리 독자에 가깝지. 그는 누구를 위해 이야기를 쓰는 존재가 아니야. 게으르고 탐욕스러우니까.]

'가장 오래된 꿈'이 'tls123'이 아니라고? 그렇다면 내게 파일을 보낸 이는 누구란 말인가. 내가 십수 년의 세월 동안 읽은 소설을 집필한 작가는 대체—

[너는 이 모든 것의 시작이 궁금한 모양이군. 하지만 그런 것을 추측하는 건 아무 의미 없어. 이 세계가 어떻게 시작되었든, 이 세계는 그것을 보는 이가 없다면 존재하지 않는 것과 다름없으니까.]

도깨비 왕은 〈스타 스트림〉의 우주를 바라보았다. 눈부신 설화 조각들이 은하의 흐름을 타며 흘러가고 있었다. 그의 시선이 닿는 곳마다 부스러기들은 의미를 만들었다 잃기를 반복했다.

나는 여전히 사슬에 구속된 유중혁을 올려다보았다. 유중혁의 등 뒤로 텅 빈 〈스타 스트림〉의 은하가 있었다.

"보이지 않아도 존재하는 것도 있어."

우주의 어둠은 너무나 넓고 광활하여, 빛의 속도로도 건널 수 없을 만큼 아득했다. 하지만 그 빛은 언젠가는 닿는다. 볼 수 없다고 해서 그곳에 없는 것이 아니다. 누구도 없는 곳에서 빛을 내는 것도 있다.

「우주의 암흑 사이로 희미한 별빛이 보이기 시작했다.」

어둠 속에서 떠오르는 별들. 아직까지 자신을 잃지 않은 별들이었다. 그 별들의 빛은 설화가 되었고, 문장이 되었다. 문장들은 '최후의 벽' 위로 드리워지며 이미 닫혀버린 이야기의 문을 열었다.

「전신에서 검은 피를 흘리며 심연의 흑염룡이 몸을 일으켰다.」

그 문장을 보는 순간 숨이 턱 막혔다.

문장들은 곧 영상을 그려냈다. 얼마 지나지 않아, 폐허가 된 전장에서 몸을 일으키는 '심연의 흑염룡'이 보였다.

한수영의 말이 옳았다. '무대화'가 사라지며 '묵시룡'의 힘은 잃었지만, 그는 여전히 흑염룡이었다.

「타천의 하늘에서 제천대성이 지친 눈을 떴고.」

번뜩이는 뇌운 사이로 살아남은 성좌들과 격전을 벌이는 제천대성.

「최후의 '대선'이 선악의 종지부를 향해 나아갔다.」

그리고 우리엘.

'업화의 불꽃'을 휘두르며 〈스타 스트림〉의 꺼진 밤하늘을 밝히는…….

[아니, 보는 이가 없다면 그들은 존재하지 않는다.]

단언과 함께 설화의 영상이 흩어졌다.

나는 허망하게 흩어지는 설화를 향해 저도 모르게 손을 뻗었다.

내 행동을 비웃듯 도깨비 왕이 말을 이었다.

[아무도 읽지 않는 이야기가 계속된다는 것만큼 허망한 일은 없지. 모든 것은 관측된 순간에 만들어진다. 이 우주는 그렇게 구성되어 있어. 관측하는 이가 없을 때, 설화는 존재를 증명하지 않지.]

"그들은 분명히 존재해."

[아직도 그다음이 보고 싶은가?]

[<스타 스트림>이 당신의 선택을 기다립니다.]

['최후의 벽'이 당신의 선택을 기다립니다.]

모든 세상이 내 대답을 기다리고 있었다.

"나는……."

나는 말을 망설였다.

투명한 벽 너머로 아우성치는 한수영의 모습이 보였다.

「이 설화가 계속되면, 내가 원하는 것을 볼 수 있을까.」

내 망설임을 안다는 듯 도깨비 왕이 웃었다.

'최후의 벽'이 거칠게 준동했다. 벽 위로 문장들이 흐르고 있었다. 서비스라도 하듯 느릿하게 재생되는 설화.

제천대성이, 흑염룡이, 우리엘이 다시 전투를 벌이기 시작했다.

「[염룡아. 누나 없다고 울지 마라!]」

「[큭큭, 포기가 빠르군 대천사! 내겐 아직 사용하지 않은 한쪽 팔이……!]」

「[그 팔은 벌써 잘려 나간 것 같은데, 흑염룡.]」

「[이 몸은 팔 한 짝쯤 없어도 끄떡없다, 멍청한 원숭아!]」

선과 악, 그리고 선도 악도 아닌 성좌들이 한데 모여 최후의 전투를 벌이고 있었다. 그 풍경을 보던 도깨비 왕이 말했다.

[너의 설화는 대단했다. 최고의 거대 설화인 〈스타 스트림〉이 네 편을 들 정도였으니까. 아직 서사시의 많은 부분이 비어 있지만, 새로운 세계의 '태초'가 될 토대로서는 충분해.]

"그딴 게 되려고 이야기를 계속해온 게 아냐."

성좌들의 등 뒤로 설화들이 빛나고 있었다.

[거대 설화, '신화를 삼킨 성화'가 이야기를 계속합니다!]

[거대 설화, '빛과 어둠의 계절'이 이야기를 계속합니다!]

[거대 설화, '잊혀진 것들의 해방자'가 이야기를 계속합니다!]

우리의 거대 설화.

설화들은 〈김독자 컴퍼니〉의 것만이 아니었다.

어떤 이야기를 아주 오랫동안 보아온 이들은, 결국 그 이야기와 같은 빛을 띠게 된다. 우리의 이야기를 지켜보아온 성좌들 역시 같은 빛을 내고 있었다.

[저것이 네가 만든 이야기의 끝이다.]

「꼬리가 잘린 흑염룡이 거친 울음을 터뜨렸다.」

「우리엘의 부서진 업화가 잿가루처럼 흩날리고 있었다.」

「황제의 성좌들을 향해, 제천대성이 부러진 여의봉을 휘둘렀다.」

'최후의 벽' 위에 쓰인 문장들이 빛을 잃어가고 있었다.

나는 그 빛을 향해 손을 뻗었다.

[당신은 '최후의 벽'에 간섭할 자격이 없습니다.]

손끝에서 통증이 밀려왔다. 스파크에 새카맣게 탄 손가락.

나는 이를 갈며 외쳤다.

"나는 이 이야기를 통제할 자격이 있어. 메인 시나리오를 전부 클리어했다고."

마지막 시나리오의 보상은 '최후의 벽'이었다.

도깨비 왕이 웃었다.

[그래, 너에겐 자격이 있지. 하지만 저 이야기를 바꿀 권한은 없어. 그것은 '개연성'에 위배돼.]

실시간으로 최후의 벽 위로 떠오르는 문장을 보며, 나는 진언을 개방했다.

[저 이야기를 멈춰.]

내가 쌓아온 모든 설화가 울부짖고 있었다.

아직 늦지 않았다.

우리엘도, 흑염룡도, 제천대성도.

모두 살아 있다.

「[하데스. 우리의 ■■가 다가왔어요.]」

지금이라면 바꿀 수 있다. 흘러가는 문장들을 고칠 수 있다. 끝나지 않은 문장의 끝을 잡아, 다른 문장을 쓸 수 있다.

[그들을 살리고 싶나?]

도깨비 왕이 물었다.

[나 역시, 한때는 너와 같았지.]

도깨비 왕이 살아온 세계가 그의 등 뒤로 펼쳐졌다.

나는 잘 모르는 행성의 모습. 그 행성에서 시나리오가 흘러가고 있었다.

[나 또한 끔찍한 비극들을 살았다. 그리고 불행이 더 이상 불행처럼 느껴지지 않는 순간이 되었을 때, 비로소 이곳에 도달했지.]

둑이 터지듯 벽의 일부가 나를 향해 쏟아졌다. '최후의 벽'이 품고 있던 막대한 이야기가 내게 흘러 들어오고 있었다.

정신이 망가지는 것 같았다.

내가 알고 있던 이야기, 모르고 있던 이야기.

우주의 모든 설화가 내 영혼 속으로 축적되고 있었다.

['제4의 벽'이 강력하게 반발합니다!]

['제4의 벽'이 무너지는 당신의 정신을 보호합니다!]

내가 겪어온 죽음들과 내가 보아온 죽음들이 겹치고 있었다.

[왜 네게, 그토록 많은 불행이 일어났을까?]

불행이라는 범주로 쉽게 변별되고 말 이야기들이 내 머릿속을 짓눌렀다.

[설화에 취하지 마라. 저것은 앞으로 네가 만들어갈 무수한 세계선 중 하나에 지나지 않으니까.]

조금씩 슬픔의 감정이 무뎌지기 시작했다. 비탄도, 절망도. 그 모든 비감이 하나의 찰흙 덩어리처럼 뭉쳐지더니, 이내는 구별할 수 없는 것이 되어갔다.

「세상에 저렇게나 많은 불행이 존재하는데, 그 모든 불행에 슬퍼해야 할 이유가 있는가.」

지나치게 많은 것은 결국 진부해진다.

[이 세계를 만든 작가가 누구냐고 물었지. 네가 그 존재가 될 수도 있어.]

도깨비 왕이 말하고 있었다.

[그들을 살리고 싶다면 네가 사랑하는 모든 것에 의미가 없다는 것을 인정해라. 이미 쓰여진 설화들이 쉽게 고쳐질 수 있는 허상이라는 것을, 그들이 위대한 백일몽의 그림자일 뿐이라는 사실을.]

도깨비 왕의 속삭임과 함께, 거대 설화의 개연성이 준동했다.

[다음 세대의 〈스타 스트림〉을 이끌 수 있도록, 새로운 세계의 설계자가 되어라.]

그야말로 가공할 유혹이었다.

만약, 도깨비 왕의 제안을 받아들여 〈스타 스트림〉의 새로운 설계자가 된다면 나는 모두를 구할 수 있었다. 이 모든 설화를 고쳐 써서, 이 세계선을 구할 수 있었다.

그 구원의 조건은 하나뿐이었다.

「저 이야기를 사랑하는 것을 포기하기만 한다면.」

그리고 누군가가 내 손을 붙잡았다. 뭔가를 한참이나 두들겼는지 피에 젖은 손. 아주 오랫동안 글을 쓴 사람의 손이었다.

"정신 차려. 넌 작가가 아니야."

대체 언제 막에서 탈출한 것일까. 입술로 북 찢은 붕대를 다시 묶으며 한수영이 말했다.

"내 소설을 가장 먼저 읽어주기로 한 독자라고."

그 말과 함께, 한수영의 전신에서 설화가 폭발했다.

[설화, '예상표절'이 이야기를 시작합니다!]

'최후의 벽'에 쓰인 문장들이 동요하기 시작했다.

[화신 '한수영'의 특성이 발동합니다!]

"세상에 아무리 많은 비극이 있어도 슬픈 건 슬픈 거야, 멍청아!"

한수영이 바닥을 찧는 순간, '최후의 벽'에 들러붙어 있던 설화 일부가 후두둑 떨어졌다. 도깨비 왕의 눈이 커졌다.

[감히 벽을……!]

도깨비 왕의 말은 계속되지 못했다.

설화들이 떨어진 벽의 틈새로, 누군가의 손이 비집고 나왔다. 길고 새하얀 손. 내가 아는 그 어떤 손보다도 더 올곧고 강인한 사람의 손이었다.

"그 말이 맞아요. 슬픈 건 슬픈 거죠. 기쁜 건 기쁜 것처럼."

['윤회를 결정하는 벽'이 '최후의 벽'의 틈새를 일그러뜨립니다.]

빙긋 웃는 유상아가 벽에서 빠져나오고 있었다. 그녀의 곁에 붙어 있는 신유승과 이길영도 보였다.

"아저씨!"

"형!"

유상아가 만든 균열은 점차 번지더니, 이윽고 반대쪽 벽면까지 타고 흘렀다. 그 벽 너머로, 내가 잘 아는 이들의 목소리가 들려왔다.

['불가능한 소통의 벽'이 들리지 않는 목소리를 키웁니다.]

"구—원—의—마—와—앙!"

장하영의 목소리였다. 우지끈, 하는 소리와 함께 벽의 다른 쪽 틈새로 자그마한 것이 나타났다. 키리오스였다.

"한심한 놈. 고작 설화 따위에 먹힌 것이냐?"

곧이어 불도저가 바닥을 밀어내는 소리와 함께, 틈새에 사람 크기의 구멍이 생겼다.

['선악을 결정하는 벽'이 선악의 경계를 재설정합니다!]

"독자 씨! 찾으러 왔습니다!"

이현성과 정희원이었다. 일행들이 빠져나온 틈새는 순식간에 수복되었다. '최후의 벽'에 기록된 이야기들이 틈을 메꾸어버린 것이었다.

그 벽 위로, 다시 별들의 이야기가 흘러가고 있었다.

"독자 씨? 이게 무슨……."

"현성 씨, 저기!"

정희원의 목소리와 함께, 모든 일행들이 '최후의 벽'을 바라보았다. 닫힌 선실에서 여전히 싸우고 있는 성좌들의 이야기가 그곳에서 전시되고 있었다.

산 자보다 죽은 자가 더 많은 지옥도.

우리엘이 무릎을 꿇었고, '심연의 흑염룡'이 쓰러졌다. 제천대성이 최후의 최후까지 분전하며 그들을 지키고 있었다.

「[일어나라, 아직 막내의 이야기가 끝나지 않았다.]」

문장들은 속절없이 흘러갔다. 이대로 두면 저들은 모두 죽는다. 우리엘도, '심연의 흑염룡'도, 제천대성도. 모두 죽을 것이다.

나는 고통 속에서 그들을 향해 손을 뻗었다. 영혼을 잠식하는 통증 때문에 목소리도 진언도 나오지 않았다.

「*막 아*」

['제4의 벽'이 당신을 대신해 이야기합니다.]

「저 **이야** 기 가 *흘러 가* 는 **것**을 막 아」

일행들이 '최후의 벽'을 향해 달려갔다. 말을 전하지 않아도, 이미 무엇을 해야 할지 모두가 알고 있었다.

아직 저 이야기는 끝나지 않았다. 다음 문장이 쓰여지는 것을 막을 수만 있다면—

거센 후폭풍과 함께 일행들의 몸이 타올랐다. 도깨비 왕의 힘이 그들을 억제하고 있었다. 하지만 일행들은 멈추지 않았다. 눈부시게 타오르는 스파크를 견뎌내며, 한 걸음 한 걸음 자신의 속도에 맞춰 걸어갔다.

[<김독자 컴퍼니>의 모든 거대 설화가 '최후의 벽'에 기록되기를 거부합니다!]

우리가 만든 설화들이 말하고 있었다.

도깨비 왕이 그에 응수하듯 말했다.

[그렇군, 아직도 시나리오를 수행하고 싶은가?]

도깨비 왕은 즐겁다는 듯 나를 바라보았다. 그 시선과 마주하는 순간 소름이 돋았다. 도깨비 왕은 이 세계선 최강의 존재. 어떤 신화급 성좌도 도깨비 왕을 상대할 수는 없었다.

〈스타 스트림〉의 모든 것은, 그의 장난감에 지나지 않으니까.

도깨비 왕의 손짓과 함께, '최후의 벽' 위에 새로운 시나리오 내용이 떠오르기 시작했다.

[<스타 스트림> 최후의 시나리오가 재설정됩니다!]

[<스타 스트림> 최후의 시나리오는…….]

콰가각, 하는 소리와 함께 흘러가던 문장이 멈추었다.

문장이 끊긴 곳에 한 자루의 칼이 틀어박혀 있었다. 불온한 혼돈의 힘을 담은 아우라가 문장의 질서를 어지럽혔다.

그리고 새로운 문장이 구성되었다.

「아주 오랜 시간을 돌아, 유일하게 이 세계의 끝을 본 존재.」

허공에 끊어진 사슬이 흩날렸다. 수천 개의 잔상이 하나로 겹치듯, 검은 코트 위로 무수한 회차의 그림자들이 덧씌워지고 있었다.

그 순간, 나는 내 판단이 틀렸음을 깨달았다.

「있다, 한 사람.」

이미 도깨비 왕을 죽여본 적이 있는 존재.

[설화, '영원불멸의 지옥도'가 이야기를 시작합니다!]

OMNISCIENT READER'S VIEWPOINT

지켜야 할 것은 모두 지켰나

Episode 98

I

「**유중혁이라는 한 사람이 그곳에 있었다.**」

0회차부터 1,863회차까지.

유중혁이 쌓아온 세월이 코트 끝자락에 겹쳐 일렁였다.

그의 설화를 대변하듯, '최후의 벽' 위에 유중혁의 대사가 떠올랐다.

「**"나는 단 하나도 잊지 않는다."**」

[설화, '생과 사의 동료'의 특수 효과가 발동 중입니다!]

3회차 유중혁, 그리고 '은밀한 모략가'의 설화가 공명하고 있었다. 굳게 쥔 흑천마도의 검극에서 무섭도록 찬연한 혼돈의 힘이 뻗어나왔다. 무질서한 혼돈의 아우라에 벽 전체가 동요했다.

당연한 일이었다. 그의 이야기는 이 벽의 가장 중요한 부분을 담당하고 있을 테니까.

《멸망한 세계에서 살아남는 세 가지 방법》의 주인공, 유중혁.

이 모든 세계는 애초에 유중혁이 아니었다면 시작조차 될 수 없었다.

도깨비 왕이 비웃듯 입을 열었다.

[가장 오래된 꿈의 꼭두각시. 너의 필름은 참으로 길고도 아득하다.]

그가 올 줄 알고 있었다는 듯한 말투였다.

[그 누구도 너의 지루하고 비대한 이야기를 끝까지 함께할 수 없을 것이다. 설령 '가장 오래된 꿈'일지라도.]

유중혁이 천천히 눈을 깜빡이자, [현자의 눈]이 황금색으로 빛나며 개방되었다. 이 세계의 모든 별빛을 빨아들인 것처럼 형형하게 빛나는 눈동자.

그 눈동자의 주인이 말했다.

【이번에도 내가 너무 일찍 왔나?】

'은밀한 모략가'의 말을 듣는 순간, '끊어진 필름 이론'을 통해 보았던 기억이 떠올랐다.

1,863회차의 세계선에서 그가 만났던 '도깨비 왕'의 기억.

「[불행한 꼭두각시여. 그대는 너무 빨리 왔습니다. 당신은 이 우주를 완성할 수 없습니다.]」

그 기억을 실시간으로 전송받기라도 한 듯, 고개를 갸웃하던 도깨비 왕이 말했다.

[그렇군, 다른 세계선의 나는 그렇게 말했던 모양이지?]

【내가 본 녀석과는 말투가 다르군.】

[너의 모든 회차가 같지 않듯, 나 또한 마찬가지지.]

어깨를 으쓱한 도깨비 왕이 유중혁의 흑천마도를 뽑아 던졌다. 날아온 칼을, 유중혁이 맨손으로 받아 쥐었다.

칼이 뽑힌 '최후의 벽' 위에 커서처럼 칼자국이 남았다.

이윽고 칼자국이 한 뼘씩 뒤로 밀려나며, 벽에 문장들이 나타났다.

「하지만 그 모든 세계선은 결국 같은 결말을 위해 존재한다.」

그 이야기가 몹시 자랑스럽다는 듯 도깨비 왕이 유중혁을 향해 말했다.

[위대한 세계의 완성이 눈앞에 있다. 너도 이제 자신의 숙원을 이룰 수 있을 거다.]

유중혁의 숙원이 무엇인지 나도 잘 알고 있었다.

[거대 설화, '고독한 멸망의 순례자'가 이야기를 시작합니다!]

이 끔찍한 저주의 굴레에서 벗어나 자유가 되는 것.

1,863회차의 유중혁은 그 목표만을 위해 살아왔다.

「하지만 유중혁의 목표는 그것만이 아니었다.」

고개를 돌린 '은밀한 모략가'가 나를 보고 있었다.

시선의 의미는 명백했다. 자신과 한 약속을 잊지 말라는 뜻이다.

「"이 모든 세계의 원흉을 없앨 것이다."」

'최후의 벽'에 떠오른 문장을 읽은 도깨비 왕이 말했다.

[없앤다…… 재미있군. 아직도 그런 게 가능할 거라고 믿나?]

【가능하다. 그리고 그것이 가능해지려면.】

그의 쌍수에 두 자루의 검이 쥐어졌다. 새카만 흑천마도의 칼날 위에 서슬 퍼런 진천패도의 칼날이 겹쳤다.

【먼저, 네놈이 없어져야겠지.】

콰앙, 하는 소리와 함께 스파크가 벽 전체를 흔들었다. 연달아 폭발음이 들리며 섬광이 일었다. 두 개의 신형이 허공에서 격돌하고 있었다.

'도깨비 왕'의 주변을 감싸는 단단한 설화의 장벽이 보였다.

이 세계에서 가장 오래된 이야기를 무기로 쓰는 존재.

[거대 설화, '최초의 메시아'가 이야기를 시작합니다!]

성운 〈에덴〉의 주인이 가지고 있던 바로 그 설화가, 그의 손끝에서 흘러나오고 있었다.

단단하게 엉겨든 문장들이 신성한 광휘를 흩뿌렸다. 위대한 성좌의 빛이 지상의 피조물들을 향해 쏟아지고 있었다.

그저 닿는 것만으로도 존재가 녹아서 사라질 게 분명한 격이었다.

"독자 씨!"

기겁한 이현성이 나를 향해 허겁지겁 달려왔다.

그의 전신에서 뻗어나온 강철이 나와 일행들을 보호하기 위해 펼쳐지고 있었다. 하지만 나는 고개를 저었다.

"그럴 필요 없습니다, 현성 씨."

"예?"

나는 대답하는 대신 앞을 가리켰다.

지끈거리는 두통 속에서도, 나는 눈앞에서 펼쳐지는 정경에서 눈을 떼지 않았다. 다른 별들의 말이 맞았다. 나 역시 그저 성좌에 불과한지도 모른다. 아마도 나는 저 광경을 보기 위해 십수 년을 견뎌온 것이다.

[전용 특성, '별들의 공포'가 발동합니다!]

눈앞에서 도깨비 왕의 광휘가 흩어지고 있었다.

세상 모든 악을 멸하는 메시아의 빛을, 검은 코트의 사내가 두 개의 칼로 받아내고 있었다.

ㅊㅈㅈㅈㅈㅈ.

빛에 닿은 벽의 설화들이 녹아내렸다. '은밀한 모략가'— 아니, 유중혁은 그 빛을 거스르며 한 걸음씩 앞으로 나아갔다. 턱 아래로 송골송골 맺힌 땀이 떨어졌고, 흑천마도와 진천패도의 칼날이 빛살에 무디어지고 있지만, 그는 조금도 물러서지 않았다.

그쯤 되자 도깨비 왕도 조금씩 표정이 변하기 시작했다.

[과연. 그럼 이건 어떨까.]

[거대 설화, '최초의 악'이 이야기를 시작합니다!]

「최초의 악」. 그것은 승천한 마계의 대마왕, '바알'의 설화였다.

이 세계의 어떤 선도 감히 대적할 수 없는 패도적인 힘.

마계 전체를 등에 업은 도깨비 왕이, 유중혁 위로 새카만 낙뢰를 떨어뜨렸다. 대천사조차 견뎌낼 수 없는 타천의 전격.

멀리서 이설화가 외쳤다.

"중혁 씨!"

유중혁은 날아드는 전격을 피하지 않았다. 오히려 피뢰침처럼 검을 곧추세운 채 번개를 정면으로 받아냈다. 하지만 끝이 아니었다.

['무대화'가 발동합니다!]

'무대화'를 통해 마왕의 영혼들이 되살아나고 있었다. 우리가 죽인 녀석들도 있었고, 묵시룡에 의해 사망한 놈들도 있었다. 그 모든 마왕이 「최초의 악」에 의해 다시금 전장에 불려 나와 유중혁을 향해 울부짖고 있었다.

그아아아아아아—!

마왕들이 던진 병장기들이 사악한 마력에 휩싸여 보랏빛 낙뢰 폭풍을 만들어냈다. 설령 신화급 성좌라고 해도 버텨낼 수 없을 정도로 강대한 폭풍이었다.

범람하는 낙뢰 사이로 유중혁의 하얀 얼굴이 악귀처럼 빛났다. 불온한 격의 폭풍 속에서도 유중혁은 침착했다. 마치 오랫동안 이 순간만을 기다려온 한 사람처럼.

【모두 죽여본 놈들이군.】

[전용 특성, '마왕살해자'가 발동합니다!]

허공으로 도약한 유중혁이 병장기들을 튕겨내며 전진했다. 그의 검이 궤적을 만드는 곳마다 악의 설화가 부서졌다. 파괴만을 위해 태어난 괴물처럼, 유중혁은 검을 휘두르고 또 휘둘렀다. 모든 검격에 그가 살았던 세계의 원한이 담겨 있었다.

츠츠츠츠츳!

타락한 마계의 하늘에 커다란 균열이 발생하고 있었다.

단신으로 '무대화'를 해체하는 무력.

〈스타 스트림〉이 만든 괴물이, 이제 〈스타 스트림〉을 부수기 위해 움직이고 있었다.

그아아아아악!

흑천마도의 칼날이 되살아난 '검은 갈기의 사자' 마르바스의 목을 베었고, 진천패도의 궤적이 달려드는 '무자비한 역천의 사냥꾼' 바르바토스의 심장을 꿰뚫었다.

어떤 마왕도 그의 앞에서 자신이 왕임을 참칭할 수 없었다.

위협감을 느꼈는지 도깨비 왕이 으르렁거리며 외쳤다.

[오만한 꼭두각시여, 이 세계선의 주인공은 네가 아니다.]

그와 동시에 주변 지형이 다시 한번 변하기 시작했다.

[거대 설화, '스타 스트림 게임 시스템'이 이야기를 시작합니다!]

['무대화'가 발동합니다!]

벽의 정경이 픽셀처럼 변하고 있었다.

유중혁의 몸이 작아지기 시작했다. '다이달로스의 미궁'에 갇힌 것처럼 유중혁이 나아가는 길이 미로로 변했다. 그의 뒤를 쫓는 거대한 입을 가진 괴물도 보였다. 곳곳에서 불쑥 튀어 오른 [자동 포탑]들이 사격을 개시했고, 그의 발이 닿는 지형은 깊은 수렁으로 뒤바뀌었다.

마치, 게임 속에 들어오기라도 한 것처럼.

「유중혁은 웃고 있었다.」

[전용 특성, '유희의 지배자'가 발동합니다!]

아주 간단히 함정을 돌파한 유중혁의 몸이 화살처럼 쏘아져 나갔다. 다가오는 괴물의 정수리를 찢어버리고, 미로의 벽면을 박살 냈다. 이 세계의 공략법 따위 진즉에 알고 있다는 것처럼, 단 한 번의 일격도 허용하지 않았다.

[해당 '무대'가 대상의 격을 감당할 수 없습니다!]

미로가 무너지고, 어느새 유중혁은 도깨비 왕의 코앞에 섰다.

도깨비 왕의 눈동자가 당혹감으로 물들어 있었다.

【이게 끝인가?】

'은밀한 모략가'가 도깨비 왕에게 이길 수밖에 없는 것은 당연했다. 그의 모든 삶은 〈스타 스트림〉과 싸워 이기기 위해 존재했기 때문이다.

아마 내가 읽지 못했던 원작에서도, 유중혁은 저런 식으로 도깨비 왕을 죽였을 것이다.

도깨비 왕이 뒷걸음질 치며 나를 일별했다.

「유중혁의 약점은 무엇인가.」

'최후의 벽'에 떠오르는 문장을 읽은 순간, 뒷덜미가 서늘해졌다.

도깨비 왕의 눈동자에 먼 우주의 정경이 떠오르고 있었다. 이곳이 아닌 다른 세계선의 기억이 그를 향해 흘러 들어가고 있었다. 해답을 찾았다는 듯, 나를 보던 도깨비 왕이 섬뜩한 미소로 유중혁을 돌아보았다.

[꼭두각시여. 너의 정신력도 너의 검처럼 날카로울까.]

['이야기의 왕'이 당신의 설화를 강제로 재현합니다!]

['무대화'가 임시 발동합니다!]

[인근 지형의 유사함이 무대의 재현 수준을 격상시킵니다!]

죽은 마왕들의 시체가 곳곳에 늘어져 있었다. 죽은 별들의 폐허 위로, 황폐한 얼굴의 유중혁이 천천히 주변을 둘러봤다.

「그가 살았던 최후의 세계가 그곳에 펼쳐지고 있었다.」

그가 그 세계를 모를 수는 없었다.

그곳으로 나를 보낸 것이 바로 '은밀한 모략가'였으니까.

「1,863회차. 멸살법의 마지막 세계.」

멍하니 하늘을 올려다보는 유중혁을 향해 도깨비 왕이 그림자처럼 다가왔다. 아니, 그는 더 이상 도깨비 왕이 아니었다. 그의 걸음이 움직일 때마다 그의 얼굴이, 체형이 변하고 있었다.

「창백한 뺨. 별처럼 빛나는 두 눈이 그를 보고 있었다.」

내 것과 똑같은 백색 코트가 바람에 흩날렸다.

[기억나냐? 33회차. 40번 시나리오를 클리어하고 이지혜가 했던 말.]

나와 똑같은 목소리가, 이야기하고 있었다.

허공에 튀어 오르는 스파크와 함께, 유중혁의 몸이 빳빳이 굳고 있었다.

가볍게 손을 뻗은 도깨비 왕이 유중혁의 멱살을 쥐며 말을 이었다.

[생각해봐. 늘 불행했던 것만은 아니야. 그렇지? 그 모든 회차에는, 잠깐이지만 행복했던 시절이 있었어.]

진천패도와 흑천마도가 거칠게 떨렸다. 떨림 속에서 두 자루의 검이 무력하게 늘어지고 있었다.

「회귀 우울증.」

오랜 세월 동안 회귀를 반복해온 유중혁의 유일한 약점.

[173회차. 너는 꽤 오랫동안 지구를 지켜냈어. 이지혜가 고등학교 졸업장을 받는 모습도 보았고, 이설화가 다른 사람의 아이를 안고 웃는 모습도 보았지.]

유중혁의 눈빛이 흔들리고 있었다.

「유중혁을 무너뜨리는 것은 절망이 아니다.」

「녀석의 머릿속에 작은 깃털 같은 기억이 하나둘 내려앉고 있었다.」

내가 사용했던 바로 그 방법을 도깨비 왕이 사용하고 있는 것이었다.

「숨이 막히고 폐가 조여온다.」

「물에 빠진 인간은, 단지 깃털의 하나의 무게 때문에 더 깊은 수면 아래로 가라앉는다.」

더 이상 두고 볼 수 없었다.

나는 유중혁을 향해 외쳤다. 정신 차리라고, 그런 허상에 넘어가지 말라고. 하지만 차폐막이라도 생긴 듯, 내 목소리는 그쪽으로 전달되지 않았다.

그 모든 이야기를 조롱하듯 도깨비 왕만이 웃고 있었다.

[유중혁. 지키고 싶던 것은 모두 지켰나?]

천천히 유중혁의 무릎이 낮아지고 있었다.

나는 설화의 격을 끌어올렸다. 당장이라도 저 '무대화'를 해체해야 했다. 하지만, 어떻게 해야—

꽉.

여전히 내 손을 굳게 쥔 손이 있었다. 한수영이었다.

"네가 낄 전장이 아니야."

"하지만 저대로 내버려두면—"

"볼 수 없는 별도 빛나고 있다며."

볼 수 없는 별?

한수영의 말에, 나는 다시 유중혁을 돌아보았다.

낮아지던 유중혁의 시야가 멎어 있었다. 눈부신 스파크가 그의 전신을 잠식하고 있었다.

ㅊㅊㅊㅊㅊ…….

무언가가 꺼져가던 그의 정신을 깨우고 있었다.

[거대 설화, '멸망을 기억하는 자들'이 이야기를 시작합니다!]

내가 잘 알지 못하는 설화였다.

서서히 잦아드는 스파크 속에서 어렴풋한 인형들이 보였다.

자세히 보니 유중혁은 혼자가 아니었다. 그의 곁에 네 인물이 서 있었다.

키가 큰 사내, 백발의 청년, 포니테일의 여성, 그리고—

【그는 단 하나도 지키지 못했다. 그렇기에 지금 이곳에 있는 것이다.】

눈부신 날개의 대천사.

도깨비 왕의 표정이 경악으로 물들었다.

멸망한 999회차의 설화가 대천사의 검극에서 겁화처럼 불타오르고 있었다.

【아직도, 지켜야 할 것이 있다고 믿으니까.】

2

도깨비 왕의 눈썹이 꿈틀거렸다.

눈앞에 드리워진 999회차의 설화들. 〈스타 스트림〉에서 버림받은 설화들이 하나둘 이야기를 시작하고 있었다. 깊은 '회귀 우울증'으로부터 유중혁을 일깨우고 있었다.

도깨비 왕이 눈살을 찌푸렸다.

[왜 이곳에 온 거지? 너희는 나와 계약했을 텐데? 너희에겐 그를 도울 명분이 없어.]

그의 말을 보충하듯 '최후의 벽' 위로 문장이 떠올랐다.

「도깨비 왕이랑 약속도 했어. 이 세계선만 멸망시키면, 우릴 그때로 돌아가게 해주겠다고. 대장의 배후성인 '가장 오래된 꿈'과 접선해서 —」

999회차 이지혜의 말이었다.

도깨비 왕이 다시 입을 열었다.

[너희를 이 세계로 불러온 것은 나다. 다시 세계선으로부터 버려지고 싶은 건가? 저 끔찍한 차원의 틈새를 방랑하며, 영원의 고통을 맛

보고 싶은 거냐고.]

협박하듯 도깨비 왕의 말이 이어졌다.

[저 '유중혁'은 너희가 찾던 적이다. 너희 세계선을 멸망시켰고, 너희 설화를 도탄에 빠뜨린 장본인이란 말이다.]

이계의 신격들 표정에 가벼운 동요가 일었다.

도깨비 왕의 말이 맞았다. 유중혁이 그러했듯, 그들 또한 자신이 살았던 세계의 원한을 갚기 위해 이곳까지 왔다.

그때, 누군가가 입을 열었다.

【뭔 개소리야. 우릴 이 게임에 빠뜨린 건 네놈이잖아. 애초에 시나리오 같은 게 시작되지 않았으면 내가 여기서 이 지랄을 하고 있겠냐?】

999회차의 김남운, '위대한 심연의 군주'가 건들거리며 말했다.

이미 결심을 마쳤는지 그의 전신에서 혼돈의 힘이 방출되고 있었다.

[거대 설화, '망상설계'가 이야기를 시작합니다!]

【크으, 다 같이 싸우는 거 진짜 오랜만이네.】

김남운이 킬킬 웃으며 손에서 붕대를 풀었다.

자신의 배후성이던 '심연의 흑염룡'조차 뛰어넘은 괴물. 한수영의 그것보다 훨씬 짙고 사악한 기운으로 충만한, 새카만 흑요석 같은 손이 〈스타 스트림〉의 밤을 빨아들이고 있었다.

[거대 설화, '슬픔을 봉인한 심장'이 이야기를 시작합니다!]

그의 바로 뒤에서 거체를 일으키는 사내도 있었다. 999회차의 이현성이었다. '은빛 심장의 왕'. 충만한 설화 금속의 장갑이 사내의 전신을 감싸고 있었다.

【도깨비 왕. 나는 너와 계약한 적 없으니 해당하는 바가 없다.】

이어서 자신의 거대한 전함을 창공에 부유시키는 '가라앉은 섬의 주인', 999회차의 이지혜가 있었다.

[거대 설화, '영원한 수평선의 방랑자'가 이야기를 시작합니다.]

그녀의 쌍룡검에서 대해의 기상이 느껴졌다.

【…….】

그녀는 말없이 검을 뽑으며 유중혁의 오른편을 지켰다.

그것으로 왕들의 선택은 분명해졌다.

[전용 스킬, '전지적 독자 시점'이 강제로 발동합니다!]

그들의 생각과 결심이 온전히 내게 전달되고 있었다.

그들은 모두 '은밀한 모략가'를 증오했다. 하지만 그 증오는 결국 뿌리 깊은 갈망에서 비롯된 것이었다.

「그 어떤 우주에도, 그들만큼 '유중혁'이란 존재를 아끼는 이들은 없었다.」

그들이 이곳까지 온 것은 모두 유중혁 덕분이었다.

그들을 여기까지 보내기 위해 999회차의 유중혁은 모든 것을 희생했다.

팔이 잘리고, 다리가 끊어지고, 두 눈을 잃고, 마침내는 자신의 목숨까지 바쳤다.

「그들을 살린 것도, 죽인 것도 유중혁이었다.」

오직 유중혁을 생각하며 살아온 이들이었다. 그런 그들이 어떻게 유중혁을 잊을 수 있을까.

가라앉은 섬에 스스로를 가둬야만 했던 분노, 심장을 강철로 덮어야 견딜 수 있었던 슬픔, 심연에 자신을 내던져야만 잊을 수 있었던 아픔.

[거대 설화, '영겁의 불꽃'이 이야기를 시작합니다!]

그리고 자신을 불태워야만 속죄할 수 있는 고통. 끊길 듯 끊어지지 않은 필름을 잇고 또 이어서, 그들은 마침내 이야기의 마지막 장에 도달했다.

【비켜라, 도깨비 왕. 우리가 원하는 건 하나뿐이다.】

999회차의 우리엘, '살아 있는 불꽃'이 말했다.

【우리의 세계선에서 확인하지 못했던 '끝'을 이곳에서 보는 것.】

그녀의 '업화의 불꽃'이 움직였다. '은가이의 숲'을 쑥대밭으로 만들었던 [지옥염화]가 벽 내부를 불태웠다. 그와 거의 동시에 999회차 김남운의 오른손이 도깨비 왕의 허벅다리를 찢었다.

【하하하! 도깨비 한번 죽여보자고!】

김남운의 광기 어린 성흔이 공간을 접듯 쏘아지더니, 설화를 파괴하며 도깨비 왕의 몸통을 노렸다. 정확한 양의 설화를 주고받는 공수. 망상이 구현한 병장기들이 김남운의 오른팔에서 돋아났고, 도깨비 왕이 소환한 성유물들이 벽 곳곳에서 나타나 그런 병장기들을 받아냈다.

'최후의 벽'은 도깨비 왕의 설화가 가장 큰 힘을 발휘할 수 있는 곳.

아무래도 무대가 무대다 보니, 공방은 김남운에게 불리한 쪽으로 흐르고 있었다.

「바다를 찢고 해안선의 경계를 긋는 창이여.」

「태양의 눈을 쏘아 떨어뜨린 화살이여.」

벽의 곳곳에서 흘러나온 문장들이 곧 실체가 되었다.

슈슈슈슉!

도깨비 왕의 수신호에 맞춰 날아든 성유물들이 '위대한 심연의 군주'의 전신을 벌집으로 만들고 있었다. 허벅지에 창이 꽂히고, 팔뚝에 화살이 박혔다.

새카만 설화를 뚝뚝 흘리면서 김남운은 웃었다.

【가라! 태권 현성!】

김남운의 외침과 동시에, 도깨비 왕의 배후를 점한 이가 있었다. 999회차의 이현성이었다. 단단한 팔로 도깨비 왕을 붙든 그의 전신으로 공간을 점유하는 강철이 자라났다. 막대한 스파크와 함께, 강철이 도깨비 왕의 팔과 다리를 구속했다.

【지혜야!】

999회차 이현성의 신호와 함께, '가라앉은 섬의 주인'이 움직였다.

【장전.】

방주의 충격으로 생겨난 틈새 사이로, 밤하늘에 띄워진 거대 전함의 모습이 보였다. 그 최전선에서 뭔가가 소용돌이치며 장전되고 있었다. 하나의 행성을 통째로 날려버리기에 충분한 양의 격.

자세히 보니, 거대한 포신에 장전된 것은 포탄이 아니었다.

【발사!】

굉음과 함께 전함에서 유성이 쏘아졌다.

눈부신 꼬리와 함께 떨어지는 별. '살아 있는 불꽃'.

그녀가 스스로 탄환이 되어 도깨비 왕을 향해 쇄도하고 있었다. 걸리적거리는 모든 것들을 녹여버리며, 가공할 속도로 돌진하는 999회차의 우리엘. 그녀의 검극에 집약된 999회차의 설화가 거칠게 타올랐다.

【패왕만이 너를 죽여본 것은 아니다.】

「저것이, 999회차의 인물들이 최종장을 클리어 한 방법이었다.」

백열하는 태양이 벽의 껍질을 까부수며 돌진했다. '최후의 벽'에 들러붙어 있던 설화들이 그 열기에 고통스럽게 몸부림쳤다.

이 세계선의 누구도 막을 수 없는 일격.

「그 일격을, 도깨비 왕이 받아내고 있었다.」

그그그그그그그극—

지옥 같은 열기 속에서 도깨비 왕이 형형한 눈을 빛냈다.

아아아아아아아아!

그의 전신에 새겨진 무수한 성흔들이 울부짖었다. '최후의 벽'에서 옮겨온 듯한 활자들이었다. 거대 설화들이 그들을 향해 경배하고 있었다.

내가 가진 설화들도 동요하고 있었다.

「'이야기의 왕'이라는 수식언은 그저 허울이 아니었다.」

〈스타 스트림〉의 정점에 존재하는 '이야기의 왕'.

그의 얼굴은 숭고했고, 사악했고, 아름다웠고, 슬퍼 보였다.

「그는 한때 인간이었다.」

'최후의 벽'에서 쏟아진 병장기들이 '업화의 불꽃'과 부딪쳤고.

「악마였고.」

도깨비 왕의 뿔에서 흘러나온 잿빛의 설화가 다가드는 우리엘의 발을 휘어 감았으며.

「구원자였으며.」

흰 날개에서 뻗어나온 신성한 빛이 도깨비 왕의 체력을 회복시켜 주었다.

「끝내는 도깨비가 된 존재.」

끝나지 않는 설화들이 그의 주변을 감싸고 있었다.
이 세계는 여기서 끝날 수 없다는 듯이.

「이곳은, 999회차가 아니었다.」

999회차의 인물이 일제히 내 쪽을 돌아보는 것이 느껴졌다.

「움직여라.」
「네가 마무리해야 한다.」
「우리와의 약속을 잊지 않았겠지?」

하지만 나는 움직일 수 없었다.

[거대 설화, '세계의 수호자'가 이야기를 시작합니다!]
[거대 설화, '세계의 수호자'가 다음 수호자를 바라봅니다!]

도깨비 왕의 설화 또한, 나를 바라보고 있었기 때문이다.

[김독자!]

도깨비 왕이 나를 향해 소리치고 있었다.

[네게 정해진 운명을 거스르지 마라. 너는 이 세계의 누구보다 설화를 사랑하는 존재다. 나 또한 그랬지. 나는 이 세계의 누구보다, 네가 이 세계에 갖는 감정을 잘 이해하고 있다!]

그의 전신에서 뻗어나온 설화가 내게 다가오고 있었다.

곁에 있던 한수영이 나의 귀를 막으며 으르렁거렸다.

"듣지 마. 들을 필요도 없는 이야기야."

정희원과 이현성이 내 앞으로 나섰고, 유상아와 신유승, 이길영이 지키듯 나를 보호하고 섰다. 등 뒤에서 이지혜의 검명이 울려 퍼졌다.

[성운, <김독자 컴퍼니>의 모든 별자리가 환하게 빛납니다!]

하지만 막으려 할수록 더욱 잘 보이는 것들이 있다.

가리려 할수록 더욱 선명해지는 말들이 있었다.

[전용 스킬, '전지적 독자 시점'이 폭주합니다!]

「**[흑염룡! 흑염룡! 눈 안 뜨냐?]**」

「**[김유신! 정신 차려라! 아직 우리의 황산벌은 —]**」

「**[제천대성!]**」

'최후의 벽'을 흐르는 설화들.

이곳보다 훨씬 더 열악한 전투가 벌어지는 전장에서, 성좌들이 죽어가고 있었다. 걸레짝이 된 제천대성의 몸에서 끊임없이 설화가 새어 나왔다. 양쪽 눈을 잃었는지, 눈부시던 화안금정의 빛이 꺼져 있었다.

「[막내가 보이질 않는다.]」

그런 그를 우리엘이 부축했다. 양쪽 날개가 찢어진 대천사는 그의 손을 쥐고 밤의 정경을 쓰다듬었다.

「[무사해. 저기 빛나고 있어.]」

아비규환의 밤하늘 사이로, 끈덕지게 살아남은 성좌들이 그들을 향해 날아들고 있었다.

장면이 바뀌자, 쓰러진 하데스를 끌어안은 페르세포네의 모습이 보였다. 하데스가 무슨 말을 하려고 하자, 페르세포네가 고개를 저었다.

「[걱정 말아요, 나의 오래된 밤.]」

그녀의 머리 위로 〈올림포스〉의 태양이 지고 있었다.

그 모든 최후가 참담한 문장이 되어 벽의 위를 질주했다. 오직 그들을 끝장내기 위해서 쓰여지는 문장들이었다.

[저 별들을 살리고 싶지 않아?]

울컥, 하고 몸속 깊은 곳에서 구역질이 올라왔다.

도깨비 왕이 외쳤다.

[지금의 너는 저들을 살릴 수 없어. 이야기를 사랑하는 존재는, 결코 그 이야기를 바꿀 수 없다.]

사랑하기에 그것을 바꿀 수 없다.

[오직 그 이야기에서 벗어난 존재만이, 그 모든 것의 하찮음을 이해하는 존재만이, 개연성의 억압에서 벗어날 수 있어.]

까가가가각, 하는 소리와 함께 주변의 후폭풍이 더욱 거세지고 있었다. 조금씩, '도깨비 왕'에게서 흘러나오는 설화의 힘이 999회차 인물들의 그것을 압도하고 있었다.

이현성의 설화 금속을 찢어낸 도깨비 왕이 나를 향해 한쪽 손을 뻗었다.

[네가 쌓은 '단 하나의 설화'는 〈스타 스트림〉의 자리를 계승하기에 충분하다. 나의 손을 잡아라. 내가 원하는 것은 네가 원하는 것과 같아. 나는 저 별들의 이야기가 사라지길 원하지 않는다.]

'도깨비 왕'의 목소리는 간절하기까지 했다. 그의 눈빛이, 설화가, 그의 말이 진심임을 알려주고 있었다.

그의 전신에서 〈스타 스트림〉의 설화가 환하게 빛나고 있었다.

「아주 오랫동안 읽어온 이야기는 결국 그의 일부가 된다.」

그는 〈스타 스트림〉 그 자체였다.

그는 정말로 이 이야기가 끝나기를 원하지 않는 것이다.

[계속……, 이 이야기를 계속해. 새로운 세계선의 주인공이 되어서, 네가 만든 설화와 함께, '가장 오래된 꿈'의 연회를 계속해라. 너는 그러기 위해 태어난 존재다. 오직 그것만을 위해, 너는 이 자리까지 올 수 있었던 것이다!]

그 말을 들으며 이제껏 내게 일어났던 행운들이 떠올랐다.

[<스타 스트림>이 당신을 바라봅니다.]

어째서 〈스타 스트림〉의 개연성이 그토록 내게 관대했는가.

도깨비 왕의 설화가 그 이유를 알려주고 있었다.

눈앞에서 연속해서 섬광이 폭발했다.

[네가 진짜 원하는 것이 무엇인지 잊지 마. 너는 '종장'이 아니야. 너는 '영원'이다!]

도깨비 왕의 배후로 성좌들의 설화가 흘러가고 있었다.

맞다. 나는 저 이야기가 끝나기를 원하지 않는다.

「추락하는 운석을 보며, 제천대성은 자신의 죽음을 예감했다.」

천천히 고개를 돌리자, '회귀 우울증'에서 거의 벗어난 유중혁이 보였다. 텅 빈 유중혁의 동공이 나를 바라보았다.

「하지만, 끝나야만 하는 이야기도 있다.」

3

그것은 아주 오래된 약속이었다.

「"내가 너의 이야기를 끝내줄게."」

1,863회차에서 나는 그 약속을 지키지 못했다.

[당신의 ■■이 흔들리기 시작합니다!]

나는 몸을 일으키며 '부러지지 않는 신념'을 굳게 쥐었다.

처음부터 지금까지, 거의 모든 시나리오를 함께해온 검의 단단한 칼자루가 느껴졌다. 그 칼끝이 바닥과 닿으며 문장들이 떠올랐다. 한 번도 본 적 없는 문장들이었다.

「그는 누구보다 이 세계의 끝을 궁금해했고.」

「누구보다 이 세계가 끝나지 않기를 바랐다.」

나의 마지막 설화가 시작되고 있었다.

"김독자?"

나는 내 귀를 막은 한수영의 손을 풀었다.

한수영의 두 눈이 흔들렸다. 한수영의 망막에 붉게 얼룩진 내 모습이 비쳤다. 뺨을 길게 가로지른 상처. 찢어진 날개와 부러진 마왕의 뿔. 엉망진창이었다.

그 엉망진창인 인간을, 한수영은 지금까지 믿고 와주었다.

[선택한 것인가?]

스파크가 터져나오는 중심에서 도깨비 왕이 물었다.

999회차의 인물들, '이계의 신격의 왕'들이 안간힘을 쓰며 대적하고 있었다. 지금까지의 싸움은 막상막하였지만, 개연성의 후폭풍이 부는 방향으로 볼 때 결국 불리해지는 것은 999회차 쪽일 것이다.

"그래."

나는 도깨비 왕을 향해 대답했다.

"나는 '최후의 벽'을 넘겠다. 그리고 그 너머에 있는 녀석을 만나겠어."

이 모든 비극의 원흉, '가장 오래된 꿈'.

"놈을 만나, 세계의 모든 비극을 멈출 거야."

내 선택에 만족했다는 듯, 도깨비 왕이 웃었다.

[그래, 좋다. 내 후계자가 된다면 가능한 일이지. 자, 이쪽으로 와라. 어서 〈스타 스트림〉의 의지를 계승하여—]

"네놈 도움을 받겠다곤 안 했어."

나는 [바람의 길]과 [전인화]를 동시에 일으켰다. 이 세계에서 가장 빠른 보법 위에 백청의 전격이 휘감기며, 나의 몸이 하나의 빛무리로 바뀌었다. 내가 낼 수 있는 최고의 속도로, 나는 도깨비 왕과 이계의 신격들을 지나쳤다.

내가 목표로 삼은 곳은 '최후의 벽'의 가장 깊은 곳.

[너……!]

놀란 도깨비 왕이 소리치는 것이 들렸다.

멀리서 '최후의 벽' 위를 질주하는 문장들이 보였다.

「심연의 흑염룡의 마지막 비늘과, 우리엘의 마지막 깃털이 떨어지는 장소.」

나는 기함하며 그 문장을 향해 달려갔다.

「페르세포네의 마지막 눈물이 떨어지는 곳.」

문장들이 끝나지 않도록 막아야 했다. 설령 이 세계의 끝을 보더라도, 저 문장으로 끝맺어서는 안 된다.

내 속셈을 눈치챘는지, 도깨비 왕이 대경하며 외쳤다.

[그만둬! 너는 아직 허락받은 존재가 아니야. 너는 그 벽에 손을 댈 수도, 그 벽을 넘을 수도 없어!]

말이 떨어지기 무섭게 개연성의 후폭풍이 내 전신을 옥죄었다. 화신체를 분자 단위로 으깨어버릴 듯한 스파크에 일순간 머릿속이 하얗게 변할 정도였다.

['최후의 벽'이 당신의 접근을 거부합니다!]

벽이 나를 거부하고 있었다. 내가 자신의 문장에 손대는 것을, 그 내용을 바꾸고 그 너머로 나아가는 것을 막고 있었다. 마치 내가 그곳에 도달하는 일 자체가 허락될 수 없다는 듯이.

순식간에 공간을 넓힌 벽의 문장들이 어느덧 저만치 달아나고 있었다.

「그 문장은 김독자의 것이 아니었다.」

밀어닥친 광풍이 나를 넘어뜨렸다. 나는 애먼 공백으로 내던져진 단어처럼 비참하게 바닥을 나뒹굴며 뒤쪽으로 밀려났다. 내 등에 뭔가가 쿵, 하고 부딪쳤다.

"멍청아! 혼자 그렇게 돌진한다고 뭐가 되냐?"

한수영이었다. 나는 씩 웃으며 대꾸했다.

"혼자 돌진한 거 아니야."

그녀의 뒤로, 〈김독자 컴퍼니〉 일행들이 달려오고 있었다.

누구도 잃고 싶지 않다. 잃을 수 없는 사람들이었다.

"독자 씨! 계속 달려요!"

[심판의 시간]을 발동한 정희원이 붉은 안광을 흩뿌리며 달려왔다. 이현성과 이지혜가 정희원의 양옆을 사수했고, 유상아와 아이들이 그 뒤를 따라왔다. 일행의 최후미를 지키는 것은 장하영과 사부들이었다.

"이거 가져가요! 마지막 생사환이에요!"

기력이 다한 공필두를 부축한 이설화가 우리를 향해 환단통을 던졌다. 곧바로 생사환 하나를 꺼내 삼켰다. 그러자 망가져가던 화신체가 빠르게 수복되기 시작했다.

[멈춰!]

도깨비 왕의 외침과 함께, 벽에 기록된 문장의 맥락 사이로 이형의 존재들이 나타났다. 이계의 신격들이었다. 아직 벽에 기록될만한 설화를 얻지 못한 존재들.

【■■■! ■■■ ■■■ ■■■!】

모든 이계의 신격이 그들의 왕을 따르는 것은 아니었다. 강한 힘을 갖추었음에도 도깨비 왕의 수족이 되어, 시나리오 부역자를 자처하는 존재도 분명 있다.

[놈들을 막아! 그러면 너희 설화를 '최후의 벽'에 남겨주마!]

사방에서 밀려오는 촉수를 발견한 사부들이 칼을 뽑았다.

"여긴 우리에게 맡겨라."

파천검성의 [파천검도]와 키리오스의 [백청강기]가 하나의 빛살로 어우러지며 벽 위에 그들의 문장을 남겼다.

[거대 설화, '제1 무림'이 이야기를 시작합니다!]

무림 최강의 두 고수가 촉수들을 막아서며 악전고투를 펼쳤다. 하지만 그들이 벌 수 있는 시간은 찰나뿐이었다. 도깨비 왕이 연 '맥락' 사이로 밀려오는 이계의 신격이 너무 많았다.

[<김독자 컴퍼니>의 모든 설화가 환한 빛을 발합니다!]

사부들이 벌어준 시간을 헛되이 쓸 수는 없었다.

우리엘과 제천대성의 설화를 기록하는 벽면은 다시 저만치 멀어져 있었다.

답은 하나뿐. 멀어지는 속도보다 더 빨리 다가가야 했다.

하지만 어떻게 해야.

'최후의 벽'에 어떤 문장이 떠오른 것은 그때였다.

「그린 존이 벽면에 붙어 있다니…… 생각해보면 그것을 '방'의 개념으로 받아들인 것은 애초에 인간들뿐이었다.」

문득 나는 내가 딛고 있는 바닥을 내려다보았다.

바닥 또한, 다른 방향에서는 또 하나의 벽이다.

달려온 벽 위에 우리의 족적이 남아 있었다. 족적 위로 우리가 쌓아온 설화들이 떠오르고 있었다.

「"그런데 독자 씨는 뭘 그렇게 열심히 보고 계세요?"」

「내 인생의 장르가 바뀌는 순간이었다.」

「"객실에 남은 사람은 열두 명이야. 채집망에 남은 곤충은 세 마리고."」

「하나의 세계가 멸망하고 새로운 세계가 태어나고 있었다. 그리고 나는 이 세계의 결말을 아는 유일한 독자였다.」

첫 번째 시나리오. 처음으로 지하철에서 탈출하던 그때.

「당신의 배후를 선택하세요. 선택한 배후는 당신의 든든한 후원자가 되어줄 것입니다.」

「[성좌, '악마 같은 불의 심판자'가 당신에게 실망했습니다.]」

「[성좌, '긴고아의 죄수'가 당신의 선택을 재미있어합니다.]」

배후 선택. 별빛이 우리의 발치를 밝혀주고 있었다.

우리는 다시 달리기 시작했다. 설화들이 우리가 달려갈 길을 만들어주고 있었다.

「"식량을 독점한다는 게 정말이에요?"」

「"일어나요, 다들. 시나리오는 이제 막 시작되었을 뿐이니까."」

「"건방진 세입자가 오셨군."」

「"현성 씨, 지금입니다. 다 부숴버리세요."」

금호역과 충무로역의 전투를 넘어서고.

「"아홉 번째…… 하차자입니다."」

「"……죄송하지만, 성함이 어떻게 되십니까?"」
「"나는 유중혁이다."」

'깃발 뺏기'의 전장들과 선지자들과의 혈투를 기억했다.

「"우스운 일이다. 이미 모든 역사가 저물었는데, 어째서 그대들은 또다시 이곳에 모인 것인가?"」
「"폭군왕이라는 놈입니다. 남자 여자 할 것 없이 예쁘고 잘생기면 첩으로 삼고, 못생기면 죽이거나 노예로 부린다더군요."」
「"독자 씨는 잡히면 노예네요."」
「서울 7왕 중 최강은 당연히 패왕 유중혁이다.」

광화문에서 '왕들의 전쟁'을 맞이했고.

「"그러니 나는 절대왕좌에 앉지 않을 겁니다."」

절대왕좌를 부쉈다.

「"하지만, 다른 사람이 왕좌에 앉도록 허락하지도 않을 겁니다."」

모든 순간이 역경이었다. 쉬운 시나리오는 하나도 없었고, 우리는 언제나 목숨을 걸고 맞서 싸워왔다.
그 모든 비극이 결국에는 이야기가 되었다.

우리는 그 이야기를 달렸다.

실타래처럼 하염없이 풀려나온 설화들은 이내 하나의 형상을 이루었다.

형상은 곧 백호의 모습을 띠었다. 고귀한 수염과 우아한 무늬를 가진 백호가 내 곁을 함께 달렸다.

[설화, '왕이 없는 세계의 왕'이 당신의 길을 배웅합니다.]

'왕이 없는 세계의 왕'. 나의 탄생 설화가 나를 배웅하고 있었다.

우리가 가는 길을 뚫은 백호가 우렁찬 울음을 터뜨리더니 어느 순간 멈추었다. 지금부터는 자신의 몫이 아니라는 듯. 하염없는 눈으로 내가 가는 길을 좇으면서.

[설화, '이적에 맞서는 자'가 당신의 길을 배웅합니다.]

어느덧, 푸른 매의 형상을 한 나의 두 번째 설화가 머리 위를 날고 있었다.

'질문의 재앙'으로 강림한 귀환자 명일상을 죽이고서 얻은 설화.

[설화, '이야기꾼을 능멸한 자'가 당신의 길을 배웅합니다.]

우리의 모든 설화가 '최후의 벽' 위에서 우리를 달리게 했다.

자신의 설화가 나올 때마다 일행들 표정도 변했다. 이현성이 멈칫거리며 자꾸만 뒤를 돌아보았고, 참지 못한 신유승이 결국 울음을 터뜨렸다.

「**이것이 그들이 살아온 길이었고, 그들이 끝내야 할 이야기였다.**」

[설화, '재앙의 왕을 사냥한 자'가 당신의 길을 배웅합니다.]

'피스 랜드'에서 야마타노오로치의 그림자를 사냥하고 얻은 설화.

거대한 뱀의 그림자가 우리가 달려가는 길을 떠받치고 있었다.

하나하나, 소중하지 않은 이야기는 없었다. 그 모든 순간을 제대로 살았기에 우리가 이곳에 있었다.

후폭풍이 거세어질 때마다 우리의 설화들이 힘을 잃고 스러졌다.

[설화, '이계의 신격을 살해한 자'가 당신을 배웅합니다.]

거대한 오징어를 닮은 설화가 후폭풍으로부터 우리를 보호했다.

[설화, '구원의 마왕'이 자신의 마지막 이야기를 시작합니다.]

나는 온 힘을 다해 '부러지지 않는 신념'을 내질렀다.

달려드는 이계의 신격들을 뿌리쳐내고, '최후의 벽'을 향해 달렸다.

멀리서 여전히 성좌들의 설화가 이야기를 계속하고 있었다.

「우리엘의 손에서 '업화의 불꽃'이 떨어졌다. 마지막 순간, 우리엘은 밤하늘에 빛나는 하나의 별을 바라보았다. 그리고…….」

아직 늦지 않았다.

우리엘도, '심연의 흑염룡'도, 제천대성도 살아 있다.

이야기를 바꿀 수 있다.

['최후의 벽'이 당신의 접근을 허용하지 않습니다!]

조금만 더 가면 되는데.

['접근 방지 프로세스'가 실행됩니다.]

그리고 우리의 걸음이 멈췄다.

눈앞에 겹겹이 쌓인 얇고 투명한 벽이 줄지어 서 있었다.

높은 밀도로 만들어진 벽.

몇 번이고 내리쳐보았으나, 개별 설화의 힘만으로 부술 수 있는 강도가 아니었다.

사부들을 무시하고 우리를 향해 달려드는 이계의 신격들이 보였다. 도깨비 왕이 안심했다는 듯 우리를 향해 뭐라 소리치고 있었다.

나는 그 말을 무시하고 밤하늘을 올려다보았다.

「세상의 별들이 저물었으나, 모든 별이 저문 것은 아니었다.」

밤하늘 어디선가 약한 진동 같은 것이 울려 퍼졌다.

제일 먼저 상황을 눈치챈 한수영이 눈을 거칠게 비비며 말했다.

"너무 늦었잖아!"

멀리 열차의 선두가 보였다. 수르야의 태양 열차가 방주의 파편을 튕겨내며 이쪽으로 달려오고 있었다.

[성좌, '지고한 빛의 신'이 마지막 시나리오의 전장에 현현했습니다!]

[늦어서 미안하군, 구원의 마왕.]

드디어 신화급의 격을 획득한 그가, 밤하늘을 가로질러 이 무대에 도착한 것이었다.

"아뇨, 딱 맞춰 오셨습니다."

[거대 설화, '마계의 봄'이 이야기를 시작합니다!]

마침내, '기'의 조건이 충족되었다.

['무대화'가 발동합니다!]

4

수르야의 태양빛으로 밤하늘이 일순간 백야로 물들었다.

'마왕선발전'에서, 그리고 '기간토마키아'에서 싸운 그날처럼, 수르야의 열차가 우리를 향해 달려오고 있었다.

"차비는 나중에!"

호기롭게 외친 한수영을 필두로 우리는 수르야의 열차에 탑승했다. 열차의 차륜에서 거친 스파크가 튀었다. 새카만 연기를 두른 채 허공에서 크게 한 번 선회한 열차는, 이내 후미에서 소닉붐을 일으키며 투명한 장벽을 향해 돌진했다.

이현성이 소리쳤다.

"부서집니다!"

쩌저저저적, 하는 소리와 함께 투명한 벽이 연달아 무너져 내렸다.

우리는 겹겹이 쌓인 벽을 파괴하며 계속 달렸다. 성좌들의 설화가 기록되는 '최후의 벽'이 조금씩 가까워지고 있었다.

도깨비 왕의 고함과 999회차의 설화들이 난잡하게 뒤섞이고 있었다.

[성좌, '지고한 빛의 신'이 자신의 모든 격을 방출합니다!]

열차의 기관실에 앉은 수르야의 전신이 작열하는 태양처럼 눈부셨다. 몸 곳곳에 난 상처들 사이로 설화가 떨어지고 있었다. 어쩌면 그 역시 이곳으로 오기 위해 이미 대가를 치른 상태인지도 모른다.

[성좌, '지고한 빛의 신'의 ■■은 '최후의 기관장'입니다.]

그럼에도 그는 자신의 설화를 멈추지 않았다. 어떤 내색도 없이, 몸을 연료로 '태양 마차'를 달렸다. 마치 그것이 지금껏 '지고한 빛의 신'으로 살아온 자신의 사명이라는 듯이.

[거대 설화, '마계의 봄'이 당신의 길을 배웅합니다!]

[출력이 부족하다.]

그러나 혼신을 불사르는 그의 투지에도 불구하고, 열차 속도는 조금씩 떨어지고 있었다. '최후의 벽' 중심부로 갈수록 방호벽의 밀도가 점점 높아지고 있었기 때문이다. 마침내 활자의 그물 같은 벽이 열차 선두와 부딪친 순간, 정희원이 움직였다.

"나한테 맡겨요!"

"희, 희원 씨! 엑!"

정희원이 이현성의 목을 틀어쥐는 순간, 이현성의 몸이 급격히 수축하더니 이내 강철검 형태로 변했다. 곧이어 강철검의 검신은 이내 [지옥염화]의 빛으로 새하얗게 타오르기 시작했다.

[거대 설화, '신화를 삼킨 성화'가 당신의 길을 배웅합니다!]

'승'.

〈기간토마키아〉의 전장을 밝혔던 성화가, 이제 '최후의 벽'을 불태우기 위해 빛을 발하고 있었다.

열차 선두에서 짙은 화염이 방출되며, 선두의 표면이 지독한 열기에 휩싸였다. 전신에서 [지옥염화]를 방출하는 정희원이 용암처럼 이글거리는 목소리로 외쳤다.

"설화고 나발이고 이제 다 끝이야!"

그녀의 검신이 빛을 발할 때마다 활자의 그물이 찢어졌다.

정희원은 검을 휘두르고 또 휘둘렀다. 후폭풍의 스파크에 전신이 난자당하면서도, 자신의 검도劍道를 개척하는 것을 잊지 않았다.

정희원의 삶이 만들어낸 길. 우리는 그 길을 달리고 있었다.

하지만 여전히 부족했다. 이것보다 훨씬 더 강력한 힘이 필요했다.

멀리서 '최후의 벽' 위로 문장이 전개되고 있었다.

「최후의 순간, 우리엘은 하늘을 향해 손을 뻗었다.」

「나의 설화는 여기서 끝나지만」

「이 이야기를 잊지 않는 별도 있으리라.」

[거대 설화, '빛과 어둠의 계절'이 당신의 길을 배웅합니다!]

우리엘과 '심연의 흑염룡'의 설화가 벽을 넘어 전해지고 있었다.

선악의 설화가 맹렬하게 부딪치며 우리를 비호하자, 열차 양옆에 활자로 만들어진 날개가 돋아나기 시작했다. 포효하는 묵시룡처럼, 열차가 눈앞의 벽을 먹어치우며 돌진했다.

[멈춰!]

어느새 우리를 쫓아오는 도깨비 왕의 모습이 보였다. 팔다리에서 설화를 쏟으며, 999회차의 인물들에게 쫓기는 도깨비 왕이 우리를 향해 손을 뻗었다.

츠츠츠츠츳.

바닥에서 뻗어나온 개연성의 스파크가 열차의 중심축을 뒤흔들었다. 기우뚱, 하고 흔들린 열차가 균형을 잃으려는 순간. 다시 한번 '최후의 벽' 위로 문장이 떠올랐다.

「자신의 목을 향해 날아오는 뇌창을 보며, 제천대성이 말했다.」

「멈추지 마라, 막내야.」

자신의 최후 앞에서도 굴하지 않는 제천대성이 그 문장 속에 있었다.

그와 동시에 열차 후미에 타고 있던 검은 코트의 사내가 일어섰다.

"유중혁!"

유중혁에게 빙의한 '은밀한 모략가'가 허공으로 손을 들어 올렸다. 그러자 바닥의 후폭풍 사이로, 무수한 이계의 신격들이 떠올랐다.

단순히 '이름 없는 것들'이 아니었다.

[거대 설화, '잊혀진 것들의 해방자'가 당신의 길을 배웅합니다!]

【가가가가가가가】

【도움도움도움도움도움도움】

【잊지않았어잊지않았어잊지않았어】

'서유기'에서 우리를 도왔던, 또는 우리와 대적했던 '이름 없는 것들'이 흔들리는 열차를 떠받치고 있었다. 통천하의 급물살을 타는 배처럼, 그들이 우리의 열차를 '최후의 벽'으로 운반하고 있었다.

[당신은 '최후의 벽'의 핵심에 근접했습니다.]

마침내 '최후의 벽'을 보호하던 모든 장벽이 무너졌다.

기관차 곳곳이 파괴되었고, 수르야는 정신을 잃었는지 더 이상 설화를 발출하지 않았다.

얼마 떨어지지 않은 곳에서 '최후의 벽'의 진체가 보였다. 지금껏 보아온 그 어떤 벽보다도 두껍고 광활한 벽.

【내가 넘지 못했던 벽이다.】

'은밀한 모략가'가 말했다.

「'이번에도 안 되는 건가.' 그것이 58회차 유중혁의 최후였다.」

「'실수였다. 다음 회차에서는 ―' 96회차 유중혁은 그렇게 눈을 감았다.」

벽 위로, 무수한 유중혁들의 최후가 흘러갔다.

유중혁뿐만이 아니었다.

「'황산벌의 마지막 영웅' 계백이 깨어나지 않는 자신의 숙적을 흔들었다.」

「각자 팔 하나씩을 잃어버린 고려제일검과 해상전신이 등을 맞댄 채 최후의 힘을 발산했다.」

세상 모든 성좌의 최후가 기록된 벽. 우리엘이나 제천대성을 포함한 모든 별들의 마지막이 벽 위에 실시간으로 기록되고 있었다.

나와 일행들은 힘이 다한 기관차에서 내려 벽을 향해 달렸다.

「저 문장들을 지울 수만 있다면. 그래서 저 모든 비극을 멈출 수만 있다면.」

[당신은 '최후의 벽'의 문장에 간섭할 수 없습니다.]

[해당 문서는 덮어쓰기가 금지되어 있습니다.]

[코드를 해제하십시오.]

'은밀한 모략가'가 말했다.

【평범한 방식으로는 안 된다. 무력으로도 부딪쳐봤지만, 벽을 부술 수는 없었다.】

정희원이 외쳤다.

"여기까지 왔는데 뭔가 방법을……!"

【여기서부터는 그의 몫이다.】

'은밀한 모략가'가 나를 바라보고 있었다. 그 시선 안에는 나와 함께 시나리오를 수행했던 3회차 유중혁의 것도 있었다.

「네놈이 바라는 '결말'은 대체 무엇이지?」

이것은 그 답을 알려주기 위해 내가 해야만 하는 일이었다.

이지혜가 입을 열었다.

"1,863회차를 살아도 할 수 없었다며. 정말 아저씨가 할 수 있는 일이야?"

그 말대로였다.

나는 유중혁처럼 '주인공'도 아니고, 한수영처럼 '작가'도 아니다.

하지만 주인공도 작가도 아니기에, 할 수 있는 일이 있을지도 모른다. 주인공은 볼 수 없고, 작가도 잊고 있는 것을 기억해낼 수 있을지도 모른다.

「아주 오랫동안 멸살법을 읽어온 그만이 할 수 있는 일.」

나는 '최후의 벽'을 가만히 들여다보았다. 의식을 완전히 집중한 상태에서 그 벽의 표면을 읽고 또 읽었다.

그러자 얼마 지나지 않아 벽이 환한 빛을 발했다. 마치 언젠가의 내가 읽고 또 읽던 화면처럼.

「'멸망한 세계에서 살아남는 세 가지 방법'.」

그 장대한 이야기의 모든 것이 내 안에서 정립되고 있었다.

아직 나는 멸살법의 최종본을 읽어보지 못했다. 그러니 이 이야기가 어떻게 끝나야 하는지는 알지 못한다.

다만.

「[불행한 꼭두각시여. 그대는 너무 빨리 왔습니다. 미안하지만 이 너머는 아직 '존재하지 않습니다'.]」

'은밀한 모략가'의 기억 속에서 1,863회차의 도깨비 왕은 그렇게 말했다.

「실은, 이 모든 것이 아직 쓰여지지 않은 채 내게 넘어온 것이라면.」

나는 일행들과 함께 벽을 향해 달려갔다.

「누군가가, 이 이야기를 내가 완성해주기를 바라는 것이라면.」

[전용 스킬, '독해력'이 극한으로 발동합니다!]

과열된 머리가 터져버릴 것 같았지만 나는 눈을 똑바로 뜬 채 벽을 노려보았다.

'최후의 벽' 위로 적힌 설화들. 머릿속으로 그 설화들이 이어지고 있었다.

설화와 설화가 연결된 방식이 보였다. 설화 속에 교묘히 장치된 요소들이 보였고, 다시 그것을 둘러싼 맥락들이 보였다.

「소설 속에 등장했지만, 끝내 사용되지 않은 것들.」

그러자 그 자체로 완벽해 보이던 이야기의 틈새가 보이기 시작했다. 아직 채워지지 않은 것들. 언젠가 회수되어야 할 것들.

오직 이 이야기의 '에필로그'만을 기다리고 있었던 것들.

「김독자는 그것이 무엇인지 알고 있었다.」

[새로운 특성을 개화했습니다!]

[특성, '복선 회수자'가 발동합니다!]

이 이야기를 처음부터 끝까지 '독자' 입장에서 지켜본 나만이 발견할 수 있는, 이야기의 빈 틈새.

나는 광활한 벽 위에 놓인 '다섯 개의 틈새'를 바라보았다.

"하영아."

"맡겨둬."

제일 먼저 나선 것은 장하영이었다. 장하영은 내가 가리킨 벽의 틈새에, 정확히 손바닥을 가져다댔다.

['불가능한 소통의 벽'이 자신의 자리를 되찾았습니다.]

['최후의 벽'의 첫 번째 테마가 완성됐습니다!]

눈부신 빛살과 함께 벽의 조각이 끼워지며, 문장이 흘러나왔다.

「그 이야기는 '불가능한 소통'에 대한 이야기이다.」

"희원 씨, 길영아!"

고개를 끄덕인 정희원과 이길영이 각각 벽의 틈새에 손을 가져다 댔다. 그러자 두 개로 나누어진 '선악을 가르는 벽'이 하나가 되었다.

['선악을 가르는 벽'이 자신의 자리를 되찾았습니다.]

['최후의 벽'의 두 번째 테마가 완성됐습니다!]

「그 이야기는 분별할 수 없는 '선악'에 대한 이야기이며.」

이제 유상아 차례였다.

"유상아 씨."

천천히 다가간 유상아가, 자신의 자리를 찾아 손을 뻗었다.

['윤회를 결정하는 벽'이 자신의 자리를 되찾았습니다.]

['최후의 벽'의 세 번째 테마가 완성됐습니다!]

「그 이야기는 윤회하는 비극에 관한 이야기였다.」

그렇게 네 개의 빈틈이 채워지자 마지막 빈틈이 남았다.

나는 그 빈틈을 물끄러미 올려다보았다.

'최후의 벽'의 마지막 조각.

그것은 원작에는 등장하지 않는 조각이었다.

「김 독 자」

[제4의 벽]이 내게 말하고 있었다.

"제4의 벽."

녀석도 나도, 서로 무엇을 해야 하는지 알고 있었다.

내 손 위로 눈부신 활자의 조각들이 떠올랐다. 그 활자가 말하고 있었다.

「네 **이야** 기를 좋아 해」

나는 아무 말도 하지 못했다. 아무 말도 하지 못한 채, 벽을 향해 달려가 마지막 틈새에 녀석을 꽂았다.

「그 이야기는 결말을 바꾸고 싶던 독자의 이야기였다.」

다음 순간, 벽에서 엄청난 스파크가 발생했다.

[코드가 해제됐습니다.]

벽의 권한이 나를 향해 열리고 있었다. 유중혁도 넘을 수 없던 벽의 비밀이 내게 흘러 들어오고 있었다.

바로 눈앞에 성좌들의 문장이 떠올랐다. 내가 그토록 막고 싶던 제천대성과 우리엘의 마지막 문장.

「날아드는 칼날이 제천대성과 우리엘의 목을 —」

나는 그 문장을 힘껏 그러쥐었다. 손이 불타는 것 같았다. 칼날처럼 엉겨 붙은 설화들이 내 손을 난도질하고 있었다. 하지만 버텼다. 이 문장이 이대로 끝맺도록 둘 수는 없었다.

['최후의 벽'이 당신의 행동을 의아해합니다.]

['최후의 벽'이 당신에게 이 이야기를 원한 게 아니었느냐 묻습니다.]

원하지 않는다.

이런 결말을, 대체 누가 원한단 말인가.

[멈춰! 당장 멈추라고!]

집요하게 쫓아온 도깨비 왕이 설화를 뚝뚝 흘리며 다가오고 있었다. 녀석의 눈이 깊은 살의로 뒤덮여 있었다.

[벽을 건드려서는 안 돼! 너는 후회하게 될 거다! 이 벽 너머에는 아무것도 없다! 네가 바라는 것도, 보고 싶은 광경도!]

그 말은 틀렸다. 이 벽 너머에는 '가장 오래된 꿈'이 있다.

"혹부리!"

내 그림자 속에 숨어 있던 혹부리 왕이 도깨비 왕의 몸을 구속했다.

[드디어 만났구나, 나의 오랜 친우여.]

[혹부리 왕!]

[일을 계속해라, 김독자. 약속을 지켜라.]

나는 문장을 붙든 손을 놓지 않았다.

「날아드는 칼날이, 제천대성과 우리엘의 목을 ㅂ」

'ㅂ'을 붙든 채, 다음 모음의 발생을 막았다. 푸슈슉, 하는 소리와 함께 손가락이 끊어졌다. 줄줄이 새어 나오는 설화들이 비명을 지르고 있었다.

[당신은 '도깨비 왕'이 아닙니다.]

[당신은 해당 설화의 전개를 멈출 수 없습니다.]

바앗, 하는 소리와 함께 부드러운 뭔가가 내 손등을 감싼 것은 그때였다. 마치 지우개라도 되는 것처럼, 비유가 온 힘을 다해 그 문장에 몸을 부비적대고 있었다.

「**이야기꾼이 독자의 편을 들었다.**」

나는 비유와 함께 온 힘을 다해 문장을 내리치고 또 내리쳤다. 멈추지 않는 문장을 향해 주먹을 휘두르고, 칼을 꽂았다.

제발, 제발. 제발.

「**그리고.**」

아주 희미하게, 글자에 균열이 발생하고 있었다. 이미 쓰인 문장들이 흩어지고 있었다.

결말이 바뀌고 있었다.

「**날드 아는 날 칼이, 우 리대 성과 제 천 ㅂ…….**」

부서진 글자들이 강렬한 스파크를 일으키더니, 일제히 내가 읽을 수 없는 것들로 바뀌기 시작했다.

「**■■칼■■■■우■■■■제■■■■■■■■■■■■■■■■■■■■…….**」

【오오오오오오오오오오오—】

무수한 이계의 신격들이 울부짖었다. 마치 위대한 신에게 경배를 올리듯, 경건한 울음이었다. 나는 설화가 뚝뚝 떨어지는 손을 붙든 채, 벽의 표면이 바뀌는 것을 보았다.

어느새 다가온 신유승이 내 손을 붙들었다.

"아저씨……."

[새로운 '거대 설화'를 획득했습니다!]

[거대 설화, '최후의 벽을 부수는 자'를 획득했습니다.]

[거대 설화, '최후의 벽을 부수는 자'가 이야기를 계속합니다!]

[<스타 스트림>이 당신의 길을 배웅합니다.]

머릿속에서 폭발하는 메시지와 함께, 눈앞의 벽이 무너지는 것이 보였다. 벽에 적힌 설화들과, 우리의 설화들이 한꺼번에 뒤섞이고 있었다. 무수한 ■들이 일제히 회전하고 있었다. 그러자 그것은 원처럼 보였다.

새카만 원의 너머로 뭔가 보일 것 같았다.

[하하하하! 그래, 이거야! 약속대로 '최후의 벽' 너머를 가장 먼저 확인하는 것은 나다!]

도깨비 왕을 밀쳐버린 혹부리 왕이 새카만 원 속으로 뛰어들었다. 절규하는 도깨비 왕의 입을 흑천마도의 칼날이 꿰뚫었다.

일행들이 나를 향해 달려왔다.

「세계의 모든 것이 무너지고 있었다.」

'최후의 벽'도, 〈스타 스트림〉도, 모든 것이 붕괴하고 있었다.

「부서진 벽이 일행들의 설화와 뒤섞이고 있었다.」

「무엇이 설화였고, 무엇이 존재였는지 점차 알 수 없게 되어가고 있었다.」

원의 너머에서 무언가가 이쪽을 보고 있었다. 나 역시 그쪽을 보았다.

「저게, 대체 뭐지?」

조금씩 숨쉬기가 힘들어졌다. 무엇인가가 나를 빨아들이고 있었다. '최후의 벽' 위로 내가 겪고, 느끼고, 판단하는 모든 것들이 엉성한 문장으로 흐르고 있었다.

「모」

"두……!"

내가 말하는 것인지, 벽이 말하는 것인지 알 수 없었다. 그 벽 위에서 나는 단지 서술되고 있었다. 어떤 문장은 흐릿하게 보였고, 어떤 문장은 전혀 보이지 않았다. 이윽고 흐르던 문장이 일제히 사라지기 시작했다.

천천히, 아주 천천히.

그렇게, 벽 위의 모든 문장들이 멈추었●.

OMNISCIENT READER'S VIEWPOINT

가장 오래된 꿈

Episode 99

I

온몸을 따스하게 감싸는 희미한 빛 속에서, 혹부리 왕은 태아라도 된 것처럼 몸을 웅크린 채 꿈을 꾸고 있었다.

그것은 아주 오래된 꿈. 그의 ■■이 정해지기도 전의 이야기.

그는 오염된 숲속에 누워 있었다.

—입실론! 조금만 더 가면 돼. 이제 곧 마왕성이라고!

그 이야기 속에서, 그는 마왕을 토벌하는 용사였다. 세계를 지키기 위해 마왕 원정을 떠난 용사.

하지만 그는 끝내 자신의 숙원을 이루지 못했다. 마왕 토벌 직전, 그는 자신의 친우를 보며 눈을 감았다.

—길버트…….

화면이 바뀌고, 이번 배경은 전쟁터였다.

그는 흑색의 야행복을 입은 무림인이었다.

—곽 사형! 마교 놈들의 본거지가 바로 저기요!

시야를 가득 채운 동료의 얼굴이 보였다. 물씬 그리움이 차올랐다. 그 생을 통틀어 그가 가장 사랑했던 한 사람.

—난 이미 틀렸네. 사매, 먼저 가게.

어디에선가 날아온 화살 소리와 함께, 다시 시야가 암전되었다.

머릿속이 지끈거렸다. 범람하는 기억과 함께 혹부리 왕의 자아가 흔들리고 있었다.

이것은 그의 기억인가, 아니면 「최후의 벽」의 이야기인가.

이 이야기는 어디서 시작해서 어디서 끝나는가.

그의 의사와 상관없이 이야기는 계속되고 있었다.

그는 어린 해츨링이었다.

이름 모를 괴수종이었으며.

무림 고수거나, 중세 기사였다.

그때마다 그는 시나리오를 수행하는 화신이었다.

마지막으로 '최후의 벽' 앞에서 들려온 것은 이름 모를 그림자의 목소리였다.

—친우여, 다음 생도 나와 함께해주게.

헉— 하는 소리와 함께 눈을 뜨자, 새카만 어둠이 눈에 스며들었다. 뒷덜미를 흥건히 적신 식은땀에 오한이 들었다.

'나는 혹부리 왕.'

그것이 그의 이름이었다. 진짜 이름은 따로 있으나 이미 오래전에 잊어버렸다. 아니, 그것이 그의 이름이 맞는지도 확신할 수 없었다.

'나는 정말 혹부리 왕인가.'

새카맣게 소용돌이치는 진공 속에서 혹부리 왕은 깊은 사색에 잠겼다.

필멸을 벗어난 이후 한 번도 떠올린 적 없는 사색이었다.

'나는 누구인가.'

그의 존재를 뒷받침하는 설화가 흔들리고 있었다.

그는 어떻게든 자신을 되찾기 위해 기억을 반추했다.

「태초에 혹부리가 있었다.」

「그는 최초의 이야기꾼. 설화를 노래하는 인간.」

「그러던 어느 날 세상에 도깨비가 나타났고.」

「도깨비는 혹부리의 노래를 가져갔다.」

그가 기억해야 할 것은 그것뿐이었다.

빌어먹을 도깨비들이 혹부리의 노래를 가져갔다는 것. 탄생 설화를 빼앗음으로써, 그를 〈스타 스트림〉의 시나리오에서 추방했다는 것.

[혼란스러워 보이는군, 나의 오랜 친우여.]

들려온 진언에 혹부리 왕이 기겁하며 뒤를 돌아보았다. 새카만 어둠 속에 도깨비 왕의 얼굴이 떠올라 있었다.

[도깨비 왕!]

혹부리 왕은 으르렁거리며 자신의 격을 방출했다. 하지만 제대로 되지 않았다. 아무것도 없는 허공에서, 그가 방출한 격은 그저 희미한 스파크만 남길 뿐이었다.

도깨비 왕이 무심한 얼굴로 말했다.

[여기서는 싸울 수 없다. 우리가 가진 힘이 통용되지 않는 곳이니까.]

[용케도 살아 있었군. 꼭두각시의 검에 죽었다 생각했는데.]

[이미 죽은 거나 마찬가지지. 또 죽게 될 테고.]

도깨비 왕의 시선이 닿은 곳에 원형으로 소용돌이치는 빛의 출구가 보였다. 두 존재의 영혼체가 느릿한 속도로 출구를 향해 나아가고 있었다.

혹부리 왕이 말했다.

[내 설화는 지금부터 시작이다. 나는 이제 '최후의 벽' 너머로 간다. 이 모든 세계를 상상한 나태한 신과 마주하고, 이 세계의 비밀을 아는 유일자가 될 것이다.]

[세계의 비밀이 그렇게 궁금한가?]

[당연한 이야기를 하는군. 자신의 탄생이 궁금하지 않은 존재는 없다.]

[존재가 불행해지는 것은 바로 그 때문이지.]

자조하듯 도깨비 왕이 말했다.

[왜 존재에게 '망각'이라는 고마운 능력이 생겼을 거라고 생각하나?]

어둠 속에서 설화의 파편들이 흩어지고 있었다. 맥락을 잃어버린 이야기들이, 활자 더미가 되어 부서져 나가고 있었다. 이제는 누구도 읽을 수 없게 된 이야기들이었다.

그것을 어루만지던 도깨비 왕이 이내 설화를 으스러뜨렸다.

[이 우주엔 불필요한 이야기가 너무 많아. 모두 없애고 최적화하기 위한 프로세스가 필요하지. 그게 '망각'이다.]

[헛소리! 우주는 무한하다. '최후의 벽'에 끝이 존재하지 않는 것처럼.]

[벽의 여백이 아무리 많다 한들, 한낱 엑스트라에게 허용될 여백이 얼마나 될 것 같은가?]

도깨비 왕은 조금씩 부서져가는 자신의 몸뚱이를 내려다보았다.

[불행하게도, '최후의 벽'이 선택한 주인공은 너나 내가 아니야.]

[무슨 헛소리를 하는 것인지는 모르겠지만—]

[그래도 넌 곧 네가 원하는 존재와 조우할 수 있을 것이다.]

그 말에 혹부리 왕의 어깨가 흠칫 떨렸다.

빛의 출구가 보였다. 황홀하고 휘황한 빛. 맹렬하게 회전하는 그 출구는 마치 어떤 세계의 마침표처럼 보였다.

혹부리 왕은 두려워졌다.

[네놈은 저 너머를 본 적이 있나?]

도깨비 왕은 곧바로 대답하지 않았다. 마침표 이후의 모든 문장에는 의미가 없다는 듯, 무료한 표정. 하지만 그는 결국 사족을 덧붙였다.

[그게 무슨 의미가 있겠나.]

[뭐?]

[이 세계가 아득한 꿈의 편린이라는 것을 알게 되는 것이, 무슨 소용이 있겠냐는 말이다.]

깊은 허망함이 담긴 말이었다. 혹부리 왕은 그 말을 이해할 수 없었다. 빛이 점점 밝아지고 있음에도, 도깨비 왕의 표정은 점점 더 흐려지고 있었다.

빛의 출구가 코앞이었다. 불안해진 혹부리 왕이 물었다.

[네놈은 왜 지금까지 〈스타 스트림〉을 이어온 거지?]

그 질문이 뜻밖이었을까. 도깨비 왕의 표정이 기이하게 변했다. 그는 혹부리 왕을 가만히 바라보더니 말했다.

[글쎄. 잊어버렸다.]

그 순간, 도깨비 왕의 얼굴에 여러 설화들이 겹쳤다. 그는 마왕을 토벌하는 용사처럼 보였고, 마교와 싸우는 무림맹의 고수처럼 보였으며, 창공을 향해 날갯짓하는 해츨링처럼 보였다.

그는…….

[네놈—]

[김독자는 열지 말아야 할 문을 열었다. 이제 이 세계는 영원히 불행해질 것이다.]

그 말과 함께, 세계가 빛으로 휩싸였다. 마침내 출구에 도착한 것이었다.

혹부리 왕은 비틀거리며 그 빛 속으로 발을 내디뎠다. 빛살을 헤치고, 조금씩 나아갔다.

이곳에 해답이 있다.

이 세계를 만든, '가장 오래된 꿈'이 있다.

하지만 혹부리는 아무것도 볼 수 없었다. 어디선가 시끄러운 경적이 들려왔다. 코끝을 적시는 매캐한 냄새. 숨 쉬기가 점점 버거워졌다. 빛살 속에서 그의 몸이 타들어가고 있었다.

마치, 이 여백은 그에게 허락된 것이 아니라는 것처럼.

[말했잖나, 너와 내 이야기가 아니라고.]

도깨비 왕의 목소리와 함께, 혹부리 왕의 몸이 녹아내리기 시작했다.

[우리는 이 세계의 도구일 뿐이다.]

다리가 녹고, 몸통이 녹아내리면서도 혹부리 왕은 눈앞의 광경에서 시선을 떼지 않았다.

저곳에 아주 오래된 꿈이 있다. 이 세계의 모든 비밀이 있다.

그가 영원히 찾아 헤매던 뭔가가 그곳에 있다.

혹부리 왕은 그것을 보았다. 그리고 도깨비 왕이 한 말을 이해했다.

저것이, 저것이 정말로…….

혹부리 왕은 간절히 외치고 싶었다. 이쪽을 보아달라고. 제발, 여기에 내가 있다고. 단 한 번만 눈을 마주쳐달라고.

그러자 그것의 고개가 천천히 돌아갔다.

하지만 그 시선이 마침내 혹부리 왕에게 도달했을 때, 이미 혹부리 왕은 그 자리에 남아 있지 않았다.

그것은 다시 시선을 돌렸다. 그리고 고개를 숙인 채, 다시 무언가에 열중하기 시작했다.

쿨럭, 하는 소리와 함께 입안에서 까끌까끌한 감각이 느껴졌다. 차오른 숨을 토해내자, 벌레 같은 것이 흘러나왔다. 자세히 보니 그것은 활자였다.

감각이 되돌아오고, 시야가 점차 밝아졌다. 눈앞에서 새하얀 빛을 내뿜는 활자들이 보였다. 익숙한 내용이었다.

대체, 여기는…….

"독자 씨? 그러다 책 속으로 빨려 들어가겠어요."

순간 뒷덜미가 서늘해졌다. 익숙한 목소리. 어디선가 들은 적 있는 말. 끔찍한 상상력이 머릿속을 헤집었다. '최후의 벽'을 부수면, 어쩌면 그런 일이 벌어질지도 모른다고 생각한 적이 있었다. 하지만, 정말로 그런 일이—

파라락, 하고 찢어진 종이들이 눈앞을 날아다녔다.

자세히 보니 누군가가 내 눈앞에 책을 흔들고 있었다.

"상아 씨."

눈앞에 유상아가 있었다.

주변 광경이 조금씩 눈에 들어왔다. 널브러진 책 무덤과 빼곡하게 들어찬 장서관의 정경. 희미한 칸델라의 불빛.

이곳은 지하철이 아니었다. 여기는 내가 잘 알고 있는 장소였다.

유상아가 생긋 웃었다.

"이젠 아늑하게 느껴지네요, 여기."

이곳은 [제4의 벽]의 안이었다.

"어떻게 된 거죠?"

"저한테 물어보셔도…… 사실 저도 막 깨어났거든요. 사서 선배님들을 좀 찾아볼까요?"

유상아가 어깨를 으쓱하며 주변을 둘러보는 동안, 나는 내게 일어난 일을 빠르게 점검했다.

「우리는 [최후의 벽]의 모든 조각을 모았고. 마침내 벽을 부쉈다.」

소용돌이치던 '네모난 원'의 기억이 지금도 생생했다.

그리고? 그다음에는 대체 어떻게 된 거지?

다른 일행들은?

「걱 정마 *김 독 자*」

다시는 들을 수 없을 줄 알았던 목소리.

나는 반가움에 소리쳤다.

"제4의 벽!"

「**도** 서 관**에** 서 는 **조**용 히」

저 능청까지, 틀림없이 내가 기억하는 [제4의 벽]이었다.

하지만 반가움과는 별개로, 의문은 더욱 커졌다.

내가 왜 지금 [제4의 벽] 안에 있는 거지?

"독자 씨?"

어둠 속에서 하나둘 목소리가 들려왔다. 〈김독자 컴퍼니〉의 일행들이었다.

"여긴 대체 어디예요?"

"나 이상한 책 발견. 《김독자와 성의 신비》."

“그런 거 함부로 보면 안 돼, 지혜야.”

“그럼 이건요? 《그들에게 성경이 있다면 김독자에겐 멸살법이 있다》.”

“그런 걸 읽고 싶니?”

정희원과 이지혜의 목소리가 번갈아 들린다 싶더니, 근처의 책 무덤에서 두더지처럼 조그만 머리통들이 불쑥 나타났다.

“아저씨!”

“형아!”

신유승과 이길영이었다.

어둑한 시야 속에서 이쪽을 향해 걸어오는 한수영의 모습도 보였다.

“별게 다 있네. 여기가 유상아가 말하던 그 ‘도서관’인가?”

한수영은 책장에서 책을 한 권씩 뽑아 뒤로 던지고 있었다. 그의 뒤에 서 있던 이현성이 그 책을 재빨리 낚아채 품속에 담았다.

“수, 수영 씨! 책을 그렇게 함부로 다루시면…… 이게 뭔지도 모르는데!”

“야, 이건 뭐야! 재밌겠네.”

그들의 뒤쪽으로는 기절한 공필두와 장하영, 안나 크로프트가 차례로 늘어져 있었다. 그런 그들의 맥을 짚는 이설화까지.

적어도 ‘마지막 시나리오’에 진입한 일행들은 모두 모인 듯했다.

「모 두는 아니 야」

[제4의 벽]의 목소리에 불길한 예감이 들었다.

아직 보이지 않는 녀석이 있었다.

설마?

「(하하하하! 유중혁! 어디선가 유중혁의 냄새가 난다! 드디어 나와 하나가

되러 온 것이냐!)」

깊은 어둠 속에서 쩌렁쩌렁 울려 퍼지는 목소리. 말할 것도 없이 니르바나의 것이었다. 그리고 다음 순간, 둔탁한 소리가 울려 퍼졌다. 잠잠해진 니르바나가 축 늘어진 채 바닥을 뒹굴었고, 그런 녀석의 머리를 짓밟은 새카만 전투화가 보였다.

"불쾌한 공간이군."

"유중혁."

'은밀한 모략가'와 아직 분리되지 않은 모양인지, 녀석에게선 여전히 희미한 스파크가 흐르고 있었다.

그렇다면 오지 못했다는 이들은 대체 누구일까.

"성좌들이 없어요."

"지구에 있던 사람들은 어떻게 된 거죠?"

[제4의 벽]이 우릴 이곳으로 대피시켰다는 것은, 바깥세상에 뭔가 문제가 생겼다는 뜻이었다.

가슴이 차갑게 식었다. 산산이 부서져 나가던 [제4의 벽]과, 그 위에서 흩어지던 문장들이 떠올랐다. 뭐가 잘못된 걸까? 내가 이야기를 바꾸려 하는 바람에, 세상이 멸망하기라도 한 걸까?

그러자 [제4의 벽]이 갑자기 엉뚱한 말을 했다.

「읽 지**도 상상** *하지* 도않 기에 **시간** 이 *흐르 지* 않을 **뿐**」

그게 무슨 말인지 물어보기도 전에 누군가가 나타났다.

「(마침내 벽을 부쉈는가, 영원과 종장의 사도여.)」

「(결국 이런 날이 오기는 하는군.)」

도서관의 사서인 '꿈을 먹는 자'와 '시뮬라시옹'이었다.

나는 그들을 바라보다가 [제4의 벽]을 향해 말했다.

"나를 다시 내보내줘. 확인해야 할 것이 있어."

그러자 사서들이 답했다.

「(지금 바깥으로 나가면 너라도 무사하지 못할 것이다. 이제 <스타 스트림>은 없다. 그곳의 모든 것은 멈춰버렸어.)」

모든 것이 멈춰 있다.

실제로 벽 위로 들려오던 설화들은 더 이상 이야기되지 않고 있었다.

그 대신, 어디선가 거대한 태엽이 돌아가는 듯한 소리가 들려왔다. 시계 초침 소리 같기도 하고, 아주 느릿하고 일정한 박자로 키보드를 두드리는 소리 같기도 했다.

"그럼 다시 초침을 돌려줄 녀석을 만나고 올게."

「(정말로 '가장 오래된 꿈'을 만나고 싶은가?)」

이 모든 이야기의 종착역에 그 존재가 있었다.

〈스타 스트림〉은 파괴되었지만, 해결해야 할 질문이 남아 있었다.

「어째서 이런 세계가 존재해야만 했는가.」

돌아보자 일행들도 비슷한 표정을 짓고 있었다.

그들 역시 각자가 해결해야 할 문제가 있었고, 보고 싶은 종막이 있었다. 그리고 그곳으로 가기 위해 반드시 치러야만 하는 일이 있었다.

유상아가 말했다.

"같이 가요, 독자 씨."

"나도, 나도 갈래!"

"아저씨가 보고 싶어하던 에필로그가 뭔지 궁금해요."

"자자, 너무 심각하게 생각하진 말자고요. 의외로 착한 도깨비 같은 게 우릴 기다리고 있을 수도 있잖아요. 아니면 몇 대 때려서 착하게 만들면 되고."

그에 동조하듯 비유도 한마디를 했다.

[바앗!]

그때까지 침묵을 지키던 유중혁이 입을 연 것은 그때였다.

"그 전에, 놈을 만날 방법이 있나? 벽은 부서졌지만, 바깥 세계의 시간은 멈췄다. 시간이 멈추면 설화는 앞으로 나아가지 못한다. 우리도 마찬가지겠지."

「(시간이 멈추지 않은 곳도 있지.)」

니르바나가 웃으며 바닥을 가리켰다.

그렇다. 이 '도서관'의 시간은 아직 멈추지 않았다.

"설마 놈이 이 도서관 안에 있는 건가?"

「(그런 건 아냐. 이 도서관도 '벽'일 뿐이니까. 다만 너희 이야기를 완성해서 통로 하나가 열렸다. 이제 저쪽으로 넘어갈 수 있게 되었지.)」

니르바나는 그 말을 하며 우리를 안내했다.

왠지 그가 어디를 향하는 것인지 알 것 같았다.

도서관의 아래로 펼쳐져 있던 낭떠러지가 떠올랐다.

「이곳이 이 도서관의 끝. 모든 이야기의 끝이었다.」

아득한 무저갱. 마치 심연처럼 드리워져 있던 계곡.

[제4의 벽]에 처음 들어온 날 내가 발견한 장소였다.

"그때 거기야."

처음 이곳으로 들어왔을 때, 나는 저 낭떠러지 아래로 떨어질 뻔했다.

그때 니르바나는 말했다. 저곳으로 떨어지면 죽는다고. 저곳이 바로 벽의 너머라고.

니르바나가 물었다.

「(김독자, 정말 가고 싶은 거냐?)」

나는 고개를 끄덕였다. 그러자 니르바나가 허공에 늘어진 밧줄을 당겼다. 도르래 같은 것이 움직인다 싶더니, 작은 엘리베이터 같은 것이 천천히 올라왔다.

「(타.)」

우리는 엘리베이터에 올라탔다.

그리고 조금씩 아래로 내려가기 시작했다.

[전용 특성, '심연을 들여다본 자'가 활성화됩니다.]

이제 정말로 내가 찾던 답이 눈앞에 있었다. 내 안에 남은 설화들도 동요하고 있었다.

그렇게 얼마나 아래쪽으로 내려갔을까. 마침내 도르래 소리가 멎었다.

어둠 속으로 발을 내딛자, 곰팡이 냄새 같은 것이 났다. 바닥은 미끈

하고 축축했다. 아주 오랫동안 사용하지 않은 시설물의 흔적 같았다.

칸델라의 불빛을 앞으로 하자, 노란색 블록으로 만들어진 희미한 선이 나타났다.

"여기는……."

정희원이 중얼거렸다. 그리고 다음 순간, 노란 블록 너머의 어둠 속에서 뭔가가 달려오는 소리가 들렸다. 어둠 전체가 불길하게 진동했다. 마치 괴물이 달려오는 것처럼 폭력적인 굉음이었다.

잠시 후, 통로 저편에서 희미한 괴물의 두 눈이 나타났다.

"맙소사."

중얼거린 정희원은 그 괴물을 보고서도 검을 잡지 않았다. 다른 일행들도 마찬가지였다. 그 괴물이 무엇인지 모두가 알고 있었기 때문이다.

「이 모든 이야기의 시작.」

지하철이었다.

2

눈앞의 지하철이 천천히 정차하고, 이내 문이 열렸다.

확실했다. 우리가 아는 바로 그 지하철이었다. 입술을 달싹이던 정희원이 먼저 입을 열었다.

"지하철이 대체 왜 여기에……."

그 질문에 대답할 수 있는 사람은 아무도 없었다.

먼저 움직인 것은 이길영이었다. 유상아가 외쳤다.

"길영아! 그렇게 함부로 타면—"

성큼 발을 내디뎌 지하철에 올라탄 이길영이 우리 쪽을 돌아보았다. 아무 일도 없다는 듯이, 소년이 어깨를 으쓱해 보였다.

그 광경을 보던 이지혜가 신유승의 손을 잡고 움직였다.

"모르겠다. 일단 타보자고요!"

그것을 시작으로 망설이던 다른 일행들도 하나둘 지하철에 탔다.

나 역시 그 뒤를 따랐다.

희미한 진동이 느껴지는 지하철 바닥에 발을 디디는 순간, 기시감이 들었다.

「한때, 이곳은 김독자의 세계였다.」

그 말은 틀렸다. 이곳은 나의 세계가 아니었다.

「이곳은 누구나의 세계였다.」

유상아도, 정희원도, 이현성도, 이지혜도…… 모두 각자의 표정을 짓고 있었다. 내가 이 지하철을 타고 매일을 살았듯, 그들도 비슷했을 것이다.

누군가는 회사원이었고, 누군가는 학생이었고, 누군가는 군인이었지만…….

"지하철이라…… 그땐 정말 지겨웠는데 이젠 눈물 나게 반갑네요."

정희원의 말에 우리는 내부를 천천히 돌아보았다. 시트는 새것이고, 안전봉도 말끔히 닦여 있는 지하철. 바닥에도 오물의 흔적은 보이지 않았다.

물론 그런 것보다 더 놀라운 것은.

"사람이 아무도 없네."

지하철 안에서 어떤 인기척도 느껴지지 않았다. 우리를 제외한 무엇도 살아 있지 않은 듯 무기질적인 공간. 이 지하철은 그런 비일상의 기묘함을 품고 있었다.

나는 아직 열차 바깥에 남은 사서들을 돌아보며 물었다.

"너희는 안 가? 세계의 끝을 보고 싶어했잖아."

「(우린 갈 수 없어.)」

"왜?"

니르바나와 사서들은 대답하지 않았다. 그들은 어쩐지 서글픈 눈으로 서로 돌아보더니, 이렇게 말했다.

「(우린 네가 결말을 보는 것만으로도 충분…….)」

[문이 닫힙니다.]

말은 끝까지 들려오지 않았다. 문이 닫히고, 거대한 수레바퀴가 돌아가는 듯한 소리와 함께 지하철이 움직이기 시작했다. 빠르지도 느리지도 않은 속도였다. 창밖으로 새카만 어둠의 정경이 꾸물거리며 움직이는 것이 보였다.

나는 한참이나 그 어둠 속을 바라보았다. 이 열차는 대체 어디로 가는 것일까.

"3호선이다."

그 말을 한 것은 한수영이었다. 나 역시 노선표를 올려다보았다.

3호선. 내가 항상 출퇴근에 이용하던 노선이었다. 이상한 것은, 노선표 끝부분이 망가져 있다는 것이었다. 역 이름도 지워져 있었다.

…….

열차는 계속해서 달렸다. 몇 분이 더 지났지만, 정차할 기미는 보이지 않았다. 아무래도 그대로 종착역까지 달릴 모양이었다.

한수영이 풀썩 소리를 내며 내 옆 좌석에 앉았다. 긴 속눈썹을 깜빡이며 노선표를 노려보는 한수영. 내가 물었다.

"뭐야 그 표정은."

"난 지하철 같은 거 안 타."

"왜?"

불현듯 바보 같은 질문이었음을 깨달았다. 확실히 이 녀석이라면 지하철은 탈 필요가 없었겠지. 그러나 한수영의 입에서 나온 말은 전혀 뜻밖이었다.

"볼 게 없잖아. 안도 밖도."

나는 녀석과 함께 망가진 노선표를 바라보았다. 확실히, 지하철은 늘 같은 노선을 달린다. 정해진 시간에 정차한다. 늘 같은 풍경 속에서 비슷한 일이 일어난다.

지하철이 싫은 것은 나 역시 마찬가지였다. 내가 늘 스마트폰을 들여다보던 것도 비슷한 이유였으니까.

"재미있으라고 지하철이 달리는 건 아니니까."

"어쭈? 성좌 '구원의 마왕'답지 않은 말이네."

나는 쓰게 웃었다.

한수영과 나는 같은 방향을 바라보았다. 그곳에 일행들이 있었다. 나와 함께 멸망을 견디고, 99개의 시나리오를 클리어하여 이곳까지 와준 사람들.

"음, 갑자기 첫 번째 시나리오로 돌아가거나 그런 건 아니겠죠?"

"설마, 절대 안 돼요!"

"지금이라도 메뚜기 준비해둘까요?"

결연한 얼굴로 주먹을 쥐는 이길영을 보며, 일행들이 피식 웃음을 터뜨렸다.

가장 끔찍하던 기억이 유머가 된다는 것은 대체 어떤 의미일까.

일행들은, 어떤 마음으로 그 이야기에 미소를 짓는 것일까.

나는 한수영을 향해 말했다.

"저 사람들은 일상으로 돌아가야 해."

"그게 행복할 거라고 생각해?"

"모든 이야기는 원래 그렇게 끝나는 거야."

"언제부터 그런 전개를 좋아했다고?"

한수영이 비꼬듯이 쏘아붙였다.

"너 또 이상한 생각하고 있는 거 아니지? 나한테 또 뭐 숨기는 거 아냐?"

"그러고 싶어도 이제 숨길 게 없어."

사실이었다. 원작에서도 여기까지 온 적은 한 번도 없었다.

'은밀한 모략가'나 999회차의 인물도 마찬가지였다. 이 지하철을 탄 것은 우리가 최초였다.

나는 흐릿하게 지워진 노선표의 끝을 보며 말했다.

"한수영, 네 생각엔……."

"역시 최종 보스가 있지 않을까요? 보통 그런 전개잖아요!"

정희원의 목소리였다. 나를 향해 한 말은 아니었다. 아마 일행들끼리 뭔가 토론하던 모양이다. 신유승도 거들었다.

"이따만한 드래곤이 있다거나."

"하지만 드래곤에게 '가장 오래된 꿈'이라는 수식언이 붙을 거 같지는 않은데. 그만한 수식언이 붙으려면 아무래도……."

"역시 '작가'가 아닐까요?"

"작가?"

"그러니까……."

그 말을 꺼낸 이길영의 눈동자가 내 쪽을 향하자, 일행들도 퍼뜩 생각났다는 것처럼 나를 향해 고개를 돌렸다.

《멸망한 세계에서 살아남는 세 가지 방법》.

일행들도 이제 그 소설을 알고 있었다.

그 소설이 이 세계의 이야기를 담고 있었다는 것도.

그리고 오직 나만이 그 이야기를 끝까지 읽었다는 것도.

"독자 씨 생각은 어때요?"

모든 소설은 작가가 쓰기 전에는 이야기되지 않는다.

만약 이 세계가 멸살법을 토대로 만들어진 거라면, 일행들의 추측은 타당성이 있었다.

역시 '가장 오래된 꿈'이 작가일 가능성이 컸다. 나도 그렇게 생각했다.

하지만, 왜일까.

"'가장 오래된 꿈'은 멸살법의 작가가 아닐 겁니다."

"왜 그렇게 생각해요?"

"이유는 잘 모르겠습니다만, 그냥 그런 느낌이 듭니다."

나는 이 끝에 있는 존재가 tls123일 것 같지 않았다.

도깨비 왕의 말이 떠올랐다.

「['가장 오래된 꿈'은 작가라기보다는 차라리 독자에 가깝지. 그는 누구를 위해 이야기를 쓰는 존재가 아니야. 게으르고 탐욕스러우니까.]」

애초에 이 모든 가정에 '작가'가 꼭 필요한 것일까, 하는 의문도 들었다.

정말 tls123으로 인해 이 세계가 시작된 것일까.

어쩌면 tls123은 이미 존재하고 있던 세계를 내게 알려주기만 한 것은 아닐까. 페이지에 기록되지 않은 '은밀한 모략가'나 999회차의 인물들이 홀로 존재하고 있던 것처럼…….

"그러고 보니 궁금한데, 독자 씨는 어쩌다 그 소설을 보게 된 거예요?"

"아, 나도 항상 궁금했는데."

관심 없는 것처럼 흑천마도만 닦던 유중혁도, 그 화제가 나오자 내 쪽을 바라보았다. 장하영이 눈을 반짝이며 물었다.

"뭔가 운명적인 끌림이 있었나?"

"저도 그 느낌 압니다! 이병 시절 처음으로 수류탄을 쥐었을 때—"

"그냥 인터넷 검색하다가 우연히 보게 됐어요."

내 대답에 일행들은 실망하는 눈치였다. 그렇게 실망해도 어쩔 수 없다. 그게 사실이니까. 한수영이 핀잔을 주었다.

"뭘 검색했는데 이딴 소설이 나와?"

"그게……."

나도 기억이 잘 나지 않았다.

이지혜가 어깨를 으쓱했다.

"하긴, 이제 와서 그런 게 뭐 중요하겠어. 어쨌든 아저씨가 그 소설을 읽었다는 게 중요한 거지."

"그러게. 독자 씨가 안 읽었으면 어쩔 뻔했어요."

싱글싱글 웃는 유상아를 보며, 나는 입을 다물었다.

내게는 저 말을 들을 자격이 없었다.

「결국 별들은 추락했고, 세계의 시간은 정지했다.」

멸살법의 누구도 다다르지 못한 결말을 향해 나아가고 있었지만, 이 결말의 끝에 내가 원하는 것이 있으리라는 보장은 없었다.

지금부터 일어나는 일은 나 역시 알지 못하는 것들이었다.

「만약, 그 소설을 끝까지 읽은 게 다른 사람이었다면.」

나보다 훨씬 좋은 사람들이 있었다. 정의로운 정희원, 신의 있는 이현성, 올곧은 유상아가 그 소설을 끝까지 읽었어야 한다. 그랬다면 지금 이 세계는 훨씬 더 나은 모양이었을 것이다.

"고마워요, 아저씨. 그때 그 소설 읽어줘서."

나와 눈높이를 맞춘 신유승이 미소 짓고 있었다.

"맞아. 그 소설 재미도 없었다면서요? 진짜 독자 씨 아니었으면……."

"나였으면 한 페이지도 다 못 읽었을걸? 난 책 진짜 싫어하거든."

"저도 〈오즈〉의 병영문고에서 몇 권 읽어보긴 했는데…… 전 역시 독서와는 인연이……."

머리를 긁는 이현성을 보며 나는 벌렸던 입을 가까스로 다물었다.

멸살법이 있었기에 지금 눈앞의 인물들이 있다. 그 소설을 읽었기에, 이들이 위기에 빠졌을 때 구할 수 있었다.

"저는……."

보잘것없는 내가 사랑받을 수 있었다.

"형이 가르쳐준 설화들이 있어서 여기까지 왔어요."

아이들의 작은 손이 내 손을 꾹 쥐고 있었다.

천천히 고개를 들자, 흘러가는 지하철의 어둠이 보였다. 그 어둠 속으로 우리가 살아온 설화들이 지나가고 있었다.

우리는 잠자코 그 설화들을 바라보았다. 설화들은 겨울밤의 은하수처럼 아름다웠고, 불꽃놀이처럼 허망했다. 이곳의 누구도 잊을 수 없지만, 언젠가는 잊힐 이야기들. 정희원이 입을 열었다.

"독자 씨, 이제 물어봐도 될 거 같아서 그러는데."

그녀가 물어볼 것이 무엇인지 알고 있었다.

"독자 씨가 바라던 '결말'은 대체 뭔가요?"

이제 우리를 보는 성좌들은 없다. 세계를 지배하던 〈스타 스트림〉도 없다.

내가 말하지 못할 이유도…… 아마도 없다.

"그중 하나는…… 이미 보았습니다."

나는 일행 한 사람 한 사람의 얼굴을 가만히 들여다보았다. 그들의 표정에는 어떤 문장도 떠오르지 않는다. 그럼에도 그 얼굴들을 바라보고 있으니, 나는 내가 보고 싶었던 결말이 무엇인지 알 것 같았다.

"그리고 다른 하나는, 빚을 갚는 겁니다."

"빚이요?"

고개를 돌리자 유중혁이 나를 노려보고 있었다.

둔중한 떨림과 함께, 열차의 속도가 조금씩 줄어들기 시작했다.

우리는 천천히 자리에서 일어났다. 시끌벅적 떠들던 일행들도 하나씩 말수가 줄어들었다. 표정에 긴장이 감돌고 있었다.

나는 천천히 출입문 쪽으로 다가갔다. 내 왼쪽에 정희원이, 오른쪽에는 유중혁이 섰다.

어둠 속에서 흘러가는 설화들의 유속이 느릿해지고 있었다.

우리의 이야기만 있는 것이 아니었다.

「0회차가 있었고, 1회차도 있었다.」

2회차가 있었고, 3회차도 있었다.

「그렇게 1,864개의 회차가 모였고, 그 회차가 이 세계를 열었다.」

무수한 유중혁이 그 회차를 살았다. 제대로 된 삶은 한 번도 없었지만, 잘못된 삶도 없었다.

삶의 윤리를 논하기에는 세계가 너무 가혹했고, 희망을 이야기하기에는 절망의 부피가 너무 컸다.

다만 자신을 정당화하지 않았기에 유중혁은 굳건했다.

「오직 이 세계의 끝을 보겠다는 마음.」

나 역시, 그 마음을 가지고 있다.

그것은 0회차부터 1,864회차까지 1,865명의 유중혁이 바라는 꿈이자, 내가 원하는 이 세계의 끝.

"정말 길었네."

그러자 무슨 말을 하느냐는 듯 유중혁이 쏘아붙였다.

"겨우 사 년이다. 내가 겪어온 세월에 비하면……."

"그래."

사 년. 어느덧 우리가 함께 싸워온 시간이 그렇게 되었다.

"평생처럼 느껴지는 사 년이었어."

그러자 내 왼쪽에 선 정희원이 칼자루로 나를 쿡 찔렀다.

"앞으로도 계속 함께할 건데 뭘 그렇게 비장하게 말해요? 걱정 마요. 어떤 괴물이 기다리고 있든 내가 끝장낼 테니까."

나는 가만히 웃었다. 지하철의 속도가 점점 느려졌다.

출입문의 새카만 유리창에 내 모습이 비쳤다. 뺨에 핏자국이 번져 있었다. 나는 뺨에 묻은 핏자국을 닦았다. 그리고 서늘한 기분이 되었다.

「유리창이 아니라, 정말로 뺨에 묻어 있던 피였다.」

"문이 열립니다!"

이현성의 외침과 함께, 모든 일행이 전투태세를 갖추었다.

"응?"

그러나 긴장이 무색하게, 우리를 맞이한 것은 휑한 지하철 플랫폼이었다. 종종 주변을 돌아다니는 사람이 보였으나, 그다지 우리를 신경 쓰는 것 같지는 않았다.

"뭐야, 아무것도……."

그 말을 중얼거린 정희원과 함께 플랫폼을 딛는 순간, 불길한 예감이 밀려들었다. 발끝에 닿는 낯선 현실감. 희미한 스파크와 함께, 내 모든 설화가 어딘가를 가리키고 있었다.

「지하철 벤치 위에 누군가가 앉아 있었다.」

이제 막 하교한 듯, 교과서가 잔뜩 들어 있는 두툼한 책가방. 교복을 입고 있지 않았더라면 초등학생이라고 생각했을 법한, 빼빼 마른 작은 키의 아이가 그곳에 앉아 있었다.

영어 단어라도 외우는 듯, 소년은 자신의 노트 위에 도표 같은 것을 그리고 있었다.

머리가 지끈거렸다. 나는 떨어지지 않는 발걸음을 간신히 떼었다.

「김독자는 약속했다. 이 세계를 만든 원흉을 끝내겠다고. 그것이, 그 어떤 존재라고 해도.」

어디서 누구에게 맞기라도 한 것일까. 창백한 아이의 팔에 짙은 멍이 보였다. 어디서 생겼는지 잘 알 것 같은 멍. 다리에 힘이 풀려 움직일 수가 없었다.

「읽지도 상상하지도 않기에 시간이 흐르지 않을 뿐」

이 모든 것이 꿈이고 거짓일 수도 있다고 생각했다. 사악한 〈스타 스트림〉이 만든 꿈일 수도 있다고 믿었다. 하지만 부정할 수가 없었다. 내 모든 감각이 말하고 있었다.

저 아이가 바로, 이 모든 시나리오를 만든 원흉이라고.

「예 상하 고 *있* 었 *잖아* 김독 자」

가장 오래된 꿈, 세계의 누구보다 전지하며 무능한 신.

['제4의 벽'의 영향력이 점점 약해집니다.]

「김 독…….」

['제4의 벽'의 영향력이 극도로 약해집니다.]

뭔가가 떨어지는 소리가 들린다 싶더니, 바닥을 구르는 정희원의 검이 보였다.

"아, 아……."

정희원이 나를 보고 있었다. 아이를 보고, 나를 보는 눈. 그 두 눈에 절망이 어려 있었다. 믿을 수 없다는 듯, 이 모든 것이 거짓이었으면 좋겠다는 듯이.

['은밀한 모략가'와의 약속이 발동합니다.]

나는 몇 번이나 입을 떼었다 닫았다.

이것은 징벌일지도 모른다. 내가 받은 구원에 대한 대가를, 나는 이제야 치르게 된 것이다.

[당신은 <스타 스트림>을 파괴하겠다고 약속했습니다.]

[<스타 스트림>은, '가장 오래된 꿈'이 끝나지 않는 한 파괴되지 않을 것입니다.]

나는 아이를 바라보았다.

나와 똑같은 얼굴을 한 아이.

그 아이가 천천히 고개를 들어 나를 보았다.

['가장 오래된 꿈'을 끝내시오.]

3

자꾸만 정신이 아득해졌다.

「만약 멸살법이 현실이라면 어떨까.」

그것이 나의 생각인지, 아니면 '최후의 벽'에 기록된 것인지, 혹은 그것도 아니라—

「내가 멸살법의 인물들과 함께 싸울 수 있는 세계가 있다면.」

'가장 오래된 꿈'의 상상인지, 나는 잘 알 수가 없었다.

기억들은 간조가 끝난 후의 파도처럼 밀려들었다. 어린 소년의 머릿속에서 중구난방으로 퍼져나간 상상들이, 다른 세계에서는 이야기의 재료가 되었다. 살아 있는 현실이 비극이 되었다.

「그러고 보니 유중혁이 회귀한 후의 세계는 어떻게 되는 거지? 작가님한테 댓글로 물어봐야겠다.」

누구보다 멸살법을 잘 기억하고 있다고 생각했다. 누구보다도 그 소설을 열심히 읽었다고 자부했다. 그런데 왜 정작, 그 소설을 읽은 '나'에 대해서는 제대로 기억하지 못하는 것일까.

어쩌면 나는.

[당신은 '등장인물'이 됐습니다.]

내 화신체 위로 스파크가 흘렀다. [제4의 벽]이 기능을 멈추고 있었다. 심장이 미칠 듯이 뛰었고, 황폐해진 머릿속에서 정체를 알 수 없는 비명들이 울렸다. 떨리는 고개를 숙인 채, 가까스로 심호흡했다.

[제4의 벽]의 말이 맞았다.

어쩌면 나는 알고 있었다.

너무나 많은 힌트가 있었다.

「그 세계에서 나는 너무나 운이 좋았고.」

「그 세계의 모든 것이 내게 편의적이었으며.」

「때로는 허술하기까지 했다.」

그 모든 것이 '가장 오래된 꿈'의 가호 때문이었다면.

「모든 세계선의 태초, 원형原形의 세계선.」

나는 다시 고개를 들었다. 힘이 빠진 주먹을 천천히 쥐었다. [제4의 벽]은 없지만 마음은 차분했다. 차분해졌다고 믿기로 했다.

오직 나만이, 이 세계의 결말을 알고 있었다.

'부러지지 않는 신념'이 울었다. 나는 천천히 앞으로 나아갔다.

소년이 노트에서 고개를 들고 나를 보고 있었다.

"어……?"

아무것도 모르는 눈.

나는 그 시선을 피할 수 없었다. 그저 어떻게든 하루를 살아남아야 했던, 이 세계에 의지할 곳은 어디에도 없었던 아이의 눈이었다.

마치 헛것이라도 본 듯 눈을 비비며 그 아이가 나를 보고 있었다.

「<스타 스트림>을 파괴하기 위해서는, '가장 오래된 꿈'을 끝내야 한다.」

〈스타 스트림〉이 시작되던 순간부터 다짐했고, '은밀한 모략가'와도 약속했다. 이 모든 비극의 원인을 없애겠다고.

그리고 마침내 기회가 온 것이다.

['마왕화'를 발동합니다.]

찢어진 어깻죽지에서 새카만 날개가 펼쳐졌다. 나를 보는 아이의 눈도 커졌다.

"아……?"

무척이나 오래된 목소리. 맞다. 나는 분명 저런 목소리를 가지고 있었다.

그런 아이를 향해, 한 걸음씩 다가갔다.

['천사화'를 발동합니다.]

아이의 얼굴이 가까워질수록 더 많은 것들이 보였다.

아이가 끼적이던 노트. 멸살법의 파워 밸런스를 기입한 도표. 언젠가의 내가 작성한, 바로 그 도표였다.

유중혁, 이현성, 신유승, 이지혜, 이설화, 김남운, 안나 크로프트……

삐곡하게 적힌 이름들 옆으로 기록된 성흔과 스킬. 삐뚤빼뚤한 글씨를 덮듯이 가린 아이의 손등 위에 남은 멍.

나는 이 아이가 살아남은 시간과 살아갈 세월을 알고 있었다.

아이의 미래에 무엇이 있는지, 어떤 불행이 녀석을 기다리고 있는지.

「그 세월이 얼마만큼의 의미가 있을까.」

소년은 일진에게 찍혀 왕따를 당할 것이다. 친척들에게 버림받아 이른 독립을 하게 될 것이며, 가는 곳마다 기자들이 추적하며 따라올 것이다.

입시에서 실수를 저질러 삼류 대학에 가게 될 것이다. 훈련소에서 난수 뽑기가 잘못되어 최전방에 배치될 것이고, 편의점 삼각 김밥으로 매일 끼니를 때울 것이다. 그러다 어영부영 아무 회사에 턱걸이 입사하여 생을 연명하게 될 것이다.

십 년이 넘는 세월 동안 하나의 소설을 완독할 것이고.

그 소설을 읽고 살아남아, 결국 자신이 사랑했던 모든 존재를 불행하게 만들 것이다.

소년은 자라서 김독자가 될 것이다.

"괴, 괴물……."

아이가 나를 보며 입을 열고 있었다.

"그래, 괴물이야."

아이의 망막에 내 모습이 비쳤다.

「그 괴물이 아이의 미래였다.」

괴물을 막을 수 있는 것은 바로 지금뿐이었다.

모든 것은 찰나의 일이었다.

내가 검을 세우며 달려간 것도, 한수영이 주먹으로 내 얼굴을 갈긴 것도.

"————!"

목소리가 제대로 들리지 않았다. 한수영이 뭐라고 외치고 있었다. 붉게 물든 녀석의 눈이 울고 있었다. 내 가슴을 주먹으로 마구 두들겼고, 억센 손으로 내 어깨를 붙들었다.

"—독자!"

나는 한수영을 뿌리쳤다. 그리고 다시 앞으로 나아갔다. 고작 몇 미터밖에 되지 않는 거리였음에도 쉬이 다가갈 수가 없었다. 내 모든 설화가 반발을 일으키고 있었다.

전신을 억압하는 강력한 스파크가 내 몸을 붙들었다. 발이 떼어지지 않았고, 손이 움직이지 않았다.

나를 보는 아이의 표정이 겁에 질렸다. 덜덜 떨리는 아이의 턱. 흔들리는 눈. 이것이 현실인지 아닌지 가늠하는 눈이었다.

['가장 오래된 꿈'이 당신의 존재를 의심합니다.]

아이는 모든 세계를 꿈꾸는 존재.

녀석의 꿈속에서는 나 역시 등장인물에 지나지 않았다.

츠츠츠츠츠츳!

['가장 오래된 꿈'이 당신의 존재를 부정합니다.]

현실을 부정하듯 아이가 머리를 감싸며 몸을 웅크렸다.

"나는 유중혁이다…… 나는……."

수만 번도 더 외웠던 그 주문.

「내 주변에는 보호막이 있어.」

「아무도 나를 해치지 못하고.」

「어떤 것도 나를 건드리지 못해.」

일진들에게 두들겨 맞을 때마다, 고통에서 벗어나기 위해 했던 생각들이 흘러나오고 있었다.

현실을 현실이 아니게 만드는 힘.

이제 그 힘이, 정반대로 작용하고 있었다.

"아저씨……!"

아주 작은 절대자가, 이 모든 것을 자신의 망상이라 여기고 있었다.

아이의 몸을 중심으로 불투명한 막이 만들어지고 있었다. 새카만 공처럼 생긴 막. '가장 오래된 꿈'이 만들어낸 가장 튼튼한 보호막.

나는 악귀처럼 울부짖으며 보호막에 다가가 칼을 휘둘렀다. 세계와 세계가 충돌하며, 눈부신 섬광이 눈앞에서 터졌다.

'부러지지 않는 신념'의 칼날이 맥없이 부러져 하늘을 날았다.

나는 날아가는 칼날 조각을 망연히 바라보았다.

「죽일 수 없다.」

죽일 방법 같은 게 있을 리 없었다. 만약 이 모든 이야기가 어린 나의 꿈에서 비롯된 것이라면, 이 세계의 모든 법칙은 어린 나에게 달려 있었다.

어디선가 맹렬하게 불어온 바람이, 아이의 떨어진 노트를 거칠게 넘겼다. 이윽고 멈춰 선 페이지에는, 어린 내가 기록한 멸살법의 설정이 적혀 있었다.

—끊어진 필름 이론: 멸살법의 세계선 겹침을 설명하는 이 이론은…….

희미하게 튀어 오르는 스파크 속에서, 나는 멍하니 그 내용을 읽었다.

읽고, 또 읽었다. 허리를 숙여 부러진 칼을 집었다. 그리고 내 안에 남은 모든 설화를 공명시켰다.

나는 아이를 둘러싼 검은색 구체를 바라보며 말했다.

"나는 이 세상 누구보다 너를 잘 알아."

「괴롭히지마괴롭히지마괴롭히지마」

"괴롭히려는 게 아냐."

「도망치고 싶어.」

"알아."

「하지만 어디로?」

아이의 이야기가 내게 전해져왔고, 나의 이야기가 아이에게 전해져갔다.

츠츠츠츠츠츳.

부러진 '부러지지 않는 신념'은 칼날이 두 뼘도 채 남지 않았다. 하지만 내 계획을 실행하는 데는, 그 두 뼘이면 충분했다.

「'가장 오래된 꿈'을 끝낼 방법.」

['끊어진 필름 이론'이 발동합니다!]

[당신의 존재가 '가장 오래된 꿈'과 공명합니다!]

나는 있는 힘껏 나의 목을 향해 칼을 찔렀다.

푸욱, 하는 소리가 들렸다. 새빨간 피가 눈물처럼 바닥에 떨어졌다.

"김독자."

유중혁의 피였다. 칼은 목 바로 앞에서 조금도 움직이지 않은 채 허공에 고정되어 있었다. 칼날을 쥔 유중혁의 손아귀에 푸른 힘줄이 돋아 있었다.

"모두 꽉 잡아라!"

유중혁만이 아니었다. 누군가가 등 뒤에서 나를 제압하고 있었다.

"독자 씨. 이건 아닙니다!"

이현성이었다.

내 왼팔과 오른팔을 붙든 이들도 있었다. 정희원과 유상아였다.

"제발!"

"다른 방법이 있어요, 분명히!"

허리를 껴안은 이지혜와, 내 다리를 한쪽씩 붙든 신유승과 이길영이 보였다. 나를 대신해 '가장 오래된 꿈'의 보호막을 두드리는 한수영도 보였다.

"이거 열어! 널 해치려고 온 게 아냐! 그냥, 그냥 잠깐 이야기를 하고 싶어서……!"

그럼에도 보호막은 점점 더 두꺼워지고 있을 뿐이었다.

나는 알 수 있다. 저것은 열리지 않을 것이다.

나는 칼자루를 다시 굳게 쥐었다.

"이 방법뿐입니다."

장하영이 외쳤다.

"제발, 제발 그만둬! 아직 시간이 있잖아. 아직……!"

시간은 없다. 시간이 지날수록 우리를 둘러싼 스파크가 짙어지고 있었다.

['가장 오래된 꿈'이 당신의 존재를 부정하고 있습니다.]

아이는 끝내 우리를 부정할 것이다. 자신의 망상을 지울 것이다.

다른 세계의 현실을 현실이 아닌 것으로 만들 것이다.

그러니 이 일을 할 수 있는 것은—

쿠구구구구…….

어디서부터인가 짙은 안개가 깔려오며, 불길한 혼돈의 힘이 느껴졌다.

칼날을 쥐고 있던 유중혁의 표정이 이상해지고 있었다.

"네, 네놈……."

비틀거리는 유중혁의 입에서 새카만 설화가 흘러내리고 있었다. 그 설화는 꾸역꾸역 녀석의 입을 타고 바닥으로 흘러내려, 마침내는 사람의 형상이 되었다.

새카만 코트 사이로 빛나는 진천패도의 칼날.

오직 이 순간만을 위해 살아온 이가 그곳에 있었다.

「은밀한 모략가.」

무수한 회귀 끝에, 마침내 자신의 이름마저 잊어버린 존재.

오직 복수만을 위해 생을 거듭해온 이가, 그곳에 있었다.

그는 내 쪽을 흘끗 바라보더니, 천천히 보호막을 향해 걸어가기 시작했다.

튀어 오르는 스파크를 가볍게 무시하며 걸어가는 '은밀한 모략가'.

그 순간, '가장 오래된 꿈'의 설화가 내게 흘러 들어왔다.

「'유중혁처럼 되고 싶다.'」

서서히 팔뚝에 소름이 돋았다.

내 유년을 지배하던 기억이 무엇이었는지, 왜 잊고 있었을까.

「이 우주의 그 누구보다 강한 주인공.」

'은밀한 모략가'가 스파크의 영향을 받지 않는 것은 당연한 일이었다.

강박처럼 계속된 상상 속에서, 나는 얼마나 많이 그런 생각을 했던가.

「어떤 인간도 모든 상상을 통제할 수는 없다.」

팔뚝과 허벅지에 멍이 생길 때마다, 입술이 터질 때마다, 얼마나 많이 그 이름을 외웠던가.

「그러니 이 꿈을 끝내기에 가장 적합한 이는 정해져 있었다.」

나는 천천히 칼자루를 떨어뜨렸다.

지금부터는 나의 몫이 아니었다.

이 세계에서 가장 정당한 복수를 내가 방해할 수는 없었다.

"은밀한 모략가!"

한수영이 소리를 지르며 달려갔다. 정희원도, 이지혜도, 그리고 아이들도. 지금부터 그가 저지를 끔찍한 일을 알아채기라도 한 것처럼.

하지만 투명한 장벽에 가로막히기라도 한 듯, 일행들은 다가갈 수 없었다. 그리고 오직 '은밀한 모략가'만이, 플랫폼을 가로질러 아이가 있는 벤치에 도달했다.

그는 [파천강기]의 힘이 담긴 검을 휘둘러 새카만 원을 베어냈다. 그 안에 아기 새처럼 몸을 웅크린 아이가 있었다.

아이는 얼굴을 파묻은 채 같은 말을 반복했다.

"나는 유중혁이다. 나는 유중혁이다. 나는……."

희미하게 비치는 빛살 속에서 아이가 몸을 떨었다.

【너는 유중혁이 아니다.】

억겁의 회귀 속에서, 자신의 이름을 잊었던 회귀자.

그가 자신의 이름을 말하고 있었다.

"내가 유중혁이다."

4

1,864번의 삶을 살아온 유중혁의 진짜 목소리였다. 0회차부터 1,863회차까지의 모든 세월을 증명하는 목소리. 그 목소리의 주인공이 말하고 있었다. 그가 바로 유중혁이라고. 그가 바로, 멸살법의 진짜 주인공이라고.

"나, 나는, 나는……."

아이는 벌벌 떨면서도 눈을 뜨지 못했다. 그 눈을 뜨는 순간, 자신의 모든 세계가 무너질 것을 아는 듯이.

['가장 오래된 꿈'이 자신의 꿈을 부정합니다!]

「이건 환상이야 이건 환상이야 이건 환상이야.」

"환상이 아니다."

'은밀한 모략가'의 말과 함께, 아이의 주변으로 문장이 흘러나오기 시작했다. 아이가 읽고 있으며, 동시에 내가 읽던 멸살법의 문장들이었다.

나를 살렸고, 결국은 나를 죽이게 될 문장들.

그 문장들 속에서 한 사내가 말하고 있었다.

「"이현성. 아직 끝나지 않았다."」

「"걱정 마라. 내가 반드시 <스타 스트림>을 끝내겠다."」

「"너를 잊지 않을 것이다, 신유승."」

생생한 그 문장들은 곧 이야기가 되었다. 이야기는 상상이 되었고, 상상은 다른 세계선에서 현실로 재현되었다.

그것이 또 다른 현실임을 모른 채, 소년은 계속해서 이야기를 욕망했다.

「"다음 회차에도, 그다음 회차에도."」

소년은 살기 위해서 상상했다.

친척들의 눈치를 받으며, 일진들의 괴롭힘을 당하며, 아프지 않기 위해서 다음 이야기를 생각했다.

「"반드시 살아서 이 시나리오의 끝을 볼 것이다."」

포기하지 않는 주인공을 보며 위안받았고.

그 위안 속에서, 주인공이 끝까지 포기하지 않기를 바랐다.

「작가님, 유중혁의 회귀는 언제까지 계속되는 건가요?」

그의 회귀행이, 끝나지 않기를 바랐다.

흘러나오는 소년의 기억을 보며, '은밀한 모략가'는 아무런 말도 하지 않았다.

「모두 그가 기억하고 있는 것들이었다.」

0회차부터 1,863회차까지 단 한 번도 잊지 않은 결심들.

나와 일행들도 그것을 함께 보았다.

'은밀한 모략가'가 빠져나간 뒤 쓰러진 유중혁이 밀려오는 기억 속에 신음하고 있었다. 신유승이 하염없이 눈물을 쏟았고, 이지혜가 자리에 주저앉았다. 이현성도, 정희원도 떨리는 어깨를 가까스로 서로 의지한 채 버티고 있었다.

이제 그들도 알게 되었다.

'은밀한 모략가'의 생은 보상받아야만 한다는 것을.

"하지만, 하지만 그래도—"

신유승이 방언처럼 중얼거리며 나를 올려다보았다. 부디 이 상황을 타개할 방법을 알려달라는 듯이.

"은밀한 모략가! 멈춰! 멈추라고!"

오직 한수영만이 눈앞의 스파크에 저항하며 계속해서 허공을 향해 주먹을 휘둘렀다.

하지만 '은밀한 모략가'는 뒤돌아보지 않았다.

「그렇게, '고독한 멸망의 순례자'는 자신의 순례행이 끝나는 장소에 도착했다.」

부러지고 또 부러지면서도 매번 다시 붙었던 진천패도가 고요히 울고 있었다.

「마침내 그의 배후성이 눈앞에 있었다.」

"너였군."

악몽이라도 꾸는 듯, 아이의 어깨가 가냘프게 떨렸다.

「당장이라도 베어 죽일 수 있는 연약한 생명체였다.」

그의 진천패도가 다시 한번 거칠게 울었다. 셀 수도 없이 많은 성좌를 베어온 칼이었다. 포세이돈도, 제우스도, 여와도, 심지어는 도깨비왕도 그의 칼을 피할 수 없었다. 그 어떤 별도 그와 대적해 살아남을 수 없었다.

1,864번의 삶을 거치며 도달한 복수의 기회.

진천패도가 천천히 움직였다.

"은밀한 모략가! 아니, 유중혁—!"

한수영도 나도 막을 수 없다.

저것은 일어나야 하는 일이다.

내 손을 꼭 잡은 신유승이 울고 있었다. 입을 다물지 못한 채, 꺽꺽거리며.

이제 모든 것이 끝날 것이다. 나는 누구의 이야기도 소비하지 않아도 된다.

유중혁은 오랜 회귀행에서 해방될 것이다.

「그런데 왜 저 검은 눈앞의 오랜 적을 베지 않는 것일까.」

'은밀한 모략가'의 진천패도는 여전히 허공을 배회하고 있었다. 당장이라도 소년의 몸을 베어낼 것 같던 검은, 그저 소년의 주변을 감쌌던 알껍질 같은 보호막을 걷어낼 뿐이었다.

「껍질이 부서졌지만 어디로도 날아갈 수 없는 새.」

소년의 몸이 걷잡을 수 없이 떨렸다. 기분 나쁜 설화들이 주변을 맴돌았다.

「"야, 얘 또 노트에 뭐 그린다!"」

「"쯧쯧, 제 어미를 똑 닮아서……."」

「"네가 김독자니? 혹시 어머니 지금 어디에 있는지 아니? 음…… 그렇구나. 어머니를 원망하지는 않니? 평소 어머니는 어떤 사람이었니?"」

「"언제까지 입 다물고 있을 거야? 네가 말하지 않으면 세상은 너를 오해하게 될 텐데."」

스걱.

허공을 헤매던 진천패도의 칼날이 정확히 그 기억의 문장을 잘랐다.

어깨를 부르르 떨던 소년의 떨림이 한결 잦아들었다.

「왜?」

머릿속이 혼란스러웠다.

「어째서.」

진언이 들려온 것은 그때였다.

【그 소년입니까.】

'은밀한 모략가'의 그림자 속에서 커다란 덩치의 사내가 일어섰다.

999회차의 이현성이 그곳에 서 있었다.

'은밀한 모략가'가 고개를 끄덕였다.

"그렇다. 이 녀석이 나의 배후성이다."

【열받네. 겨우 이 꼬마가 원흉이었나?】

999회차의 김남운과 이지혜도 그곳에 있었다.

999회차를 견뎌낸 이계의 신격들.

〈스타 스트림〉을 파괴하고, '가장 오래된 꿈'을 끝내고 싶은 것은 유중혁만이 아니었다.

"아니."

【뭐? 그럼―】

'은밀한 모략가'는 대답 대신 주변을 둘러보았다.

멀리 플랫폼에서 열차를 타기 위해 밀려오고 다시 밀려나가는 사람들의 웅성거림이 들려왔다. 뒤를 돌아보니 우리가 타고 온 열차는 어느새 사라졌다.

평범한 세계에서, 사람들을 태워 어디로인가 향할 대화행 열차.

마치 우리의 존재가 보이지도 않는 듯, 우리를 지나쳐 가는 사람들.

―이번 역은 대화…….

승객들이 하차하기도 전에 지하철에 올라타는 사람들. 서로 밀치거나 욕설을 내뱉는 이들. 한 할머니가 내리는 인파에 떠밀려 넘어졌다. 사람들은 그녀를 붙잡아주지 않았다. 그녀를 가장 먼저 목도한 이는 임산부석에 앉아 있던 한 노인이었다. 노인은 잠시 그녀를 바라보더니, 품속에서 신문을 꺼내 자신의 시야를 덮었다. 그 신문 위로, 기사의 헤드라인이 보였다.

―범죄자의 에세이를 출간하다.

내가 아주 잘 아는 기사였다.

아주 많은 사람이 읽었고, 이야기했고, 잊어버린 기사.

「별거 아닌 비극이었다. 고작해야 단 한 번의 생에서 일어난 비극.」

'은밀한 모략가'와 이계의 신격들이 내 설화를 바라보고 있었다. 고작해야 십수 년도 채 되지 않는 길이의 비극을, 슬픈 눈으로 보고 있었다.

【가엾은 아이.】

그 말에 나는 소스라치듯 몸을 떨었다.

내 비극은 그들의 고통에 비할 바가 아니다. 내가 겪은 비극 때문에, 더 큰 비극을 만든 죄를 용서받아서는 안 된다.

【나의 신이여, 너를 만나기 위해 아주 오랜 세월을 견뎌왔건만.】

999회차의 우리엘이 어린 나의 뺨에 손을 가져다댔다.

【너는, 이 우주에서 가장 무력한 존재구나.】

다시 한번 바르르 떨리는 아이의 몸.

나는 자리에서 비틀거리며 일어났다.

【그래서 우리를 필요로 했던 건가? 너무나 가혹한 구조 요청이군.】

【자신의 상상조차 제어하지 못하는 것인가.】

뭔가 잘못되고 있었다.

칼, 칼을 찾아야 했다.

999회차 인물들이 잠시 서로를 바라보았다.

먼저 입을 연 것은 999회차의 이지혜였다.

【나는 상관없어. 하지만 괜찮겠어? 당신은 이걸 위해 여기까지 왔잖아.】

누구를 향한 말인지는 명백했다.

'은밀한 모략가'가 잠시 사이를 두었다가 대답했다.

"힘든 시간이었다."

한마디로 일단락될 이야기가 아니었다. 그가 겪은 비극이 그런 식으로 정리되어서는 안 되었다.

"왜 나였을까 생각했다. 그만두고 싶다고 생각했다. 죽고 싶다고 생각한 적은 셀 수도 없이 많았다."

한참이나 말이 없던 '은밀한 모략가'가 말을 이었다.

"그러나 누군가가 나를 포기하지 못하게 만들었다."

그의 증오심 어린 눈동자는 소년을 향하고 있지 않았다. 그는 소년의 설화를 바라보고 있었다.

999회차의 우리엘과 이현성이 무릎을 꿇어 아이의 몸을 안아 들었다. 이지혜와 김남운이 아이의 차가운 손을 잡아주었다.

'은밀한 모략가'가 선언하듯 말했다.

"그만 눈을 떠라, 김독자."

식은땀을 흘리는 아이가 눈꺼풀을 파르르 떨었다. 긴 악몽과 맞서 싸우듯, 아이의 몸이 격렬하게 흔들렸다.

그리고 얼마나 지났을까. 천천히 아이의 눈꺼풀이 열렸다.

"아, 아, 아……."

아이의 눈이 세상을 보고 있었다. 자신이 망상이라 믿던 것을 보고 있었다. 자신을 감싼 대천사와 강철검제, 망상악귀와 해상제독의 손을 바라보고 있었다.

그리고.

"정말, 정말로……."

그토록 오랫동안 지켜보았던, 이야기의 주인공이 눈앞에 있었다.

"그래. 꿈이 아니다."

누구도 입을 열지 않는 침묵 속에서, 뭔가가 깨어져 나가는 소리가 들렸다.

아이의 눈에서 눈물이 흐르고 있었다. 그 눈물이 어떤 의미인지 잘 알기에, 그리고 지금 '은밀한 모략가'와 이계의 신격들이 해준 일이 무엇인지 알기에, 나는 한없이 괴로워졌다.

「**저것이 진짜 그들의 선택일 리가 없다.**」

아주 오랫동안 어떤 이야기와 함께 살아온 존재는, 결국 그 이야기에서 벗어날 수 없게 된다. 아가레스가 그랬고, 메타트론이 그랬고, 묵시룡과 도깨비 왕이 그랬던 것처럼, 이계의 신격들도 마찬가지였다.

어쩌면 지금의 모든 선택조차 결국은 정해져 있었던 것 아닐까.

나는 절규하듯 외쳤다.

"그 녀석은 '가장 오래된 꿈'이야! 녀석을 죽여야 해. 죽이지 않으면, 네 비극은 끝나지 않아! 네 회귀는, 〈스타 스트림〉은—"

너희는 그 '이야기'에 먹혀서는 안 된다.

동정은 필요 없다. 내가 정말 원하는 것은 그런 이야기가 아니다.

[해당 인물은 '등장인물'이 아닙니다.]

'은밀한 모략가'가 나를 바라보고 있었다. 내가 전혀 모르는 눈동자. 내가 읽지 않은 이야기 속에서, 나를 보고 있었다.

'은밀한 모략가'뿐만이 아니었다. 우리엘도, 이지혜도, 김남운도, 이현성도 마찬가지였다.

[해당 인물은 '등장인물'이 아닙니다.]

[해당 인물은 '등장인물'이 아닙니다.]

[해당 인물은 '등장인물'이 아닙니다.]

[해당 인물은 '등장인물'이 아닙니다.]

나는 연이어 떠오르는 그 메시지를 멍하니 바라보았다.

「세상에서 누구보다 정의로운 군인.」

「가장 숭고한 대천사.」

「불의를 참지 않는 장군.」

「세상을 향한 증오로 가득 찬 악귀.」

「<스타 스트림>이라는 시스템과 대적해온 회귀자.」

'은밀한 모략가'와 이계의 신격들이 아이의 세상을 바라보고 있었다.

자세히 보지 않으면 제대로 볼 수 없는 악의로 가득 찬 세계.

그 세계의 설화를 노려보던 김남운이 중얼거렸다.

【<스타 스트림>이 없어도, 세상은 똑같구만.】

마치 지금부터 그들이 싸워야 할 대상이 무엇인지 알겠다는 듯이.

'은밀한 모략가'와 이계의 신격들이 쌓아 올린 설화가, 아이를 둘러싼 현실을 향해 이빨을 드러내고 있었다.

「아득한 순례행의 끝에서, 회귀자는 자신이 발견한 세계를 선택했다.」

이야기의 끝에 도달한 등장인물들이, 마침내 이야기를 벗어나고 있었다.

그들은 자신의 신을 안은 채 새로운 이야기를 향해 나아가고 있었다.

나는 미친 듯이 고개를 흔들며 그쪽을 향해 기어갔다.

그래서는 안 된다.

나는 약속했다. '가장 오래된 꿈'을, 이 비극을 끝내겠다고.

간신히 바닥을 더듬던 손에 부러진 칼자루가 들어왔다.

됐다. 이것만 있으면—

【김독자.】

'은밀한 모략가'가 나를 불렀다.

고개를 들자, 녀석이 말을 이었다.

【너의 첫 번째 시나리오를 기억하나?】

첫 번째 시나리오, '가치 증명'.

그 시나리오에서 '은밀한 모략가'와 성좌들은 처음으로 나를 보았다.

【그때 너는 사람들에게 말했지. 시나리오의 클리어 조건은 '사람을 죽여라'가 아니라고.】

그와의 약속이 떠올랐다.

—'가장 오래된 꿈'을 끝내시오.

세계가 눈부신 빛으로 덮이며, 시야가 흐려지기 시작했다.

놀란 일행들이 내 주변으로 모여들었다.

[당신은 '은밀한 모략가'와의 약속을 지켰습니다.]

강철검제와 대천사가 안아 든 어린 김독자가 나를 보고 있었다. 오랜 꿈속에 젖어 있던 아이의 눈동자에 빛이 돌아오고 있었다.

꿈이 끝나는 것은 언제일까. 그것은.

「**꿈이, 더 이상 꿈이 아니게 되었을 때.**」

그제야 모든 것이 이해되기 시작했다.

이미 멸살법의 유중혁이 이곳에 도착한 순간, '가장 오래된 꿈'은 끝난 것이나 마찬가지였다.

멀리서 다음 열차가 도착하는 소리가 들려왔다.

[성좌, '은밀한 모략가'가 자신의 ■■에 도달했습니다.]

'은밀한 모략가'의 신호와 함께, 나와 일행들은 도착한 열차 안으로 빨려 들어갔다.

"이곳이, 이 이야기의 에필로그다."

나의 유년을 구한 인물들이 문 너머로 사라지고 있었다. 자신을 죽이고 새로운 세계선으로 넘어갔던 1,863회차의 유중혁처럼, 내가 모르는 세계를 향해 걸어가고 있었다.

그 빛살 속에서 유중혁의 희미한 미소가 보였다.

그는 자유로워 보였다.

[성좌, '은밀한 모략가'의 ■■은 '가장 오래된 꿈'입니다.]

5

['제4의 벽'이 다시 발동합니다!]

몇 번인가 세상의 빛이 켜졌다 꺼지기를 반복했다. 내 몸이 어딘가로 빨려 들어가는 느낌이 들었고, 반쯤 흐려진 의식 속에서 열차 바퀴와 선로의 마찰음만이 머릿속을 메웠다.

인정할 수 없었다.

내가 인정하고 말고의 문제가 아니라는 사실을 알면서도, 그 사실을 받아들이기 힘들었다.

「'은밀한 모략가'는 왜 그런 선택을 했는가.」

녀석의 마지막 표정이 잊히지 않았다. 어떻게 그런 표정을 지을 수 있을까. 진정 자신이 원하던 것을 이루지도 못했는데.

「'은 밀한 모 략가'가 원하 는 게 뭔 데?」

머릿속으로 내가 기억하는 '은밀한 모략가'의 모습들이 흘러갔다.

오직 원작의 텍스트를 통해 내가 알고 있던 이야기. 그 아득한 세월을 견뎌오며, 유중혁은 이 끝에서 무엇을 보고 싶었을까.

그가 정말로 기대한 것은 대체 무엇이었을까.

「【네가 원하지 않는 결말이라 해도…… 이 세계가 실패한 회차라고 생각하지는 마라.】」

오직 그 말만이 저주처럼 뇌리에 박혔다.

「김 독자」

[제4의 벽]이 내 오만함을 응징하기라도 하듯, 딱딱한 목소리로 경고했다.

「네 가 판단 할 수 있 는 문 제가 아 냐」

그 말이 맞았다. 나는 녀석이 떠난 후에도, 빌어먹을 '성좌'에서 벗어나지 못한 것이다.

휘황한 빛살 속에서 999회차의 우리엘, 이현성, 김남운, 이지혜의 모습이 흩어져갔다.

녀석은 정말로 행복해질 수 있을까.

녀석이 직접 선택했으니, 그것이 녀석이 행복일까.

비극 속에서 태어난 이는, 그것이 비극인지 알지 못하는 것은 아닐까.

어린 나와 '은밀한 모략가'의 설화들이 멀어지고 있었다.

마지막 순간 이쪽을 돌아보는 녀석은 더 이상 '멸살법'의 유중혁이 아니었다.

「비극 속에서 태어났기에 비극을 끝낼 수도 있는 법」

「"이곳이, 이 이야기의 에필로그다."」

내가 읽어온 오랜 이야기의 마지막은 그렇게 끝났다.

[당신은 모든 시나리오의 ■■에 도달했습니다.]
[당신은 세계의 비밀을 알게 됐습니다.]

이제 남은 것은, 어떻게든 그 '이후의 이야기'를 살아가는 것이었다.
멸살법이 내게 알려주지 않은 이야기.

['가장 오래된 꿈'이 끝났습니다.]

퍼뜩 어떤 생각이 떠올랐다.
상황에 떠밀려서 잊고 있었다. 도깨비 왕은 말했다. 이 모든 세계는, 본래 '가장 오래된 꿈'의 꿈이라고.

「그렇다면, 꿈이 끝난 후 꿈속의 인물은 어떻게 되는 거지?」

999회차의 인물들이나, '은밀한 모략가'는 등장인물의 직위를 벗어나 스스로의 의지로 꿈에서 해방되었다.
그러면, 나머지 다른 사람들은 어떻게 된 것일까.
꿈이 끝난 후에, 꿈속 인물들은…….

[최종 시나리오 클리어 보상이 도착했습니다.]

뺨을 찰싹찰싹 때리는 소리. 깜빡이는 지하철 불빛 속에 김독자가 천천히 눈을 떴다.

"야, 정신 들어?"

거칠게 멱살을 잡은 한수영의 얼굴이 보였다.

"어떻게 된 거야?"

"내가 묻고 싶어."

두통이 오는 듯, 김독자는 머리를 감싸면서 자리에서 일어났다.

"여긴?"

"지하철이야. 이제 집에 가야지 우리도."

그 말을 한 한수영은 어딘가 개운한 표정이었다.

덜컹거리며 흔들리는 열차. 창 바깥으로 어둠이 일렁거리고 있었다.

"독자 씨, 괜찮아요?"

김독자를 발견하고 다가오는 일행들. 그곳에는 유상아도, 이현성도, 정희원도, 신유승도, 이길영도, 이지혜도, 장하영도……

그리고 유중혁도 있었다.

「모두가 무사했다.」

김독자는 천천히 주변을 돌아보았다. 열차 안에 다른 사람들의 인기척은 없었다. 아마도 이것은 그들이 올 때 탔던 그 열차인 듯했다.

「우린 이제 정말 무사한 걸까.」

"상처는 치료했어요. [제4의 벽]으로 돌아가면 설화 씨한테 다시 한번 맡겨야 하겠지만……."

김독자의 맥을 짚던 유상아가 희미하게 웃었다. 일행들이 하나둘 다가왔다. 그러나 코앞의 김독자를 보고도, 누구도 선뜻 입을 열 수 있는 이는 없었다.

뜻밖에도 먼저 입을 연 것은 유중혁이었다. 그는 김독자에게 다가오는 대신 지하철의 좌석에 삐뚜름하게 앉아 창밖을 바라보았다. 창밖으로 우주의 설화들이 풀려나가고 있었다. 엉킨 실타래가 한 올씩 먼지가 되어 날아가고 있었다.

"〈스타 스트림〉이다."

수많은 세계선에 존재하는 설화들이 일제히 환한 빛을 흩뿌리며 우주를 밝히고 있었다. 그들이 살아온 〈스타 스트림〉이 그곳에 있었다. 그들이 저주하고 원망했던, 그러면서도 끝끝내 포기하지 않던 세계가, 마지막으로 가장 환한 빛을 뿜으며 사라져가고 있었다.

멍한 눈으로 그 광경을 보는 김독자의 손을, 신유승이 꾹 잡았다.

"이제 다 끝났어요."

뭔가 벅차올랐는지, 갑자기 이현성이 어깨를 들썩이며 울음을 터뜨렸다. 어떤 일이 있어도 눈물 한 방울 보이지 않던 곰 같은 사내가 하염없이 울었다. 그런 이현성을 보며 코끝이 시큰해진 정희원이 입술을 깨물었고, 이지혜는 눈물을 떨구기 싫은지 고개를 들었다.

"정말, 끝났다."

끝났다. 그토록 길고 장대했던 이야기가, 드디어 끝났다.

김독자는 멀어지는 유성우들을 바라보았다. 바라보고, 또 바라보았다.

그런 김독자가 무슨 생각을 하고 있는지 안다는 듯, 한수영이 말했다.

"네가 읽어서 그렇게 된 게 아니야. 넌 아무것도 몰랐잖아."

일행들도 고개를 끄덕였다. 그들도 알고 있었다. 이렇게 넘어갈 수 있는 일이 아닐지도 모른다는 걸, 모두 알고 있었다.

다만 그들은 김독자와, 김독자의 설화를 바라보았다.

「읽지 않으면 살아갈 수 없던 세계.」

살기 위해 무언가를 읽어야만 했던 어린아이.

그 어린아이에게 그들은 몇 번이나 구해졌다.

「살아가기 위해 무언가를 읽어야 했던 것은, 모두 마찬가지였다.」

"그냥 읽기만 할 수도 있었을 텐데, 독자 씨는 직접 그 이야기를 바꾸려 했잖아요. 나는 그거면 충분하다고 생각해요."

정희원의 말이었다.

멸살법의 처음부터 끝까지, 한 번도 세계의 끝에 도달하지 못했던 이.

그녀가 옅게 웃으며 김독자의 어깨를 두드렸다.

"어때요. 지금이 원하던 결말 맞아요?"

김독자는 대답하지 못했다. 흐려진 시야 속에서 몇 번이나 눈을 닦아야 했다.

「그가 이룬 세계의 정경을, 스스로 보기 위해서.」

천천히 눈을 뜬 김독자의 망막 위로, 지하철의 까만 유리창이 비쳤다.

그 유리창 위로 일행들의 얼굴이 떠올랐다. 마치 우주를 배경으로 하는 한 장의 사진처럼.

「**그토록 보고 싶었던 세계의 결말.**」

"지금, 보고 있습니다."

그 말을 기다렸다는 듯, 신유승과 이길영이 김독자의 눈물을 닦아 주었다. 김독자는 그런 신유승과 이길영을 힘껏 끌어안았다.

누군가가 물었다.

"행복해질 수 있겠죠?"

역을 떠난 열차의 진동만이, 침묵 속에서 간헐적으로 울려 퍼졌다.

아마도 이 열차는 다시는 되돌아가지 않을 것이다. 그들은 지나온 역을 다시는 방문할 수 없을 것이다. 그들은 이제 새로운 종착점으로 나아갈 것이다.

모두 각자의 감상에 빠져 있는 사이, 현실적인 질문을 던진 것은 뜻밖에도 이지혜였다.

"우리가 살던 세계선은 어떻게 되는 거예요?"

일행들의 시선에, 이지혜가 머쓱하게 볼을 긁으며 말했다.

"그게, 그렇잖아요. 도깨비 왕의 말이 맞는다면 이 세계는 '가장 오래된 꿈'의 꿈인데, 그 꿈이 끝나버린 거면……."

실제로 '최후의 벽'이 부서졌을 때, 그들이 살던 세계의 시간은 멈춰버렸다. 그렇다면 다시 열차를 타고 그 세계로 돌아가도—

[괜찮아. 우리 세계는 정상이야.]

"아, 그렇구나. 역시…… 그럼 다행…… 엥?"

이지혜는 김독자를 보았고, 이현성을 보았으며, 정희원과 유상아를 보았다. 그러나 누구를 보든, 그들 또한 이지혜와 같은 표정을 짓고 있었다.

"방금 대답한 거 누구죠?"

그리고 모두 동시에 허공을 올려다보았다.

솜털 뭉치 하나가 동동 떠 있었다.

[바앗?]

일행들의 눈이 가늘어졌다.

[에오…… 바앗.]

허공에서 땀을 삐질삐질 흘리던 비유는 한참이나 지난 뒤에야 한숨을 쉬며 말했다.

[다들 알고 있었으면서 뭘 놀라?]

일행들은 비유에게서 설명을 들었다. 요약하자면 이런 것이었다.

[세계선은 아직 멸망하지 않았어. 이유는 모르겠지만…… 멈춰 있던 세계의 시간이 다시 쓰여지기 시작했거든. 비록 거대 설화들이 한꺼번에 붕괴하며 세계관이 흔들리기는 했지만, 이대로 두어도 자연스레 멸망하기까지 몇천 년은 더 걸릴 거야.]

지하철 창밖으로, 그들이 살던 세계의 모습이 어렴풋이 비치고 있었다. 굳었던 세계의 시간이 다시 움직이고 있었다.

「폐허 속에서 우리엘이 천천히 눈을 떴다.」

「흑염룡이 자신의 꼬리를 만 채 잠들어 있었고.」

「근두운에 휘감겨 있던 제천대성이 하늘을 올려다보았다.」

성좌들이 살아 있었다.

'해상전신'도, '고려제일검'도…… 모두 살아 있었다.

비록 예전과 같은 광휘는 잃어버렸지만, 그들은 여전히 세계선 위에 살아 숨 쉬고 있었다.

그런 성좌들을 보며 비유가 말했다.

[〈스타 스트림〉은 아직 남아 있어. 채널 시스템은 붕괴했고, 성좌들

도 예전처럼 강한 힘을 내지는 못하지만, 워낙 커다란 설화였으니까 완전히 부서지는 데 시간이 좀 더 걸릴 거야.]

몇몇 일행이 안도의 한숨을 내쉬었다. 그들 스스로도 이해할 수 없는 한숨이었다.

이지혜가 다시 물었다.

"근데 꿈이 끝났는데, 어떻게 세계가 계속되고 있는 거야?"

[거기까진 나도 잘 모른다고 했잖아. 한번 말하면 좀 알아들어.]

"뭐, 다행이긴 한데…… 근데 너 언제부터 그렇게 말할 수 있었던 거야? 게다가 버르장머리도 없네. 아저씨! 비유 봐! 저게 징그럽게 지금까지—"

김독자가 비유를 바라보자, 언제 그랬냐는 듯 비유가 다시 시치미를 뚝 떼며 입을 열었다.

[아바앗?]

일행들이 실웃음을 터뜨렸다. 이지혜가 씩씩거리며 뭐라고 외치려는 순간, 김독자가 손을 뻗어 비유를 말없이 안았다.

시나리오가 시작될 때만 해도 작던 솜털 뭉치는, 이제 한 품에 안을 수 없을 만큼 커졌다.

그 광경을 보던 유중혁이 말했다.

"어쩌면 마지막 기적인지도 모른다."

기적이라니, 유중혁에게는 어울리지 않는 단어였다. 그것은 이 세계에서 유중혁이 가장 믿지 않는 단어였으니까. 그럼에도 유중혁의 그 말로 인해, 일행들의 표정이 풀리고 있었다.

"그럼 진짜로 모든 게 해결된 거네요."

"이제 다 같이 살 엄청나게 커다란 집만 사면 되겠다!"

아이들의 목소리에 한수영이 핀잔을 주었다.

"그건 더 큰 기적이 필요할걸. 우리 성운 이제 거지야. 저놈이 마지막 시나리오에서 죄다 탕진했다고."

"돈은 다시 모으면 되잖아요! 우리가 누군데!"

의기양양하게 외치는 이길영을 보며 일행들도 웃었다. 그 웃음이 끊어질까 불안한 사람처럼, 누군가 재빠르게 물었다.

"다들 뭐 하고 싶은 거 있어?"

그 말에 신유승과 이길영이 서로 바라보며 외쳤다.

"한강!"

"바다!"

"피자!"

"치킨!"

서로 드잡이질을 벌이는 아이들 사이로, 누군가가 입을 열었다.

"나, 예전에 살던 곳에 가보고 싶어."

장하영의 말이었다.

"예전에 살던 곳……."

그 말에 유상아의 표정이 흐려졌다. 유상아뿐만이 아니었다. 모두 알고 있었다. 이제 그들이 살던 곳은 남아 있지 않다. 멸망이 찾아오기 전 그들의 이야기를 간직하던 장소는 모두 사라졌다.

그런데 마법일까. 갑자기 창밖 정경이 뒤바뀌었다. 우주의 풍경이 흩어지고, 그 대신 채워진 것은.

"진짜 기적인가……."

그들이 잘 아는 서울의 풍경이었다.

이름이 사라졌던 노선표 위에 다시 역 이름이 나타나기 시작했다.

[이번 역은 홍제, 홍제역입니다.]

장하영이 문 쪽으로 움직였다. 부서진 터미널의 정경 너머로, 그녀가 살던 동네의 모습이 비치고 있었다. 지하철의 속도가 느려지고 있었다. 정희원이 물었다.

"아무것도 없을 텐데. 그래도 가볼 거야?"

장하영이 고개를 끄덕거렸다. 정희원이 쓴웃음을 지으며 말했다.

누구나 그렇듯, 결과를 알면서도 확인해야만 하는 것이 있다.

"그래, 그럼 이따 공단에서 다시 만나."

열차 출입문이 열리고, 장하영이 걸어나갔다. 현실감이 없는 표정으로 주변을 보던 장하영이 불현듯 할 말이 생각났다는 듯 뒤를 돌아보았다.

"김독—"

그러나 장하영의 말이 들려오기도 전에, 열차는 다시 출발했다.

그다음으로 입을 연 것은 물끄러미 노선표를 보던 이지혜였다.

"나도 가보고 싶은 곳이 있어요."

그녀가 가려는 곳이 어디인지 안다는 듯, 정희원이 물었다.

"언니가 같이 가줄까?"

"혼자 갈게요. 그러고 싶어요."

싱긋 웃는 이지혜의 표정은 가벼웠다. 머쓱하게 올라갔던 정희원의 손이 다시 내려갔다.

"금방 다시 봐요."

이지혜가 내렸다. 멀리서, 그녀가 다니던 학교의 풍경이 비치고 있었다.

다시 지하철 문이 닫혔다. 정희원이 물었다.

"또 어디 가고 싶은 사람?"

그러나 더 이상 대답하는 일행은 없었다. 그들은 대부분 돌아가고 싶은 곳이 없었다.

하지만 돌아갈 곳이 없는 것은 아니었다.

유상아가 물었다.

"나머지는 모두 같이 내릴 거죠?"

"이 열차 환승 안 되나? 종로에서 내려서 걸어가야겠네."

한수영이 투덜거리며 노선표를 살폈다.

그들이 향할 곳은 광화문. '공단'이 있는 장소였다.

"사람들한테 할 이야기나 다들 생각해둬. 정말 다 알려줄 수는 없잖아."

[이번 역은 종로3가, 종로3가역입니다.]

모든 것이 해결되었다고 말했지만, 정말 그렇지는 않을 것이다.

돌아가면 새로운 일상과 마주해야 할 테니까.

「열차 문이 열리고 있었다.」

아이들의 손을 잡은 유상아가 "으쌰" 하며 플랫폼 바닥을 내디뎠다.

뒤를 돌아보자, 이현성과 정희원도 풀쩍 뛰어 안전선 밖에 섰다.

"뭐 해요? 안 오고."

그리고 세 사람이 남았다.

"김독자."

한수영과 유중혁 둘 중 누가 먼저 그를 불렀는지는 알 수 없었다.

한수영이 의심스러운 눈초리로 말을 이었다.

"같이 내릴 거지?"

[누군가가 스킬 '거짓 간파 Lv.???'를 발동 —]

그러자 김독자가 씩 웃었다.

"그럼. 내려야지."

['거짓 간파'가 '김독자'의 말이 진실임을 확인했습니다.]

"가자."

한 걸음 나아간 김독자가 둘의 등을 팡, 하고 쳤다. 그러자 두 사람이 동시에 주춤거리며 앞으로 밀려났다. 인상을 쓴 한수영이 김독자를 향해 뭐라고 중얼거렸고, 유중혁도 칼자루를 쥔 채 눈을 부라렸다.

김독자가 말했다.

"이제 시나리오 끝난 거 알지? 지금부터 도검 휴대는 불법—"

"멍청한 소릴 하는군. 아직 끝난 게 아니다, 김독자."

"맞아, 아직 tls123이 누군지도 알아내지 못했고—"

서서히 문이 닫히고 있었다. 왁자지껄한 목소리 사이로, 새로운 세계의 이야기가 흐르고 있었다. 김독자가 즐거운 듯이 웃었고, 아이들이 떠들었다.

새로운 세계의 이야기가 흐르고 있었다.

문이 닫히려는 마지막 순간, 한수영이 뒤를 돌아보았다. 마치 아직 그곳에 무언가를 남겨두고 오기라도 한 것처럼 찜찜하고 묘한 얼굴로.

그러자 유중혁도 함께 뒤를 돌아보았다.

뒤를 돌아보지 않는 것은 김독자뿐이었다.

서로 눈이 마주친 한수영과 유중혁이 동시에 으르렁거렸다.

"뭘 보냐?"

"네놈이야말로—"

그리고 문이 닫혔다. 침묵 속에서 지하철이 움직이기 시작했다. 새로운 이야기를 맞이한 역을 떠나, 다시 무한의 궤도로 진입하고 있었다. 노선표에 적혀 있던 역들의 이름이 하나둘 사라져갔다.

멀리서, 티격태격하는 유중혁과 한수영의 모습이 보였다. 밝게 웃으며 김독자의 손을 잡는 아이들과, 차양막을 한 채 하늘을 올려다보는 유상아의 모습도 보였다.

「그리고 나는 그 모든 정경을 가만히 바라보았다.」

그러자 '제4의 벽'이 물었다.

「**정 말 괜** ***찮 겠*** 어?」

다음 순간, 허공에서 투명해져 있던 내 형체가 나타나기 시작했다.

약간의 현기증과 함께, 실체화된 내 몸이 이내 지하철에 완전히 드러났다.

[현재 당신이 보존한 기억은 '51.00%'입니다.]

나는 쓰게 웃었다.

"이 방법밖에 없었잖아."

허공을 올려다보자, 밀려 있던 메시지 로그가 한꺼번에 떠올랐다.

[당신은 '최종 시나리오'를 클리어했습니다.]

[당신은 이 세계의 비밀을 모두 아는 유일한 사람입니다.]

[현재 '가장 오래된 꿈'이 부재중입니다.]

[꿈이 계속되지 않으면 세계의 시간은 흐르지 않습니다.]

오직 내게만 보이는 메시지였다.

[당신은 '가장 오래된 꿈'의 자리를 대신할 자격을 얻었습니다.]

[꿈을 계속 이어가시겠습니까?]

이 꿈을 멈춘다면, 세계는 영원히 동결될 것이다.

「**잔혹한 일이었다. 가까스로 행복해질 수 있게 된 세계가 영원히 멈춰버리**

게 된다는 것은.」

비극으로 시작되었으나, 이미 태어난 우주였다.

그 우주에서 행복을 찾고자 하는 이들이 있었고, 그들은 마침내 원하는 역에 도착했다.

「*유* **승이** 와 길 **영**이 가 슬 펴할 *거 야*」

"알아."

「너 **는 그** 들을 기*만했* **어**」

"적어도 거짓말을 하지는 않았어."

나는 허공을 바라보며 말했다.

"내 일부는 분명 그들과 함께 내렸으니까."

언젠가 1,863회차에 다녀오며 내가 '은밀한 모략가'에게 받은 스킬.

「**【스킬은 어떻게 하겠는가? 새로운 스킬은 획득하지 못했을 텐데.】**」

「**"맞습니다. 그 대신 이런 형태의 보상 수령도 가능합니까?"**」

「**【가능하다.】**」

그때 내가 받은 것은 엄밀히 말하면 '스킬'은 아니었다.

[현재 '책갈피' 스킬이 발동 중입니다.]

['가장 오래된 꿈'의 가호로 해당 스킬의 활성화 시간이 무제한으로 변경됩니다.]

[현재 6번 책갈피가 활성화 중입니다.]

[6번 책갈피에 등재된 등장인물은 '거짓 종막의 연출가'입니다.]

거짓 종막의 연출가, 1,863회차의 한수영.

[해당 인물에 대한 당신의 이해도가 상당히 높습니다!]

[전용 스킬, '아바타 Lv.???'를 활성화 중입니다!]

[당신은 49.00%의 기억을 사용해 아바타를 생성했습니다.]

[현재 세계선의 영향으로 아바타와의 연결이 단절되어 있습니다.]

[해당 아바타는 자율적인 의사를 가지고 활동할 것입니다.]

"이게 맞는 거야."

나는 희미해진 기억의 일부를 더듬으며 비틀거렸다.

'또 다른 나'는, 자신이 아바타인지 모르는 채로 살아가게 될 것이다.

그곳에서 일행들과 함께 커다란 집에서 살아갈 것이다.

길영이와 바다를 가고, 유승이와 피자를 먹을 것이다. 이지혜가 대학교에 입학하는 것을 볼 것이고, 이현성과 정희원에게 꽃다발을 안겨줄 것이다. 유상아와 함께 집을 고르고 다닐 것이고, 유중혁과 tls123을 찾아다닐 것이다.

한수영이 쓴 소설을 읽을 것이다.

나는 그것으로 구원을 받는다. 처음부터 끝까지, 항상 나는 구원을 받는 쪽이었다.

그러니 이것은 그런 그들을 위한 나의 작은 속죄다.

「후회하게 될 거야 너는 그들을 다시는 만날 수 없어」

나는 말없이 웃었다.

"하지만 볼 수는 있잖아."

아주 오래전에도 그랬던 것처럼, 그렇게 이야기는 계속될 것이다.

"그거면 돼."

나는 어둠 속으로 사라지는 열차의 후미를 바라보았다.

이제 일행들의 모습은 잘 보이지 않았다.

「**그리고 모두가 오래오래 행복하게 살았습니다.**」

나는 항상 그 문장이 싫었다.

하지만 지금 나는, 어느 누구보다 그 문장이 현실이기를 바랐다.

[성좌, '구원의 마왕'이 자신의 ■■에 도달했습니다.]

[당신은 '가장 오래된 꿈'이 됐습니다.]

스러지는 먼 불빛이 나를 기억하는 성좌들처럼 보였다.

그렇게, 나의 끝나지 않는 항해가 시작되었다.

[당신의 ■■은 '영원'입니다.]

OMNISCIENT READER'S VIEWPOINT

제로의 세계

Epilogue 01

I

새카만 창 너머로 은하의 정경이 비쳤다. 나는 차가운 창가에 이마를 기댄 채, 그 어두운 풍광을 하염없이 지켜보고 있었다.

시간이 얼마나 흘렀는지 알 수 없었다. 뒤를 돌아보고 싶었다. 돌아보면, 여전히 그 자리에 그들이 있을 것만 같았다.

「김독자는 마침내 울음을 그쳤다.」

"안 울었어, 자식아."

「거짓말도 했다.」

"그 내레이션 언제까지 할 건데? 이제 이야기는 다 끝났어."

[제4의 벽]이 키득키득 웃었다. 그 웃음소리에 약간의 힘을 얻어, 나는 뒤쪽 창가를 다시 한번 돌아보았다. 이제 그곳에 내가 보고 싶은 것들은 비치지 않는다. 내가 살았던 지구는 닿을 수 없는 곳으로 멀어졌다.

물론, 그렇다고 그곳에 내가 없는 것은 아니었다.

['아바타' 스킬이 활성화 상태입니다.]

[세계선 분리로 인해 '아바타'와의 연결이 해제됐습니다.]

[당신의 아바타는 임의의 자아 프로세스로 삶을 계속할 것입니다.]

49퍼센트의 나.

[해당 아바타는 당신의 통제에서 완전히 벗어난 상태입니다.]

녀석은 자신이 아바타라는 사실을 알지 못할 것이다.

그저 김독자로서 일행들과 이후의 삶을 살아가겠지.

「왜 4 9 *퍼센트* 야?」

"50퍼센트로 딱 나누려고 했는데 잘 안 됐어."

「왜 4 9 *퍼센트* 야?」

똑같은 질문. [제4의 벽]에게는 아무것도 숨길 수가 없다.

"이미 알고 있잖아."

「**너** 답 지 않 았 **어**」

"아니, 이게 나다운 거야."

한심하고, 철없고, 결정적인 순간에 이기적인 '김독자'다운 일.

「2퍼센트.」

그 숫자는 내가 일행들을 더 잘 기억하고 있다는 증명이었고, 내가 아바타보다 일행들이 기억하는 '김독자'에 가깝다는 기만이었다.

누구도 이곳의 나를 알지 못하더라도, 언젠가 일행들의 이야기가 끝이 나더라도…… 적어도 나는, 영원히 그들을 잊지 않을 것이라는 맹세였다.

「후 회해?」

덜컹거리는 지하철의 가벼운 소음이 들려왔다. 횅한 지하철의 정경. 누구도 잡아주지 않는 손잡이들이 맥없이 흔들렸다.

「쓸 쓸 해하 지 마」

"쓸쓸하지 않아."

천천히 심호흡했다.

이런 상황은 전에도 겪었다. '구원의 마왕'이 되고, 이야기의 지평선에 처음 떨어졌을 때도 그랬다. 어쩌면 그때보다는 상황이 나았다. 지금 나는 시나리오 이탈 페널티 따위는 받지 않으니까.

다만 그때와 다른 점이 있다면, 그것은.

「이제 다시는 일행들을 만날 수 없다.」

"나는 계속 이 지하철에 머물러야 하는 거야?"

「머 물 러?」

"밖으로 나갈 수는 없는지 묻는 거야."

[제4의 벽]은 그게 무슨 뜻인지 가늠하는 듯 잠시 침묵하더니 대답했다.

「**이** 곳에 ***'출입'***의 개념은 **없** 어.」

"뭔 소리야?"

「**여** 긴 **꿈** 의 ***성소***聖所. '가장 **오래**된 **꿈**'이 *잠드* 는 **곳**.」

녀석의 말을 들으며, 나는 뭔가를 깨달았다.

멸살법과 관계된 모든 세계선은 '가장 오래된 꿈'의 꿈이다.

「모든 세계는 이곳에서 태어난 꿈.」

스팟, 하고 지하철의 모든 창문이 일제히 화면으로 뒤바뀌었다.

처음에는 지하철 특정 구간에 삽입된 광고인 줄 알았다. 하지만 이곳에 광고 따위가 있을 리 없었다. 아득한 두통이 밀려오는가 싶더니, 우주에 흩어진 세계선의 풍경이 창문 위로 흐르기 시작했다.

다른 세계선에서 펼쳐진 무수한 시나리오가 그곳에 있었다.

그제야 내가 어떤 존재가 되었는지 비로소 실감이 났다.

「그는 '가장 오래된 꿈'이었다.」

나는 떨리는 걸음으로 창을 향해 다가갔다. 수면처럼 가볍게 떨리는 화면은 언제든 내가 망가뜨릴 수 있을 것처럼 연약해 보였다.

「김독자는 두려웠다.」

누가 말해주지 않아도 알 수 있었다.
이 세계의 모든 '이야기'는 독자가 읽기에 비로소 존재한다.

「그가 보지 않으면 세계는 멈춘다.」

끊임없이 세계를 바라보고, 꿈을 꾸는 것.

「그것이 바로 '가장 오래된 꿈'이 짊어진 무게.」

나는 천천히 눈을 감았다 떴다. 모두 내가 선택한 일이었다. 그리고 아무것도 보지 못하는 것보다는 볼 수 있는 쪽이 당연히 낫다.
나는 모든 세계선을 관음할 수 있는 궁극의 성좌가 되었으니까.
"제4의 벽."

「*왜*」

"'가장 오래된 꿈'도 성좌의 역할을 할 수 있었잖아. 그치?"
전대의 '가장 오래된 꿈'은 내가 살았던 회차에 '성좌' 자격으로 메시지를 보냈다. 비록 아무것도 모르는 아이의 무의식이었지만, 그 무의식이 시스템에 개입한 것은 분명한 사실이었다.

「맞 아」

"그럼 내가 살던 세계선에 다시 '성좌'로 접선하는 것도……."

「가능할 거라고 생각해?」

"안 되냐?"

「되고 안 되고의 문제가 아니야」

그게 무슨 말인지 잠시 생각하다가 입술을 꾹 깨물었다.

"그래, 하면 안 되겠지. 알고 있어."

나와 일행들이 어떤 고생을 하며 이 결말까지 도달했는지를 떠올렸다.

성좌들을 없애기 위해서, 〈스타 스트림〉의 시스템을 없애기 위해서 우리는 싸워왔다. 그리고 해냈다.

그런데 지금 내가 다시 그 세계선에 〈스타 스트림〉을 부활시킨다면…….

「다행히 하고 싶어도 못 하는 상태야」

"왜? 나는 이제 '가장 오래된 꿈'이잖아. 내가 상상하면 그대로 실현되는 거 아냐?"

「가장 오래된 꿈이라고 해도 모든 것을 통제할 수는 없어」

츠츠츳, 하고 가볍게 튀어 오르는 스파크.

아무래도 지금의 '나'는 '가장 오래된 꿈'으로서 충분한 영향력을 행사하기 어려운 상태인 듯했다.

「아직 너는 꿈에 대한 장악력이 부족해」

하긴. 그리 쉽게 통제할 수 있다면, '꿈'이라 불리지 않겠지. 언젠가는 가능해질지도 모르지만, 아직은 안 되는 것이다.

나는 잠시 입술을 깨물다가 말을 이었다.

"그럼…… 보기만 하는 건?"

순간 내 안에 깃든 뭔가가 꿈틀거렸다.

내가 지배하지 못하는 '나'. 거대한 무의식이 내 안에 똬리를 틀고 있는 것이 느껴졌다. 무의식은 다른 세계선을 향해 뿌리를 뻗었고, 그 뿌리를 통해 이야기들을 길어 올렸다.

암전된 시야 속에서 세계선의 풍경이 만화경처럼 펼쳐지고 있었다.

「그가 너무나 그리워하는 세계의 정경.」

멀리서 어슴푸레 빛나는 공단의 불빛. 공단으로 들어가는 일행들의 뒷모습이 보였다. 누구의 얼굴에도 어둠은 보이지 않았다. 어깨를 나란히 한 사람들의 중심에, 흰 코트를 입은 또 다른 김독자가 서 있었다.

알고 있었다. 알고 있었는데도.

심장이 미친 듯이 뛰었고, 호흡이 가빠졌다. 나는 숨을 헐떡거리며 비명을 질렀다. 밀려오는 구토감을 참은 채로, 고개를 흔들며 눈을 떴다.

현기증 속에 바닥을 짚었을 때, 나는 홀로 지하철에 남아 있었다.

「왜 ? *보 기* 싫 어?」

보고 싶었다.

일행들의 행복한 얼굴을, 마침내 시나리오의 지옥을 벗어난 그 표정들을.

내가 너무나 원하던 그 이야기를 읽고 싶었다. 하지만 볼 수가 없었다.

보고 나면, 반드시 돌아가고 싶어질 것이다.

"내가 봐야만 하지? 내가 보지 않으면 세계는 움직이지 않는 거지?"

「너 는 이 미 보 고 있 어」

"뭐?"

「의식 은 무 의식 의 일 각일 뿐. 너 는 이 미 대 부분 의 세계 선들 을 보고 있 어」

"그럼……."

「무리 할 필요 없 어 김 독 자」

[제4의 벽]은 나를 향해 안쓰럽다는 듯 말을 이었다.

「아 무 것도 하 지 않아 도 돼. 네 무의 식 이 이미 보고 있 으니 까」

그저 모든 것을 잊고 눈을 감아도 된다. 어떤 죄책감도 없는 순수한 아이처럼, 꿈속에서 뛰어놀기만 해도 좋다. 비극을 다시 곱씹으며 상처받을 이유는 전혀 없다고, [제4의 벽]은 그렇게 말하고 있었다.

「하지만 김독자는 아이가 아니었다.」

"그럴 수는 없어."

나는 식은땀을 닦으며 말했다.

저 모든 세계선은 나의 죄업이었다. 내가 만들었고, 내가 파멸시켰다.

"나는 봐야만 해."

그리고 이것이, 내가 할 수 있는 유일한 속죄였다.

천천히 자리에서 일어나자 세계선의 풍광이 창 위로 떠올랐다.

멸살법의 무수한 세계선들. 내가 읽어서 태어난 누군가의 비극들이 그곳에 전시되고 있었다.

어쩌면, 일행들의 이야기보다 먼저 보아야만 하는 것이 있었다.

그것을 알고 있는지, [제4의 벽]이 말했다.

「**아 주긴 밤이** *될 거* **야, 김독** 자」

그렇겠지. 나는 웃었다.

"걱정 마. 잘할 수 있으니까. 이건 내가 제일 좋아하는 이야기거든. 죽을 때까지 즐겁게 볼 수 있어."

「**언** *젠가* **네가** 제 **일 좋아** 하는 **이 야**기를 **증 오**하 *게 될* **지도 몰 라**」

"만약 그렇게 된다면."

나는 화면에 떠오르는 정경을 향해 손을 내밀며 말했다.

"그것이 내가 치를 대가겠지."

천천히 창을 누르자, 화면 위로 내 지문이 새겨졌다.

[세계가 당신의 시선을 받습니다.]

[당신의 의식에 하나의 세계선이 생명력을 얻습니다.]

.

.

.

다시 눈을 떴을 때, 내 몸은 바닥에서 한 뼘 반 정도 두둥실 떠올라 있었다. 유체 이탈이라도 한 듯한 느낌.

웅성거림에 곁을 돌아보니 사람들이 몰려와 있었다. 그들은 내가 보이지 않는 듯 내 몸을 통과해서 지나갔다.

하나같이 피로에 젖은, 퇴근길 직장인의 얼굴.

이곳은.

주변을 둘러보자 주황색의 3호선 라인이 보였다. 나는 지하철 플랫폼에 서 있었다. 천장에 설치된 LED 패널에 현재 시각과 지하철 정보가 떠오르고 있었다.

[PM 6:55]

시나리오 시작까지 정확히 오 분.

곧이어 안내음과 함께 불광행 열차가 도착했다. 하나둘 열차에 오르는 사람들. 할 수만 있다면 그들을 말리고 싶었다. 하지만 말린다고 해서 바뀌는 것은 없었다. 어디에 있든 시나리오는 시작되기 때문이다. 내가 할 수 있는 것은 함께 지하철에 올라타 그 모든 비극을 지켜보는 게 전부였다.

「그리고 그곳에, 김독자가 아주 잘 아는 얼굴이 있었다.」

불광행 3434호 열차. 3707칸.

멍하니 지하철 창밖을 내다보는 사내가 그곳에 있었다.

나는 잠시 녀석의 얼굴을 바라보다가 피식 웃었다.

생각해보면 당연한 일이었다.

이 모든 세계선은 결국 한 사람의 회귀를 통해 반복된다. 그러니 이야기의 시작에서 놈을 만나는 것은 당연한 일이었다.

「이 세계의 주인공.」

당연하게도 유중혁은 나를 전혀 알아채지 못했다.

그저 무심한 눈길로 지하철 밖을 바라보며 생각에 잠겨 있을 뿐이었다. 곧 시나리오를 앞두고 있다는 것을 아는데도 침착한 얼굴. 그런 녀석을 보며 탄복하지 않을 수 없었다.

넌 정말 대단한 놈이구나.

이미 시나리오의 끝을 본 나도, 이 풍경에 다시 들어오는 것만으로 살이 떨릴 지경인데. 너는 이런 순간을 몇십 번, 몇백 번이나 견뎠겠지.

정차했던 지하철이 움직이고, 시간이 흐르기 시작했다. 내가 아는 대로라면, 곧 '그것'이 시작될 것이다.

「3회차에서, 유중혁은 칸 안의 모든 사람을 죽이고 시작한다.」

내가 아는 3회차의 시작을 떠올렸다. 여기가 몇 회차인지는 몰라도, 시작은 크게 다르지 않을 것이다. 천천히 주변을 관찰하자, 출입문 근처에서 수상한 거동을 보이는 한 사내가 포착되었다.

"흐, 흐으……."

사내에게서 흘러나오는 간헐적인 신음에 몇몇 사람이 그쪽으로 고개를 돌렸다. 일그러진 표정의 사내는 히죽 웃으며 주변을 둘러보다가, 품속에 숨겨뒀던 수제 폭탄과 라이터를 꺼냈다.

「유료화가 시작되던 그날. 유중혁이 타고 있던 3707칸에 함께 탄 이가 있었다.」

"저거 뭐야?"
"이봐, 당신!"

「지하철 테러범, 최한규.」

깜짝 놀란 사람들이 비명을 지르며 물러섰다. 사내의 손에서 탁탁 튀기는 불똥에 사람들이 기겁했다. 주변은 아수라장이 되었다.
유중혁은 그런 사내를 가만히 지켜보고 있었다.
야, 뭐 하는 거야. 빨리 저거 빼앗으라고.
내가 아는 전개대로라면, 지하철에 타는 순간 최한규를 제압하고 폭탄을 빼앗았어야 했다. 그런데 유중혁은 그렇게 하지 않았다.
왜일까, 침착하다고 생각하던 유중혁의 표정은 희게 질려 있었다.
끼이이익, 하는 소리와 함께 열차가 암전된 것은 그때였다.
어둠 속에서 튀는 불꽃을 보며 사람들의 비명은 절규로 변했다.
뭔가가 잘못되고 있었다.

「왜, 유중혁이 움직이지 않지?」

잠깐, 설마 이거—

[PM 7:00]

틱, 하는 소리와 함께 세계의 법칙이 바뀌고 있었다.

[제8612 행성계의 무료 서비스가 종료됐습니다.]

[메인 시나리오가 시작됐습니다.]

테러범이 피운 환한 불꽃에 유중혁의 흰 얼굴이 비쳤다. 두려움으로 흔들리는 동공. 유중혁은 여전히 아무것도 하지 못한 채 우두커니 서 있었다. 당황스럽긴 나도 마찬가지였다. 머릿속에서 멸살법의 페이지가 넘어가기 시작했다.

이건 몇 회차지? 900번대에서 맛이 갔을 때인가? 아니면 1,200번대?

대체 어떤 회차에, 이런 얼빠진 유중혁이—

[#BI-7623 채널이 열렸습니다.]

[성좌들이 입장합니다.]

"흐, 흐흐, 흐으으……!"

폭탄을 쥔 채 주변을 노려보는 테러범의 모습에, 사람들이 다른 칸을 향해 내달리기 시작했다.

[극소수의 성좌가 화신 '최한규'에게 관심을 갖습니다.]

유중혁은 여전히 가만히 있었다. 내가 아는 유중혁이 이럴 리가 없었다. 어떤 회차에서든, 처음부터 완벽한 쇼맨십으로 상황을 제압하는 이가 바로 유중혁이다. 그런데 테러범의 위협 앞에서 유중혁은 내가 한 번도 보지 못한 멍청한 표정을 짓고 있었다.

한 번도 보지 못한. 한 번도?

뇌리에 번개가 내리치는 것 같았다.

그렇구나, 이 이야기는.

머릿속에서 무수한 페이지가 앞으로 넘어가더니, 이내 책이 덮였다.

멸살법 내에서도 그저 회상으로 처리된 회차.

어떤 이야기는 쓰여지지 않은 곳에서 시작되었다.

"사, 살려…… 살려주세요!"

"아아아아악!"

「이 이야기는 알려지지 않은 '멸살법'의 시작.」

이 세계선은 내가 읽지 못한 유중혁의 0회차였다.

2

유중혁은 곁의 남자가 누르는 포털 사이트의 기사를 보고 있었다.

—프로게이머 유중혁, 언제까지 잠적할 것인가?

팀 내 불화에 감독의 갑질 횡포까지. 남들은 알지 못하는 몇 가지 사정이 한꺼번에 떠올라 그의 머릿속을 어지럽혔다. 하지만 이미 몇 년이나 지난 일이고, 생각해봤자 답도 없는 일이었다.

—집 주소를 찾았습니다.

스마트폰에 떠오른 문자 메시지. 얼마 전 흥신소에 부모님에 관한 조사를 의뢰했는데, 드디어 두 사람의 흔적을 찾았다는 소식이었다. 모처럼 밖에 나온 것도 이 때문이었다.

유중혁은 자신의 근원을 알고 싶었다. 그를 낳은 이는 누구인지, 버린 이는 누구인지. 성공 가도를 달리는 그에게, 여동생을 떠맡긴 이는 누구인지.

유중혁은 그것이 너무나 알고 싶었다.

—응? 여기 그런 사람들이 살았나?
—에잉, 나도 몰라. 언제 적 일인데.

막대한 돈을 써서 의뢰했지만, 돌아온 것은 빈집의 주소뿐. 흥신소에서도 더 이상 알아낼 수 있는 것은 없다고 했다.

이 세계에서 증발한 것처럼 사라진 그의 부모. 어떻게 그런 일이 있을 수 있을까?

부모에 대한 기억도, 어린 시절의 마땅한 추억도 없이, 스물여덟 살의 유중혁은 홀로 존재했다.

마치 태어날 때부터 성인으로 조형된 존재처럼.

덜컹거리는 지하철 3호선 안에서, 유중혁은 처음으로 철학적인 고민에 직면했다.

'나는 대체 누구지?'

그것이 유중혁이 곧바로 행동하지 못한 이유였다.

"으아아아아아아!"

소란을 알아챈 것은 조금 후의 일이었다.

턱수염을 덥수룩하게 기른 꾀죄죄한 거한. 그가 한 손에 쥔 수제 폭탄과, 다른 손으로 틱틱거리는 라이터의 줄날 바퀴.

누군가가 어깨를 치고 지나간 후에야, 유중혁은 이 비현실적인 상황을 현실로 인지했다.

「테러.」

지하철이 암전된 것은 바로 다음 순간이었다. 열차가 급정거하며, 주변이 어둠으로 차오르고 있었다.

유중혁은 팔뚝의 솜털이 비죽 솟는 것을 느꼈다. 머릿속이 어지러웠다. 테러인가? 정말 말로만 듣던 테러가 한국에서도 벌어지는 것인가? 대피는 어디로? 경찰에 신고해야 하나? 아니면—

[자, 여러분. 반갑습니다.]

그런 유중혁의 고민은, 허공에서 나타난 작은 CG 덩어리와 함께 조심스레 소멸했다.

[이 인사도 매번 하려니까 지치는데…… 자, 이 상황은 영화 촬영도, 테러 사태도 아닌…… 응?]

훗날 '도깨비'라고 자신을 소개하게 되는 녀석들.

그 미지의 존재가 허공에서 열차 안 사태를 보며 대소하고 있었다.

[뭐야, 이거? 하하하핫! 성좌님들. 여기 좀 보세요! 시나리오도 안 나왔는데 이미 뭔가 재밌는 게 벌어지고 있네요!]

나른하고 잔혹한 목소리로 도깨비가 웃었다.

[여긴 아주 기대가 되는군요. 부디 재미있는 이야기를 보여주세요.]

[메인 시나리오가 도착했습니다.]

〈메인 시나리오 #1 - 가치 증명〉

분류: 메인

난이도: F

클리어 조건: 하나 이상의 생명체를 죽이시오.

제한 시간: 30분

보상: 300코인

실패 시: 사망

그리고 지옥이 시작되었다.

✦

비형 자식, 그러고 보니 이때는 이랬지. 열차 안에서 울려 퍼지는 비명을 들으며, 나는 때아닌 감회에 젖어 있었다.

「잠깐만. 지금 나랑 '스트림 계약'을 맺잔 말입니까?」

비형을 처음 만나고, 전속 계약을 나누던 때가 어제 같았다.

그때는 정말 운이 좋았다. 만약 계약에 실패했다면…….

「"김독자. 우리는 동료가 아니야."」

그날, 비형은 죽지 않았겠지.

「"네 설화를 끝까지 보고 싶었어."」

아마도 이 고통은, 저기서 떨고 있는 '유중혁'이 앞으로 1,000번 넘는 회귀를 겪으며 느끼게 될 감정일 것이다.

"시나리오? 이게 대체 뭐야?"

첫 번째 시나리오를 받은 3707칸의 사람들이 웅성거리고 있었다.

허공의 패널에서 방영되는 다른 지역의 난투들. 서로 죽이지 않으면 죽는 시나리오.

"게, 게임…… 이건 게임이다!"

테러범 최한규가 외치고 있었다.

"하하하하하!"

테러범 최한규. 그에 관한 정보는 멸살법에서 유중혁의 회상을 통해 언급된 적이 있었다.

「**최한규가 살아나면, 놈은 훗날 '폭살괴마'로 진화하게 된다.**」

허리춤에서 망치를 꺼낸 최한규가, 바로 곁에 있던 중년인의 뒤통수를 가격했다. 허망하게 무릎이 꺾이는 중년인.

"이, 이렇게 하면……."

[화신 '최한규'가 '최초의 살해' 업적을 달성했습니다!]

눈앞에 쏟아지는 코인을 보며, 최한규가 각성하고 있었다.

언제나 그렇듯, 〈스타 스트림〉에 가장 빠르게 적응하는 것은 현실세계의 부적응자다.

"다, 다들 봤어? 바, 방금 내가."

"으아아아! 살인! 살인이다!"

기겁하며 물러서는 사람들을 보면서 최한규의 고개가 갸웃했다.

"다, 다들 왜 가, 가만히 있어? 나, 나만 이상한 것 같, 같잖아."

"오지 마!"

"호, 혹시. 이, 이게 필요해?"

그는 사람들을 향해 히죽 웃더니, 허리춤에 걸고 있던 공구를 사람들을 향해 던졌다. 그는 다시 한번 스패너를 휘둘러 이미 죽은 남자의 등을 푹푹 찍었다.

"쉬, 쉬워. 이, 이렇게. 이렇게 하면."

남자의 등에서 흥건하게 피가 배어나왔다.

"모두 부, 부자가 되는 거야."

허공의 타이머가 조금씩 줄어들고 있었다.

[잔여 시간이 감소했습니다.]

[현재 남은 시간: 10분]

유중혁은 자신의 발치까지 굴러온 스패너를 물끄러미 내려다보았다.

여전히 사람들은 움직일 기미를 보이지 않았다.

한심하다는 듯 고개를 절레절레 흔든 최한규가 자리에서 일어났다.

"그, 그냥 내가 다, 주, 죽여줄까?"

그리고 잽싸게 손을 뻗은 사내 하나가, 최한규가 던진 망치를 손에 넣었다.

"시, 시발…… 나도 모르겠다!"

"아저씨! 지금 뭐 하는 거예요!"

사내는 최한규가 던진 망치를 쥐고 근처에 있는 사람을 무차별로 가격하기 시작했다.

「**이것이, 유중혁이 살아남은 3707칸의 현장이었다.**」

"미, 미안합니다. 미안합니다……!"

"으아아아아아!"

공허하게 울려 퍼지는 목소리 속에, 사람들은 현실을 깨닫고 있었다. 이것이 무슨 상황인지는 모른다. 그렇지만 한 가지는 확실했다.

「**서로 죽이지 않으면 죽는다.**」

[극소수의 성좌가 해당 칸의 정경에 만족합니다!]

[극소수의 성좌가 화신 '최한규'에게 관심을 보입니다.]

[수식언을 밝히지 않은 한 성좌가 화신 '최한규'에게 100코인을 후원합니다.]

사람들을 향해 만족스러운 웃음을 짓는 최한규.

그리고 나는, 그런 최한규의 곁에서 이 모든 광경을 지켜보고 있었다.

「김 독 자」

나는 최한규의 목덜미에서 천천히 손을 떼었다.

'알고 있으니까 걱정 마.'

나는 이 이야기를 바꾸어서는 안 된다.

이 모든 일은 '이미 일어난 일'이었다.

나는 유중혁을 바라보았다. 허리를 숙인 유중혁이, 최한규의 품에서 떨어진 스패너를 주워 들고 있었다.

유중혁의 표정에 어린 고뇌가 여실히 느껴졌다.

누군가를 죽이기로 마음먹은 사람의 표정.

하지만 왜일까, 그 표정은 내가 아는 유중혁과는 달랐다. 내가 아는 유중혁은 누군가의 배신에 치를 떠는 녀석이었다. 사람을 쉽게 믿지 않고, 쉽게 동료를 만들지 않는 유중혁. 늘 최선의 길을 도모하고, 어차피 배신할 사람이라면 미리 죽이는 것조차 망설이지 않는 유중혁.

「그랬기에, 3회차의 유중혁은 같은 칸의 사람들을 망설임 없이 몰살할 수 있었다.」

하지만 눈앞의 유중혁은, 3회차가 아니었다.

4회차도, 5회차도, 1,863회차도 아니었다.

「그는 0회차였다.」

0회차의 유중혁.

그의 발이 달리기 시작했다. [주작신보]도 [바람의 길]도 사용할 수 없는 발.

목표물이라면 얼마든지 있었다. 바닥에 엎드려 몸을 떨고 있는 대학생, 노약자석 옆에 숨은 중년인. 다른 사람을 공격하느라 뒤돌아볼 틈이 없는 회사원.

유중혁은 그 모든 이를 지나쳐 달렸다. 그리고

「이 칸에서 가장 상대하기 어려운 적을 목표로 삼았다.」

"으흐…… 흐?"

허공에서 날아드는 스패너를 보며 최한규가 비릿하게 웃었다. 가뿐하게 물러선 최한규의 허리춤에서 날카로운 서바이벌 나이프가 튀어나왔다. 스팟, 하는 소리와 함께 유중혁은 간발의 차이로 칼날을 피했다.

「왜 유중혁은 그런 선택을 했는가.」

나는 모른다. 저토록 겁에 질려 있는 녀석이 왜 그런 선택을 했는지.

최한규는 아직 여러 개의 연장과 심지어 수제 폭탄도 가지고 있었다. 반면 유중혁에게는 어린애 팔뚝 길이의 스패너 하나가 전부였다.

그럼에도 나는 걱정하지 않았다.

0회차의 자세한 내막은 알지 못하지만, 유중혁은 이곳에서 죽지 않는다.

그 모든 비극을 겪기 전까지, 그리하여 마침내 저 아득한 회귀의 굴레로 들어가기 전까지, 유중혁은…… 죽지 않을 것이다.

[화신 '유중혁'이 특성 '프로게이머'를 개화합니다!]

녀석의 전용 특성이 개화하고 있었다. 나도 잘 아는 특성이었다.

이 세계의 모든 것을 게임처럼 수치화해 판단하는 스킬. 마치 게임 아바타를 움직이듯 자신의 몸을 통제하는 스킬.

유중혁의 스패너가 최한규의 팔목에 명중했다. 짧게 비명을 지른 최한규의 품에서 수제 폭탄이 굴러떨어졌다. 당황한 최한규의 목을 향해, 유중혁의 스패너가 움직였다. 피할 수 없는 일격이었다. 유중혁의 재능으로 계산된 완벽한 역습.

하지만 단 하나, 유중혁도 계산하지 못한 것이 있었다.

[화신 '최한규'가 900코인을 '체력'에 투자합니다!]

바로, 새로운 세계의 시스템이었다.

"아, 아프, 네."

최한규의 목은 검붉은 자국이 남았지만 부러지지 않았다.

근육을 부풀린 최한규가 유중혁의 목덜미를 잡았다. 새파랗게 질린 유중혁의 몸이 허공에 매달렸다.

유중혁의 멱살을 틀어쥔 채, 최한규가 다른 손으로 망치를 꺼내 들었다.

"죽, 어."

그 순간, 유중혁은 바닥에 굴러떨어진 '수제 폭탄'을 바라보았다.

나는 유중혁이 무슨 생각을 하는지 깨달았다. 유중혁이 손에 쥔 스패너를 던진 것과 내가 움직인 것은 거의 동시였다.

시간이 아주 느리게 흘러갔다.

느릿하게 날아가는 스패너가, 정확히 수제 폭탄의 중심을 향하고 있었다.

나는 그 광경을 가만히 바라보았다.

폭탄이 터져도 유중혁은 죽지 않을 것이다. 내가 읽은 것이 옳다면, 분명 그럴 것이다. 그런데 왜일까.

왜 이렇게, 내 손이 떨리는 것일까.

'제4의 벽.'

허공에서 츠츠츳, 하는 소리가 들렸다. 나는 말을 이었다.

'이 세계에 유중혁의 배후성은 존재하는 거야?'

「*존재*해」

이 세계에는 '가장 오래된 꿈'이 있다.

나보다 더 오래전에 '가장 오래된 꿈'이 된 존재. 어린 시절의 나. 혹은 '어린 시절의 나'로 추정되는 무언가.

'그런데 왜, 아무것도 느껴지지 않지?'

이상한 것은 바로 그 점이었다.

나는 이 세계의 모든 것을 느낄 수 있었다. 시나리오의 모든 것. 일개 화신부터, 저 하늘을 뒤덮은 모든 성좌까지.

그런데 단 한 존재만은 느낄 수 없었다.

'가장 오래된 꿈은 지금 어디 있는 거야?'

[제4의 벽]은 대답이 없었다. 회전하며 날아온 유중혁의 스패너가, 이제 수제 폭탄의 코앞에 도달해 있었다.

'설마…….'

「'가장 오래된 꿈'은 어떻게 0회차의 유중혁과 계약할 수 있었는가.」

머릿속에서, 그동안 쌓인 의문이 폭발하고 있었다.

「'가장 오래된 꿈'은 '멸살법'을 통해 꿈을 꾼다.」

어린 시절의 나는 멸살법을 읽고 이 세계를 상상했다.

「그리고 멸살법은, 유중혁의 3회차부터 시작하는 이야기였다.」

그 녀석이 멸살법 0회차를 제대로 상상할 수 있었을까?
원작에 없는 이야기를, 읽지 않은 세계를 그릴 수 있었을까?

「그렇다면, 유중혁의 0회차에 나타난 '배후성'은 대체 누구인가.」

폭탄이 터졌다. 비산하는 조각들이 최한규의 등에 꽂혔고, 서로 난도질하는 사람들의 육신에 꽂혔다. 파편 조각 중 몇 개는 정확히 유중혁의 심장과 목을 노리고 쇄도했다.
굉음과 함께 지하철 천장이 무너지고 있었다.

[당신은 '최후의 벽'의 주인입니다.]

[세계선에 간섭하기에 당신의 '장악력'이 충분하지 않습니다.]

[세계선의 개연성이 당신에게 대항합니다!]

나는 개연성을 무시하고 날아드는 파편을 움켜쥐었다. 손끝에 감겨드는 맹렬한 열감과 함께, 조각이 손안에서 파스스 흩어졌다.

[세계선이 알지 못하는 데우스 엑스 마키나가 발동합니다!]

[세계가 당신의 간섭을 눈치챘습니다!]

「그 순간, 유중혁이 고개를 들었다.」

쓰러진 최한규의 밑에서 빠져나온 유중혁이 나를 보고 있었다.

「아주 잠깐이지만, 유중혁은 자신의 앞에 누군가가 서 있는 것 같은 기분을 느꼈다.」

"누구……?"

[메인 시나리오 #1 - '가치 증명'이 종료됐습니다!]

[기본 클리어 보상으로 300코인을 획득했습니다.]

[채널 이용 수수료로 100코인이 감산됐습니다.]

[추가 보상 정산이 시작됩니다.]

시나리오 정산과 함께 사람들의 머리가 폭발했다. 흩어지는 혈흔 속에서 나는 말없이 유중혁을 내려다보았다. 멀리서 신이 난 비형의 목소리와, [제4의 벽]의 경고성이 들려왔다. 개연성을 의심하는 성좌들의 메시지도 들렸다.

그리고 유중혁은 흔들리는 눈으로 자신의 앞에 펼쳐진 메시지를 바라보고 있었다.

['배후 선택'이 시작됩니다!]

〈배후 선택〉

— 당신의 배후를 선택하세요.

— 선택한 배후는 당신의 든든한 후원자가 되어줄 것입니다.

1. 술과 황홀경의 신

2. 손톱을 먹는 쥐

3. 심연의 흑염룡

[새로운 성좌가 채널에 입장했습니다!]

[새로운 성좌가 '배후 선택'에 참가합니다!]

4. 구원의 마왕

3

[현재 해당 회차에는 '덮어쓰기 제약'이 걸려 있습니다.]

[현재 해당 세계선의 저작권자가 부재중입니다.]

[당신은 '최후의 벽'의 주인으로서 저작권자를 대리할 수 있습니다.]

['덮어쓰기'를 실행하여 세계관에 간섭하시겠습니까?]

허공에 일제히 떠오른 경고 메시지.

그와 거의 동시에 들려오는 [제4의 벽]의 목소리.

「*김독*자」

'알고 있으니까 자꾸 무섭게 부르지 마.'

[제4의 벽]이 무슨 말을 할지는 이미 잘 알고 있었다.

또 정해진 과거를 바꾸는 건 의미가 없다느니 하는 소리를 늘어놓겠지.

「…….」

허공에서 나를 노려보는 시선이 느껴졌지만 애써 무시했다.

본래의 0회차가 정확히 어떤 전개였는지는 모른다. 하지만 내가 [제4의 벽]의 도서관에서 얼핏 읽은 0회차의 문단이 사실이라면, 0회차의 유중혁은 후반까지 배후성을 갖지 않는다.

그는 이 회차에서 이설화를 잃고, 이지혜를 잃는다.

간신히 만난 소중한 이들을 잃고.

다가오는 죽음 앞에서 간절히 생각하게 된다.

「'만약, 내게도 '배후성'이 있었다면 어땠을까.'」

나는 흔들리는 눈으로 시스템 메시지를 읽는 유중혁을 바라보았다.

이 회차를 통해서, 유중혁의 회귀는 시작될 것이다.

무수한 회귀를 반복하여 '영원불멸의 지옥도'를 걸어갈 것이다.

「이 회 차를 *바꾼* 다 *고* 해서…….」

'은밀한 모략가가 살았던 과거가 사라지지는 않겠지. 알고 있어.'

내가 이 세계선을 바꾸어도 앞으로 예정된 비극은 사라지지 않는다.

내가 알고 있는 유중혁은 1회차를, 2회차를, 3회차를, 다시 1,863회차를 살아갈 것이다.

'은밀한 모략가'가 될 것이고. 나를 증오하게 될 것이다.

하지만 그렇게 될지라도.

'이 회차에서 내가 아닌 '가장 오래된 꿈'의 흔적이 느껴지지 않아.'

아마도 어린 시절의 내가 유중혁의 0회차를 알지 못하기 때문일 가능성이 컸다. 어쨌거나 확실한 점은, 적어도 이 세계선에 한하여 나는 그 녀석의 역할을 대신할 수 있다는 것이다.

나는 이 세계선에서 유중혁의 배후성이 될 수 있다.

「그 녀석을 *회 귀* 시 킬 거 야?」

[제4의 벽]이 흥미롭다는 듯 물었다. 나는 고개를 저었다.

'아니. 나는 이 녀석이 회귀하지 않도록 만들 거야.'

「**그 녀 석**을 *바 꿔* **도 미 래**는—」

'그래. 그래서 더 안심이야.'

내가 바꾼 과거는 내가 아는 유중혁을 부정하지 않는다.

「적어도 한 번쯤, 유중혁에게도 불행하지 않은 회차가 있다면.」

나는 허공을 향해 천천히 손을 뻗었다.

['덮어쓰기'를 실행합니다!]

[해당 세계관에 대한 간섭을 시작합니다!]

[당신의 꿈 장악력이 부족하여 적극적인 간섭이 불가능한 상태입니다.]

츠츠츠츠츳, 하고 튀는 스파크와 함께 연이어 메시지가 떠올랐다.

['구원의 마왕'이 당신의 임시 성좌명으로 등록됩니다.]

[당신은 현재 '배후 선택'의 성좌로 참가 중입니다.]

[<스타 스트림> 시스템이 당신의 자격 여부를 의심스러워합니다.]

[하급 도깨비 '비형'이 당신의 수식언을 낯설어합니다.]

[소수의 성좌가 당신의 출현에 당황합니다!]

창백한 유중혁의 얼굴을 보며 나는 입술을 꾹 깨물었다.

잘못된 선택일 수도 있다. 내가 이 세계선을 바꾸는 바람에, 유중혁은 더 불행해질 수도 있다.

하지만 지금의 나라면.

[오호라, 구원의 마왕? 이거, 새로운 성좌님이 나타나셨군요!]

한 세계의 끝을 보고, 시나리오의 종장을 아는 '가장 오래된 꿈'이 된 김독자라면, 정해진 운명을 바꾸는 것도 가능하지 않을까.

[후보가 늘어났으니 시간을 조금 연장해야겠군요.]

비형이 허공의 메시지를 갱신했다.

[배후 선택 대기 시간이 5분 연장됩니다.]

가까스로 살아남은 주변 생존자들이 하나둘 입을 열었다.

"이게 대체 뭐죠?"

"배후 선택이라니……."

나야 멸살법을 읽었기에 낯설지 않았지만, 생전 처음 이런 상황에 부닥친 이들이 얼마나 당혹스러울지는 짐작이 갔다.

[화신 '유중혁'의 특성이 발동합니다!]

그 와중에도, 유중혁은 홀로 제정신을 차리고 있었다. 차분하게 가라앉은 녀석의 눈동자가 그것을 증명했다.

어디, 무슨 생각을 하는지 궁금한데.

[전용 스킬, '전지적 독자 시점 Lv.???'이 활성화됩니다!]

심약한 0회차의 속을 들여다보려니 좀 미안하긴 했지만, 이번에는 봐야만 했다. 만에 하나 녀석이 다른 배후성을 고르기라도 한다면—

[당신은 '가장 오래된 꿈'입니다.]

[대상에 대한 이해도와 무관하게 당신은 해당 스킬의 능력을 100퍼센트 사용할 수 있습니다!]

유중혁의 머릿속이 인체 해부도를 보듯 낱낱이 펼쳐졌다.

「미아는? 미아는 어떻게 됐을까.」

「미아를 구해야 한다.」

「그러려면 먼저 눈앞의 선택지를 해결해야 한다.」

「배후 선택. 아마 후원자를 고르라는 것 같은데.」

나는 조금 긴장했다. 본래의 0회차에서 녀석은 초반 배후 선택을 하지 않았지만, 그건 어디까지나 본래의 이야기. 이번에는 어떻게 될지 모른다.

그런데 뜻밖에도 내게 관심을 보인 것은 유중혁이 아니라 다른 성좌들이었다.

[성좌, '술과 황홀경의 신'이 당신에게 인사합니다.]

[성좌, '술과 황홀경의 신'이 당신의 수식언이 멋있다고 생각합니다.]

디오니소스의 넉살은 어떤 회차든 마찬가지인 모양이었다. 만약 그가 최후의 방주에서 양보하지 않았더라면, 전투는 더욱 힘들었겠지.

나 역시 반갑게 인사하려는 순간, 누군가가 끼어들었다.

[성좌, '심연의 흑염룡'이 당신을 견제합니다.]

그러고 보니 이놈도 있었지.

넌 옆 칸의 김남운도 보고 있을 텐데, 대체 몇 다리를 걸치는 거냐.

[성좌, '심연의 흑염룡'이 당신이 자신의 수식언을 따라 했다고 생각합니다.]

나는 도대체 어디가 비슷하냐고 물으려다가 참았다.

남은 선택 시간은 삼 분. 괜히 쓸데없는 곳에 심력을 낭비할 필요가 없었다.

고개를 돌리자, 유중혁의 본격적인 판단이 시작되고 있었다.

나는 침을 꿀꺽 삼켰다.

1. 술과 황홀경의 신

잠시 수식언을 바라보던 유중혁이 눈을 돌렸다.

「뭔가 난잡한 이름이군.」

이어서 유중혁의 눈이 2번 후보를 바라보았다.

2. 손톱을 먹는 쥐

유중혁이 제법 오랫동안 그 수식언을 들여다보았기에, 나는 초조해졌다.

정신 차려라, 유중혁. 차라리 흑염룡을 선택해.

「**약해 보여.**」

나는 가까스로 안도의 한숨을 내쉬었다.
사람 긴장하게 만들지 말라고 자식아.
이어서 유중혁은 세 번째 후보로 눈길을 돌렸다.

3. 심연의 흑염룡

당연한 얘기지만, 유중혁이 3번을 택할 리 없었다. 겉으로야 제 잘난 맛에 사는 녀석이지만, 사실 저렇게 화려하고 겉멋 든 단어를 별로 좋아하지 않는다. 그러니까—

「**꽤 강해 보이는 이름인데.**」

뭐? 아니…….

「**어쩌면 상당히 강한 후원자일지도 모른다.**」

실제로 강한 건 사실이지만…… 그놈은 자기 화신에게 이상한 소환 주문을 외우게 한다고. 중혁아, 제발 눈깔을 똑바로 뜨고 봐라. 그런 녀석을 감당할 수 있는 건 김남운 아니면 한수영뿐이란 말이다.

[성좌, '심연의 흑염룡'이 당신을 향해 으스댑니다.]

[배후 선택 종료까지 1분 남았습니다.]

그리고 마침내 유중혁의 눈이 4번 후보를 향했다.

4. 구원의 마왕

나는 가까스로 마음을 다잡고서, 유중혁의 뒤에서 배후 선택지를 함께 바라보았다.

'술과 황홀경의 신' '손톱을 먹는 쥐' '심연의 흑염룡' '구원의 마왕'…….

'제4의 벽. 네 생각은 어때?'

질문의 의도를 모르겠다는 듯 [제4의 벽]이 뜸을 들였다.

'그러니까, 네가 보기엔 누가 제일 세 보이냐?'

「그 야…….」

'실제 무력 말고, 수식언만 보고 판단했을 때.'

금방 대답이 돌아올 줄 알았는데 [제4의 벽]은 고민하는 눈치였다.

나는 기다리지 않고 말했다.

'이건 내가 '구원의 마왕'이라서 하는 말이 아니고, 솔직히, 그래도 객관적으로…….'

아니, 객관적일 필요까지도 없다. 그냥 상식적으로 생각해보자.

'술과 황홀경의 신'? 그냥 주정뱅이로 보일 뿐이다.

'손톱을 먹는 쥐'? 손톱깎이 대용도 아니고 그런 녀석을 어디다 쓰겠어.

'심연의 흑염룡'? 딱 봐도 절대 고르면 안 되는 선택지다.

0회차의 유중혁이 아무리 멍청해도 여기서 실수하지는 않겠지.

여기서 정상적인 수식언은 나밖에 없다.

실제로 유중혁은 내 수식언에 감탄이라도 한 듯, 손가락을 들어 4번을 가리켰다. 그리고 생각했다.

「거만해 보이는 이름이군.」

…….

「약한 녀석들이 주로 이런 이름을 쓰지.」

내가 뭐라 외치기도 전에, 벌떡 일어난 유중혁이 말했다.

"결정했다. 나는—"

의기양양한 유중혁의 미소와 함께, 천천히 입술이 열렸다.

나는 지하철 천장을 가만히 올려다보았다.

<u>츠츠츠츳</u>, 하는 소리와 함께 내 손끝에 강한 열감이 맺혔다.

[세계선에 간섭합니다.]

['덮어쓰기'가 시작됩니다.]

[과도한 간섭은 세계선으로부터 강한 저항을 불러올 수…….]

나는 온 힘을 다해 유중혁의 뒤통수를 갈겼다.

"커헉!"

김독자는 뒤통수에서 느껴지는 강한 충격과 함께 일어났다.

"언제까지 처잘 건데? 안 일어나냐?"

눈을 뜨자, 손을 탈탈 터는 한수영이 보였다.

김독자는 소파에 묻은 침 자국을 닦으며 부스스 자리에서 일어났다.

뭐지? 내가 왜 여기 있어? 그러니까…….

"뭐 해, 빨리 준비 안 하고? 오늘 어디 가기로 했는지 잊었어?"

한수영 곁에 특유의 포즈로 선 유중혁이 역시나 눈동자를 이글거리고 있었다.

"쓸데없이 기다리게 하는군."

유중혁만이 아니었다. 유중혁 뒤에서 고개를 쏙 내미는 정희원과, 그런 정희원 곁에서 뭔가 한 아름 들고 있는 이현성의 모습.

"이거 피자예요?"

"치킨이지, 멍청아."

이현성이 든 비닐봉지를 보며 침을 삼키는 신유승과 이길영. 그리고 그런 두 아이 옆에 선 이지혜까지.

"빨리 가자. 나 배고파!"

그 광경을 보며, 김독자는 오늘이 무슨 날인지 기억해냈다.

「세계의 시나리오는 끝났다.」

고개를 돌리자, 공단의 창으로 환한 볕이 스며들고 있었다.

「그리고 오늘은 <김독자 컴퍼니>가 처음으로 나들이를 가는 날이었다.」

목적지로 가는 내내, 한수영은 구시렁거렸다.

"야, 김독자."

"왜."

"오늘 무슨 날인지 진짜로 잊고 있었던 거 아니지?"

"무슨 날인데?"

"12월 25일이잖아. 무슨 날이겠냐?"

김독자는 잠시 생각하다가 말했다.

"미트라가 태어난 날?"

"그건 〈베다〉식 개그냐?"

그들은 실없는 소리를 하며 계속 걸었다. 가끔 유중혁이 거슬린다는 듯이 앓는 소리를 냈다. 붉은색 스포츠카 한 대가 굉음을 내며 길가에 멈춰 서더니, 누군가가 운전석 문을 열고 내렸다.

"상아 씨!"

유상아를 제일 먼저 알아본 정희원이 손을 번쩍 들었다. 흰색 롱패딩에 청바지를 입은 유상아가 선글라스를 벗으며 말했다.

"미안해요, 촬영 때문에 늦었어요."

그런 유상아가 못마땅했는지 한수영이 태클을 걸었다.

"어쭈, 아주 연예인 다 되셨어."

"그런데 이렇게 추운데 꼭 한강에서 먹어야 해요?"

"여기 추위 내성 없는 사람도 있나? 아직 그 정도 스킬은 남아 있을 거 아냐."

"그냥 공단에서 먹어도 될 텐데. 크리스마스라 사람도 많을 거라고요."

"애들이랑 약속했잖아."

아웅다웅 말싸움을 벌이는 두 사람을 보며, 김독자는 갑자기 마음 한구석이 짜르르 아팠다.

왜, 이 풍경이 이토록 그립게 느껴질까.

시나리오가 모두 끝난 지 벌써 삼 개월이나 흘렀는데.

"설화 씨랑 필두 씨는요? 한 부장님도 안 보이고."

"곧 올 거야. 아, 저기 있네. 어이! 이설화!"

여의나루역 앞. 하얀 털옷을 입은 이설화가 해맑게 양손을 흔들고 있었다. 그 옆에 심통 맞은 얼굴로 다른 곳을 보고 있는 공필두도 있었다.

"너무 안 오길래 또 우릴 잊은 줄 알았어요."

그 말에 뭔가 찔렸는지 정희원이 날름 대답했다.

"에이, 설마 그러겠어요?"

"그때도 우리 방치해놓고 공단으로 돌아가버렸잖아요."

"흠흠, 결국 찾으러 갔잖아요."

"찾으러 오긴 뭘 와요! 사서들이 우리 내보내줘서 돌아온 건데. 정말이지 그때만 생각하면 지금도……."

"한명오는?"

"명오 씨는 못 왔어요. 크리스마스는 가족이랑 보내야 한다고……."

"그 아저씨가 가족이 어딨…… 아."

시끌벅적한 분위기 속에서, 일행은 계속 걸음을 옮겼다.

김독자의 양팔을 하나씩 붙잡은 이길영과 신유승이 서로를 향해 으르렁거렸다.

"야, 자꾸 그쪽으로 당기지 마라."

"너나."

"아저씨, 근데 산타클로스도 성좌로 있을까요?"

일행은 마침내 한강 공원에 도달했다. 추운 날씨라 그런지 바깥에 사람은 많이 보이지 않았다. 그 대신 보이는 것은 무너진 한강의 대교들과 새카맣게 물든 하늘뿐. 이제 거의 남지 않은 극소수의 별만이, 그곳에 〈스타 스트림〉이 있었음을 증명하고 있었다.

「분명, 모든 것은 끝났다.」

일행은 돗자리를 깔고 아이들 곁에 휴대용 난로를 설치했다. 난로 옆에 간이 탁자를 설치한 유중혁은, 이지혜와 함께 뭔가 만들었다.

김독자가 물었다.

"뭐야, 여기서 만드는 거였어?"

"그럼, 치킨집도 피자집도 없는데 직접 만들어야지."

그러고 보니 그렇다. 시나리오가 끝난 지 고작 삼 개월인데, 치킨집과 피자집이 벌써 부활했을 턱이 없다.

한수영이 말했다.

"만들어줄 사람이 있는 것에 감사하라고."

순식간에 해체된 닭 다리가 허공을 날았고, 그 위로 유중혁의 특제 소스가 영롱하게 튀어 올랐다. 칼자루 끝에서 맹렬하게 회전하는 도우. 피자를 만드는지 치킨을 만드는지는 모르겠지만, 아무튼 대단한 것이 만들어지고 있다는 사실만은 틀림없었다.

"결국 이런 날이 오긴 오네요."

무릎을 감싸고 앉은 유상아가 말했다. 깊은 감회에 젖은 듯, 그녀의 눈이 한강을 보고 있었다. 김독자가 물었다.

"요즘 많이 바쁘시죠?"

"그냥…… 그래요. 처리할 일이 많다 보니."

시나리오가 끝난 지 고작 삼 개월. 아직 사회는 안정되지 않았다. 여전히 시스템의 영향은 완전히 사라지지 않았고, 스킬이나 성흔을 보유한 범죄자의 난립은 계속되고 있었다.

유상아는 그들을 퇴치하고 시민을 보호하는 세계의 히어로였다.

"보기 좋네요."

멀찍이 떨어진 곳에서, 정희원과 이현성이 나란히 서서 한강을 바라보고 있었다. 한수영이 퉁명스럽게 말을 내뱉었다.

"일 년도 못 간다에 100코인 건다."

그때, 멀리서 뭔가 폭발하는 소리가 들렸다. 깜짝 놀란 일행들이 본능적으로 병장기에 손을 가져갔다.

자세히 보니, 소리의 정체는 먼 빌딩에서 쏘아 올린 폭죽이었다.

"벌써 저런 걸 하는 사람이 있네."

한수영이 어이없다는 듯 중얼거렸다.

김독자는 새삼스레 그 광경을 보았다. 폭죽이라니. 살아서 다시 저런 것을 볼 수 있을 줄은 몰랐다. 조금씩 요리가 익어가는 냄새가 났다.

"김독자."

"응?"

"요즘 너 그거 잘 안 읽네."

"뭐?"

김독자는 잠시 생각하다가 답했다.

"아, 그렇지. 읽어야 되는데."

김독자가 황급히 스마트폰을 꺼냈다. 하지만 배터리가 방전되어서 켜지지 않았다.

새카만 액정에 한수영의 얼굴이 비쳤다. 좀처럼 생각을 읽을 수 없는 눈빛. 말없이 김독자를 들여다보던 한수영이 혼잣말로 뭔가 중얼거리다니 으쌰, 하며 자리에 주저앉았다.

"괜히 왔나. 이것저것 생각나서 머리만 복잡하네."

"응?"

"그냥 혼잣말이야. 그보다 멸살법에서도 이런 적 있는데, 기억나냐?"

멸살법.

"왜, 유중혁 3회차에 다 같이 모여서, 한강에서, 땅강아쥐 다리 뜯으면서……."

이어지는 한수영의 말을 듣던 김독자의 표정이 묘하게 일그러졌다. 비틀거리는 김독자를 향해 한수영이 손을 뻗었다.

"야, 왜 그래. 괜찮아? 어디 안 좋은 거 아냐?"

"그냥 갑자기 머리가 좀 아파서……."

"내가 아까 너무 세게 때렸나? 잠깐 좀 쉬는 게……."

"아냐. 그보다…… 네 말이 맞아."

"무슨 말?"

"멸살법 말이야. 나도 그 장면 참 좋아해. 3회차에서 제일 좋아하는 장면이야."

한수영은 김독자의 얼굴을 바라보다가 이내 싱긋 웃었다.

"하여간 멸살법 오타쿠 새끼."

멀리서 다시 한번 폭죽이 터졌다. 아까보다 훨씬 더 큰 폭죽이었다. 밤하늘을 아름답게 수놓는 불꽃을 보며, 아이들이 환호성을 질렀다.

김독자는 생각했다. 어쩌면 이것이, 오랫동안 그가 그리던 풍경이었다. 아주 오랫동안…… 오랫동안.

한수영이 다시 입을 열었다.

"근데 김독자."

"응?"

언제부터였을까. 한수영의 얼굴이 부쩍 가까워져 있었다.

또렷한 이목구비. 새하얀 뺨. 반짝이는 눈동자 아래 찍힌 눈물점.

코끝에서 느껴지는 레몬 향기에 당황한 김독자가 무슨 말을 꺼내려는 순간, 한수영이 먼저 다가왔다. 귓가에 입술을 가져다댄 한수영이 천천히, 아주 또렷한 목소리로 속삭였다.

"멸살법 3회차에는 그딴 거 안 나와."

허공으로 흩어지는 폭죽과 함께, 어디선가 맹렬한 스파크가 내리치는 것 같았다. 시야가 한 바퀴 뒤집히는 느낌이 들더니, 김독자는 어느새 자신이 바닥에 내동댕이쳐져 있다는 사실을 깨달았다.

"야."

냉엄한 한수영의 두 눈이 바로 앞에 있었다.

「분명 모든 것이 끝났는데.」

「왜, 아무것도 끝나지 않은 것처럼 느껴지는 것일까.」

멀리서 이쪽을 향해 달려오는 정희원과 이현성이 보였다. 표정 없는 유중혁의 눈동자가 그를 보고 있었다.

모든 이야기가 끝난 세계. 밤하늘을 물들인 불꽃 속에, 한수영의 서슬 퍼런 단도가 하얗게 빛났다.

"너, 대체 누구냐?"

4

지난 삼 개월간, 한수영은 매일매일을 기묘한 예감 속에서 살았다.

그 시작은 단출했다.

—유중혁. 그거 알아?

—뭐냐.

—저 녀석, 이제 토마토 잘 먹어.

처음에는 그저 소소한 변화라 여겼다. 시나리오도 끝났으니, 녀석도 하나둘 바뀌는 모양이라고. 그렇게만 생각했다.

—야, 김독자. 요즘 왜 이렇게 얼빠져 있냐?

—어? 어…….

—근데 시나리오 진짜 끝난 거 맞아? 왜 시스템이 소멸하질 않지? 너도 아직 스킬 쓸 수 있지?

—음…… 없어지기까지 시간이 좀 걸리는 모양이지.

시나리오가 끝났으나, 세계는 말끔하게 원상태로 돌아가지 않았다. 마치 아직 끝나지 않은 이야기가 있다는 듯이. 여전히 사람들이 스킬이나 성흔을 사용할 수 있다는 것이 바로 그 증거였다.

—엄밀히 따지면, 그 소설을 쓴 '원작자'를 찾기 전까지는 모든 게 끝났다고 볼 수는 없겠지.

한수영도 유중혁의 말에 동의했다. 이 세계가 존재했던 것은 '가장 오래된 꿈'이 '멸살법'을 읽었기 때문일지도 모른다.

하지만 그보다 먼저, 그 소설을 쓴 원작자가 있었다. 이 이야기는 결국 그 존재를 찾아야만 끝나는 것이다.

—tls123은 대체 누굴까? 지금까지 몇 가지 추론을 해봤지만 죄다 틀렸잖아. 가장 유력했던 '가장 오래된 꿈'도 작가는 아닌 거 같고…… 김독자, 넌 어떻게 생각해?

이 의문을 해결할 가능성이 가장 높은 것은 김독자였다.

3,149편에 달하는 멸살법을 모두 읽은 독자.

그런데 그 김독자는 이렇게 대답했다.

—어…… 글쎄. 뭐, 이제 와서 그게 그렇게 중요한 건가 싶기도…….

다른 사람은 그렇게 말할 수 있었다. 하지만 그는 김독자였다.

멸살법을 끝까지 완주한 유일한 독자. 한수영이 아는 최고의 독자인, 김독자였다.

"말해. 너 누구냐고."

그래서 한수영은 생각했다.

「만약 눈앞의 김독자가 가짜라면.」

"수영 씨! 대체 무슨—"

달려온 이현성의 고함과 동시에, 신유승이 한수영의 손목을 붙잡았다.

"지금 뭐 하시는 거예요?"

"누나."

이길영도 마찬가지였다. 앞을 엉거주춤 막아선 소년이, 긴장한 눈으로 한수영을 올려다보고 있었다. 날카로운 단도의 칼날을 본 일행들의 분위기가 급변하고 있었다.

"언니. 뭐 하려고. 갑자기 왜 그래?"

어느새 식칼을 내려놓고 자신의 쌍룡검을 쥔 이지혜가 곁에 서 있었다. 놀란 이설화와 눈을 가늘게 뜬 정희원. 그에 반해 침착하게 상황을 주시하는 유상아도 보였다.

잠시 생각하던 한수영이 가볍게 한숨을 내쉬며 김독자의 멱살을 놓았다. 맥없이 누운 김독자가 죄인처럼 자신을 올려다보고 있었다.

"이 녀석은 김독자가 아냐. 다른 누구도 아니고, 김독자가 그걸 기억하지 못할 리 없어."

"뭘 말야?"

"멸살법."

그 말에 일행들이 동시에 김독자의 얼굴을 돌아보았다.

늘 멸살법을 입에 달고 살던 김독자.

한수영은 골치 아픈 문제를 해설하는 강사처럼 머리를 짚더니, 일목요연하게 지난 상황을 설명했다. 그리고 마지막으로 이렇게 덧붙였다.

"방금 내가 말한 건 멸살법이 아니라 내가 쓴 소설에 나오는 내용이야. 멸살법에는 일행들이 한강에서 오붓하게 식사하는 내용 따위 안 나온다고."

"언니가 그걸 어떻게 알아요? 언니도 그 소설 봤어요?"

"초반부만. 적어도 3회차에 그런 내용이 없다는 건 확실해."

그러자 정희원이 대거리했다.

"그 정도야 착각할 수도 있는 거잖아? 애초에 그렇게 긴 소설 내용을 전부 기억한다는 것 자체가—"

"가능해, 김독자라면. 지금까지 너희가 어떻게 시나리오 헤쳐왔는지 다 잊어버렸어? 그 김독자가 진짜로 기억 못 할 거라 생각해?"

한수영은 으르렁거리며 김독자를 돌아보았다.

"야. 유중혁이 아스모데우스에게 죽은 게 총 몇 번인지 말해봐."

한수영의 질문에, 김독자는 멍하니 그녀의 얼굴을 올려다볼 뿐이었다. 인상을 찌푸린 한수영이 다시 역정을 내려는 순간, 김독자의 입술이 열렸다.

"한수영."

고저가 없는 목소리. 순간 한수영의 눈동자에 혹시나 하는 기대감이 스쳤다. 그리고.

"미안한데, 정말로 잘 기억이 나질 않아. 요즘 나도 멸살법을 안 읽어서……."

"이거 봐! 이 자식은 김독자가 아닌……!"

"아저씨."

단도를 쥔 채 앞으로 나서는 한수영을 막은 것은 신유승이었다. 양손으로 도자기를 빚듯 김독자의 손을 쥔 신유승이 물었다.

"내가 한강에 와서 뭐 먹고 싶다고 했는지 기억해요?"

얼마간 떨어진 곳에서, 묵묵히 요리를 만들던 유중혁의 손이 멈췄다. 아직 요리는 채 완성되지 않은 채였다.

김독자는 곧바로 답했다.

"피자랑 콜라."

"형! 저는, 저는요?"

"길영이는 바다에서 치킨 먹고 싶댔지. 미안, 바다는 다음에 꼭 가자."

그렁그렁한 눈의 이길영과 신유승이 한수영을 노려보았다.

한수영이 인상을 찌푸렸다.

"잠깐만. 문제가 너무 쉽잖아. 겨우 그 정도로—"

그러자 이번에는 정희원이 나섰다.

"독자 씨. 내 칼 이름이 뭐예요?"

"심판자의 검. 그거 재료 모은다고 얼마나 고생했는데요."

"독자 씨, 저한테 처음으로 주신 물건 기억하십니까?"

"낡은 철제 방패잖아요."

일행들은 경쟁이라도 하듯 질문 세례를 퍼부었다. 심지어 공필두도 한마디 거들었다.

"어이, 충무로 시나리오에서 나한테 낸 벌금 기억하나?"

"안 냈잖아요."

"개자식. 지금 당장 내지 않으면—"

"아저씨, 전에 나한테 그랬잖아. 솔직히 김컴 멤버 중에서 지혜 네가 제일 예쁘다고."

"그런 적 없는데."

이지혜가 젠장, 하고 중얼거렸다.

"독자 아저씨 맞는데?"

일행들의 표정에서 피어나는 묘한 안도감.

사태를 지켜보던 김독자가 말했다.

"갑자기 왜들 이러는지 모르겠지만, 저는 김독자가 맞습니다. 한수영 넌 또 왜—"

"야, 너 멸살법이 총 몇 회차였는지는 기억해?"

"수영아."

결국 보다 못한 정희원이 나섰다.

"뭐 때문에 이러는 건진 모르겠지만, 모처럼 나왔는데 적당히 하자."

"맞아요, 수영 씨. 뭔가 오해가 있는 모양인데……."

"오해?"

단도를 쥔 한수영의 손이 가늘게 떨렸다.

"야, 유중혁! 넌 뭐 할 말 없어?"

그 말에, 묵묵히 채를 썰던 유중혁이 무심한 눈으로 한수영을 바라보았다. 그러더니 김독자를 한 번 보고, 일행들을 한 번 보았다. 그러고는 다시 도마로 시선을 돌렸다.

그 과정을 모두 지켜본 한수영이 어깨를 부들부들 떨었다.

"저게 진짜……."

고개를 떨어뜨리자, 바닥을 구르는 맥주 캔이 보였다. 한수영은 그것을 주워 캔을 땄다. 그리고 그대로 원샷. 거칠게 입술을 닦은 한수영이 말했다.

"지금 나 혼자 이상한 사람이다 이거지?"

한 캔으로는 부족했는지, 한수영은 한 캔을 더 땄다.

"그래, 다들 시나리오 깨느라 힘들었던 거 알아. 생각하기도 지쳐버렸고, 이젠 쉬고 싶다는 것도 잘 안다고. 나라고 안 그런 줄 알아? 나도 쉬고 싶어."

푸슈슛, 하는 소리와 함께 맥주 거품이 튀어 올랐다.

"근데 너희, 정말 저 김독자가 진짜라고 생각해?"

"한수영."

"닥쳐. 내 이름 부르지 마."

한수영의 빰이 은은하게 붉어져 있었다. 한수영의 머릿속에서 [예상표절]의 설화가 삐걱거리며 움직였다.

「어쩌면 일행들 말이 맞을 수도 있다. 그녀가 틀렸고, 저 김독자는 진짜인지도 모른다.」

고작 멸살법의 몇몇 장면을 기억하지 못한다고, 김독자를 김독자가 아니라고 말할 수 있을까. 한수영도 알고 있었다. 지금 자신은 성급했다. 논리적이지 못했다.

그럼에도 한수영은 자신의 감정을 멈출 수가 없었다. 왜 자신이 이토록 격렬하게 반응하는지도 잘 이해하지 못한 채로, 한수영은 중얼거렸다.

"내가 기억하는 김독자는……."

재미도 없고 설정으로 가득한 소설. 무려 3,000편이나 되는 소설을 인내심 있게 읽을 수 있는 인간.

「"언젠가 이 모든 시나리오가 끝나면, 다시 소설을 쓰고 싶어질지도 몰라. 그때, 내 소설 읽어줘."」

이 세상 그 누구보다도 이야기를 사랑하는 사람.

「"알았어. 읽을게."

"어쩌면 3,000편 넘을지도 몰라."

"딱 내 취향이겠네."

"재미없을지도 몰라."

"네가 쓰는데 재미가 없겠냐?"」

그런 김독자가, 다른 건 잊어도 멸살법을 잊을 리 없었다.

알코올 때문일까. 머릿속에 점차 열기가 번지는 것 같았다.

「만약 이 '김독자'가 가짜라고 한다면, 그건 무엇을 뜻하는 것일까.」

원작자인 tls123의 장난? 아니면…….

"수영 씨. 이제 그만하고……."

일행들 표정을 보며 떠오르는 가설들이 있었다.

만약 도깨비 왕의 말이 사실이라면, 이 세계는 결국 '가장 오래된 꿈'의 망상이다. '가장 오래된 꿈'이 꿈꾸고 있기에 이 세계는 존속된다. 그리고 '가장 오래된 꿈'은 이제 사라졌다. '은밀한 모략가'와, 999회차의 등장인물들과 함께.

「그렇다면, 이 세계는 어째서 계속되고 있는 것일까.」

아주 끔찍한 예감이었다. 결코 실현되어서는 안 되는 예감.

그리고 어쩌면, 벌써 실현되었을지도 모르는 예감.

손에 쥐고 있던 맥주 캔이 바닥을 굴렀다. 반쯤 남아 있던 내용물이 새어나왔다. 바닥을 구르는 똑같은 모양의 캔들. 내용물이 거의 남지 않은 캔을 보며, 한수영은 마치 홀린 듯이 말했다.

"만약, 저 김독자가 '아바타'라면."

"수영 씨! 갑자기 왜 그런 소리를—"

"내가 괜히 이러는 거 같아?"

그 진지한 목소리에 몇몇의 표정이 바뀌었다. 돌아본 일행들은 대개 비슷한 얼굴이었다.

한수영.

일행 중 유일하게 [예상표절]과 [아바타]를 가진 화신. 김독자가 없을 때마다 성운의 실질적인 브레인을 담당한 것은 그녀였다.

그리고 한수영의 판단은 거의 틀린 적이 없었다.

천천히 고개를 돌린 이현성이 김독자를 돌아보았다. 그다음은 정희원. 이어서 이지혜. 하나둘 모여든 시선이 김독자를 보고 있었다.

「만약, 정말로 한수영의 말이 맞는다면.」

그들의 마음속에 희미한 균열이 번지고 있었다. 아주 작은 의심이 만들어낸 빈틈. 한수영에게는 충분한 틈이었다.

"만약 저게 '아바타'라면, 아주 쉽게 확인할 방법이 있지."

정희원이 불길함을 느꼈을 때, 한수영은 이미 그 자리에 없었다.

"한수영!"

벼락처럼 검을 뽑은 이지혜가 달려갔을 때 한수영은 이미 김독자의 몇 걸음 앞에 있었다. 주변에 가공할 기파가 몰아치며, 신유승이 드래곤 하울링을 터뜨렸다. 이길영의 벌레들이 한수영의 발목에 족쇄처럼 감겨들었고, 달려온 이현성이 김독자의 몸을 덮었다. 하지만 한수영은 멈추지 않았다.

"내 소설을 읽어줄 녀석은—"

유상아가 손에서 뽑은 실이 한수영의 허리를 붙들었고, 뒤늦게 움직인 정희원이 가까스로 한수영을 뒤에서 잡아챘다. 하지만 그 모든 일이 동시에 일어났을 때, 한수영의 단도는 이미 그녀의 손에 없었다.

"네가 아니야."

스팟, 하고 뭔가가 갈라지는 소리가 들렸다.

5

한수영의 단도는 정확히 김독자의 어깻죽지를 스쳤다. 반사적으로 자기 어깨를 감싸 쥐는 김독자. 한수영은 그 장면을 놓치지 않았다.

「아바타는 피를 흘리지 않는다.」

시스템의 힘이 약화되면서, 이제는 성좌도 다치면 설화 대신 피를 쏟는다. 그러니 저 김독자가 진짜라면 반드시 피를 흘려야 했다.

"너 진짜 미쳤어? 이게 뭔 짓거리야!"

"아저씨!"

경악한 신유승이 김독자에게 다가갔다. 이현성도, 이지혜도.

비틀거리는 김독자가 감싸 쥔 왼쪽 어깨.

「정말로 한수영의 말이 맞는다면.」

그리고 아주 천천히, 김독자의 손이 어깨에서 떨어졌다.

"저는 괜찮습니다. 걱정 마세요."

누가 먼저 숨을 삼켰는지는 모른다. 하지만 일행 모두는 똑똑히 보았다.

「피가 흐르고 있었다. 아주 새빨간 선혈이.」

한수영도 그것을 보았다. 하지만.

"……잠깐만. 아직 끝난 거 아냐! 피를 흘리는 아바타도 있어."

한수영의 말은 사실이었다. 그녀 또한 그런 [아바타]를 만들어본 적이 있었기 때문이다.

「많은 기억을 투여받은 아바타는 피를 흘린다.」

멀리서 채를 써는 유중혁이 보였다. 마치 이쪽 일은 보이지도 않는다는 듯 입도 뻥긋거리지 않는 그 모습이 한수영의 심기를 건드렸다.

해서는 안 될 말을 한 것은, 어쩌면 그 때문이었다.

"목을 잘라보면 알아. 아바타는 목을 잘라도 움직이니까."

"지금 뭐라고 했어?"

서슬 퍼렇게 굳어진 정희원의 표정을 보고서야, 한수영은 자신이 실수했음을 깨달았다.

'심판자의 검'에 일렁이는 [지옥염화]의 기운. 시나리오가 끝난 후, 한 번도 발동하지 않은 우리엘의 성흔. 정희원이 사나운 목소리로 말했다.

"그딴 짓을 하면 목이 잘리는 건 네 쪽이 될 거야."

자신을 가리킨 '심판자의 검'을 보며, 한수영도 천천히 [흑염]의 기운을 끌어올리기 시작했다. 사태가 걷잡을 수 없이 커진다는 사실을 알면서도, 자신을 억제할 수가 없었다. 만류하는 이설화의 목소리. 정희원 뒤쪽에서 자신에게 적의를 드러내는 신유승과 이길영의 표정을 보는 순간, 한수영의 안에서도 뭔가가 끊어졌다.

「어쩌면, 여기까지 함께 온 것이 기적이었는지도 모른다.」

한수영은 자신이 이들과 어울리지 않는다는 사실을 알고 있었다. 그녀는 한때 '선지자들의 왕'이었고, '가짜 왕'이라 불렸다. 김독자가 만들어낸 거창한 이야기의 악역에 불과했다.

한강에서 모두와 함께 피자를 먹고, 콜라를 마신다니. 애초에 이 모든 것은 한수영에게 어울리지 않는 결말이었다.

쿠구구구구.

두 개의 상반된 불꽃이 만들어낸 대치가 계속되던 순간, 맑고 청량한 목소리가 흐름을 끊었다.

"지금 뭐 하고 있는 거야? 나 맥주 사왔는데."

양손에 비닐봉지를 든 장하영이 그곳에 있었다.

"나 늦었다고 몰래카메라 하는 거야?"

그 목소리에 깃든 불안감에, 일행들은 퍼뜩 정신을 차렸다. 마치 이곳에 온 목적을 환기한 사람들처럼.

그리고 그동안 아무 말도 하지 않았던 사내가 처음으로 입을 열었다.

"이제 그만들 하지."

도마 위에 꽂힌 흑천마도에서 초월의 격이 산란했다. 공원 내를 지배하던 살기가 씻은 듯 사라졌다.

"저녁 시간이다."

그 대신 풍겨온 냄새가 잊었던 허기를 자극했다. 일곱 판의 피자와 치킨들이 접시 위에 세팅되어 있었다.

그 광경을 본 이지혜가 탄식했다.

"사부는 진짜……."

진지한 유중혁의 얼굴을 본 일행들은 대체 어떻게 반응해야 할지 모르겠다는 듯 서로 바라보았다. 음식을 향해 제일 먼저 달려간 것은 장하영이었다.

"다들 뭐 해! 빨리 안 와?"

그 광경을 본 공필두가 실소를 흘렸다. 분위기가 조금 풀리려 하자, 김독자도 입을 열었다.

"전 괜찮습니다. 수영이가 의심할 수밖에 없었던 것도 이해해요. 솔직히 저 최근에 좀 기억력이 나빠지긴 했거든요. 마치 중요한 기억이 통째로 사라진 듯한 느낌이 들 때가 많아서……."

여전히 한수영에게서 눈을 떼지 않은 정희원이 말했다.

"독자 씨, 이건 그렇게 넘어갈 일이—"

"일단 먹고 이야기하죠. 유중혁이 누구한테 음식 만들어주는 건 흔한 일이 아니니까요."

인상을 찌푸린 정희원이 한숨을 푹 내쉬었다. 일행들은 하나둘 돗자리에 자리를 잡고 앉았다. 그런데 한 사람이 보이지 않았다. 기어코 정희원이 역정을 냈다.

"이게 진짜……."

한수영이 보이지 않았다.

멀리서 희미하게 들려오는 폭죽음.

화장실 세면대 위로 쏟아지는 차가운 물줄기를 바라보며, 한수영은 입술을 꾹 깨물었다.

'실수했다.'

자신답지 않았다. 왜 그렇게까지 흥분했는지 자신도 모를 일이었다. 마음을 다잡고 돌아가서 해명해볼까 하는 생각도 들었다. 하지만 어디서부터 어떻게 말해야 일행들을 납득시킬 수 있을지 감이 오지 않았다.

「애초에 기억을 나눠준 아바타를 '가짜'라고 말하는 것은 온당한 일일까.」

주머니에서 가는 진동음이 울렸다.

—수영 씨.

유상아가 보낸 메시지였다. 한수영은 스마트폰을 주머니에 넣었다. 그러자 다시 한번 진동이 울렸다.

—한수엿ㅇ.

"이게 진짜."

—ㅎㅎ 오타예요.

답장하려는 순간, 누군가의 기척이 등 뒤에서 느껴졌다.

"심통 그만 부리고 돌아가요."

어깨를 눌러 잡는 길고 흰 손가락. 한수영이 손을 떨쳐내며 뒤를 돌아보았다.

"됐어. 내가 가봤자 분위기만 망칠 텐데."

"그렇지 않아요. 다들 이해할 거예요."

"됐다고 내가 분명 말했—"

"이렇게 말해주길 바라니?"

유상아의 눈매가 천천히 변했다. 한수영이 인상을 찌푸렸다.

개방된 문틈으로, 멀리 일행들의 모습이 보였다.

그 광경을 지키듯 선 유상아를 보며, 한수영의 머릿속에 기이한 예감이 스쳤다.

"너……."

자신을 적극적으로 말리지 않던 유상아의 표정.

어쩌면, 유상아는.

"언젠가 독자 씨가 그런 말을 한 적이 있어. 만약 이 세계의 원인이

'가장 오래된 꿈'이라면, 그 녀석을 없애면 이 세계는 어떻게 되는 걸까요."

"뭐?"

"누구도 바라보지 않는 세계는, 어떻게 되는 걸까요."

한수영은 유상아의 멱살을 잡은 채 벽에 밀어붙였다.

"너…… 알고 있는 거 전부 불어."

여전히 차분한 유상아의 눈을 보며, 한수영은 점차 진실을 깨닫고 있었다.

「**유상아는, [제4의 벽]의 사서로 활동한 적이 있다.**」

일행 중 유일하게 김독자의 내면에 들어갔던 사람. 무수한 책이 꽂힌 그 장서관에서, 유상아는 무엇을 보았을까.

"말해! 거기서 뭘 본 거잖아! 그 자식, 대체 무슨 생각을 하고 있었던 건데!"

"……."

"넌 왜 말리지 않았던 거야? 상황이 이렇게 될 때까지, 왜—"

"내게 그럴 자격이 없으니까."

유상아의 말에 한수영이 처음으로 입을 다물었다.

"자신을 절반으로 나눠서 세계를 지키는 것. 하나는 세계를 지켜볼 '독자'가 되고, 다른 하나는 '등장인물'이 되는 것."

한수영도 알고 있었다.

어쩌면 저 '김독자'는, 그래서 피를 흘리는 것일는지 모른다고.

모두 시나리오에서 해방되던 그날, 여전히 다른 쪽의 김독자는 그 열차에 타고 있었을지도 모른다고. 자신이 돌아보고, 유중혁이 돌아보던 그날. 열차에서 내리지 않은 김독자가 이쪽을 보고 있었을지도 모른다고.

"그게 이 세계를 누구보다 잘 아는, 그 사람의 선택이라면."

"왜 그딴 식으로 말해?"

덜덜 떨리는 손이 유상아의 멱살을 점점 더 강하게 틀어쥐었다. 유상아는 가볍게 손을 올려 그녀의 손을 붙들었다.

"이게 나라는 사람의 선택이야."

"너나 김독자나 똑같아."

"수영아. 정말 다른 일행들이 모를 거라고 생각해?"

한수영은 한 방 맞은 느낌이었다.

"멸살법 이야기를 하지 않는 독자 씨를…… 사람들이 이상하다고 생각하지 않았을 것 같아? 정말로?"

"그러면—"

"우리와 함께한 기억의 대부분은, 저곳의 '김독자' 씨가 가지고 있어."

돗자리에 앉아 이야기를 나누는 일행들이 보인다. 빙긋 웃는 정희원과 맥주를 따르는 이현성의 모습. 취한 공필두가 노래를 불렀고 이설화가 박수를 쳤다. 자리에서 일어난 장하영이 과장된 목소리로 〈마계〉의 무용담을 떠들었다.

저마다 기억하는 김독자는 다르다.

한수영에게 김독자가 '독자'라면, 신유승과 이길영에게 김독자는 '부모'였다. 이현성에게는 '탄피'였고, 유상아에게는 '회사 동료'였다. 이지혜에게도, 정희원에게도, 장하영에게도, 그리고 이설화나 공필두에게도…….

"저 사람도 독자 씨야. 얼마만큼의 독자 씨든, 저건 틀림없는 독자 씨야. 우리와 함께한 독자 씨라고."

멀리서 축제의 불꽃이 하늘을 물들이고 있었다. 반짝이는 아이들의 눈동자. 그들이 살았던 시간이 스러지는 것이 보였다. 한수영은 멍하니 그 풍경을 바라보았다. 일행들 사이에서 웃는 김독자의 얼굴.

저것은 분명, 김독자가 바라던 풍경이었다.

「<김독자 컴퍼니>의 이야기는 여기까지였다.」

유상아의 말이 맞았다.

김독자는 선택했고, 일행들 또한 그 선택을 받아들이기를 선택했다. 그들은 이미 너무 많은 상처를 입었고, 누구도 더 이상의 상처를 원하지 않았다. 이것이 그들의 결말이었다.

유상아가 물었다.

"어느 쪽이 진짜인지 가리는 게 의미 있는 일일까?"

무수한 회차의 유중혁에게 '진짜'를 매기는 일이 의미 없듯, 반으로 갈라진 김독자 중 누가 '진짜'인지 말하는 것도 의미는 없다.

유상아의 멱살을 놓으며, 한수영이 입을 열었다.

"어느 쪽이 진짜인지 가리자는 게 아냐."

유상아의 눈동자가 흔들렸다. 흔들리는 망막 위에 한수영 자신의 얼굴이 비치고 있었다. 자신이 그런 표정을 지을 수 있다는 사실에 놀라면서, 자신이 이런 말을 한다는 사실에 동요하면서, 한수영은 말했다.

"거기에 아직 김독자가 남아 있다는 게 중요한 거지."

어쩌면 그 '김독자'를 필요로 하는 이는 거의 없을지 모른다. 멸살법만 좋아할 뿐인 그 미치광이를 원하는 이는, 어디에도 없을지 모른다. 하지만. 적어도 한 사람은.

"아저씨!"

멀리서 다급한 목소리가 들려왔다. 일행들이 앉아 있던 돗자리에서 소란이 일고 있었다. 어디선가 서늘한 피 냄새가 느껴졌다.

뭔가 잘못되었다는 것을 깨달은 유상아와 한수영이 그곳에 도착했을 때, 신유승이 피범벅이 된 손으로 울고 있었다.

"피가, 피가 멎질 않아요."

조금 전까지 멀쩡하던 김독자가 의식을 잃고 쓰러져 있었다. 단도를 쥔 한수영의 손이 희미하게 떨렸다. 설마…….

"아까의 상처 때문이 아니에요. 이건—"

김독자의 맥을 짚은 이설화의 낯빛이 굳었다. 김독자의 육신이 불안하게 흔들리고 있었다. 어깨에서 흘러내린 피가 순식간에 거즈를 붉게 물들였다.

그리고 다음 순간, 거즈에 흡수된 피가 기화하기 시작했다.

파스스스…….

설화가 사라지듯 부서지는 핏방울.

이설화가 외쳤다.

"공단으로 데려가요. 빨리!"

6

김독자가 쓰러진 지 벌써 일주일째.

일행들은 의식이 없는 김독자를 돌아가며 병간호했다. 이설화와 아일렌이 번갈아 진료를 거듭했고, 저명한 치료 스킬을 가진 화신도 다수 방문했다.

하지만 그중 누구도, 김독자가 갑자기 저렇게 된 이유를 찾지 못했다.

—육체 구성이 불안해지고 있는데, 이유를 잘 모르겠네요. 어쩌면 시스템이 약화된 것과 관계가 있을지도…….

몇몇 화신들은 조심스레 [아바타]에 관한 이야기를 나누기도 했다.

"아저씨."

여전히 의식이 없는 김독자를 바라보며, 신유승은 자기 자신에게 다짐하듯 중얼거렸다.

이 사람은 김독자다. 내가 기억하는, 틀림없는 김독자다.

하지만 아무리 그렇게 중얼거려봐도 변치 않는 사실이 있었다.

「눈앞의 존재에게선, 전혀 '배후성'의 힘이 느껴지지 않는다.」

포근하게 자신을 안아주던 그 설화가, 잘 느껴지지 않았다.

[설화, '별의 구원자'가 이야기를 더듬거립니다.]

자신과 김독자를 이어주던 설화들도 이야기를 머뭇거리고 있었다. 마치 눈앞의 존재가 이야기의 소재로서 적합하지 않다는 것처럼.

신유승은 천천히 눈을 감았다.

[현재 배후성과의 연결이 매우 희미한 상태입니다.]

[현재 배후성과의 통신 채널이 단절된 상태입니다.]

그녀와 김독자를 묶고 있는 '배후 계약'은 여전히 유효했다.

언제나 같은 자리에서 그녀를 지켜보는 밤하늘의 별빛.

「그렇다면 저 별빛은, 대체 누구의 것일까.」

신유승은 여전히 아물지 않은 김독자의 어깨를 바라보았다. 언제나 일행들을 지켜주던 팔이다. 그 팔로 김독자는 자신의 세계를 그렸다. 시나리오를 끝냈고, '최후의 벽'을 부쉈다.

천천히 고개를 돌리자 김독자의 얼굴이 보인다. '서유기' 시나리오에서 씌운 금테가 아직도 김독자의 머리 위에 남아 있었다.

제천대성의 설화가 약화되며 이제는 그 힘을 잃어버린 긴고아.

신유승은 긴고아 사이로 헝클어진 김독자의 머리를 넘겨주었다.

「"걱정 마, 유승아."」

김독자는 약속을 지켰다.

「함께 가자고 했던 PC방.」

「한강에서 먹고 싶었던 피자와 콜라.」

마치 환상 같던 그 풍경 속에, 분명 김독자는 있었다.

한 사람이 자신의 생을 다해 건네준 아주 연약한 풍경.

아득한 세월을 거쳐 간신히 도착한 이 결말을 부정하고 싶지 않았다.

침대에 엎드린 신유승은 울다 지쳐 그대로 잠이 들었다. 누군가 고요한 병실 문을 열고 들어왔다.

"야, 교대 시간……."

병실로 들어선 이길영은 잠든 신유승을 보고 입을 다물었다. 그는 의자 곁에 놓인 얇은 담요를 신유승의 어깨에 덮어주었다. 그리고 침대 맞은편에 걸터앉았다.

"독자 형."

이길영은 침대 밖으로 나와 있는 김독자의 손을 안으로 넣어주었다. 상처로 가득한 손. 언젠가 소년에게 메뚜기를 쥐여준 바로 그 손이었다.

「한때, 소년에게 김독자는 신이었다.」

한참이나 김독자를 내려다보던 이길영이 중얼거렸다.

"형은 형이에요. 그렇죠?"

깊은 한숨을 내쉰 이길영이 천천히 자리에서 일어나 커튼을 열었다.

많은 사람이 거리를 걷고 있었다. 김독자가 살린 사람들. 김독자가 지킨 정경. 이길영은 오래도록 창가에 앉아 사람들의 수를 헤아렸다.

✳

"빌어먹을 자식. 아바타를 만들려면 좀 제대로 만들던가."

투덜거리는 한수영이 공단을 걷고 있었다.

김독자가 쓰러진 후 일주일. 한수영은 판단을 내렸다.

「일행들에게 도움을 구할 수는 없다.」

유상아의 말은 맞다. 이곳의 김독자도, 자신이 그리워하는 김독자도 모두 김독자였다. 그러니 이것이 정말로 김독자가 바란 결말이고, 그래서 일행들이 받아들였다면 그것으로 된 것이었다.

하지만 적어도 한 사람은 생각이 다를 수도 있었다.

"야, 꼬맹이."

"왜요, 아줌마."

"너희 오빠 지금 어디 있냐?"

"알려주기 싫은데."

"요게!"

쪼르르 달아난 유미아가 골목길 사이로 숨어들었다. 조그만 게 어찌나 빠른지 따라잡았을 때는 이미 홀연히 자취를 감춘 뒤였다. 유미아가 이곳에 있는 걸 보면, 유중혁도 분명 근처에 있을 것이다.

그렇게 얼마나 걸었을까. 한수영의 눈앞에 낯선 표지판이 나타났다.

—카이제닉스 구.

공단 서쪽을 중심으로 주거 단지가 형성되어 있었다. 중세 판타지풍의 고풍스러운 건축 양식. 생각보다 내실이 잘 갖춰진 도시의 풍경에 한수영은 내심 감탄했다. 놈을 찾으러 가는 김에 눈요기나 하는 것도 나쁘지 않겠다 싶던 찰나.

"수영아?"

그곳에 뜻밖의 인물이 있었다.

"유리?"

.

.

.

"여기서 산다고?"

"좀 됐어. 바쁜 건 알지만 이제야 보러 오다니 좀 섭하다, 야."

"너 완전 한국 사람처럼 말하네 이제."

눈앞에서 차를 홀짝이는 유리를 보며, 한수영도 반가운 심정이었다.

유리 디 아리스텔.

카이제닉스 제도에서, 한수영은 저 인물에게 빙의해 시나리오를 수행했다. 그러고 보면 카이제닉스에서 정말 많은 일이 있었다.

빌어먹을 김독자를 기다리다가 수십 년 세월을 허비하기도 했고…….

"근데 누구 찾으러 여기까지 온 거야? 혹시 나 만나러?"

"미안, 그건 아니고……."

"쳇, 그럼?"

한수영이 간단히 상황을 설명하자, 유리가 이해했다는 듯 손뼉을 쳤다.

"아, 네 약혼자 말이구나?"

"약혼자?"

잠시 생각하던 한수영이 인상을 찌푸렸다. 그러고 보니 거기서 결혼도 할 뻔했지. 유리가 놀리듯 물었다.

"근데, 어느 쪽이 진짜야? 개인적으로 내 취향은 작은 쪽……."

"됐고, 유중혁 지금 어딨는지 알아?"

"음? 그쪽이야?"

"대답이나 해."

"그 바보라면……."

바보?

"마침 저기 지나가네."

카페의 창가를 휙, 하고 지나가는 커다란 그림자. 한수영은 벌떡 일어나 카페를 뛰쳐나갔다.

"야! 계산!"

"미안, 다음에 내가 살게!"

앞서 달리는 덩치가 보인다. 검정 트레이닝복을 입고서 일정한 빠르기로 공단을 주파하는 유중혁. 주변에서 중얼거리는 공민들 목소리가 들려왔다.

"또 뛰네, 저 녀석."

"스킬 쓰면 되는데, 왜 미련하게 저런 짓을 하지?"

"벌써 석 달째야."

처음 듣는 이야기였다. 한수영은 사내의 뒤를 쫓으며 뒷모습을 관찰했다. 확실히 공민들 말대로였다.

어떤 스킬도 사용하지 않고 순수한 근력만으로 움직이는 육신.

가볍게 숨을 몰아쉰 한수영이 스킬을 발동해 사내의 곁으로 따라붙었다.

"뭐 하냐?"

땀으로 흠뻑 젖은 유중혁이 흘끗 한수영을 바라보곤 눈길을 돌렸다.

"마라톤이라도 나가게? 하긴, 너도 새로운 세계에서 직업을 가지긴 해야 할 테니까—"

그녀의 도발에도 유중혁은 대답이 없었다. 이번에는 또 무슨 말을 해서 벽창호의 입을 열어야 할까 생각하던 찰나, 지나가던 사람들이 중얼거렸다.

"저기 봐, 바보가 하나 더 생겼어."

저것들이 진짜.

한수영이 대거리를 하려는 순간, 유중혁이 입을 열었다.

"달리고 싶어서 달린다."

"왜. 속이 답답하냐?"

유중혁은 대답하지 않았다. 그 대신, 아주 희미한 그림자가 얼굴을 스쳤다. 한수영은 그 표정의 의미를 온전히 이해할 수는 없었지만, 어쩐지 조금은 알 것 같은 기분이기도 했다.

"너는 그 소설을 얼마나 읽었다 했지?"

뜻밖의 질문에, 한수영은 떨떠름하게 대답했다. 설마 유중혁이 그걸 물을 줄은 몰랐기 때문이다.

"그냥 초반만 조금."

"그 세계에서 본래의 나는 어떤 사람이었지? 예를 들면 0회차나, 1회차의 나는……."

"갑자기 뭔 헛소리야. 그런 걸 왜 물어?"

"요즘 예전 일이 잘 기억나질 않는다."

처음 듣는 이야기였다.

"기억이 안 난다고?"

"아예 나지 않는 것은 아니고, 굉장히 단편적이다."

"회귀를 1,000번도 넘게 했는데 나라도 그러겠다."

농담처럼 말했지만, 한수영은 왜 유중혁의 기억이 불명확한지 알 것도 같았다. 엄밀히 따지면, 유중혁은 '멸살법'이라는 소설 속 주인공이었다. 그의 모든 정보는 작가의 설정값이고, 작가가 이야기하지 않은 것은 '존재하지 않는 것'이었다.

멸살법은 유중혁의 3회차부터 시작하는 소설.

그러니 유중혁이 0회차부터 2회차까지의 기억을 온전하게 반추하지 못하는 것은 당연한 일인지도 모른다.

"그때의 네가 어땠는지가 중요해?"

그것이 설정값의 문제이든, 아니면 정말로 까먹은 것이든…… 어차피 지나간 시간은 지나간 시간일 뿐이다. 뻔한 조언이라 해도 한수영은 그렇게 말해주고 싶었다. 중요한 것은 과거가 아니라 지금부터 일어날 일이라고.

하지만 유중혁은 이렇게 대답했다.

"나에겐 중요하다."

규칙적으로 숨을 몰아쉬는 유중혁. 어떤 스킬의 도움도 없이 육체를 혹사하는 유중혁을 보며, 한수영은 갑자기 뭔가를 알 것 같은 기분이었다.

「유중혁은 이 세계에서 '시나리오'를 가장 잘 수행할 수 있는 사람이었다.」

누구보다 시나리오를 잘 클리어할 수 있었던 패왕은, 역설적이게도 시나리오가 끝나자 그 쓸모가 사라졌다.

시나리오가 끝난 세계에서 유중혁은 이제 무엇이 되는 것일까.

한수영은 몇 번이나 입술을 달싹였다.

"그때도 너는 유중혁이었겠지. 회귀자가 될 유중혁."

언젠가 유중혁의 입으로 했던 그 말을 돌려주는 것. 그것이 한수영이 할 수 있는 전부였다. 한수영은 화제를 돌리기 위해 재빨리 말을 이었다.

"그보다, 할 말이 있어서 왔어. 너도 알겠지만 이 세계선의 김독자는—"

"아바타지. 알고 있다."

역시 알고 있었군. 한수영은 곧바로 한마디를 쏘아붙이려다가 다시 입을 다물었다.

여기까지 오는 것은 어렵지 않았다.

하지만 막상 도착하자, 쉽게 입이 떨어지지 않았다.

이 '유중혁'에게, 멸살법을 기억하는 김독자를 구하러 가자고 말하는 것이 옳은 일일까.

그 답을 알 수가 없어서, 한수영은 그저 혀끝에 맴도는 말을 삼킬 뿐이었다. 그런데 먼저 입을 연 것은 유중혁이었다.

"놈을 구하려면 '최후의 벽' 너머에 있는 지하철로 다시 가야 한다. 문제는 평범하게 세계선을 넘는 방식으로는 다시 그곳에 도달할 수 없다는 것이다."

잠시 동요하던 한수영이 곧바로 답했다.

"다시 '최후의 벽'을 열면 그곳으로 갈 수 있어. 문을 열 '파편'들을 모아야 해. 이미 파편 하나는 있는 것 같은데."

「라고 한수영은 말했다.」

간헐적으로 들려오는 [제4의 벽]의 메시지. 이제 한수영도 그것을 어렴풋이 들을 수 있었다. 마치 이 세계를 설명하듯 불규칙적으로 끼어드는 문장들.

아마도, 이 세계선의 김독자가 가진 [제4의 벽]에 기록되는 문장일 것이다.

"문제는 다른 파편이야."

유상아가 가지고 있던 '윤회를 결정하는 벽'.

정희원과 이길영이 가지고 있던 '선악을 가르는 벽'.

그리고 장하영이 가지고 있던 '불가능한 소통의 벽'.

그 벽들은, '최후의 벽'을 열 때 함께 소멸해버렸다. 분명 다시 구할 방법이 있긴 할 텐데, 지금의 한수영으로서는 답을 찾을 수가 없었다.

"한수영."

"왜."

"지금까지 세 바퀴다."

세 바퀴?

그 말을 들은 순간에야, 한수영은 눈앞에 아까와 같은 풍경이 펼쳐지고 있다는 사실을 깨달았다. 처음 이 지역에 들어섰을 때 본 광경. 그들은 거대한 원을 그리며 돌고 있었다.

"너는 뭘 보았지? 나는 탑 위의 새를 보았다."

유중혁이 말하고 있었다.

"늘 이 시간이 되면 날아오는 새들이지."

"……."

"저 카페는 늘 이 시간이 되면 북적거리지."

"너……."

"카이제닉스의 첨탑의 시계를 본 적이 있나? 초침과 분침, 시침에는 각각 다른 사람의 얼굴이 양각되어 있지. 네 얼굴도 있다."

유중혁의 문장을 따라, 한수영은 고개를 돌렸다. 유중혁이 사생한 그대로의 세계가 그곳에 있었다. 아마도, 유중혁은 몇 번이고 같은 원을 반복해서 돌며 이 풍경을 지켜봤을 것이다.

"저딴 걸 왜 보고 있는데? 드디어 돌아버린 거냐?"

유중혁이 홀로 그리고 있었을 거대한 원이 안타까워서, 한수영은 그렇게 말할 수밖에 없었다. 그러자 유중혁이 말했다.

"한 번 더 뛰면."

어느새 멈춰선 유중혁이 묻고 있었다.

"다시 한 번 더 뛰면, 잘 볼 수 있을 거라 생각하나?"

한수영이 자리에 멈춰 섰다.

[화신 '유중혁'의 성흔이 희미한 빛을 뿜습니다.]

사실은 알고 있었다. 아까 전부터 이게 다 무슨 소리인지 알고 있었다. 하지만 모른 척하고 싶었다.

그 방법은, 방법이 아니라고 생각했기 때문이다.

"너—"

김독자를 구할 방법.

사라진 세 개의 '파편'을 다시 모을 방법.

오직, 유중혁만이 할 수 있는 방법.

「그것은, 그 '벽'이 존재하는 세계로 돌아가는 것. 그리하여, 그 시나리오의 지옥도를 다시 한번 걷는 것.」

"너 혼자 또 그 짓을 하겠다고?"

자신도, 김독자도 그런 것은 원하지 않는다. 게다가 유중혁이 아무리 대단해도 혼자서는—

"혼자는 못 한다."

담담한 유중혁의 선언에, 한수영이 눈을 끔뻑였다.

"그래서 물은 것이다. 너는 뭘 보았냐고."

꿈틀거리는 유중혁의 근육에서 초월의 격이 떠오르고 있었다. 성좌의 힘을 넘어선 그의 초월형이 진화하고 있었다.

[화신 '유중혁'의 성흔이 진화 중입니다.]

한수영은 자신이 지나온 거리를 돌아보았다. 첨탑의 시계들이 움직이는 것이 보였다. 열심히 움직이는 초침 위로, 멍청한 자신의 얼굴이 새겨져 있었다.

만약, 저 시간을 다시 한번 달릴 수 있다면 어떨까. 그러면, 더 잘 달릴 수 있을까.

어쩌면 할 수 있을 것이다.

누구보다 철저하게 준비한다면.

그리고…… 이 세계를 함께 살았던 동료들이 함께할 수만 있다면.

돌아보자, 이미 그 거리를 무수히 달려본 회귀자가 그녀를 보고 있었다.

"네 도움이 필요하다, 한수영."

[성흔, '회귀'가 '집단 회귀'의 가능성을 획득합니다!]

7

0회차를 지켜본 지도 어느새 두 달이 지났다.

그동안 깨달은 사실이 한 가지 있다면, 어떤 회차든 유중혁은 유중혁이라는 것이다.

"아무도 선택하지 않겠다."

[화신 '유중혁'이 자신의 배후성을 선택하지 않았습니다.]

이걸로 벌써 두 번째 배후 선택이 끝났다.

중간에 있었던 돌발성 배후 선택 이벤트까지 포함하면 총 세 번.

유중혁은 그 세 번 중에 한 번도 배후성을 선택하지 않았다.

물론 그중 첫 번째는 나 때문에 선택을 못 한 거지만.

녀석의 뒤통수를 갈긴 손바닥이 아직도 아팠다. 초반 시나리오에 개입해 중요 이벤트에 돌입한 화신을 기절시켜버렸으니, 아무리 나라고 해도 타격이 없을 수는 없었다. 어쨌거나 그때부터 유중혁은 '배후 선택'에 엄청난 경계심을 보이고 있었다.

「성좌…… 갑자기 나를 기절시킬 수 있는 놈들이다. 함부로 믿어서는 안 돼.」

내 입장에서는 안타까운 일이었다. 그러나 나 외에 다른 녀석들도 선택을 못 받기는 마찬가지니, 그렇게 나쁠 건 없기도 했다.

[성좌, '심연의 흑염룡'이 왜 자기를 선택하지 않냐며 불평합니다.]

[성좌, '손톱을 먹는 쥐'가 화신 유중혁의 손톱을 탐합니다.]

[성좌, '인류의 시조'가 화신 유중혁에게 관심을 갖습니다.]

[성좌, '악마 같은 불의 심판자'가 화신 유중혁의 행동에 의아해합니다.]

시일이 지나며 비형의 채널은 차츰 커졌고, 내가 아는 수식언의 숫자도 제법 늘었다.

[성좌, '구원의 마왕'이 '악마 같은 불의 심판자'에게 인사합니다.]

[성좌, '악마 같은 불의 심판자'가 콧방귀를 뀝니다.]

우리엘…….

[성좌, '긴고아의 죄수'가 킬킬 웃습니다.]

[성좌, '구원의 마왕'이 '긴고아의 죄수'에게 반갑게 인사합니다.]

[성좌, '긴고아의 죄수'가 콧구멍을 파기 시작합니다.]

그래, 이게 멸살법이었지.
나한테 익숙한 성좌들의 모습만 떠올리다 보니 잠깐 잊고 있었다.

[성좌, '심연의 흑염룡'이 다른 성좌들에게 '구원의 마왕'은 관종이니 조심하라 경고합니다.]

물론 그중에서도 제일 얄미운 건 저 자식이었다. 내가 코인 소모를 무릅쓰고 한마디를 하려는 찰나, 비형이 입을 열었다.

[패왕 유중혁, 정말로 배후성을 선택하지 않을 겁니까? 잘 생각하는 게 좋을 텐데요.]

"안 한다."

[흐흠, 자, 배후성에 지원하신 성좌님들. 이번에는 특별히 저 화신에게 어필할 기회를 드리겠습니다!]

유중혁 덕분에 다수의 '화신 찾기' 집단을 갖게 된 비형은 온종일 얼굴에서 미소가 떠나지 않았다. 지금이 한탕 할 기회라는 걸 깨달았겠지.

잠시 후 내 눈앞에 메시지 창이 떠올랐다.

[도깨비 비형이 제공하는 특별 후원 기회!]

[당신이 원하는 화신에게 아이템을 후원하세요!]

무심코 '확인'을 누르려다가 창 아래에 작게 표시된 경고문을 읽었다.

* 해당 상품 구매 시 3,500코인이 자동 차감됩니다.

나는 가볍게 한숨을 내쉬었다.

[보유 코인: 500C]

「**바 보** 김독 자」

마지막 시나리오를 깨며 〈김독자 컴퍼니〉의 금고를 탕진했기에, 남은 코인이 있을 리 없었다.

'가장 오래된 꿈'의 권한으로 코인을 양산할 수는 없을까 고민도 해보았지만, 지금 내 힘으로는 효율이 떨어져 보류한 상태였다.

[성좌, '심연의 흑염룡'이 자신과 계약하면 당신의 흑염룡을 멋지게 만들어줄 수…….]

[성좌, '술과 황홀경의 신'이 자신과 계약하면 <올림포스>의 전설주를 특전으로…….]

[성좌, '매금지존'이 자신과 계약하면 중급 스타터 팩을…….]

허공에서 쏟아지는 성좌들의 후원 메시지.

나조차 받지 못한 초반 특전을 주겠다는 성좌가 줄을 서고 있었다.

원작대로였다면 3회차의 유중혁도 이 정도의 초반에 주목받지는 못했다. 그런데 왜 고작 0회차가 이렇게 유명해졌냐고? 이유는 간단했다.

[화신 '유중혁'이 성좌들의 제안을 거절했습니다.]

"그 정도로는 부족하다."

0회차 유중혁의 간덩이가 부어버렸기 때문이다.

"그딴 걸 준다는 놈들은 많아. 히든 피스 정보를 알려줄 녀석은 없나?"

[성좌, '매금지존'이 땀을 삘삘 흘리며 그런 건 잘 모른다고 말합니다.]

"미래의 계시 같은 걸 보여줄 수 있는 놈도 없나?"

[성좌, '하늘 걸음의 주인'이 그걸 유출하는 것은 불법이라고 말합니다.]

"구원의 마왕보다도 못한 놈들이군."

[일부 성좌가 '구원의 마왕'이 대체 누구인지 궁금해합니다!]

그렇게 '구원의 마왕'은 본인 의도와는 무관하게 0회차에 맹렬한 유명세를 떨치는 중이었다.

—구원의 마왕! 미래 계시의 유출자?

—〈올림포스〉, 계시 유출은 개연적으로 불가능하다고 밝혀…….

—마왕 협회, '구원의 마왕'이란 마왕은 존재하지 않는다고 선언.

—심연의 흑염룡, '구원의 마왕'은 예전에 본인이 쓰던 수식언이랑 비슷하다고 주장…….

〈일간 스타 스트림〉을 통해 들어오는 정보를 읽으며, 나는 새삼 성좌의 삶이란 어떤 것인지 자각하고 있었다. 화신에서 성좌가 되는 것과, 시나리오 시작부터 성좌인 것은 이토록 달랐다.

[당신의 유명세가 <스타 스트림>에 알려지기 시작합니다.]

[일부 호사가들이 '사기꾼 구원의 마왕'의 노래를 지어 퍼뜨립니다.]

[유명세 상승으로 5,000코인을 획득했습니다.]

어쨌거나 내게 그리 나쁜 상황은 아니었다.

[헤헤. '구원의 마왕'님. 이번 달도 채널 구독 계속하실 겁니까?]

[성좌, '구원의 마왕'이 당연히 할 거라 대답합니다.]

[마왕님 덕에 이번 달 매출이 크게 올랐습니다. 저, 실례가 안 된다면 마왕님의 진명이 어떻게 되시는지…… 솔직히 마왕님처럼 개연성을 쥐똥으로 여기시는 분은 처음 봤습니다. 아, 하하하. 이건 물론 칭찬입니다!]

[성좌, '구원의 마왕'이 진명은 말할 수 없다고 말합니다.]

[그렇습니까? 아쉽군요. 사실 저는 마왕님처럼 대단한 분이 제 채널에 쭉 계셔주시는 게 조금 의아하기도 합니다. 저는 딱히 대단한 뒷배가 있는 것도 아닌데…….]

자신 없는 표정의 비형.

나는 그런 비형을 바라보다가 이렇게 말해주었다.

[성좌, '구원의 마왕'이 자신은 빚을 갚는 것뿐이라 말합니다.]

한 번 읽은 책은 전보다 힘을 들이지 않고 읽을 수 있다. 그러나 전혀 뜻밖의 곳에서 애를 먹기도 한다.

내게 0회차는 그와 비슷한 느낌이었다.

[화신 '유중혁'이 자신의 배후성을 선택하지 않았습니다.]

어떤 의미에서 유중혁의 0회차는 나의 세계선과 비슷했다.

정해진 전개에서 한참이나 멀어진 이야기.

이쯤 왔으면, 이미 본래 0회차의 전개대로 돌아가기는 무리겠지.

"중혁 씨. 바리케이드는 여기 설치하면 되겠습니까?"

강철검제 이현성.

"어이 대장! 나한테도 검술 가르쳐주기로 했잖아!"

망상악귀 김남운.

"사부. 이번 시나리오 끝나고 아이템 파밍 좀 다녀와도 돼요?"

해상제독 이지혜.

그리고 여기에, 본래의 0회차에는 없었을 인물 하나가 추가되었다.

「금호역을 지날 때, 꼭 그 사람을 영입해.」

어쩌면 그것은 내 욕심이었다.

이 세계에는 유상아도, 이길영도, 나도 없지만…….

적어도 한 사람, 영입할 수 있는 〈김독자 컴퍼니〉 멤버가 있었다.

"현성 씨. 거기 비뚤어졌잖아요."

멸악의 심판자, 정희원.

다른 일행들이 빠뜨린 사항을 하나하나 점검하는 정희원을 보며, 나는 오래된 감회에 젖었다.

「"난 그때 되게 좋았어요. 같이 백화점 가서 옷도 사고, 멋지게 <에덴> 방문했을 때."」

49퍼센트의 아바타 쪽에 많이 넘겼음에도, 여전히 내게는 많은 기억이 남아 있었다. 폭풍처럼 밀려오는 기억의 페이지 위에서, 나는 길을 잃지 않기 위해 정신을 집중했다.

「"그래서, 당신은 이렇게밖에 못하는 사람인 거야. 그렇지?"」

내가 기억하는 정희원은 잘 있을 것이다.

그 세계의 이야기는 무사히 끝났으니까. 그곳의 나와, 일행들과 함께. 한강에 가고, 바다에 가고, 평화로운 일상을 보내고 있을 것이다.

나는 세뇌하듯 중얼거리며 지금 눈앞의 당면한 세계에 집중하려 애썼다.

「이 곳 도 *너의* 세 계는 **아** *니야*」

알아.

「이제 김독자의 세계는 어디에도 없다.」

모든 세계가 꿈인 존재에게, '단 하나의 현실' 같은 것은 의미가 없다.

나는 그 사실을 잊기 위해 눈앞의 광경에 몰두했다. 차라리 생각 없는 성좌가 되는 편이 좋았다. 시나리오를 즐기고, 원하는 상황을 만들어내는 이야기의 탐식자가 되어버리면 그 모든 것들을 잊을 수 있었다.

"오라버니! 이 미아가 해냈어요!"

그리고 다행히도, 이 이야기는 내가 가장 좋아하는 이야기였다.

"남들 앞에서 그런 말투 쓰지 말라고 했잖아."

"힝."

동생의 말투를 지적하는 유중혁을 보며 새삼 쓴웃음이 나왔다.

네 말투나 고쳐라, 자식아.

아무리 프로게이머라지만 저놈도 사람이랑 대화라는 걸 했을 텐데. 어떻게 저딴 말투로 사회생활이 가능했을까.

얼굴의 개연성인가?

"곧 네 번째 시나리오가 시작된다. 모두 준비해라."

유중혁은 내가 전해준 정보를 통해 조금씩 성장했다.

「김남운이 엇나가지 않도록 잘 관리해. 그놈은 널 동경하니까 그걸 이용하면 편할 거야. 처음부터 악한 사람은 없다는 걸 명심해.」

막대한 개연성을 희생해서 매번 전해준 정보들.

「극장 던전에서는 까불지 말고 차분하게 진행해. 마지막 보스는 정신계 공격을 거는 놈이니까 가기 전에 꼭 이 스킬을 —」

「공필두는 초반 시나리오에서 잘 묶어두면 유용하게 쓸 수 있어. 아주 못된 아저씨는 아니니까 잘 회개시켜봐. 힌트는 —」

처음에는 의심하던 유중혁도, 내 조언이 하나둘 맞아떨어지자 차츰 신뢰를 보이기 시작했다.

하긴, 누구 덕에 여기까지 왔는데.

솔직히 아직도 '구원의 마왕'을 배후성으로 선택하지 않은 걸 보면 좀 괘씸할 정도다.

"그런데 대장은 어떻게 그렇게 시나리오를 잘 알아요?"

"도와주는 녀석이 하나 있다."

"도와주는……?"

다행히 0회차의 유중혁은 아예 은혜를 모르는 녀석은 아니었다.

—다음 계시를 내놔라.

유중혁은 무려 30만 코인이라는 거금을 비형에게 지불하여 일대일 비밀 통신을 개설했다. 내가 주요 정보를 제공하니 당연한 선택이었겠지만, 그래도 내심 기특했다.

[성좌, '구원의 마왕'이 화신 '유중혁'에게 '계시의 편린'을 하사합니다.]

「네 번째 시나리오의 핵심은 '절대왕좌'야. 명심해야 할 것은, 절대로…….」

ㅊㅊㅊㅊㅊ…….

녀석에게 정보를 건네줄 때마다, 막대한 양의 개연성이 소진되고 있었다.

이 세계의 기본 단위는 '이야기'. 유중혁의 뒤통수를 갈기는 것보다 미래를 누설하는 것이 개연성을 더 많이 해치는 것은 당연지사였다.

"놈들이다!"

밀려오는 적들을 보며, 유중혁의 일행들이 동시에 병장기를 꺼내 들었다.

이제 곧 네 번째 시나리오의 최종막이 시작될 것이었다.

[제4의 벽]이 말했다.

「네 가 무슨 짓을 하는 *건 지* **알**지」

파스스스, 하는 소리와 함께 내 손끝이 녹아내리고 있었다.

나는 서울 7왕과 맞서 싸우는 유중혁의 모습을 보았다. 녀석의 손에서 번뜩이는 진천패도가 용맹한 울음을 터뜨렸다.

「네 가 아무**리 노**력 *해 도*」

0회차의 이야기는 본래의 원작과 완전히 달라졌다.

이 세계선에서, 유중혁은 다른 어떤 유중혁과도 다른 길을 걸을 것이다.

「저 **녀 석** 은 벽 **의너**머 *를 볼* **수** 없어」

[제4의 벽]의 말이 무슨 뜻인지 알고 있었다.

이 세계선에는 [제4의 벽]을 얻을 방법이 존재하지 않는다. 그 말은 즉, [최후의 벽]을 열 수 있는 마지막 열쇠가 없다는 뜻이었다. 무슨 짓을 해도 0회차의 유중혁은 그 열쇠를 구하지 못할 것이다.

하지만 녀석이 [최후의 벽]을 넘을 수 없다고 해서, 녀석의 불행을 의미하는 것은 아니다. 적어도 내가 '가장 오래된 꿈'인 한, 시나리오가 끝나도 녀석의 세계선은 멸망하지 않을 테니까.

「**어떤 진실은, 존재 자체로 모두를 불행하게 만든다.**」

나는 녀석에게 '진실'을 보여줄 수는 없어도, 이 이야기의 온당한 '종막'은 보여줄 수 있을 것이다.

[축하합니다! 화신 '유중혁'은 '절대왕좌'의 모든 시험을 통과했습니다.]

마침내 서울 7왕을 모두 물리친 유중혁이 절대왕좌 앞에 섰다. 밤하늘이 빛을 토하고 있었다. 서울 돔의 모든 성좌, 그리고 광화문에 모인 모든 시민이 유중혁의 행동을 주목하고 있었다.

유중혁은 품속에서 천천히 한 자루의 칼을 뽑아 들었다.

사인참사검.

나는 북두성군을 대신하여 녀석에게 힘을 보태주었다.

[성좌, '구원의 마왕'이 화신 '유중혁'을 바라봅니다.]

하나둘 밝혀지기 시작하는 일곱 개의 별자리. 유중혁이 쥔 사인참사검이 눈부신 광휘를 일으키며 성유물로 진화하고 있었다.

[외신들이 당신의 가공할 힘에 경악합니다!]

[북두성군들이 당신의 존재에 깜짝 놀라 기함합니다!]

[한반도의 모든 성좌가…….]

"나는 네놈들처럼 추한 인간들을 대표할 생각이 없다."

유중혁이 말을 이었다.

"네놈들처럼 추잡한 성좌들의 노리개가 될 생각도 없고. 나는 절대왕좌에 앉지 않을 것이다."

언젠가 들었던 것도 같은 말들.

유중혁의 검이 움직이고 있었다.

"그리고, 다른 누구도 이 왕좌에 앉지 못하게 할 것이다."

사인참사검.

성유물에 담긴 성좌의 연을 끊는 검. 유중혁은 그 검을 절대왕좌를 향해 내리쳤다. 내리치고, 내리치고, 또 내리치고.

이내 쩌저저적, 하는 소리가 울려 퍼졌다.

〈스타 스트림〉의 밤하늘이 백야처럼 밝아졌고, 범람하듯 메시지가 터져나왔다. 시나리오의 뒤틀림으로 인한 개연성 후폭풍이 시작되고 있었다.

나는 조용히 손을 뻗어 범람하는 후폭풍을 막아냈다.

[세계선이 당신의 지나친 간섭에 불만을 갖습니다!]

[해당 '덮어쓰기'는 당신의 장악력을 넘어선 행위입니다!]

[당신의 설화 일부가 소실됩니다!]

지금의 유중혁은 0회차였다.

회귀자가 아니니 미래의 정보도 알지 못했고, [전승]을 통해 지난 회차에서 사용한 기술을 복원할 수도 없었다.

앞으로의 시나리오는 더욱 힘들어질 것이다.

녀석은 나처럼 [책갈피]를 쓰지도 못하고, [전지적 독자 시점]을 쓰지도 못한다.

「그렇기에 김독자는, 그 부족한 부분을 무엇으로 채워야 할지 알고 있었다.」

유중혁은 회귀하지 않을 것이고.

'은밀한 모략가'가 되지 않을 것이며.

세계선을 떠도는 불행한 순례자가 되지도 않을 것이다.

이 세계에서, 유중혁이 온당히 맞아야 할 끝을 볼 것이다.

[화신 '유중혁'이 최초의 설화를 획득했습니다!]

[화신 '유중혁'의 새로운 설화가 생성됩니다.]

하늘을 올려다보는 유중혁. 그 유중혁의 배후에서 백호의 형상을 띤 설화가 나를 바라보고 있었다. 한때 나를 지켜주던 바로 그 설화였다.

[설화, '왕이 없는 세계의 왕'이 탄생했습니다.]

부서져 나가는 오른손 엄지 사이로, 환희에 찬 유중혁의 얼굴이 보였다.

이 이야기에 '김독자'는 없을 것이다.

「그럼에도 그것은, 김독자가 정말로 만들고 싶었던 이야기.」

천천히 눈을 감자, 눈앞에 페이지가 떠오르는 것 같았다.

이미 누군가가 낙서처럼 흔적을 남겨 놓은 오래된 페이지.

「그 순간 김독자는 결심했다. 원작에는 없었던 그 이야기를, 자신이 직접 써보기로.」

나는 그 페이지 위에 뭔가 쓰기 시작했다.

한 장, 두 장. 그리고 페이지가 넘어갈 때마다 시간이 흘렀다.

5번, 6번, 7번, 8번…….

시나리오가 넘어갈 때마다 손가락이 하나씩 사라졌다.

사라진 손가락은 시간이 지나며 다시 자라났으나, 예전보다 크기가 줄어 있었다. 나는 그 손가락으로 계시를 썼다. 원작의 유중혁이 원했던 끝. 내가 보고 싶었던 결말. 내가 실수했던 것과 새로이 알게 된 것들.

그 모든 이야기가 하나가 되어, 곧 설화가 되었다.

그렇게 시간이 얼마나 흘렀을까.

나는 천천히 눈을 떴다.

「마침내, 0회차의 유중혁은 시나리오의 최종장에 도달했다.」

8

유중혁의 진천패도가 허공을 갈랐다. 앞길을 가로막는 성좌들을 베었고, 그들의 수족이 된 화신들을 베었다.

유중혁은 정말 열심히 싸웠다.

그의 뒤에는 함께 시나리오를 헤쳐온 일행들이 있었다. 이지혜, 이현성, 정희원, 신유승, 김남운, 이설화, 공필두…….

—시스템 오퍼레이션. 이쪽은 준비 끝났어요, 대장.

서울 7왕도 함께 있었다. 은둔한 그림자의 왕 한동훈과, 미희왕 민지원.

—가, 유중혁!

초월좌들의 왕 장하영도 보였다.

—이쪽은 우리가 맡겠다, 패왕.

거기에 페이후나 란비르 칸을 비롯한 다른 나라의 화신들.

그의 숙적인 안나 크로프트조차 그를 도왔다.

[성좌, '긴고아의 죄수'가 화신 유중혁을 응원합니다!]

[성좌, '악마 같은 불의 심판자'가…….]

[성좌, '심연의 흑염룡'이…….]

그 어떤 회차도 그보다 완전할 수는 없었을 것이다.

"진군한다, 파천맹."

파천맹破天盟. 그것이 유중혁이 만든 연합의 이름이었다.

내가 완성했던 결말과, 1,863회차의 한수영이 보여주었던 설계.

내가 알고 있는 멸살법의 모든 회차의 정수가 집약된 설화들이 이야기를 시작하고 있었다.

[설화, '왕이 없는 세계의 왕'이 기염을 토합니다!]

[거대 설화, '마계의 봄'이 이야기를 시작합니다!]

[거대 설화, '빛과 어둠의 계절'이 이야기를 시작합니다!]

지금까지의 모든 이야기가 오직 이 순간을 위해 존재했던 것처럼.

[어떻게, 벌써……? 너는 아직 이곳에 올 수 없는—]

마침내 부서진 방주 너머에서, 경악한 도깨비 왕의 표정이 보였다.

유중혁과 파천맹의 일행들은 망설이지 않고 녀석을 향해 돌격했다.

[어리석은 화신들이여, 나를 죽이는 것은 아무런 의미도 없다. 〈스타 스트림〉이 멸망하면 너희도 사라질 것이다. 사건이 종결된 세계선은 버려진다. 그런 세계선은 누구도 보려 하지 않는다!]

도깨비 왕은 몸부림쳤다. 자신의 말이 옳다는 것을 증명하려는 듯, 그는 자신의 모든 설화를 동원해 싸웠다. 그러나 역부족이었다. 설화를 토하며 무릎을 꿇은 도깨비 왕은 주저앉으면서도 웃었다.

[너희는 끝이다. 곧 이 세계선의 멸망이 시작될 것이다. 그분께서 이런 이야기를 원할 리…….]

그러나 그의 예상과는 달리, 멸망은 시작되지 않았다. 〈스타 스트림〉은 건재했다.

도깨비 왕이 눈을 부릅떴다.

[<스타 스트림>의 최종 시나리오가 종료됐습니다.]

[설마……?]

마지막 순간 도깨비 왕은 자신의 등 뒤를 바라보았다. 드넓은 '최후의 벽' 너머에서 자신을 보고 있을 누군가의 시선을 헤아리듯이.

그리고 다음 순간, '최후의 벽' 위에 문장이 떠올랐다.

「<**스타 스트림**>**의 전설, 패왕 유중혁.**」

화면 위로 떠오르는 자막. 삑— 하는 소리와 함께 패널이 꺼졌다. 검은 패널 위로 교실의 정경이 비치고 있었다.

옹기종기 앉은 아이들의 모습. 아이들의 반짝이는 눈은 패널 옆에서 강의를 준비하는 사내의 얼굴을 보고 있었다.

사내가 천천히 입을 열었다.

"내가 유중혁이다."

.

.

.

"아이들이 굉장히 좋아했어요, 중혁 씨. 강의 잘하시던데요."

"재미없는지 다들 지루해하더군."

무뚝뚝한 유중혁의 목소리에 이설화가 쓴웃음을 지었다.

"그렇지도 않아요."

유중혁은 아무런 표정 변화 없이 코트를 걸쳤다.

「어느새, 0회차의 세계에서 시나리오가 종결된 지도 오 년이 지났다.」

시나리오가 끝난 후, 유중혁과 동료들은 세계를 재건하기 시작했다.

한동훈은 정부 사람들과 접선해 체제를 만들었고, 이현성과 정희원은 범죄 단체의 테러를 제압했다.

이지혜는 국경을 지키며 외국 화신들과의 국제 협약을 도왔고, 이설화와 신유승은 시나리오 속에서 부모를 잃은 아이들을 구조했다.

시설인 '별 헤는 밤' 또한 그렇게 만들어졌다.

시설을 나서며 유중혁은 자신을 올려다보는 어린아이들을 바라보았다. 별들이 만든 고아였다. 이제 사라진 별을 헤며 자라갈 아이들.

"그런데 아저씨."

한 아이가 유중혁의 옷깃을 잡았다. 유중혁이 돌아보자, 용기를 낸 아이가 손가락을 들어 유중혁의 머리를 가리켰다.

"머리카락이 반짝거려."

시나리오가 끝나고 칠 년이 지났을 무렵, 유중혁은 결혼을 했다. 상대는 이설화였다.

눈물을 찍는 이지혜와, 주례를 보는 공필두. 부케를 받은 정희원…… 대학 수업을 제쳐두고 달려온 신유승이 축가를 불렀다.

아이는 갖지 않았다. 두 사람 모두 아이를 원하지 않았기 때문이다.

—이미 이 세계에는 부모가 필요한 아이가 많아요.

그들은 시설을 세워 아이들을 돌보았다.

두 사람다운 선택이었다.

「시간은 계속해서 흘렀다. 십 년, 십오 년…….」

결말을 읽기 위해 점점 빠르게 넘어가는 페이지처럼, 0회차의 시간은 흘러갔다. 유중혁은 정직하게 나이를 먹었다. 정확히는 오직 유중혁만이 나이를 먹었다. 시나리오를 클리어하며 유중혁이 얻은 특성 때문이었다.

전설급 특성, [전력의 삶].

수천 번의 회귀 속에서, 유중혁은 한 번도 그 스킬을 선택한 적이 없었다. 회귀자인 그는 선택할 필요가 없기 때문이었다.

「정해진 수명을 사는 대신, 자신의 모든 재능을 폭발시키는 특성.」

하지만 지금의 그는 0회차였다. 회귀로 얻은 경험도, 재능도 부족한 상황. 그랬기에 그는 그 특성을 선택했다. 이 특성이 있어야만 남은 시나리오를 모두 클리어할 수 있었기 때문이다.

"사부 올해 몇 살이죠?"

"나이 같은 건 잊었다."

"음, 시나리오 끝난 지 이십 년이니까…… 맙소사. 벌써—"

"인간은 모두 늙다가 죽는다."

"아 사부, 진짜……!"

〈스타 스트림〉의 시스템이 있는 한 불사의 꿈은 불가능한 것이 아니었다. 파천검성이나 키리오스처럼 수백 년, 혹은 수천 년을 살아가는 이도 드물지 않았으니까. 그뿐만 아니라 설화를 쌓아 성좌가 되면, 말 그대로 영원의 삶을 누릴 수도 있다. 하지만 유중혁은 그렇게 하지 않았다.

「누구도 희생하지 않는 이야기는 없다.」

관리국이 멸절하고, 성좌들이 추락한 밤하늘.

그 하늘을 바라보며 유중혁은 세계의 낮과 밤을 살아갔다.

「그리고 이십오 년.」

마침내 반백의 머리가 된 어느 날, 유중혁은 도시를 떠났다.

"대장, 진짜로 이런 촌구석에 틀어박혀 살 거예요?"

"나는 시끄러운 것은 질색이다."

"설화 언니는 어쩌고요? 너무 이기적인 거 아니에요?"

유중혁은 말없이 진천패도를 닦았다. 더 이상 벨 것이 남아 있지 않은 세계에서, 쓸모를 잃은 검을 수련하는 것. 그것이 유중혁이 자신에게 남은 삶을 쓰는 방식이었다.

"검 수련 같은 건 공단에서도 충분히……."

그러나 신유승은 끝까지 말을 이을 수가 없었다. 맑은 진천패도의 검면에 유중혁의 얼굴이 비치고 있었다. 누구도 그를 육십대로 보지는 않을 것이다. 하지만, 그럼에도 불구하고.

유중혁은 언젠가 반드시 죽는다.

그리고 혼자 남은 이설화는, 유중혁이 없는 아주 긴 생을 살아가야 할 것이다.

몇 번이나 입술을 달싹인 신유승이 뭐라고 입을 열려던 순간, 김남운이 끼어들었다.

"패왕, 이제 정말 다 늙어빠졌구만! 올해는 내가 이기겠는데?"

의기양양하게 외친 김남운이 주먹에 감은 붕대를 풀며 유중혁에게 달려갔다.

"크아아아악! 팔! 팔! 아니, 눈!"

한 방에 나가떨어진 김남운이 바닥에 엎어져 끙끙거렸다. 일행들의 피식거리는 웃음소리. 손을 잡은 정희원과 이현성이 이야기 나누는 소리. 이지혜와 신유승이 티격태격하는 모습.

그 장면을 바라보며, 나는 그 위로 겹치는 문장을 읽었다.

「어쩌면, 나 역시 이런 풍경을 볼 수 있었을까.」

아마도 조금은 다른 풍경이었을 것이다. 내가 살던 세계는 〈스타 스트림〉이 멸망하고 시스템의 힘이 약해지고 있으니까.

내 세계의 사람들은 유중혁처럼 늙어갈 것이다. 그렇게 늙어가는 일행들 속에서, 나 역시 함께 늙어갈 수도 있었다.

떠나는 일행들을 보는 유중혁의 백발이 바람에 흩날렸다.

노인이 되었음에도 조금도 굽지 않은 등. 피부에는 여전히 탄력이 있었고, 팔 근육도 굳건했다.

그럼에도 분명 유중혁의 눈에는 예전 같은 총기가 없었다.

「김 독 자 너 무 오래 있 었 어」

[제4의 벽]이 말했다.

「하 나의 꿈 에 너무 오 래 있으 면 힘들 어 져」

그게 무슨 말인지 나도 알고 있었다.

나는 '가장 오래된 꿈'이고, 모든 세계를 공평하게 들여다보아야 할 의무가 있었다.

하지만 쉽사리 0회차를 벗어날 수가 없었다. 이 이야기를 여기서 끝내면, 결국 모든 비극이 다시 시작될 것만 같았다.

하지만, 언제까지고 이 이야기만 붙잡고 있으면—

"구원의 마왕."

고개를 든 유중혁이 나를 보고 있었다.

"아직도 이 이야기가 궁금한가?"

나는 잠시 망설이다 말했다.

[성좌, '구원의 마왕'이 그렇다고 대답합니다.]

"이 세계에는 이제 시나리오가 없다. 자극도, 파격도 없다. 그런데 너는 왜 아직, 이 이야기를 보려 하는 것인가?"

[성좌, '구원의 마왕'이 이것이 자신이 보고 싶었던 이야기이기 때문이라 답합니다.]

"너는 정말 이상한 녀석이다."

유중혁의 등 뒤에서 설화들이 떠오르고 있었다.

[설화, '왕이 없는 세계의 왕'이 '구원의 마왕'을 바라봅니다.]

[설화, '마계의 봄'이 '구원의 마왕'을 바라봅니다.]

[설화, '빛과 어둠의 계절'이 '구원의 마왕'을 바라봅니다.]

설화들이 나를 보며 이야기하고 있었다. 한때의 내가 얻었던 설화들. 그 설화가 빚어낸 기억들이, 유중혁의 등 뒤로 펼쳐지고 있었다.

내가 설계했고, 유중혁이 실천한 세계. 그리하여 완성된 0회차의 이야기.

"때로는 이 평화가 환상 같다는 생각을 한다. 다른 이에 의해 삶이 완성된 것 같은 느낌을 받을 때도 있다."

[성좌, '구원의 마왕'이…….]

"불행하다는 뜻은 아니다."

유중혁이 희미하게 웃었다. 녀석이 그렇게 웃을 수 있는 사람이라는 것을 처음 알았기에, 나는 잠깐 멍하니 녀석을 바라보았다.

"어떻게 살아야 할지를 늘 고민했었다."

허공을 향해 가볍게 검을 휘두르며, 유중혁이 말을 이었다. 그의 검격에 그의 설화가 담겨 있었다.

정해진 법칙을 누구보다 잘 운용하는 화신.

평생에 걸쳐 시스템과 싸워온 유중혁은, 사실은 그 시스템이 있을 때 더 잘 해낼 수 있는 사람이었다.

"이기지 못하는 싸움은 내게 아무런 의미도 없었다."

누구보다 빠르게 상황을 판단하는 능력과 이해득실을 분별하는 능력. 전장의 유불리를 계산하는 재능.

"그런데 요즘은 가끔 궁금하군. 네가 돕지 않았다면, 나는 어떻게 되었을지. 이기지 못한 나는, 어떤 삶을 살게 되었을지."

0회차를 실패한 유중혁이 어떻게 살고 있는지, 나는 누구보다 잘 알고 있었다. 그 이후의 유중혁이 어떻게 되는지, 어떤 삶을 살아가고, 어떤 결말에 도달하는지도.

"네놈도 알고 있겠지. 이제 내 생은 얼마 남지 않았다."

9

유중혁이 비틀거리며 바닥에 검을 짚었다. 그의 눈동자가 투명하게 물들어가고 있었다. 오랜 싸움에 지친 그의 눈은 시력을 잃어가는 중이었다.

"네놈을 배후성으로 선택하면, 네놈 모습을 볼 수 있는 건가?"

[성좌, '구원의 마왕'이 고개를 젓습니다.]

"네놈은 대체 어디 있는 거지? 〈스타 스트림〉의 별은 모두 떨어졌는데, 어디에서 나를 지켜보는 것이지?"

유중혁은 계속해서 중얼거렸다.

"아니, 사실 나는 알고 있다. 너는…… 그 '벽' 너머에 있는 것이지."

나는 아무 말도 하지 못했다. 설마 0회차의 유중혁이 거기까지 눈치채고 있을 줄은 몰랐다.

유중혁이 말을 이었다.

"이 세계는 무언가 이상했다."

유중혁에게서 처음 듣는 노회한 목소리였다.

"나는 어느 날 갑자기 이 세계에 존재하게 되었다."

어느 날 갑자기 이 세계에 존재하게 된 사내.

"어린 시절의 기억도 없이, 갑자기 세상에 내던져져 삶을 살았다. 불법 작업장을 전전했고, 운 좋게 실장의 눈에 들어 프로게이머가 되었다. 그러던 어느 날, 누군가가 내 여동생이라는 아이를 내게 버렸다."

편의적으로 만들어진 삶. 비극이 되기 위해 만들어진 역경.

"부모를 찾은 적도 있었다. 그런데 아무리 찾아도 찾을 수가 없었다. 대통령의 숨겨둔 자식도 찾아내는 이들조차 내 부모를 찾지 못했다. 마치 처음부터 그런 것 따윈 세상에 존재하지 않았던 것처럼."

[성좌, '구원의 마왕'이…….]

"묻겠다, 구원의 마왕. 나는 누구지?"

심장이 울렁거렸다. 결국 유중혁이 그 의문에 도달하고 말았다는 사실이 나를 고통스럽게 만들었다.

무슨 말이든 해야만 했다. 무슨 말이든—

"네가 있는 그 벽 너머에 이 세계의 비밀도 있는 건가?"

[성좌, '구원의 마왕'이 지금 행복하지 않으냐고 묻습니다.]

"행복하다."

단 한 점의 망설임도 없이, 유중혁은 그렇게 대답했다.

"그렇기에, 나는 더욱 그 벽 너머가 궁금하다."

[성좌, '구원의 마왕'이…….]

"네가 내게 베푼 호의의 정체가 궁금하다. 내 삶의 의미는 대체 무엇인지, 나는 어디서 태어나 왜 이곳에 왔는지 궁금하다. 만약 한 번 더 기회가 있다면—"

어디선가 시곗바늘 소리 같은 것이 들렸다.

「김독자」

유중혁에게 '벽' 너머를 보여줄 수는 없었다. 아무리 내가 '가장 오래된 꿈'이라고 해도, 그것은 불가능했다. 유중혁이 계속해서 말했다.

"언젠가 네놈이 말했지. 너와 배후 계약을 맺으면, 내가 원하는 무엇이든 들어주겠다고. 그때는 의심스러워서 제안을 받아들이지 않았다. 하지만 지금도 늦지 않았다면……."

허공을 헤매는 유중혁의 손가락이, 언젠가 그에게 도달한 로그 메시지를 찾아냈다.

[성좌, '구원의 마왕'이 당신의 배후성이 되기를 원합니다.]

[제안을 받아들이시겠습니까?]

"지금 너의 제안을 받아들이겠다."

밀려오는 현기증에, 사위의 흔들림이 심해졌다.

나는 [제4의 벽]을 불렀다.

'제4의 벽.'

「안 돼」

녀석은 이미 내가 무슨 말을 할지 알고 있었다.

유중혁이 [최후의 벽]을 넘기 위해 필요한 조건. 그것은 '최후의 벽의 파편'을 모두 모으는 것이었다.

하지만 [제4의 벽]은 유중혁에게 전이될 마음이 없었다.

나는 이를 악문 채 메시지를 전했다.

[성좌, '구원의 마왕'이 그것은 들어줄 수 없다고 말합니다.]

"왜지?"

[성좌, '구원의 마왕'이 아주 힘든 길이기 때문이라 말합니다.]

"힘들다고?"

내가 유중혁에게 [제4의 벽]을 전해줄 수 없다면, 유중혁이 결말을 볼 방법은 하나뿐이었다.

[성좌, '구원의 마왕'이 네가 '벽'을 넘기 위해서는 반드시 '회귀'해야만 한다고 말합니다.]

"회귀?"

츠츠츠츠츳, 하는 소리와 함께 내 전신이 개연성의 스파크로 물들었다.

세계선이 내게 말하고 있었다.

이것을 알려주어서는 안 된다고. 이것은 지금의 유중혁이 알아서는 안 되는 정보라고.

하지만 나는 입술을 꾹 깨문 채 세계선의 저항을 떨쳐냈다. 더 많은 개연성을 희생하더라도, 나는 녀석에게 진실을 보여주고 싶었다.

「1864」

"1864? 무슨 의미지?"

[성좌, '구원의 마왕'이 네가 결말을 보기 위해 회귀하게 될 횟수라고 말합니다.]

내가 살아온 모든 기억이 설화가 되어 펼쳐지고 있었다.

[성좌, '구원의 마왕'이 심지어 그 회귀를 모두 살아내더라도, 네가 결말을 볼 수 있을 확률은 극히 낮다고 말합니다.]

심지어 지금의 유중혁은 '본래의 세계선'에서 벗어났다.
그는 이제 원작의 유중혁이 아니었다.
시간 분기는 갈라졌고, 미래는 사라졌다.
설령 1,864회차에 도달한다고 해도, 그가 [제4의 벽]을 가진 '김독자'를 만날 수 있다는 보장은…….

「**있 어**」

뭐?

「**이번 회 *차의* 기억을지 우면 *돼***」

순간 소름이 돋았다.

「**만약, '원작'에 남아 있었던 0회차의 기억 단편을 주고, 유중혁을 다음 회차로 보낸다면 어떨까.**」

그러면 세계선은 이 유중혁을 '원작의 유중혁'이라고 생각하게 될 것이다.

그는 다시 원작의 세계선에 편입될 것이고, 이번 생의 기억을 잊은 채 다시 1회차와 2회차를 살아가게 될 것이다.

「하지만 유중혁은 다시 불행해지겠지.」

「네가 왜 그것 을 결 *정 하* 지?」

나는 천천히 고개를 들었다. 유중혁이 말하고 있었다.

"가능성이 낮아도 상관없다."

[화신 '유중혁'이 당신의 제안을 받아들였습니다.]

"다시 한번 생을 살 수 있다면. 그래서 내 손으로 결말을 볼 수 있다면, 세계의 비밀을 알아낼 수 있다면—"

[화신 '유중혁'이 당신의 화신이 됐습니다.]

설화가 이야기를 시작하고, 별자리가 이어지고 있었다.

[당신의 화신이 당신의 말을 기다리고 있습니다.]

나는 아주 오랫동안 침묵했다. 그리고 결정을 내렸다.

이제는 말해주는 수밖에 없었다.

나는 천천히 호흡을 가다듬은 뒤, 입을 열었다.

[유중혁.]

오랜만에 발해보는 진언이었다. 가공할 스파크가 주변에 불어닥쳤다. 기파를 최소한으로 억제했는데도 이 정도였다.

커다랗게 눈을 뜬 유중혁이 하늘을 올려다보았다.

"그것이 네 진짜 목소리인가?"

[그래.]

"잘 들리는군."

점점 귀가 먹어가는 유중혁이 중얼거렸다. 늙은 유중혁의 표정 위로 희미한 주름이 번져 있었다. 나는 그것을 외면하며 말했다.

[너를 회귀시켜줄 수 있어. 하지만 그렇게 되면, 나는 다음 회차부터는 너를 도울 수 없어.]

유중혁이 이 제안을 거절하게 할 방법. 그것은 진실을 말해주는 것뿐이었다.

[너는 순수하게 혼자만의 힘으로 시나리오를 헤쳐가야 할 거야. 그 시나리오는 네 생각보다 훨씬 지독할 거고. 끝내 도달한 결말에서 네가 원하지 않는 것과 조우하게 될 수도 있어.]

나는 유중혁을 생각했다.

3회차의 슬픔을, 4회차의 비탄을, '은밀한 모략가'의 절망을 생각했다.

[그리고 만약 '회귀'를 선택한다면…… 너는, 이 회차의 기억 대부분을 가지고 갈 수 없어.]

그 말에 유중혁이 작게 숨을 들이켜는 소리가 났다. 아무리 결심이 굳다고 해도, 이것을 받아들이기는 쉽지 않을 것이다.

[아주 단편적인 시나리오의 기억들만이, 네게 남아 있게 될 거야.]

"……."

[네게 소중한 모든 것이 사라진다는 뜻이야. 네가 기억하는 이설화도, 이현성도, 이지혜도, 그 모든 것이 전부—]

"내가 잊는다고 그들이 존재하지 않는 것은 아니다."

나는 입을 다물었다.

"그들은 분명히 이 세계에서 살아가고 있다."

「그들은 분명히 이 세계에서 살아가고 있다.」

각인처럼, 그 말은 내 뇌리의 어딘가를 치고 들어왔다.

마치 거대한 운명이 나를 덮쳐오는 것 같았다.

「그 순간, 김독자는 이것이 0회차의 완성이라는 사실을 깨달았다.」

0회차에 '가장 오래된 꿈'의 흔적이 없었던 이유. 그럼에도 유중혁이 1회차와 2회차로 넘어갈 수 있었던 이유. 어쩌면 그것은.

[빌어먹을 자식.]

나는 손을 모아 내게 모인 꿈 장악력을 사용했다. 불어오는 개연성의 후폭풍에 한쪽 팔 전체가 비틀릴 것처럼 아파왔다.

나는 내가 아는 모든 유중혁의 회차를 떠올렸다. 그가 살아갈 생애와 내가 아는 설화를 모아 단 하나의 성흔을 빚어냈다.

이 세계의 동력이자, 유중혁의 모든 비극을 일으킬 성흔.

[성흔, '회귀'가 생성됐습니다!]

[당신의 성흔이 당신의 화신에게 전해집니다!]

유중혁은 만족한 듯 그 성흔을 받아들였다.

[성흔, '회귀 Lv.1'의 발동을 준비합니다.]

"아까 내가 기억을 잃게 될 거라 했지."

[그래.]

"혹시 네놈에 관한 것도 잊게 되는 건가?"

나는 대답을 망설였다. 유중혁이 다시 물었다.

"네놈이 알려준 간편한 정보들도?"

[그래.]

"그렇군."

[후회되면 지금이라도—]

"다음 회차부터는 나를 돕지 않는다고 했지."

[돕지 못해.]

"도와도 괜찮다."

[도울 수 없다고.]

"화신뿐만 아니라 성좌에게도 시나리오는 있다고 들었다. 어쩌면 네놈도 그렇겠지."

[……]

"회귀를 계속하다 보면, 언젠가 네놈을 만날 수도 있는 건가?"

나는 아무 말도 하지 못했다. 아무것도 모르는 녀석이 지껄이는 소리였다. 그 어떤 의미도, 미래도 헤아리지 못하는 멍청한 0회차의 말이었다.

말해지지 못한 언어와 함께, 그의 귀는 사라지고 있었다.

「유중혁의 눈에 밤하늘이 비치고 있었다.」

마치 자신이 태어난 근원을 궁금해하는 아이처럼, 유중혁은 '벽'이 있을 하늘을 어림하며 손을 뻗었다.

그는 언젠가 '은밀한 모략가'가 될 것이고, 동시에 내가 알던 1,864회차의 유중혁이 될 것이다.

나를 원망하게 될 것이며, 세계의 진실에 도달하게 될 것이다.

[성흔, '회귀 Lv.1'를 발동합니다!]

[당신은 성흔의 발동에 동의했습니다.]

유중혁의 몸이 조금씩 흩어지기 시작했다. 팔, 다리, 그리고 몸통.

마지막 순간 유중혁이 나를 불렀다.

"구원의 마왕."

무척이나 기이하고 신비로운 표정으로.

"너도 어디선가 계속 살아가길 바라지."

은빛 가루로 흩날리는 유중혁의 화신체가 이 세계선을 떠나고 있었다.

[해당 세계선의 '덮어쓰기'가 등장인물 '유중혁'의 다음 회차에 영향을 미치지 않습니다.]

[당신의 화신이 당신의 수식언을 잊습니다.]

[당신의 화신이 당신과 관련된 기억을 잊습니다.]

[당신의 모든 정보가 '???'로 처리됩니다.]

어디에도 기록되지 못할 그의 기억은 이제 영원히 사라질 것이다.

그러면 저 기억들은 어디로 가는 것일까.

나는 오래도록 그 반짝임을 바라보았다.

"야, 유중혁! 왜 대답이 없어!"

뒤통수를 빡, 하고 내리치는 충격에 유중혁은 비틀거렸다.

등을 돌리자 눈살을 찌푸린 한수영이 있었다.

"그래서 그 '집단 회귀'라는 건 어떻게 하는 거냐고."

"갑자기 기억이 났다."

"뭐가?"

유중혁이 멍청한 얼굴로, 한수영을 향해 중얼거렸다.

"0회차의 기억."

OMNISCIENT READER'S VIEWPOINT

어디에도 없는

Epilogue 02

I

「**병실**, AM 9:12.」

—내일 오후 7시까지 모두 공단 동쪽 입구에 모여. '최후의 벽' 너머로 김독자를 구하러 간다.

정희원이 그 문자를 받은 것은 어젯밤이었다. 발신인은 한수영. 언제나 그렇듯 건방진 문자였다. 문자를 받고서 정희원은 한참이나 멍하니 창밖을 바라보고 서 있었다.

「**정희원은 다시 시나리오로 돌아가고 싶지 않았다.**」

어떤 화신보다도 열심히 싸운 그녀였다. 누구보다 김독자를 구하기를 원했고, 시나리오를 끝내기를 원했다. 그리고 마침내 이곳까지 왔다.

「**시나리오의 종장에서 보았던 최후의 벽.**」

지금도 눈을 감으면 그때 기억이 선연했다.

'이야기의 적'이 된 김독자와 함께 싸우던 기억.

끔찍한 설화의 범람 속에서 무언가를 베고, 베고 또 베며 그녀는 살아남았다. 벽을 부수고, 자신의 종착역에 도착했다.

「그런데, 한수영은 다시 한번 그 열차를 타라 말하고 있었다.」

'최후의 벽'이 있던 그곳으로 다시 한번 가자고 말하고 있었다.

우리가 내린 그 열차에 두고 온 것이 있다고.

"희원 씨."

커튼을 쥔 자기 손이 떨리고 있다는 사실을, 정희원은 그때야 깨달았다.

"현성 씨도 받았어요?"

"예."

"어떻게 생각해요?"

"우리가 기억하는 독자 씨는 이곳에 있습니다."

그들이 기억하는 김독자가 곤히 잠들어 있었다. 세상 모든 비극을 잊은 눈꺼풀. 정희원은 그런 김독자의 눈 위에 가만히 손을 덮어주었다.

어떤 불행은 보지 않는 것만으로도 사라진다.

「이 김독자는 그들이 기억하는 김독자였다.」

함께 금호역을, 충무로를, 광화문을, 마계를, 올림포스와 서유기를, 최후의 벽을 이겨낸 김독자가 눈앞에 있었다. 그는 정희원의 검명을 기억했고, 이현성의 트라우마를 기억했다. 일행들과의 약속을 기억했다.

정확히 이만큼이 그들이 사랑하는 김독자였고, 그녀가 지키고 싶어하는 김독자였다.

사람이라는 것이 그렇게 간단히 나누어져도 좋은가 싶었지만, 비단 '아바타'의 문제만이 아니었다.

애초에 누군가를 좋아할 때, 그것은 그 사람의 일부를 좋아하는 것이니까.

김독자의 상처에 묻은 혈흔이 파스스, 소리를 내며 연기로 화했다. 부서지는 설화들이 허공을 떠다니다 이내 창밖 하늘로 흩어졌다. 저 설화들이 어디로 향하는지 정희원은 알 수 없었다. 영영 소멸하는 것일 수도 있고, 어쩌면 또 다른 김독자에게 돌아가는 것인지도 모른다.

「**'멸살법'을 기억하고, 하나의 이야기를 줄곧 사랑해온 김독자.**」

정희원은 그런 김독자에 관해 알지 못한다.

누구도 잘 모르는 것을 사랑할 수는 없다.

"현성 씨."

"예."

"만약 독자 씨가 우리였다면, 어떻게 했을까요."

이현성은 오랫동안 대답이 없었다.

「**병실**, PM 1:31.」

이미 많은 사람이 다녀간 듯, 병실 테이블에는 꽃과 선물이 가지런히 놓여 있었다. 언젠가 김독자가 깨어났을 때를 대비한 선물들.

장하영은 꽃잎을 잠시 만지작거리다가, 김독자를 향해 천천히 다가갔다.

"넌 내가 기억하는 김독자야. 그렇지? 〈마계〉에서 날 구해준 김독자."

머리맡에 놓인 시계가 움직이고 있었다.

멈춰 있던 73번째 마계의 시간을 흐르게 만든 사람.

재능의 벽에 좌절했던 그녀를 움직이게 만든 사람.

구원의 마왕.

"사실 그때 지구로 돌아오고 싶지 않았어."

장하영은 쓴웃음을 지으며 말했다.

"여기엔 좋은 기억이 하나도 없거든."

그녀는 차원 이동자였다. 차원 이동자가 대부분 그렇듯, 경위는 불가해했다. 평소처럼 회사에서 야근하던 어느 날, 심장에 통증을 느끼며 쓰러졌다. 숨이 멎는 순간 '너무 열심히 살았다'라고 생각했고, 다음 생이 있다면 '절대 열심히 살지 않을 거야'라고 다짐했다.

그리고 눈을 떠보니 마계였다. 점심을 먹으러 분주히 움직이는 공단 주민을 보며, 장하영이 중얼거렸다.

"너 때문에 또 열심히 살아버렸잖아."

「**병실**, PM 6:24.」

"던져. 네 차례야."

이길영의 말과 함께, 신유승이 100원짜리 동전을 던졌다. 팽그르르 허공에서 회전하던 동전이 신유승의 손등에 탁 떨어졌다. 나온 것은 앞면.

"몇 번 던졌지?"

"99번."

"그럼 49 대 50이네."

이길영이 손을 탁탁 털며 자리에서 일어나자, 보호자 침대에 앉아 있던 이지혜가 물었다.

"너희 또 그 내기 하고 있어? 앞면 나오면 독자 아저씨가 살아 있니 어쩌니 하는?"

"무슨 소리예요? 아저씬 여기 살아 있잖아요."

"그럼 무슨 내긴데?"

아이들은 말이 없었다. 이지혜가 눈살을 찌푸렸다.

"너희 정말 그 말 믿는 거야?"

"무슨 말이요?"

"우리가 모르는 독자 아저씨가 존재한다는 얘기. 아직도 그 열차에서 내리지 않고 있다는 그런……."

두 아이는 대답하지 않았다. 멍하니 김독자를 내려다보던 이지혜가 벌떡 일어나 김독자를 가리켰다.

"이 아저씨가 내가 아는 독자 아저씨야."

"……."

"너흴 구해준 것도, 나를 구해준 것도 이 아저씨라고."

"알아요."

"그뿐인 줄 알아?"

이지혜는 계속해서 말했다. 이 독자가 진짜 김독자인 이유.

그런데 이상하게도, 말을 이어갈 때마다 이지혜는 김독자가 자신에게서 멀어지는 기분이 들었다.

"그리고……."

이지혜가 창백한 김독자의 손을 꽉 잡았다.

현실감이 느껴지지 않았다. 그녀는 이 손의 주인과 함께 간신히 자랐다. 소중한 사람의 상실을 배웠다. 지켜야만 할 가치를 알게 되었다. 엉망진창인 세계 위로, 간신히 숨통을 틔웠다.

김독자도 누군가에게서 그것을 배웠을 것이다.

신유승이 중얼거렸다.

"아저씨도 어린 시절이 있었겠죠."

〈스타 스트림〉에서 '구원의 마왕'의 탄생 설화는 '왕이 없는 세계의 왕'이었다. 하지만 그것은 '구원의 마왕'의 탄생 설화지, 김독자의 탄생 설화는 아니었다.

「아마도, 인간 김독자의 탄생은 그리 거창하지 않았을 것이다.」

김독자라는 이름으로 존재하기 위해, 김독자는 어떤 이야기를 살아야 했을까.

"언니."

"왜."

"내일 갈 거예요?"

"안 가기로 했잖아."

"하지만 갈 거죠?"

"안 가. 난 시나리오로 돌아가고 싶은 생각은 없어."

이지혜는 어느덧 부쩍 커진 아이들의 머리통을 내려다보았다.

여전히, 그녀가 지켜야 할 아이들이었다.

신유승과 이길영은 그런 그녀를 가만히 올려다보더니, 손을 내밀었다.

"누나도 던져볼래?"

이지혜는 자신의 손에 쥐여진 동전을 물끄러미 내려다보았다. 그리고 천천히 동전을 허공으로 띄웠다. 빙그르르 돌던 동전이 이지혜의 손안에 감겨들었다. 하지만 이지혜는 손바닥을 펴지 못했다.

"언니?"

손안에 들어온 동전의 감각. 앞면인지 뒷면인지는 알 수 없지만, 그곳에는 분명히 동전이 있었다.

"괜찮아요?"

이지혜는 손안에 있는 동전의 감각을 오래도록 느꼈다.

「**병실,** PM 10:48.」

제일 먼저 입을 연 것은 유상아였다.

"설화 수치가 점점 떨어지고 있어요."

마치 수십 년에 걸쳐 일어날 생물 분해가 일시에 벌어지는 것처럼, 김독자의 피는 계속해서 증발했다. 이수경이 물었다.

"설화 씨, 방법은?"

"지금으로서는……."

"우릴 살릴 때 사용한 방법은 쓸 수 없나요? 설화 수선이라든가."

가볍게 한숨을 내쉰 이설화가 유상아 쪽을 돌아보았다.

"수경 씨나 상아 씨에게 설화 수선을 사용할 수 있었던 건 〈스타 스트림〉의 시스템이 건재했기 때문이에요."

스킬과 성흔이 존재하는 세계. 세계의 모든 것이 이야기의 구성품이던 세계. 그곳에서 치료란 곧 설화를 수선하는 것이었다.

"최근 스킬이나 설화가 예전처럼 작동하질 않아요. 저도 아일렌 씨도, 점점 힘을 잃어가고 있어요."

"〈스타 스트림〉의 영향력이 사라지고 있기 때문인가요?"

"지금으로서는 그렇게밖에 생각할 수 없어요."

"독자 씨의 상처가 낫지 않는 것도 비슷한 이유겠군요."

눈앞의 김독자는 [아바타] 스킬을 통해 만들어진 존재였다. 그리고 [아바타]는 〈스타 스트림〉의 시스템 스킬이었다.

이설화가 최종 진단을 내렸다.

“이곳에 있으면 독자 씨는 결국 소멸할 거예요.”

이수경은 말없이 김독자를 바라보았다.

김독자가 평생에 걸쳐 이룬 세계가 이제 그를 죽이고 있었다. 마치 이야기가 끝난 세계에 독자는 필요하지 않다는 것처럼.

이수경은 잠든 김독자의 뺨에 손을 가져다댔다.

“이렇게 될 줄 알았다면, 그때 너를 막을걸.”

손끝에 뺨이 닿는 순간, 두 사람 사이에서 설화가 피어났다. 암흑성에서 싸운 두 사람. 이수경은 지금도 그때를 기억했다.

[제4의 벽]을 사이에 두고 마주 보던 얼굴. 두 사람 사이에는 항상 벽이 있었다. 하지만 김독자가 그 벽을 먼저 두드린 것은 그때가 처음이었다.

다시 돌아가도 그녀는 자신의 아들을 막지 못할 것이다.

이수경은 아들의 손을 잡았다. 항상 책을 좋아했던 손.

또 다른 김독자는 지금도 이 손으로, 지하철에 탄 채로, 어디선가 스크롤을 내리고 있을지도 모른다.

“네게 독자라는 이름을 주지 말걸.”

「**공단 동쪽 출입구**, PM 8:00.」

한수영과 유중혁은 키가 맞지 않는 나무처럼 서서 일행들을 기다리고 있었다. 추운 겨울바람이 뺨을 적셨고, 입가에서는 따뜻한 입김이 흘러나왔다.

파카 속에 손을 집어넣은 한수영이 투덜거렸다.

“아무도 안 오네.”

어쩌면 이렇게 될지 모른다고 예상은 했다. 한수영이 팔꿈치로 유중혁의 옆구리를 쿡 찔렀다.

"야, 그냥 우리끼리 해도 되지 않냐? 내 천재적인 머리와 네 무식한 전투력이 힘을 합친다면—"

"둘로는 무리다."

"아 왜. 지금까지 혼자서도 잘 해왔잖아. 이번엔 무려 둘이라고."

유중혁은 대답 대신 자기 손을 가만히 내려다보았다. 그 손위에 투명한 고리가 소용돌이치고 있었다.

[성흔, '회귀'가 진화 중입니다.]

그가 살아온 무수한 회차들이 고리 위에서 요동치고 있었다.

"너는 내 '회귀'가 어떤 의미인지 모른다."

유중혁이 손안의 고리를 천천히 일그러뜨리며 말했다.

"내가 회귀를 반복할 때마다 무슨 일이 일어나는지 너는 모른다."

움켜쥔 주먹 안에서 설화들이 고통스럽게 울부짖었다.

벌레알처럼 터져나가는 문장들. 그의 삶 속에서 몇 번이고 되풀이해 죽어간 이들의 비명이었다.

"완벽한 회차 같은 것은 없다. 무엇도 희생하지 않는 설화가 없는 것처럼. 만약 이번에 또 회귀하게 된다면……."

어쩌면, 또 누군가를 잃게 될 것이다. 세계는 다시 비극으로 침잠할 것이다.

김독자를 구하기 위해 만들어진 세계는, 누구도 구하지 못한 채 파멸할 수도 있다.

한수영이 말했다.

"나도 알아. 그리고……."

그녀는 공단의 입구를 바라보며 말했다.

언제부터였을까. 차가운 겨울의 별 속에 긴 그림자들이 드리워져 있었다.

"저 사람들도 알아."

2

한수영은 아주 정확한 언어로 계획을 설명했다.

하나, 김독자를 구하려면 '최후의 벽'을 넘어야 한다.

둘, '최후의 벽'을 넘기 위해서는 총 다섯 개의 '파편'이 필요하다.

셋, 현재 이 세계선에 남은 파편은 김독자의 아바타가 가진 [제4의 벽]뿐이다.

넷, 남은 네 개의 파편을 얻기 위해, '집단 회귀'를 통해 다른 세계선으로 갈 것이다.

계획을 들은 일행들은 약간 얼빠진 얼굴로 서로를 돌아보았다.

먼저 물은 것은 이지혜였다.

"그게 가능해요?"

"이 녀석이 가능하다고 했으니까 되겠지."

한수영의 시선을 받은 유중혁이 고개를 끄덕였다.

"가능하다. 아직 성흔 진화가 끝나지 않아서 시간은 좀 걸리겠지만. 어차피 준비할 시간도 필요하니까."

"잠깐만요. 사부가 말하는 '회귀'는 정확히 원리가 뭔데요?"

"내가 회귀를 사용하면 나와 너희 모두는 시나리오가 시작하던 시점의 과거로 돌아가게 된다."

"그럼 우리가 있는 세계는요?"

"이 세계와는 별개로 새로운 세계선이 만들어질 거다. 회차로 따지면…… 아마 1,865번째 세계선이 되겠지."

1,865번째 세계선.

너무나 어안이 벙벙한 숫자였기 때문에, 일행들은 눈만 끔뻑였다.

"거기서 모든 걸 다시 시작해보자는 거군요."

예상이라도 하고 온 듯, 그렇게 말하는 정희원의 표정은 결의에 차 있었다. 하지만 모두가 그녀와 같은 생각은 아니었다.

"제가 알기로 당신의 이번 '회귀'는 좀 특별했을 텐데요."

그 말을 한 것은 유상아였다.

"저도 독자 씨의 도서관에서 '회귀'에 대해 읽어서 알고 있어요. 지금까지 중혁 씨의 회귀는 '멸살법'이라는 세계관을 중심으로 계속됐어요. 그런데 이번 회차는 조금 특별했죠."

그게 무슨 뜻인지, 다들 어렴풋하게 눈치챈 듯했다.

지금 이 세계선은 유중혁의 지난 회차들과는 달랐다.

이 세계선은 '끝'을 보고 싶다는 유중혁의 의지로 태어났다.

[제4의 벽]의 일부가 무너지며 현실과 픽션이 합쳐진 세계였다. 그 증거로, 이번 회차에는 멸살법의 등장인물이 아닌 이들이 있었다.

"우리가 정말 다 같이 돌아갈 수 있는 건가요? 확신할 수 있어요?"

만약 유중혁의 '회귀'가 멸살법을 기준으로 발동한다면, 유상아나 이길영을 비롯한 몇몇 일행은 그와 함께할 수 없었다.

천천히 눈을 깜빡인 유중혁이 말했다.

"회귀는 내가 '회귀'를 발동한 세계선을 기준으로 발동한다."

"그 말은, 이 '독자 씨'도 데려갈 수 있다는 거군요."

유상아는 뒤쪽 병상에 누워 있는 김독자를 가리켰다.

이곳의 김독자가 죽어가고 있는 것은 시스템의 힘이 옅어지는 까닭이었다. 하지만 [집단 회귀]를 통해 데리고 갈 수만 있다면, 다시 〈스타 스트림〉의 시스템을 통해 회복할 수 있을 것이다.

유중혁이 가볍게 고개를 끄덕였다.

"아마도."

"그럼 다들 정해진 거지? 반대하는 사람 손 들어봐."

당연히 그런 사람이 있을 리 없다는 한수영의 말투에, 신유승이 조심스레 손을 들었다.

"아, 넌 또 왜."

"이게 옳은 일인지 모르겠어요. 아저씨는 중혁 아저씨가 회귀하지 않길 바랐잖아요."

"그놈도 우리가 원하는 거 별로 고려 안 해주잖아. 피장파장이지."

"중혁 아저씨가 회귀하면, 세상에는 또 시나리오가 시작될 거예요. 많은 사람이 죽겠죠. 사람들은 다시 비극 속에 던져질 거예요. 성좌는 인간을 노리개로 삼을 거예요. 그리고 대부분은…… 첫 번째 시나리오조차 클리어하지 못할 거예요."

신유승 말이 맞았다.

어쩌면, 일행 중 누구보다도 '김독자'의 생각을 잘 이해하는 화신.

김독자는 그런 불행을 또 만들기를 원치 않을 것이다.

하지만 한수영의 생각은 달랐다.

"그래서, 우리가 회귀하지 않으면 그 '불행'이 일어나지 않을 거라고 생각해?"

"네?"

가볍게 한숨을 내쉰 한수영이 허공을 올려다보았다.

"야. 언제까지 구경만 할 거야?"

그 질문과 함께 허공에 뿅, 하고 솜털 뭉치가 나타났다.

[바앗?]

순진한 눈망울을 굴리는 비유를 향해 한수영이 혀를 찼다.

"또 저게."

그러자 유중혁이 입을 열었다.

"비유."

비유가 큼큼 헛기침을 하고는 입을 열었다.

[너희가 회귀하든 회귀하지 않든, 또 다른 세계선은 계속해서 멸망할 거야.]

비유의 유창한 한국어에 신유승이 입을 쩍 벌렸다. 비유가 말을 할 수 있다는 건 알고 있었다. 하지만 이렇게 대화를 나눈 것은 그때 지하철에서 본 이후 처음이었다.

"그걸 어떻게 알아요?"

[이제 내가 '도깨비 왕'이 됐으니까.]

엣헴, 하고 소리를 낸 비유가 작은 팔로 가슴을 팡팡 쳤다.

비유는 관리국 소속이 아닌 유일한 도깨비이자, 도깨비 왕의 〈스타 스트림〉을 고스란히 계승받은 도깨비였다.

그나마 〈스타 스트림〉의 힘이 유지되는 것은 비유가 있기 때문이고, 동시에 〈스타 스트림〉이 사라지는 것도 도깨비가 비유밖에 없기 때문이었다.

[너희는 모르겠지만, 세계선은 매 순간 태어나고 있어.]

"매 순간?"

[그래, 세계 내 존재가 어떤 선택을 할 때마다, 계속해서 새로운 세계선이 태어나고 있다고. 유승이 네가 동전을 던질 때조차 새로운 세계선은 태어나고 또 멸망하고 있어.]

세계선이란 곧 선택의 분기마다 갈라지는 나뭇가지와 같은 것이라고, 비유는 설명했다.

['회귀'는 좀 더 특별한 형태로 세계선을 선택하는 방법일 뿐이야.

이미 지나간 시간 분기로 되돌아가서, 그곳에서부터 새 가지를 뻗는 일이라는 얘기지.]

어안이 벙벙해지는 이야기였다.

"그럼 지금까지 대체 얼마나 많은 세계가……."

일행들의 아득한 절망을 읽은 듯, 비유가 입을 열었다.

[그건 아버지만이 아시겠지.]

아버지. 비유가 아버지라고 말할 만한 존재는 모든 세계선을 통틀어 하나뿐이었다.

〈김독자 컴퍼니〉를 만든 성좌. 그리고 이 우주의 '가장 오래된 꿈'이 된 존재.

[너희가 바꿀 수 있는 건 그 수많은 세계선 중 하나일 뿐이야.]

다음 날부터 일행들은 계획에 착수했다.

프로젝트 〈오징어 포획〉.

한수영이 지은 이름이었다.

"〈스타 스트림〉에서 인정하는 생물의 기준이 뭐라고요?"

다시 한번 '회귀'를 하기로 결심한 이상, 계획은 어느 때보다 완벽해야 했다.

일행들은 철저한 시나리오 공략을 위해 자주 토론을 했는데, 의견 충돌이 잦은 구간은 '첫 번째 시나리오'였다.

"세균은 어떻게 되는 거예요? 세균도 생물이잖아요. 손에 염산 뿌리면 막 10만 코인씩 얻을 수 있지 않을까요?"

"만약 그게 인정이 되면 가만히 있던 사람도 살았겠지. 우리 몸은 실시간으로 세균을 죽인다고."

"아무것도 안 죽였는데 살았다는 사람도 있어요."

"운에 맡길 수는 없어. 뭔가 죽이긴 해야 돼."

"전 메뚜기 죽이고 살았어요. 독자 형은 메뚜기 알까지 부숴서 코인 받았다고 들었고."

의견을 곰곰이 듣던 한수영이 메모를 시작했다.

"어쨌든 〈스타 스트림〉 기준으로 알은 생물이라는 거네."

"세균은 왜 안 되는 걸까요?"

"아마 인지 가능한 살해를 기준으로 하는 게 아닐까 싶은데. 비유한테 좀 물어볼까?"

여기에 셀레나 킴과 이리스를 포함한 '안나 팀'이 합류하면서, 작전 회의는 더욱 격렬해졌다.

"여기서는 이 루트가 제격이에요."

"아니, 이쪽이 더 나아. 내 [예상표절]에 따르면—"

그들이 회귀할 다음 회차에는 김독자가 없었다. 하지만 그렇다고 그들이 아무것도 모르는 것은 아니었다.

유중혁에게는 '은밀한 모략가'에게 받은 1,863회차의 기억이 있었고.

한수영에게는 [예상표절]이 있었으며.

유상아에게는 [제4의 벽] 장서관에서 읽은 기록이 있었다.

「그리고 그들 모두는, 모든 세계선에서 유일하게 [최후의 벽]을 넘은 존재였다.」

첫 번째 토의가 끝난 후 한수영은 한숨을 돌렸다. 이제 겨우 일주일. 유중혁의 말에 따르면 '집단 회귀'를 사용할 수 있는 시점은 앞으로 한 달 뒤였다.

일행들은 시나리오 공략법을 두고 싸우기도 했다.

"'최강의 희생양'. 여기선 무조건……."

"그때 독자 씨 죽은 거 잊었어요? 이렇게 하면—"

누구보다 시나리오를 증오하는 일행들이었다.

그럼에도 토론을 이어가는 모습이 어딘가 들떠 보였다.

왜일까. 시나리오가 끝나고, 간신히 현실을 되찾았으면서 왜 '시나리오'로 돌아가는 계획을 저토록 즐겁게 이야기할 수 있는 것일까.

「현실은 장소를 뜻하는 말이 아니다.」

아마도, 그들 모두가 누군가를 잊지 못하기 때문일 것이다.

저 끔찍한 비극을 누군가와 함께 이겨낸 시간을 잊지 못하는 것이다.

"극장 던전은 내가 잘 기억해요. 여기서 독자 씨가……."

저마다 합류한 장소는 달랐다.

그들이 기억하는 시간도, 기억하는 김독자도 달랐다.

그럼에도 유중혁의 수많은 회차가 모여 결국은 '한 사람'이 되듯, 김독자 또한 마찬가지였다.

"절대왕좌. 이때 독자 형 말로는……."

모두가 좋아하는 김독자의 부분이 모여 하나의 김독자가 되었고.

"그립네요."

그렇게 모인 김독자의 조각은 다시 그들이 모르는 김독자의 나머지 부분마저 사랑하게 만들었다.

천천히 고개를 돌린 한수영의 시야에, 가부좌를 튼 유중혁의 모습이 들어왔다. 여전히 성흔 진화를 위해 수련 중인 유중혁의 전신에 황금빛 고리가 흐르고 있었다. 그런 유중혁을 물끄러미 바라보던 한수영이 물었다.

"야, 궁금한 거 있는데."

"집중해야 하니 방해하지 마라."

"너 전에 0회차의 기억이 떠올랐다고 그랬잖아."

회전하던 고리 하나가 비틀렸다. 희미한 스파크 속에서 유중혁이 실눈을 떴다. 한수영이 빙글거리며 물었다.

"무슨 기억이 떠오른 거야?"

한참 망설이던 유중혁이 말했다.

"거기 김독자가 있었다."

"뭐? 진짜?"

"그래서 확신한 것이다. 김독자는 '가장 오래된 꿈'이 되어 살아 있다고."

"그 자식 거기서 뭐 하고 있는데?"

"잘 기억이 나지 않지만……."

인상을 찌푸린 유중혁이 자신의 흑천마도를 내려다보며 이글거리는 목소리로 말했다.

"내 뒤통수를 때렸다는 것만은 확실하다."

털털거리는 열차의 진동을 느끼며 나는 눈을 떴다.

「더 자도 돼 *김독 자*」

"충분히 많이 잤어."

찌뿌드드한 몸으로 기지개를 켜자, 전신에 천천히 활력이 도는 것이 느껴졌다.

0회차를 지켜보는 동안 사용한 힘은 어느 정도 회복됐다. 유중혁을 회귀시키기 위해 희생한 오른쪽 팔도 거의 자라났다.

하지만 왠지 육체가 전보다 가벼워진 느낌이었다. 몸 크기가 전체적으로 줄어들었다고 말해야 할까.

「**유중혁은 두 번째 삶을 시작했다.**」

1회차를 살아가는 유중혁의 모습이 패널에 비치고 있었다.

나는 0회차를 떠나가던 유중혁의 모습을 떠올렸다.

내가 생각하는 가장 이상적인 결말에 도달했음에도, 녀석은 회귀를 선택했다.

자신이 이 세상에 태어난 이유를 알기 위해.

자신이 이 세계에 존재하게 된 근원을 찾기 위해.

"제4의 벽."

「응」

"만약 모든 존재가 누군가의 '읽기'로 태어나는 것이라면…… 나를 읽어주는 존재도 어딘가 있는 걸까?"

[제4의 벽]은 대답이 없었다. 아마 [제4의 벽]도 모르는 이야기일 것이다.

나는 어디선가 나를 지켜보고 있을 또 다른 독자를 상상해보았다. 하지만 잘 그려지지 않았다. 초대 '가장 오래된 꿈'이 그러했듯, 신이란 어쩌면 한없이 무력한 모습을 하고 있을지도 모른다. 심지어는 내가 아는 모습일 수도 있다.

어쩌면 〈김독자 컴퍼니〉의 동료들은 아닐까.

그들이 나를 상상해주어, 나 역시 이곳에 존재하는 것은 아닐까.

「**보 고싶 어?**」

나는 유중혁의 1회차 화면으로 고개를 돌렸다.

"조금 나중에. 일단 봐야 할 세계선이 많으니까."

지하철 속도가 점차 줄어들기 시작한 것은 그때였다.

[꿈의 외곽 지역을 경유합니다.]

일부 패널이 꺼지며, 창밖으로 우주의 정경이 보였다.

내가 묻기도 전에, [제4의 벽]이 말했다.

「우 주의 외 곽 다 른차 원 과 의 접 경지 대」

우주의 새카만 밤 사이로, 어슴푸레한 빛무리가 보였다.

분명 〈스타 스트림〉의 우주와는 달랐다.

그 우주는 휘어진 나무의 형상을 하고 있었다.

"저긴 뭔데? 우주가 또 있었어?"

「스 타 스트 림 또 한 대우주 의 세계 관 중 하나 일 뿐」

[현재 '환상수幻想樹' 외곽을 경유하고 있습니다.]

[현재 암흑 차원의 시간 단층을 통과하는 중입니다.]

환상수. 그것이 저 나무의 이름인 듯했다.

착각인가? 어디서 들어본 느낌이 드는데.

"저기로도 갈 수 있어?"

「위 험 하니 가 지 않는 게 좋 아」

"저기도 '가장 오래된 꿈'이 있어?"

「있어이름은다르지만」

아래쪽으로 뻗어나간 무수한 뿌리와, 수많은 영혼의 군집으로 이루어진 줄기. 그 위로는 밤하늘의 어둠과 동화된 가지가 있었다. 뿌리와 가지는 먼 우주를 돌아 만나는데, 그 중심에는 거대한 눈 같은 것이 있었다. 이글거리는 불꽃으로 우주를 밝히는 단 하나의 눈동자. 그 눈동자와 시선이 마주친 순간, 나도 모르게 서늘한 기분이 들었다.

[시스템에 문제가 발생했습니다!]

덜컹거리는 소음을 내며 지하철 속도가 급격히 줄었다. 지하철 전체의 불빛이 갑작스레 점멸하더니 끼이이이익, 하는 소리가 울려 퍼졌다. 첫 번째 시나리오가 발생한 그때와 흡사했다. 귓가에 이명이 퍼지더니, 이내 괴이쩍은 기계음 같은 것이 들려오기 시작했다.

뭔가가 열차 창가로 다가오고 있었다.

「김독자위험」

그리고 나는 한 줄기 빛살을 보았다.

「다른차원의절대자」

그 빛살의 끄트머리에 있는 것은 한 자루의 검이었다. 마치 우주 전체가 쪼개지는 듯, 암흑 단층을 가르며 날아드는 빛살. 나는 그 기술이 무엇인지 똑똑히 보았다.

그것은 찌르기였다.

콰아아앙, 하는 굉음과 함께 나는 바닥에 나동그라졌다.

반사적으로 설화를 끌어올리며 고개를 들었을 때 출입문을 뚫고 들어온 한 자루의 검이 보였다.

묵빛의 검.

그 검을 쥔 벌거벗은 사내가 우뚝 서서 나를 노려보고 있었다.

"네놈이 '빅 브라더'인가?"

3

나는 형형한 눈을 빛내는 알몸남을 멍하니 올려다보았다.

상황이 이해가 가질 않았다.

"네놈이 '빅 브라더'인지 물었다."

"아니, 잠깐만. 묻고 싶은 건 이쪽이야. 넌 누구야? '빅 브라더'는 뭐고."

"'빅 브라더'는 아닌 거 같군. 어떻게 시간 폭포를 뚫고 들어온 거냐? 이 열차는 또 뭐지? 지하철…… 악몽의 탑의 일종인가? 무슨 원리로 움직이는 거지?"

말이 안 통하는 놈이었다. 남의 열차를 부수고 들어와서는 다짜고짜 자기 말만 늘어놓다니.

나는 곧장 [전지적 독자 시점]을 발동했다.

그리고 한 번도 본 적 없는 메시지를 목격했다.

[해당 인물은 당신이 모르는 세계관의 '등장인물'입니다.]

내가 모르는 세계의 '등장인물'?

사내의 눈동자 위로 환한 빛이 뿜어진 것은 그때였다.

[누군가가 시스템에 등록되지 않은 힘을 사용합니다!]

그의 망막에서 원이 맹렬하게 회전하고 있었다.

[타 차원의 존재가 당신의 본질을 염탐하고 있습니다!]

[경고합니다! '제4의 벽'으로 완벽하게 차단할 수 없는 힘입니다!]

뭐?

눈앞에서 튀는 스파크와 함께, 상대방의 힘에 대응하듯 내 안의 설화들이 일제히 폭발했다.

개중에서도 가장 격렬하게 반응한 것은…….

[성흔, '회귀'의 본질이 꿈틀거립니다.]

[설화, '영원불멸의 지옥도'가 이빨을 드러냅니다!]

일순간 지하철 내부가 유중혁이 살아온 지옥도의 정경으로 변했다. 핏빛으로 점철된 세계를 보며, 사내는 놀란 표정이었다.

"이 '고유 세계'는…… 설마 회귀자인가?"

고유 세계?

그건 뭔 김남운 같은 소리냐고 태클을 걸려는 순간, 녀석의 묵빛 검에서 증오가 일렁였다.

"현재를 외면한 놈이군. 죽어라."

검극에 맺힌 섬광이 나를 향해 움직이는 순간.

[열차가 정상 궤도로 진입합니다.]

['가장 오래된 꿈'의 권능이 발동합니다!]

[시스템 안의 불순물을 사출합니다!]

슈우욱— 하는 소리와 함께 내게 검을 겨누던 사내가 출입문 바깥쪽으로 빨려 나갔다.

"어딜!"

그러나 사내는 출입구에 검을 꽂은 채 지하철의 가속을 버티고 있었다.

내 몸이 지하철의 다른 칸으로 전송된 것은 그때였다.

[비상 전력 시스템을 가동합니다!]

[사출에 쓰일 지하철 한 량을 폐기합니다.]

뒤를 돌아보니, 사내가 매달려 있던 지하철의 꼬리칸이 통째로 우주를 부유하고 있었다. 분노한 사내가 이쪽을 향해 도약하는 것이 보였다. 전신의 근육을 잔뜩 부풀리며 달려오는 놈의 모습에, 나는 알 수 없는 공포를 느꼈다.

"빨리 움직여! 저놈 쫓아오잖아!"

「걱 정 마 저놈 은 시간 단 층을 벗어날 수 없 어」

사내는 엄청난 속력으로 지하철을 따라왔지만, 다시 탑승하지는 못했다. 마치 열차와 녀석 사이에 보이지 않는 투명한 벽이라도 있는 것처럼. 궤도를 따라 열심히 달려오던 녀석은, 어느 순간 달음박질을 멈추고 이쪽을 멀거니 노려보았다.

녀석의 모습이 저만치 멀어지고 나서야 가까스로 한숨을 돌렸다.

"저거 대체 뭔데?"

「군주학살자 재환」

군주 학살자?

「시간 단층에서 수십억 년 이상을 수련한 괴물」

나는 잠깐 잘못 들었나 싶었다.

"몇 년?"

「나도 정확히는 몰라 내가 설정되기 전부터 있었으니까」

[제4의 벽]보다 나이가 많은 녀석이라니. 그 어마어마한 세월에 소름이 끼칠 지경이었다.

인간이 수십억 년이라는 세월을 미치지 않고 버틸 수 있단 말인가?

하긴, 이미 제정신은 아닌 것 같았지만.

"뭐 때문에 수십억 년이나 저기 갇혀 있는 건데?"

「그가 속한 우주의 시스템을 파괴하기 위해서」

"저놈 또 만나진 않겠지?"

[제4의 벽]은 피곤한지 대답이 없었다. 아마 부서진 열차를 정비하는 것 같았다.

나는 재환이라는 놈의 검이 스친 외투를 탈탈 털었다. 그야말로 어마어마한 찌르기였다. 내가 지금까지 만난 어떤 성좌나 초월좌도 그런 찌르기를 할 수는 없었다.

수십억 년의 시간은 한 인간을 저런 꼴로 만들고 마는 걸까.

시스템 복원이 끝났는지, 다시 열차 유리창에 세계선의 설화들이 떠오르기 시작했다. 그곳에는 부리부리한 눈으로 하늘을 노려보는 1회차의 유중혁이 있었다. 나는 그런 유중혁을 잠시 마주 노려보다가, 갑자기 뭔가가 두려워졌다.

"제4의 벽."

「**왜**」

"유중혁이 지금 몇 살이지?"

"일주일 뒤 출발한다."

마침내 유중혁의 성흔이 진화를 끝마쳤다. 프로젝트 〈오징어 포획〉에 참가하기로 한 사람들은 떠날 채비를 시작했다.

"아일렌 씨, 복순 씨, 영란 씨. 공단을 부탁합니다."

"역시 자네도 가기로 한 건가."

사람들의 배웅을 받으며, 이수경이 희미하게 웃었다.

"네."

그러나 모든 사람이 떠나기로 한 것은 아니었다.

"우리는 갈 수 없어요."

'안나 크로프트'를 위시한 소위 '안나 팀'은 이 세계선에 남기를 선택했다.

"시스템은 약해지고 있고, 내가 생각했던 결말에 가장 가까운 세계가 도래했어요. 그러니 우린 이 세계에 남을 거예요. 하지만 우리 팀 중에서도 가고 싶어하는 사람이 있으니…… 그녀를 받아주겠어요?"

안나 팀에서 유일하게 〈오징어 포획〉에 합류한 이는 바로 '셀레나 킴'이었다. 그녀는 머쓱한 얼굴로 웃으며, 김독자에게 꼭 갚을 은혜가 있다고만 말할 뿐이었다.

한수영이 마지막으로 확인했다.

"또 갈 사람 없어? 공단에선 이게 단가?"

눈치를 보다 손을 든 것은, 뜻밖에도 한명오였다.

"뭐야. 아저씨는 당연히 가는 거잖아."

"안 간다고 손든 걸세."

"뭐?"

한명오와 김독자가 본래 사이가 좋지 않았다는 건 알고 있었다. 하지만 그동안 시나리오를 겪으며 조금은 정이 든 줄 알았는데…….

"나는 못 가."

그 말을 듣고서야, 한수영은 한명오의 손을 잡고 선 소녀를 발견했다.

「이 회귀에는 절대 함께할 수 없는 이들이 있다.」

한수영은 소녀의 얼굴을 가만히 들여다보았다. 겉으로는 십대 소녀로 보이는 외양이지만, 이 아이의 정신은 아직 다섯 살도 채 되지 않았을 것이다.

시나리오가 시작된 이후 태어난 이들은 회귀에 동참할 수 없다. 왜냐하면 그 시절에 이 아이는 존재하지도 않았으니까.

한수영은 한명오의 늙은 얼굴을 물끄러미 보다가 말했다.

"알았어. 아저씬 여기 남아."

"독자 씨를 부탁하네."

"당신 몸이나 잘 챙겨. 기왕 남는 거 공단 일도 좀 도와주고. 우리가 빠져서 일손이 부족할 거야. 방구석에 처박혀서 게임이나 하고 있으면 세계선 넘어와서 다 조져버린다, 진짜."

멀리서 차량이 몰려온 것은 그때였다. 검은 승용차에서 내린 인파들이 밀물처럼 이쪽을 향해 몰려오고 있었다.

"한수영 대표님! 인터뷰 좀 부탁드립니다!"

한수영이 눈살을 찌푸렸다.

"회귀자와 함께 집단 회귀를 계획중이라는 게 사실입니까?"

실시간으로 송출되는 광장의 패널 위로 한수영의 얼굴이 떠오르고 있었다. 화면에 붙어 있는 생생한 'LIVE' 표시. 그녀의 마스크는 이미 전국에 멋대로 생중계 중이었다.

"김독자 대표님께서는 누구보다 현실을 중요시한 걸로 알고 있습니다. 그런데 왜 당신은 그런 계획을 세우신 겁니까?"

"지금 세계선은 어떻게 되는 겁니까? 이 세계를 버리시겠다는 겁니까?"

마치 천하의 배신자라도 되는 양 그녀를 몰아세우는 기자들을 보며, 한수영이 쓴웃음을 지었다.

"세계를 버려? 우리가? 세계가 무슨 우리 소유물이야?"

"대표님께서는 이 세계에 대한 책무가……!"

"이 세계에 아직도 우리가 필요해? 시나리오도 다 끝났는데?"

순간 기자들의 표정이 변했다. 특종을 잡았다는 양 빛나는 렌즈들이 한수영의 얼굴을 한껏 클로즈업했다. 한수영은 패널에 비치는 자기 얼굴을 확인하며 계속해서 말했다.

"우리가 있으면 뭐가 달라지는데? 또 이상한 법규 만들어서 우릴 규제할 뿐이잖아. 동훈이가 국회에서 법안 발의되는 거 죽어라 막고 있는 거 모르는 줄 알아? 너흰 우릴 필요로 하지 않아. 오히려 우릴 두려워하지."

"하지만 언제 또 시나리오가 시작될지 모릅니다! 또다시 도깨비들이 세상에 나타난다면……!"

한수영이 싱긋 웃었다. 어차피 이렇게 된 거, 차라리 잘됐다 싶었다.

"재 같은 거 말이지?"

한수영의 시선을 따라간 그곳에는, 커다란 열기구처럼 뭔가가 두둥실 떠 있었다. 그것의 정체를 알아본 기자들이 까무러칠 듯한 비명을 질렀다.

[나는 비유, 이 세계선의 '도깨비 왕'이다.]

마치 시나리오가 다시금 시작되는 듯한 박력.

이 세계에 멸망을 불러왔던, 공포의 시초.

그들의 두려움을 아는 듯 비유가 웃었다.

[태어난 것은 언젠가 다 멸망해. 근데 이 행성은 괜찮아. 핵전쟁이 벌어지지 않는 이상, 앞으로 몇만 년 정도는 끄떡없을 거야. 가끔 날아오는 운석만 잘 피한다면 말이지.]

도깨비의 입으로 그 말을 직접 들은 기자들이 눈을 동그랗게 떴다.

그러나 진짜는 그다음이었다.

[너희의 메인 시나리오는 끝났어. 하지만…… 내게 서브 시나리오 권한은 남아 있는 상태야.]

서브 시나리오라는 말에 기자들의 안색이 창백하게 질렸다.

"도, 도망쳐! 또 저 도깨비가—!"

그리고 눈앞에 메시지가 도착했다.

[새로■운 서브 시나■리오가 도착했■습니다!]

관리국의 붕괴 때문인지, 메시지 창은 선명도가 좋지 못했다. 그럼에도 내용을 읽는 것은 어렵지 않았다.

[이 시나리오에는 어떤 강제성도 없어. 스스로 원하는 사람만 받을 것이고, 자격을 갖춘 지원자만 엄선할 거야.]

[해당 서브 시나리오는 자율 참가입니다.]

[〈스타 스트림〉이 멸망했기 때문에 내가 너희에게 줄 수 있는 보상은 아무것도 없어. 하지만 〈김독자 컴퍼니〉를 도와준다면.]

패널에 비친 자기 모습에 만족하는 듯 비유가 웃었다.

[적어도, 너희가 후회했던 시간을 다시 살 수는 있을 거다.]

그리고 일주일의 시간이 지났다.

[서브 시나리오 - '오징어 포획'에 새로운 지원자가 있습니다.]

가까스로 시나리오의 마지막까지 생존한 이들.

소중한 것을 잃어버렸던 이들이 하나둘 서울로 모였다.

몰려든 인파를 보며 유중혁이 인상을 찌푸렸다.

"숫자가 너무 많아. 조금 힘들 수도 있겠군."

"최대한 많이 데려가야 해. 그래야 더 많은 사람을 살릴 수 있어."

언뜻 보이는 지원자만 오백이 넘었다. 〈김독자 컴퍼니〉의 일행들은 꼼꼼한 면접 및 회차 분석을 통해 결격 사유가 있는지 점검했다. 유중혁과 한수영이 주로 그들을 훈련시켰고, 필요한 기술을 익히게 했다.

그렇게 추리고 추려서 남은 인원은 총 백. 그 백 명이 이번 회귀에 데려갈 수 있는 인원의 전부였다.

"정말, 다시 과거로 돌아갈 수 있는 건가?"

질문을 던진 이는 3대 심판자 특성을 가진 율리우스였다.

'최강의 100인' 중 서열 52위. 이명은 '격노의 심판자'.

고국에서 자신의 가족을 잃고, 친구와 동료마저 모두 잃은 그는 세상에 대한 울분과 분노로 지금까지 살아왔다.

그뿐만이 아니었다.

일본의 아스카 렌. 심지어는 중국의 페이후와 인도의 란비르 칸도 보였다. 시나리오에서 살아남은 최강의 화신이 모두 그곳에 모였다.

율리우스가 다그쳤다.

"이제 말해주게! 지금까지 꾹 참고 모든 훈련을 견뎠지 않나? 과거로 돌아갈 수 있다는 게 진짜인가?"

"아니. 거짓말이다."

"그게 무슨…… 그럼 우릴 이곳에 모은 건……."

"너희가 돌아가는 곳은 '과거'가 아니다. 그냥 다른 세계선이지. 인간은 무슨 짓을 어떻게 해도 과거로 갈 수 없다."

"그런 당연한 소릴 들으려고 온 것이—"

"이미 일어난 일은 결코 바뀌지 않는다. 너희가 사랑하는 사람들은 모두 죽었다."

그 담담한 목소리에 사람들은 입을 다물었다. 이 세계에서 유일하게 '회귀'를 경험해본 인간의 목소리였다.

"그들은 너희를 기억하지 못할 것이다. 그들은 너희 기억 속에서 죽은 자들과는 다르니까. 그들은 너희와 함께 보낸 어떤 시간도 떠올리지 못할 것이다. 그들과 이야기할 때마다 너희는 너희가 살았던 시간이 결코 돌아오지 않음을 깨닫게 될 것이다."

한마디 한마디에 깊은 고통이 배어 있었다. 오직 혼자서 사라진 세계를 기억하며 살아온 인간의 말이었다.

"너희는 더욱 외로워질 것이고, 끝내는 혼자가 될 것이다. 누구도 그런 너희의 고통을 이해해주지 않을 것이다. 세상은 너희의 고통을 이해하는 대신 너희를 회귀자라 부르며, 누군가의 미래를 도둑질했다고 욕할 것이다. 너희는 어디에도 소속되지 못한 채, 살아 있는 채로 죽어갈 것이다."

그것이 회귀의 저주였다.

"그래도 회귀할 건가?"

그리고 이것이 회귀자가 되기 위한 마지막 시험이었다.

회귀자가 되기 위해 찾아온 사람들이 서로 돌아보았다. 엄포에 질린 누군가는 뒷걸음질을 쳤고, 이미 결의를 굳히고 있던 누군가는 천천히 심호흡했다. 그리고 누군가가 천천히 앞으로 나왔다.

아스카 렌이었다.

피스 랜드에서 〈김독자 컴퍼니〉와 함께 싸운 일본인.

그곳에서 누구보다 많은 동료를 잃은 사람.

"무슨 짓을 해도 내가 잃은 것들을 돌려받을 수 없다는 건 잘 알고 있어요. 하지만 내가 회귀하면."

자신의 카타나를 꾹 쥔 아스카 렌이 고개를 들고 말했다.

"적어도, 그 세계선은 구할 수 있겠죠."

그러자 그녀 곁으로 하나둘 사람들이 모여들었다.

"내 고통이 무의미해도 좋습니다. 설령 모든 것이 허상이라 해도."

"한 번이라도, 단 한 번이라도 그들을 구할 수 있다면……!"

그것이 그들의 의지였다. 누군가는 격정에 사로잡혀 있었고, 누군가는 슬픔에 젖어 있었다.

그리고 모두 과거를 그리워하고 있었다.

유중혁은 알고 있었다.

「그들은 결국 후회하게 될 것이다.」

이야기해줄 수도 있었다. 반복된 회귀를 거치며, 그의 동료들이 그에게 해준 말을 전해줄 수도 있었다.

「"대장. 현재를 살아야 합니다. 지난 과거에 얽매이지 마십시오."」

「"전부 미망일 뿐이에요."」

전 회차에서 죽었던 동료들이, 이번 회차에서는 그렇게 말한다.

그런 말을 들을 때마다 유중혁은 묵묵히 자신의 검을 닦으며 견뎠다.

그들은 이해하지 못했다.

이 세상에는, 결코 현재를 살아갈 수 없는 이도 있다는 사실을.

"우릴 데려가줘요, 패왕."

그렇기에 회귀자 유중혁은 눈앞의 사람들을 이해했다.

오직 과거만이 그들이 선택한 현재였고, 누구도 그것을 틀렸다고 말할 수는 없었다.

아니, 어쩌면 한 사람은 틀렸다고 말할지도 모른다.

「"이 회차를 버린다고 다음 회차가 좋아질 거라 착각하지 마. 네가 버리려고 하는 이 회차가 '인간'으로서 세계의 끝을 볼 수 있는 '단 하나의 회차'일지도 모르니까."」

유중혁은 천천히 눈을 감았다.

지금이라면 김독자의 그 말에 대답할 수 있을까. 모르겠다.

하지만 적어도 한 가지는 확실했다.

「이 세상에는 '인간'을 포기하면서까지 어떤 이야기를 보고 싶은 사람도 있다는 것.」

자리에서 일어난 유중혁이 입을 열었다.

"출발한다. 성좌들 불러."

4

이수경은 가장 어두운 별 앞에 서 있었다.

"함께 가주실 건가요?"

[성좌, '가장 어두운 봄의 여왕'이 천천히 눈을 뜹니다.]

페르세포네가 묵고 있는 곳은 〈명계〉가 아니었다. 〈스타 스트림〉이 무너진 후 명계와의 통로는 사라졌기 때문이다. 그녀는 현재 공단의 별실에 머무르고 있었다. 온종일 밤하늘을 바라보며, 아주 오래된 설화들을 헤아리듯이.

[내가 아직 살아 있다는 것은, 적어도 내 ■■은 이곳이 아니었다는 뜻이겠죠.]

천천히 고개를 돌리는 그녀의 눈동자에는 아직 온기가 남아 있었다.

누군가가 남긴 온기. 이수경은 그것이 누구의 설화인지 알고 있었다.

[설화, '가장 어두운 밤의 약속'이 이야기를 계속합니다.]

이 세상 끝까지라도 함께해주겠다던 명왕.

그는 말 그대로 이 세상의 끝에서 페르세포네를 대신해 죽었다.

[가요. 그 애를 구해야죠.]

✳

정희원은 공단 별실의 낡은 문을 두드렸다.

"계세요?"

손잡이를 돌리자 문은 쉽게 열렸다. 곧바로 보이는 것은 그녀를 환영하는 홀로그램 피규어였다.

《김독자, 어룡에서 탈출!》

어룡에서 탈출하는 순간의 김독자가 그곳에 있었다. 심지어 홀로그램 피규어 아래쪽에는 대사도 떠올랐다.

「**"자, 그럼 밖으로 나가볼까."**」

정희원은 약간 얼빠진 얼굴로 그 기이한 조형물을 바라보았다.

심지어 하나가 아니었다.

《김독자, 절대왕좌 파괴!》

《김독자, 마계 해방!》

"유승이나 길영이 방도 이 정도는 아닌데."

정희원은 구경이라도 하듯 피규어를 둘러보았다. 연도순, 시나리오 순으로 배치된 피규어들을 따라가고 있으려니, 무릇 옛 생각이 피어났다.

우리엘은 아마 이 모든 순간의 김독자를 보고 있었으리라.

개중에는 특별 소장품으로 보이는 오징어 뒷다리 같은 것도 있었다.

《오징어 김독자의 마지막 다리 made by Yangsan》

의심스러운 눈으로 유리관에 손을 가져다댄 순간, 누군가의 진언이 들려왔다.

[그거 잘못 건드리면 우리엘이 화낼걸.]

언제부터였을까. 유리관 곁 테이블에 수척한 얼굴의 대천사가 앉아 있었다. 아니, 이제 그녀가 대천사임을 알아보는 이는 거의 없을 것이다.

먼저 말을 걸어온 주제에 쳐다보지도 않는, 묵묵히 책 페이지만 넘기는 여인. 정희원은 그녀의 긴 속눈썹을 물끄러미 바라보다가 물었다.

"가브리엘. 우리엘은 어디 있어요?"

[성좌, '물병자리에 핀 백합'이 자신의 존재감을 드러냅니다.]

그녀의 전신으로 물결처럼 번지는 설화의 힘. 어쩌면 대천사의 마지막 자존심일지도 모른다.

[에덴의 마지막 화신이여.]

고요히 책을 덮은 가브리엘의 안광이 빛나고 있었다. 이미 정희원이 왜 이곳에 찾아왔는지 아는 눈치였다.

[나는 세계선을 넘어본 적이 있어. 굉장히 아찔한 경험이었지. 그런데 너희가 하려는 짓은 그보다 더해. 결코 살아남지 못할 거야.]

"에덴식 저주인가요?"

[이곳이 너희 현실이야. 도망가지 마. 기껏 〈스타 스트림〉을 무너뜨

리고 얻은 결과를 다시 무로 돌릴 셈은 아니겠지?]

현실. 그 말의 무게가 괜스레 가슴을 짓눌렀다. 정희원은 대답 대신 방의 정경을 다시 훑어보았다. 우리엘과 가브리엘이 사용하는 이층 침대가 구석에 놓여 있었다. 그 위로 포스터처럼 붙어 있는 〈EDEN〉이라는 글씨.

「성운 <에덴>은 끝났다. 이곳에 그 사실을 모르는 이는 아무도 없었다.」

"현실을 만드는 건 풍경이나 장소가 아니에요."

〈에덴〉이 끝났음에도, 누군가는 여전히 이곳을 에덴이라고 부른다. 이곳에 대천사가 남아 있기 때문이다.

「설령 그것이 단둘이라고 해도.」

"멋진 에덴이네요."

고개를 돌리자 가브리엘이 흔들리는 눈으로 그녀를 보고 있었다.

"우리엘은 어디에 있죠?"

[뒤에.]

돌아보자, 그곳에 우리엘이 있었다. 군것질거리를 사 오는 길인지, 작은 품에 인스턴트 식품을 한가득 안고 있었다.

깜짝 놀란 듯 동그랗게 뜬 에메랄드빛 눈동자.

정희원은 오랫동안 자신의 배후성을 바라보았다.

이제 우리엘에게 대천사의 광휘는 거의 느껴지지 않았다. 등 뒤로 자라났던 날개는 사라졌고, 옷도 바뀌었다. 즐겨 입던 검은색 드레스 대신, 회색 후드티에 트레이닝복 바지를 입은 우리엘.

[희, 희원아.]

우리엘이 왜 저런 모습이 되었는지, 정희원은 누구보다 잘 알고 있었다.

"우리엘."

「사실 우리엘은 이곳에 남는 게 더 행복하지 않을까.」

자신보다 더 긴 시간 동안 시나리오를 수행해온 대천사. 그런 그녀를 다시 한번 지옥으로 데려가는 것이 옳은 일일까.

정희원은 입을 여는 대신 주먹을 꾹 쥐었다. 그러자 그 안에서 희미한 불꽃이 피어올랐다.

[지옥염화].

자신의 배후성이 건네준 세상에서 가장 순수한 불꽃.

그 불꽃이 피어오른 순간, 방의 희미한 어둠 속에서 똑같은 빛을 뿜는 조형물이 있었다. 정희원은 무심코 그쪽으로 고개를 돌렸다. 자신과 똑같이 생긴 인형. 이곳에는 김독자만 있는 것이 아니었다.

홀린 듯 다가간 정희원이 유리관 속을 바라보았다.

심판자의 검을 쥐고, 새하얀 [지옥염화]를 내뿜는 자신이 그곳에 있었다.

《나의 하나뿐인 화신》

울컥 솟아오르는 감정을 억누른 채, 정희원이 입을 열었다.

"우리엘."

[희원아.]

그 따뜻한 목소리를 듣는 순간, 정희원은 깨닫는다. 이미 그녀의 배후성은 모든 것을 알고 있다.

"그때처럼, 다시 한번 내가 살아가는 걸 응원해줘요."

천천히 고개를 돌리자, 우리엘은 슬프게 웃고 있었다. 정말로 괜찮겠냐는 듯이.

그런 우리엘을 향해 정희원이 무릎을 꿇었다.

"다시 한번 나의 배후성이 되어줘요."

"염룡이 이 자식 어디 갔어? 염룡아아!"

"장군님! 우리 장군님!"

각자 성좌를 찾아 나서는 한수영과 이지혜의 목소리. 난잡한 군중 한가운데에서, 유중혁은 여동생을 내려다보고 있었다. 어딘가 심통이 난 듯 뾰로통한 얼굴. 유중혁은 한숨을 내쉬었다.

"여기에 있으면 너는 안전하다."

"……."

"이 세계는 곧 안정될 거다. 이제 이 세계에는—"

"하지만 오빠가 없잖아."

유미아가 반말을 하는 것은 오랜만이었다.

유중혁은 그것에 대해 한마디를 하려다 말을 바꾸었다.

"다시 돌아올 거다."

"언제요?"

"다른 세계선의 끝을 보고, 김독자를 구하면."

"그게 언젠데요?"

유중혁은 답하지 못했다.

"위험할 거다. 너를 그곳으로 데려갈 수는 없다."

"거짓말."

유미아의 전신에서 희미한 초월형의 기운이 흘러나왔다.

초월좌의 격.

지난 몇 달간의 수련으로, 놀랍게도 유미아는 초월좌의 제1형을 각성했다. 역대 최연소 초월좌. 그야말로 놀라운 재능이 아닐 수 없었다.

"그렇게 말할 거면 왜 내가 훈련하는 거 안 말렸어요? 나도 길영 오빠랑 유승 언니랑 같이 훈련받았다고요."

"……."

"솔직하게 말해줘요, 오빠."

흔들림 없는 소녀의 눈동자를 보며, 유중혁은 천천히 눈을 감았다.

계획은 충분히 세웠다. 누구도 잃지 않도록. 그 어느 때보다 꼼꼼하고 완벽하게 만들어진 계획이었다. 하지만 언제나 변수는 있는 법이고, 유미아는 다시 위험해질 수도 있었다.

시선을 낮춘 유중혁은 반쯤 무릎을 꿇은 채 유미아를 바라보았다.

"네가 같이 갔으면 좋겠다."

그것이 유미아가 원하는 대답이었다. 작은 손이 유중혁의 머리를 쓰다듬었다.

"회귀하자마자 동료들이 바로 널 데리러 갈 거다."

"나 없었으면 '깃발 쟁탈전' 때 다 죽었을 거면서."

유미아는 그 말을 하며 입을 와앙, 하고 벌렸다. 그 입안을 들여다본 유중혁이 인상을 쓰며 한마디 하려는 순간.

"야, 다 찾았어!"

흑염룡에게 헤드락을 건 한수영이 손을 흔들며 다가왔다. 그 뒤에는 '해상전신'과 '고려제일검'의 양팔에 매달린 이지혜가 보였다.

유중혁이 인상을 쓰며 물었다.

"원숭이는?"

한수영은 말없이 턱짓했다.

[성좌, '가장 오래된 해방자'가 거드름을 피웁니다.]

유중혁이 눈을 가늘게 뜨며 허공을 올려다보았다. 히죽거리는 제천대성이 둥둥 떠 있었다.

"언제 온 거지?"

[준비가 너무 늦은 것 아닌가? 네놈 때문에 막내가 죽게 된다면 그 자리에서 사지를 찢겠다.]

역시 격이 떨어지고 〈스타 스트림〉이 멸망해도 신화급은 신화급인 모양이었다. 시스템이 사라진 와중에도 여전히 저런 기백을 내뿜을 수 있는 것은 오직 제천대성뿐이었으니까.

유중혁이 입을 열었다.

"방해가 된다면 언제든 네놈을 베어버릴 것이다."

그 말에 제천대성이 하얀 이를 드러내며 웃었다.

[다음 회차에서는 못다 한 승부를 내도록 하지. 네놈이 과연 '은밀한 모략가'에 비할 수 있을지 반드시 시험해보겠—]

"자자, 다들 준비 끝났지?"

한수영의 목소리에, 대기 중이던 화신들이 하나둘 긴장된 표정을 지었다.

이번 회귀행에 참가하기로 한 〈김독자 컴퍼니〉도 모두 모였다. 유상아, 정희원, 이현성, 신유승, 이길영, 이지혜, 이설화, 장하영. 거기에 이수경과 셀레나 킴까지.

그들을 배웅하며, 공단 사람들이 인사를 건넸다.

"패왕, 내가 알려준 것들 꼭 기억하세요."

"페이후. 네게 대륙의 미래가 달렸다."

"란비르 칸—"

그리고 그들 중심에 둥둥 떠 있는 작은 도깨비 하나.

"비유."

신유승은 자기도 모르게 손을 뻗었다.

공단 사람들과 함께 남은 비유는 미묘하게 우울한 표정이었다.

「비유는 함께 갈 수 없다.」

한명오의 딸이 그러하듯, 비유 또한 이 세계의 멸망이 시작되고 난 후 태어난 존재. 지금부터 그들이 가는 길에 비유는 '이야기꾼'이 되어줄 수 없었다.

비유는 일행들을 위로하듯 말을 건넸다.

[슬퍼하지 마. 어느 세계선이든 너희를 응원할 테니까. 나는 '도깨비 왕'이야. 조금 더 열심히 수련하면, 그리고 혹부리들이 남긴 유산들을 찾으면 나도 세계선을 넘을 수 있을 거야. 그럼 언젠가 다시 만날 수 있어.]

"기다릴게. 몇만 년이라도."

비유가 바앗— 하고 울었다. 공단 전체에 불꽃놀이처럼 폭죽이 터졌다.

"출발한다."

[성흔, '집단 회귀 Lv.1'를 발동합니다!]

마침내 유중혁이 회귀를 시작했다. 성흔 발동과 동시에, 유중혁과 일행들의 전신이 황홀한 빛살로 물들었다. 그리고 그때.

"싸가지 없는 새끼들! 나는 데리러 오지도 않아—!"

멀리서 버럭 소리를 지르며 달려온 공필두가 회귀행의 빛살에 끼어들었다.

콰콰콰콰콰콰콰—!

세계가 부서지기 시작했다.

일행들은 서로 손을 꼭 잡은 채 사라지는 세계를 바라보았다. 환히 웃는 비유의 표정이 일그러져 보였다.

다시 만날 수 있을까.

영혼이 산산이 분해되는 듯한 고통이 뒤따랐다. 신유승이 이를 악물었다.

「유중혁은 언제나 이런 순간을 홀로 견뎌온 것이다.」

다행인 점은 이번에는 혼자가 아니라는 것.

신유승은 자신이 먼 은하를 유영하고 있다는 사실을 깨달았다. 보이지도 않을 속도로 빠르게 멀어져가는 배경들. 세계선마다 다른 모양의 〈스타 스트림〉. 그 이야기의 잿더미 속에서 버려진 신격들이 일행들을 부르고 있었다.

【아아아아아아아아】

【이리이리이리이리이리이리】

한수영이 신유승의 손을 단단히 붙잡은 채 말했다.

"정신 똑바로 차려. 빨려 들어가고 싶지 않으면."

신유승이 몇 번이고 멀어져가는 이계의 신격들을 돌아보았다. 지난 회차에서 김독자는 이계의 신격들을 구했다. 잊힌 이야기들에 다시 이름을 붙여주었다. 그럼에도 아직 이 우주에는 잊힌 것들이 많이 남아 있었다.

한수영이 다시 말했다.

"우리는 김독자가 아니야. 저 모든 세계를 구할 수는 없어."

신유승도, 일행들도 모두 알고 있었다.

「지금 그들은 눈앞의 세계 하나를 구하기에도 벅찼다.」

하지만 언젠가는.

「끝을 보지 못한 이야기들이 모두 어딘가로 흘러가고 있었다.」

멀어진 이계의 신격들은 다시 아름다운 은하로 뒤바뀌었다.

비극이란 멀리 있을 때는 저토록 아름답다.

한수영이 소리쳤다.

"야, 원래 이렇게 오래 걸려? 제대로 가는 거 맞—"

어디선가 북이 찢어지는 듯한 소리가 들린 것은 그때였다.

쩌저저저저적—!

[세계선이 '집단 회귀'의 발동을 감지합니다!]

[<스타 스트림>이 해당 성흔의 개연성을 지적합니다!]

[해당 성흔은 개연성의 한도치를 넘어선 힘입니다!]

뭔가가 잘못되었다.

한수영이 뭐라고 소리치는 순간, 시야가 어둠에 먹혀 사라졌다.

그리고 다시 눈을 떴을 때, 한수영은 자신이 새하얀 설원 같은 곳에 내던져져 있음을 알았다.

"뭐야! 여기 어딘데?"

일행들이 보이지 않았다. 보이는 것은 멍청한 표정을 한 유중혁뿐이었다.

"세계선이 엉켰다."

"그게 뭔 개소리야! 제대로 준비한 거 아니었어?"

눈을 감은 채 뭔가 가늠하던 유중혁이 말했다.

"준비는 제대로 했다. 그리고 나머지 일행들은…… 무사히 1,865회차에 도착한 것 같군. 이곳에 온 건 우리뿐이다."

"여기가 어딘데?"

"아무래도 세계선의 틈새에 갇힌 것 같다."

한수영은 다시금 주변을 둘러보았다.

새하얀 설원 사이사이로 새카맣고 거대한 구조물들이 둥둥 떠 있었다.

"조금만 기다려라. 설화를 모아 다시 성흔을 발동할 거다."

"얼마나 걸려? 빨리하라고. 우리가 너무 늦게 도착하면 계획이고 뭐고 말짱 꽝이야!"

유중혁은 이미 정신을 집중하고 있는 모양인지 대답이 없었다.

불현듯 자리에서 일어난 한수영은 바로 근처의 구조물을 향해 손을 가져다댔다. 그러자, 새카만 흑연 같은 것이 손에 묻었다.

"뭐 이런 게……."

다음 순간, 그녀의 머릿속에 구조물의 전체적인 형상이 그려졌다.

「ㅁ」

틀림없었다. 이 구조물은 분명 그런 모양이었다.

그리고 그 앞의 구조물은…….

「ㅓ」

천천히 등줄기로 소름이 돋았다. 그녀는 구조물을 계속해서 읽어나갔다. 그것은 곧 문장이 되었다.

「전지적 독자 시점」

5

전지적 독자 시점.

그 문장을 본 한수영이 눈을 가늘게 떴다.

"이건 김독자 스킬 이름인데?"

세계선의 틈새에 왜 이런 게 새겨져 있는 것일까.

문장들은 계속해서 이어지고 있었다.

「이럴지도 모른다고 생각했고, 어머니의 행동을 납득할 이유도 이것뿐이라고 생각했다.」

「갑자기 영문 모를 에세이를 쓴 것도.」

「내가 살인자의 아들이 되어야만 했던 것도.」

문장들은 일정한 속도로 어딘가를 향해 움직이고 있었다. 과거에서 미래로 유창하게 뻗어가는 문장들. 그 순간 한수영은 깨달았다.

'회귀'라는 것은 세계선을 거슬러 올라간 '어느 시점'에서 새로운 세계선을 뻗는 것이다.

만약 세계선을 거스르던 중에, 이 틈새에 걸린 것이라면 어떨까.

그런 것이라면, 지금 이 문장들이 있는 시점은—

"유중혁! 이거—"

돌아보았을 때, 유중혁 또한 어딘가를 보고 있었다.

쾅, 콰앙—!

설원이 흔들렸다.

누군가가 그들이 끼어 있는 세계선의 틈새를 두드리고 있었다.

「"뱉어! 뱉으라고!"」

「김독자는 울고 있었다.」

설마 이 상황은…….

「나는 미친 듯이 벽을 때리기 시작했다.」

「김독자는 질리고 있었다. 그 모든 것이 이야기가 된다는 사실에. 자신의 행동과 말이 전부 시나리오가 되고, 벽 위의 문장이 되고 있다는 사실에.」

「"닥쳐!"」

얼굴은 보이지 않는다. 하지만 그 문장을 읽는 것만으로도 한수영은 알 수 있었다.

이 글자들 너머에 김독자가 있다. 멸살법의 3회차. 그 과거의 어딘가에서 싸우는 김독자.

「김독자는 알고 싶었다. 어떻게 해야, 대체 어떻게 해야 이 벽을 부술 수 있을까? 설마 이것이 멸살법을 읽은 대가일까. 그걸 읽어서, 내 모든 현실조차 소설이 되어버리고 있는 것일까.」

그 문장을 읽는 순간 한수영은 확신했다.

"암흑성의 그때야."

"암흑성?"

"김독자가 '꿈을 먹는 자'와 싸운 후의 상황이라고. 녀석이 언젠가 그때 이야기를 해준 적이 있어. 자기 스킬 안에 갇혀서……."

최종 시나리오에 도전하기 직전, 한수영은 김독자와 밤새도록 이야기를 나누었다. 앞으로의 계획에 관한 것도 있었고, 지난 일에 관한 것도 있었다. 혹시나 과거에 풀지 못한 사건들이 미래의 단서가 될지도 모른다는 생각 때문이었다.

—그러고 보면 그때 좀 이상한 일이 있었어. 누가 날 불렀는데…… 그 목소리 아니었으면 거기서 꼼짝없이 망했을걸.

"야! 김독자!"

"한수영, 쓸데없는 짓 하지 마라. 이미 기록된 과거다."

틈새는 틈새로 존재해야 한다. 그래야 나머지가 틈새가 아니게 된다.

하지만 이런 곳에도 문장이 있다는 것은, 실은 그들이 읽지 못한 이야기들이 존재한다는 의미 아닐까.

한수영은 다시 한번 거대한 글자를 향해 손을 뻗었다. 그러자 이번에도 새까만 입자 같은 것이 묻어 나왔다.

그것은 흑연이 아니었다.

0과 1로 이루어진, 아주 작고 고운 까만색 입자.

한수영은 글씨를 더 강하게 움켜쥐었다.

만약 이것이 기록된 이야기라면, 그 기록을 바꿀 수도 있는 것 아닐까.

[화신 '한수영'의 새로운 설화가 깨어납니다!]

츠츠츠츠츳!

엄청난 스파크가 터져나와 그녀의 전신을 공격하기 시작했다. 갑자기 세계의 모든 문장이 그녀를 노려보는 것 같았다.

"바보 같은…… 지금 그럴 때가—!"

[설화, '퇴고 전문가'가 이야기를 시작합니다!]

"야! 정신 똑바로 차려!"

문장을 쥐자 그 문장에 담긴 생이 전해졌다.

김독자의 생이었다. 이 문장을 '최후의 벽'에 써넣기 위해 살아왔던 김독자의 생.

한수영은 [제4의 벽]과 씨름하는 김독자를 향해 외쳤다.

"이건 네 스킬이잖아! 네 스킬에 네가 먹히지 말라고!"

이미 기록된 문장을 수정하듯, 문장 전체의 기틀을 잡고 흔들었다.

어쩌면 그녀의 생각이 틀렸을 수도 있다. 김독자는 혼자서도 위기를 잘 이겨낼 수도 있고, 그녀의 목소리는 김독자에게 영영 닿지 않을 수도 있다.

그럼에도 한수영은 '벽'에 그녀의 문장을 남겼다. 어쩌면 벽 너머의 누군가가 들을지도 모르니까.

"한수영, 회귀가 시작된다!"

"닥쳐! 너도 빨리 한마디 해!"

환한 빛살 속에서 한수영과 유중혁의 모습이 다시 흩어지기 시작했다. 모습이 사라지기 직전, 인상을 한껏 찌푸린 유중혁이 한마디를 남겼다.

"스킬을 해제해라, 김독자."

✶

유상아는 멍하니 눈을 깜빡였다. 주변에 희미한 별이 감돌고 있었다. 눈앞의 모니터가 일렁였다. 모니터에는 그녀가 열람하던 인사기록부가 띄워져 있었다.

"아."

실감이 나지 않았다. 다시 한번 눈을 깜빡이자, 연약한 육신의 감각이 느껴졌다. 스킬과 성흔의 힘을 잃어버린, 시스템의 축복에서 벗어난 화신의 육체. 인간의 감각이었다.

돌아온 것이다.

해야 할 일들이 머릿속에 차례대로 떠올랐다. 회귀 시점을 확인할 것. 비상 연락망을 통해 일행들과 교신을 시도할 것. 그리고…….

갑자기 자리에서 벌떡 일어난 그녀를 쳐다보는 시선들이 있었다. 오래된 이름이 하나둘씩 떠올랐다. 김민우 대리와 장은영 부장. 그리고…….

"오, 상아 씨. 인사팀이라 그런지 인사성 밝네. 지금 인사하려고 일어난 거지?"

시비라도 걸러 온 것인지 껄렁거리며 다가오는 사내. 강영현 전무였다.

그리고 그 뒤를 굽신거리며 따라오는…… 재무팀 한명오 부장도 보였다.

눈치를 살살 보던 한명오 부장이 그녀를 향해 헤실헤실 웃었다. 지난 사 년간 그녀가 알던 한명오가 아니었다. 그녀가 알던 한명오는 이번 회차로 넘어오지 못했다.

"거참, 농담이야 농담. 그나저나 유상아 씨. 이번 주 주말에……."

유상아는 말없이 달리기 시작했다. 강 전무를 지나치고, 복도로 뛰어들었다. 갑자기 현실감이 흐려지기 시작했다.

정말로 회귀는 성공한 것일까.

그녀가 한때 잘 알던 세계의 정경이 흘러갔다. 한때 이곳으로 정시에 출근했고, 때가 되면 퇴근했다. 그것이 이 세계의 규칙이었고, 그 규칙에 충실히 따르는 것이 유상아가 할 수 있는 일의 전부였다.

"아니 이봐! 유상아 씨!"

똑같은 모양의 사원증. 한때 그것을 목에 걸기 위해 애썼던 적도 있었다. 그것이 자신의 가치를 증명해줄 무언가라도 되는 것처럼.

숨을 몰아쉬며 QA팀에 도착했을 때, 유상아를 알아보는 직원들이 있었다.

"어? 유상아 씨?"

주머니에 넣은 휴대폰이 쉴 새 없이 울렸다. 그녀의 갑작스러운 행동에 의문을 표하는 메시지들. 뒤쪽에서 울려 퍼지는 고함.

유상아는 한 걸음 한 걸음 파티션을 향해 다가갔다.

「그곳에 그녀가 기억하는 사람이 있었다.」

헤드폰을 쓴 채 그녀를 올려다보는 사내.

파티션 구석에서 항상 충전 중이던 보조 배터리.

그곳에 그녀가 기억하는 김독자가 있었다.

시나리오가 시작하기 전의 김독자.

유상아는 자기도 모르게 김독자의 양 볼을 움켜쥐었다.

"엇……?"

동그랗게 눈을 뜨는 김독자. 그녀의 돌발 행동에 깜짝 놀란 주변 사람들이 웅성거렸다. 하지만 그녀가 듣고 있는 것은 그들의 말이 아니었다.

「"유상아. 왜 그렇게 냉정해? 이 김독자가 김독자인 것처럼, 그곳에 남겨진

김독자도 김독자야. 너는—"」

머릿속으로 떠오르는 한수영의 말.

그때 자신은, 왜 그렇게 냉정하게 반응했을까.

"독자 씨."

이제는 안다.

김독자의 이 얼빠진 표정을 보고서도 모를 수는 없다.

「"수영아. 나한테도 소중한 기억은 있어."」

그녀는 한수영처럼 '작가'도 아니었고, 유중혁처럼 '주인공'도 아니었다.

그녀는 유상아였다. 김독자의 회사 동료이자, 김독자의 친구인 유상아.

괜스레 차오른 눈물이 시야를 가렸음에도, 유상아는 환히 웃었다.

「이 김독자를 지키기 위해, 그녀는 돌아왔다.」

김독자의 입술이 빼끔거렸다. 그녀를 알아보는 듯, 김독자의 혼탁하던 눈동자에 조금씩 빛이 돌아왔다. 눈동자 속에서 희미하게 튀어 오르는 스파크를 본 순간, 유상아가 입을 열었다.

"당신이 잊어버린 이야기를 찾으러 가요."

유상아는 김독자를 이끌고 곧장 회사를 빠져나왔다. 혹시 몰라 사무실 복도를 달리며 사람들에게 외치는 것도 잊지 않았다.

"지금이라도 회사 그만두고, 메뚜기나 한 마리 잡아두세요!"

광화문역에 내렸을 때, 그들을 제일 먼저 맞은 것은 정희원이었다. 멀쩡한 세종대왕상과 이순신상 아래에서 정희원이 손을 흔들었다.

"유상아 씨!"

반가움의 해후 겸 힘껏 포옹하는 것도 잊지 않았다.

아직 도착한 사람은 정희원뿐인 모양이었다.

"독자 씨 상태는 왜 그래요?"

"기억 상태가 온전치 못한 모양이에요. 현실 인식에 혼란을 겪고 있어요."

아무래도 아바타 상태라 그런 것이려니 하고 짐작만 할 뿐이었다.

"중혁 씨랑 수영 씨는요?"

"아직 연락이 안 돼요. 중혁 씨는 몰라도 수영 씨는 제일 먼저 전화 돌릴 사람인데……."

회귀가 성공한 지도 몇 시간이 지난 상황. 전화를 빌려서라도 연락을 했을 사람에게 연락이 없다는 것은, 뭔가 잘못되었을 가능성을 고려해야 한다는 뜻이었다.

"다른 일행들은요?"

"길영이는 지방에 있고, 유승이랑 지혜는 조금 늦을 거 같대요. 그리고 현성 씨는—"

"헉! 헉! 희원 씨! 상아 씨!"

멀리서 양손을 흔들며 달려오는 커다란 곰이 보였다. 곰은 군복을 입고 있었다.

"엥? 군부대 안이라 못 나온다고 하지 않으셨어요?"

"탈영했습니다."

"그래도 되는 거예요?"

"곧 세계가 멸망하는데 그런 게 뭐가 중요합니까."

"곧이라 말하기는 좀 시간이 남았는데요."

정희원은 그 말을 하며 자신의 스마트폰에 표시된 일정 화면을 보여주었다.

「시나리오 시작까지 D-28」

이현성이 심각한 표정을 지었다.

"시나리오 시작 하루 전으로 회귀하는 게 목표 아니었습니까?"

"차라리 잘됐죠. 준비할 시간도 벌었으니 더 많이 살릴 수 있을지도 몰라요."

우우웅.

미리 접속하기로 약속한 단체 톡방으로 하나둘 사람들이 들어오기 시작했다.

정희원은 번역기를 돌려 메시지들을 읽었다.

—중국의 페이후 중국에 도착했어요. 미세한 먼지. 공기가 좋지 않네요.

—인도의 란비르 칸, 잘 도착했습니다. 향수를 불러일으키는 냄새가 난다.

—일본의 아스카 렌입니다. 익숙한 천장. 아무런 문제가 없습니다(`･ω･´).

회귀에 성공한 세계선 최강의 100인이 모여들고 있었다.

서로를 바라보던 일행들이 동시에 고개를 끄덕였다.

"작전을 시작하죠."

「D-21」

—군부대에서 다수의 총기를 무단 탈취한 '이 중위'에 대한 수배 명령이 내려져…….

—최근 인터넷에서 번지기 시작한 갑작스러운 '종말론'에 일부 전문가들은…….

「D-14」

—해프닝으로 끝날 줄 알았던 '종말론'이 벌써 이 주일째 기승을 부리고 있습니다.

—종말론자 '셀레나 킴'은 두 주 뒤 찾아올 격변에 대비하여 준비물을 언급하며…….

—재계의 일부 유명 인사조차 종말론에 동조하여 대중의 비난을…….

「D-7」

—굴지의 제약회사에서 연구 중이던 미생물 앰플이 대량으로 탈취당해…….

—최근 십대들 사이에서 개구리알 수집 열풍이…….

「D-1」

—종말론자 '셀레나 킴'이 공지한 '멸망의 날'이 하루 앞으로 다가

온 가운데…….

「D-DAY」

이설화는 손에 쥔 작은 앰플을 내려다보았다.

—앰플 안에 살아 있는 벌레나 벌레 알을 넣어놨어요.

—최대한 많은 사람이 열람할 수 있도록, 인터넷에 비상 앰플 배치도도 뿌렸어요.

—이제 행운을 빌어야죠.

「종말 4시간 전」

—인도 뉴델리, 준비 완료했습니다.

—중국 베이징, 준비 완료.

—미국 워싱턴, 준비 끝났습니다.

「종말 1시간 전」

—대한민국 서울, 준비 완료.

「종말 10분 전」

—신유승, 이길영 팀. 3호선 지역 배치 완료했습니다.

3호선 압구정역.

멀리서 달려오는 지하철 소리를 들으며, 신유승은 불현듯 입을 열었다.

"잘 되겠지?"

"당연하지. 너 개구리 알 몇 개 가지고 있어?"

"102개. 너는?"

"524개."

신유승이 눈살을 찌푸리며 이길영의 페트병을 노려보았다.

"야, 너 혼자 그렇게 많이 가지면 다른 사람들은……."

"아 다들 앰플 하나씩 있는데 뭐. 그 시커먼 놈보다 강해지려면 이번에는 부유하게 출발해야 돼! 이것만 있으면……!"

바로 그 순간, 누군가가 이길영의 손끝에서 페트병을 탈취했다. 깜짝 놀라 돌아보자, 그곳에 익숙한 사내가 서 있었다.

"시커먼 놈!"

"중혁 아저씨? 언제 오신 거예요!"

"방금. 성흔에 문제가 생겨서 늦었다."

숨을 헐떡이는 유중혁이 이마를 닦으며 페트병을 품에 넣었다.

"김독자는?"

"상태가 안 좋아서 설화 언니가 데리고 있어요. 아직 시나리오 이전이라 그런지 잠깐 괜찮았다가 또 의식불명이에요."

"작전 준비는?"

"모두 끝났어요."

신유승은 긴말 대신 유중혁에게 예비용 스마트폰 하나를 건넸다. 투덜거리던 이길영도 품속에서 페트병 하나를 더 꺼냈다.

"흥, 뺏어갈 줄 알고 미리 하나 더 만들어놨거든?"

「PM 6:55」

멀리서 지하철이 달려오고 있었다. 세 사람은 나란히 지하철에 탑승했다. 평소와 똑같은 냄새의 3호선. 누구도 종말 따위는 생각하지 않는 평화로운 정경이었다. 흘러가는 터널의 어둠을 보며 이길영이 중얼거렸다.

"근데 정말 시나리오가 시작될까?"

이길영이 약간 자신 없는 표정으로 유중혁 쪽을 흘끔거렸다. 지난 이십팔 일 동안, 이길영은 일행 중 누구보다 열심히 종말을 준비해왔다. 그랬기에 아이러니하게도, 이제 이길영은 그 종말이 일어나지 않을까 봐 걱정하고 있었다. 그런 이길영을 향해 유중혁이 입을 열었다.

"시작될 거다. 지금까지 1,864번이나 그랬으니까."

홀로 오랫동안 종말을 기다려온 사람의 말이었다. 유중혁은 그 말을 마지막으로 조용히 자신의 시계를 내려다보았다.

삼 분 전, 이 분 전, 일 분 전. 그리고.

「PM 7:00」

끼이이익, 하는 소리와 함께 지하철이 급정거를 시작했다. 갑작스레 찾아온 어둠에 시민들이 비명을 질렀다.

그 아비규환의 현장 속에, 오직 세 사람만이 평온한 얼굴로 서 있었다.

새카만 어둠을 밝히듯 유중혁의 목소리가 울려 퍼졌다.

"작전명 〈오징어 포획〉, 시작한다."

6

「다시, 종말 1시간 전.」

"빌어먹을, 여기가 어디야."

어질어질한 머리를 붙든 채, 한수영은 재빨리 주변을 살폈다. 마지막으로 기억나는 것은 눈부신 빛살 속에서 사라지던 유중혁의 모습. 한수영은 반사적으로 육신을 점검했다.

회귀는 성공이었다.

부쩍 가늘어진 팔뚝과 탄력을 잃어버린 근육. 그동안 쌓아온 설화도, 단련한 스킬과 성흔도 느껴지지 않았다.

하지만 그것은 큰 문제는 아니었다. 시나리오만 다시 시작된다면, 그런 문제에 대해서는 대처법을 생각해두었으니까.

문제는…….

"젠장, 시간 얼마 안 남았네."

하필 스마트폰 배터리가 거의 떨어져서 일행들의 안부를 확인할 수 있는 상황이 아니었다. 단체 톡방에 올라온 일행 배치도를 간신히 다운받아 확인한 것이 다행이라면 다행이랄까.

"자식들, 나 없이도 잘 준비했네."

잠깐 살피는 것만으로도 현황을 모두 읽어낼 수 있었다. 그도 그럴 것이, 이 작전 전체를 총괄한 것이 바로 그녀였다.

그런데 배치도를 읽던 한수영의 눈빛이 흔들렸다.

"이 녀석……."

한수영은 고개를 들어 주변을 살폈다.

아슬아슬하지만 시간은 충분할 것 같았다.

「종말 30분 전.」

멍하니 시계를 바라보는 이지혜의 눈앞에, 검은 머리통이 불쑥 나타났다.

"울찌, 오늘 야자 해?"

"아니, 어, 응."

벌써 돌아온 지 이십팔 일이나 지났지만, 여전히 적응되지 않는 별명이었다.

울찌.

그 별명을 언제 마지막으로 들었었나.

자신에게 또 다른 별명이 있었던 시절. 그 시절이 다시 돌아왔다.

"진짜? 그냥 물어본 건데. 웬일로?"

웃는 듯한 눈매.

이지혜는 지난 사 년간 단 하루도 그 눈매를 잊은 적이 없었다. 자신보다 작은 체구에 창백한 피부. 단추 하나가 떨어진 교복 재킷. 실밥이 뜯어진 명찰에 적힌 이름.

「눈을 뜨면 핏빛으로 충혈된 눈동자가 그녀를 보고 있다.」

떨리는 오른손이 체육복 바지를 움켜쥐고 있었다.

「"지혜야, 괜찮아."」

이지혜는 필사적으로 그 손을 붙잡았다.

「"살아."」

"이지혜?"

허공에서 다가오는 친구의 손. 이지혜는 거의 발작적으로 그 손을 피했다.

"아, 미안. 뭐라고 했어?"

"어디 아파?"

"아냐, 괜찮아."

"7시쯤 같이 튈까?"

"절대 안 돼!"

벌떡 일어나 저도 모르게 큰 목소리를 냈다. 주변에 앉아 있던 반 친구들이 순간 이쪽을 돌아보았다. 이지혜가 다시 자리에 앉으며 말했다.

"좀 있으면 고3이잖아. 공부해야지."

"울찌, 너 정말 어디 아파?"

「종말 20분 전.」

야자 1교시를 시작하는 벨 소리가 울렸다. 이지혜는 품속에서 뭔가를 꺼냈다. 꼬깃꼬깃 포장된 작은 상자였다.

"보리야, 이거."

"뭔데?"

상자를 발견한 친구가 손을 내밀었다. 하지만 이지혜는 상자를 넘겨주는 대신 단단히 엄포를 놓았다.

"절대 지금 열어보지 마. 6시 50분 되면, 그때 열어봐."

"뭐 벌레 같은 거 넣은 거 아냐? 나 심장 약한 거 알지?"

그 말에 이지혜가 순간적으로 멈칫했다.

"걱정 마. 절대로 널 죽게 두지 않을 거야."

그 말을 마지막으로 이지혜는 자리에서 벌떡 일어났다. 그리고 교실 사물함 뒤쪽에 숨겨 놓았던 긴 장도를 꺼냈다. 놀란 친구가 이쪽을 돌아보고 있었다.

"어디 가?"

"똥."

이지혜는 그대로 교실 밖으로 나왔다. 마침 당직 교사가 이쪽으로 걸어오고 있었다.

"이지혜. 뭐 하냐? 들어가! 야자 시작했다! 너 등에 멘 그건 뭐—"

"선생님. 오늘 당직이세요?"

호리호리한 체격에 핼쑥한 눈매. 뿔테 안경을 쓴 윤리 교사. 적어도 이지혜의 기억 속에서, 그는 좋은 사람이었다.

"선생님, 이따가 교무실 2번 캐비닛 꼭 열어봐요!"

교사는 유유히 자신을 지나치는 이지혜의 어깨를 향해 손을 뻗었다.

"뭐? 너 어디…… 억, 애가 무슨 힘이, 야! 이지혜!"

이지혜는 달리기 시작했다. 순식간에 계단을 주파하고, 교무실로 들어가 방송실 열쇠를 훔쳤다. 다시 곧바로 3층으로 뛰어 올라가는 내내 이지혜는 심장이 터질 것 같았다.

「'태풍여고' 지역의 첫 번째 시나리오는 다른 지역보다 몇 분 일찍 시작했다.」

이지혜가 이곳에 미리 배치된 것 또한 그 때문이었다.

숨을 헐떡이며 문을 따자 익숙한 방송실의 정경이 보였다. 태풍여고 방송실은 제법 장비 품질이 훌륭했다. 그뿐만 아니라 유사시 지역 회선으로 방송을 송출할 수 있는 권한도 갖추고 있었다.

아래층에서 자신을 찾는 선생의 외침을 들으며, 이지혜는 미리 준비해둔 예비 동력원을 꺼냈다. 그리고 침착하게 방송 장비를 세팅하기 시작했다.

선을 연결하는 동안 머릿속에서 연결되는 기억이 있었다.

그녀는 이곳에서 방송부원이었고, 점심시간이 되면 좋아하는 음악을 틀었다. 그것이 그녀의 삶이었다.

「적어도 멸망이 찾아오기 전까지는.」

살아 있는 친구들을 보며, 이지혜는 다시 한번 깨달았다.

그날 교실에서 살아남은 것은 오직 자신뿐이다.

"이지혜."

깜짝 놀라 돌아보자, 그곳에는 예상 밖의 인물이 서 있었다.

"수영 언니?"

기다리고 있었다는 듯, 한수영이 어둠 속에서 몸을 일으켰다. 그녀는 이지혜의 얼굴을 물끄러미 바라보더니 말했다.

"안색이 영 안 좋네."

"괜찮아요."

잠시 침묵하던 이지혜가 말했다.

"시나리오 시작되는 거 맞겠죠? 아님 저 정학당할 수도 있어요."

"시작될 거야. 근데 꼭 여기서 시작할 필요 없어. 지금 당장 다른 곳으로 가. 여긴 내가 맡을 테니까."

"여기가 내가 시작해야 할 장소예요."

이지혜가 웃었다.

"여기가 '상처받은 검귀'가 태어난 장소니까요."

이지혜는 천천히 숨을 들이켰다. 장비 세팅은 모두 끝났다.

「**종말 10분 전.**」

그리고 그것이 시작되었다.

쿠구구구, 하는 소리와 함께 세상의 형질이 뒤바뀌는 듯한 느낌이 들었다. 어디선가 들려오는 북을 찢는 듯한 소리. 그리고 뒤이어 들려오는…….

[이런, 예정보다 일찍 채널을 열어버렸네. 아, 아, 잘 들리시나요?]

이지혜는 한수영을 돌아보았다. 한수영의 얼굴을 보는 순간 알았다. 우습게도, 그들은 이 순간만을 줄곧 기다리며 살았다.

[당황할 필요 없습니다, 여러분. 일단 먼저 말씀드리자면 이 상황은 영화 촬영이 아닙니다. 테러도 아니고, 꿈을 꾸고 있는 것도 아니에요. 지금 여러분은—]

그것은 그녀가 가장 증오해온 도깨비의 음성.

교실 곳곳에서 울려 퍼지는 비명들.

[메인 시나리오 #1 - '가치 증명'이 시작됐습니다.]

준비한 작전을 시작해도 된다는 신호였다.

이지혜는 마이크를 잡았다.

—지금부터 재난 방송을 시작합니다.

스피커 너머로 들려오는 자신의 목소리.

—모두 잘 들으세요. 교실에 계신 분들은 청소용구함을, 교무실에 계신 분들은 2번 캐비닛을 열어보세요! 빨리!

이지혜는 알 수 있었다. 지금쯤 다른 일행들도 자신과 같은 표정을 하고 있을 것이다. 모두, 이 광경을 도깨비가 띄운 패널 화면으로 보고 있을 것이다.

—여러분은 서로 죽일 필요가 없어요. 적어도 이번에는, 그럴 필요가 없습니다.

이지혜는 일행들을 생각했다. 이 세계로 오기 전, 일행들과 한 약속을 떠올렸다.

「"적어도 무엇을 죽일지는 스스로 선택할래요."」

신유승은 강아지를 죽이고 시작하지 않을 것이며.

「"이모를 구할게."」

이길영은 자신이 미워하는 사람을 살릴 것이다.

「"또 군대 가느니 차라리 죽겠습니다."」

이현성은 군대를 나올 것이며.

「"그때 그 할머니를 꼭 구하고 싶어요."」

유상아는 구하지 못했던 이를 구할 것이다.

「"개연성이 허락하는 기회는 한 번뿐이다. 두 번이나 '집단 회귀'를 사용할

수는 없어.”」

유중혁은 더 이상 회귀하지 않을 것이다.

그리고.

「“이번 회차에서 ‘상처받은 검귀’는 되지 않을래요.”」

교내의 웅성거림이 조금씩 잦아들 무렵, 이지혜가 입을 열었다.

—모두 하나씩 찾으셨죠?

마치 한때의 김독자가 사람들에게 메뚜기를 던진 것처럼.

—그거, 힘껏 바닥으로 던져요!

그 말과 함께, 이지혜는 손에 쥐고 있던 앰플을 터뜨렸다.

[당신은 총 133개체의 생명체를 학살했습니다.]

[학살 내역: 개구리알 133개]

[저항력이 없는 생명체를 살해하였기에 획득 코인이 절반으로 감소합니다.]

[총 6,650코인을 획득했습니다.]

.

.

.

[메인 시나리오 #1 - ‘가치 증명’이 종료됐습니다.]

「다시 한번, 그들은 어디에도 없는 이야기를 만들 것이다.」

뒤늦게 사태를 눈치챈 담당 도깨비가 이지혜의 눈앞에 나타났다.

[무슨…… 이봐 당신! 대체 뭐야? 어떻게 이런 짓을……!]

그리고 다음 순간, 시나리오 전체에 개연성의 후폭풍이 몰아치기 시작했다. 어디선가 막대한 코인이 빠져나가는 소리가 들렸다.

이지혜는 무슨 일이 벌어지고 있는지 깨달았다.

[성좌님들! 오해십니다! 국장님 아닙니다! 이건 제 잘못이…… 관리국 재고는…… 으아아아!]

채널이 해체되는 소리와 함께, 하급 도깨비가 비명과 함께 사라졌다.

「PM 7:00」

그리고 그것이 시작이었다.

방송실 창문 너머로 서울의 밤이 비치고 있었다.

하늘 저편에서 균열이 벌어지는 것이 보였다.

「**3호선 지하철.**」

"모두 침착하세요! 다들 이거 쥐고 던져요! 빨리!"

「**광화문.**」

"당황하지 말고, 모두 받은 병 바닥에 터뜨리세요! 살 수 있어요!"

「**병원.**」

"아직 앰플 못 받으신 분!"

서울 모든 장소에서 동시다발적으로 이변이 발생하고 있었다. 예정된 시나리오가 변하고 있었다.

[시나리오 전 지역에서 믿을 수 없는 업적이 동시다발적으로 발생했습니다!]

[관리국에서 대량의 코인이 반출됩니다!]

폭발하는 코인 속에서, 〈스타 스트림〉이 전율하고 있었다.

[<스타 스트림>이 갑작스러운 시나리오의 이변에 놀랍니다!]

[관리국의 도깨비들이 과도한 코인 반출에 경악하며……!]

[한반도 시나리오를 감시하던 다수의 성좌가……!]

허공에서 폭죽처럼 터지는 코인의 세례. 하나의 세계가 멸망하는 풍경이었다. 곁을 돌아보자 한수영도 같은 하늘을 보고 있었다.

마치, 저 밤하늘 어딘가에서 그들을 보고 있을 누군가를 찾듯이.

"가요, 아저씨 구하러."

그들의 작전은 이제 막 시작되었다.

거친 숨을 토해내며, 다시금 의식이 깨어났다.

「얼마나 많은 시간이 흘렀는지 알 수 없었다.」

천천히 몸에 힘을 넣어보았다. 팔, 다리, 어깨…… 예전과는 확실히 몸의 감각이 달라져 있었다.

「김 독자 많 이작 아 졌 다」

나는 쓰게 웃으며 작아진 손을 바라보았다. 마지막으로 봤을 때보다 손가락 마디가 1센티미터는 더 짧아졌다.

나는 약간 지친 목소리로 물었다.

"몇 회차까지 봤더라?"

「*786*회차」

무언가를 전력으로 읽는다는 것이 이렇게 힘든 일인 줄 몰랐다.

유중혁과 동료들이 하나의 회차를 살 때 나 역시 하나의 회차를 살았다.

2회차를, 3회차를, 4회차를, 다시 5회차를…….

「그 것이 가장 오래 *된* 꿈 의 숙 *명*」

그 무수한 선택들이 만들어낸 설화들을 읽고 또 읽었고, 다시 거기에서 파생된 세계선을 보고 또 보았다.

「김독자는 먼 해안가를 걸어가듯이 세계를 읽었다.」

설화의 파도는 밀려오고 또 밀려나갔고, 그럴 때마다 나는 점점이 뭔가를 잃어버렸다. 불현듯 무언가 생각나 돌아보면, 그곳에 발자국이 있었다. 발자국은 밀려온 파도에 금세 지워졌고, 나는 그 흔적을 바라보다가 다시 앞으로 걸어갔다.

범람하는 설화 속에서 뭔가 잊어가고 있다는 기억이 들 때면, 나는 내가 살았던 회차를 생각했다. 그곳에서 살아갈 사람들의 행복을 생각했다.

그러면…….

"어?"

손끝이 벌벌 떨렸다.

내가 살던 것이 몇 회차였는지 갑자기 기억이 나지 않았다.

나도 모르게 뒤를 돌아보았지만, 보이는 것은 유중혁의 지난 회차뿐이었다.

「끝내 남는 것은 '다음 이야기'를 보고 싶다는 욕망뿐.」

나는 부쩍 작아진 내 손을 내려다보았다.

이 긴 여정의 끝에 나를 기다리는 것은 무엇일까.

「김독자는 마지막 시나리오에서 보았던 '가장 오래된 꿈'을 떠올렸다.」

결국 나는 내가 본 '가장 오래된 꿈'이 되는 것일까.

모든 기억을 잃고, 영원한 우주의 꿈을 꾸는 거대한 무의식이 되어버리는 것일까.

「그렇게 되고 싶지는 않았다.」

생각해내야 한다. 떠올려야 한다.

정신을 차렸을 때는 버릇처럼 손에 스마트폰을 쥐고 있었다. 언제나 불안하고 초조해질 때면 나를 지켜주던 작은 세계.

오래전에 배터리가 방전되어버린 새카만 액정에 내 얼굴이 비쳤다.

나는 간단히 설화를 조작해 스마트폰을 켰다. 그러자 익숙한 바탕화면이 떠올랐다. 그곳에, 이 모든 이야기를 시작한 한 편의 소설이 있었다.

—멸망한 세계에서 살아남는 세 가지 방법(최종본).txt

그동안 나는 일부러 최종본을 읽지 않았다.

읽으면 무언가가 결정되어버릴까 두려웠다. 앞으로 동료들과 살아갈 날들이, 누군가가 먼저 쓴 이야기에 좌우되는 것이 싫었다.

「하지만, 이제는 괜찮지 않을까.」

〈김독자 컴퍼니〉의 이야기는 끝났고, 나의 ■■은 정해졌다.

「이것을 읽으면, 내가 잊었던 것을 떠올릴 수 있지 않을까.」

나는 아직도 tls123이 누구인지 모른다.

그렇기에 궁금했다. 작가는 '최종본'에 대체 무엇을 써두었을까.

작가가 낸 결말은 무엇이었을까.

본래 이 이야기는 어디서 어떻게 끝나게 되어 있었을까.

나는 천천히 심호흡하며 파일을 향해 짧아진 손가락을 가져갔다. 처음으로 멸살법을 읽은 그날처럼.

「그렇게, 김독자의 마지막 독서가 시작되었다.」

천천히 뻗은 엄지에 차가운 액정이 닿았다.

그 순간, 화면 위로 스파크 같은 것이 일렁였다.

[새로운 파일이 업데이트됐습니다.]

—멸망한 세계에서 살아남는 세 가지 방법(최종수정본).txt

그 짧은 사이, 파일명이 바뀌어 있었다.

최종 수정본?

나는 거의 무의식적으로 파일을 넘겼다.

그런데 왜일까. 스크롤이 파일의 거의 최하단에 있었다. 이제 막 편집을 끝낸 듯한 느낌이 드는 파일. 나는 무심코 스크롤을 더 내렸다.

혹시 내가 보지 못한 멸살법의 '에필로그'가 추가된 것일까?

본편이 끝난 지점에서도 계속 이어지는 파일. 내가 이제껏 한 번도 보지 못한 이야기였다.

나는 무심코 그것을 소리 내어 읽었다.

OMNISCIENT READER'S VIEWPOINT

작가의 말

Epilogue 03

I

모든 회차는 각자의 방식으로 결말을 맞이한다.

'은밀한 모략가'의 농간에서 시작된, 한수영의 1,863회차 또한 마찬가지였다.

[당신은 <스타 스트림>의 모든 시나리오를 클리어했습니다.]

해냈다. 그 메시지를 보는 순간 머릿속을 스쳐간 무수한 문장들.

눈앞에 쓰러진 도깨비 왕과, 그녀가 이끌고 온 1,863회차의 일행들.

"대장! 우리가 이겼어!"

눈물을 질질 흘리는 김남운. 그녀를 부축하기 위해 다가오는 이현성을 보며, 한수영은 자신의 성공을 실감했다.

「**이것이 1,863회차의 끝이었다.**」

긴 싸움이었다. 3회차에 있던 자신이 갑자기 1,863회차로 소환되고, 이 세계에서 나름대로 끝을 맞이하기까지…… 도중에 몇 번인가 포기할 뻔도 했다. 하지만 끝까지 포기하지 않았던 것은, 그때 '그 녀석'이 남긴 말 때문이었다.

「"영원히 잠드는 것보단 다음 시나리오로 가는 게 나아."」

자신과 같은 3회차에서 온 녀석.

같은 코트에, 같은 무기를 쓰던 사내.

「"묵시룡이 해방되었다고 다 끝난 건 아니야. 너도 알잖아?"」

그녀의 계획을 엉망으로 만들고, 묵시룡을 해방하더니 끝내는 유중혁까지 시나리오에서 이탈시켜버린 녀석. 지금도 눈을 감으면 그 순간의 정경이 선연했다. 하나의 '등장인물'이 자신의 이야기에서 벗어나 자유를 찾는 모습…….

"대장, 해냈습니다. 우리가 해냈습니다!"

기쁨을 주체하지 못하는 이현성을 향해, 한수영은 손에 든 담뱃불을 끄며 말했다.

"애들 부축해서 그만 돌아가."

"대장은……."

"나는 한 대 더 피우고 갈 거야. 먼저들 가."

"그럴 수 없습니다. 대장도 함께―"

둔한 녀석이 눈치는 빨라가지고.

한수영은 이현성의 곁에 있던 대천사에게 눈짓했다.

"요피엘."

'붉은 코스모스의 지휘관', 요피엘.

3회차의 그 녀석과 함께 이 세계선으로 넘어온 대천사.

[가자, 덩어리.]

"아니, 대장님!"

일행들을 데리고 지구로 귀환하는 대천사를 보며, 한수영은 마지막 남은 담배를 꺼냈다. 멀어지는 멸살법의 일행들. 모든 시나리오를 클리어했다는 충만감에 눈물을 흘리는 그들을 보며, 한수영은 쓴웃음을 지었다.

날개를 펼친 요피엘이 멀어지며 이쪽을 돌아보고 있었다.

—홀로 갈 생각인가?

한수영은 대답 대신 담뱃불을 흔들어주었다.

그렇게 모든 일행이 사라졌을 무렵, 한수영은 천천히 뒤를 돌아보았다.

「최후의 벽.」

이 세계선의 끝을 저지하는 벽이자, 우주의 삼라만상을 기록한 벽.

한수영은 이 벽의 존재를, 심지어는 어떻게 해야 열 수 있는지도 알고 있었다. 3회차의 한수영과 연결되면서 얼핏 엿본 광경도 있었고, 무엇보다 이 회차를 방문한 김독자를 통해 얻은 정보들이 결정적이었다.

['윤회를 결정하는 벽'이 자신의 자리를 되찾았습니다.]

미리 모아뒀던 벽을 한수영은 하나씩 끼우기 시작했다.

['선악을 가르는 벽'이 자신의 자리를 되찾았습니다.]

['불가능한 소통의 벽'이 자신의 자리를 되찾았습니다.]

그러나 여전히 하나의 조각이 부족했다.

모든 우주를 통틀어 오직 단 한 녀석만 가지고 있던 조각, [제4의 벽].

한수영은 물끄러미 자기 손을 내려다보다가, 벽의 홈을 향해 천천히 손을 가져다 댔다.

[설화, '예상표절'이 이야기를 시작합니다.]

자신에게는 그 벽이 없다.

하지만 적어도 비슷한 조각은 만들어낼 수 있지 않을까.

[설화, '궁극의 거짓'이 이야기를 시작합니다!]

한수영은 자신이 상상할 수 있는 모든 설화를 쥐어짜기 시작했다.

단 한 번, 그녀는 [제4의 벽]의 실체를 본 적이 있었다. [진실의 눈동자]를 사용했다가 [제4의 벽]에 가로막혔을 때, 분명 그 벽의 일부를 보았다.

[설화, '예상표절'이 한계치까지 발동합니다!]

빠르게 움직이는 한수영의 손가락이 설화를 쓰기 시작했다. 그녀가 생각하는 벽의 설화. 그 벽을 이루고 있을 단 하나의 이야기.

「"저는 독자입니다."」

「김독자金獨子. 아버지는 혼자서도 강한 남자가 되라고 내게 그런 이름을 지어주셨다.」

다음 순간, 한수영의 손끝이 벽 안으로 쑥 들어갔다.

그다음은 팔이, 어깨가, 머리와 몸통이…… 그리고 마침내는 그녀의 모든 것이 벽 안으로 스며들었다.

['최후의 벽'의 시스템이 당신의 설화 정보에 깜짝 놀랍니다!]

[시스템이 일시적인 오류를 일으켰습니다!]

올라오는 구토감을 참아내며, 한수영은 바닥을 더듬었다.

성공했다.

이 빌어먹을 벽 안으로, 무사히 진입하는 데 성공한 것이다.

고개를 들었을 때 제일 먼저 보인 것은 자그마한 방이었다. 그 방 안에는 바리바리 싸놓은 봇짐들과 자그마한 영상 패널 몇 개가 있었다.

패널에서 흘러나오는 설화는 그녀도 아는 것이었다.

「성좌, '구원의 마왕'이 자신의 ■■에 도달했습니다.」

「'구원의 마왕'의 ■■은 '영원'입니다.」

3회차의 결말. 그 녀석도 자신의 세계선에서 시나리오를 끝까지 수행한 것이다.

그리하여, 마침내 이 세계의 유일한 독자가 되기로 한 것이다.

「"시나리오가 없는 세계에서, 오직 다음 이야기를 보고 싶은 욕망만이 남은…… 무척이나 끔찍한 상상력을 가진, 어떤 아기."」

그는 계속 작아져, 언젠가는 이 세계의 무의식이 될 것이다. 그리하여 끝나지 않는 이야기를 계속할 것이다.

1,863회차의 한수영은 그것을 알았다. 어떻게 알았냐고 하면, 그냥 알았다.

'나라도 그런 식으로 결말을 맺었을 테니까.'

이 세계는 이야기를 위한 세계.

유중혁의 이야기도, 김독자의 이야기도, 결국에는 하나의 완성을 향해 나아가는 이야기일 뿐.

한수영은 화면 속에서 멀어지는 지하철을 바라보았다. 누구도 알지도 기억하지도 못하는 세계로 나아가는, 이 우주의 신을 오래도록 바라보았다.

그리고 그녀의 몇 걸음 앞에서, 손수건에 눈물을 콕콕 찍으며 화면을 바라보는 존재가 있었다.

[히익?]

"네가 진짜 '도깨비 왕'이냐?"

[너는 대체 어떻게 들어온 겁니까?]

분명 그들이 죽인 도깨비 왕이 눈앞에 멀쩡히 있었다.

한수영은 품에서 흑천마도를 뽑으며 물었다.

"어쩐지 너무 약하다 했어. 왜 제대로 안 싸운 거지? 네놈은 여기서 뭘 하는 거냐?"

[어어, 잠깐만. 시나리오는 이미 끝났습니다. 나는 너와 싸울 마음이 없습니다.]

양손을 흔드는 도깨비 왕에게서는 정말로 전의가 느껴지지 않았다.

한수영의 전신에서 가볍게 튀어 오르는 스파크를 본 도깨비 왕의 눈동자가 빛났다. 그의 눈은 오류를 일으킨 '최후의 벽'에 고정되어 있었다.

['최후의 벽'을 복제해? 어떻게 이런 놀라운 재능이…… 너는 대체 누굽니까? 너의 영혼은…… 마치 재능의 총화와도 같군.]

"무슨 생각으로 그런 허수아비를 세워둔 거지? 이 세계선을 얕보는 거냐?"

[허헛, 얕보다니요? 모든 세계선의 이야기는 소중하지요. 다만……

이제 이 세계선은 별 의미가 없어졌을 뿐입니다. 가장 중요한 설화가 방금 끝이 났으니까요.]

도깨비 왕은 그 말을 하며 패널을 다시 돌아보았다.

한수영이 조용히 설화를 일으키자, 도깨비 왕이 샐쭉 웃었다.

[뭘 그렇게 화를 내십니까? 어차피 너희 이야기는 무사히 끝났지 않습니까?]

"이 세계선의 결말을 건드리지 마."

그 말을 하는 순간, 패널 화면에 1,863회차의 화면이 떠올랐다.

서로 부축하는 이현성과 김남운. 일행들의 뒷모습이 풀샷으로 보였다.

[아, 물론입죠. 어차피 중요한 세계선도 아니고…….]

시큰둥하게 어깨를 으쓱하는 도깨비 왕을 보며, 한수영은 알 수 없는 허탈감을 느꼈다.

이렇게 이 회차의 이야기가 끝나는 것일까.

정말로 이렇게 끝나도 좋은 것일까.

[그리고 무엇보다…… 새로운 '가장 오래된 꿈'께서는 그런 걸 보고 싶어하지 않으실 테니.]

그 말에, 한수영은 자기도 모르게 허공을 올려다보았다.

'가장 오래된 꿈'.

그녀가 알던 김독자는 그런 존재가 되었다.

그렇다는 것은, 지금의 그 녀석이 이 광경을 보고 있을 수도 있다는 이야기였다.

[그렇게 본다고 응답하실 리가 있겠습니까? 너의 세계에도 신을 믿는 자들이 있었죠. 인간이 부른다고 해서 그 신이 일일이 응답해주던가요?]

"그거랑은 달라."

[뭐…… 맘대로 생각하시죠. 그보다 이 몸은 이만 '탈주'하려고 하

는데, 가봐도 되겠습니까?]

"어딜 가는데?"

[이 세계선의 이야기도 끝났으니 저도 다른 곳으로 가봐야지요. 그동안 일도 열심히 했겠다, 예전부터 꼭 가보고 싶은 곳이 있어서…….]

"시나리오 그렇게 대충 던져놓고 내빼시겠다?"

[성실한 도깨비 왕이 있는 세계선에서 태어나지 그랬습니까?]

인상을 찌푸린 한수영이 다시 기파를 방출했다.

"어떻게 여기까지 왔는데…… 클리어 보상 정도는 줘야 하는 거 아냐?"

도깨비 왕이 한숨을 내쉬었다.

[뭐, 좋습니다. 소원 하나 들어드리는 것쯤이야.]

"그 녀석을 만나고 싶어."

순간, 한수영은 자신이 왜 그런 말을 했는지 이해가 가지 않았다.

「"거기도 네가 있으니까."」

「"3회차에 있는 널 믿었거든."」

이 답답함이 무엇인지 잘 알 수 없었다.

다만 녀석을 다시 만나면 그 답답함이 뭔지 확인할 수 있을 것 같았다.

도깨비 왕이 고개를 갸웃했다.

[그 녀석이라 함은…….]

한수영이 화면을 향해 턱짓하자, 도깨비 왕이 대경하며 외쳤다.

[너는 눈깔이 삐었습니까? 그분은 이제 내가 만날 수 있는 존재가 아닙니다.]

"다른 세계선의 녀석이라도 좋아. 끝을 본 녀석이 아니라도 좋아."

이제 화면에 김독자의 모습은 보이지 않았다.

"그 녀석을 한 번만 더 만나고 싶어."

[그분은 이 우주에 단 하나뿐입니다.]

도깨비 왕이 저렇게 강경하게 말한다면, 정말로 안 된다는 뜻이겠지.

낙담한 한수영을 보며, 도깨비 왕이 의뭉스러운 얼굴로 입을 열었다.

[뭐, 너의 소원을 들어줄 방법이 하나 있긴 합니다.]

"뭐?"

[본래는 출입 금지되어 있는 세계선인데, '가장 오래된 꿈'께서 새로 즉위하실 때 내가 출입 좌표를 외워두었습니다. ……하지만 그곳의 '가장 오래된 꿈'께서는 너를 알아보지 못할 것입니다.]

한수영이 반색하며 물었다.

"거기가 어딘데?"

[내가 방문하려던 곳입니다. 이번 우주의 대서사시가 종료되면 꼭 그곳부터 가보고 싶었거든요.]

도깨비 왕은 그 말을 하며 양손을 하늘 높이 뻗었다. 고고한 〈스타 스트림〉의 우주가 그곳에 펼쳐져 있었다. 숭엄한 표정으로 그 광경을 올려다보며, 도깨비 왕이 말했다.

[궁금하지 않습니까? 이 우주는 어디서 출발한 것인지. 이 교묘한 설화의 은하를 구축한 것은 누구인지. 이 세상에 '시나리오'라는 것을 만든 것은 누구인지. 결과가 원인을 만들고, 원인이 결과를 낳는 이 모순덩어리의 세계를 완성한 것은, 대체 누구인지!]

한수영은 도깨비 왕의 목적을 눈치챘다. 지금 저 녀석은 이 우주가 시작한 세계선으로 향하려는 것이다.

「'멸망한 세계에서 살아남는 세 가지 방법'이 시작된 곳.」

"너!"

「tls123이 있는 우주.」

[나는 지금 나의 신을 만나러 갑니다. 원한다면, 너도 그 여정에 끼워드리지요!]

굉음과 함께, 그녀와 도깨비 왕 사이에 개연성의 후폭풍이 몰아치기 시작했다. 영혼 전체가 산산이 찢어질 듯한 고통 속에서, 언뜻 도깨비 왕의 미소가 보였다.

[무사히 살아남아서 만납시다.]

그것이 한수영이 기억하는 1,863회차의 마지막이었다.

헉, 하고 자리에서 일어났을 때는 새벽 2시였다. 등이 땀으로 흥건히 젖어 있었다. 똑딱거리며 들려오는 시계 초침 소리.

꿈이었나?

한수영은 부스스 자리에서 일어났다. 팔다리에 감겨오는 보드라운 이불의 감촉. 어쩐지 침상이 낯설었다. 협탁에 둔 자리끼를 마시고 침실에 연결된 화장실로 들어가 불을 켰다. 주황빛 등이 어둠을 밝히자 거울에 비친 얼굴이 보였다. 어깨까지 자란 단발. 눈을 가늘게 뜰 때면 더욱 도드라지는 눈물점. 틀림없는 그녀의 얼굴이었다.

그녀의 얼굴이었는데.

"이거 뭐야?"

갑자기 심장이 갑갑해지는 느낌이었다.

[당신은 '최초의 세계선'에 진입했습니다.]

화장대 위에 진열된 프라모델과 만화책. 한수영은 화장실을 뛰쳐나왔다. 침상 옆에 놓인 익숙한 모양의 책가방. 이제 집 안 어둠이 낯설지 않았다. 떨리는 손으로 책가방을 열자 교과서가 나왔다. 단정한 글씨가 쓰여 있었다.

—6학년 2반 2번 한수영.

한수영은 열세 살이 되었다.

2

갑자기 초등학교 6학년이 되었다. 대체 왜?

새벽 내내, 한수영은 혼이 빠진 상태로 있었다.

처음에는 유중혁처럼 회귀라도 한 것인가 싶었다.

[자율 활동 시간이 종료됐습니다.]

[다음 자율 활동 예정 시간은 약 14시간 후입니다.]

[육체의 통제권을 회수합니다.]

그러나 그 메시지가 떠오르고 육체의 통제권이 사라지자, 자신에게 무슨 일이 벌어졌는지 깨달았다.

[당신은 본체의 자아가 잠들었을 때만 통제권을 행사할 수 있습니다.]

어린 시절의 자기 자신에게 빙의한 것이었다.

'혹시 새로운 시나리오인가?'

하지만 아무리 기다려도 시나리오 메시지 따위는 떠오르지 않았다.

부스스한 얼굴로 세수하고, 밥을 먹고, 학교에 가는 어린 자신을 바라보았다. 그 외에는 아무것도 할 수 있는 게 없었다.

그리고 정확히 열네 시간이 지난 뒤, 다음과 같은 메시지가 떴다.

[본체의 자아가 잠들었습니다.]

[자율 활동이 시작됩니다.]

[육체의 통제권을 이양받습니다.]

낮에는 종일 멍청한 열세 살짜리로 지내다가, 밤만 되면 귀신같이 육체의 통제권이 돌아온다. 그리고 다음과 같이 절규하는 것이다.

"나보고 뭘 어쩌란 건데?"

머릿속이 복잡했다. 만약 이것이 정말로 '최초의 세계선'이라면, 지금 그녀의 행동은 앞으로 일어날 모든 세계선에 영향을 미칠지도 모른다.

한수영은 심호흡한 후 일단 주변 상황부터 살피기로 했다.

비싸고 심플한 가구가 들어간 세 개의 방과 거실.

한수영은 이 집을 알고 있었다.

아침 일찍 출근하는 파출부, 종종 출입자를 감시하는 게으른 경호원. 그리고 주말마다 낯선 차를 타고 번갈아 찾아오는 부모님.

국회의원 아버지와 배우 어머니. 한수영은 한 번도 그들이 가족이라고 생각해본 적이 없었다.

세상은 그녀의 존재를 모른다. 그리고 부모님 또한 그녀의 존재가 밝혀지기를 원하지 않을 것이다.

"정말 다 그대로네."

한수영은 열세 살의 책상 위로 한가득 쌓인 책들을 후루룩 넘겼다. 좋아하던 책도 있었고, 잘 기억나지 않는 책도 있었다. 희미한 기억은 아마 또 다른 자신이 가지고 있을 것이다. 어쨌든, 묻은 손때로 봐서 모두 그녀가 읽은 책이라는 점은 명백했다.

「**누구에게나 자신만의 생이 있다.**」

별 시답잖은 글귀에 밑줄까지 쳐놓은 것을 보고 있자니 소름이 돋았다.

이런 별거 아닌 문장이 쌓여서 인간 한수영이 됐겠지.

현관에서 벨 소리가 들린 것은 그때였다.

이 시간에?

곧장 버튼을 눌러 현관을 확인했다. 처음에는 경호원인가 싶었는데, 자세히 보니 화면 너머로 경호원이 기절해 있었다. 중절모를 쓴 중년인이 이쪽을 향해 웃으며 손을 흔들었다.

—도깨비 왕입니다.

"넌 왜 그런 꼴인데?"

"여기로 왔더니 갑자기 인간이 되어버리더군요. 시스템 권한도 거의 몰수당해서…… 너는 왜 어려졌습니까?"

"네가 이렇게 만들었잖아."

"내가 그런 게 아닙니다. 심오한 개연성의 영향으로…… 뭐, 아무튼 잠깐 들어가겠습니다."

한수영은 한숨을 쉬며 도깨비 왕을 안으로 안내했다.

"혼자 사시는 겁니까?"

"그래."

"남는 방이 많군요."

"미리 말하지만 재워줄 거란 기대는 하지 마라."

도깨비 왕이 시무룩한 얼굴을 했다.

간단히 티백을 우려 차를 내온 한수영이 물었다.

"그래서, 날 이 세계선으로 데려온 이유가 뭐야?"

"지금부터 함께 '창조주'를 찾는 거죠."

"어떻게?"

"그건 지금부터 생각해봐야 합니다."

"아무 준비도 없이 온 거냐?"

"짐작 가는 건 물론 있습니다. 예를 들면 그 소설."

한수영의 표정이 굳어졌다. 도깨비 왕은 역시 멸살법의 존재를 알고 있었던 모양이다.

"그 소설을 쓴 사람이, 아마도 이 우주를 설계한 '신'일 겁니다."

tls123. 《멸망한 세계에서 살아남는 세 가지 방법》을 쓴 작가.

가볍게 한숨을 내쉰 한수영이 노트북을 가져왔다.

"안 그래도 벌써 찾아봤어."

—검색 결과가 없습니다.

"그 소설, 아직 업로드가 안 됐더라고."

"흠, 뭔가가 잘못된 겁니까?"

"우리가 너무 일찍 온 거겠지. 올해 연재가 시작되는 건 확실해."

"그걸 어떻게 압니까?"

"내가 들은 게 맞는다면 김독자가 처음 이 소설을 읽은 건 열다섯 살 때야. 내가 열세 살이니까, 그 녀석은 지금 열다섯 살이겠지."

한수영은 언젠가 김독자가 준 꼬깃꼬깃한 수첩을 떠올렸다.

급했는지 별의별 정보를 다 적어놓고 갔던 녀석.

도깨비 왕이 턱을 쓰다듬으며 중얼거렸다.

"열다섯 살의 그분이라…… 뭔가 귀여운……."

"그보다 궁금한 게 하나 있는데."

"뭡니까."

"만약 이 세계에 멸살법이 나타나지 않는다면 어떻게 되는 거야?"

"예?"

그 질문에 주춤하던 도깨비 왕이 이내 말을 이었다.

"흠…… 그러면 그분께서는 소설을 읽지 못하시겠지요."

"읽지 못하니, 자연히 멸살법도 현실이 되지 못하는 건가?"

"그럴 수 있겠군요. 적어도 여기서 파생될 새로운 세계선은, '종말'이 발생하지 않을 가능성도 있습니다."

만약 그렇다면, 김독자가 멸살법 읽는 것을 막으면 이 세계선의 멸망을 막을 수도 있다는 이야기가 된다.

"너의 생각은 대충 알겠군요. 멸살법 연재를 막으려는 것 아닙니까?"

"맞아."

한수영은 고개를 끄덕였다. 적어도 tls123이 인외의 존재가 아니라면, 자신의 힘으로 이 세계선의 멸망을 막을 수 있을지도 모른다.

그러자 도깨비 왕이 태클을 걸었다.

"재밌는 생각이군요. 하지만 작가가 누구인지도 모르는데……."

"그 소설 읽어본 적 있어?"

"아뇨, 없습니다. 너는 읽어본 적 있습니까?"

"어."

한수영은 잠시 생각하다가 말을 이었다.

"그 소설 엄청 못 썼어."

"……."

"시작부터 설명투성이에 분량 조절도 제대로 안 되어 있고, 읽는 사람에 대한 배려가 하나도 안 되어 있는 글이야. 오직 김독자 하나만 그걸 처음부터 끝까지 읽었어."

"오호, 역시 대단한……."

"그게 말이 된다고 생각해?"

그게 무슨 말이냐는 듯, 도깨비 왕이 실눈을 떴다. 한수영이 말을 계속했다.

"자기 소설을 다시 읽지 않는 작가는 없어. 게다가 웹소설 특성상 퇴고가 완벽할 수 없기 때문에, 오타 수정 때문이라도 자기가 올린 글을 몇 번이고 다시 눌러봤을 거거든. 그런데…… 100화 이후로 그 소설은 조회수가 모두 1이었어."

그제야 한수영의 말을 이해했는지, 도깨비 왕이 눈을 크게 떴다.

"설마……."

"맞아. 그 녀석이 내가 생각하는 멸살법의 '작가'야. 왜 본인이 써놓고 아니라고 하는지 모르겠지만, 틀림없어."

버릇처럼 노트북에 켜놓은 빈 한글창. 깜빡이는 커서를 바라보며 한수영이 말했다.

"김독자를 찾아. 녀석이 빌어먹을 멸살법을 시작하기 전에."

문제는 그 '김독자'를 어떻게 찾아낼 것인가였다.

"어디 사는지 모르십니까? 시스템 권한이 없어서 직접 찾아야 됩니다."

"대충 서울 어디겠지."

"다른 특징 같은 건 없습니까?"

"뭐 어디 숨어서 판타지 소설 열심히 보고 있을 거고……."

"그걸로 대체 어떻게 찾습니까?"

"아 몰라. 그건 네가 알아서 해야지. 난 겨우 초등학생이라고."

그 말을 한 뒤 한수영은 곧장 기절했다. 다시 일어났을 때 도깨비 왕은 어디로 갔는지 보이지 않았다.

"이러니까 맨날 학교에서 졸았지."

어쩐지 학교만 가면 잠이 쏟아지더라니…… 설마 다른 자아가 깨어나 활동하기 때문이었나.

도깨비 왕을 기다리는 것은 꽤 지루했기 때문에, 한수영은 새벽 시간마다 틈틈이 자신이 할 수 있는 일들을 했다.

주로 하는 일은 SNS 탐방이었다.

"그 녀석 분명 블로그 같은 거 했을 거 같은데……."

그러다 심심해질 때면 노트북에 비밀 폴더를 만들어 소설을 써보기도 했다. 주로 감각을 잃지 않기 위한 간단한 엽편들이었다.

그런데 그 엽편을 완성한 다음 날, 정말 이상한 일이 일어났다. 낮에 활동하는 그녀의 열세 살짜리 자아가 일을 쳐버린 것이었다.

"수영아. 언제부터 글을 이렇게 잘 썼니?"

갑작스레 주최된 학교 백일장에서 대상을 타버렸다. 심지어 내용은 자신이 새벽에 끼적인 엽편과 똑같았다.

"그냥 갑자기 파바박 써지던데요."

생각해보면 그녀가 글깨나 쓴다는 소리를 듣기 시작한 것은 열세 살부터였다. 이 시기를 기점으로, 한수영은 본격적인 작가의 길로 들어서게 되는 것이었다.

그런 식으로 한 달, 두 달이 지나고.

한수영은 열세 살의 자신을 구경하며 살아가는 것에 제법 재미를 붙였다.

아마 열다섯 살의 김독자도, 이 세상 어딘가에서 살아가고 있을 것이다.

그런 생각을 하면 한수영은 어쩐지 기분이 즐거워졌다.

그 재수 없는 자식을 만나서 제일 먼저 무슨 말을 해주면 좋을까.

시간은 빠르게 흘러 9월이 되었고, 10월이 되었다.

가끔 부모님이 집에 와서 그녀가 좋아하지도 않는 선물들을 놓고 갔다.

그리고 마침내 12월. 한수영은 조금씩 이상한 기분이 들기 시작했다.

—검색 결과가 없습니다.

왜, 아직도 tls123이 연재를 시작하지 않을까. 자신이 무언가 잘못해서 미래가 바뀌어버렸을까?

그럴 턱이 없었다. 그녀는 아직 김독자를 만나지도 못했다.

만약 올해 안에 멸살법이 연재되지 않는다면 어떻게 되는 거지?

이 세계는 멸살법이 존재하지 않은 채로 존속하게 되는 것일까?

그것도 나쁘지 않은 세계일지 모른다. 멸살법만 존재하지 않는다면 세계가 멸망을 맞을 일도 없어질 테니까. 그러면…….

전화벨 소리가 울린 것은 그때였다. 보나 마나 또 부모님이겠지 싶은 생각에 전화를 받은 순간.

—그분을 찾았습니다.

"뭐? 어디서? 아니, 지금 어딘데?"

심장이 빨리 뛰기 시작했다. 김독자를 찾았다. 드디어.

그런데 이어서 들려온 말은, [예상표절]로도 예상하지 못한 것이었다.

—여기가, 그러니까…… 병원 응급실이란 곳입니다.

한수영은 경호원 눈을 피해 새벽 택시를 탔다. 병원은 그리 멀지 않은 곳에 있었다. 새벽에도 분주하게 오가는 의사와 간호사들. 간헐적으로 들려오는 환자들의 비명. 빈 침대차 위로 뿌리 깊은 죽음의 냄새가 남아 있었다.

시나리오가 없는 곳에서도, 누군가는 계속해서 죽는다.

아주 작은 멸망들. 기록되지 못한 생이 스러지는 장소.

한수영은 반쯤 정신이 나간 채로 침대차들을 살폈다.

"아—"

그곳에, 열다섯 살의 김독자가 누워 있었다. 핼쑥하게 질린 얼굴. 붕대를 감은 소년의 손목에 링거 바늘이 꽂혀 있었다.

"아니, 우리 잘못이 아니라니까! 얘가 학교에서—"

김독자와 닮지 않은 얼굴. 사촌 격쯤 되어 보이는 부부가 짜증을 내며 의사에게 소리치고 있었다. 한수영은 그쪽을 바라보다 도깨비 왕을 다그쳤다.

"이 녀석 왜 이렇게 된 건데."

"교실 창문에서 뛰어내렸다는군요."

한수영은 천천히 손을 뻗어 김독자의 몸을 살폈다. 투박한 깁스와 붕대로 감긴 몸. 얼굴에 남은 짙은 피멍들. 근육이라고는 하나도 느껴지지 않는 팔이 힘없이 놓여 있었다.

한수영은 소년의 손을 잡았다.

자신의 손만큼이나 작은 손이었다.

"어떻게…… 어떻게 좀 해봐."

"걱정 마시죠. 죽을 상처는 아닙니다. 다행히 저층이었고, 나무에 부딪히면서……."

"그런 말이 아니잖아!"

멀리서 이쪽을 향해 다가오는 부부가 보였다. 한수영을 발견했는지 뭐라 고함을 치는 부부.

하지만 한수영에게는 그들의 목소리가 들려오지 않았다.

대체 왜.

「"아마 그 소설이 없었으면, 그때 난 죽었을걸."」

그것이 자신의 기억인지, 아니면 3회차의 기억인지 알 수 없었다.

「"또또 오바 떤다."」

「"진짜라니까."」

먼 이명 속에서 낡은 기억들이 파도처럼 밀려왔다.

도깨비 왕의 부축을 받아 병원을 나왔다. 의료진과 구급대원이 새로운 환자를 응급실로 옮기는 모습이 보였다.

"어쨌든 찾지 않았습니까."

"……."

"직접 보니 과연 명불허전이더군요. 그분의 전신에서 느껴지는 가공할 기운을 보셨습니까? 이제 그분이 자신의 세계를 열기만 하신다면—"

곧 이 세계선에 찾아올 종말이 기대된다는 듯, 도깨비 왕이 수다를 늘어놓았다.

한수영은 비틀거리며 중얼거렸다.

"김독자는 열다섯 살에 그 소설을 읽었다고 했어."

"예, 그러니 곧—"

"만약, 그 녀석이 그 소설을 읽지 못하면 어떻게 될까?"

"예?"

멸살법이 시작되지 않으면 세계는 멸망하지 않는다.

하지만 김독자는 어떻게 되는 것일까.

"저기요?"

"……."

"지금 우는 겁니까?"

김독자의 비극은 흔한 것이었다. 아주 작은 시선들이 모인다면, 약간의 선의가 모인다면 극복될 수도 있는 것이었다. 하지만 그 작은 시선을, 선의를 기대할 수 있는 상황이 아니었다.

새벽에나 간신히 제정신을 차리는 열세 살짜리 초등학생이, 대체 누구를 구할 수 있단 말인가.

"왜죠?"

그렇다고 저 도깨비 왕에게 맡길 수도 없었다.

말투도 이상한 데다 시스템도 못 쓰고, 신원 보증도 되지 않는 백수 도깨비를 어떻게 믿고…….

한수영은 멍하니 자기 손을 내려다보았다.

「"그 소설이 날 살렸어. 그러니 주인공에게 빚을 갚아야지."」

김독자를 구할 수 있는 것.

"너 돈 있어?"

"예?"

"5,000원, 아니 10,000원만 줘봐."

한수영은 곧바로 도깨비 왕의 돈을 빼앗아 근처 PC방으로 달려갔다.

도깨비 왕이 비명을 지르며 쫓아왔다.

"제 전 재산이란 말입니다!"

한수영은 졸고 있는 PC방 사장 몰래 후불 카드 하나를 집은 뒤 로그인을 하고 인터넷 창을 켰다. 항상 접속하던 웹소설 플랫폼의 주소를 입력한 다음, 작가명을 검색했다.

—검색 결과가 없습니다.

여전히 tls123은 나타나지 않았다. 어느덧 한 해의 마지막 날이 가까워졌음에도 연재는 시작되지 않았다.

한수영은 잠시 화면을 노려보다가, 웹소설 플랫폼의 '가입 신청' 버튼을 눌렀다.

tls123이 누구인지는 모른다. 하지만, 적어도 tls123이 김독자가 아니라면, 어쨌든 그 빌어먹을 소설을 쓴 게 다른 사람이라면. 그렇다면.

—해당 닉네임을 사용 중인 이가 없습니다. 닉네임을 사용하시겠습니까?

그게 누구여도 상관없는 것은 아닐까.

마우스를 쥔 손이 벌벌 떨렸다. 비극의 버튼이 그녀의 손끝에 놓여 있었다. 이 버튼을 누르면 무수한 세계선의 멸망이 시작될 것이다.

하지만, 이 버튼을 누르지 않으면.

—예.

그녀가 본 '작은 세계'가 사라질 것이다.

—tls123님. 가입을 축하드립니다!

한수영은 시간을 확인했다.

[자율 활동 시간이 3시간 남았습니다.]

[본체가 깨어나면 당신의 통제권이 강제로 회수됩니다.]

문서창을 연 그녀는 곧장 뭔가를 입력하기 시작했다. 마치 머릿속에서 오랫동안 생각해온 원고를 풀어내듯, 손가락이 현란하게 움직였다.

조금의 오타도 보이지 않는 타이핑. 하나의 세계를 통째로 도려낸 듯 정교한 문장들. 그러나 읽는 이를 배려한 배치도, 몰입을 위한 장치도 없는 서술들. 그녀는 그런 재미없는 이야기를 쓰고 또 썼다.

오직 단 한 사람만은, 틀림없이 이 이야기를 읽어줄 것이라 기대하면서.

「이것은 거짓이다.」

그녀의 손끝에서 수많은 세계가 멸망했고.

무수한 등장인물이 죽어갔다.

「적어도, 이것이 진실이 되기 전까지는.」

[예상표절]로 가늠할 수 있는 모든 가능성이 그녀의 머릿속에서 범람했다.

어떤 것은 서사가 되었고, 어떤 것은 설정이 되었다.

얼마나 지났을까. 마침내 한수영의 손가락이 멈췄다.

「자신을 덮친 까마득한 재앙 앞에서 유중혁은 말했다.」

모든 이야기를 [예상표절]로 알아낼 수 있는 것은 아니었다.

「"시나리오의 끝을 보기 전까지 나는 결코 포기하지 않는다. 그러니까—"」

유중혁이 정말로 그 말을 했는지 안 했는지, 그녀는 모른다. 왜냐하면 이 모든 것은 가상의 이야기니까. 그녀가 만들어낸 것이니까.

그러니 그녀는 그 말을 쓰고 싶었다. 유중혁의 입을 빌려 그 말을 써넣고 싶었다.

「"**너도, 포기하지 마라.**"」

깊은숨을 몰아쉰 한수영은 천천히 고개를 들었다. 뒤쪽을 돌아보니, 도깨비 왕이 황홀한 얼굴로 화면을 들여다보고 있었다.

"도깨비 왕."

천천히 무릎을 꿇은 도깨비 왕이 그녀의 말을 기다렸다.

"나 잔다."

[당신은 짧은 시간 동안 지나치게 많은 정신력을 소모했습니다!]

[당신의 자아가 잠재의식으로 화하여…….]

.

.

.

다시 정신을 차렸을 때는 침상 위였다.

밤 12시. 의식을 잃은 사이 벌써 하루의 사이클이 지나간 모양이었다.

젠장, 내가 무슨 짓을 한 거지?

한수영은 머리를 싸맨 채 자리에서 일어났다. 탁자 위에 새파란 노트북의 바탕화면이 보였다. 무심코 인터넷 창을 켜 연재 플랫폼에 접속했다.

어제 새벽 올린 글에 벌써 댓글이 몇 개 달려 있었다. 대부분은 노잼이라는 둥, 설명충이라는 둥 하는 악플들이었다.

"겨우 두 시간 동안 급하게 쓴 글인데 당연히…… 그리고 최대한 멀살법이랑 비슷하게 쓰려고 그런 거거든?"

그런 댓글 중, 하나가 유독 눈에 띄었다.

—작가님. 정말 재밌습니다. 이거 연재 주기가 어떻게 되나요?

자신의 이름을 닉네임으로 쓴 터무니없을 정도의 순진함. 한수영은 그 이름을 한참이나 바라보고 있었다. 자세히 보니, 댓글이 하나 더 달려 있었다.

—혹시… 내일도 연재하시나요?

한수영은 몇 번이고 자신의 주먹을 쥐었다 펴기를 반복했다. 작은 손에 땀이 배어 있었다. 내가 이 말을 써도 될까.

그래도 괜찮은 것일까.

한참을 망설이던 한수영이 댓글을 썼다.

이 모니터 너머에서 아직 살아 있을 누군가를 생각하면서. 숨을 쉬고, 밥을 먹고, '나는 유중혁이다' 따위를 외치며, 어떻게든 자신의 멸망을 버티어낼 한 소년을 생각하면서.

3,149편에 달하는 회귀자의 이야기는 그렇게 시작되었다.

—네. 내일도 연재합니다.

3

한수영은 계속해서 글을 썼다. 새벽마다 주어지는 짤막한 토막 시간. 그 시간을, 한수영은 온전히 김독자를 위해서 사용했다.

"도깨비 왕."

"예, 신이시여."

"그딴 식으로 부르지 말랬지. 앞으로 멸살법은 오후 7시에 연재될 거야. 아직 사이트에 예약 연재 기능이 없으니까, 네가 원고 가지고 있다가 그때 업로드해. 새벽에 올리면 애 잠 못 자고 기다릴 거 아냐."

"분부대로 하겠습니다."

한수영은 한숨을 푹 쉬며 쓰던 원고를 바라보았다.

「**유중혁은 지난 회차에서 있었던 일들을 점검했다.**」

1,863회차에 달하는 삶을 모조리 쓸 수는 없었다. 1,863회의 삶을 담기에 3,149회의 분량은 터무니없이 짧았다. 어떤 회차는 생략해야 했고, 어떤 회차는 줄여 써야 했다.

삶이 그런 식으로 굴러가지 않는다는 것을 알면서도, 동시에 어떤 삶은 그렇게밖에 서술될 수 없다는 것을 인정해야 했다. 일단 그것만 인정하고 나면 쓰는 것은 어렵지 않았다.

1,863회차의 유중혁에게 온전히 건네받은 삶이 있었고, 3회차의 김독자에게서 받은 정보들이 있었다. 무엇보다 그녀는 뛰어난 작가였다.

그녀가 쓰지 못한 여백은, 유중혁이 대신해서 살아갈 것이다.

글자의 맥락 속에서 숨을 쉬고, 새카만 활자들로 덮인 단단한 토지 위에 발을 디딜 유중혁.

그녀가 할 수 있는 것은 그런 유중혁의 이야기를 전달하는 것뿐.

한 편의 글을 쓸 때마다, 김독자의 삶도 하루만큼 연장됐다. 한 문장 한 문장을 쌓아갈 때마다 그녀의 시간도 흘렀다.

열세 살의 한수영은 열네 살이, 다시 열다섯 살이 되었다.

「장장 십여 년을 넘는 긴 연재가 시작되고 있었다.」

힘들었다. 체력은 부족했고, 어린 그녀의 몸은 터무니없이 연약했다. 한수영은 버텼다. 모니터 너머에서 자신과 마찬가지로 나이를 먹고 있을 김독자를 생각했다. 죽지 않고, 포기하지 않고, 자신의 삶을 버티어 나가고 있을 김독자.

—작가님. 오늘은 중혁이가…….

너는 이런 이야기가 정말 재미있는 것일까.

반신반의하면서도, 한수영은 계속해서 이야기를 썼다.

「"언젠가 내가 전해준 정보들이 도움이 될 거야. 시간 날 때마다 들여다보라고."」

누군가가 이야기를 읽는 한, 이야기는 끝나지 않는다.

끝이라고만 생각했던 1,863회차에서도 그랬다.

—작가님. 제 생각인데, 이참에 새로운 인물을 만드는 편이…….

매일 김독자가 남긴 댓글을 확인했다. 거의 새벽에만 활동할 수 있었던 까닭에 실시간으로 소통하기는 어려웠지만, 필요한 질문에는 답장도 했다.

—주인공을 하나 더 만들까요?

—기왕이면 예쁜 여캐로….

—아하, 미소녀 말씀이시죠.

「유중혁의 뺨을 두 번 갈겨버릴 정도의 외모. 화려한 금발의 미소녀이 유중혁을 노려보며 외쳤다. "야, 만두남."」

—…작가님??

열여섯 살, 열일곱 살, 열여덟 살의 김독자.

그는 이 이야기를 먹고 자라나, '가장 오래된 꿈'이 될 것이다. 그 사실을 알면서도 한수영은 지금의 시간을 즐겼다. 새하얀 설원 위에 활자들이 노니는 세계. 그 세계 위에 김독자가 있었고, 한수영이 있었다.

—작가님. 요즘 중혁이가 너무 불쌍한데요…….

가끔은 유중혁을 험하게 굴리기도 했다. 자신이 알고 있는 이야기를 지나치게 현실적으로 사생하다 보니 벌어지는 일이었다. 그렇게 글을 쓰다가 보면, 혼란에 빠질 때도 있었다.

정말 이 일은 이미 벌어진 일일까. 어쩌면 내가 써서 이런 일이 벌어지는 것일까.

어느 쪽이든 한수영은 최선을 다했다. 그녀는 자신의 작품에 책임을 졌다. 하지만 동시에 자신이 그 작품을 온전히 지배할 수 없다는 것도 인정했다.

「유중혁은 이글거리는 눈빛으로 천공을 노려보았다.」

언젠가 그녀의 손끝에서 만들어진 유중혁은 저 김독자를 실제로 만나게 될 것이다. 그 생각을 하면, 한수영은 가끔 미칠 것 같은 심정이 되었다.

―공전의 히트작! 《SSSSS급 무한 회귀자》!

그 무렵부터 '낮의 자아'도 작가로서 본격적인 활동을 시작했다. 물론 자신의 재능을 고스란히 훔쳐다 썼기 때문에, 실패할 리 없는 작품이었다. 심지어 '낮의 자아'는 익명 계정으로 멸살법에 악플도 달았다.

―이걸 쓰고 계신 작가님의 인생이 걱정됩니다.

더욱 황당했던 것은 김독자의 쪽지였다.

―작가님! SSSSS급 무한 회귀자란 소설 아시나요? 이 소설 설정이 멸살법이랑…….

한수영은 피식 웃으며 쪽지에 답장을 쓰기 시작했다. 그래, 이런 쪽지까지 썼던 녀석이 1,863회차에선 날 표절 작가로 몰았다 이거지.

—그래도 덕분에 조회 수 올라서 좋네요.

그렇게 쪽지 답장까지 모두 끝내자, 창밖으로 희미하게 여명이 비치고 있었다. 언젠가부터, 잠에서 깨어나도 정신이 개운하지 않았다. 글을 쓰기 시작하면 그녀에게 할당된 시간을 다 쓰기 일쑤였고, 자율 활동 시간이 끝나지 않았음에도 피로감을 못 이겨 잠에 빠지는 경우도 있었다.

심지어는 기억력도 점차 감퇴하고 있었다. 유중혁에게 들은, 김독자에게 받은 정보들이 잘 기억나지 않았다. 1,863회차에서 있었던 일들이 조금씩 흐릿해지고 있었다.

그리고…….

[당신의 설화가 소모되고 있습니다.]

그녀의 자율 활동 시간 역시, 점점 줄어들고 있었다.

시간은 계속해서 흘렀고, 한수영은 거의 매일 글을 썼다.

가끔은 잠에서 깨어나지 못해 하루를 통째로 날렸다.

짙은 피로감에 김독자가 남긴 댓글을 읽지 못하는 날도 많아졌다.

—작가님. 저 모레 군대 갑니다. 최전방 걸릴 거 같아요.

—김독자입니다. 양구입니다.

—중혁아…… 넌 제설해봤냐?

스무 살, 스물한 살, 스물두 살…….

371회차, 621회차, 972회차…….

유중혁의 회차가 쌓여갈 때마다 김독자도 나이를 먹었다. 유중혁의 비극을 먹고 자란 김독자는 고등학생이 되었고, 대학생이 되었고, 군인이 되었다.

한수영은 그런 김독자의 성장을 지켜보았다.

성인이 된 후 '낮의 자아'가 새벽 시간대에도 깨어 있는 경우가 잦아지면서, 여유 시간은 더 줄어들었다. 글을 퇴고할 시간이 자연히 사라지자, 도깨비 왕의 역할이 커지기 시작했다.

"걱정 마십시오. 오타는 제가 수정하겠습니다."

"맞춤법은 아냐?"

"압니다. 그걸로 먹고살 생각입니다. 출판사에서 교정 알바를 구한다고 해서 자신 있게 지원했습니다."

영 못 미더웠지만 당장 다른 도움을 구할 방법도 없었다. '낮의 자아'에게 도움을 청할 수도 없는 노릇이니까. 최근 기력도 많이 쇠하고 건망증도 심해져서, 김독자에게 답 댓글을 쓰기도 벅찼다.

「그런 식으로 마법처럼 몇 년이 흘러갔다.」

그 문장을 쓰며, 한수영은 어쩌면 그녀의 삶도 유중혁과 다르지 않다고 생각했다.

때로 삶은 정말로 그렇게 생략된다. 하지만 그런 식으로 흘러갔다고 해서, 그 삶이 아무것도 남기지 않은 것은 아니었다. 자신의 눈앞에 쌓인 3,000편에 달하는 소설을 보며, 한수영은 그렇게 생각했다.

완결을 앞둔 어느 날, 한수영은 모처럼 댓글을 달기 위해 플랫폼의 창을 열었다.

—힘내세요, 독자님.

내가 이런 댓글을 달았나?

처음에는 비몽사몽간에 쓰고 잊어버린 거라 여겼다. 그런데 기억에 없는 댓글은 한두 개가 아니었다.

—질문에 답변을 드리자면…….

대체 언제 이런 댓글을 썼지? 아무리 애써봐도 기억이 나지 않았다.

게다가 댓글을 쓴 시간도 이상했다.

—그러니까, 그건 설정 오류라기보다는…….

한수영은 곧바로 도깨비 왕을 불렀다. 그러자 허공에서 츠츠츳, 하는 소리와 함께 중절모를 쓴 도깨비 왕이 나타났다. 한수영이 물었다.

"이거 네가 쓴 거냐?"

"예."

"누구 맘대로?"

"미리 허락을 구하지 못해 죄송합니다. 많이 피곤해 보이셔서요."

한수영은 도깨비 왕을 물끄러미 바라보았다.

자신의 '신'을 찾아 이 세계에 온 존재. 그는 이제 자신의 창조주가 누구인지 알았다.

"넌 대체 목적이 뭐야?"

"저는 '이야기꾼'입니다. 그리고 모든 '이야기꾼'이 그러하듯, 위대한 대서사시를 이야기하길 좋아하지요. 당신이 만든 세계 말입니다."

"이 이야기의 독자는 하나뿐이야."

"정말로 그렇게 생각하십니까?"

한수영이 눈을 가늘게 뜨며 쏘아붙였다.

"네 꿍꿍이는 이미 알고 있어. 내가 쓴 소설을 유료화할 셈이잖아."

이곳에 온 이후 줄곧, 한수영은 '그날'에 관해 생각했다.

그녀가 쓴 소설은 언젠가 우주를 멸망시킬 시나리오가 된다. 하지만 대체 누가, 그런 끔찍한 일을 벌일 수 있다는 말인가. 생각해보면 답은 간단했다.

지금 이 세계선에서 그런 일을 저지를 가능성이 있는 존재는 하나뿐이니까.

"넌 처음부터 그럴 목적으로 나를 이곳에 데려온 거야."

"부정하지는 않겠습니다. 제 역할이 무엇인지 깨달은 것도 얼마 되지 않았지만 말입니다."

도깨비 왕의 몸 위로 희미한 스파크가 튀어 오르고 있었다. 시스템의 개연성이 점점 커지고 있다는 증거였다. 이야기꾼의 왕이었던 그의 힘이 점차 돌아오는 것이다. 한수영은 그 스파크를 바라보다가 말했다.

"정말로 멸망이 시작된다 이거지."

"그렇습니다."

"사실 잘 이해가 가질 않아. 시간 순서도 말이 안 되잖아."

"시간 순서라면?"

"지금 내가 이 글을 쓸 수 있는 건, 앞서 유중혁이 삶을 살았고 김독자가 소설을 읽었기 때문이야. 그런데 그런 내가 다시 김독자가 읽을 소설을 쓴다는 게……."

"타임 패러독스. 인간들은 그걸 그렇게 부르죠. 하지만 그런 식으로만 작동하는 우주도 있습니다. 미래가 과거보다 먼저 쓰이고, 결과를 위해 원인이 만들어지는 우주. 당신은 이미 그런 우주를 알고 있을 텐데요?"

그게 무슨 말이냐는 듯 한수영이 미간을 찌푸렸다. 빙긋 웃은 도깨비 왕이 모니터를 툭 건드렸다.

"당신도, 그렇게 쓰고 있지 않습니까."

한수영이 던져놓은 단상들과 활자의 파편들이 그 안에 있었다.

시간의 바깥, 세계의 바깥에서 서로 연결되기를 기다리는 무수한 장면들. 어떤 장면은 먼저 쓰였음에도 미래가 되었고, 어떤 장면은 늦게 쓰였음에도 과거가 되었다.

한수영의 눈동자가 흔들렸다.

"이 우주가 하나의 소설이란 얘기냐?"

"비유하자면 그렇다는 이야기입니다."

모니터의 활자들이 일렁였다. 누군가의 사랑을 원하는 활자들이 모니터 밖으로 하나둘씩 짝을 맞춰 흘러나오고 있었다.

마치 별처럼 반짝이는 문장들.

어떤 문장은 다른 문장을 위해 기꺼이 어둠이 되었고, 어떤 문장은 그 문장을 통해 빛이 되었다. 어떤 문장은 다음 문장을 위해 존재했고, 다음 문장은 다시 최초의 문장이 있었기에 의미를 획득했다.

"이 우주에는 앞과 뒤가 없습니다. '최초의 세계선'이 가장 마지막에 완성되는 것도, 바로 그 때문입니다."

그 물고 물리는 거대한 연쇄 속에서, 도깨비 왕이 황홀하게 웃었다.

"우주는 조금 전 만들어지기도 했고, 동시에 수억 년 동안 존재해오기도 했습니다. 그리고 어떤 태초는, 종말이 찾아온 뒤에야 태어나기도 합니다."

유성우처럼 쏟아지는 문장들.

〈스타 스트림〉이 자신의 신을 향해 노래하고 있었다.

한수영이 멸살법을 썼기에 김독자가 그것을 읽었다.

김독자가 멸살법을 읽었기에 유중혁이 회귀를 시작했다.

유중혁이 회귀를 시작했기에 한수영이 멸살법을 쓸 수 있었다.

그것은 그녀가 썼으나 그녀의 손을 떠나 완성된 말들이었다.

「**누군가를 구하고, 파멸시키고, 살게 할 이야기.**」

그 말들이 그리는 지독한 궤적을 응시하며, 한수영은 자신이 끝나지 않을 거대한 순환 속에 내던져졌다는 사실을 절감했다.

그녀는 세계를 만든 작가였지만, 무력한 신이었다. 단 한 사람의 독자조차 제대로 구할 수 없는 신. 그저 이 아득한 이야기의 부속일 뿐인 신.

[<스타 스트림>이 당신을 향해 미소합니다.]

"보십시오. 얼마나 완벽한 이야기입니까."

[<스타 스트림>이 자신의 창조주를 바라봅니다.]

피곤함에 젖은 눈꺼풀이 천천히 내려왔다. 노곤한 의식 속에, 한수영은 도깨비 왕의 목소리를 들었다.

"그만 주무십시오. 고결한 신이시여."

다음 날, 마침내 멸살법의 마지막 화가 완성되었다.

「……**살아남는 세 가지 방법이 있다. 이제 몇 개는 잊어버렸다. 그러나 한 가지는 확실하다. 그것은**…….」

마지막 문장의 타이핑을 끝낸 후, 한수영은 한참이나 눈을 감고 있었다. 언젠가 이런 날이 올 줄은 알았다. 하지만 정말로 그날이 찾아오자 도무지 실감이 나지 않았다.

그녀의 길었던 연재가 마침내 끝났다.

천천히 뒤를 돌아보자, 예상대로 도깨비 왕이 그곳에 서 있었다. 그는 감동한 눈으로 모니터를 바라보고 있었다.

"야."

"예."

"유료화 안 하면 안 되냐?"

"신님, 제가 하지 않아도 시작될 이야기입니다."

완고한 신도처럼 말하는 도깨비 왕을 보며, 한수영은 쓴웃음을 지었다.

창밖으로 해가 밝아오고 있었다. 저 해가 뜨고, 다시 저물기 시작할 무렵이면 세계에는 종말이 찾아올 것이다.

「그리고, 김독자의 이야기가 시작될 것이다.」

"난 이제 사라질 운명이겠지?"

츠츳, 츠츠츳…….

이제 얼마 남지 않은 그녀의 설화들이 꿈틀거렸다. 뛰어나지도 특별하지도 않지만, 혼을 바쳐야만 완성할 수 있는 이야기가 있다. 그녀에게 멸살법 또한 그런 소설이었다.

[당신의 존재 설화가 위태로운 상태입니다.]

앞으로 펼쳐질 미래대로라면, 그녀의 자아는 본체의 까마득한 무의식 속으로 사라질 것이다. 그리고 본체가 [아바타] 스킬을 익힌 후에야 간신히 약간의 기억을 가지고 태어나겠지. 그리고 1,863회차를 살아가게 될 것이다.

「그렇다면 내 삶은 무엇을 위해 존재하는 걸까.」

한수영은 멍하니 창가로 다가갔다. 창백한 하늘 너머로 빛이 밝아오고, 별들이 물러가고 있었다.

【모든 것은 이미 쓰여 있고, 동시에 쓰여지고 있다.】

그녀를 1,863회차로 보냈던 이계의 신격은 그렇게 말했다. 순환을 반복하는 우주. 그곳에서 결과는 원인을 만들고 원인은 다시 결과가 된다.

완전한 하나의 이야기를 만들기 위해 결과는 원인을 부정하고, 원인은 결과를 잡아먹음으로써 존재한다. 그 아득한 법칙을 느낀 순간, 한수영은 이 세계가 마치 체스판 같다고 생각했다. 존재도 근원도 알 수 없는 어떤 거대한 의지가 지배하는, 극도의 완결성만을 추구하는 체스판.

종말의 시나리오를 창조한 그녀조차, 우주의 체스판 위에서는 한 조각 '말'에 불과한 것은 아닐까.

밀려오는 수마를 느끼며, 그녀는 천천히 자리에서 일어났다.

[당신의 정신력이 한계치에 이르렀습니다!]

한수영은 끔찍한 피로감을 견디며, 더듬더듬 옷을 찾아 입고 방을 빠져나왔다. 시간은 이른 새벽. 일찍 일어난 사람들은 출근을 준비할 시간이었다. 도깨비 왕이 뒤따라 나왔다. 한수영은 돌아보지 않은 채 말했다.

"그동안 소설 편집한다고 고생했어."

"지금 밖으로 나오면 당신은 죽습니다."

알고 있다. 이제 해가 뜨고 있으니까.

한수영은 동이 튼 하늘을 올려다보며 말했다.

"어차피 이제 내 역할은 끝났어. 나머지는 네가 알아서 해줄 거잖아. 정해진 시각에 녀석에게 파일을 주면 끝이야. 혹시 몰라서 전에 너랑 얘기한 수정 버전도 좀 써놨는데…… 그건 미완성이니까 네가 알아서 처리해."

"하지만……."

"십 년이 넘는 세월이었어."

한수영은 자신보다 몇 뼘은 더 큰 도깨비 왕을 노려보았다.

"한 번쯤은 내 마음대로 하면 안 되냐?"

그녀가 이 세계에 온 이유. 그것은 1,863회차에서 본 김독자를 다시 만나기 위해서였다.

천천히 몸을 푼 그녀는 달리기 시작했다.

「한수영은 미노 소프트에 출근하고 있을 김독자를 상상했다.」

종종 도깨비 왕에게서 들은 소식이 있었고, 김독자가 스스로 댓글로 전한 말도 있었다. 그녀는 이제 김독자에 대해 많은 것을 알고 있었다.

—작가님! 올해부터 저 자취합니다!

—저도 이 근처 사는데. 소설에서 보니 신기하네요.

—미노 소프트라고 아세요? 작가님 소설도 게임화되면 좋을 텐데. 제가 한번 건의를…….

그가 언제 자신의 비극에서 독립했고, 어디에서 또 다른 비극을 마주하고 있는지. 그리고 그 비극은 어떤 모양인지까지.

[본체의 자아가 잠에서 깨어나려 하고 있습니다!]

[경고합니다! 당신의 자율 행동 시간은 종료됐습니다!]

[더 이상 통제권을 행사하면 당신의 자아는…….]

한수영은 메시지를 무시하고 달렸다. 숨이 턱에 차오를 때까지 달리고 또 달렸다. 오직 김독자가 썼던 말들을 생각하며, 있는 힘껏 달렸다.

―작가님. 정말 몇 번이나 하는 말인지 모르겠지만…….

그 말들을, 그녀는 잊게 될 것이다.

[당신의 행동이 개연성에 심각하게 위배됩니다.]

1,863회차의 기억을 잊을 것이고.

자신이 어떤 소설을 썼다는 사실을 잊을 것이다.

[당신의 설화가 사라지고 있습니다.]

단 한 사람의 독자를 위한 이야기가 있었다는 사실을, 잊을 것이다.

하지만, 그녀가 그 모든 것을 잊더라도…….

「한수영이, 천천히 달리기를 멈췄다.」

응급실에서 마지막으로 본 뒤, 오랜 세월 동안 텍스트로 존재해온 사람.

「멀리서 김독자가 움직이고 있었다.」

그녀가 기억하는 얼굴 그대로의 김독자였다.

그녀의 1,863회차를 찾아왔던 사내. 다시 한번 만나고 싶었던 사람. 특유의 알랑거림이 얄미웠던 사람. 거짓말을 잘하는 사람. 함께 거짓말을 하며 이죽거릴 수 있어, 즐거웠던 사람.

"———."

그녀를, 기억하지 못하는 사람.

"——!"

목소리는 나오지 않았다. 목이 메이기 때문인지, 점차 육체의 통제권을 상실해가고 있기 때문인지는 알 수 없었다.

한수영은 비척거리며 김독자를 향해 다가갔다. 곁을 지나치는 몇몇 사람이 수상하다는 얼굴로 그녀를 돌아보았다.

김독자가 지하철역 계단을 내려가고 있었다.

귀에 이어폰을 꽂은 채, 스마트폰으로 뭔가 읽으며 내려가는 김독자.

그가 무엇을 읽는지 알고 있었다.

"———!"

가까스로 외쳐봤지만 목소리는 여전히 나오지 않았다. 그 대신 그녀는 필사적으로 김독자의 뒤를 쫓아갔다.

—작가님이 써준 이야기가 있었기에, 지금까지 살아올 수 있었어요.

유일한 독자의 말을 읽으며 한수영 또한 살 수 있었다.

유중혁의 다음 생을, 가까스로 쓸 수 있었다.

지루하고 따분한 십대를, 다시는 돌아가고 싶지 않던 그날들을 다시 한번 견딜 수 있었다.

—이번 열차는…… 행…….

플랫폼에 서서 다음 열차를 기다리는 김독자가 보였다. 활자가 만든 작은 세계에 숨어, 자신을 지키는 한 사람이 거기에 있었다.
곧 시작될 멸망에 대해 아무것도 알지 못하는 김독자.
장대한 멸살법의 세계를 살아갈 김독자.
자신이 동경하던 주인공을 만날 김독자.
'구원의 마왕'이 될 김독자.

일행들을 위해 몇 번이나 자신을 희생하고.
그 결과로, 1,863회차에 자신을 만나러 찾아올 김독자.

어떤 이야기를 너무나 사랑한 대가로 '가장 오래된 꿈'이 될, 김독자.

[당신의 정신력이 붕괴합니다!]
[본체가 육체의 통제권을 되찾습니다.]
[당신의 설화가 소멸합니다.]

다리가 무거워지고, 팔이 잘 움직이질 않았다. 몸은 점점 자신의 것이 아니게 되었다.
그럼에도, 한수영은 말해주고 싶었다.

「이 이야기가 태어난 것은 결코 네 잘못이 아니라고. 앞으로 네가 겪을 일

들은 결코 네 죄가 아니라고.」

왜냐하면 그녀의 십삼 년은, 오직 그 말을 전해주기 위해 존재했으니까.

「너는 이 이야기를 읽고 자랐지만, 이 이야기가 될 필요는 없다고.」

간신히 뻗은 그녀의 손끝이 김독자의 어깨에 닿았다.

[당신의 자아가 '잠재의식'으로 화합니다.]

톡, 하고 어깨의 감촉을 느낀 김독자가 뒤를 돌아보았다.

하지만 밀려든 출근길 인파에, 김독자는 휩쓸리듯 지하철에 탑승했다.

인파가 빠져나간 휑한 플랫폼에 멍한 표정의 한수영만이 남아 있었다.

"뭐야? 나 왜 여깄어?"

한수영은 고개를 갸웃하다가 "또 몽유병 도졌나?" 하고 머리를 벅벅 긁었다. 스마트폰으로 시간을 확인한 그녀가 짜증을 냈다.

"오늘 연재분 아직 다 못 썼는데."

.

.

.

[설화, '예상표절'이 잃어버린 기억을 표절합니다!]

·

·

·

ㅊㅊㅊㅊㅊㅊ…….

"한수영?"

ㅊㅊㅊ…….

"한수영."

찢어지는 이명 속에서 자신을 부르는 목소리가 들렸다.

"한수영!"

그리고 다음 순간, 한수영은 강력한 충격과 함께 퍼뜩 정신을 차렸다. 뒤통수에 느껴지는 지독한 고통. 왜인지 때린 게 어떤 놈인지 알 것 같았다.

"중혁 씨! 그렇게 세게 때리면 어떡해요! 정신 차리자마자 죽겠어요!"

천천히 고개를 들자, 자신을 부축한 이설화와 인상을 찌푸린 유중혁이 보였다. 다른 〈김독자 컴퍼니〉 일행들도 있었다. 정희원, 이현성, 신유승, 이지혜…… 먼지투성이가 된 사람들.

한수영은 그들 하나하나를 관찰하듯 유심히 바라보았다. 그리고 마지막으로 유중혁을 돌아보았다.

"네가 0회차가 떠올랐을 때 어떤 기분이었는지, 이제 알겠네."

"갑자기 무슨 헛소리지?"

"나도 기억났어."

아직도 실감이 나지 않는다는 듯, 눈을 이리저리 굴리던 한수영이 천천히 뒤를 돌아보았다. 그곳에 자욱한 활자로 이루어진 안개 지대가 펼쳐져 있었다. 그들이 방금 관통해온 관문이었고, 그녀가 죽을 뻔한 관문이었다.

그녀의 안색을 살피던 이지혜가 물었다.

"언니, 괜찮은 거예요? 아까 무슨 작품 계약하러 가야 한다면서 헛소리하던데—"

[설화, '예상표절'이 이야기를 멈춥니다.]

한수영은 떨리는 자기 손을 내려다보았다.

왜 지금에서야 이 기억이 되돌아왔을까.

아니, 이 기억이 사실이기는 할까.

「한때, 이 손으로 어떤 이야기를 쓴 적이 있었다.」

희미하지만 생동감 넘치는 기억들.

한수영은 순차적으로 생각을 정리했다. 자신이 왜 여기에 있는지, 어떤 일들이 있었는지, 그리고 지금 무엇을 말해야 하는지.

"내가…… 멸살법의—"

간신히 심호흡한 한수영이 다시 한번 입을 열려는 순간, 유중혁이 말을 끊었다.

"쓸데없는 소리 말고, 그만 가지."

그 목소리와 함께 한수영이 고개를 들었다.

[메인 시나리오가 갱신됐습니다!]

['마지막 시나리오'가 시작됩니다.]

눈앞에 다시 한번 펼쳐지는 시나리오 메시지를 보며, 한수영은 실감이 나지 않았다. 어째서 저 메시지가 눈앞에 떠오르는지 한수영은 잘 알고 있었다.

「일행들은 다시 한번 99개의 시나리오를 헤쳐왔다.」

"뭘 그렇게 얼빠져 있어요?"

그녀가 시작한 비극이었다. 그 비극을 정면으로 견뎌온 사람들이 그녀를 향해 손을 내밀고 있었다.

"가요, 수영 씨."

한수영의 등을 톡톡 두드린 유상아가 앞서 나갔다.

앞서 걸어가는 일행들의 등이 뿌옜다.

불가능했다. 단순히 누군가를 위한다는 마음만으로 할 수 있는 일이 아니었다. 그럼에도 그들은 해냈다.

저 멀리, 세계의 끝을 덮은 활자의 벽이 보였다.

'최후의 벽.'

시선을 교환한 일행들이 하나둘 병장기를 뽑아 들자, 멀리서 성좌들의 고함이 들려왔다. 그 광경을 바라보며 유중혁도 흑천마도를 뽑았다.

"저 너머에, 녀석이 있다."

그들의 앞을 가로막은 관리국의 도깨비들과, 최후의 벽을 수호하는 도깨비 왕의 모습. 길게 숨을 들이켠 한수영이 천천히 자리에서 일어났다.

아주 긴 이야기였다. 드디어 그 이야기의 끝이 눈앞에 있었다.

「그들은, 마침내 그녀가 쓴 결말에 도달했다.」

OMNISCIENT READER'S VIEWPOINT

전지적 독자 시점

Epilogue 04

I

처음으로 그 소설을 읽던 순간을 기억한다.

갑갑한 병동. 로비에 비치되어 있던 단 하나의 PC.

컴퓨터를 하기 위해 줄을 서자, 중절모를 쓴 신사가 나를 위해 자리를 비켜주었다. 모니터에는 마침 내가 좋아하는 소설 플랫폼이 띄워져 있었다.

멍한 눈으로 화면을 바라보다가 키워드를 입력했다. 세 개 정도 입력했던 것 같은데, 무엇이었는지는 잊어버렸다. 다만 그때 떠올렸던 장면은 기억한다. 교실 바닥에 흩어져 있던 샤프심과 창문 밖으로 펼쳐져 있던 쪽빛 하늘.

창문을 연 손으로 내가 무언가를 입력했고, 그 소설을 찾았다는 것만은 확실하다.

「멸망한 세계에서 살아남는 세 가지 방법」

나는 그 이야기로 살아남았다.

「이 이야기가 태어난 것은 결코 네 잘못이 아니라고.」

속이 메슥거렸다. 어지럼을 견디지 못하고 바닥에 주저앉았다. 눈앞의 텍스트가 잘 보이지 않았다.

「한수영이 tls123이었다.」

숨을 헐떡이며 한참이나 자리에 누워 있었다. 머릿속에는 똑같은 질문만 맴돌았다.

어째서. 왜?

「나 같은 것을 위해서.」

한참이나 쓰러져 있었다. 울었던 것도 같다. 하지만 울부짖고 소리쳐도 이미 쓰인 문장은 바뀌지 않았다. 한수영은 나를 위해 십삼 년의 세월을 살았고, 자신을 깎아 만든 문장으로 나를 살렸다. 그리고 소멸했다.

「*김 독 자*」

[제4의 벽]이 나를 부르고 있었다. 나는 가만히 이어지는 말을 들었다.

「읽 **어** 야 *지*」

부스스 자리에서 일어났다. 창문에 비친 꼴이 말이 아니었다. 성인 남성의 육체라고 말하기에는 너무 조그만 덩치. 키는 작아졌고 얼굴은 어려졌다. 입던 코트는, 내게 어울리지 않았다. 그런 내 얼굴을 한참이나 들여다보다가 코트를 벗었다.

"올해로 몇 년째지?"

「지구의 *시간*은 아무런 의미도 없어.」

그게 무슨 뜻인지는 알고 있었다.

이 지하철은 '가장 오래된 꿈'이 꿈을 꾸는 장소. 다른 세계선의 시간으로는 이 지하철에서 흐르는 시간을 잴 수 없다.

실제로 이 지하철에 온 뒤 나는 시간 감각을 완전히 잃어버렸다.

"그래도 체감 시간이라는 게 있을 거 아냐."

「대충 *21,763년.*」

"생각보다 오래 안 됐네. 아직 '은밀한 모략가'보다도 어린 거잖아."

「아직 *애송이*지」

키득거리는 [제4의 벽]의 웃음이 들렸다. 그나마 저 녀석이 없었다면, 나는 진즉에 이곳에서 미쳐버렸을 것이다.

파스스스, 하는 소리와 함께 새끼손가락 끝이 줄어들었다.

언제부터였을까. 아무것도 하지 않아도 몸이 조금씩 작아지고 있었다. 정확히 말하면 '아무것도 하지 않는' 것은 아니었지만.

"나는 계속 작아지는 건가?"

나는 창밖으로 흘러나가는 설화의 부스러기들을 지켜보며 물었다.

"저 설화들은 모두 어디로 가는 거지?"

「우 주의 무의 식」

"거기가 어딘데?"

「네 가 의 식 하지 않 는 세계 선」

'가장 오래된 꿈'의 임무는 모든 세계선을 상상하는 것. 내 의식이 움직이지 않아도, 내 무의식은 끊임없이 세계선을 지켜보고 있다.

「저 설화 들 은 또 다른 김 독자 로 태 어 날 거 야」

"김독자로?"

「비 유 하자 면 그렇 다는 거 야」

문득 [제4의 벽]이 무슨 소리를 하는지 알 것 같았다.

은하를 넘어 다른 세계선을 향해 흘러가는 설화들.

저 설화들은 곧 '나'였다.

1,864회차의 어딘가에 동료들과 남아 있을 49퍼센트의 나처럼, 저 파편들 또한 어딘가의 세계선에서 '김독자'로 태어날지도 모른다. 이 우주는 그런 식으로 순환하고 있으니까.

"저 정도 양이면 '김독자'라고 부르긴 어렵겠는데. 저렇게 작은 파편으로는 날 닮지 않을 테니까."

「그 렇 겠지」

나와는 이름도 얼굴도 다를 존재. 그럼에도 그 존재들은, 어딘가에서 태어나 우주를 상상할 것이다. 이야기를 읽으며 감동하고, 세계선을 지켜볼 것이다.

그렇게, 이 우주를 유지할 것이다.

"그래."

어쩐지 이 우주의 원리를 조금은 알 것 같았다.

나는 창문을 향해 부서지는 손가락을 가까이 대보았다. 그러자 조금씩 그 속도가 빨라지기 시작했다.

「그런 짓을 하 면」

"이게 이 이야기에 대한 내 속죄야."

손가락뿐만 아니라 어깨와 다리에서도 조금씩 설화가 흩어지기 시작했다.

흩어진 설화들은 우주를 날아, 세계선의 어딘가에서 우주를 지탱할 문장이 될 것이다.

「너는 이 이야기를 읽고 자랐지만, 이 이야기가 될 필요는 없다고.」

멸살법의 작가, 한수영은 그렇게 말했다.

분명하게 전달받은 말. 그럼에도 나는 그 말을 따를 수 없었다. 그런 이야기를 보고서, 어떻게 내가 다른 선택을 할 수 있다는 말인가.

눈을 감으면 우주의 전체상이 그려졌다.

한수영이 이야기를 썼고.

유중혁이 이 이야기를 살았으며.

내가 이 이야기를 읽었다.

그리하여 간신히 완성된 세계였다.

「"독자 씨."」

이 비극이 있었기에 어떤 사람들은 만날 수 있었다.

누군가는, 구원받을 수 있었다.

「김독자는 끝이 보이지 않는 우주를 바라보았다.」

이제 나는 내 미래를 알고 있었다. 무언가를 읽을 때마다 나는 부서질 것이다. 부서진 내 설화들은 무수한 세계선으로 흩어져 이 우주를 지탱할 '시선'이 될 것이다.

나는 기억을 잃고, 사랑하는 것들을 잃겠지. 그리고 종국에는 '다음 이야기'를 보고 싶다는 욕망만 남기게 될 것이다.

그 욕망이 없다면 이 우주는 계속될 수 없다. 누군가가 지켜보아야만 이야기를 계속하는 우주. 이 우주에서 멈춰 있는 것은 곧 죽음이다.

ㅊㅊㅊㅊㅊ…….

입자로 나뉜 수많은 '나'가, 무수한 세계선으로 퍼져나갔다. 설화가 흩어지는 속도가 점점 더 빨라지고 있었다.

"모든 걸 잊고 나면…… 고통스럽지도 않겠지?"

「너 는 기 억 하지 못 할 테니 까」

상실의 흔적조차 사라진 자에게, 상실은 없다.

나는 바닥에 떨어진 스마트폰을 주우며 말했다.

"한 번 정도는 더 읽을 시간이 있을까?"

멸살법 파일을 열고, 힘겹게 읽어낸 '작가의 말'을 아래로 내렸다.

「멸망한 세계에서 살아남는 세 가지 방법」

나는 처음부터 소설을 읽어가기 시작했다.

유중혁의 3회차를 읽었다. 어떤 이야기는 아는 것이었고, 어떤 이야기는 새롭게 느껴졌다.

최종본은 내가 본래 아는 원작 그대로였다.

그곳에 '김독자'는 없었다.

파스스스스…….

내 설화가 흩어지는 만큼, 다시 멸살법의 문장들이 내 안에 차오르고 있었다. 피곤할 때는 잠시 눈을 감고 쉬었고, 쉬고 나면 다시 책을 읽기 시작했다.

5회차, 6회차…… 64회차…… 129회차…….

672회차.

914회차.

1,642회차…….

페이지가 내려갔고, 나는 몇 번인가 기뻐하거나 슬퍼했다. 댓글을 달 수 없어 아쉬웠다. 다시 한번 한수영에게 이 감정을 전해주고 싶었다. 네가 전해준 이야기가 있어 여기까지 왔다고. 나는 세상 그 누구보다 네 이야기를 사랑하고 있다고.

그렇게 읽고, 읽고, 또 읽고. 얼마나 그 이야기를 읽었을까.

「…….」

마침내 에필로그에 도달했을 때, 갑자기 눈앞이 잘 보이지 않았다.

너무 소설을 많이 읽어서 눈이 멀어버린 것일까 싶었다.

[업데이트가 완료됐습니다.]

천천히 시야가 되돌아왔다. 눈앞에 보이는 것은 제대로 된 문장들이 아니었다. 문장과 문단들은 제각기 파편화되어 있었다.

온전한 소설의 형태가 아닌 글.

그럼에도 왜인지 나는 그 글을 읽을 수 있었다.

「하나의 세계가 멸망하고 새로운 세계가 태어나고 있었다.」

심장이 크게 뛰었다.

내가 아주 잘 아는 이야기가 그곳에 있었다.

「나는 이 세계의 결말을 아는 유일한 독자였다.」

그 이야기 속에는 내가 있었고.

「"나는 유중혁이다."」

「"아, 그러고 보니 제 소개를 안 했군요. 저는 한수영이라고 합니다. 그룹에서는 차상경 님의 보좌를 맡고 있고요."」

그들이 있었다.

「"만약, '시나리오'가 시작되지 않았다면 우린 어떻게 됐을까요?"」

「"독자 씨 배후성이 혹시 '외눈 점쟁이' 같은 건 아니죠?"」

「"독자 씨, 수류탄 던져보신 적 있으십니까?"」

「"아저씨는 좋아하는 음식 있어요?"」

그들과 함께 시나리오를 돌파했다.

「"형은 혹시 신인가요?"」

「"장전."」

「"다들 마음 놓고 싸워요. 내가 아무도 안 죽일 거니까."」

「"망할 놈들! 또 나만 빼놓고……!"」

「"내가 좋아하는 건 네가 아니라 구원의 마왕 ―"」

「[바앗!]」

그들과 함께, 삶을 살았다.

「"다음 시나리오는……."」

시련을 겪었고, 몇 번이나 죽음의 위기에 봉착했다.
성좌들을 만났다.
불가능한 시나리오들을 돌파했고.
마침내 지옥 같던 이야기의 끝에 도달했다.

「[당신의 ■■은 '영원'입니다.]」

일행들은 일상으로 되돌아갔다.

「무너진 PC방을 재건하는 사람들이 있었다. 찢어진 게임 포스터를 다시 붙이는 사람들. 종말을 극복한 세계에서, 사람들은 다시 유희를 찾아 눈을 돌렸다. 유중혁은 그 광경을 보며, 오랫동안 마우스를 쥐지 않았던 오른손을 조용히 움켜쥐었다.」

「신유승과 이길영은 임시 학교에 입학했다. 초등학교도, 중학교도, 고등학교도 아닌 말 그대로 '임시 학교'. 신유승은 세상에 그런 장소가 존재할 수 있다는 사실이 놀라웠다.」

「부서진 태풍여고의 정경을 한참이나 바라보던 이지혜가 운동장을 걸었다. 언젠가 친구들과 함께 뛰어다니던 바로 그 운동장. 이지혜는 닳아버린 운동장의 라인을 가만히 바라보다가, 조심스레 출발 자세를 취해보았다.」

이어지는 일행들의 이야기를 읽으며, 나는 몇 번이나 눈을 닦았다.

이것이 이 이야기의 엔딩.

일행들은 그곳에서 분명히 살아가고 있었다. 밥을 먹고, 잠을 자고, 서로 만나 이야기를 나누고. 그곳에는 나도 있었다.

49퍼센트의 나. 일행들에 대한 기억을 가진, 멸살법을 알지 못하는 김독자…….

「그리고 김독자는 그 문장을 읽었다.」

그런데.

「"너, 대체 누구냐?"」

이게, 대체 뭘까.

「**"말해. 너 누구냐고."**」

이렇게 될 리가 없었다.

「**"틀림없어. 김독자는 아직도 거기에 있다고."**」

어째서.

「**"다시 한번 더 뛰면, 잘 볼 수 있을 거라 생각하나?"**」

왜?
이야기는 계속되고 있었다. 끝나야 할 이야기는 끝나지 않았다.
정확히는 그들이 '끝내지 않기로' 선택했다.

「**[성흔, '집단 회귀 Lv.1'를 발동합니다!]**」

나는 반쯤 절규하듯 그 문장을 읽었다.
있어서는 안 되는 일이었다. 절대로 쓰여서는 안 되는 문장이었다.
문장은 무심하게 다음 문장으로 이어졌다.

「**"명심해라, 기회는 한 번뿐이다."**」

일행들이 다시 한번 싸우고 있었다.
그 시나리오의 지옥은, 어떤 이유로든 돌아가서는 안 되는 곳이었다.
그럼에도 일행들은 그곳으로 되돌아갔다.

「"꼬맹이, 이번엔 동전 안 던져?"
"던지든 말든 똑같으니까요."
"왜?"
"100번을 던져서 한 번이 나와도, 단 1퍼센트의 형만이 그곳에 남아 있어도. 그래도 구하러 가야죠. 그 1퍼센트도 형이니까."」

그리고 시작된 시나리오. 허공에서 터져나가는 코인의 향연 속에, 〈스타 스트림〉의 도깨비들이 경악하고 있었다.
성좌들의 폭발적인 관심 속에 일행들이 외치고 있었다.

「"야, 아바돈! 날 선택해! 난 앞으로 저 시커먼 놈보다 무조건 백 배 더 강해질 거야!"」
「"장군님! 계세요? 나 보고 있죠!"」
「"배후성은 필요 없으니 코인이나 주세요."」
「"흑염룡, 좋은 말 할 때 메시지 그만 보내라. 이번엔 안 고른다고 했잖아."」

미친 사람들이었다.

「"후후, 충무로까지 오는 데 오래도 걸리는군. 그래서 그 비실이를 구할 수나 있겠나? 참고로 이 일대는 이미 이 몸의 영역……."
"닥치고 깃발 내놔, 공필두."」

미쳐버린 사람들이, 미친 방식으로 시나리오를 클리어해대고 있었다.
몇 번이나 위기가 닥쳐왔지만, 일행들은 굴하지 않았다.

「[화신 '이지혜'가 성흔, '전승 Lv.1'을 발동합니다!]」

「"이 시커먼 자식! 이런 걸 쓰니까 자기 혼자만 강해졌지!"」

[전승]. 전생의 기억을 강하게 반추하는 것으로 스킬을 재습득하는, 회귀자 전용 스킬.

「"우리엘! 제천대성! 심연의 흑염룡!"」

거기에 성좌의 조력까지 이어지며, 일행들은 일사천리로 시나리오를 클리어해 나갔다. 정말이지 가공할 속도였다.

「"여긴 아바타로 깨면 돼. 아무도 죽을 필요 없어."」

하지만 항상 그들이 승승장구하기만 한 것은 아니었다.

「"패왕. 미안하지만 여기서 죽어줘야겠다."」

그들이 함께 회귀한 이들 중에는 배신자도 있었다.

「"당신이 본래의 힘을 찾는다면 우리 셋이 덤벼도 상대가 안 되겠지만."
"지금이라면, 이야기가 다르지."」

나는 입술을 깨물었다.
처음부터 불순한 목적을 가지고 회귀행에 동참한 자들. 그들은 하필이면 시나리오 초반, 유중혁이 유미아와 함께 있는 시점을 노렸다. 분명 저때가 제일 약한 시기라고 판단했겠지.

「하지만 그것은 오산이었다.」

뭐?

「"미아야."」

유중혁의 목소리와 동시에, 유미아의 입에서 긴 장도가 뽑혀 나왔다.

「흑천마도.」

중반부 시나리오에나 가야 얻을 수 있는 최상급 아이템을, 유중혁이 손에 쥐었다. 소름이 돋았다. 설마 유미아의 [인벤토리]를 저렇게 사용할 수 있을 줄은…….

가공할 살기를 내뿜은 유중혁이 선언했다.

「"잘 가라."」

그 뒤로도 문장들은 드문드문 이어졌다.

「"이번 회차의 '구원의 마왕'은 나다!"
"아니, 내가 하기로 했잖아! 그 수식언 내 거야 누나!"」

일행들은 누구도 양보하지 않았고.

「다수의 성좌가 '김독자 컴퍼니'의 화신들에게 적의를 드러냅니다!」

그 누구와도 타협하지 않았다.

김독자 없는 '김독자 컴퍼니'는 너무 빠르지도, 너무 느리지도 않은 속도로 시나리오를 클리어했다.

어떤 장면은 서술되어 있었고, 어떤 장면들은 생략되어 있었다. 뒤로 갈수록 장면 사이의 분절은 더욱 심해졌다. 마치 아이디어 스케치를 그대로 남겨놓은 것 같았다.

20번 시나리오에 있던 일행들은 15번 시나리오에 있기도 했고, 다시 35번 시나리오에 있기도 했다. 하지만 일행들은 분명히 그곳에 있었다. 나는 그들을 상상할 수 있었다.

「그들은 빈 여백 위를 달렸다.」

시나리오의 설원을 달리는 일행들. 그들은 한 문장, 다시 한 문장씩 앞으로 나아가고 있었다. 나와 가까워지고 있었다.

그런 그들을 보며 나는 울다 잠들기를 반복했다. 의식이 흐릿해질수록 욕망은 더욱 또렷해졌다. 그렇게 생각하면 안 된다는 것을 알면서도 멈출 수가 없었다.

「이 이야기를 조금 더 읽고 싶다.」

그렇게 끊어진 문장을 읽고, 다음 문장을 읽었다. 더듬거리듯, 그 문장과 문장의 사이를 상상했다.

작가가 통제할 수 없는, 그리고 독자가 예상할 수 없는 그 지점.

문장으로 표기되지 않는 행간 속에서, 일행들은 시나리오를 조금씩 완성해갔다.

「누구도 그들의 생을 침범할 수 없는 행간 속에서, 그들은 이 이야기의 신神이었다.」

그 이야기를 읽으며, 나는 몇 번인가 정신을 잃었다. 읽는 속도는 점점 더 느려졌고, 내 설화도 조금씩 사라져갔다. 일행들의 문장은 착실하게 쌓여갔다. 98번 시나리오를, 다시 99번 시나리오를. 그들이 자신의 생으로 쓴 문장들이 정확히 한 문장씩 쌓여갔다. 그리고 마침내.

「그들은, 마침내 그녀가 쓴 결말에 도달했다.」

마지막 문장이 찾아왔다. 그것이 멸살법의 끝이었다. 마치 쓰다 만 듯한 이야기. 그리하여 제대로 완결되지 못한 이야기.

그 이야기의 마지막 문장 너머에서, 어떤 소리가 들려왔다. 누군가를 부르는 듯한 소리. 혹은 문을 두드리는 소리.

툭, 하는 소리와 함께 스마트폰이 꺼지자 새카만 액정에 아이가 된 내 얼굴이 비쳤다. 나는 울고 있었다.

「김독자는 천천히 고개를 들었다.」

희미하게 느껴지는 지하철의 진동. 언제부터였을까.

쿵—!

누군가가 객실 뒷문을 두드리고 있었다.

2

"달려! 조금만 더 가면 돼!"

한수영은 일행들과 함께 성좌들의 파도를 뚫었다.

부서지는 방주의 파편들과 멀찍이 드러난 '최후의 벽'.

거대 설화의 가호가 일행들을 보호하듯 감싸고 있었다.

[거대 설화, '운명대적자'가 이야기를 시작합니다.]

이번 회차에 들어서며 얻은 새로운 거대 설화.

이 설화가 없었더라면 그들은 몇 번이고 죽었을 것이다.

멀리 그들을 향해 진격하는 성좌들의 모습이 보였다. 〈베다〉와 〈파피루스〉의 신화급 성좌들이 성난 짐승처럼 달려오고 있었다.

「지난 회차와 달리, 이번엔 그들을 지원할 이계의 신격들이 없다.」

압도적으로 불리한 군세. 그럼에도 밀리지 않는 것은, 그들을 지원하는 역대 최강의 회귀자 집단이 있었기 때문이다.

전방을 맡은 것은 중국과 인도의 화신들이었다.

중국의 페이후가 신호하자, 그의 세력인 '아큐'의 화신들이 일제히 병장기를 꺼내 들었다. 인도의 란비르 칸도 질 수 없다는 듯 합세했다. 그를 따르는 '트라무르티'의 화신들이 창을 꺼내자, 일대에 모래폭풍이 불기 시작했다.

거기에 셀레나 킴이 이끄는 '저스티스'와, 함께 따라온 이리스가 지휘하는 '솔제니친'이 양 날개를 맡았다.

하지만 여전히 전황은 불리했다.

[가거라, 여긴 내가 맡아주마.]

[내 제자를 구해오지 못한다면 네놈들의 목숨은 없다.]

키리오스와 파천검성. 그들 역시 100인의 회귀자 중 하나였다.

두 사람의 병기가 전장을 휩쓸자, 무림 출신 초월자들이 그 뒤를 보조하며 달려왔다.

콰아아아아아아!

회귀를 통해 더욱 강해진 키리오스의 권격과 파천검성의 검격이 경쟁하듯 전장을 뒤흔들었다. 은빛 폭풍 속에서 찢겨나간 성좌들의 비명이 울려 퍼졌다. 그들이 조금이라도 시간을 벌어주는 동안 벽을 열어야 했다.

「이미 한 번 열었던 벽이다.」

마침내 도달한 장벽을 올려다보며, 한수영이 입을 열었다.

"장하영."

"예압."

기다렸다는 듯 장하영이 손을 뻗었다.

다시 한번 시나리오로 돌아온 그녀는, 이제 어엿한 '초월좌들의 왕'이었다.

['불가능한 소통의 벽'이 자신의 자리를 되찾았습니다.]

그들의 거대 설화에 반응하듯, [최후의 벽]이 진동을 시작했다.
"유상아."
고개를 끄덕인 유상아가 앞으로 나섰다.

['윤회를 결정하는 벽'이 자신의 자리를 되찾았습니다.]

「[당신은…… 그런가…… 그 오랜 세월을 돌고 돌아 다시 여기까지 왔군요, 나의 아라한이여.]」

나지막이 들려오는 석존의 설화. 이 세계선의 석존은 유상아의 존재를 어렵지 않게 납득했다. 기나긴 윤회를 반복해온 그는, 이미 이 우주의 법칙을 이해하고 있었던 모양이다.
"정희원, 이길영."
'메타트론'과 '아가레스'에게서 건네받은 '선악을 가르는 벽'.
정희원이 먼저 자신의 손을 '최후의 벽'에 가져다댔다.

「[정말 당신들은 벽 너머를 보고 온 것입니까?]」

이 세계선의 메타트론은 일행들의 존재에 경악했다. 그는 〈에덴〉의 멸망을 받아들였고, 그것이 바뀔 수 없는 결과임을 인정했다. 그리고 이전 회차와는 조금 다른 결단을 내렸다. 화신들을 돕고 있는 〈에덴〉의 대천사들이 바로 그 증거였다.
그런데 기이한 선택을 내린 것은 메타트론만이 아니었다.

「[재미있군. 마왕인 내게 감히 '벽'을 달라고 말하다니.]」

성마대전에서 서로를 찢어 죽일 듯 싸웠던 마왕과 천사들이 이번에는 그들의 편에 섰다. 그저 각자의 생존을 위한 선택이지만, 어쨌거나 〈김독자 컴퍼니〉에게는 커다란 도움이었다.

['선악을 가르는 벽'이 자신의 자리를 되찾았습니다.]

[다수의 성좌가 <김독자 컴퍼니>를 향해 자신의 격을 개방합니다!]

하지만 모든 성좌가 동료가 된 것은 아니었다. 여전히 〈스타 스트림〉의 절대다수는 그들의 적이었고, 그들을 돕는 성좌들은 소수였다.

그럼에도 일행들은 무사히 여기까지 왔다. 몸 곳곳에 깊은 흉터가 새겨졌으나, 누구도 잃지는 않았다. 누구도 욕심을 부리지 않았기에, 그리고 모두의 목표가 같기에 할 수 있는 일이었다.

한수영은 마지막으로 이현성을 돌아보았다.

이현성은 등에 창백한 얼굴의 김독자를 업고 있었다. 정확히는, 김독자가 남긴 아바타였다.

한수영이 그를 바라보며 말했다.

"도와줘, 김독자."

그 역시 분명한 김독자였다.

1,863회차의 한수영 또한 분명한 '한수영'이었던 것처럼.

"또 다른 나는 이걸 원하지 않을 수도 있어. 그 이야기는…… 거기서 끝난 거야……."

더듬거리며 말하는 김독자. 그는 이제 자신이 '김독자'의 아바타라는 것을 납득하고 있었다. 한수영은 그런 그를 물끄러미 바라보다가 말했다.

"그건 또 다른 너를 만나서 물어보자."

그러자 김독자가 슬프게 웃었다. 그는 한수영을 보고, 일행들의 얼굴을 한 번씩 바라보았다.

"이것이, 너희가 원하는 이야기라면……."

창백한 손이 '최후의 벽'에 닿았다.

'최후의 벽'의 마지막 파편은 [제4의 벽].

그리고 김독자의 아바타인 그 또한, 그 열쇠의 일부를 공유하고 있었다.

ㅊㅊㅊㅊㅊ.

이 세계가 그의 존재를 인정하지 않는 것인지, 김독자의 몸이 불안하게 떨렸다. 이어서 쩌저저적, 하는 소리와 함께 벽의 일부가 열렸다. 감전이라도 된 듯 몸을 떨던 김독자가 그대로 기절했다. 그런 김독자를 이현성이 업었다.

흑천마도의 날을 털어낸 유중혁이 말했다.

"전속력으로."

신호와 동시에 일행들이 달리기 시작했다.

"다들 기운 내요! 이제 조금 남았어요!"

"아직 생사환 남았으니까 조금이라도 다친 사람 빨리 말해요!"

서로 독려하는 목소리. 그 목소리를 들으며 한수영도 달렸다. 눈앞에 새하얀 설원이 펼쳐졌다. 설원 곳곳엔 눈처럼 쌓인 활자들이 보였다. 한수영은 활자들을 딛고 뛰어올랐다.

1,863회차의 자신은 수정본에 이 이야기를 썼을까.

김독자의 이야기를, 그 이후의 에필로그를 생각했을까.

모르겠다. 그것만큼은 도무지 기억이 나지 않았다.

그때, 뭔가가 한수영의 속눈썹에 내려앉았다.

무심코 눈을 문지르자, 손에 눈발 같은 것이 묻어 나왔다.

「이 자식, 나한텐 가난한 문학소녀였다며.」

허공에서 새하얀 활자의 눈발이 흩날리고 있었다. 분명 그곳에 존재하고 있으나, 순백에 가까운 색깔이어서 보이지 않는 문장들.

「한수영.」

한수영은 자기 손에 떨어진 그 문장을 멍하니 바라보았다.

「네 이야기를…….」

이것은 김독자의 문장이었다. 다른 누구도 아닌, 김독자가 스스로 써낸 감상들이었다. 한수영은 그 문장을 힘주어 쥐었다. 새벽에 밀려난 별빛처럼 문장들은 그녀의 손 위에서 부스러졌다.

「걱정 마. 읽을게. 3,000편이 넘어도.」

그것은 그녀가 그토록 갖고 싶던 문장들이었으나, 그녀의 것은 아니었다. 밀려오는 기억이 있었다. 또 다른 자신이 겪었던 감정들.

한수영은 지금도 그것을 생생하게 느낄 수 있었다. 어디로 향해야 할지 모르는 원망이 마음속에서 번졌다.

「이 설원 너머에 김독자가 있다.」

김독자를 김독자이게끔 만든 김독자. 멸살법을 기억하는 김독자. 행복했던 기억 대신, 자신이 쓴 책의 기억을 택한 김독자…….

"빌어먹을…… 빌어먹을!"

그녀였지만 그녀가 아닌 존재가 쓴 책. 그 책이 김독자를 구했고, 김독자를 파멸시켰다. 그리고 그녀는, 이제 또 다른 자신이 만든 이 비극의 끝을 책임져야 했다.

그때, 멀리서 희미한 불빛이 드러났다.

쿠구구구구구구…….

아득한 설원 너머로 뭔가 달려가는 것이 보였다. 일행들은 동시에 서로 바라보았다. 저게 무엇인지 모르는 이는 아무도 없었다.

「지하철이었다.」

"키메라 드래곤!"

소환된 키메라 드래곤이 포효하며 일행들을 태우고 날았다. 순식간에 가속한 키메라 드래곤은 창공을 가르며 지하철 후미를 향해 접근했다. 이제 조금이었다. 조금만 더 가면—

[갸아아아아아아!]

갑자기 키메라 드래곤이 비명을 지르며 균형을 잃었다. 깜짝 놀란 신유승이 뒤를 돌아보았다. 무언가가 키메라 드래곤의 꼬리를 물고 있었다.

【그르르르르르……!】

새카만 그림자를 닮은, 거대한 들개들이 드래곤의 꼬리와 날개를 물어뜯고 있었다. 창공에 열린 포털을 통해 넘어온 들개들. 뜯겨나간 키메라 드래곤의 살점이 새하얀 설원 속에 흩어지고 있었다.

"심연을 좇는 사냥개?"

언젠가 본 적이 있었다. '은밀한 모략가'와 999회차의 인물들을 공격하던 타 차원의 사냥개. 개연성에 위배되는 세계선의 방랑자를 공격한다는 무시무시한 괴물이었다.

하지만 사냥개들이 왜 그들을 공격한다는 말인가?

유중혁이 침음하며 말했다.

"아무래도 '집단 회귀'가 세계선에 위협이 된다고 판단한 모양이군."

"이런 제기랄……."

포털을 통해 넘어오는 사냥개가 기하급수적으로 늘어나고 있었다. 덩치 큰 사냥개도 보였다. 이제껏 본 적 없는 강력한 기세. 설원을 울리는 포효와 함께, 사냥개들이 허공을 격하고 일제히 날아들었다.

새카맣게 밀려든 사냥개가 일행들을 덮치는 바로 그 순간.

쿠르르릉, 하며 천공이 무너지는 소리가 들렸다.

황금빛 전격이 몰아치며, 사냥개들이 나가떨어졌다. 그가 누구인지 제일 먼저 알아본 것은 유상아였다.

"제천대성!"

고고히 빛나는 금테. 여의봉의 주인이 씩 웃고 있었다.

[여긴 내게 맡겨라.]

[성좌, '긴고아의 죄수'가 자신의 격을 개방합니다!]

제천대성만이 아니었다. 일행들이 열어놓은 '최후의 벽'의 통로로 뒤따라 들어온 이들이 있었다.

[이 몸이 양손을 쓰면 어떻게 되는지 보여줄 기회군!]

[성좌, '심연의 흑염룡'이 자신의 모든 봉인을 해제합니다!]

거기에, 숭고한 대천사의 불꽃이 사냥개들을 불태웠다.

[999회차의 나만큼은 아니지만…… 시간을 끄는 거라면 문제없지.]

[성좌, '악마 같은 불의 심판자'가 지옥의 불꽃을 일으킵니다!]

순백의 날개 사이로 화려하게 피어오르는 [지옥염화]의 불꽃. 옅은 미소와 함께 우리엘이 말했다.

[김독자를 부탁해, 희원아.]

성좌들이 벌어준 막간을 틈타, 마침내 키메라 드래곤이 지하철 후미를 물었다. 하지만 단단한 지하철의 외부는 드래곤의 송곳니에도 부서지지 않았다.

"사부! 합공!"

양손에 검을 쥔 이지혜가 드래곤의 등을 타고 날아올랐다.

'해상전신'의 쌍룡검과, '고려제일검'의 무쌍검. 두 자루의 검이 그녀의 양손에 쥐어졌다.

[성좌, '고려제일검'이 자신의 가호를 내립니다!]

[성좌, '해상전신'이 자신의 화신을 응원합니다!]

제사식.

사검참허.

언젠가 척준경이 '형용할 수 없는 아득함'을 상대하며 발동한 바로 그 기술. 아직 미숙했지만, 이제 이지혜도 그 검격을 사용할 수 있었다. '환생자들의 섬'에서 쌓은 지독한 수련과 그녀의 놀라운 재능이 허락한 기적이었다.

콰콰콰콰콰콰!

드래곤의 송곳니에도 끄떡없던 지하철의 외부가, 연속된 검격에 조금씩 찌그러졌다.

그리고 틈을 놓치지 않은 유중혁의 흑천마도가 움직였다.

파천검도.

비전오의.

유성참.

흑천마도가 그려낸 파멸의 궤적이 후미를 강타했다.

자욱한 먼지와 함께 시야가 걷혔을 때, 지하철 후미에는 작은 구멍이 뚫려 있었다.

"됐어! 모두 들어가!"

일행들은 신속하게 지하철 내부로 침투했다.

정확히는 두 사람을 제외하고.

"유중혁! 뒤!"

【크르르르르!】

성좌들이 미처 막아내지 못한 사냥개가 후미를 향해 밀려오고 있었다. 그들을 정면에서 막아낸 것은 초월형의 모든 힘을 개방한 유중혁이었다. 폭풍처럼 휘몰아친 검격으로 사냥개들을 밀쳐내며, 유중혁이 외쳤다.

"먼저 가라! 금방 따라가겠다!"

한수영은 입술을 깨물었다.

다른 이도 아니고 일행 중 최강인 유중혁이다. 신화급 성좌와도 겨룰 수 있는 그라면, 심연의 사냥개에게 쉽게 당하지는 않을 것이다.

"죽지 말고."

한수영은 그 말을 남기고 곧장 지하철 내부로 들어갔다.

내부는 그들이 기억하는 3호선 모습 그대로였다.

「김독자를 두고 갔던, 바로 그 지하철.」

한수영은 재빨리 열차 칸의 정보를 살폈다. 츠츠츳, 하는 소리와 함께 열차 칸의 번호가 떠올랐다. 한수영이 반사적으로 외쳤다.

"김독자는 3807칸에 있어! 모두 앞 칸으로 가!"

언젠가 거대 설화 '마계의 봄'을 얻었을 때와 비슷한 상황이었다. 일행들도 상황을 눈치챈 것 같았다.

"수르야와 맞서 싸웠을 때와 비슷하군요. 앞문은 제가 열겠습니다!"

냅다 달려간 이현성이 전신의 모든 근육을 팽창시키며 기합을 냈다.

"하아아아아압!"

숙련도의 한계치를 초월한 [태산 밀기]가 발동하자, 두꺼운 지하철 문이 삐거덕거리며 열렸다.

[거대 설화, '마계의 봄'이 이야기를 시작합니다!]

['무대화'가 발동합니다!]

모두의 역할이 있었기에 이뤄낸 거대 설화. 그 거대 설화의 가호가 일행들을 돕고 있었다. 이현성이 열 수 없는 문은 유상아가 버튼을 찾아냈고, 유상아도 열지 못한 문은 이길영이 벌레를 동원해 부품을 마모시켜 열었다.

그렇게 열고, 열고, 또 열고. 열리는 문의 개수가 늘어나는 만큼 일행들의 표정도 상기되고 있었다.

「저 너머에, 분명 김독자가 있다.」

모두가 느끼고 있었다.

새카만 문. 이 문이, 분명 '최후의 문'이다.

"끄응, 제 성흔으로도 무리입니다."

그러나 문은 좀처럼 열리지 않았다.

"저도 버튼을 찾을 수가 없어요."

"벌레들도 구조를 알 수가 없대요."

"내가 스킬로 부숴볼까요?"

이지혜의 검격에 이현성의 [태산 부수기]까지 사용했음에도 문은 끄떡도 하지 않았다.

일행들이 서로 돌아보았다. 왜 이 문만은 열리지 않을까.

유상아가 입을 열었다.

"잠깐만요. 이 문, 그때 유중혁 씨가 부순 문이랑 똑같아요."

"유중혁이?"

"네, 3회차에서 중혁 씨가 이 문을 부수고 넘어온 적이—"

한수영은 반사적으로 뒤를 돌아보았다. 유중혁은 함께 오지 않았다. 열차 후미에서 '심연을 쫓는 사냥개'를 상대하고 있을 것이었다.

신유승이 소리친 것은 그때였다.

"사냥개들이 와요!"

어느새 그들이 부순 틈으로 슬금슬금 사냥개들이 기어들고 있었다.

마음이 다급해졌다. 유중혁은 어떻게 됐을까. 설마 저 녀석들에게—

"뒤를 막아!"

"언니! 빨리!"

생각할 시간이 없었다. 탱커처럼 달려간 이현성이 [강철화]로 사냥개들의 송곳니를 견뎌내자, 이지혜와 정희원이 검을 뽑아 들고 사냥개를 쳐냈다.

장하영이 외쳤다.

"한수영! 어떻게든 해봐!"

한수영은 문을 향해 다가갔다. 문에 손을 가져다대자, 희미한 스파크가 튀기 시작했다. 한수영은 천천히 눈을 감았다.

결국 모든 문장은 그녀가 이 손으로 썼다. 설령 다른 '한수영'이라 해도, 그 또한 분명 한수영이었다. 그러니 이 문 또한 이 손으로 열 수 있어야 했다.

ㅊㅊㅊㅊㅊㅊ—!

문장을 고쳐 쓰듯이, 한수영은 벽의 설화를 건드리기 시작했다.

「"**나는 유중혁이다.**"」

회귀자 유중혁은 그녀가 만들어낸 인물이었다.

그러니 그녀도 이 문을 열 수 있어야 했다.

「하지만 한수영은 알지 못했다.」

츠츠츠츠츳.

「작가의 손을 떠난 이야기는, 이제 작가의 지배를 받지 않는다.」

한수영의 머릿속으로 멸살법의 우주가 흘러 들어오고 있었다.

그녀가 쓴 것, 그녀가 쓰지 않은 것. 그녀가 상상한 것과 상상조차 하지 못한 이야기들이 한꺼번에 그녀의 머릿속으로 역류해왔다.

"큭……!"

눈에서, 입에서, 피가 흘러내렸다. 기혈이 역류하며 새빨간 피가 지하철 바닥으로 쏟아졌다.

한수영은 붉게 물든 시야 속에서 일행들을 돌아보았다.

점점이 흩어져 싸우는 일행들. 지하철 통로 너머로 그들이 달려온 발자국이 설화처럼 남아 있었다.

[당신에겐 '덮어쓰기'의 권한이 없습니다!]

「이미 완성된 세계가 그녀의 눈앞에 있었다.」

자신을 부르는 일행들의 목소리가 멀게 느껴졌다.

「결과가 원인을 삼키고 다시 원인이 결과를 삼키는 세계. 모든 가능성이 동시에 존재하며, 서로가 서로를 지탱하는 세계. 이야기가 스스로 이야기를 생

산하는, 영원불멸의 완전한 서사.」

돌아보자, 스파크와 함께 눈앞 공간이 이지러지고 있었다. 지하철의 네모난 문이 천천히 회전하며 원을 그리기 시작했다. 사납게 회전하는 문은 곧 새카만 원이 되었다.

그 어떤 외부의 틈입도 허락하지 않는 완벽한 원.

한수영은 비틀거리며 원을 향해 손을 뻗었지만, 건드릴 수조차 없었다. 그 원은 하나의 마침표처럼 보였다. 이 이야기가 이로써 완전하다 선언하는 마침표.

「t l s 1 2 3」

그 마침표가 그녀를 향해 말하고 있었다.

「너 는 이 이 야 기를 바 꿀 수 없 어」

3

허공에 떠오르는 문장. 맞춤법과 띄어쓰기를 무시한 채 들려오는 목소리를 들으며, 한수영은 당혹감을 감추지 못했다.

“너는……?”

이 목소리에 관해 김독자에게 들은 적이 있었다.

—그래, 그 녀석은 말도 한다고.

—스킬이 말을 해?

—뭐, 좀 이상하게 하긴 하는데 알아들을 수는 있어.

설마, 그 목소리를 자신이 듣게 될 줄은 몰랐다.

“제4의 벽?”

그러자 소용돌이치는 원이 키득거리며 웃었다.

「너 희는 *지나 갈* **수** 없 어 그 분이 ***원하*** 지 않 으니 *까*」

그분? 어디선가 듣던 호칭이었다.

개연성의 스파크가 튀며 일행들이 비명을 질렀다.

강렬한 후폭풍은 '심연을 좇는 사냥개'마저 지하철 밖으로 날려버렸다.

['최후의 벽'이 당신들의 진입을 허용하지 않습니다.]

[당신들은 '가장 오래된 꿈'을 만날 자격이 없습니다.]

몸이 잘게 분해되는 듯한 통증.

일행들을 지하철 밖으로 내보내려는 수작이었다.

「**여 기가 종 착역** *이 야*」

한수영의 한쪽 무릎이 기형적으로 꺾였다. 하지만 한수영은 비명하나 지르지 않고 눈앞의 검은 원을 노려보았다.

"내가 어디서 내릴지는 내가 결정해."

「**1,865회차의 한수영은 '심연의 흑염룡'을 택하지 않았다.**」

한수영의 전신에서 가공할 기파가 몰아쳤다.

「**한수영은 스스로 성좌가 되었다.**」

[성좌, '거짓 종막의 설계자'가 자신의 격을 드러냅니다!]

1,863회차의 한수영이 얻은 것과 흡사한 수식언.

한수영은 아껴온 모든 설화를 방출했다. 새파란 광휘가 그녀의 한쪽 동공에 휘몰아쳤다.

[전용 스킬, '진실의 눈동자'가 발동합니다!]

1,863회차에서 이 스킬은 저 벽을 뚫는 데 실패했다.

하지만 이번 회차의 한수영은 그때와는 달랐다.

[설화, '퇴고 전문가'가 이야기를 시작합니다!]

그녀는 그 어느 때보다 더 '작가'와 관련된 설화를 착실하게 쌓아 왔다.

다른 모든 인물의 근원이 문장이듯, [제4의 벽] 또한 마찬가지일 것이다. 이 세계가 소설인 한, 이 벽도 어떤 단어와 문장으로 만들어졌을 것이다.

설령 그 근원을 알 수 없더라도, 근원을 추정할 수 있는 문장은 어딘가에 남아 있을 것이다.

한수영의 속셈을 눈치챈 [제4의 벽]이 몸집을 부풀렸다.

「소 용 *없 어*」

['제4의 벽'이 자신의 두께를 더욱 키웁니다!]

회전하는 새카만 원이 더욱 견고해졌다.

[제4의 벽]. 멸살법에 존재하는 그 무엇으로도 뚫을 수 없는 정신 방어 스킬.

한수영은 억지로 벽을 뚫으려 하지 않았다. 대신, 그 벽을 가만히 응시했다.

[설화, '행간의 길잡이'가 이야기를 시작합니다!]

「어떤 것은 감추려 할수록 더욱 선명해진다.」

한수영은 벽의 외관을 살폈다. 곳곳에 남아 있는 스크래치와 균열.

김독자를 지키기 위해 자기 몸을 아끼지 않은 역사가 벽 곳곳에 고스란히 남아 있었다.

「그분을 지켜야 해.」

어째서 이 벽은, 이 문장을 가장 은밀한 곳에 숨겨두었나.

「그것이 신에게서 받은 마지막 부탁.」

순간, 한수영의 입술이 떨렸다.

지끈거리는 두통과 함께, 벽 위의 문장들이 그녀의 뇌리를 흘러갔다.

「"야."

"예."

"혹시나 나한테 무슨 일이 생기면 말이야."

"그런 말씀 마시지요."

"날 정말로 '신'으로 생각하고 있다면—"」

중절모를 쓴 중년인이, 충성스러운 눈빛으로 자신을 올려다보았다.

「"저 녀석을 꼭 지켜줘."」

원작자인 자신만큼이나 멸살법을 잘 알고 있는 존재.

자신보다도 이 세계의 비극에 무감하며.

오직 '이야기의 완성'만을 목표로 살아온 존재.

「이 세계에 '시나리오'를 열었고, 두 세계선을 하나로 이은 존재.」

덜덜 떨리는 한수영의 입술을 대신해, [제4의 벽]이 말했다.

「놀 랄 필요 없 어 나 도 방금 알 았으 니 까」

"뭐?"

「나 도 *내가* 누 구 인지 알지 못 했 *다*」

과거가 없는 채로 '그냥 존재'하다가 뒤늦게 자신의 과거를 취합해야만 했던 존재들이 있다.

작가가 서사를 부여해주기 전에는 존재하지 않던 존재.

「나 는 *너 로* 인 해 완 성 되 *었 어*」

유료화가 시작되던 순간의 정경이 스쳐 갔다. 현실과 허구. 두 개의 세계선이 하나가 되는 순간, 그 사이에 있었던 1,863회차의 도깨비 왕.

「왜 세 계를 가르 는 벽 이 되 *었* 는 지」

도깨비 왕은 세계를 나누는 벽이 되었다.

「어 *째 서* 내 가 김 독 자를 지켜 *야* 하는 지」

그리고 자신의 '신'이 남긴 마지막 부탁을 지켜왔다.

「당 신 은 *나를* 기억 하 지 *못 했* 고」

오랫동안 하나의 이야기만을 반복하고, 그 이야기를 탐닉하고 갈구하며 살아온 존재. 김독자보다도 먼저 멸살법을 읽은 존재가 바로 눈앞에 있었다. 이 세계의 가장 오래된 독자.

「나 역시 당 신을 *기억* 하 지 못 했지」

그는 한수영이 떠난 빈자리를 채우고, 세계의 기록자가 되었다.

「이 이 야 기는 *이제* 나의 것 이 야」

그리고 끝내 이야기를 완성시켰다.

"네게 부탁한 것은 나야. 이제 이런 짓은 그만둬."

아주 오랫동안 그 명령만을 품고 살아온 존재는, 마침내 그 명령 그 자체가 되었다.

「너 는 *이제* 신 이 아니 *야*」

원작자의 자리를 박탈당한 그녀는 이제 창조주가 아니었다.

한수영은 자신의 손끝을 바라보았다. 또 다른 그녀가 쓴 멸살법은 3,149편의 소설이 되었다. 그 소설은 그녀의 손끝을 떠나 독자에게로 갔다.

"맞아, 이제 이 세계의 신은 내가 아니라 독자겠지."

이 원 너머에서, 영원의 꿈을 꾸고 있을 김독자.

"그 신에게 물어보자고. 그가 정말로 이곳에 있기를 원하는지, 아니면—"

한수영은 생사환을 먹으며 부러진 무릎을 돌려 끼웠다. 그리고 한 걸음 한 걸음 다가가 손을 뻗었다.

"우리와 함께 밖으로 나가길 원하는지."

그녀의 손끝에서 눈부신 불꽃이 터졌다.

그녀의 손길을 거부하듯, 회전하는 원의 속도가 점점 더 빨라지고 있었다.

그녀의 양손에서 피가 튀어 올랐다. 설화조차 그녀를 보호해주지 못했다. 양손이 갈려나가는 지독한 고통 속에서도 한수영은 멈추지 않았다.

"김독자! 말해!"

구출되기를 원해도 끝내 구해달라고 말하지 못하는 사람도 있다.

한수영은 언제나 그런 사람을 위한 문장을 쓰고 싶었다. 말하지 못하는, 문장을 쓸 수 없는 그들을 대신해 문장을 쓰고 싶었다.

언제나 그렇듯, 그녀가 쓸 수 있는 것은 문장뿐이었다.

그것으로 이 원 너머로 갈 수만 있다면.

이 마침표를 없앨 수만 있다면.

「장난으로 내민 레몬 사탕을 아무렇지 않게 받아먹던 녀석.」

"김독자!"

하지만 부족했다.

그녀가 가진 문장만으로는, 이 벽의 너머까지 닿을 수가 없었다.

그때 또 다른 손이 한수영의 한쪽 손에 겹쳤다.

유상아였다.

양쪽에 만다라를 펼친 그녀가 자신의 설화를 싣고 있었다. 주르륵 흐르는 코피를 닦으며, 힘겹게 웃고 있었다.

"독자 씨."

「**캐비닛에 숨어, 홀로 멸살법을 읽고 있던 사람.**」

유상아의 문장들이 김독자를 부르고 있었다.

문손잡이를 붙잡듯, 두 사람의 손이 원을 붙들었다. 하지만 원의 가속도는 조금도 줄어들지 않았다. 여전히, 문장이 부족했다.

두 사람의 손 위에 다시 두 사람의 손이 겹쳐졌다.

"제가 안쪽을 잡겠습니다!"

"난 왼쪽!"

거칠게 기합을 내지른 이현성과 정희원이 원 위로 달라붙었다.

「**재미없는 군대 이야기를 묵묵히 들어주던 사람.**」

괴성을 지른 이현성이 설화를 개방하자, 정희원이 옆에서 합을 맞추었다.

「**빌어먹을 고집불통 말썽꾸러기.**」

"독자 씨! 대답해요! 듣고 있는 거죠!"

거기에 이설화와 공필두가 손을 보탰다.

「**일행들을 위해 밤을 새워서라도 필요한 약초를 구해준 사람.**」

「**내 땅 다 뺏어간 놈.**」

"아저씨!"

"형!"

아이들도 달려왔다. 신유승과 이길영의 작은 손이 한수영의 양손에 하나씩 붙었다.

「누군가를 안심시키기 위해 늘 거짓말을 하는 사람.」

「하지만, 거짓말을 잘하진 못하는 사람.」

그 뒤에서 검을 앞세운 이지혜가 자신의 주먹으로 원을 가격했다. 가격하고, 또 가격했다.

"난 오글거리는 말 못 해! 빨리 나와!"

「오징어 아저씨.」

모두 다른 시간, 다른 기억. 그 모든 순간의 문장이 모여 하나의 김독자를 염원하고 있었다. 하지만 일행들의 부름에도, 마침표는 꿈쩍하지 않았다. 일행들의 손만 피투성이가 될 뿐이었다.

일행들의 설화가 소멸하고 있었다. 마침표 위로 문장이 떠올랐다.

「그를 구하고 싶다는 것은 그저 우리 욕심이 아닐까.」

"닥쳐!"

「그는, 구원이 필요 없는 존재는 아닐까.」

일행들도 알고 있었다. 이것이 의미 없는 행동일지도 모른다는 것을.

그래서 알고 싶었다.

묻고 싶었다.

손을 내밀어, 확인하고 싶었다.
"김독자! 거기 있는 거 알고 있어!"
장하영이 외쳤다.
"우리 같이 이야기했잖아. 닿을 수 없어도, 만날 수 없어도 끝까지 벽을 두드리자고. 그 벽이 결코 열리지 않더라도, 벽에 계속해서 뭔가를 써놓자고!"
닿을 수 없어도, 만날 수 없어도 서로의 벽을 두드리자고.
그 벽이 결코 열리지 않더라도, 벽에 계속해서 뭔가를 써놓자고.
"그러면 언젠가, 누군가가 그 문장을 볼지도 모르니까—"
그러면 마침내 네가 그곳에서 나오고 싶어질지도 모르니까.
"제발! 말해줘. 한마디라도! 제발—"
그렇게 장하영의 손바닥이 마침표에 부딪쳤다. 그리고 다음 순간.

['불가능한 소통의 벽'이 자신의 힘을 드러냅니다!]

마침표가, 조금씩 흔들리기 시작했다. 처음으로 [제4의 벽]의 기세가 바뀌었다.

「**감 히**」

그 틈을 놓치지 않고 유상아가 외쳤다.
"독자 씨! 다음 생에 다시 만나자고 했잖아요!"

['윤회를 결정하는 벽'이 자신의 역량을 드러냅니다!]

이길영도 지지 않겠다는 듯 외쳤다.
"형은 항상 자기만 잘못했다고 생각해요!"

그 말을 정희원이 받았다.

"난 독자 씨가 선이든 악이든 상관없어요. 세상의 잣대로 당신을 판단할 생각 없어요. 그러니까—"

['선악을 가르는 벽'이 자신의 테마를 드러냅니다!]

"제발, 이 문 좀 열어줘요!"

그리고 다음 순간, 문에서 터져나온 강력한 반동이 일행들을 날려버렸다. 굉음이 귓가를 덮었다. 이명이 사라졌을 때, 주변에는 차가운 고요만이 남았다.

다친 일행들이 하나둘 자리에서 일어났다. 이현성이 뭐라고 입을 열려는 순간, 한수영이 자신의 입가에 손가락을 가져다댔다.

희미한 가랑비가 마른 땅을 적시듯이, 조용한 소리가 들려왔다.

툭.

소리는 마침표 너머에서 들려오고 있었다.

이야기의 완결을 넘어선 곳.

한수영이 그 소리를 가장 먼저 들었다.

툭, 툭…….

아주 약하고, 힘없는 소리지만 분명 그곳에 자신이 있음을 알리는 말.

「있었다.」

신유승이 울음을 터뜨렸다.

「누군가가, 저 너머에서 문을 두드리고 있었다.」

한수영이 달려갔고, 유상아가 뒤를 이었다. 이현성과 정희원이 그 위에 손을 겹쳤다. 이설화가 일행들의 손을 치료했고, 공필두가 자신의 무게를 실었다. 반동을 막기 위해 이지혜가 바닥에 검을 꽂았고, 장하영이 한수영의 몸을 지탱했다. 신유승과 이길영의 설화가 한수영의 양손을 보호했다.

"힘을 한곳에 집중해!"

까가가가각, 소리와 함께 일행들의 손이 갈려 나갔다.

마침표의 회전이 둔해지고 있었다. 아주 조금씩, 마모된 마침표의 전면에 균열이 일기 시작했다.

「설화가 부족했다.」

마침표의 크기가 점점 작아지고 있었다. 마치 그들의 틈입을 허락하지 않겠다는 듯, 줄어들어 가는 마침표.

그때, 지하철에 난입한 이가 있었다.

[성좌, '가장 어두운 봄의 여왕'이 현현합니다!]

줄곧 모습을 드러내지 않았던 두 명의 〈김독자 컴퍼니〉.

[늦어서 미안하군요.]

명계의 여왕 페르세포네. 그리고—

"독자야."

이수경은 마침표를 바라보는 대신, 바닥에 주저앉아 있는 또 다른 김독자를 바라보았다. 멍하니 그녀를 마주 보던 김독자가, 입술을 깨물며 그 손을 잡았다.

이수경과 페르세포네에게서 설화가 흘러나오기 시작했다.

그들에게는 두 명의 김독자가 있었다.

「시나리오가 시작되기 전의 김독자와 시나리오가 시작된 후의 김독자.」

'김독자'를 누구보다 오랫동안 지켜본 두 존재가, 김독자의 아바타를 부축하며 마침표를 향해 다가갔다.

한수영이 고개를 끄덕였다.

「자신을 벽 안에 가둔 것은 김독자였다.」

"김독자."

떨리는 김독자의 눈동자를 보며, 한수영도 깨닫고 있었다. 아무리 그녀의 소설이 김독자에게 큰 영향을 끼쳤다 해도, 김독자가 멸살법은 아니었다. 그녀가 아무리 멸살법을 잘 이해하고 있다 해도, 그것이 김독자를 이해했다는 뜻은 아니었다.

그녀는 누군가를 위해 문장을 쓸 수 있지만, 대신해서 읽어줄 수는 없다. 그것을 읽는 것은 새로운 세계의 신인 독자의 몫이다.

"도와줘."

김독자의 손이 마침표에 닿았다.

['제4의 벽'이 자신의 두께를 더욱 키웁니다!]

손 위에 손이 겹쳤다. [제4의 벽]이 외치고 있었다.

「너 희 는 여기 서 *실 패* 해 야 해」

「이 미 그 렇게 완 *성* 된 이야 기 야」

이미 완성된 이야기는 바꾸면 안 되는 것인가.

모든 우주가 불행으로 완성되었다고 해서, 단 하나의 우주가 감히 구원받아서는 안 되는가.

김독자의 손을 감싸며, 한수영은 울었다. 1,863회차의 기억이 요동치고 있었다.

「이 이야기는 순환할 것이다.」

또 다른 한수영은 그 순환 속에서 1,863회차를 반복할 것이다.

김독자와 한수영은 서로를 알아보지 못할 것이고, 싸울 것이다.

유중혁은 회귀를 반복할 것이다.

김독자는 그들을 구하기 위해 몇 번이고 '가장 오래된 꿈'이 될 것이다.

그 아득한 시간을 돌고 돌아 그들은 몇 번인가 서로 닿을 것이고, 또다시 헤어질 것이다.

무수한 세월을 버티며 만나고, 또 만나고, 이야기를 만들고.

그것으로 이 이야기는 완전해질지도 모른다.

하지만, 그럼 그들은 언제쯤 행복해질 수 있는가.

「완전한 이야기가 아니라도 좋다.」

한수영의 손아귀가 원의 균열을 단단히 붙들었다.

붙잡은 원의 면이 찢어지고 있었다.

「그것이, 누군가가 행복할 수 있는 이야기라면.」

가공할 폭풍과 함께, 일행들의 설화가 무너졌다. 김독자의 코트가 찢어졌고, 그들의 병장기가 부서져 나갔다. 시야가 멀어버릴 듯 눈부신 광휘가 눈을 덮쳤다. 그 가공할 빛살 속에서 한수영은 생각했다.

[제4의 벽]의 말이 맞았다. 멸살법은 이제 끝났다. 이 손으로 직접 결말을 냈다.

하지만 그것이, 김독자의 이야기가 끝났다는 뜻은 아니었다.

쿠구구구구…….

이윽고 폭풍이 가라앉았을 때, 넝마가 된 일행들의 손이 보였다. 마치 하나의 손처럼 겹친 손들. 그 손이, 완성된 마침표를 파괴했다. 원의 귀퉁이를 쭉 찢듯이 내려간 균열.

「그것은 마치 쉼표처럼 보였다.」

문이 열렸다.

4

설원에 폭발음이 일었다.

유중혁은 흑천마도를 휘둘러 '심연을 좇는 사냥개'를 쳐낸 후 열차 지붕에 올라섰다.

심상치 않은 폭음이었다. 열차 안에 무슨 일이 생긴 걸까.

[빌어먹을! 숫자가 너무 많잖아!]

사냥개를 상대하던 '심연의 흑염룡'이 역정을 냈다. 사방에서 밀려드는 사냥개는 끝이 보이지 않았다. 몇 번이고 전격을 내리쳐 사냥개를 태워버리던 제천대성도 지친 목소리로 말했다.

[인정하긴 싫지만, 아직 999회차 녀석들에 견주기에는 역부족이군.]

다시 한번 열차 안에서 굉음이 울려 퍼졌다. 유중혁은 자기도 모르게 그쪽을 돌아보았다. 저건 뭘까. 지하철 앞칸에서 설화 조각 같은 것이 바깥으로 흘러나오고 있었다.

쿠구구구, 하는 소리와 함께 열차의 구멍으로 뭔가가 튀어나온 것은 그때였다.

기겁한 우리엘이 소리쳤다.

[유중혁! 피해!]

다음 순간, 열차에서 방출된 사냥개들이 유중혁을 새카맣게 덮었다.

파스스, 흩어지는 검은 조각들. 쉼표 형태의 구멍을 중심으로 눈앞의 문이 사라지고 있었다.

한수영은 바닥을 짚고 일어나 앞을 보았다.

3807칸으로 넘어가는 객실 입구 근처에 활자들이 떨어져 있었다.

「나도」

「당신들과」

채 문장조차 되지 못한 그 말들을 보는 순간, 한수영은 반대쪽에서 문을 건드린 게 무엇이었는지 깨달았다. 설화들이었다. 김독자의 아주 작은 파편들. 한수영의 눈이 점점이 떨어진 그 파편을 따라갔다. 객실 중심으로 향할수록 떨어진 설화 조각이 늘어났다.

「그곳에 김독자가 있었다.」

어린아이처럼 작아진 김독자의 몸이 객실 중앙에 붕 떠 있었다. 눈을 감은 채, 의식이 없는 듯했다. 황홀한 빛을 내뿜는 몸에서 눈부신 설화 조각이 흘러나왔다. 조각들은 지하철 창을 투과해 어딘가로 떠나가고 있었다.

"아……?"

한수영 곁에 있던 김독자의 아바타가 소리를 냈다. 충격을 받은 듯 흔들리는 눈동자. 아바타가 어린 김독자를 향해 다가갔다.

"아…… 아, 나는……."

그 말을 하는 순간, 강력한 힘이 김독자의 아바타를 끌어당겼다. 그를 부르는 힘. 아바타의 몸이 조금씩 분해되었다. 분해된 조각이 본체로 빨려 들어가고 있었다.

돌아보는 눈동자가 한수영의 시선과 마주쳤다. 한수영이 저도 모르게 손을 뻗었다.

"잡아!"

손은 닿지 않았다. 아바타가 분해되고 빨려 들어가는 속도는 더 빨라졌다. 손끝을 스치는 아바타의 조각들. 한수영의 손끝에 단어들이 걸려들었다.

「미안해」

무엇이 미안하다는 것인가. 환영처럼 잘게 흩어진 김독자의 아바타가 본체로 빨려 들어가며 밝은 빛을 토했다. 그러나 아바타의 설화를 온전히 흡수했음에도 김독자의 몸은 다시 자라지 않았다. 오히려 몸에서 방출되는 설화의 양이 더욱 많아졌다.

"김독자!"

한수영은 직감적으로 알았다. 막아야 한다. 저걸 막지 못하면 영원히 김독자를 잃게 될 것이다.

힘껏 응축한 근육이 스프링처럼 튀어 올랐다. 그렇게, 한수영이 허공의 김독자를 향해 다가가려는 순간.

「더 이상 은 *안 돼*」

굉음과 함께 강풍이 불어닥치더니 김독자의 몸에서 뭔가가 폭발했다. 김독자의 설화들이 범람하고 있었다. 새카맣게 흘러나온 문장들은 이내 객실 전체를 뒤덮더니 한수영을 집어삼켰다.

"모두 조심해!"

살이 쓸리는 느낌과 함께 한수영의 몸이 마구 밀려났다.

김독자가 멀어지고 있었다. 주변을 돌아보았지만 잡을 만한 것은 보이지 않았다. 성좌의 격을 개방했고, 거대 설화들의 힘을 빌렸음에도 급류를 막아낼 방법이 없었다.

"김독자! 멈ㅊ--!"

김독자의 몸에서 나온 문장들이 그녀의 전신을 할퀴고 지나갔다. 누군가가 평생을 견뎌온 문장들. 한 사람의 생이 만들어낸 절망. 사위를 까마득히 덮은 활자의 파도는 깊은 어둠 같았다.

그녀가 이해하고 있는 김독자는 티끌에 불과했다.

일순간 압도되어버린 한수영은 말조차 잊은 채 속절없이 밀려났다.

그런 한수영의 등을 지탱한 것은 유상아였다.

"정신 차려요!"

활자들 틈새로 어렴풋이 보이는 김독자의 모습. 이지혜가 외쳤다.

"괜찮아? 아저씨 왜 저렇게 된 건데!"

"형아!"

"다들 뭉쳐요!"

일행들은 파도를 견뎌내기 위해 서로 몸을 감쌌다. 하지만 그것으로도 역부족이었다. 밀려나고, 또 밀려나고. 이대로라면 객실 바깥으로 밀려나는 것도 모자라 열차 밖으로 방출되는 것도 시간문제였다.

그때, 누군가가 전신을 펼쳐 출입구를 막아섰다.

"흐아아아압! 제가 지탱하겠습니다!"

이현성이었다. 꽈드드득, 하는 소리와 함께 이현성의 [강철화]가 발동했다. 출입구의 금속 물질과 동화된 그의 팔다리가 네트처럼 일행들을 떠받쳤다. 이현성은 고통스러운 얼굴로, 자신을 스치는 김독자의 설화를 보았다.

「이현성에게 김독자는 너무 어려웠다.」

누군가를 이해하는 것은 결국 그를 알지 못한다는 사실을 인정하면서 시작된다. 피가 나도록 입술을 깨문 이현성이 소리쳤다.

"버틸 수 있는 건 잠시뿐입니다! 빨리!"

[무장성채]의 포탑을 소환해 이현성의 뒤를 지탱한 공필두도 외쳤다.

"내가 도우면 좀 더 버틸 수 있다! 빨리 놈을 구해!"

일행들이 서로 돌아보았다.

"서로 손을 붙잡아요!"

한쪽 팔로 이현성을 붙잡은 정희원이 손을 뻗었다.

"모두 설화를 개방해요!"

그 손을 이설화가 잡았고, 다시 신유승과 이길영이 이설화의 손을 붙들었다. 아이들의 손은 이지혜와 연결되었고, 페르세포네와 이수경이 그 뒤를 이었다.

"김독자! 정신 차려!"

이수경의 손을 잡은 장하영이 외치자, 유상아가 그녀의 손을 마주 잡았다.

"수영 씨!"

마지막으로 그 손을 붙잡은 것은 한수영이었다.

"잡았어."

[거대 설화, '운명대적자'가 이야기를 계속합니다!]

일행들을 하나로 묶어주는 거대 설화가 거친 폭풍에 저항하고 있었다.

폭풍 속 부표처럼 한수영의 몸이 속절없이 흔들렸다. 그녀가 버틸 수 있는 것은 뒤의 일행들 덕분이었다.

물에 빠진 사람을 구해내듯이, 일행들은 활자의 파랑 속에서 서로 손을 단단히 붙잡았다.

어렴풋하게 보이는 김독자를 향해 정희원이 외쳤다.

"독자 씨! 우리 왔어요! 조금만 참아요!"

손을 맞잡은 일행들은 마치 하나로 이어진 단단한 문단 같았다. 손으로 전해지는 온기를 느끼며 한수영도 깨닫고 있었다.

저 깊은 어둠을 표현하기 위해 말이라는 것이 존재했다. 그리고 그 어둠을 위로하기 위해, 이야기라는 것이 만들어졌다.

"김독자!"

문장과 문장이 서로를 떠받치듯 단단히 붙든 손. 그 손에 의지한 채, 한수영은 한 걸음 한 걸음 김독자를 향해 다가갔다. 어두운 활자에 가려진 김독자는 얼굴만 간신히 드러난 상태였다.

「지 금 너희 가 하는 *일 은* 무의 *미 해*」

[제4의 벽]의 목소리와 함께 파랑이 점점 더 거세어졌다.

「김 독 자 는 *하* 나 야」

한수영도 알고 있었다. 지금 저 김독자가 작아지는 이유. 어려진 김독자의 얼굴은 언젠가 본 '가장 오래된 꿈'을 닮아 있었다.

그는 일행들과 함께했던 기억을 잊고.

멸살법을 읽은 기억조차 잊어갈 것이다.

우주의 대순환 속으로 돌아가 가장 순수한 어린아이가 될 것이다.

'은밀한 모략가'에게 구원받게 될 것이다.

하지만 그러면, 그들이 기억하는 김독자는 어떻게 되는가.

"어떻게 여기까지 왔는데—!"

손끝이 타들어가는 고통 속에 한수영이 손을 내밀었다.

김독자가 눈앞에 있었다.

「이 이야기를 이해해줄, 단 한 사람의 독자.」

그 김독자가 바로 저기에 있는데.

4미터도 채 되지 않는 거리지만, 한수영에게는 무엇으로도 메울 수 없는 무한의 여백처럼 보였다. 보이지 않는 벽이 자신과 김독자 사이를 가로막고 있는 것만 같았다.

"개자식아! 내 소설 읽어주기로 했잖아!"

들려주고 싶었다. 네가 희생하지 않아도 구원받을 수 있는 세계가 있다고 말해주고 싶었다. 자신이라면 할 수 있다고 생각했다.

왜냐하면 그녀는 누구보다 거짓말에 능숙한 사람이니까.

"멸살법이 다 뭔데! 허구의 세계 정도는 몇십 개든, 몇백 개든 만들어줄 수 있어!"

외치는 목소리에 점점 힘이 빠졌다.

그토록 많은 문장을 썼지만, 단 한 사람조차 구할 수 없다.

어지러운 사위 속에서 김독자의 모습이 흐려지고 있었다.

자신이 조금만 더 강한 사람이었다면 어땠을까. 계획을 잘못 세웠는지도 모른다. 훨씬 더 강한 특성을 배웠어야 했다. 더 지독한 설화를 쌓았어야 했다.

애초에 김독자를 내버려두지 말았어야 했다. 좀 더 일찍 김독자의 계획을 눈치챘어야 했다. 아니, 어쩌면

멸살법을 쓰지 말았어야 했다.

그런 이야기의 작가가 되지 말았어야 했다.

작가.

순간 한수영은 고개를 들었다.

「할 수 있을까」

모른다.

「할 수 있어」

누군가가 대신 그렇게 말하고 있었다.

1,863회차에서 온 기억들이 설화가 되어 요동치고 있었다. 한수영은 자신의 손끝을 바라보았다. 목탄처럼 까맣게 타들어간 손가락.

그녀는 주인공이 아닌 작가였다.

펜을 쥔 듯 한수영의 손이 천천히 움직였다. 허공에 만들어지는 궤적. 그 궤적이 활자를 그렸고, 활자는 곧 단어가 됐다.

[당신의 특성이 극한까지 활성화됩니다!]

[경고합니다! 당신에겐 '덮어쓰기' 권한이 없습니다!]

울컥 피를 토해내면서도 한수영은 멈추지 않았다.

작가가 독자에게 닿을 방법은, 애초에 하나뿐이다.

「한수영은 상상했다. 언젠가 또 다른 그녀가 상상했던 것처럼.」

그녀는 가장 힘 있고 곡진한 문장으로 사내의 손을, 팔을, 다리를 그렸다.

오직 단 한 사람의 독자를 위해 만들어낸 인물. 이 세상 누구보다도 강인하고 고결한 정신을 가진 존재. 기나긴 회귀를 끝내기 위해 하늘의 모든 별을 떨어뜨리고, 결국에는 세계의 시스템조차 부숴버린 사내.

ㅊㅊㅊㅊㅊㅊㅊ—!

모든 등장인물은 곧 작가의 화신이다.

하지만 그것이 곧 작가 본인이라는 뜻은 아니었다. 손끝을 떠난 등장인물은 그녀의 말을 듣지 않으니까.

그렇기에 지금 한수영은, 자신이 창조한 인물의 도움을 구해야 했다.

[성좌, '거짓 종막의 설계자'가 자신의 모든 설화를 개방합니다!]

[당신의 새로운 성흔이 개화합니다!]

저 빈 여백을 메울 단 하나의 낱말.

한수영이 절규하듯 외쳤다.

"유중혁—!"

그리고 다음 순간, 눈앞의 활자들이 갈라졌다.

파천검도.

오의.

암해참.

새카만 밤바다를 가르는 한 자루의 검. 사내의 전신에서 피어오른 초월좌의 투기가 활자의 어둠을 밝혔다.

[성흔, '등장인물 소환'이 발동합니다!]

그녀가 썼지만, 그녀가 모르는 인물.

[등장인물, '유중혁'이 부름에 응답합니다!]

"꽉 잡아라."

빛살과 함께 현현한 사내. 유중혁의 강인한 손이 그녀의 손을 붙잡았다. 한수영은 눈시울이 붉어지는 것을 참으며 마주 외쳤다.

"너나 꽉 잡아!"

이현성부터 유중혁까지. 일행들의 설화가 하얗게 빛났다.

여기까지 오기 위해 그들은 많은 것을 잃었다.

"사부! 빨리!"

그러나 잃기만 한 것은 아니었다.

유중혁이 손을 뻗었다.

단 한 사람만큼의 거리. 그들 중 한 사람이라도 없었다면 닿지 못했을 그 거리가 마침내 좁혀졌다.

활자들을 헤치고 뻗어진 유중혁의 손. 김독자를 보호하던 문장들이 하나둘 떨어져 나갔다. 수천 번의 회귀를 거쳐온 손이, 오랜 기억을 꺼내듯 김독자의 멱살을 단단히 붙잡았다.

"그만 돌아갈 시간이다, 김독자."

그리고 다음 순간, 전원이 꺼지듯 세상의 모든 것이 암전되었다.

5

암막 커튼이 내려온 무대처럼 어두운 공간.

한수영은 그 속에서 눈을 떴다. [진실의 눈동자]가 팽창하며 희미한 푸른 빛을 내뿜자, 조금씩 주변이 보이기 시작했다.

대체 어떻게 된 거지?

[당신은 세계선의 결정적인 개연성을 어그러뜨렸습니다!]

[당신의 행동이 '가장 오래된 꿈'의 ■■에 영향을 미쳤습니다!]

['가장 오래된 꿈'의 ■■이 변화합니다!]

이어서 떠오르는 알 수 없는 메시지.

하지만 아무래도 좋았다. 김독자를 구하는 것이 중요할 뿐.

한수영은 앞쪽에서 느껴지는 기척에 안력을 집중했다. 그러자, 거무튀튀한 뭔가가 보였다.

"유중혁. 거기 있어?"

"있다."

더듬거리며 다가간 한수영이 경악하며 소리를 질렀다.

"야! 애 멱살을 잡고 있으면 어떡해?"

"애가 아니다. 김독자다."

"애가 된 김독자잖아!"

황급히 김독자를 빼앗아 든 한수영이 김독자의 코에 손가락을 가져다댔다. 아주 희미한 숨이 느껴졌다.

하지만 왜일까. 뭔가 상태가 이상했다. 툭 건드리면 부서져버릴 것 같은 이 느낌은 대체…….

"얘 상태가 왜 이래?"

"설화가 지나치게 손상됐다. 생사환도 먹여보았는데…… 전혀 듣질 않는다."

이설화가 필요했다. 하지만 어디에도 다른 일행들의 기척은 없었다. 아공간에 갇힌 것은 유중혁과 자신, 그리고 김독자뿐이다.

한수영이 적의에 찬 눈으로 주변을 노려보았다. 이런 짓을 할 만한 범인은 하나뿐이었다.

"제4의 벽! 그만 내보내줘!"

츠츠츳, 하는 소리와 함께 어둠 속에서 희끄무레한 인영이 나타났다. 그곳에는 중절모를 쓴 소년 도깨비가 서 있었다.

알 수 없는 슬픔과 무구함으로 가득 찬 소년의 얼굴.

한수영은 잠시 [제4의 벽]을 바라보다 물었다.

"그게 네 본 모습이야?"

「그 래」

기억으로 엿보았던 예전 모습이 아니었다. 그의 얼굴 어디에서도 중년 도깨비의 모습은 찾아볼 수 없었다. 그러자 [제4의 벽]이 말했다.

「아 주 오 랜 세 월 이 지 났 어」

한수영은 생각했다. 어쩌면 [제4의 벽] 또한 김독자와 마찬가지인지도 모른다. 그 역시, 아득한 세월을 견디는 동안 모든 것을 잊고 아이처럼 변해버린 것은 아닐까.

한수영은 쓰러진 김독자의 옷깃을 고쳐주며 물었다.

"넌 내 명령을 받아서 김독자를 지키고 있었던 거지?"

「그 랬던 거 같 아」

"김독자에게 멸살법 파일을 준 것도 너지? 그 뒤에도 계속 김독자를 도왔잖아."

[제4의 벽]은 대답하지 않았다. 오래된 추억을 헤집듯 아련한 눈빛으로 김독자를 바라볼 뿐이었다. 한수영의 말투에 은은한 노기가 깃들었다.

"그런데 왜 김독자가 이렇게 되도록 내버려둔 거야?"

「…….」

"말해! 넌 대체 무슨 생각으로—"

「너희는 독자가 원하는 게 뭔지 몰라.」

[제4의 벽]은 더 이상 말을 더듬지 않았다.

「너희는, 정말로 아무것도 몰라.」

"김독자를 데려가겠어. 이 녀석이 '가장 오래된 꿈'으로 살도록 놓아둘 수는 없어."

항전이라도 불사하겠다는 듯한 태도에 [제4의 벽]의 눈썹이 꿈틀거렸다.

긴장하며 주먹을 쥐는 한수영을 대신해 유중혁이 앞으로 나섰다.

"이 녀석을 우리가 데려가면, '가장 오래된 꿈'은 공석이 되는 건가?"

한수영의 어깨가 움찔 떨렸다.

생각해보지 않은 것은 아니었다.

'김독자를 구하고 나면, '가장 오래된 꿈'은 누가 대신할 것인가.'

이 세계는 '가장 오래된 꿈'이 꿈을 꾸기에 유지된다. 누군가의 희생으로만 굴러갈 수 있는 우주에서, 누군가는 꿈을 꾸는 존재가 되어야 한다.

유중혁이 입을 열었다.

"내가 대신하겠다."

"뭐? 야! 갑자기 뭔 헛소리야!"

"내가 '가장 오래된 꿈'이 되겠다고 말하고 있는 거다."

"상상력이라고는 쥐뿔도 없는 네가 어떻게 그걸 해! 차라리 내가 할게. 난 김독자 이 자식보다도 잘할 수 있어. 그러니까—"

한수영은 자기가 무슨 말을 하는지도 모르고 지껄였다. 어떻게 해서든 저 미친놈을 막아야 한다는 생각에서 나온 말이었다. 그리고 다행히도 [제4의 벽]은 유중혁의 편이 아니었다.

「가장 오래된 꿈의 꼭두각시. 너는 가장 오래된 꿈이 될 수 없어. 너는 이 이야기를 사랑하지 않으니까.」

"그럼 역시 내가—"

「한수영, 너도 마찬가지야.」

"그럼 이 녀석 자린 누가 대신하는데? 미리 말해두지만, 이 녀석은 반드시 데리고 나갈 거야. 아무리 너라도 우릴 막을 수는 없어."

[제4의 벽]은 잠시 한수영과 유중혁을 바라보았다.

「데려가.」

"뭐?"

「그냥 데려가. '그 김독자'를 데려가도, 이제 이 우주는 멸망하지 않으니까.」

그런 대답이 돌아올 줄은 몰랐기에, 한수영은 멍청하게 눈을 끔뻑였다. 돌아보니 유중혁도 비슷한 상태였다.

저게 대체 무슨 소리일까. 그런 엔딩은 생각해본 적도 없었다. 정말, 이런 결말을 맞아도 괜찮은 것일까.

그럴 리가 없었다.

〈스타 스트림〉은 단 한 번도 그들에게 친절했던 적이 없으니까.

서서히 표정이 굳어진 한수영이 되물었다.

"왜 이 녀석을 데려가도 우주가 멸망하지 않는다는 거지?"

「너희가 아는 김독자는 이 우주 전체로 흩어졌어.」

"뭐?"

한수영은 멍하니 자신의 품에 안긴 김독자를 바라보았다. 한쪽 팔로 감을 수 있을 만큼 조그맣고 연약한 체구.

뒤통수를 망치로 맞은 느낌이었다. 설마 김독자가 이렇게 된 이유는…….

"너…… 대체 무슨 짓을 한 거야?"

「내가 한 짓이 아니야. 그가 스스로 원했던 거지. 그는 너희가 이럴 줄 알고 있었으니까.」

솜털에 오소소 소름이 돋았다.

이 우주를 살리기 위해 누군가는 '가장 오래된 꿈'이 되어야만 한다.

김독자가 구해지면, 누군가는 그 자리를 대신해야만 한다.

김독자가…… 그 김독자가, 과연 그것을 몰랐을까?

「너희는 멍청한 짓을 했어. 독자가 원하는 결말이 곧 결말이야. 왜 그 결말을 바꾸려고 했어?」

이쪽을 보는 [제4의 벽]의 표정이 섬뜩했다. 증오도, 원망도, 슬픔도 아닌 부정적인 감정이 한수영과 유중혁을 향하고 있었다.

「욕심을 부리지 말았어야지. *4 9 퍼센트 의 김 독 자*를 가 진 것에 서 만 족했 어 *야 지*」

서서히 부서지는 목소리와 함께, 주변 시공간이 일그러지기 시작했다.

「정 말 너 희 *만* 특 별 할 수 있다 고 생 각 *했 어?* 우 주의 법칙을 파 *괴한* 너 희에 게 제 *대로* 된 결 말이 존 재할 거라 *믿 었 어?*」

뭐라 대답하기도 전에, 주변이 밝아지기 시작했다.

「너 희는 결 말을 *망쳤* 고 불행 해 질 거 *야*」

.

.

.

다시 눈을 떴을 때, 한수영은 서울에 있었다. 1,865회차의 광화문. 그들이 시나리오를 준비했던 장소. 모든 시나리오가 종료된 광화문에 눈이 내리고 있었다. 하늘하늘 떨어지는 눈발을, 한수영은 가만히 올려다보았다.

천천히 고개를 내리자 그녀의 팔에 안긴 작은 김독자의 모습이 보였다. 규칙적으로 새어나오는 숨소리.

"사부!"

멀리서 이지혜가 달려왔다. 바로 옆에서 부리나케 뛰어오는 유상아와 정희원도 보였다. 일행들은 무사했다.

"수영 씨! 독자 씨는?"

한수영이 뭐라 말을 잇기도 전에, 장하영이 김독자를 안아 들었다.

"김독자! 애 손이 얼음장이야! 누구 장갑 없어?"

순식간에 김독자를 둘러싼 일행들. 모두 각자의 감정에 취해 있었다.

보얀 김독자의 뺨을 붙잡은 채 정희원이 울었고, 곰만 한 덩치의 이현성이 김독자의 맨발을 조심스레 감쌌다. 유상아도 이번만큼은 눈물을 참지 못했다. 신유승과 이길영은 이미 기절하기 직전이었다.

어떤 태도를 취해야 할지 모르겠다는 듯 인근 벤치에 기대어 담배만 피우는 공필두의 모습도 보였다.

"독자는 잠든 거니?"

그렇게 묻는 이수경을 향해, 한수영이 고개를 끄덕였다. 그 작은 움직임이 지금 한수영이 쥐어짜낼 수 있는 에너지의 전부였다.

차츰 감정을 다스린 일행들이 한마디씩 거들었다. 제일 먼저 나선 것은 팔을 걷어붙인 정희원이었다.

"이번엔 진짜 매달아놓을 거야. 공단 앞에 매달아놓을 거라고. 나 농담 아니니까 아무도 말리지 마."

"그래도 지금 독자 씨는 어린앤데……."

"근데 아저씨는 계속 이런 상태인 거예요?"

"형, 일어나봐요! 실은 부끄러워서 잠든 척하는 거죠?"

"뭔가 부작용으로 어려진 건가요?"

잠시 머뭇거리던 이지혜가 밝은 목소리로 외쳤다.

"좀 어려졌으면 어때. 우리가 키워주면 되잖아!"

"형이랑 같이 학교 다닐 수도 있을까?"

"야, 아저씨가 진짜 애가 된 줄 알아?"

그렇게 티격태격하기를 몇 분.

이곳저곳 진맥하던 이설화의 표정이 조금씩 굳어졌다.

"독자 아저씨 깨어나면 우리 기억하겠죠? 또 막 기억 다 잃어버린다거나 그런 거 아니겠지?"

「그런 일행들에게, 한수영은 아무 말도 할 수 없었다.」

한수영은 떨리는 입술을 몇 번이나 더듬었다.

아직 확실한 것도 아니니까, 그 빌어먹을 벽의 말을 모두 믿을 수는 없으니까. 그러니까—

"두 사람, 아까부터 왜 그렇게 조용해요?"

유상아의 물음에, 한수영이 시선을 피했다.

"수영 씨?"

이어서 유상아의 시선이 유중혁을 향했다. 그리고 유상아는 놀라운 광경을 목격했다.

"유중혁 씨?"

유중혁의 표정이 창백하게 얼어붙어 있었다. 정신 방벽이 맞이 가

버렸는지 뭐라고 중얼거리는 것 같기도 했다.

유상아는 유중혁의 그런 모습을 이미 본 적이 있었다.

「73번째 마계에서, 김독자가 이계의 신격과 함께 소멸했을 때.」

일행들을 헤치고 다가간 유상아가 김독자의 손목을 붙들었다. 부러질 것처럼 연약한 손목. 옅은 맥박. 하지만 의사가 아닌 그녀가 알 수 있는 것은 많지 않았다. 유상아는 이설화에게 물었다.

"설화 씨, 지금 독자 씨는—"

"영혼이 완전히 손상됐어요."

영혼이 손상되었다.

순간 일행들 표정에 비슷한 그림자가 드리워졌다. 하지만 그림자는 오래가지 않았다. 정희원이 말했다.

"방법이 있겠죠? 예전에도 잘 고쳐냈잖아요."

그들은 이미 비슷한 일들을 겪은 적이 있었다.

영혼 손상은 곧 설화의 손상, 나아가 테마의 손상을 의미한다. 언젠가 이수경 또한 그런 병증에서 되살아난 적이 있었다.

신유승이 다급하게 덧붙였다.

"아무 문제 없는 거죠? 그때랑은 다르잖아요! 이 세계의 아일렌에게 도움을 구하면 돼요. 그리고 성유액도 미리 많이 확보해놨잖아요!"

신유승은 계속해서 이야기했다. 자신이 아는 수많은 방법을 이야기하고, 또 이야기했다. 그리고.

"그러니까, 그러니까……."

신유승의 두 눈에 눈물이 맺혔다. 그럴 리 없다는 듯 도리질을 반복하는 신유승의 어깨를, 유상아는 조심스레 감쌌다.

"솔직하게 말해줘요, 설화 씨."

고개를 푹 숙인 이설화가 김독자의 가슴에 손을 올렸다. 그러자 김독자의 연약한 가슴팍에서 작은 설화 조각 하나가 떠올랐다. 그것이 마지막 남은 김독자의 설화였다.

[성좌, '구원의 마왕'이 새로운 자신의 ■■에 도달했습니다.]

아주 작은 글귀처럼 반짝이는, 그의 작은 설화.

[성좌, '구원의 마왕'의 ■■은 종장입니다.]

「그렇게 그들은, 누구도 쓰지 않은 에필로그에 도달했다.」

6

그들은 곧장 광화문의 본부로 김독자를 옮겼다.

아일렌을 호출했고, '구암신의' 같은 의료계 성좌들에게 도움을 요청했다.

「계획은 완벽했다. 실패할 리 없는 계획이었다.」

세계 각지에 흩어진 모든 설화 전문가를 불러들였다.

「실패해서는 안 되는 계획이었다.」

일주일이 넘는 기간 동안 수십 명의 명의가 들러붙어 김독자를 치료했다. 어떻게든 남은 설화를 수습하여 영혼체를 복구하기 위해서였다.

—지금으로서는 방법이 없습니다.

밤샘 작업으로 혼절한 이설화를 대신해 러시아의 설화 전문가가 말했다.

—죽었다고 말할 순 없습니다. 하지만…… 살았다고 말할 수도 없을 겁니다. 이 아이는 다시는 깨어나지 못할 테니까요.

그럴 리 없었다. 어떻게 여기까지 왔는데, 이 이야기의 끝이 그런 식일 리 없었다.

무너지는 일행들을 지탱한 것은 유상아였다.

"문제는 독자 씨의 영혼인 거죠?"

그렇다면 영혼을 복구하면 된다.

일행들은 그들 중 가장 영혼에 대해 잘 아는 성좌에게 도움을 구했다.

[이 아이의 영혼은 〈명계〉로 온 게 아니에요. 어떤 세계관의 저승에도 이 아이의 영혼은 오지 않았어요.]

명계의 여왕 페르세포네는, 슬픈 얼굴로 김독자의 이마를 쓸었다.

[이것이 이 아이의 선택이군요.]

"선택? 웃기지 마요. 당신도 봤잖아요. 그 지하철에서 독자 씨가 가지고 있던 설화들을 봤잖아요! 우리랑 있고 싶다고, 우리에게 구해달라고—"

[한 사람의 영혼에는 수많은 설화가 있어요. 우리가 본 말은 그중 일부일 뿐이죠.]

"그렇게…… 그렇게 쉽게 말하지 마세요!"

정희원이 외쳤다. 그러지 않고는 견딜 방법이 없었다.

선택이라고? 이게 김독자의 선택이라고?

「일행들은 포기하지 않았다.」

설화를 수선하는 것도, 영혼을 되찾는 것도 불가능하다.

그렇다면 방법은 하나뿐이었다.

[기다리고 있었습니다.]

'환생자들의 섬'의 주인, 석존이 자애로운 미소로 그들을 맞이했다. 마치 그들이 올 줄 알고 있었다는 것처럼.

[애석하게도 그는 이 몸이 환생시킬 수 있는 존재가 아닙니다.]

"영혼 일부가 아직 남아 있어요. 우리가 가진 설화를 나눠주면 돼요. 그때의 제가 그랬듯이, 윤회의 힘을 이용하면—"

[나의 아라한이여. 당신의 슬픔을 이해합니다. 하지만 그는 환생할 수 없습니다.]

안타깝다는 듯 유상아를 보던 석존이 가벼운 한숨을 내쉬었다.

고요히 잠든 김독자를 보는 석존의 눈동자에 무수한 실선이 떠올랐다. 개수를 온전히 셀 수 없을 만큼 많은 붉은 실.

유상아도 그것을 볼 수 있었다.

인연因緣의 실.

밤하늘을 뻗어나가, 마침내 〈스타 스트림〉조차 관통한 그 실선을 바라보며, 유상아는 김독자가 왜 환생할 수 없는지 깨달았다.

"그렇군요."

인정하고 싶지 않았다. 그럼에도 그것이 사실이었다.

"이 사람의 영혼은…… 이미 다른 세계선에서 환생했군요."

석존이 고개를 끄덕였다.

[정확히는 '영혼들'이라고 해야겠지요.]

✳

모두의 앞에서, 한수영은 자신이 들은 이야기를 그대로 전했다.

"김독자의 영혼은 우주 전체로 흩어졌어."

암전된 방에서 [제4의 벽]과 마주했던 순간의 기억. 그 모든 대화를 낱말 하나 빠짐없이 온전히 일행들에게 전달했다. 누군가는 주저앉았고, 누군가는 절규했다.

이지혜가 외쳤다.

"다시 녀석을 찾아가봐요. [제4의 벽]에게 가면 방법이 있을지도 모르잖아요. 독자 아저씨 영혼을 회수할 수 있을지도 몰라요."

"그런 짓을 하면 다른 세계에서 환생한 김독자는? 걔도 거기서 나름대로 살아가고 있을 텐데."

"그건……."

씩씩거리던 이지혜가 탁자 위의 물을 벌컥벌컥 들이켜고는 말을 이었다.

"뭔가 방법이 있을 거예요. [제4의 벽]은 뭐든 알고 있다면서요."

"놈을 다시 만날 방법이 없어. 벽을 열 때 파편을 모두 써버렸잖아."

순식간에 나흘이 더 지났다. 일행들은 몹시 피폐해졌다. 끼니를 거르거나 잠을 자지 않는 이들도 있었다. 그렇게 얼마나 더 흘렀을까. 정희원이 유중혁을 찾아갔다.

"중혁 씨."

버릇처럼 흑천마도를 닦던 유중혁이 고개를 들었다. 별이 눈부신 듯 잠깐 눈살을 찌푸리던 유중혁은 다시 검으로 시선을 돌렸다. 아무리 닦아도 검에 묻은 얼룩은 지워지지 않았다. 김독자의 활자를 벤 얼룩이었다. 가만히 그 얼룩을 내려다보던 유중혁이 입을 열었다.

"나흘이면 꽤 결심이 빠르군."

"다른 방법이 없잖아요."

유중혁은 무표정한 눈으로 그런 정희원을 마주 보았다. 그토록 많은 비극을 겪었음에도 여전히 불타오르는 눈동자. 언젠가의 그 역시, 그런 눈을 하고 있었다.

"할 수 있어요. 벌써 두 번이나 해냈고요. 그러니까―!"

유중혁도 그렇게 생각했었다.

잘 만들어진 환상 같은 계획이었다. 이번만큼은 해낼 수 있을 거라고, 자신이 원하는 결말을 볼 수 있을 거라고 믿었다.

「설령 이 세계의 끝이 비극이라고 해도…… 너희가 실패했다고 생각하지는 마라.」

그때의 그 녀석도 그랬을까. 유중혁이 말했다.

"그래, 우리는 해냈지."

"제발, 한 번만 더 해봐요! 이번에는 틀림없이 제대로 할 수 있어요! 독자 씨를, 반드시―"

"과거로 돌아간다고 해서 이번 회차보다 더 나아질 거란 생각은 하지 마라."

무심코 그 말을 내뱉고서 유중혁은 잠시 숨을 멈췄다.

"왜 그런 말을 하죠? 이번 회차는 분명히 나아졌어요. 더 잘할 수 있다고요!"

"불가능하다."

"왜, 해보지도 않고서―"

유중혁은 대답하지 않았다. 정희원의 표정이 사납게 변했다. 당장이라도 협력하지 않으면 이 자리에서 베어버리겠다는 듯 칼자루를 그러쥔 손. 하지만 정희원의 위협에도 유중혁은 미동조차 하지 않았다. 그런 그를 보던 정희원의 표정에 뭔가가 떠올랐다.

"당신, 혹시……."

유중혁은 대답하지 않았다. 믿을 수 없다는 듯 정희원이 다그쳤다.

"정말이에요? 진짜로……."

유중혁은 눈앞에 떠오른 자신의 특성창을 바라보며 대답했다.

"이제 나는 회귀자가 아니다."

그의 특성에 이제 [회귀자]라는 항목이 존재하지 않았다. 성흔도 사라졌다. [회귀]도, [집단 회귀]도. 시간을 되돌릴 수 있는 어떤 성흔도 없었다.

어디선가 바람이 불었다. 그 바람을 맞으며, 유중혁은 〈스타 스트림〉의 맑은 하늘을 올려다보았다. 항상 느껴지던 시선이 느껴지지 않았다. 아무리 기감을 키워보아도 좀처럼 찾을 수 없었다.

「그는 이제 이야기의 주인공이 아니었다.」

단 하나의 독자가 사라지며, 그의 이야기는 끝이 났다.

그리고 그의 마지막 회귀도.

"세계선을 넘으면 돼요."

그리고 누군가가 그렇게 말했다.

"꼭 회귀가 아니어도 되잖아요. 세계선을 넘어서, 다른 시나리오 지역으로 가요. 거기서 다시 '최후의 벽'을 모아서 [제4의 벽]을 만나는 거예요."

미친 계획이었다. 더욱 환장할 것은, 미친 계획을 제안한 사람이 저 침착한 유상아라는 사실이었다.

한수영이 말했다.

"그 녀석이 도와주지 않을 수도 있어."

"그래도 해봐야죠. 안 해보는 것보단 낫잖아요."

이미 한 번 해본 일, 두 번 못 할 것도 없었다.

하지만 왜일까, 한수영은 이게 올바른 방법이라는 생각이 들지 않았다.

만약 이번에도 실패한다면 그들은 어떻게 될까. 또 세계선을 넘으려 하지는 않을까.

그렇게 세계선을 넘고, 또 넘고. 그러다 보면 언젠가 그들은 999회차의 이계의 신격들과 다를 바가 없어질지도 모른다. 그들의 삶은 돌이킬 수 없을 정도로 망가질지도 모른다.

비참한 점은, 그 사실을 알면서도 유혹을 거부할 수 없다는 것이었다.

"세계선은 어떻게 넘을 건데? 이제 회귀도 할 수 없잖아. 여긴 우릴 도와줄 '은밀한 모략가'도 없어."

"잊었어요? 이 세계선은 1,864회차와는 달라요."

그 순간, 한수영의 뇌리에 뭔가가 스쳐 갔다.

「방법이 하나 더 있었다.」

쿠구구구, 하는 소리와 함께 광화문에 거대한 그림자가 내려앉은 것은 그때였다.

거리 일대를 모조리 덮고도 남을 만큼 커다란 비행체.

[후후, 다들 오랜만이야.]

그 비행체에 비형이 타고 있었다.

관리국이 폭삭 망하고 이 세계의 도깨비 왕이 된 비형. 그는 망해버린 세계가 썩 마음에 드는 모양이었다.

[그래, 이게 필요하다 이거지?]

그곳에 '마지막 시나리오'의 전유물이 있었다.

「최후의 방주.」

한수영은 천천히 방주를 향해 다가갔다.

확실히 저걸 쓰면, 세계선을 넘을 수 있을 것이다. 마지막 시나리오의 도깨비와 성좌들도 저걸 타고 다른 세계선으로 달아나려 했으니까.

유상아가 말했다.

"하지만 저걸 쓰면…… 우리도 결국 도깨비와 똑같아지는 거겠죠."

"그런 얘긴 집단 회귀 시작했을 때 했어야지."

한수영은 방주를 향해 다가갔다. 그러자 비형이 경고하듯 말했다.

[미리 말해두는데, 이 방주는 보기보다 많이 낡아서 한 번밖에 못 써.]

"상관없어."

다른 세계선으로 갈 수 있다는 것은, 유중혁의 [회귀]와 흡사한 용도로 이 방주를 쓸 수도 있다는 뜻이었다.

만약, 과거의 특정 시점으로 세계선 이동을 할 수 있다면 어떨까. 그렇게만 할 수 있다면, 유중혁의 [회귀] 때보다 훨씬 효과적인 방식으로 세계선을 이동할 수 있을지도 모른다.

한수영은 재빨리 외쳤다.

"비형. 우리가 가고 싶은 세계선은……!"

그런데 말이 끝나기도 전에 메시지가 돌아왔다.

[해당 세계선으로는 항해가 불가능합니다.]

비형의 표정이 기이해졌다.

[음? 이게 왜 이러지? 이런 적은 없을 텐데?]

"뭐야. 고장 났어?"

[다른 세계선 불러봐.]

한수영은 다시 한번 말했다. 그러자 또 메시지가 떠올랐다.

[해당 세계선으로는 항해가 불가능합니다.]

한수영은 몇 번이나 다른 세계선들을 말했다. 말하고, 또 말하고.

그러나 떠오르는 메시지는 같았다.

[해당 세계선으로는 항해가 불가능합니다.]

[해당 세계선으로는 항해가 불가능합니다.]

(…)

[해당 세계선으로는 항해가 불가능합니다.]

당황한 비형이 중얼거렸다.

[그 세계선은 모두 통로가 닫혔어. 세계선 사이에 열려 있던 가능성이 완전히 닫혀버렸다는 얘기야.]

"못 간다고?"

[그런 것 같네. 허, 이런 경우도 있나?]

그녀가 기억하는 멸살법과 관련된 모든 세계선이 막혀 있었다.

"그럼 갈 수 있는 곳은 아무 데도 없는 거야?"

[한 군데 있어.]

"뭐? 어딘데?"

[근데 여긴 모든 시나리오가 종료된 세계선이야.]

비형은 입력된 항로를 보여주었다. 놀랍게도, 항해의 목적지는 그들이 이미 아는 장소였다.

유중혁의 제1,864회차.

모든 시나리오가 종료된 이후의 8612 행성계.

그들이 떠나온 지구였다.

7

1,865회차의 끝은 그 어떤 세계선보다도 완벽했다.

'마지막 시나리오'가 끝나고 어느새 한 달. 시나리오로 인한 피해는 빠르게 복구되었고, 회귀자들의 도움으로 각국은 빠르게 질서를 회복했다.

학교가 다시 문을 열었고, 직장인들은 출근을 시작했다. 거리에는 새로운 세계의 안녕을 위한 슬로건이 잔뜩 붙었다.

그 낯선 거리 위에서, 이지혜는 펜스 너머로 펼쳐진 운동장을 보고 있었다.

"저 애가 그 친구구나."

정희원의 말에 이지혜가 고개를 끄덕였다.

운동장에서 그녀의 친구가 달리고 있었다. 나보리. 그녀가 자기 손으로 죽였던 친구. 그 친구가 이 세계선에서는 살아 있었다. 살아서 숨을 쉬고, 다리를 움직이고 있었다.

"지혜야, 돌아가지 않아도 돼."

이지혜의 눈이 보리의 뒷모습을 좇았다. 그토록 그립던 친구. 항상 꾸는 악몽에 등장하는 친구.

보리를 구하면 악몽도 사라질 줄 알았다. 하지만 기억은 그렇게 간단히 소거되지 않는다. 오히려 악몽은 더욱 생생한 형태로 되살아났다. 몇 번이고 같은 시나리오를 살았고, 꿈속의 보리를 죽였다.

그럴 때마다 이지혜는 다시금 깨달았다.

그녀가 구한 것은 죽은 보리가 아니었다는 것. 그저 다른 세계선의, 또 다른 보리였을 뿐이라는 것.

"지혜야."

이지혜는 한참이나 운동장을 바라보다가 말했다.

"비유랑 약속했으니까요."

"……."

"반드시, 다시 세계선을 넘어 그곳으로 돌아가겠다고. 그렇게 약속했으니까요."

정희원은 이지혜의 옆얼굴을 가만히 들여다보다가, 조용히 어깨에 손을 얹었다.

"돌아가면 쓸쓸하겠지. 거긴 여기 있는 것들이 없을 테니까."

이지혜가 웃었다. 눈을 닦은 손으로, 자기 머리를 가리켰다.

"쓸쓸하지 않아요. 이 안에 있으니까."

그 말을 하는 이지혜의 목소리가 떨렸다.

그렇게 말해도 괜찮은 것일까. 정말 그런 식으로 말할 수 있다면, 그들은 왜 여기까지 온 것일까.

"가자. 언니가 오늘 맛있는 거 쏠게."

"오라버니."

유미아가 오라버니라고 부를 때는, 무언가 부탁하고 싶을 때다. 오랜 회귀를 통해 유중혁은 그것을 알고 있었다.

물끄러미 바라보던 유미아가 말했다.

"오라버니는 최선을 다했어요. 그 이상 잘할 수 있는 사람은 아무도 없어요."

유중혁의 눈꺼풀이 무겁게 내려앉았다. 의자에 올라선 유미아가 유중혁의 정수리에 손을 얹었다.

"우리, 이제 그만 돌아가요."

—그들이 살았던 이야기는 비극의 시나리오.

—세계는 멸망의 포연으로 덮였고, 그들은 소중한 것을 잃었네.

어디선가 들려오는 노랫말에 한수영이 인상을 찌푸렸다.

"장송곡이냐?"

[요즘 유행하는 노래야. 너희를 칭송하는 이야기지.]

킬킬 웃은 비형이 방주의 문을 열었다.

설화 에너지가 충전된 방주가 그들을 맞이하고 있었다.

하나둘, 고향으로 돌아가기로 결심한 회귀자들이 방주에 탑승했다. 그러나 모두 그런 것은 아니었다.

어떤 이는 남기로 했다.

아무 말도 하지 못한 채 우물쭈물하는 공필두. 그의 뒤로 어린아이들이 보였다. 한수영은 공필두가 회귀한 이유를 알고 있었다.

"당신은 남아. 여기도 지킬 사람이 있어야지."

공필두는 아무런 대답도 하지 않았다.

"또 남을 사람 없어?"

한수영이 차분히 목소리를 높였다.

"신중하게 생각해. 이제 가면 부모님이랑 연인, 친구…… 아무튼 기타 등등은 두 번 다시 못 봐. 괜찮겠어들? 잘 생각하라고……."

한수영의 손을 신유승이 꼭 붙잡았다.

"여긴 우리 세계선이 아니잖아요. 독자 아저씨도 그렇게 생각할 거예요."

〈김독자 컴퍼니〉의 화신과 성좌는 대부분 귀환을 선택했다.

그들의 중심에 침대차에 실린 어린 김독자가 있었다.

[오— 페르세포네, 정말 떠날 셈이오?]

질척거리다 못해 구애의 댄스를 추는 하데스를 보며 한수영이 쓴웃음을 지었다. 하데스가 원래 저런 성격이던가?

그런 하데스를 향해 페르세포네가 곤란하다는 듯 웃었다.

[미안해요, 하데스. 하지만 나는 당신이 알던 '페르세포네'가 아니에요.]

[당신은 페르세포네네요. '가장 어두운 봄의 여왕'이자 〈명계〉의 여왕.]

페르세포네가 작게 도리질을 했다.

[정 그렇다면 내가 당신을 따라가겠소.]

[당신의 세계선은 이곳이에요. 당신은 〈명계〉의 왕이고요. 부디 체통을 지키세요.]

[내 세계는 당신이야, 페르세포네!]

비형이 설레설레 고개를 흔들었다. 그러더니 한수영에게 물었다.

[물으나 마나겠지만…… 정말 갈 거냐? 이곳에 남으면 평생 대접받으며 살아갈 수 있어.]

"그런 것 때문에 이 세계선으로 온 게 아니야."

한수영은 침대차에 누운 어린 김독자를 내려다보았다.

지난 몇 달간, 한수영과 동료들은 〈스타 스트림〉 전역을 뒤져 김독자를 살려낼 방법에 골몰했다. 그러나 어디에도 그런 방법은 없었다. 그저 이렇게 죽은 듯 산 듯 생명을 유지하는 것이 최선이었다.

"비형, 이별 선물로 관리국 설화 좀 나눠줘."

[관리국 설화를?]

"우리 세계선의 시스템이 망했거든. 혹시 모르니 조금만 받아가자."

못마땅한 표정으로 입술을 비죽인 비형이 설화의 일부를 한수영에게 계승했다.

그때, 멀리서 먼지구름을 일으키며 뛰어오는 남자가 있었다. 덥수룩한 턱수염을 기른 덩치. 이현성이었다.

"빨리 출발해주십시오!"

자세히 보니, 그 뒤를 쫓아오는 군용 차량들이 보였다.

"그러고 보니 저 녀석 아직도 수배 중이었지."

쓰게 웃은 한수영이 신호를 보냈다. 그러자 유중혁이 입을 열었다.

"출발한다."

마침내 '최후의 방주'가 떠올랐다.

―〈김독자 컴퍼니〉의 영웅들이 떠나고 있습니다!

사람들이 그들을 지켜보았다. 방송국 헬기가 몰려들어 출항을 중계했다.

일행들의 얼굴을 클로즈업한 기자들이 외쳤다.

―왜 울고 계십니까? 당신들은 이 세계선을 구했습니다!

지상의 정경이 서서히 멀어졌다. 누군가가 중얼거렸다.

"우리, 무엇 때문에 여기까지 왔을까요."

한 편의 지독한 악몽처럼 세계가 멀어지고 있었다. 기억으로, 돌이킬 수 없는 과거로 변하고 있었다. 한수영이 중얼거렸다.

"무엇 때문이긴……."

방주의 가속과 함께 주변 풍경이 변했다. 빠르게 흘러가는 세계선의 은하. 저 먼 세계선의 어딘가에는 환생한 김독자가 살고 있을지도 모른다.

그런 생각을 하고 있으려니, 한수영은 강렬한 충동을 느꼈다. 지금이라도, 무리해서라도 항로를 튼다면 어떨까. 저 먼 별들 어딘가에서 태어난 김독자의 환생체를 만나러 떠난다면 어떨까. 그러면, 그럴 수만 있다면—

「하지만, 그게 정말로 김독자가 원하는 일일까.」

방주 창문으로, 곁에 선 유중혁과 유상아의 얼굴이 동시에 비쳤다. 두 사람 역시 한수영과 같은 표정으로, 한수영과 같은 광경을 보고 있었다. 그 얼굴을 보는 순간 알았다. 그들 역시 같은 생각을 하고 있다는 것을. 그렇기에 이 계획은 영원히 실행될 수 없다는 것을.

방주가 덜컹거리기 시작한 것은 그때였다.

[새로운 세계선으로 진입합니다!]

"벌써? 이거 겁나게 빠른—"

마치 대기권으로 돌입하듯 방주가 급강하를 시작했다.

잠깐 중력이 사라지는 듯한 느낌이 들더니 굉음과 함께 선체가 어딘가에 부딪혔다. 내부가 일순간 암전되었다 돌아왔다.

[목적지에 도착했습니다.]

지끈거리는 머리를 감싼 채 한수영이 일행들을 살폈다.

"젠장. 낡은 정도가 아니라 완전 고물이잖아, 이거. 모두 괜찮아?"

"전 괜찮아요! 다른 분들은……."

다행히 다친 사람은 없었다. 한수영은 선체를 조작해 출입구를 열었다. 천천히 열린 문 아래로 계단이 내려갔다.

조심스레 계단을 내려가 땅을 밟는 순간, 누군가의 목소리가 들려왔다.

"너희는 누구냐!"

어떻게 된 일일까. 무장 군인들이 총을 겨누고 있었다. 화들짝 놀란 이현성이 그녀의 뒤로 숨었다.

"수영 씨. 대체 어떻게 된 겁니까. 설마 여기서도 저를……."

"그럴 리가 없잖아. 여긴 우리 고향이라고."

이현성을 뒤로한 한수영이 말했다.

"환영 인사가 너무 거친데? 너희 나 누군지 몰라?"

껄렁거리며 앞으로 걸어가는 한수영을 향해 총구가 일제히 움직였다.

"경고하는데, 그거 당기면 너희 전부—"

그때, 한수영의 시야에 누군가의 얼굴이 들어왔다. 아는 듯 모르는 듯 묘한 기시감이 드는 중년의 얼굴. 어깨 아래까지 흩날리는 금발. 붉게 소용돌이치는 적안의 눈동자. 그 눈동자의 주인이, 그녀를 향해 물었다.

"한수영?"

한수영은 멍하니 그녀를 바라보았다. 저 목소리. 시간이 많이 흘렀지만 잊을 리 없었다. 중년인이 손으로 사격 중지 명령을 내렸다.

"한수영…… 정말 당신이 맞습니까?"

그 목소리를 듣는 순간, 한수영은 울컥 뭔가가 올라올 것 같았다.

천천히 지상으로 내려간 한수영이 안나 크로프트를 마주 보았다. 무엇부터 물어야 할지 알 수 없었기에, 한수영은 나오는 대로 물었다.

"우리가 떠나고 몇 년이나 지난 거야?"

"이십 년입니다."

한수영이 떨리는 입술로 그 세월을 삼켰다. 현기증이 났다. 누가 이곳에서, 그 끔찍한 시나리오가 있었다는 것을 믿을까.

서울은 더 이상 그녀가 기억하던 장소가 아니었다. 완벽하다 생각했던 1,865회차만큼이나 완성된 도시. 가로수의 짙은 녹음, 먼 공터에서 공을 차는 아이들.

이십 년.

그렇구나. 우리가 없는 세계에서, 너는 이 세계를 살았구나.

그동안 이 세계를 이만큼이나 바꾸어냈구나.

"한수영?"

깜짝 놀란 안나 크로프트가 비틀거리는 한수영을 부축했다. 싫은 녀석의 품이었다. 그럼에도 그 어깨에 매달린 채 울음을 터뜨렸다.

마침내 다시 만난 1,864회차. 그들이 처음으로 시나리오를 완수한 세계.

누군가는 돌아왔고, 누군가는 돌아오지 못했다.

어떤 것은 무엇으로도 바꿀 수 없는 과거로 남았다.

멀찍이 펼쳐진 공단의 풍경.

색이 바랜 김독자의 동상이 있었다. 어색한 듯 포즈를 취한 김독자 옆으로, 거대한 오징어 조각상이 놓여 있었다.

「김독자의 귀환을 기념하며」

괴상망측한 오징어를 보며 한수영은 끅끅거리며 울다가 웃기를 반복했다. 인정하지 않으려 했다. 그러면 뭔가가 바뀔 것 같았기에. 하지만 한수영은 이제 인정하지 않을 수 없었다.

그들의 작전은 실패했다.

그리고 이것이, 그들이 찾아낸 세계의 결말이었다.

일행들이 돌아온 지 이 년이 지났다.

이 년은 생각보다 긴 시간이었고, 그렇기에 여러 사건이 일어났다.

이현성과 정희원이 공단을 떠난 일. 신유승과 이길영이 고등학교에 진학한 일. 이지혜가 첫 중간고사에서 F를 맞은 일 등등.

그리고 수많은 사건을 단 한 문장으로 요약하자면, 다음과 같았다.

〈김독자 컴퍼니〉는 해산했다.

8

일행들은 약속이나 한 듯 각자의 자리를 찾아 떠났다.

누군가는 보안 업체를 세웠고, 누군가는 정부 소속이 됐다.

한수영은 어디에도 소속되지 않았다. 대신 그녀는, 무언가를 가르치는 사람이 되었다.

《웹소설로 현대 철학 읽기》

한수영은 센터에서 그런 이름의 강의를 했다.

마지막 시나리오가 끝난 뒤, 현실과 환상은 다시 분리됐다.

"그래서 롤랑 바르트의 '애도'를 이 소설에 적용해보면……."

수강생은 대부분 저게 무슨 크로와상에 쌈장 찍어 먹는 소리냐는 듯한 표정이었지만, 흥미를 갖는 학생도 더러 있었다.

손을 번쩍 든 학생 하나가 물었다.

"교수님 관점은 무척 흥미로운데요. 저는 이견이 있습니다."

한수영이 말해보라는 듯 고개를 끄덕였다. 학생은 의기양양한 표정으로 말을 잇기 시작했다.

"그게 정말 작가가 의도한 걸까요? 맞춤법도 틀리고 비문도 많은 이런 소설에, 그런 거창한 이론을 적용해서 읽는 게 알맞은 독서법일까요? 솔직히 작가가 거기까지 생각한 거 같지는 않은데요. 여기 과하게 쓰인 의성어와 의태어만 봐도—"

한수영은 자신이 예시로 가져온 소설을 바라보았다. 확실히 비문이 많았다. 기어코 한 방 먹였다고 생각하는 듯, 학생이 만족스러운 미소를 짓고 있었다.

한수영은 잠시 고민했다. 저 학생에게 낱낱이 말해줄 수도 있었다. 하지만 그러지 않았다. 그 대신 이렇게 말했다.

"맞아. 진실은 작가만 알겠지."

"그렇게 말씀하시면 너무 무책임한……."

"누군가가 너라는 사람을 평가한다면 어떨까."

"예?"

"그 누군가는 급하게 수업에 나오느라 제대로 씻지 않은 얼굴이나, 슬리퍼 바깥으로 삐죽 튀어나온 발톱 같은 걸 먼저 볼 거야. 그러고는 생각하겠지. 아, 저 녀석은 행색을 보아하니 게으를 거야. 게으른 녀석이 똑똑할 리 없지. 저런 놈 의견 따윈 들어볼 필요도 없어."

"그게 무슨—"

"혹은 아, 저 학생은 어젯밤 밤새도록 오늘 강의 내용을 미리 공부했나 보다. 거추장스러운 겉모습보다는 양질의 수업을 위해 꼼꼼히 예습하는 성실한 사람인가 보다. 이렇게 생각할 수도 있겠지."

흔들리는 학생의 눈을 보며, 한수영은 계속해서 말했다.

"네 말대로 이 글을 쓴 작가가 별생각이 없었을 수도 있어. 하지만 결국 이 소설에서 무얼 찾아낼지 결정하는 건 읽는 너야. 네가 쓰레기라고 선언한다면 이건 쓰레기로 끝날 거고, 아주 약간이라도 의미를 찾아준다면 그것만으로 이 작품은 조금 더 나아질 수 있겠지. 어느 쪽을 선택하든 그건 네 마음이지만, 그래도 나는 네 시간을 소중하게 사용하는 쪽을 택했으면 싶네. 그러지 않으면 내 수업을 견디는 건 꽤 버거운 일이 될 테니까."

학생은 입을 다물고 한수영을 바라보았다. 그녀의 말을 이해했는지 아닌지는 알 수 없었다. 하지만 이해하지 못해도 어쩔 수 없다고 생각했다.

가만히 눈동자를 굴리던 학생이 갑자기 뜬금없는 소리를 했다.

"그런데 교수님은 이제 신작 안 쓰시나요?"

"음?"

"전에 말씀하셨잖아요. 작가는 글을 쓰니까 작가다. 글을 쓰지 않으면 작가가 아니다, 라고."

작가도 아닌 너한테 그런 말을 들을 이유는 없다. 대충 그런 뉘앙스가 스며 있는 말이었다.

한수영은 잠시 대답이 없었다. 먼 허공을 가늠하는 듯 불투명해진 눈동자. 한수영은 무심히 중얼거렸다.

"맞아, 난 이제 작가가 아니야."

"예?"

"내 글을 읽어줄 독자는 이제 없거든."

다음 말이 채 이어지기도 전에, 수업 종료를 알리는 종이 울렸다. 빙긋 웃은 한수영이 어깨를 으쓱하며 말했다.

"자, 다음 강의에 읽어 올 소설은……."

강의실을 떠나는 학생들을 배웅하며, 한수영은 교탁 앞에 남았다.

펼쳐둔 노트북 바탕화면에 문서 파일 하나가 보였다. 얼마 전부터 시험 삼아 쓰기 시작한 소설. 한수영은 파일을 열어 자신이 쓴 문장을 가만히 들여다보았다.

「뒤쪽에서 누군가의 기척이 느껴진 건 그때였다.」

"재미있는 수업이네요. 그 사람도 들었으면 좋았을 텐데."

흠칫 놀라 화면을 끄며 돌아보자, 익숙한 얼굴이 보였다. 긴 손가락이 교탁 위에 흩뿌려진 수업 자료를 섬세하게 살피고 있었다.

"아, 이 강의도 재미있겠다. 부르디외로 시작하는 현대 판타지 읽기, 버틀러와 함께하는 로맨스 판타지 해부……."

"웹소설 작가 무시하러 왔냐?"

살짝 고개를 기울인 유상아가 생긋 웃었다. 이 년 전이나 지금이나 변하지 않은 미소였다. 그녀는 한수영을 유심히 들여다보다가 물었다.

"갑자기 안경은 왜 썼어요? 그새 눈 나빠졌어요?"

"관심 꺼."

"아하, 알겠다. 너무 어려 보여서 학생들이 무시했구나?"

눈살을 찌푸린 한수영이 까만 안경을 확 벗자, 유상아가 놀리듯 덧붙였다.

"가요. 내가 한잔 살게."

각자 아이스 아메리카노와 복숭아 스무디를 쭉쭉 빨아 마시며, 두 사람은 거리를 걸었다. 어색하게 떨어진 거리를 유지한 채 그저 걷는 데만 집중했다. 지나가듯 한수영이 물었다.

"정부 쪽 일은 어때. 재밌어?"

"재밌자고 하는 일인가요."

"오늘 누구누구 온대?"

"현성 씨는 미국에 있어서 어려울 거 같고, 희원 씨는 올 거 같아요. 그리고 설화 씨는 아시다시피……."

"애들은?"

"다 올 거예요. 한 번도 빠진 적 없잖아요."

얼마 지나지 않아 광화문 거리가 나왔다. 골목길로 들어가 조금 걷자, 이내 찾던 식당이 나왔다.

《마르크 앤 셀레나》.

한수영이 문을 벌컥 열었다.

"어서 오세…… 와, 이게 누구야!"

능숙한 한국어로 그들을 반긴 이는 셀레나 킴이었다. 주방에서 피자 반죽을 돌리던 마르크가 휘파람을 불었다. 셀레나 킴이 안내하며 말했다.

"조금만 기다려요. 요리 금방 나올 거니까."

"먼저 온 사람들은?"

셀레나 킴은 직접 확인해보라는 듯 바테이블의 한쪽 구석을 가리켰다. 익숙한 뒤통수 세 개가 옹기종기 모여 있었다. 한수영은 어쩐지 간질간질한 느낌을 참으며, 슬그머니 그들의 뒤로 접근했다. 그렇게 바로 뒤까지 다가갔을 때, 잽싸게 손바닥을 휘둘러 뒤통수 세 개를 연속으로 두드렸다.

"와아악! 어떤 새끼야!"

"많이 컸네, 우리 꼬맹이들."

"수영 언니! 상아 언니!"

무려 일 년 만의 해후였기에, 그들은 짧은 소회를 나누었다. 음식이 나오기까지는 정말로 오래 걸리지 않았다.

"뭐 시킨 거야? 요리 이름이 뭔데?"

"파멸 산장의 악마 곱창 볶음."

요리를 내온 마르크가 씩 웃었다. 한수영은 의심스러운 표정을 짓더니, 이내 오징어 순대처럼 생긴 요리를 포크로 푹 찍었다.

"뭐야, 맛있잖아."

과연 이름만큼이나 대단한 요리였다. 다른 일행들도 긴장을 풀고 요리를 먹기 시작했다. 이렇게 한가하게 요리를 먹어본 게 얼마 만이

던가. 세계선을 건너온 게 벌써 이 년 전 일이었음에도, 한수영은 그 모든 것이 거짓말처럼 느껴졌다.

—워우워우워어어……!

바테이블의 상단에 설치된 패널에서는 콘서트장의 모습이 실황 중계되고 있었다. 요즘 인기 있는 아이돌 그룹이었다. 하나는 원숭이, 하나는 용, 하나는 대천사. 마이크를 붙잡은 제천대성이 바이브레이션이 한껏 들어간 사자후를 퍼붓자, 무대의 뒤쪽에서 우리엘이 화려한 조명과 함께 등장했다.

오물오물 곱창을 씹던 유상아가 말했다.

"엄청 잘나가네요."

"나도 어제 팬클럽 가입했어. 우리엘 포스가 진짜……."

이지혜의 말에 이길영이 태클을 걸었다.

"난 디오니소스 무대 본 이후로 쟤들 무대는 못 보겠던데. 특히 저기 쟤는……."

"'심연의 흑염룡'? 왜? 귀엽잖아."

신유승의 말에 흘기듯 눈을 뜬 이길영이 포크를 씹으며 말했다.

"저딴 게 무슨."

패널에서는 성좌들의 신곡이 흘러나오는 중이었다. 한쪽 눈에 안대를 한 '심연의 흑염룡'이 브레이크 댄스를 추며 속사포 랩을 시작했다.

—이것은 아주 오래된 설화! 시나리오가 노래하는 신화! 시간 속에 바래지는 한 인간의 진화!

"저게 대체 뭔 소리야?"

흑염룡의 속사포 랩이 쏟아지는 동안 가게 문을 열고 들어온 이들이 있었다. 이미 어디서 한잔 걸치고 오는 길인지 묘하게 들뜬 얼굴. 장하영과 정희원이었다.

"뭐야! 다들 벌써 왔네?"

한달음에 달려온 장하영이 한수영에게 헤드락을 걸었다.

"잘 지냈냐?"

유상아와 가볍게 손바닥을 부딪친 정희원이 패널을 보며 한마디 했다.

"아, 저 랩 시끄러워 죽겠어."

"다들 오랜만에 얼굴 보니까 좋네요."

"오늘은 이 멤버가 다인가?"

"그런 거 같아요."

정희원은 새로 이사한 집에 대해 떠들었다. 대충 역세권에서 벗어나서 좀 불편하다는 이야기와, 근처에 공원이 있어 운동하기 좋다는 이야기.

그녀는 이제 광화문에 살지 않는다. 3호선 근처에도 살지 않는다. 한수영이 물었다.

"그래서, 둘이 같이 살아?"

그 말에 일행들의 관심이 갑자기 집중되었다. 정희원이 쓰게 웃으며 음료수 잔을 흔들었다.

"아니, 따로."

"왜?"

"같이 있으면 생각나잖아."

"뭐가 생각나는데요?"

눈을 반짝인 이지혜가 정희원을 다그쳤다. 그러나 정희원의 표정에는 별다른 웃음기가 없었다. 정희원은 말없이 음료수를 휘저었다. 이지혜가 벌어졌던 입을 닫았다.

패널에서는 다음 곡의 전주가 흘러나오고 있었다.

―이름 없는 구원(Feat. 대머리 의병장) - JUS

패널에서 흘러나오는 노래를 들으며, 한수영은 조금 늦게 덧붙였다.

"그래, 그렇겠네."

그리고 일행들의 대화가 끊어졌다. 침묵은 늪처럼 그들의 발목을 감았다.

이것이 그들이 자주 만나지 않은 이유였다.

―이것은 누구도 기억하지 않는 이야기. 하지만 분명히 존재했던 이야기.

그 시간이 이야기가 되기에, 이 년은 충분한 시간이었을까.

한수영이 물었다.

"비유는 아직 소식 없지?"

"안나 씨한테 물어봤는데 따로 통신 들어온 것도 없대."

일행들이 돌아오기 직전, 비유는 '암흑 단층'으로 수련행을 떠났다. 그 때문에 지난 이 년간 비유의 소식을 들은 적이 없었다.

"공필두는?"

"충무로에서 또 혼자 술 마시고 있겠지. 그때 가족들이랑 헤어지고 나서 충격이 큰가 보더라."

"그 인간은 그냥 1,865회차 남으라고 그렇게 말했는데. 기어코 같이 돌아와서는……."

"명오 아저씬 어때? 그 아저씬 공단 사니까 한수영 네가 잘 알 거 아냐."

"그 양반이야 늘 잘 있지."

"시커먼 놈은 요즘 뭐 한대요? 전에 프로게이머 좀 하다가 그만뒀단 이야긴 들었는데."

아무도 대답하지 않았다.

갑자기 장하영이 마티니 잔을 척 들어 올렸다.

"에이, 모르겠다. 일단 마시자!"

"너 벌써 많이 마신 거 같은데."

"말리지 마! 오늘 끝까지 달릴 거니까!"

"나도요. 나도 한 잔 주세요."

"유승이 넌 아직 미성년자잖아."

"회귀 전 나이부터 따지면 성인이거든요?"

입술을 비죽 내민 신유승이 조르는 사이, 자신의 잔에 소주를 콸콸 따른 이지혜가 안주도 없이 원샷을 했다.

"수영 언니이, 내 레포트 좀 대신 써줘요."

"나한테 그딴 부탁 하면 죽는다."

이 년의 시간. 날수로 쪼개면 약 칠백삼십 일.

지금의 대화는 그 칠백삼십 일을 필사적으로 살았기에 할 수 있는 말들이었다. 학교에 다니고, 일하고, 이사 가고. 그날로부터 한 걸음씩 멀어지기 위해 일행들은 열심히 살았다. 하지만 그날로부터 멀어지기 위해 오히려 그날을 향해 다가간 사람도 있었다.

「김독자는 '멸살법'이라는 이야기로 살아남았다. 그렇다면 우리를 살게 만든 건 무슨 이야기였을까.」

메모장에 뭔가 쓰는 한수영을 보며, 정희원이 한마디 했다.

"뭘 그렇게 메모해?"

"그냥 습관이야."

"요즘도 글 써?"

메모하던 손가락이 멈칫했다. 대신 대답한 건 유상아였다.

"아까 보니까 쓰는 거 같던데요."

"진짜요? 무슨 글? 소설이에요?"

한가득 새로 펴 온 안주를 으적으적 씹어먹던 이지혜가 물었다.

"그냥 손 풀기로 쓰는 거야."

"진짜? 신작 내려고?"

어떻게 대답할까 고민할 찰나, 곁에서 부스럭거리는 소리가 들렸다.

"혹시 여기 있으려나?"

화장실에 다녀온다며 자리를 비웠던 이길영이, 어느새 한수영의 노트북을 들고 희희낙락거리고 있었다. 몰래 그 노트북으로 컴퓨터 게임을 한 적이 있던 이길영은 자연스레 비밀번호를 입력하고 로그인을 했다. 신유승이 헛짓거리 말라며 눈을 부라렸다.

"이길영."

"아 왜."

몰래 몇 잔을 홀짝였는지 이길영의 뺨이 붉게 달아올라 있었다. 초조해진 신유승이 한수영의 눈치를 살폈다. 그런데 왜일까. 보통이었으면 역정을 내며 이길영의 뒤통수를 갈겼을 한수영이, 말없이 눈앞의 마티니를 홀짝이고 있었다. 마치 봐도 상관없다는 것처럼.

그것을 일종의 허락이라고 여겼는지 이길영이 파일을 열었다. 그리고 잠시 후, 마티니 잔을 내려놓은 한수영이 물었다.

"꼬맹아."

"……."

"읽을 자신 있겠어?"

이길영의 안색이 점차 희게 질려가고 있었다. 그럼에도 화면에서 눈을 떼지 않았다. 마치 그 안으로 빨려 들어가버릴 것처럼 이야기를 읽는 이길영. 괴로운 듯 인상을 찌푸리면서도, 이길영은 계속해서 눈을 굴렸다. 그리고 몇 분 뒤. 당장이라도 울음을 쏟을 것 같은 눈으로 고개를 들었다.

"이거, 몇 편까지 있어요?"

"아직 많지는 않아. 두 권 분량 좀 안 되는 분량이야."

"조금 더…… 읽어도 돼요?"

"그래."

이길영의 상태가 심상치 않자 일행들이 자리에서 일어났다.

"왜? 뭔 내용이기에 그래?"

"수영 씨 신작이라니 나도 궁금한데……."

"전 패스. 나중에 책으로 나오면 볼래요."

그렇게 말하며 자작을 시작한 이지혜를 제외하고, 모든 일행이 이길영의 뒤로 모여들었다.

한수영은 그런 그들을 바라보았다.

하나둘, 일행들의 시선이 화면으로 빨려 들어가고 있었다.

단순히 이야기가 흥미로워서는 아닐 것이다. 그럴 수밖에 없는 이야기였다. 왜냐하면 그 이야기는…….

"한수영, 너……."

흔들리는 정희원의 목소리를 들으며, 한수영은 자신이 기록한 문장을 떠올렸다.

「"회귀로는 아무것도 바꾸지 못한다. 그걸 깨닫기까지 아주 오랜 시간이 걸렸다."」

맞다. 회귀로 바꿀 수 있는 것은 아무것도 없다. 그날 그들이 그랬듯이.

"왜, 이런 이야기를……."

하지만 그렇다고 해서, 그 회귀가 아무것도 남기지 않은 것은 아니었다.

「김독자는 '멸살법'이라는 이야기로 살아남았다. 그렇다면 우리를 살게 만

든 건 무슨 이야기였을까.」

사실 한수영은 그 질문의 대답을 알고 있었다.

"그 녀석에게 보여주고 싶었던 이야기야."

그들에게는 이야기가 남았다.

그들이 사랑한 한 사람에 대한 이야기가.

9

"그냥 기록으로 남길 겸 썼어. 언젠가 김독자가 깨어날 수도 있잖아. 그럼 분명 모든 걸 다 잊은 후일 테니까."

일행들은 한수영의 소설을 읽었다.

눈이 붉어진 신유승이 스크롤 좀 천천히 내리라며 타박했고, 이길영은 콧물을 훌쩍이며 마우스를 딸깍였다. 유상아와 정희원, 장하영은 파일을 복사해서 스마트폰으로 읽었다.

자신이 등장하는 장면을 읽던 유상아가 옅게 미소 지었다.

"내가 이런 말도 했죠, 참."

그렇다는 듯, 유상아가 액정 위의 문장을 쓸었다. 그렇게 하면 정말로 김독자를 만질 수 있기라도 한 것처럼.

병나발을 불던 이지혜가 비틀거리며 다가왔다.

"뭐야. 그게 그렇게 재미있어?"

"아, 누나!"

주정을 부리던 이지혜가 의자에서 이길영을 밀쳐내고 노트북을 차지했다. 그러고는 뺨을 착착 두드리더니 흐리멍덩한 표정으로 화면에 집중했다.

그러기를 얼마나 지났을까.

"흐어어어엉! 이 소설 너무 슬프잖아!"

"이제 겨우 1화 읽어놓고 무슨."

팽, 하고 코를 푼 이지혜가 이길영 쪽으로 휴지를 던졌다. 열받은 이길영이 뭐라고 쏘아붙이든 말든, 이지혜는 막무가내였다. 특히 스크롤을 호로록 내려 자신이 등장하는 충무로 장면을 읽을 무렵, 이지혜의 흥분은 정점에 달했다.

"희미한 빛이 들어오는 입구에 장도를 쥔 여자아이가 서 있었다. 드문드문 불어오는 바람에 흩날리는 이지혜의 머리카락을 보며…… 크으으, 나 진짜 개 멋있다!"

"아 진짜! 스크롤 다시 올려!"

이길영의 핀잔에도 불구하고 이지혜는 계속해서 지껄였다.

"그래서 이담엔 어떻게 돼요? 김독자 어떻게 되는데……."

조잘대던 이지혜가 결국 취기를 못 이기고 테이블에 코를 박았다. 노트북을 빼앗은 신유승이 대신 스크롤을 내리며 물었다.

"저도 나중에 나오나요?"

"안 나오는 사람은 없어. 비중은 좀 다르겠지만."

"저, 정말 열심히 했어요."

"알아. 네 이야기도 많이 나올 거야."

그들은 이 이야기의 결말을 알고 있었다. 그래서 김독자가 어떻게 되는지, 일행들은 무슨 일을 겪는지. 그들이 꾸었던 꿈이 어떻게 부서지는지. 모두 알고 있었다.

알고 있음에도, 신유승은 계속해서 이야기를 읽었다.

정해진 끝을 향해 한 문장씩 나아갔다. 그들이 바꾸지 못한 이야기가 그곳에 있었다. 한 문장 한 문장이 사라지는 것이 안타깝다는 듯, 신유승은 온 힘을 다해 그것을 읽었다.

"이거, 독자 아저씨가 읽었으면 얼마나 좋아했을까요."

"우리가 형한테 가서 읽어줄까?"

한수영은 이설화의 병원에서 잠들어 있을 김독자를 떠올렸다. 이 소설은 그 녀석을 위해서 썼다. 하지만 그 녀석이 읽어줄 거라는 생각은 하지 않았다.

「어쩌면 이것이 이 이야기의 완성은 아닐까.」

무언가를 잃은 자들의 온전한 마지막. 그것이 이 소설의 진짜 역할은 아닐까. 이들이야말로 이 이야기의 진정한 독자는 아닐까.

"다른 세계선의 아저씨도 책을 좋아하겠죠?"

고작 이 이야기로 일행들이 구원받을 수는 없을 것이다. 하지만 적어도 이 이야기를 읽고 생각하는 동안만큼은 삶을 버틸 수 있을 것이다. 멸살법을 읽던 김독자가 그랬던 것처럼.

"글쎄, 아마도."

"거기서도 아저씨는 분명 아저씨일 거예요."

"혹시 모르지 벌레가 됐을지도."

"뒈지고 싶으면 계속 지껄여라, 이길영."

"형이 벌레로 태어났으면 내가 키워줄 텐데. 책도 매일 읽어줄 거야."

이길영의 헛소리를 들으며, 몇몇 어른이 피식 웃음을 터뜨렸다.

유상아가 말했다.

"어디서 무엇으로 태어나 살아가든, 독자 씨는 독자 씨겠지."

한수영도 고개를 끄덕였다. 어딘가의 세계에서, 김독자는 이제 새로운 삶을 살아갈 것이다. 거기서도 누군가가 쓴 이야기를 읽고, 기뻐하거나 슬퍼하고, 감동하며 살아갈 김독자.

이곳 사람들은, 그런 김독자의 이야기를 추억하며 살아갈 것이다.

부디 그 세계의 김독자가 불행하지 않기를.

이곳에서 일행들이 그를 기억하는 만큼, 그가 행복할 수 있기를 바라면서.

앞부분부터 다시 읽기를 반복하던 신유승이 한숨 쉬듯이 말했다.

"아까워서 못 읽겠어요. 너무 빨리 끝나버릴까 봐."

"그렇게 빨리 끝나진 않아."

"다음 편도 계속 쓰실 거예요?"

"응."

"다른 세계에도 이 소설을 보내줄 수 있다면 좋겠어요. 우리만 읽기엔 너무 아까워요."

다른 세계?

뜻밖의 말에 한수영은 잠깐 멍해졌다. 생각해본 적도 없는 일이었다. 애초에 가능한 일도 아니었고.

잠시 생각하던 한수영이 뭐라 말하려던 그때, 뉴스에서 속보가 흘러나왔다.

—속보입니다. 광화문에 위치한 '시나리오 박물관'에 테러범이 침입하여…….

"테러범? 요즘 시대에?"

장하영이 고개를 절레절레 흔들었다. 어차피 시스템의 영향력도 거의 사라진 세계여서 성유물을 가진다고 해서 뭘 제대로 해볼 수 있을 턱이 없었다.

정희원의 휴대전화가 울린 것은 그때였다.

"네, 당신의 안전을 지키는 보안 업체! 아이언캡스 대표 정희원입니…… 네? 어디요? 누가 왔다고요?"

당황한 얼굴의 정희원이 고개를 들어 패널을 보았다. 자막이 이어지고 있었다.

—테러범의 정체는 과거 '패왕'이라 불리던 초월좌로 알려져…….

패왕?

잠시 후, 화면에 테러범의 신상이 떠올랐다.

—테러범, 패왕 유중혁(33, 무직)

"막아!"

출동한 전경들이 박물관을 봉쇄하며 다가오는 사내를 막아섰다. 하지만 사내는 가벼운 몸놀림으로 진압봉을 피했다. 새카만 코트가 휼 날리며 사내의 손바닥이 움직이자, 달려오던 전경들이 파도처럼 흩어졌다.

"으아아아악!"

"시스템의 힘이다. 빨리 보안 업체에 연락해! 정부 소속 성좌들에게도—"

유중혁의 [주작신보]가 샛노란 불꽃을 튀기며 나아갔다. 걸음마다 새겨진 가공할 열기에 전경들이 기겁하며 물러났고, 유중혁은 어느새 '시나리오 박물관'의 코앞까지 다가갔다.

멸망한 시대의 성유물을 보관하는 장소.

민간인에게는 공개되어 있지 않은 귀중품을 모아놓은 장소가 그곳에 있었다.

유중혁을 뒤쫓던 전경이 외쳤다.

"어차피 전대의 초월좌일 뿐이다! 박물관 인근에는 북두의 성좌님들께서 합심해 만든 절진이—"

['칠성오행진七星五行陣'이 발동합니다!]

유중혁은 눈앞을 가로막은 진법의 구성을 살폈다. 칠성과 오행의 순리에 맞게 생문과 사문이 절묘하게 조화를 이룬 무림의 진법. 유중혁의 눈동자가 황금빛 광채를 토하더니, 그의 흑천마도가 정확히 일곱의 점을 찍었다.

"미친, 저게 무슨……!"

멸망의 시대를 잘 알지 못하는 젊은 전경들이 입을 벌렸다. 그들 역시 이야기를 들은 적은 있었다.

―이십 년 전에는, 저 하늘의 별들을 오시하는 인간이 존재했다.

하지만 이야기로만 들었을 뿐이었다. 성좌와 맞먹는 인간이라니. 그런 인간이 존재했을 리 없다 믿었다. 하지만 지금 눈앞에 그 살아있는 증거가 있었다.

붕괴한 진법 사이로 발을 내딛는 유중혁. 그를 막을 수 있는 이는 아무도 없었다.

누군가가 먼지구름 사이로 나타난 것은 그때였다.

―패왕, 대체 무슨 생각입니까? 당신은 성유물 따윌 훔칠 필요가 없을 텐데요.

정부 소속 화신, 한동훈이었다. 직접 이야기하는 대신 상대의 눈앞에 메시지를 띄우는 것으로 유명한 화신.

유중혁은 눈앞의 메시지를 가만히 바라보다가 박물관 첨탑 쪽을 턱으로 가리켰다. 첨탑 위에는 작은 배가 상징물처럼 걸려 있었다.

"저 배가 필요하다."

―저건 모형입니다. 날 수 없는 배예요.

"그건 사용해보면 알 수 있겠지."

—당신이 세계 정부에 정기 보고도 없이 돌아다니는 것을 알고 있습니다. 알면서도 세계 정부는 묵인했습니다. 멸망의 시대에 당신이 이룬 업적을 존중하기 때문입니다.

"……."

—하지만 그것도 오늘까지입니다. 계속 이렇게 나온다면, 이쪽에서도 무력을 사용할 수밖에 없습니다.

그 말을 한 한동훈의 전신에서 강렬한 투기가 터져나왔다.

그 역시 시나리오 세대의 생존자.

시나리오가 종료된 무렵에는 '그림자의 왕'으로 이름을 알리던 강자였다.

"나를 막겠다고?"

유중혁이 한 걸음 내디뎠다. 그와 동시에 일대의 인간들이 동시에 무릎을 꿇었다. 표정이 굳어진 한동훈이 수신호를 보냈다.

—전원 전투 준……!

메시지가 채 이어지기도 전에, 박물관 지붕 위에 숨어 있던 그림자들이 죽은 매미처럼 떨어졌다.

투둑, 툭…….

추락한 대원들이 벌레처럼 몸을 비틀었다. 몸 곳곳에 남은 [점혈]의 흔적. 함께 출동한 화신의 숫자는 물경 삼십을 넘었다. 그런데 그 삼십 명의 정예가, 눈치챌 틈도 없이 당했다.

"비켜라."

한동훈의 어깨가 희미하게 떨렸다.

1,864회차의 시나리오가 끝나고 지난 이십 년간, 그가 아는 최강의 화신은 예언자 안나 크로프트였다. 살아남은 화신 중 유일하게 성좌에 비견되는 존재. 하지만 그녀가 온다고 해서 저 괴물을 막을 수 있을까.

—한동훈, 응답하세요. 한동훈?

달아나지 않으면 죽는다. 한동훈은 그 사실을 알면서도 발을 움직일 수조차 없었다. 어마어마한 살기가 전신을 옥죄었다. 대체 누가 저 초월좌를 막을 수 있을까. 지금쯤 다른 행성에 있을 무림계 초월좌? 아니면 세계 투어 중인 성좌들?

아니, 설령 그들이라 해도 무리일 것이다.

눈앞의 괴물은 초월좌 중에서도 최상 격에 이른 존재. 〈스타 스트림〉이 무너진 후, 성좌들은 이제 예전과 같은 힘을 낼 수 없었다. 그러니—

"한동훈 대장! 피하십시오!"

유중혁의 검이 움직인 것과 한동훈이 눈을 질끈 감은 것, 그리고 귀청을 찢는 굉음이 터진 것은 거의 동시였다. 무시무시한 마력파가 한동훈의 몸을 밀쳤다. 개연성 후폭풍이 일어날 정도의 충돌을 보는 것은 정말 오랜만이었다.

ㅊㅊㅊㅊㅊ…….

부서진 바닥의 홈을 붙잡고 간신히 그 후폭풍을 견뎌냈을 때, 그는 믿을 수 없는 정경과 마주했다.

"아우, 오랜만에 힘쓰려니까 힘들어 죽겠네."

누군가가 패왕의 검을 막고 있었다.

[성좌, '거짓 종막의 설계자'가 자신의 힘을 개방합니다!]

[관리국의 설화 파편들이 '거짓 종막의 설계자'를 지지합니다!]

이 세계에서, 괴물 유중혁을 막을 수 있는 몇 안 되는 초강자.

그녀의 전신에서 솟아난 보랏빛 마력이 주변을 불길하게 물들였다.

"유중혁, 대체 뭔 뻘짓을 하는 거냐?"

흑염마황 한수영.

"네놈이 신경 쓸 일이 아니다."

"왜 신경 쓸 일이 아냐? 우리 옛 회귀자께서 무려 테러리스트가 되셨다는데."

"……."

"과거의 전우가 타락했으니, 그 갱생을 책임지는 것이 슈퍼히어로의 의무—"

콰아아아앙!

"빌어먹을, 뭐야? 대체 이게 뭔 지랄인데!"

"비켜라. 네놈과 말싸움할 생각 없다."

"아니, 말을 해. 네놈은 옛날부터 그게 문제야. 이 년 동안 멀쩡히 잘 지내다가 왜 갑자기 이러는—"

품속에서 단검을 꺼낸 그녀가 이를 악문 채 유중혁의 공세를 막아냈다. 충만한 검강의 폭격에 그녀의 신형이 조금씩 뒤로 밀려나고 있었다.

한수영은 유중혁의 시선이 향한 곳을 바라보았다.

시나리오 박물관.

아무리 생각해도 이해가 가지 않았다. 유중혁이 이곳을 급습할 이유가 없었다. 성유물 한두 점 따위 가진다고 더 강해질 수 있는 녀석이 아니었다. 그리고 저 유중혁이 탐낼 만한 성유물이 이런 곳에 있을 리가…….

그때, 한수영의 눈에 들어온 무언가가 있었다.

"너. 설마."

그녀의 머리카락이 천천히 떠오르고 있었다. 은은하게 번져가는 불온한 기파. 한수영의 목소리에 차가운 분노가 어리고 있었다.

"저거 때문이냐?"

이글거리는 유중혁의 눈동자. 그 망막 위로 첨탑에 조형된 '최후의 방주'의 상이 맺혀 있었다.

IO

한수영이 외쳤다.

"멍청한 자식아! 이 세계선의 방주는 이미 옛날에—"

유중혁의 검세가 한수영의 빈틈을 파고들었다. 아차 하는 순간 쥐고 있던 단검이 허공을 날았다. 베인 상처에서 핏줄기가 솟았다.

유중혁의 칼이 그녀의 목을 겨누었다.

"중혁 씨! 잠깐만요!"

"아니 사부! 돌았어? 이게 대체 뭔 난린데!"

뒤늦게 쫓아온 일행들이 싸움을 말리기 위해 다가오고 있었다.

하지만 유중혁은 그들 쪽을 돌아보지도 않은 채 검을 그었다. 흑천마도에서 뿜어져 나온 가공할 마력파가 접근하던 일행들의 한 걸음 앞에 불타는 선을 그었다.

"아무도 넘어오지 마라. 넘어오면 모두 벤……."

순식간에 올려 찬 한수영의 왼발이 유중혁의 손목에 적중했다. 손에 쥐고 있던 흑천마도가 팽그르르 궤적을 그린 뒤 바닥에 꽂혔다.

한수영이 말했다.

"유중혁. 너도 알겠지만 나는 미꾸라지 한 마리가 물 흐리는 걸 정말 질색하거든."

"……."

"조금 전까지만 해도 기분이 꽤 괜찮았어. 정확히는 네가 이딴 짓을 저지르기 전까지는 말이야. 근 이 년간의 평화가 너무 달콤했나 봐. 네가 어떤 놈인지 까맣게 잊고 있었던 걸 보면."

끓어오르는 분노가 누구를 위한 것인지 알 수 없었다.

한수영은 소설을 읽던 일행들의 표정을 떠올렸다. 그 이야기를 읽는 동안 안정을 찾아가던 얼굴. 그녀도, 일행도, 다른 모두도…… 이제야 간신히 그날로부터 한 걸음을 내디딜 용기를 얻은 참이었다.

선을 넘어 다가오려는 정희원과 유상아를 향해 한수영이 손바닥을 펼쳤다.

"다들 물러나 있어. 아무래도 오늘 이 녀석이랑 끝장을 봐야 할 거 같으니까."

그 말과 함께 한수영과 유중혁의 신형이 사라졌다. 두 사람이 다시 나타난 곳은 지상에서 수십 미터 떨어진 창공이었다. 천둥이 치는 듯한 굉음과 함께, 한수영과 유중혁의 주먹이 격돌했다.

한수영의 손날이 유중혁의 허리를 가격했고, 유중혁의 오른발이 한수영의 명치를 찼다. 성좌들의 안력으로도 따라가기 힘든 공방이었다. 한수영의 입가에 피가 맺혔고, 가드를 올린 유중혁의 팔에 피멍이 들었다.

전투를 지켜보던 이지혜가 기어코 자신의 검에 손을 올렸다. 말린 것은 유상아였다.

"언니?"

"지금은 그냥 두자."

무언가를 예감하고 있는 듯, 유상아는 일행들을 제지하며 자신의 연화대를 펼쳤다. 곧이어 찾아올 후폭풍으로부터 민간인들을 지키기 위해서였다.

다음 순간, 창공의 기후가 변하기 시작했다.

[거대 설화, '신화를 삼킨 성화'가 더듬거리며 이야기를 시작합니다.]

[거대 설화, '잊혀진 것들의 해방자'가 어둠 속에서 눈을 뜹니다.]

두 사람의 충돌에 오래된 설화들이 깨어나고 있었다. 한수영은 온 힘을 다해 유중혁의 주먹을 까부수며 말했다.

"말해. 왜 오늘이야? 지난 이 년 동안 가만히 있다가, 왜 하필 오늘 이런 뻘짓이냐고."

"알 필요 없다."

"아하, 그러셔."

이렇게까지 할 생각은 아니었다. 하지만 무표정한 얼굴로 고집을 굽히지 않는 유중혁을 보고 있자니, 치밀어오르는 화를 감당할 수가 없었다.

"난 언제나 네가 싫었어. 항상 후회했어. 왜 너 같은 인간의 이야기를 내 손으로 썼을까."

평소라면 절대로 하지 않았을 말. 그럼에도 오늘의 한수영은 그 모든 말을 다 토해냈다.

"또 다른 나를 저주했어. 그 이야기가 없었다면, 아무것도 일어나지 않았을 거라고. 누구도 죽지 않았을 거라고. 그리고 김독자도—"

찰나를 파고든 유중혁의 주먹이 말을 끊었다. 굳게 입술을 다문 채 묵묵히 전투를 계속하는 유중혁. 제대로 된 대답은 듣지 못했지만, 한수영은 왜 유중혁이 '최후의 방주'를 찾는지 알고 있었다.

"우린 이미 실패했어. 실패하고 돌아왔으면 얌전히 그 사실을 받아들여야지. 그때 [제4의 벽]이 한 말 다 잊었어?"

그것을 알기에 견딜 수 없었다.

「욕심을 부리지 말았어야지. *4 9 퍼센트 의 김 독 자를* 가 진 것에 서 만 족했 어 *야 지*」

그날 이후, 단 한 번도 잊어본 적 없는 [제4의 벽]의 목소리.

유중혁이 입을 열었다.

"패배자 같은 소리를 하는군. 너는 그저 포기했을 뿐이다."

주먹이 부딪칠 때마다 마모된 설화가 허공에 흩날렸다. 희미한 빛을 뿜는 파편들이 유중혁의 뺨에 내려앉았다.

뒤늦게 유중혁의 망가진 겉모습이 눈에 들어왔다. 까치집을 지은 머리카락과 보기 흉하게 더럽혀진 얼굴.

한수영은 짧은 순간 숨을 삼키며 물러났다. 스치는 기억들이 있었다.

갑자기 오빠가 사라졌다며 울던 유미아. 간신히 복귀한 프로게이머 자리를 뿌리치고 증발해버린 유중혁.

「어떻게 지냈는지 물어봐야 했을까.」

유중혁의 오른손에 황금빛 아우라가 집약되고 있었다. [파천봉권]의 오의. 지금 유중혁은 진심이었다.

한수영은 재빨리 오른손을 펼쳤다.

[성흔, '등장인물 소환'을 발동합니다!]

적어도 이 스킬을 이용해 멀리 날려버리는 거라면—

[해당 인물은 더 이상 '등장인물'이 아닙니다.]

뒤늦게 깨닫는다. 눈앞의 유중혁은, 이제 그녀가 쓴 멸살법의 인물이 아니었다. 김독자의 종장이 찾아오고, 멸살법의 이야기가 끝난 뒤 유중혁은 등장인물 직위에서 완전히 벗어났다.

허공을 격하고 황금빛 붕권이 날아들었다. 한수영은 자신이 사용할 수 있는 모든 회피 스킬을 동시에 발동했다.

일격이 아슬아슬하게 어깨를 스쳤다. 찌릿찌릿 울리는 강권의 후폭풍.

유중혁이 중얼거렸다.

"스킬의 힘을 거의 잃지 않았군. 시스템의 가호 덕분인가."

한수영의 스킬이 여전히 강력한 힘을 발휘하는 것은 1,865회차에서 비형에게 받은 관리국의 설화가 있기 때문이었다.

무감각한 목소리로 유중혁이 물었다.

"이 세계에는 이제 시스템이 필요 없다. 너는 왜 그 설화를 받아온 거지?"

"당연히 김독자의 생명을 유지하기 위해서지."

그들이 [집단 회귀]를 시도한 이유 중 하나는 김독자의 아바타가 쇠약해지고 있기 때문이었다. 그리고 한수영이 관리국의 설화를 받아온 것은, 혹시나 김독자에게 똑같은 일이 벌어질까 우려해서였다.

"뭐 하러 그런 짓을 하지? 너도 알겠지만 놈은 다시는 깨어날 수 없다."

"김독자는 아직 죽은 게—"

"정말 그렇게 생각한다면, 왜 나를 막는 거지?"

일순간 말문이 막혔다.

순식간에 배후를 점한 유중혁의 주먹이 한수영의 등을 내리쳤다. 지상으로 추락한 한수영이 바닥에서 거친 먼지를 토하며 일어났다. 그녀는 비틀거리며 외쳤다.

"유중혁, 정신 차려! 네가 이러는 걸 김독자가 원할 것 같아? 김독자가 말했잖아. 이 세계를 버리지 말라고. 네놈도 동의했잖아!"

"그래서 회귀하지 않기로 했지."

"웃기지 마. 회귀할 수 없게 된 거겠지. 회귀가 아직 존재했다면, 네놈은 또다시 돌아갔을 거잖아!"

"그랬을지도 모르지."

뿌연 먼지 사이로 유중혁의 황금색 안광이 빛났다. 그 눈이 한수영에게 묻고 있었다.

"너는 다른가?"

한수영은 대답하지 못했다. 대신, 그녀의 손안에 남겨진 김독자의 설화들이 대답했다.

[설화, '이적에 맞서는 자'가 슬퍼합니다.]

미처 놓아주지 못한 말들이었다. 이 말들을 어딘가에 써넣으며 그녀는 삶을 견뎌왔다. 회귀하지 마라. 현재를 살아라. 그런 뻔한 과거의 말들을 복기하며, 한수영은 순간순간을 견뎠다. 그렇게 이 년이었다.

"아무것도 잊지 못한 것은 너도 마찬가지로군."

"닥쳐."

순식간에 도약한 한수영이 주먹으로 유중혁의 얼굴을 갈겼다. 두 사람의 주먹이 마주칠 때마다 그들이 공유하는, 함께 쌓아온 설화들이 요동쳤다.

[설화, '카이제닉스의 왕'이 동요합니다.]

열심히 견뎌왔다고 믿었다. 써 내려간 문장만큼, 많은 시간이 흘러갔다고 생각했다. 숨을 쉬고, 밥을 먹고, 잠을 자고. 한수영은 그렇게 생존했다.

「회귀를 해야만 회귀자인 것은 아니다.」

하지만 그것을 살아왔다고 말할 수 있을까.

「어떤 사람은 한평생을 흘러간 과거 속에서 살아간다.」

주먹의 뼈가 으스러질 때마다 설화가 조금씩 흩어졌다. 어떤 퇴고도 없이 보존된 날것의 기억들. 한수영은 자기도 모르게 흩어지는 설화를 회수했다.

단 하나도 놓치고 싶지 않아서. 단 하나도 잊어버리고 싶지 않아서.

「그녀는 지난 이 년간, 단 한 발자국도 움직이지 못했다.」

숨을 몰아쉬며 한수영이 말했다.

"이제 와서 이러면 뭐가 달라지는데."

"……."

"여기를 떠나봤자 김독자는 찾을 수 없어. 그리고 갈 수도 없고."

"……."

"어차피 이 세계선의 방주는 박살 났어. 최후의 전쟁에서 무슨 일이 있었는지 벌써 까먹었어? 저건 방주가 아냐. 우리는 이 세계선에서 벗어날 수 없다고!"

두 사람의 힘이 다시 한번 충돌했다. 쿠드드드, 하는 소리와 함께 두 사람의 마력이 폭풍을 만들어냈다. 그 폭풍의 중심에서 유중혁이 말했다.

"그토록 많은 설화를 모았지만, 나는 아직도 나의 ■■이 무엇인지 모른다."

허공에서 터져나가는 맹렬한 설화들. 소중한 설화들이 손상되는 것도 아랑곳없이, 유중혁은 주먹을 휘둘렀다.

"네가 나의 이야기를 썼다. 그렇다면 내 이야기가 끝나야 할 장소도 알고 있겠지."

순간, 한수영의 머릿속에서 문장들이 흘러갔다.

「유중혁이, 정말로 '최후의 방주'를 구하기 위해 이곳에 왔을까.」

뒤늦은 깨달음이 밀려왔다.

시나리오에 지쳐버린 회귀자는, 사실 시나리오가 있기에 살아올 수 있었다.

자신의 모든 설화를 끌어모으는 유중혁. 마침내 회귀의 저주에서 벗어난 유중혁의 설화들이 한수영을 향해 적의를 드러내고 있었다.

"전력을 다해라, 한수영."

「이것이 유중혁의 마지막 싸움이었다.」

전신의 모든 세포들이 경종을 울렸다.

오랜 삶을 반복해온 회귀자.

수십 번이고 수백 번이고 묘사해온 눈동자 위에 떠오르는 감정. 한수영은 그 감정이 무엇인지 알았다.

유중혁은 이곳에서 죽기를 원하는 것이다. 다른 누구도 아닌, 자신의 첫 문장을 쓴 존재에게.

"넌 한 번도 내 맘대로 움직여준 적 없잖아!"

콰아아아아아!

전력을 개방한 유중혁이 다시 한번 주먹을 휘둘러왔다. 위대한 설화가 집약된 일격. 대결의 마지막 방점이 찍히려 하고 있었다. 한수영 또한 자신의 모든 설화를 방출했다. 그리고.

마치, 별이 폭발하는 것 같은 굉음이 터졌다.

전신이 두들겨 맞은 것처럼 아팠다. 내지른 오른 주먹의 뼈가 모조리 부서졌다. 일행들의 외침과 사람들의 비명. 귀청이 찢어지는 듯한 통증 속에서, 한수영은 충격을 견뎠다. 온몸이 넝마가 되어 있었다.

눈앞에, 유중혁이 쓰러져 있었다.

심장이 크게 뛰었다.

"유중혁?"

가볍게 떨리는 유중혁의 손끝. 천천히 눈을 뜬 유중혁이 한수영을 올려다보았다. 한수영은 숨을 헐떡이며 힘겹게 말을 토했다.

"암흑성 때랑은 좀 다르지?"

그렇게 말하는 순간, 한수영의 양다리가 푹 꺾였다. 대체 언제 맞았는지 무릎뼈가 완전히 박살 나 있었다.

"그렇지도 않은 것 같군."

"개자식이……."

두 사람은 나란히 바닥에 엎어졌다. 한수영은 기듯이 유중혁에게 다가갔다. 어떻게든 한 대를 더 때려주지 않으면 성이 풀리지 않을 것 같았다.

파들파들 떨리는 그녀의 손이 유중혁의 뒤통수를 가격하려는 순간, 역시나 부들부들 떨리는 유중혁의 오른팔이 그녀의 손목을 붙잡았다. 그렇게 허공에서 한참이나 힘 싸움을 하던 두 사람의 팔이, 이내 엇갈리듯 축 늘어졌다. 이제 정말 조금의 기력도 남지 않았다.

하늘 위로, 두 사람의 설화가 부딪치며 찢어진 상흔이 남았다. 흉측하게 찢어진 하늘 사이로 먼 〈스타 스트림〉의 정경이 비치고 있었다. 밤하늘에 몇 남지 않은 별이 그들을 향해 희미한 빛을 내뿜고 있었다.

한참이나 그 광경을 바라보던 유중혁이 지나가듯 입을 열었다.

"김독자는 우주로 흩어졌다고 했다."

잘게 흩어진 김독자의 영혼. 그 작은 파편 속에는 얼마만큼의 김독자가 있을까. 한수영도 그것은 알 수 없었다.

다만 그 작은 김독자들은 그녀가 알지 못하는 세계선의 어귀에서 무언가로 태어났을 것이다. 인간으로 태어났을 수도 있다. 지구와 비슷한 곳일 수도 있다. 이번에는 한반도가 아닌 다른 대륙에서 태어났을지도 모른다.

"놈이, 행복해졌을 거라고 생각하나?"

그 말을 듣는 순간, 한수영은 무엇인가가 끝난 듯한 기분이 들었다.

심장 어귀가 지독하게 아팠다. 뭔가가 부서지는 듯한 소리가 들렸다. 하나의 이야기가 끝나는 소리. 그들의 길었던 애도가, 마침내 끝나는 소리. 오직 과거 안에서만 살아온 누군가가 마침내 그 과거를 놓아주는 소리였다.

그 순간 한수영은 기이한 배덕감에 사로잡혔다.

"김독자는……."

「사실은 녀석이 포기하지 않길 바랐던 것은 아닐까.」

모두가 이 오랜 슬픔을 놓아주더라도, 한 사람만큼은 자기 삶을 망쳐가며 빌어먹을 짓을 계속해주기를 바랐던 것은 아닐까.

쿨럭거리는 유중혁의 기침 소리를 들으며, 한수영은 자신이 해야 할 말을 했다.

"분명 잘 지내고 있겠지. 강한 녀석이니까."

"……."

"거기서도 나름대로 삶을 꾸리며 행복하게 살아가고 있을 거야. 또 이상한 책 같은 걸 읽고 있을지도 모르고."

"놈을 찾아가도, 녀석은 아무것도 기억하지 못하겠지."

그들의 애도는 여기까지였다.

세계선을 넘는 일에는 아무런 의미도 없다. 설령 그 '김독자'를 찾아가더라도, 그들이 대체 무엇을 할 수 있을까. 아무것도 기억하지 못하는 이에게 과거를 강요할 수도 없었다.

환생한 김독자는 김독자가 아니었다. 이제 이 우주 어디에도 그들이 알던 김독자는 없다.

그럼에도 한수영은 그 순간 이상한 말을 했다.

"그건 모르지. 녀석이 태어난 곳에도 멸살법이 있다면."

순간 자신이 왜 그런 말을 했는지 알 수 없었다.

"거기에도 멸살법이……."

그녀의 의지를 거부하듯, 그녀의 입이 중얼거리고 있었다.

「'가장 오래된 꿈'이 된 김독자는, 우주 전체로 흩어졌다.」

그녀의 머리가 혼란스러운 문장을 토해내고 있었다.

「이 우주는 그런 '가장 오래된 꿈'의 상상으로 유지된다.」

「그렇다면 '가장 오래된 꿈'은 지금 무슨 꿈을 꾸고 있을까.」

팔뚝에 오소소 소름이 돋았다. 하지 않으려 애쓰던 생각이었다.

「"다른 세계선의 아저씨도 책을 좋아하겠죠?"」

정말로, 말도 안 되는 망상이었다.

그럼에도 한수영은 그 생각을 멈출 수가 없었다.

저 먼 우주의 건너편에서, 자신이 모르는 표정으로 누군가의 소설을 읽고 있을 김독자.

"그 녀석은…… 아직도 이 이야기의 결말을 궁금해할까?"

"무슨 소릴 하는 거지?"

"만약, 우주에 흩어진 무수한 '김독자'들이 동시에 어떤 이야기를 읽게 된다면……."

「왜 성좌들은 자신의 설화를 널리 알리려는 것일까.」

「어째서, 이 세계의 기반은 '이야기'인가.」

"자신이 '가장 오래된 꿈'이란 걸 잊은 그 모든 김독자들이, 모두 같은 이야기를 꿈꾼다면."

다른 세계선에서 환생한 김독자들의 삶을 망치지 않으면서, 김독자를 되찾을 방법.

한수영은 몽롱한 음성으로 말을 이었다.

"그 녀석이 꿈꾸는 이야기가…… 우리가 원하는 이야기와 같다면……?"

상념이 깨진 것은 머리 위로 드리워진 새카만 그림자 때문이었다.

"공원을 만들 장소였는데, 두 사람 덕분에 난장판이 되어버렸군요."

언제부터였을까, 안나 크로프트가 그곳에 서 있었다.

"또다시 세계선을 넘을 생각입니까?"

안나 크로프트의 얼굴을 보는 순간, 한수영은 정신을 차렸다. 뒤늦게 자신이 무슨 망상을 했는지 깨닫고 부끄러워졌다.

애초에 말도 안 되는 소리였다. 다른 세계선의 김독자들에게 자신이 쓴 소설을 꿈꾸게 만든다니, 헛소리도 그런 헛소리가 없었다.

무엇보다 이 세계에는 이제 세계선을 넘을 방법이 없다.

그런데 안나 크로프트의 표정이 조금 이상했다.

"언젠가 이런 날이 올지도 모른다고 생각했습니다."

붉게 빛나는 안나 크로프트의 눈동자. 그녀의 시선이 박물관의 첨탑을 향해 있었다.

'최후의 방주' 모형.

천천히 심장이 뛰었다. 그런 일이 가능할 리가 없다. 가능할 리가 없는데…… 어째서.

쿠구구구구.

아주 천천히, 박물관 위의 모형이 허공으로 떠오르기 시작했다.

눈을 부릅뜬 유중혁이 어느새 몸을 일으켜 그쪽을 보고 있었다.

방주. 크기는 무척 작지만 틀림없는 방주였다.

"혹시 몰라 이 년 동안 부품을 모아서 고쳐봤습니다. 만약 당신들이 돌아오지 않는다면, 한 번은 당신들을 찾아가보고 싶어서. 쓸 수 있는 부품이 많지 않아서 제대로 복원하진 못했지만……."

천천히 부상한 방주가 캡슐처럼 열리더니 자신의 내부를 드러냈다. 한 사람이 간신히 탈 수 있을 듯한, 아주 작은 '최후의 방주'.

"사용할 수는 있습니다. 단, 탑승할 수 있는 건 오직 한 사람뿐입니다."

OMNISCIENT READER'S VIEWPOINT

영원과 종장

Epilogue 05

I

한수영과 유중혁은 들것에 실려 김독자가 있는 병원에 입원했다.

이설화의 잔소리를 한바탕 들으며, 한수영은 머릿속으로 생각한 계획들을 차분히 정리했다. 그리고 정확히 한 시간 뒤, 가능한 한 정확한 단어와 비약 없는 문장으로 일행들에게 그것을 전달했다.

하지만 말하는 사람이 정확히 말한다고 해서 듣는 사람이 정확히 듣는다는 법은 없다. 고로 일행들의 반응은 다음과 같았다.

"뭘 하자고?"

정희원은 그렇게 되물었고, 신유승과 이길영은 자그맣게 입을 벌렸다.

한수영이 말했다.

"그러니까, 쉽게 말하자면……."

"지금 무슨 말을 하는 건진 알고 있는 거지?"

"어? 이해했냐?"

"또 그런 짓을 할 수는 없어. 이 년 전 기억을 벌써 잊었어? 집단 회귀 때 우리가 어떻게 됐는지……."

"회귀하자는 게 아냐."

"그거나, 그거나! 또 세계선을 넘게 되면—"

"다른 세계선의 미래를 뒤틀어버리자는 게 아니라고. 무슨 말인지 알잖아. 그냥 소설 하나를 전해주자는 것뿐이야."

묵묵히 대화를 듣던 이지혜가 입을 열었다.

"그러니까, 다른 세계선의 독자 아저씨한테 이쪽에서 쓴 소설을 보여주자는 거죠? 내가 이해한 게 맞아요?"

"그래."

"그게 무슨 의미가 있는데요?"

한수영은 차분한 목소리로 설명을 시작했다.

"'가장 오래된 꿈'은 김독자야. 그리고 그 김독자는 잘게 부서져서 세계선 전역으로 흩어진 뒤 다른 존재로 환생했어. 여기까진 이해하지?"

"F 좀 받았다고 내가 진짜 바본 줄 알아요? 그래서요?"

"중요한 건 여기서부터야. 새롭게 환생한 김독자는 더 이상 '김독자'가 아닐 수도 있어. 하지만 그렇다고 '가장 오래된 꿈'도 아닌 건 아냐. 본인은 모르겠지만, 그 영혼들은 여전히 이 우주를 유지하는 '가장 오래된 꿈'이야."

그들이 마지막으로 '최후의 벽'에서 탈출했을 때, 지하철에는 아무도 남지 않았다. 그럼에도 우주의 시간은 멈추지 않았다.

즉, '가장 오래된 꿈'은 사라지지 않았다.

한때 김독자였던 영혼들은 전 우주로 흩어져 환생했고, 환생한 곳에서 자기도 모르는 사이 이 우주들을 꿈꾸고 있는 것이다.

유상아가 이해했다는 듯 고개를 끄덕였다.

"그들의 상상력을 이용하자는 거군요."

"가장 오래된 꿈의 상상은 곧 현실이니까."

"환생한 독자 씨들에게 우리가 원하는 결말을 꿈꾸게 한다……."

"맞아. 우리가 상상의 원천을 제공하는 거지. 이 세계의 결말을 그들이 꿈꿀 수 있게."

한수영은 일행들 한 사람 한 사람의 얼굴을 보며 말했다.

"아무도 다치지 않을 거야. 다른 세계선에서 태어난 누구도 해치지 않을 거야. 그냥 우린, 그 녀석들이 어떤 이야기만 읽게 만들면 돼."

세계선에 흩어진 수많은 김독자들을 상상한다. 다양한 환경에서, 다양한 모습으로 태어났을 이들.

그들을 만나는 것도, 그들을 데려오는 것도 이제는 아무런 의미가 없다.

지금 일행들이 바랄 수 있는 것은 오직 기적뿐이었다.

그들이 기억하는 김독자를 다시 불러올 기적.

허구라도 좋으니, 거짓말이라도 좋으니, 그가 자기 자신의 행복을 상상해준다면.

그 수많은 '김독자'들이, 단 하나의 우주를 상상해준다면.

잠시간 침묵이 내려앉았다. 일행들 얼굴에 비슷한 표정이 떠올라 있었다.

그런 계획이 실현 가능할 리 없음을 모두가 잘 알고 있었다. 불가능한 난관이 몇 개나 있으니까.

일행들을 대표해서 입을 연 것은, 삼십 분 전 귀국한 이현성이었다.

"수영 씨."

유중혁과 한수영의 소식을 듣고 황급히 한국으로 돌아온 이현성. 언제나 정의와 투지로 타오르던 그의 눈동자에, 짙은 그림자가 드리워져 있었다.

"우리는 지쳤습니다. 이제 희망이 두렵습니다."

사람을 정말 지쳐버리게 만드는 것은 절망이 아니다. 이루어질 듯 말 듯, 끝까지 이루어지지 않는 희망이다.

한수영도 그 점을 알고 있었다. 천천히 말아쥔 주먹에 힘이 들어갔다.

"알아. 그래서 부탁하는 거야."

부탁이라는 말에 이현성의 눈가가 흔들렸다.

한 번도, 한수영은 그에게 그런 표현을 사용한 적이 없었다.

"나도 실현 가능성이 작다는 건 알아. 그러니까 이건 그냥…… 일종의 의식이야. 지나간 일을 잘 마무리하기 위해서, 내가 남은 생을 어떻게든 잘 살아가기 위해 꼭 해야만 하는 일이야."

정희원이 물었다.

"우리가 뭘 도와주면 되는데?"

한수영은 대답 대신 병실의 간이 책상에 노트북을 올려놓은 뒤 텍스트 파일을 열었다. 일행들도 잘 아는 파일이었다.

아직 제목이 '무제'로 남아 있는 소설.

한수영은 천천히, 그 소설의 제목을 타이핑했다.

그날부터 한수영은 일행들과 함께 집필에 착수했다. 한수영이라고 해서 모든 기억을 온전히 가지고 있지는 않았기에, 이야기의 완성을 위해서는 일행들의 기억을 빌리는 수밖에 없었다.

"이 소설을 독자 아저씨한테 읽힌다…… 근데 어떻게 읽게 만들죠?"

"아무런 위화감 없이 자연스럽게 읽게 만들어야 해. 자신이 이 세계를 상상하고 있다는 것을 눈치채지 못할 정도로."

"엄청나게 재밌는 이야기를 써야겠네요."

"독자 형은 재미없는 소설도 끝까지 다 읽었다며. 대충 써도 읽어주지 않을까?"

깐죽거리는 이길영을 보며, 한수영이 고개를 절레절레 흔들었다.

"혹시 모르니 최선을 다해봐야지. 다른 세계의 김독자는 인내심이 별로 없을지도 모르니까."

"저도 도울게요!"

"나도! 누나 요즘 십대들 어떻게 말하는지 모르지?"

소설은 주로 김독자의 병실에서 작성되었다. 한수영은 학교에서 강의하고, 틈날 때마다 김독자의 병동을 찾았다. 다른 일행들 역시 돌아가며 병실을 찾아왔다.

"늦어서 미안해요. 내일 발표가 있어서—"

"끝나고 나서 도와줘도 돼."

"안 돼요. 오늘 내 각성 장면이잖아요!"

잔뜩 기합이 들어간 목소리였다. 이지혜는 한수영이 쓴 지난 원고를 살피며 계속해서 조잘댔다.

"와, 여기 진짜…… 하, 나 진짜 죽을 뻔했는데."

"……."

"크으, 여기 다시 봐도 죽이네요. 언니, 혹시 또 나 나오는 장면……."

"자꾸 방해할 거면 그냥 가라 너."

"아 왜 그렇게 쌀쌀맞아요? 나 설정 오류도 찾아왔는데."

"오류? 어디?"

"나 이렇게 말한 적 없어요!"

이지혜가 화면을 가리켰다. 곁눈으로 이지혜의 스마트폰을 들여다본 한수영이 말했다. 자세히 보니 극장 던전에서 이지혜가 말하는 장면이었다.

"피치 못할 각색도 좀 있으니까 실제랑은 약간 다를 수도 있어. 근데 거긴……."

「"네가 왜 혼자야? 우린 함께라고!"

"아니 잠깐만……."

"네 곁엔 늘 내가 있잖아! 희망을 잃지 마! 우리 아이를 생각……!"」

"우리엘이 알려준 그대로 쓴 건데."

하루, 이틀, 사흘. 문장은 착실하게 쌓여갔다.

과거의 기억이 잘 떠오르지 않으면 잠든 김독자의 볼을 한 번씩 쭉 잡아당겨보기도 했다. 그러다 괜스레 원망이 커질 때면, 이상한 내용을 소설에 적기도 했다.

「"제일 못생긴 왕을 찾으면 된다고 들었어."」

뭐, 상관없겠지. 어차피 자기 이야기인 줄도 모를 테니까.

일행들은 고해성사라도 하듯 돌아가면서 병실을 찾아왔다.

"사실 이때 독자 씨 욕을 좀 했는데……."

"아, 방금 그건 쓰지 마. 알았지? 쓰지 말라니까."

그들은 여전히 많은 이야기를 기억한다는 사실에 놀라는 듯했고.

"아니, 누나! 내가 형을 존경하긴 하지만…… 그렇다고 이렇게 광신도처럼 표현해놓으면 어떡해?"

자신이 그 이야기를 아직 기억한다는 사실에 위로받는 듯했다. 종종 울거나, 앞으로 써야 할 이야기의 단상을 모아놓은 메모들을 읽기도 했다.

신유승이 물었다.

"근데 회귀는 왜 이렇게 부정적으로 표현한 거예요?"

"그 세계에서 김독자 인생은 한 번뿐이니까. 이거 보고 이상한 영향을 받을 수도 있잖아. 아직 어린애일 수도 있는데."

한수영의 말에 신유승의 낯빛이 어두워졌다.

"하지만 우린 회귀했잖아요. 그럼 이 부분은 사실과 다르게 쓰는 게 좋을까요?"

"아니, 그냥 쓸 거야."

"네? 왜요?"

"인간은 누구나 회귀자거든."

얼마 전 유중혁과 싸우다 떠올린 문장이었다. 솔직히 말해서 신유승이 알아들을 거라 생각하고 한 말은 아니었다.

가만히 문장을 바라보던 신유승이 창밖 풍경으로 고개를 돌렸다.

"우리의 회귀는 이 세계선에 아무 영향도 끼치지 못했어요. 가끔 생각하면 꼭 어젯밤 꿈처럼 느껴져요. 현재를 바꾸지 못한 과거와, 아무것도 바꾸지 못하는 망상은 차이가 뭘까요?"

조금 놀란 한수영이 떨떠름하게 입을 삐끔거리자, 신유승이 어깨를 으쓱하며 미소했다.

"너무 어렵게 썼다가 독자 아저씨가 못 알아들으면 어떡해요?"

"김독자는 알아들을 거야."

"은근히 아저씨 믿으시네요."

"방해할 거면 이제 그만 가."

"저 그동안 있었던 일들 모두 정리해 왔어요! 전에 물어보신 '범람의 재앙'에 관해서도……."

모두 신유승처럼 협력적이기만 한 것은 아니었다. 사실 대부분의 경우, 일행들은 글쓰기에 방해만 됐다.

예를 들면 장하영의 경우.

"야! 나 2부 주인공이라며! 비중 뭔데? 장난치냐?"

"말이 그렇다는 거지 네가 진짜 주인공은 아니잖아."

"아 그래도!"

"외전으로 써줄게. 분량 빵빵하게."

"콜."

침대차를 밀며 지나가던 이설화도 한마디를 했다.

"보통 이런 이야기에서 힐러들은 그냥 힐셔틀이더라구요."

"이설화 외전도."

거기에 학교를 땡땡이치고 찾아온 이길영과 억울하다는 듯 아우성을 치는 이현성까지.

"내가 아바돈과 계약하면서 겪은 일이 다 생략됐잖아! 그리고 내 스킬이 얼마나 많은데 난 뭐 맨날 바퀴벌레만—"

"제 군 생활 이야기가 완전히 편집됐습니다! 제가 이병 때 일부터 열심히 설명해드렸는데……!"

"다들 그만 좀 해! 이건 김독자가 주인공인 이야기라고. 너희 이야기가 아니란 말이야."

한수영의 소식을 들은 성좌도 하나둘 찾아왔다.

예를 들면, 선글라스와 마스크로 무장하고 정체불명의 문서를 한가득 안은 우리엘.

[이런 걸 쓰고 있으면 나한테 제일 먼저 알려줬어야지. 내가 이만큼이나 방대한 자료를 갖고 있는데!]

"이 자료 믿을 수 있는 거 맞아? 이지혜가 말해준 거랑 다르던데?"

[아니, 뭐, 쪼오금 틀릴 수도 있지만, 이 우주는 넓고, 많은 세계선에 많은 김독자가 살고 있고—]

이어서 제천대성.

[내 설화에 관해 쓸 거라면《서유기》완역판 정도는 읽었겠지?]

"만화로 읽었어."

[그럼《서유기》의 주인공이 누구인지 잘 알고 있겠군.]

"삼장법사 아니냐?"

'심연의 흑염룡'.

[실망이군. 내 진명은 까먹은 거냐? 왜 2부가 됐는데도 내 진명이—]

"알려준 적 없잖아. 그리고 알려주지도 마."

그렇게 대략 250화가 넘는 분량의 초고를 완성했을 무렵, 한수영은 누적된 피로로 거의 탈진할 지경이 되었다. 이렇게 힘들게 소설을 쓰는 것은 처음이었다. 마음에 들지 않는 부분도 많았고, 퇴고가 필요한 부분도 많았다. 하지만 지금은 분량을 쌓는 것이 먼저였다. 왜냐하면…….

—한수영, 이번 주 토요일입니다.

남은 시간이 많지 않기 때문이었다.

2

본래였다면 초고가 완성되는 기간은 길게 잡아 이 년 남짓이었다. 하지만 이 세계선에는 그만한 여유가 없었다.

—시스템이 힘을 잃는 속도가 너무 빠릅니다. 이번 주를 넘기면 이제 방주를 쏘아 올릴 설득력이 부족해질 수 있어요.

결국 한수영은 2부까지의 원고를 탈고한 시점에서 1차 전파를 시작하기로 했다.

드디어 원고 발송이 시작된다는 이야기에, 일행들도 들뜬 분위기였다.

유상아가 물었다.

"파일은 어떻게 담아갈 거죠? USB?"

"여러 수단을 준비하긴 할 건데…… 기본적으로는 설화 형태로 가져가야 해."

"전달은 누가 할 건데요?"

"당연히 나지."

OMNISCIENT READER'S VIEWPOINT

"안 돼요. 수영 씨가 가면 이곳의 독자 씨는 어쩌고요?"

껍데기밖에 남지 않은 김독자라 해도, 그 역시 김독자다. 만약 김독자에게 무슨 일이 생겼을 때 관리국의 설화를 가지고 있는 한수영이 없다면, 그의 본체가 붕괴할 수도 있다.

유상아가 말했다.

"내가 갈게요. 나는 독자 씨가 환생한 세계선의 좌표를 알고 있어요."

그러자 정희원이 만류하며 나섰다.

"상아 씨는 여기 지켜야지! 내가 갈게. 좌표 알려줘."

"아냐! 형은 내가 만나러 가겠어!"

"당연히 아저씨의 화신인 내가 가야죠!"

"아니지, '구원의 마왕'에 관해서라면 제일의 권위자인 내가……!"

이길영과 신유승, 심지어 장하영까지 나서자 장내는 난장판이 됐다. 성좌도 화신도 서로 자기가 가겠다고 아우성을 쳤다.

그런 일행들을 보며 유상아가 한숨을 내쉬었다.

"그렇게 쉽게 말할 일이 아니에요. 세계선을 넘는 게 위험한 일이란 건 다들 알고 계시죠?"

"그거야……."

"제가 추적한 게 맞는다면 세계선의 좌표는 우주의 최외곽 지대에 있어요."

"최외곽 지대?"

"'시나리오'라는 게 존재하지 않는 세계일 수도 있다는 말이에요."

김독자가 환생한 세계가 어떤 곳인지는 아무도 모른다. 이곳의 지구와는 근본 체계부터 다를 수도 있었다.

"시스템의 가호가 지금보다 훨씬 더 약해질 수도 있어요. 그럼 스킬이나 성흔의 힘도 자연히 약해지겠죠. 항해 거리도 만만치 않을 거고요."

이야기를 듣던 안나 크로프트도 고개를 주억거렸다. 그녀는 허공에서 시험 비행 중인 방주를 바라보며 말했다.

"1인용으로 만들어진 거라 설비가 그리 좋지 않습니다. 특히 암흑단층을 지날 때 후폭풍을 견디기가 만만치 않을 겁니다. 아주 강한 정신력을 가진 존재여야 합니다. 자칫 잘못하면 이계의 신격이 될 수도 있으니까."

이계의 신격. 그 말에 몇몇은 표정이 어두워졌다. 그들을 쫓아오던 '심연을 좇는 사냥개'를 떠올린 것이다.

안나 크로프트의 말은 아직 끝나지 않았다.

"영혼이 흩어진 세계선도 너무 많습니다. 적어도 수십만, 어쩌면 수백만 번 이상 세계선을 넘어야 할 수도 있는데…… 다들 그만한 각오는 된 겁니까?"

수십만 번. 하루에 세계선을 하나씩 넘는다고 해도, 그런 식으로 따지면 몇백 년이 넘는 항해가 될 수도 있었다. 아무리 김독자를 위해서라고 해도, 그만한 세월을 미치지 않고 견딜 수 있을까.

"너희는 무리다."

시스템의 가호를 최소한으로 받아도 생존할 수 있는 사람.

아득한 시간의 격류 앞에서도 자신을 잃지 않을 수 있는 사람.

그리하여 일행 중 이 미션에 성공할 가능성이 가장 큰 사람.

"내가 가겠다."

탑승자는 이미 정해져 있었다.

마침내 최후의 방주의 이륙일이 다가왔다.

한수영은 멀리서 출발 준비에 한창인 유중혁을 보고 있었다.

"이딴 건 입지 않는다."

"패왕, 입어야 합니다. 당신도 이제 예전과 달라요."

오 년 전의 김독자에게 꼭 보여주고 싶은 광경이었다. 예언자가 회귀자를 챙기고 있다고 말하면, 그 녀석은 무슨 생각을 할까.

"정말 귀찮게 하는군."

"지금은 그렇게 말하지만, 분명 도움이 될 겁니다. 초월좌라고 해도 시스템의 영향을 전혀 받지 않는 게 아닙니다. 초월좌는 시스템에 대립하며 성립하는 존재. 시스템이 사라지면 초월좌의 힘도 조금씩 약해질 수밖에 없습니다."

유중혁은 못마땅한 표정으로 안나를 노려보다가, 이내 장비를 하나둘 걸치기 시작했다.

"전투에 불편한 복장이다."

"싸우러 가는 게 아니잖습니까."

두툼한 우주복을 입고 뚱뚱해진 유중혁의 모습은 그야말로 볼만했다. 한수영이 놀리듯 말했다.

"잘 어울리네."

"시끄럽다."

"잘 생각해. 진짜로 갈 거야?"

출항을 앞둔 이 시점까지도, 한수영은 확신이 없었다.

「사실 이렇게까지 할 필요 없는 일은 아닐까.」

이번 항해는 지금까지의 회귀나 세계선 도약과는 완전히 달랐다. 그들은 과거를 바꾸지도 않을 것이고, 다른 세계선에서 [최후의 벽]을 열 재료를 탈취하지도 않을 것이다.

이번 여행은, 말하자면 순례행에 가까웠다. 그들이 그토록 찾아온 사람을 기리는 순례행.

"원고를 내놔라."

"그놈의 말버릇은 회귀를 멈춰도 그대로네."

한숨을 내쉰 한수영이 오른손을 펼쳤다. 그동안 그녀가 개발한 성흔의 힘이 그 손끝에 감돌고 있었다.

[성흔, '클라우드 시스템'이 발동 대기 중입니다.]

언젠가 [제4의 벽]이 김독자에게 파일을 준 것과 흡사한 방식.

불확실하지만 세계선을 넘어 소통할 수 있는, [예상표절]의 힘을 발전시켜 만들어낸 성흔이었다.

"이 성흔을 가지고 있는 사람끼리는 원고 공유가 가능해. 몇 번이나 지구를 왕복하긴 힘들 테니까, 클라우드로 원고를 계속 보내줄게."

"네놈의 고유 성흔을 배우라는 거냐? 지금 그럴 시간이—"

"시간이 없지. 하지만 이 성흔은 금방 배울 방법이 있어. 너 지금 배후성 없지?"

순간, 유중혁은 한수영이 무슨 소리를 하는 건지 깨달았다.

"네놈 지금—"

"나라고 좋아서 이러겠냐?"

유중혁은 인상을 찌푸린 채 자신의 특성창을 띄웠다.

성흔인 [회귀]가 사라질 때, 그의 배후성도 함께 사라졌다.

배후성: 없음

그는 이제 완전한 자유의 몸이었다.

"나보다 나약한 놈을 배후성으로 삼으란 건가?"

"전에 내가 이겼잖아."

"무슨 헛소리인지 모르겠군."

"또 붙어볼래?"

한마디도 안 지겠다는 듯 다투면서도, 두 사람은 '배후 계약서'에 사인을 마쳤다. 이 방법이 최선이라는 것을 두 사람 모두 알고 있었다.

[성좌, '거짓 종막의 설계자'가 화신 '유중혁'의 배후성이 됐습니다!]

[화신, '유중혁'이 성흔, '클라우드 시스템'을 계승했습니다.]

[두 존재의 가상 클라우드가 연결됐습니다!]

"살다 보니 이런 날이 다 오네. 김독자 그 자식한테 말해줘야 하는데."

"귀환하게 되면 네놈을 죽이고 배후 계약부터 해지할 것이다."

"그럴 수 있으면 한번 해봐."

그 말을 마지막으로 두 사람은 잠시 서로 바라보았다.

"명심해. 절대 다른 세계선을 파괴하지 마. 그냥 이야기만 퍼뜨리면 돼. 그 세계의 김독자가 읽을 수 있게."

"알고 있다."

"죽지 마라."

"금방 오겠다."

다시는 돌아오지 못할 수도 있다. 둘 다 그 사실을 알고 있지만, 그걸 구태여 언급하는 사람은 없었다. 오직 한 사람을 제외하고는.

"오빠."

유미아가 울먹거리며 유중혁의 우주복을 붙들었다.

"거짓말! 안 돌아올 거잖아! 못 돌아올 거잖아!"

"나는 너를 두고 죽지 않는다."

쉴 새 없이 눈물을 흘리는 유미아의 어깨를 한수영이 굳게 쥐었다. 천천히 허리를 숙여 동생과 눈을 맞춘 유중혁이 다정한 목소리로 말했다.

"약속한다. 반드시 돌아오겠다고."

돌아서는 유중혁이 한수영에게 메시지를 보냈다.

—미아를 잘 부탁한다.

유중혁은 그 뒤 한 번도 돌아보지 않고 '최후의 방주'에 탑승했다. 안나 크로프트의 신호와 함께, 방주에 시동이 걸렸다.

뒤늦게 소식을 들은 일행들이 그 광경을 지켜보고 있었다.

천천히 떠오르는 방주. 콕피트가 닫힌 방주 안에서 일행들의 목소리는 들리지 않을 것이었다.

헐떡거리며 달려온 이지혜가 이륙을 시작한 방주를 올려다보았다.

"인사 안 해?"

"지금 인사하면 왠지 마지막 인사 같잖아요."

그렇게 말하는 주제에 이지혜의 눈은 이미 그렁그렁한 상태였다. 다른 일행들도 방주를 올려다볼 뿐 아무 말도 하지 않았다.

유상아가 말했다.

"하고 싶은 말은 소설 속에 모두 있으니까요. 중혁 씨도 언젠가 그걸 읽겠죠."

"쟤가 읽는 게 뭐 중요해요. 형이 읽는 게 중요하지."

이길영, 신유승, 정희원, 이현성, 장하영, 유상아, 이설화, 이수경, 공필두. 거기에 성좌들까지. 모두가 방주의 비행을 지켜보았다.

신유승이 물었다.

"독자 아저씨가 정말 우리 이야기를 읽어줄까요?"

모른다. 그걸 아는 사람은 아무도 없을 것이다. 이 작전은 실패할 가능성이 컸고, 유중혁은 아무런 수확도 없이 돌아올지 모른다.

그들의 이야기는, 그저 먼 우주의 먼지로 사라질 수도 있다.

떠나는 유중혁 역시 그걸 알고 있었을 것이다. 그럼에도 유중혁은 떠났다. 유중혁 자신을 위해서. 혹은 일행들을 위해서.

"김독자라면 읽겠지."

적어도 유중혁을 기다리는 동안, 이곳의 사람들은 그의 소식을 기다리며 살아갈 수 있을 테니까.

"나랑 약속했거든."

은하를 향해 도약하는 방주의 불꽃. 다른 외계를 향해 쏘아져 나가는 탐험선을 보듯이, 일행들은 멀어지는 방주를 하염없이 지켜보았다. 그들의 생으로 쓴 이야기가, 닿을 수 없는 곳으로 사라지고 있었다.

['방주'가 대기권에 진입합니다.]

[사용자 유중혁의 목적지 설정을 기다립니다.]

유중혁은 유상아가 알려준 세계선의 좌표들을 입력했다. 가장 가까운 좌표조차 까마득하게 떨어진 곳이었다. 유상아의 말대로 그곳에는 〈스타 스트림〉이 없을지도 모른다.

[차원 가속을 시작합니다.]

[필요한 에너지의 일부를 코인으로 대체합니다.]

다른 세계선에서 모아온 코인이 에너지원으로 투입되었다. 시스템이 약해지면서 코인 또한 가치를 잃었지만, 그래도 한때는 이 세계에서 가장 강대한 설화였다.

지구의 모습은 어느새 보이지 않게 되었다.

[세계선 도약을 위해 암흑 단층을 통과합니다.]

유중혁은 유상아의 말을 떠올렸다.

—독자 씨가 환생한 세계선들은 굉장히 멀리 있어요. 평범한 방식으로 세계선 도약을 했다간 얼마나 걸릴지 알 수 없다는 뜻이에요.

김독자가 환생한 세계는 멸살법의 바깥. 이 세계선의 영향을 완전히 벗어난 곳이었다.

—아마 세계선을 도약할 수 있는 '문'을 경유해야 할 거예요.

얼마나 지났을까. 전방에 하나둘 거품 같은 것이 나타나기 시작했다. 오색의 거품들이 심상치 않은 기류 속에 부풀었다 줄어들기를 반복하고 있었다. 어렴풋이 느껴지는 불온한 감각. 유중혁은 이 감각이 어디서 오는 것인지 깨달았다.

ㅊㅊㅊㅊㅊ…….

이계의 신격의 부왕副王이자, 세계선을 넘는 차원문의 주인. 언젠가 김독자에게 1,863회차의 문을 열어주었던 존재.

유중혁은 자기도 모르게 침을 삼켰다. 눈앞의 대상은, 시나리오를 모두 클리어한 그조차도 긴장하게 만드는 힘을 가지고 있었다.

【너 는 …… 모 략 이 아 니 군】

거품의 바다 사이로 거대한 눈동자가 보였다. 유중혁은 그 눈을 피하지 않은 채 방주의 속도를 높였다. 최외곽 지대의 세계선으로 향하기 위해서는 반드시 저기를 지나쳐야 했다.

【그 곳 은 이 야 기 의 바 깥 이 다】

"상관없어. 비키지 않으면 베겠다."

유중혁은 자신의 모든 설화를 갈아 넣으며 방주를 돌진시켰다. 부왕은 딱히 그를 제지하지 않았다. 대신, 공허한 목소리로 이렇게 말할 따름이었다.

【꿈 의 바 깥 을 꿈 꾸 는 자 여 네 가 꾸 는 꿈 은 이 룰 수 없 다】

문과 충돌하는 순간 눈앞의 시야가 이지러졌다. 유중혁은 이를 악문 채 자신을 덮쳐오는 폭풍을 견뎌냈다.

맹폭한 스파크가 전신을 갉아먹었다. 유중혁은 전신이 산산이 으깨지는 듯한 고통 속에서 비명을 참았다.

—마지막으로 하나만 물어봐도 되나?

어지러워진 머릿속으로, 한수영의 목소리가 흘러갔다.

—넌 왜 그렇게까지 김독자를 구하려 하는 거냐? 이미 동료는 많이 잃었을 텐데.

—동료를 많이 잃어봤다고 해서 상실이 익숙해지는 것은 아니다. 그리고…….

방주 내부에서 폭음이 터졌다. 부서진 기기의 파편이 우주를 부유하고 있었다.

—놈에게 물어봐야 할 것이 있다.

다시 한번 굉음이 울려 퍼지며, 뭔가가 유중혁의 폐부를 찔렀다.

[세계선 좌표를 읽는 데 실패했습니다!]

[경고합니다! 좌표 인식 장치에 오류가 발생했습니다!]

[선체 내부의 온도 조절 장치에 오류가 발생했습니다!]

(…)

[선체의 항해 시스템에 오류가 발생했습니다!]

순식간에 터져나온 스파크가 유중혁의 전신을 점령했다. 시야가 하얗게 물들며 의식이 완전히 사라졌다.

그리고 다시 눈을 떴을 때, 유중혁은 우주의 미아가 되어 있었다.

3

「표류 4일째.」

간신히 정신을 차렸을 때, 유중혁은 자신의 복부를 찌른 날카로운 파편을 발견했다. 유중혁은 침착하게 파편을 제거하고 선체를 점검했다.

「표류 6일째.」

유중혁은 방주가 완전히 기능을 상실했다는 것을 깨달았다. 항법 시스템은 먹통이었고, 주변에 보이는 것은 아무것도 없었다. 심지어는 가까운 행성조차 보이지 않았다.

「표류 11일째.」

방주에 내장되어 있던 몇몇 안전장치가 소멸하면서, 유중혁의 몸에도 이상이 발생했다.

[시스템의 항상성이 깨진 상태입니다!]

[혼돈의 힘이 당신의 전신을 침식합니다.]

[당신의 설화가 조금씩 붕괴하고 있습니다.]

뭔가 문제가 발생했는지, 시스템을 통해 구현된 기능이 모두 마비되었다. 유중혁은 차분하게 자신의 설화를 점검했다. 다행히 그의 설화는 모두 무사했다.

[설화, '영원불멸의 지옥도'가 당신을 감쌉니다.]

지옥의 불길이 추위로부터 그의 몸을 보호해주었다.

「표류 21일째.」

안나 크로프트가 입혀준 우주복은 확실히 도움이 되었다. 우주복에 내장된 보호 기능이 아니었다면, 육체가 망가지는 속도가 훨씬 빨랐을 것이다.

유중혁은 어떻게든 방주의 동력원을 고쳐냈다. 썩 훌륭한 솜씨는 아니지만, 방주는 다시 움직이기 시작했다. 다만 충돌로 인해 비축해둔 연료통이 폭발해서, 방주는 이제 그의 설화 에너지를 사용하게 되었다.

자동 항법 장치와 자율 항해 시스템은 고치지 못했다. 이제 직접 운항을 해야 했다.

「표류 34일째.」

어떻게든 다시 항로를 찾아야 했다.

「표류 42일째.」

설화를 소모하는 시간이 길어지면서 점차 몸에 피로가 누적되었다. 깜빡 정신을 잃는 일이 많아졌다. 어둠이 그의 정신을 갉아먹고 있었다.

무엇 때문에 여기까지 왔지?

일순간 목적이 흐릿해지는 경우도 있었다. 그는 임무를 수행하기 위해 왔다. 어떤 이야기를, 환생한 김독자에게 전하기 위해서. 일행들이 기억하는 김독자를 되살리기 위해서.

왜? 김독자에게 물어봐야 할 것이 있기 때문에.

그런데 그게 무엇이더라.

「표류 58일째.」

방주의 창에 비친 추레한 얼굴. 그 얼굴을 바라본 순간, 유중혁은 잊고 있던 질문이 무엇인지 떠올렸다.

—시나리오가 끝난 후의 세계에서, 그는 무엇으로 살아가야 하는가.

맞다. 그것을 김독자에게 물어보려고 했었다. 녀석은 무엇이든 알고 있었으니까.

항상 마지막을 생각하는 김독자. 모든 것을 계획하고, 어떤 이야기의 결말을 보기 위해 자신의 생을 던지는 것조차 마다하지 않는 인간.

그런 놈이라면 알 것 같았다.

김독자라면, 유중혁 자신보다도 자신에 대해 더 잘 알지도 모른다고 생각했다.

회귀가 끝난 회귀자는, 이제 무엇이 되는가.

이지혜는 밤마다 악몽을 꾼다고 했다.

그에게 삶은 이미 오래전부터 악몽이었다. 그럼에도 버틸 수 있었던 것은 어쨌거나 그가 이루지 못한 목표가 존재하기 때문이었다.

하지만 그 목표는 사라졌고, 시나리오는 끝이 났다.

회귀자 유중혁은 자유가 되었다.

하지만 비로소 얻은 자유 앞에서, 유중혁은 자신이 결국 무엇을 얻은 것인지 알 수 없었다.

「표류 83일째.」

표류가 길어지면서 피부 표면을 덮고 있던 설화들이 급격하게 줄어들었다. 우주 바깥으로 흩어지는 설화의 양이 점점 늘어났다.

항해가 계속되었지만, 그는 자신이 어디로 향하는지 알 수 없었다.

「표류 102일째.」

유중혁은 한수영의 소설을 읽기 시작했다.

그것을 읽으면, 이 시간을 조금은 버틸 수 있을 것 같다는 생각이 들었기 때문이다.

「표류 111일째.」

김독자의 이야기를 읽으며 유중혁은 희미한 기대를 가졌다. 이 이야기 속 김독자라면 그의 질문에 대답해줄 수 있지 않을까 하는 생각.

첫 번째 에피소드부터 차근차근, 유중혁은 김독자의 삶을 따라 읽었다.

그가 아는 내용도 있고, 모르는 내용도 있었다. 어떤 문장에 이르러서는 독서를 멈추기도 했다.

「주인공과 조연들이 '그 후 행복하게 잘 살았습니다'의 문장 속으로 걸어 들어가고, 홀로 이야기의 마침표 뒤에 남겨진 기분. 허무함과 배신감 속에서, 어린 나는 외로움을 견디지 못해 몸부림쳤다.」

행복이란 무엇일까. 유중혁은 그 단어가 몹시 낯설었다. 한때는 알았는지도 모른다. 어렴풋이 엿본 0회차의 기억에서, 그런 감정을 느꼈던 것 같기도 했다. 하지만 그것은 이제 그의 삶이 아니었다.

「표류 128일째.」

오직 멸살법에 의존하며 연명하는 김독자의 모습이 낯설었다. 몇 번을 읽어도 잘 이해가 가지 않았다.

고작 이야기 따위가, 어찌 삶을 지탱할 수 있는가.

「표류 154일째.」

유중혁은 조금씩 소설 읽기에 익숙해지기 시작했다.

자주 다시 읽는 대목도 생겼다.

「나는 적당한 기름기가 도는 뒷다리를 잡고 통째로 살점을 뜯었다. 살점 사이로 은근하게 배어 나오는 육즙…… 나는 씹는 것도 잊은 채 눈을 감았다. 역시 글로 읽는 것과 실제로 맛보는 건 다르구나.」

막 시나리오에 진입한 김독자와 일행들이 땅강아쥐 고기를 구워 먹는 장면이었다. 우주복 안의 코트에서 육포를 꺼낸 유중혁은, 그 대목을 다시 읽으며 육포를 뜯었다. 눈을 감은 채 천천히 육포를 씹자, 지하철의 음습한 어둠 속에서 일행들이 함께 있는 듯한 느낌이 들었다.

「**표류 155일째.**」

다시 눈을 떴을 때, 유중혁은 혼자였다.
잠시 멍하니 있던 유중혁은 다시 소설을 읽기 시작했다.

「**표류 211일째.**」

유중혁은 혼자서 그 이야기를 계속해서 읽었고.

「**표류 258일째.**」

다시, 이야기를 읽었다.

「**표류 279일째.**」

유중혁은 김독자를 조금은 이해하게 되었다.

「**표류 316일째.**」

[당신의 설화들이 당신의 감정을 흡수합니다.]

한수영의 이야기를 읽을 때마다, 소모된 그의 설화들이 잠깐씩 생기를 되찾았다. 설화가 소모되는 속도를 따라갈 수는 없었지만, 이 이야기를 읽지 않았더라면 여기까지 버틸 수 없었을 것이었다.

하지만 언제까지 이렇게만 버틸 수도 없었다.

소설 속 김독자가 말하고 있었다.

「"그러게, 끝까지 읽었어야지."」

어떤 이야기를 끝까지 읽는다는 것은 대체 무슨 뜻일까.

잘 이해할 수는 없지만, 유중혁은 그 조언을 따르기로 했다.

「표류 333일째.」

불현듯 유중혁은 자신이 실패할 수밖에 없는 이유를 깨달았다.

「"설령 세계를 구해내도 너는 구원받을 수 없을 거다. 네가 세계를 구한 순간, 네가 버린 세계들이 너를 덮쳐올 테니까. 하나의 세계를 구해도, 네가 버린 다른 모든 세계가 네놈을 지옥으로 끌고 갈 거라고."」

먼 우주를 바라보며 유중혁은 생각했다.

만약 지금이 1회차나 2회차였다면 어땠을까. 지난 생의 기억을 모조리 잊었다면. 다른 회차의 삶에 대해 전혀 몰랐다면, 지금처럼 헤매지 않고 답을 찾아냈을까. 지금처럼 고통받지 않아도 됐을까.

다른 이야기들처럼 '행복한 결말'이 무엇인지 이해할 수 있었을까.

죽지 않기 위해 살아갈 수 있었을까.

쿠구구구구구.

방주의 선체가 진동하고 있었다. 무슨 일이 생긴 건가 싶어 주변으로 기감을 높이자, 후방에서 급습해 오는 막대한 에너지의 후폭풍이 느껴졌다. 황급히 돌아보니 우주를 새하얗게 덮어오는 무리가 보였다. 그도 익히 아는 존재들이었다.

【오오오오오오오……!】

세계선에서 버려지고, 시나리오에서 배척된 존재들. 어마어마한 이계의 신격의 파랑이, 군집을 이룬 채 이쪽을 향해 밀려오고 있었다. 어렴풋하게 느껴지는 공포의 냄새. 그들은 무언가에 쫓기고 있었다.

콰드득!

후방을 달리던 '이름 없는 것들' 하나가 꿰뚫렸다. 족히 수천 개체는 되어 보이는 '심연을 좇는 사냥개'가 양 떼를 몰듯 이계의 신격을 쫓아오고 있었다.

'이름 없는 것들'이 사냥당할 때마다 해일 사이로 막대한 스파크가 발생했다. 점점 더 커지는 에너지의 폭풍. 이대로라면 휩쓸리는 것은 순식간이었다.

【살려살려살려살려살려살려】

기어코 해일의 선발대가 방주를 추월했다. 필사적으로 달아나는 '이름 없는 것들'. 두족류를 닮은 그것의 눈동자가 흘끗 유중혁을 바라보았다.

콰지직!

사냥개의 송곳니에 힘없이 몸통을 꿰뚫린 괴물. 그 괴물이 뿜어낸 새카만 설화 덩어리가 콕피트의 창문에 물감처럼 번졌다. 두족류의 괴물이 원망스럽다는 듯 그를 바라보며 죽어가고 있었다.

언젠가의 유중혁 또한 본 적이 있는 눈이었다.

「"그럼 나와 다른 사람들은 뭔데? 지혜 언니는, 현성 오빠는. 그리고 설화 언니는? 당신만을 위해서 싸운 사람들은, 당신한테 대체 뭐였는데?"」

그 순간, 유중혁은 자신의 ■■이 무엇인지 알 것 같았다.

회귀를 끝낸 회귀자는 무엇으로 살아가야 하는지.

그가 정말로 도달해야 할 결말은 무엇인지.

애초에 자기 자신의 의지로 결정할 수 있는 것이 아니었다.

[방주의 콕피트를 개방합니다.]

콕피트를 열자마자 그를 향해 사냥개가 달려들었다. 유중혁은 흑천마도의 손잡이를 역수로 붙잡은 채 사냥개의 목을 날려버렸다. 갈라지는 이계의 파도가 그를 할퀴며 지나쳤다.

【뭐뭐뭐뭐뭐뭐뭐뭐】

【너는너는너는너는너는너는】

흘러가는 '이름 없는 것들'을 보며, 유중혁은 조금 전까지 자신이 읽던 이야기를 생각했다.

어쩌면 한수영도 알고 있었을 것이다.

「"네가 나의 이야기를 썼다. 그렇다면 내 이야기가 끝나야 할 장소도 알고 있겠지."」

이 이야기는 환생한 김독자들에게 닿지 못할 것이라는 사실을.

그렇기에 그는 다시는 지구로 돌아가서는 안 된다. 그의 생존을 일행들에게 알려주어서는 안 된다. 그의 부재는 일행들에게 영원한 희망이 되어야 한다.

아마도 이것이, 수많은 세계를 파멸시킨 회귀자에게 어울리는 종장이다.

【그르르르르……!】

달려드는 사냥개를 쳐내며, 유중혁은 사라지는 이야기에 관해 생각했다.

"꺼져라!"

마력을 매질로 터져나오는 사자후에, 이계의 신격들 틈바구니에 숨어 있던 사냥개들이 고개를 들었다. 대열을 형성한 사냥개들이 일제히 유중혁에게 달려들었다. 팔에 구멍이 났고, 다리의 보호장구가 뜯겨나갔다. 순식간에 넝마가 된 우주복 사이로 설화들이 빠져나갔다. 조금씩 힘이 빠지고 있었다.

길었던 회귀행.

유중혁은 이것이 자신의 결말임을 알았다.

'이것이 내가 보고 싶었던 끝이다.'

좀 더 훌륭한 결말이 될 수도 있지 않았을까.

만약 그때 다른 선택을 했더라면, 혹은 더 나은 방향을 선택했더라면. 그랬더라면— 유중혁은 쓴웃음을 지었다.

결국, 그는 죽을 때까지 회귀자였다.

그도 알고 있었다. 이보다 더 나은 결말은 없다는 것을. 어떤 분기에서 어떤 선택을 했든, 결국 후회하기는 마찬가지였을 것임을.

그럼에도 후회하고, 또 후회한 끝에 결과를 번복하는 것.

【너너너너너너너너너너너너너】

【누구누구누구누구누구누구】

그것이 그의 삶이었다.

"나는 유중혁이다."

그리고 적어도 몇 사람은, 그의 삶으로 인해 구원받을 수 있을 것이다.

수천이 넘는 사냥개가 그를 향해 달려들었다. 유중혁은 속죄라도 하듯 검을 휘두르고 또 휘둘렀다. 일격 일격에 이름 모를 '이름 없는 것들'이 구멍을 받았다.

전신에 한기가 돌기 시작했다. 망가진 우주복에서 빠져나가는 설화의 양이 점점 늘어나고 있었다. 머리가 핑 돌며 시야가 깜빡거렸다. 유중혁은 마력을 쥐어짜 냈다.

파천검도.

절기.

파천유성결.

맹포한 검의 파편들이 유성우처럼 쏘아져 사냥개들을 꿰뚫었다.

하지만 검격을 피해 달려온 사냥개들이 있었다.

【크르르르릉!】

다음 순간, 무언가가 그의 머리에 부딪히며 얼굴을 보호하던 장구류가 부서졌다.

[경고합니다! 당신의 설화가 흩어지고 있습니다. 방주로 복귀하십시오!]

[당신의 설화가…….]

부유하는 핏방울들이 얼어붙고 있었다. 사냥개들이 그의 전신을 물어뜯었다. 뜯겨나가는 설화의 파편들 사이로, 한수영이 써준 이야기들이 부서지고 있었다.

'미아야.'

별가루처럼 흩어지는 설화들. 그 광경을 바라보며, 유중혁은 아무도 상상하지 않는 고독한 우주를 가만히 생각했다.

'이름 없는 것들'이 공허한 눈으로 그의 최후를 지켜보고 있었다.

그들이 쌓아온 이 이야기도 언젠가 잊힐 것이다. 아무도 읽지 않는 이야기가 될 것이다.

유중혁은 마지막 힘을 다해 칼자루를 붙잡았다. 허벅지를 문 사냥개의 목을 찌르고, 몸통을 베었다.

회귀자는 오직 후회할 뿐, 포기하지는 않는다.

「"네가 버리려고 하는 이 회차가 '인간'으로서 세계의 끝을 볼 수 있는 '단 하나의 회차'일지도 모르니까."」

그가 인간으로 살아갈 수 있는 마지막 방법.

그것은 이 이야기를 포기하지 않는 것이었다.

콰드득!

무언가가 그의 목덜미를 물어뜯으며 시야가 붉어졌다.

천천히 감기는 눈. 이제 정말로 마지막이었다.

츠츠츠…….

흐려지는 시야 사이로, 눈앞의 어둠이 일그러지는 것이 보였다. 환시일까. 건너편에 무언가가 있었다.

새하얀 설화의 파편 사이로 흩날리는 검은색 코트 자락.

【한심한 꼴이군, 3회차.】

그곳에서 누군가가 말하고 있었다.

【도와주는 것은 이번이 마지막이다.】

4

유중혁은 꿈을 꾸었다. 〈김독자 컴퍼니〉 일행들과 '서유기 시나리오'를 수행하던 시절의 꿈이었다. 꿈속에서 유중혁은 통천하의 강 위를 달리고 있었다. 주변에서 함께 달리는 정희원과 유상아, 이현성과 신유승이 보였다.

【없없없없없없없없】

단말마를 반복해서 토해내며 요괴들이 비명을 질러댔다.

기억이 조금씩 선명해졌다. 맞다. 그들은 김독자를 구하기 위해 '서유기'에 참가했었다.

그런데…… 김독자는 어디 있지?

【한심하기 짝이 없네. 겨우 이 정도로 '이야기의 바깥'까지 나왔다고?】

어디선가 들려온 목소리.

【인근에서 위험한 설화 파동이 감지된다 싶더니…… 이자였군요.】

【어떡할 겁니까, 대장.】

【우린 이제 간섭하지 않기로 했잖아. 진짜로 도와줄 거야?】

익숙하면서도 낯선 목소리들.

이런 기억이 있었던가? 누가 이런 말을 했지?

돌연 눈앞이 어두워지는가 싶더니, 새카만 그림자가 빛을 가리고 섰다. 이계의 신격이 어둑한 그림자 가운데 있었다. 유중혁은 저도 모르게 전의를 내비쳤다.

그랬지. 그때 이 녀석과 싸웠다.

1,863회차의 회귀로 세계의 끝을 본 또 다른 자신, '은밀한 모략가'.

유중혁이 채 스킬을 사용하기도 전에, '은밀한 모략가'가 말했다.

【회귀자의 끝이 그리 쉬울 거라 생각하는가?】

통천하가 뒤집혔다. 강 곳곳에서 솟아난 요괴들이 유중혁을 덮쳤다. 버려진 이야기들이 한꺼번에 몸 위로 들러붙었다. 그의 입으로 코로, 잊힌 설화들이 빨려 들어오고 있었다. 머리가 깨져버릴 듯한 고통 속에서 유중혁은 조금씩 강 아래로 가라앉았다.

【잊지 마라. 우리에겐 죽음조차 허락되지 않는다는 것을.】

그 진언을 마지막으로, 시야가 반전되었다. 유중혁은 물을 토해내듯 숨을 헐떡이며 깨어났다. 꿈속에서 들러붙어 있던 요괴들은 이미 어디론가 사라지고 없었다. 그 대신, 누군가의 기척이 느껴졌다.

[휴, 죽은 줄 알고 깜짝 놀랐잖아.]

맑고 부드러운 목소리. 유중혁은 어질어질한 머리를 흔들었다. 그의 바로 눈앞에 흐릿한 인형이 있었다. 인형에게서 뿜어져 나온 온화하고 다정한 기운이 그의 전신을 덥혔다.

꿈인가?

조금씩 시야가 회복되자 인형의 얼굴이 눈에 들어왔다. 유중혁은 자기도 모르게 눈을 비볐다. 착각일까. 소녀의 외관이 어쩐지 김독자를 닮아 있었다. 별처럼 빛나는 눈은 그를 응시하고 있었다.

[여기서 대장을 보게 될 줄은 몰랐네. 이제 세계선을 떠돌던 내 기분을 조금은 이해하겠다. 그치?]

이 아이는…….

[걱정하지 마. 흩어진 설화는 대충 복구해뒀으니까. 임시로 서브 시나리오도 부여했으니 당분간은 괜찮을 거야.]

설마…….

[섭섭하게. 이렇게 말해야 알겠어?]

장난스럽게 웃던 소녀의 머리 위로 작은 뿔이 돋아났다. 한껏 벌어진 소녀의 입술이, 그가 오래도록 그리워했던 울음을 토했다.

[바앗.]

"사부한테 연락 온 거 있어요?"

"아니. 알아서 잘하고 있겠지."

유중혁이 떠난 지 어느덧 삼 개월이 흘렀다. 원고 작업은 착실하게 진행되고 있었고, 클라우드 시스템의 업데이트도 이어지고 있었다.

[파일 다운로드 횟수: 0]

하지만 지난 삼 개월 동안, 유중혁은 성흔을 사용해 클라우드 시스템에 로그인한 적이 없었다.

'유중혁 이 자식, 대체 뭐 하는 거야.'

스멀스멀 차오르는 불길함. 역시 그녀가 대신 갔어야 했나 싶은 생각까지 들었다.

옆에서는 유미아가 땀을 뻘뻘 흘리며 팔굽혀펴기를 하고 있었다.

"오빠의 두 다리를 부러뜨릴 수 있을 만큼 강해질 거예요."

이글거리는 눈동자를 빛내는 유미아를 보며, 한수영은 열심히 하라는 표시로 고개를 끄덕여주었다.

그렇게 얼마나 키보드를 두들기고 있었을까. 갑자기 머릿속으로 메시지 하나가 날아들었다.

[당신의 화신이 '클라우드 시스템'에 로그인했습니다.]

✶

대강의 사정을 전해 들은 비유의 반응은 이러했다.

[그러니까, 한수영의 성흔을 통해 공유받은 이야기를 다른 세계선에 퍼뜨린다. 이게 계획의 요지지?]

"맞다."

[그 이야기를 독자 아저씨의 환생체들이 읽어주길 바라는 거고?]

"그렇다."

[제법인데? '가장 오래된 꿈'의 특징을 그렇게 이용할 생각을 하다니…….]

"나도 나쁘지 않은 계획이라고 생각……."

[……라고 감탄할 줄 알았어? 진짜 그딴 계획을 세웠다고?]

비유가 원래 이런 성격이었던가?

[하긴, 대장은 그런 짓을 침착하게 저지를 만한 성격이긴 하지.]

놀리는 듯한 말투에, 유중혁이 인상을 찌푸렸다. 계속 듣다 보니 김독자와 비슷한 말투 같기도 했다.

[성공 확률이 높지는 않아.]

"알고 있다."

[그 세계선의 '가장 오래된 꿈'이 이 이야기를 읽지 않을 수도 있어. 고위 문명으로 갈수록 순수한 문자로 구성된 콘텐츠는 도태되니까, 접근할 기회조차 없을 수도 있고.]

"그 전에 세계선을 넘는 것부터가 문제다."

유중혁은 반파된 방주를 돌아보았다. 비유의 도움으로 운 좋게 목숨을 부지하긴 했으나, 결국 방주가 없으면 세계선 순례는 불가능하다.

잠시 뭔가를 생각하던 비유가 입을 열었다.

[왜 못 가? 좌표 어딨어? 줘봐.]

유중혁은 미심쩍은 얼굴로 유상아가 준 좌표 목록을 건넸다. 목록에 표시된 세계선을 확인한 비유가 빙긋 웃었다.

[나 도깨비 왕이야.]

순간, 유중혁은 당연한 사실을 떠올렸다.

'최후의 방주'는 관리국 소속 물건이었다. 그리고 관리국의 최종 책임자는 바로 '도깨비 왕'이다.

[내가 '암흑단층'에서 뭘 하고 있었게? 대장이랑 다른 일행들이 1,865회차에 간 동안, 나도 열심히 뭔가 하고 있었다 이거야.]

호를 그리며 웃는 비유의 눈에서 깊은 현기가 느껴졌다.

암흑 단층. 다른 시공간보다 훨씬 시간의 밀도가 짙은 곳.

대체 비유는, 얼마나 오랫동안 이 공간에 있었던 것일까.

품속에서 작은 혹 주머니를 꺼낸 비유가 말을 이었다.

[죽은 혹부리 왕의 차원문도 얻어서, 가까운 세계선을 넘는 것 정도는 이제 아무 문제 없어. 먼 세계선의 경우는…… 뭐, 그것도 방주를 좀 손보면 가능할 거야. 문제는 동력으로 쓸 에너지인데…….]

유중혁은 자신의 화신체를 내려다보았다. 비유의 구명으로 상처는 대부분 아물었지만, 그를 보호하던 설화들은 삼백 일이 넘는 표류, 사냥개들과의 전투로 인해 대부분 손상되었다.

[그것도 해결될 것 같네.]

"음?"

어찌 된 영문인지, 그의 내면은 설화로 충만했다. 그야말로 엄청난 양의 설화가, 유중혁의 내부에서 용솟음치고 있었다.

[대체 어디서 '이름 없는 것들'의 설화를 얻은 거야? 그것도 이런

어마어마한 양을…….]

시나리오로부터 버려진 설화들이 그에게 말을 걸고 있었다.

['이계의 신격'의 이름 모를 설화들이 당신과 함께하길 원합니다.]

언젠가 마지막 시나리오에서 마주쳤던 '이름 없는 것들'의 설화.

그 어떤 별도 주목하지 않는 곳에서 태어나, 누구의 시선도 없는 곳에서 죽어간 존재들.

그들이 유중혁에게 말을 걸고 있었다.

[이름 모를 설화들이 당신에게서 오래된 꿈의 향을 느낍니다.]

[그러고 보면 대장 주웠을 때도 좀 이상했어. 자아도 없는 '이름 없는 것들'이 대장을 보호하고 있지 뭐야.]

유중혁은 조금 전의 꿈을 떠올렸다.

'서유기' 시나리오.

'은밀한 모략가'와 999회차 존재들의 목소리.

그럴 리가.

황급히 기감을 높여보았지만 느껴지는 것은 없었다. 유중혁은 비유의 목소리를 들으며, 망망대해처럼 펼쳐진 우주의 정경을 잠시 바라보았다.

[그 설화를 연료로 쓰면 장거리 도약도 아무 문제 없을 거야. 얼른 움직이자. 이 근처는 사냥개들의 영역이라 지체하면 또 위험해질 수도 있어.]

또 사냥개를 만나고 싶은 생각은 없기에 유중혁은 고개를 끄덕였다.

[두 사람이 들어가긴 좀 비좁으니까…… 바앗!]

비유의 몸에서 풍성하고 새하얀 털이 솟아나더니, 순식간에 몸집이 주먹만큼 작아졌다.

[도깨비 왕 '비유'가 방주의 운항을 시작합니다!]

메시지와 함께, 방주의 도약 엔진이 작동했다. 방주는 푸른 설흔說痕을 남기며 순식간에 사라졌다.

.

.

.

잠시 후, 방주가 있던 자리에 다섯 개의 그림자가 나타났다.

【그가 잘 해낼 거라고 생각하십니까?】

【그건 모르지. 우리가 도와줄 수 있는 것은 여기까지다.】

【빨리 돌아가자. 오늘 학부모 참관 수업이니까. 누가 독자랑 가기로 했지?】

【나나나나나!】

【네놈은 안 된다.】

은하 너머로 사라지는 방주를 보며, '은밀한 모략가'가 말했다.

【다시는 보는 일이 없었으면 좋겠군, 유중혁.】

2부 수정본을 함께 작업하던 장하영이 지루하다는 듯 기지개를 켜며 물었다.

"근데 한수영, 뭐 하나만 물어봐도 돼?"

"묻지 마."

"유중혁한테 원고 전달은 어떻게 하라고 한 거야?"

장하영이 영 미덥지 않다는 목소리로 물었다.

"보니까 갠 게임이나 할 줄 알지 컴퓨터는 잘 모르는 거 같던데. 사이트에 소설 업로드하는 법은 알려나?"

"직접 연재할 수는 없어. 그러면 한 세계선에 너무 오래 있게 되니까."

"그럼?"

잠시 생각하던 한수영이 중얼거렸다.

"제일 이상적인 방법은 대신 연재해줄 사람을 찾는 건데……."

「**제**Z865123 **행성계. 이것은 바야흐로 제국력** 2020**년의 일로**…….」

그날, 웹소설 작가 이학현은 고시원에서 원고를 쓰다가 편집자와 전화로 실랑이를 벌이는 중이었다.

—작가님, 대체 뭔 얘길 쓰시려는 거예요? 소설 제목은 뭔데요?

"메소드 마스터입니다."

—메소드 마스터? 무슨 얘긴데요?

"그러니까…… 판타지 세계의 배우인 주인공이 자신의 연기를 마스터하면서 소드마스터가 되는……."

—아 네, 거기까지. 근데 제가 제국력으로 시작하지 말자고 몇 번이나 말씀드렸잖아요.

그 뒤로도 한참이나 이어지는 편집자의 목소리를 들으며, 이학현의 표정은 조금씩 우울해졌다.

—전작에서 어땠는지 잊으셨어요? 작가님, 잘 생각해보세요. 제발…….

이학현은 자신의 전작을 떠올렸다.

데뷔작인 《오크 철학자》는 처참한 성적으로 망했고(이 소설의 유료 연재분은 그의 베프를 제외하고는 아무도 구매하지 않았다), 호기로 쓴 차기작 《스타 작가 되는 법》은 당연히 그가 스타 작가가 아니기에 쫄딱 망하고 말았다. 그렇게 이걸로 벌써 세 번째.

"될 놈은 되고, 안 될 놈은 안 된다. 난 안 될 놈이다."

이미 방세는 삼 개월이나 밀렸고, 당장 가진 돈으로는 오늘 저녁을 때우기도 어려웠다.

빈 한글 문서를 보던 이학현은 고시원 옥상으로 뛰어 올라갔다. 5층 높이에서 내려다보이는 바닥은 제법 거리가 멀어 보였다.

"아니, 그래도 이건. 하아…… 응?"

이학현은 자신의 눈을 비볐다. 착각일까. 뭔가가 눈앞에 어른거리고 있었다.

"뭐지? 눈물인가?"

그것은 사람이었다. 검은색 코트를 입은 엄청난 미남. 그리고 그의 어깨에는 보송한 털 인형이 얹혀 있었다. 누가 봐도 평범한 외양이 아니었다.

꼭 여느 소설 속의 주인공으로 나오면 적당할 듯한…….

"네놈, 웹소설 작가처럼 보이는군."

사내의 패기에 이학현이 자기도 모르게 다리를 떨며 대답했다.

"그렇습니다."

"그럼 연재라는 것도 할 줄 알겠군."

"그야……."

순간 이학현은 무언가를 깨달았다. 언젠가 이야기를 들은 적이 있었다. 갑자기 세상에서 사라졌다가, 놀라운 대작을 써서 돌아오는 작가들의 전설. 예로부터 극소수의 작가들에게만 찾아온다는 행운.

이학현은 이것이 무슨 상황인지 눈치채고 어깨를 떨었다.

'서, 선택받은 작가 클리셰?'

지금까지 그가 읽어온 웹소설이 모두 사실이라면, 이제 저 사내는 자신을 소설 속 세계로 데려갈 것이었다. 그리고 누군가가 써놓은 세계의 결말을 고쳐달라고 말할 것이며, 자신은 클리셰로 단련된 뇌를 십분 활용해 환상적인 활약을 하게 될 것이다.

"할 줄 압니다! 내가 당신 세계의 미래를 바꿔주겠습니다!"

"……?"

"어서 나를 데려가십시오! 전 이래 봬도 유료 연재 경험도 있는 프로 웹소설 작가—"

둔탁한 소리와 함께 이학현은 뒤통수를 맞고 기절했다.

[아니 대장! 기절시키면 어떡해!]

비유가 뾰족한 음성을 냈다.

이곳은 제Z865123 행성계. 그들이 살던 지구로부터 무려 17겹의 암흑 단층을 통과해야 간신히 도달할 수 있는 세계선이었다.

"말이 너무 많아서 어쩔 수 없었다."

[이제 어쩌려고?]

유중혁은 품속에서 챙겨온 기구들을 꺼내기 시작했다.

"지금부터 이 녀석의 뇌리에 한수영이 쓴 소설을 강제로 주입한다."

[뭔 소리야? 그런 식으로는 얼마나 걸릴지 모르잖아! 앞으로 세계선 방문할 때마다 계속 그딴 식으로 세뇌할 거야?]

"그건……."

생각해보면 이 방법은 한계가 있었다. 무엇보다 지속적인 감시가 불가능한 상황에서, 유중혁이 떠난 후에도 세뇌가 지속될지 알 수 없었다.

[한수영이 아직 소설도 덜 썼다며? 이 세계에 두 번이나 방문할 시간은 없어. 이대로면 소설을 넘겨줘도 도중에 연재가 끊길 거라고!]

"한수영 이 자식……."

[남 탓하지 말고. 그 클라우드 시스템인가 뭔가 하는 거 써봐.]

뭔가 묘책이 있는 눈치라, 유중혁은 일단 시키는 대로 했다.

[화면 공유해줘.]

눈앞에 떠오른 [클라우드 시스템]의 파일을 살피며 비유가 이것저것을 건드려보기 시작했다. 그러다 비유의 손이 특정 파일 앞에 멈췄다.

[도깨비 왕 '비유'가 관리국의 권한으로 클라우드 시스템에 접근하려 합니다.]

[일부 파일의 열람을 허가하시겠습니까?]

유중혁은 확인 버튼을 눌렀다. 그러자 파일 하나에서 투명한 실선이 뻗어나오더니 이내 쓰러진 웹소설 작가의 머리와 연결되었다.

[도깨비 왕 '비유'가 권한을 사용해 '클라우드 시스템'을 조정합니다.]

[시스템의 영향이 약한 세계관입니다. 개연성을 추가로 소모합니다!]

[설정, '영감동기화靈感同期化'가 생성됐습니다!]

비유가 이마의 땀을 닦으며 말했다.

[클라우드의 파일을 이 인간의 무의식과 동기화시켰어. 앞으로 한수영이 쓴 이야기들은 이 인간의 무의식으로 함께 업데이트될 거야.]

그야말로 놀라운 설화 조작 능력이었다. 그 한수영조차 성흔 하나를 만드는 데 굉장히 오랜 시간이 걸렸는데…….

유중혁이 물었다.

"이 방법은 안전한 건가? 이 녀석이 쓸데없는 의심을 하면……."

[의심은 무슨. 오히려 좋아할걸. 영감이 폭발하는데 좋아하지 않을

작가가 어딨어? 분명 전부 자기가 쓴 거라고 굳게 믿을걸?]

비유가 씩 웃으며 사내를 내려다보았다. 쓰러진 웹소설 작가의 뒤통수를 내려다보며, 유중혁은 묘한 생각이 들었다. 어쩌면, 본래부터 소설이란 이런 식으로 만들어지는 건 아닐까.

쓰러진 사내의 머리를 툭툭 건드리며 비유가 말했다.

[아마 뮤즈라도 왔다 갔다고 생각하겠지.]

다시 눈을 떴을 때, 이학현은 자신의 책상에 엎드려 있었다.

"꿈이었나? 으……."

부스스 일어나 입을 닦으며, 이학현은 관자놀이를 짚었다.

이상할 정도로 생생한 꿈이었다. 검은색 코트를 입은 사내에게 위협당하는 꿈. 그리고 솜털 뭉치처럼 동동 떠 있던 인형……. 아무래도 오랫동안 골방에 처박혀서 글만 쓰다 보니 머리가 맛이 가버린 모양이었다.

한숨을 푹푹 쉬며, 이학현은 다시 빈 노트북 화면을 열었다. 그곳에는.

「멸망한 세계에서 살아남는 세 가지 방법이 있다.」

그가 쓴 적 없는 문장이 쓰여 있었다.

게다가 그의 손이 실시간으로 움직이며 타이핑을 계속하고 있었다.

「웹소설 플랫폼을 띄운 스마트폰이 힘겨운 듯 화면을 밀어냈다. 스크롤을 내렸다가, 다시 올렸다가. 몇 번이나 그러고 있었을까.

"진짜야? 이게 끝이라고?"」

"오?"

무섭도록 키보드를 두드리는 자신의 양손을 보며, 이학현은 드디어 자신이 돌아버린 것이 아닐까 생각했다.

어디선가 내면의 목소리가 들려오는 것도 같았다.

지난번에는 작가를 주인공으로 썼다가 망했잖아. 이번에는 독자가 주인공이면 어때?

「김독자金獨子. 아버지는 혼자서도 강한 남자가 되라고 그런 이름을 지어주셨다.」

한 문장을 쓰면 다음 문장이 떠올랐고, 다음 문장을 쓰면 다시 그다음 문장이 떠올랐다.

폭포수처럼 샘솟는 영감.

정신을 차렸을 때, 그는 어느새 프롤로그에 이어 1화를 완성한 상태였다.

「내 인생의 장르가 바뀌는 순간이었다.」

이학현은 한참이나 멍하니 그 화면을 바라보다가 편집자에게 전화를 걸었다.

"편집자님. 전 아무래도 될 놈인 것 같습니다."

5

유중혁이 떠난 후 어느새 일 년하고도 이 개월이 흘렀다.

원고 작업이 느려지기 시작한 것은 3부 작업이 한창 마무리될 즈음이었다. 원고는 축적되고 있었지만, 빈 구석이 너무 많았다.

부차가 더해질수록 한수영이 모르는 이야기가 늘어났기 때문이었다.

"이게 약간은 도움이 될지도 모르겠군요."

아일렌이 잠든 김독자의 설화 파편에서 기억을 추출해주지 않았다면, 작업은 훨씬 더디어졌을 것이다.

[설화 파편, '암흑성 대모험'을 추출하는 데 성공했습니다.]

[설화 파편, '1,863회차의 기억'을 추출하는 데 성공했습니다.]

[설화 파편, '미식협 이야기'를 추출하는 데 성공했습니다.]

너무나 작은 이야기였기에 설화가 되지 못한 것들. 한수영은 그 파편을 읽으며 부족했던 김독자의 내면을 채워 넣었다.

그럼에도 여전히 많은 부분은 공백이었다. 한수영은 그런 지점을 애써 채워 넣지 않았다.

[당신의 화신이 '클라우드 시스템'에 로그인했습니다.]

유상아가 물었다.

"중혁 씨는 잘 하고 있는 모양이네요."

"뭐, 보나 마나 애먼 웹소설 작가들 족치고 있겠지."

"다른 작가들은 어떨지 궁금하네요. 다 수영 씨 같은 건 아니겠죠?"

"뭐 그건…… 근데 너 또 왜 와서 갈구냐?"

"생각해보니 사람이 아닐 수도 있겠네요. 고도로 발달한 AI일 수도 있고……."

한수영은 마지못해 고개를 끄덕였다. 우주는 넓고 작가는 많다. 유중혁은 그들을 일일이 찾아다니며 두들겨 패고 있을 것이다.

아무튼 수정본이 착실하게 다운로드되는 걸 보면, 일을 제대로 하고 있기는 한 모양이었다.

그런데.

[당신의 화신이 당신이 쓴 원고를 고치고 있습니다.]

"뭐?"

[대장, 지금 뭐 하는 거야?]

"잘못된 부분을 고치고 있다."

유중혁은 [클라우드 시스템]의 파일을 열어 실시간 업데이트 파일을 수정하는 중이었다. 본래였다면 화신인 그가 [클라우드 시스템]에 업데이트된 파일을 수정하는 것은 불가능했다. 하지만.

[당신의 특성 효과가 발동합니다.]

[당신은 '클라우드 시스템'의 원고를 수정할 수 있게 됐습니다.]

[이미 서술된 내용의 수정은 상당량의 개연성을 요구합니다!]

얼마 전부터 그것이 가능해졌다. 대체 언제부터 있었는지는 잘 기억나지 않지만, 그에게 내재되어 있던 작가의 특성이 힘을 발휘했다. 어쩌면 이계의 신격들의 설화를 받으며 개화했는지도 모른다.

[한수영이 화내는 거 아냐?]

"그놈이라고 모든 이야기를 다 아는 것은 아니다. 특히 어떤 부분은 아주 엉망이더군."

유중혁은 그렇게 말하며 홀로그램 키보드를 두들겼다. 비유는 그런 유중혁의 모습에 감탄하며 말했다.

[오…… 대장, 생각보다 맞춤법 잘 아네? 맨날 칼만 휘두르니까 '낳다' '낫다'도 구별 못 할 줄 알았는데…….]

갑자기 유중혁의 커서가 멋대로 움직이기 시작한 것은 그때였다.

[성좌, '거짓 종막의 설계자'가 최신 파일을 재수정했습니다.]

유중혁이 방금 커서를 올려두었던 부분에 이상한 말이 쓰여 있었다.

「야, 너 지금 내 원고 고쳤지? 뒈지고 싶냐 진짜?」

이런 식으로 의사소통을 하는 법도 있었군.

유중혁은 침착하게 그다음 문장을 이어 썼다.

「네놈이 원고 간수를 제대로 못 했기 때문이다.」

「뭔 개소리야?」

「원고에 잘못된 부분이 있다. 파일에 의견을 표시해뒀으니 확인해라.」

유중혁은 그 말을 한 후 자신이 고친 부분을 다시 한번 살폈다.

「흑색 코트를 걸친 이길영은 별처럼 반짝이는 눈으로 세계를 오시하며 말했다. "시커먼 놈. 약해빠졌군." - 네놈은 이게 정말 말이 된다고 생각하는 거냐?」

「장강의 급류처럼 고고한 기파를 내뿜으며, 이지혜가 자신의 검을 휘둘렀다. "파천검문波天劍門 진신오의절기眞身奧義絕技 파천멸황검波天滅皇劍!" - 파천검문에 이런 기술은 없다. 그리고 한자도 틀렸다.」

한수영은 잠시 말이 없었다.

「뭐야, 난 이런 문장 쓴 적 없는데? 이거 설마 벌써 연재된 거 아니지?」

「업데이트까지는 시간이 있으니 빨리 고치도록.」

대충 무슨 상황인지는 이해가 갔다.

「이것들이 진짜…… 내 노트북을…….」

보나 마나 이길영과 이지혜가 한수영 몰래 업데이트 예정 파일을 바꿔놓았겠지.

눈앞에서 빠르게 수정되는 문장을 보며 비유가 말했다.

[둘이 이제 정말 많이 친해졌네.]

"임무를 위한 교류일 뿐이다."

매번 수정본이 갱신되는 것으로 보아, 한수영 또한 김독자의 이야기를 최대한 온전한 형태로 복원하기 위해 애쓰는 중인 듯했다.

각색이나 상상력으로 채워진 부분이 많아질수록 이 소설은 그들이 살았던 현실과 괴리될 수밖에 없다. 그들의 목적이 김독자를 되찾는 것인 이상, 이 이야기는 그들이 살아온 현실이어야만 한다.

[이게 이야기인 이상 완벽한 재현은 불가능해. 모든 이야기는 곧 화자의 시점에서 왜곡되니까.]

"알고 있다. 김독자 본인이 썼더라도 마찬가지였겠지."

유중혁은 잠시 그것에 관해 생각했다.

결국 어떤 이야기를 써도 온전한 '김독자'를 복원할 수 없다면, '김독자'라는 존재는 대체 무엇이었을까.

유중혁은 고개를 흔들었다.

이전에도 지금도, 그것은 아무도 알 수 없었다. 자신이 누구인지 정확히 아는 사람은 세상에 아무도 없으니까.

유중혁은 한수영의 원고를 바라보았다. 자신이 누구인지 잊은 이들은, 다만 한수영의 원고를 읽고 있을 것이었다. 지금 이 문장을 읽었고, 다음은 여기를 읽고 있을 것이다.

그런 이들에게 한수영과 유중혁이 바라는 것은 하나뿐이었다. 그들이 모르는 '행복한 결말'이, 누군가의 상상 안에서는 비로소 실현되기를.

한 번도 본 적 없는 그 세계가 이 우주 어딘가에서는 무사히 존재하기를.

[성좌, '거짓 종막의 설계자'가 최신 파일을 수정했습니다.]

「혹시 몰라서 버전을 몇 개 더 만들었는데, 이것도 예비로 가지고 있어줘. 하나는 연재본, 하나는 이북 단행본 버전, 마지막은 종이책 버전이야.」

「무슨 차이지.」

「전체적으로는 같지만, 세부가 약간씩 달라.」

유중혁은 무슨 말인지 금방 알아들었다.

「아무래도 기억을 기워 만든 소설이다 보니, 각자 기억하는 게 조금씩 다르더라고. 김독자가 어떤 내용으로 기억하고 있을지도 정확히 몰라서 시험 삼아 버전을 몇 개 더 만들었어. 실험해볼 것도 좀 있고.」

「실험?」

「그런 게 있어. 너도 읽어보고 이상한 거 있으면 의견 줘. 그나저나 유중혁, 너 지금 몇 년이나 떠돌고 있는…….」

['클라우드 시스템'의 잘못된 사용으로 오류가 발생했습니다!]

[개연성 후폭풍으로 인해 성흔이 일시적으로 종료됩니다.]

아무래도 원고를 이런 식으로 사용하는 것은 무리였던 모양이다.

천천히 고개를 든 유중혁은 창에 비친 자신의 얼굴을 바라보았다. 머리 곳곳에 미묘하게 자라난 새치들이 보였다.

[대장, 아직 백 년도 안 됐어.]

"알고 있다."

[시간 되게 안 가지?]

무심히 지나가는 듯한 그 목소리에, 유중혁은 멈칫했다.

비유는 표정을 알 수 없는 솜뭉치 상태로 흘러가는 암흑 단층의 정경을 보고 있었다. 새삼 비유의 전생이 신유승이었다는 것이 실감이 났다.

「"대장, 알아? 내가 얼마나 힘들었는지. 당신 부탁을 들어주려고, 내가 얼마

나 지난한 세월을 견뎠는지.”」

과거의 회차에 정보를 전해주기 위해, 무려 수천 년의 시간을 세계선의 미아로 떠돌았던 존재.

유중혁은 몇 번이나 입술을 열었다 닫았다. 그리고 간신히 말문을 뗴었다.

“많이 힘들었겠군.”

[맞아, 아주 힘들었어. 대장 원망도 엄청 많이 했고.]

범람의 재앙, 신유승.

도깨비 왕 비유는 한때 그런 이름을 가지고 있었다.

[그래도 요즘은 환생해서 다행이다 싶어. 그때 약속한 걸 대장이 지켰거든.]

“약속?”

[아직 내가 신유승이던 시절, 대장이 그런 약속을 했어. 모든 시나리오가 끝나면 다 함께 여행을 떠나자고.]

이어지는 비유의 목소리를 들으며, 유중혁은 41회차의 설화를 되짚었다. 은밀한 모략가가 전해준 기억 덕분인지, 어렴풋하게 그날의 기억이 떠오르기 시작했다.

시나리오가 끝나면 하고 싶은 일을 이야기하던 신유승.

41회차의 유중혁은 그 약속을 지키지 못했다.

「“신유승, 네가 마지막이다.”」

일행들은 하나씩 죽어갔고, 최후의 순간에 유중혁은 신유승을 세계선 바깥으로 보냈다.

그날의 기억. 그날의 시간은 모두 어디로 사라졌을까.

모른다. 어쩌면 ‘이름 없는 것들’이 되었을지도.

"내가……."

[미리 말해두는데, 사과하지 마. 그 사과를 할 존재도, 받을 존재도 이제 이 세계에는 없으니까.]

그 말이 맞았다. 말을 하는 사람도, 말을 듣는 사람도 어쩌면 적확한 대상은 아니었다. 유중혁은 41회차의 삶을 잃었고, 비유는 환생과 함께 그 시절의 기억을 대부분 망각했다. 다만 그들을 이어주는 오래된 이야기가 있었다. 두 존재는 잠시 그 이야기를 생각했다.

[슬슬 일을 시작하러 가볼까?]

"그러지."

지금 그들이 할 수 있는 것은, 이 긴 여정을 완수하는 것.

그리고 그들의 이야기를 전달해줄 적당한 매개인을 찾아내는 것.

"이번에는 저 부부 작가가 좋겠군."

아마도 꽤 오랫동안 계속될 여행.

유중혁은 그것이 그리 나쁘지 않은 일처럼 느껴졌다.

연재가 점점 장편이 되면서, 김독자의 설화 파편이나 일행들과의 면담만으로는 채울 수 없는 에피소드가 계속 늘어났다. 이길영이 투덜거렸다.

"그냥 지난번처럼 대충 때우면 안 돼요?"

"내가 언제 대충 때웠냐? 이설화, 준비한 거 부탁해!"

한수영의 말에 이설화가 여러 개의 빨판이 연결된 장치를 병실 안으로 끌고 들어왔다. 유상아가 물었다.

"설화 파편 추출기잖아요?"

이설화가 고개를 끄덕였다.

"지금부터 여러분의 설화 파편을 추출할 거예요."

"우리 설화를요?"

"평소 제대로 기억하지 못한 게 있을 수도 있고, 무의식에 잠재된 것들이 있을 수도 있어요. 다들 알겠지만 설화는 대부분 무의식에 축적되어 있거든요."

"아, 어쩐지 부끄러운데…… 이상한 설화라도 나오면 어떡해요?"

당연히 그러길 기대한다는 듯, 한수영이 사악한 목소리로 말했다.

"야, 이길영. 이지혜. 너희부터 해봐."

그 말에 이길영과 이지혜가 쭈뼛거리며 물러났다.

"아 왜. 우린 아는 거 다 실토했다고. 그렇지 누나?"

"그럼 그럼!"

그러거나 말거나 한수영은 두 사람을 잡아 의자에 앉힌 뒤 고무 빨판 같은 것을 머리에 씌웠다. 이길영이 발악했다.

"아, 기분 이상하다고! 뚫어뻥 머리에 쓴 거 같아!"

츠츠츠츠츠!

"으히히힉!"

['이길영'의 완전한 설화가 추출됐습니다!]

[설화, '마왕의 광신도'가 노래를 부릅니다.]

「"오오 그때 독자 형은 말했다네에……."」

"그럴 줄 알았다. 설화 이름부터 광신도구만 뭘."

이길영은 축 늘어진 척 말이 없었다. 한수영은 실눈을 뜬 채 그런 이길영을 노려보다가 이지혜 쪽으로 시선을 돌렸다. 때마침 이지혜의 설화도 막 추출되어 나온 참이었다.

['이지혜'의 설화 파편이 추출됐습니다!]

[설화 파편, '천부적인 왜곡자'가 이야기를 시작합니다!]

"어쭈, 야 소설은 네가 써야겠다."

한수영의 시선을 피한 이지혜가 옆을 보면서 휘파람을 불었다.

"너희 또 내 원고 조작하면 죽는다, 진짜."

"네……."

"됐고, 다음 사람은……."

고개를 절레절레 흔든 한수영이 새로운 빨판을 쥔 채 뒤를 돌아보는 순간, 장난스러운 표정의 정희원이 한수영 머리에 빨판을 씌웠다.

"아 뭐야! 이거 벗겨! 빨리!"

['한수영'의 설화 파편이 추출됐습니다!]

[설화 파편, '레몬맛 사탕의 추억'이 이야기를 시작합니다.]

「**"근데, 그거 내가 먹던 건데."**

"그래서?"

"……**재미없네, 진짜.**"」

정희원이 놀리듯 말했다.

"오호, 이것 봐라. 우리 작가님, 이런 귀한 장면은 왜 본편에서 쏙 빠뜨리셨을까? 원고 수정하셔야겠는데?"

"……."

"상아 씨, 우리도 해봐요. 빨리 추출해야 작가님께서 원고를 쓰시지."

한수영이 이를 바득바득 가는 사이, 다른 일행들도 하나둘 빨판을 쓰고 설화 파편 추출을 시작했다.

['유상아'의 설화 파편이 추출됐습니다!]

[설화 파편, '근면, 성실, 인내'가 추출됐습니다.]

"뭐야? 가훈이야?"

"다들 유상아 씨를 좀 본받으라고."

['유상아'의 설화 파편이 추가로 추출됐습니다.]

[설화 파편, '날카로운 첫 손잡기의 추억'이 추출됐습니다!]

설화를 확인한 정희원의 눈이 이채를 띠었다. 그녀도 아는 설화이기 때문이었다.

그런데 모르는 사람도 있었다. 한수영이 물었다.

"뭐야, 너 김독자랑 손잡았어?"

"음, 까맣게 잊고 있었네요. 저런 적도 있었지 참."

"왜 잡았는데?"

"궁금해요?"

"소설에 써야 되니까 빨리 대답해!"

곁에서 정희원이 빨판을 머리에 쓴 채 웃었다.

"야야 한수영, 절친한 동료끼리 손 정도야 잡을 수도 있지. 뭘 그렇게……."

['정희원'의 설화 파편이 추출됐습니다!]

[설화 파편, '구원의 마왕의 흑염룡을 본'이 추출됐습니다.]

한수영이 눈을 가늘게 떴다.

"절친한 동료끼린 그런 것도 보여주냐?"

"하하하…… 이거 뭔가 오류가 있나 보네."

['이현성'의 설화 파편이 추출됐습니다!]

[설화 파편, '구원의 마왕의 흑염룡을 본'이 추출됐습니다!]

깜짝 놀란 정희원이 물었다.

"현성 씨는 그 설화 왜 갖고 있어요?"

"희원 씨, 잊으셨습니까? 전에 같이 보셨잖습니까."

"뭔데 뭔데! 왜 둘이 그런 걸 본 건데!"

장하영의 재촉에 정희원이 곤란하다는 말투로 횡설수설을 시작했다.

초미의 관심이 집중되는 사이, 한수영은 슬그머니 비켜나 설화 추출기 쪽으로 접근했다. 어쩐지 심란해 보이는 그녀는 복잡한 눈으로 일행들과 설화 추출기를 바라보다가, 조심스레 추출기 전원 버튼으로 손가락을 뻗었다. 그 광경을 발견한 정희원이 소리를 질렀다.

"한수영, 뭐 해? 또 나중에 오해하지 말고 내 말 똑바로 들……."

['한수영'의 추가 설화 파편 분석이 끝났습니다.]

[설화 파편, '실수로 구원의 마왕의 흑염룡을 터뜨린'…….]

거의 동시에, 한수영이 장치의 전원을 껐다.

「"그러니까, 전우치의 공격이 내…… 그곳으로 날아왔다 이거냐?"」

뒤늦게 1부의 추가분을 서술하며, 한수영이 조그맣게 투덜거렸다.

"젠장, 별일이 다 있었네."

하마터면 일행들에게 이상한 설화를 들킬 뻔했다.

어쨌거나 일행들의 설화 파편을 추출한 덕에, 한수영은 남은 원고를 무난하게 써 내려갈 수 있었다.

자신이 모르는 것은 생략하고, 가능한 확실한 정보를 토대로 써 내려간 소설. 이쯤 되면 이걸 소설이라 불러야 할지, 아니면 수필이라 불러야 할지 알 수 없는 지경이었다.

"후……."

작품이 후반부로 흘러갈수록, 일행들의 표정에도 고통의 그림자가 떠올랐다. 즐거웠던 순간의 기억들은, 결국 그들이 맞이한 결말로 귀결된다.

모든 노력이 물거품이 되고, 김독자는 그들의 곁으로 돌아오지 못하는 엔딩.

이길영이 물었다.

"이런 비극을 쓰는 게 무슨 의미가 있어?"

"의미는 있어."

그들은 아무것도 바꿀 수 없었을지언정, 결코 포기하지 않았다. 그리고 그 사실만으로도 누군가는 위로를 받는다. 그것이 그들 자신이라고 할지라도.

그렇게 여덟 달 정도가 더 지났을 무렵, 마침내 한수영은 4부와 5부를 거쳐 에필로그에 도달했다. 알 수 없는 해방감과 고양감에 휩싸인 채, 한수영은 마지막 원고를 쓰기 시작했다.

[해당 세계선의 시스템의 노화도가 한계치에 달했습니다.]

그리고 그때, 누구도 예상치 못한 일이 벌어졌다.

[해당 세계선의 모든 시스템이 소멸 단계로 진입합니다.]

"뭐?"

[성흔, '클라우드 시스템'의 작동이 중지됐습니다.]

6

클라우드에 파일을 올릴 수 없다고?

갑작스러운 메시지에 한수영은 몇 번이나 성흔을 점검했다. 하지만 성흔은 작동하지 않았다. 마치 시스템의 은총이 사라지기라도 한 것처럼.

실제로 아까부터 몸의 느낌이 달라지고 있었다. 어디든 날아갈 수 있을 것 같던 육체가 조금씩 무거워지는 느낌.

설마? 아니, 잠깐만.

언젠가 이런 날이 올 수도 있다고 생각했지만, 예상보다 그 시기가 너무 빨랐다.

[당신이 가진 '관리국'의 설화가 이야기를 멈춘 상태입니다.]

아직 한수영은 소설의 마지막, 에피소드를 쓰지 못한 상태였다.

게다가 클라우드 시스템이 없으면 원고를 쓰더라도 전파가 불가능해진다.

"이런 씨……."

때마침 누군가가 병실 문을 벌컥 열고 들어왔다.

"한수영!"

일행들 역시 사달을 눈치챈 모양이었다.

"전혀 방법이 없어? 진짜로?"

"지금으로서는 그래요."

마력으로 움직이던 기기들이 하나둘 작동을 멈추고 있었다. 덕분에 이설화의 병원에서는 급하게 의료 기기의 동력원을 교체하는 중이었다.

"김독자 상태는?"

"다행히 큰 이상 징후는 보이지 않아요."

시스템의 힘이 사라졌지만, 잠든 김독자는 그대로였다.

살지도 죽지도 않은 채 조용히 잠든 소년. 소년의 다른 환생체들은 세계선 각지에서 그녀가 쓴 원고를 읽고 있을 것이었다.

"마지막 원고를 업데이트하지 못했어. 이렇게 되면……."

"'가장 오래된 꿈'들이 마지막 이야기를 읽지 못했겠군요."

유상아의 말에 이지혜와 장하영이 연달아 소리를 질렀다.

"그럼 어떡해요? 마지막 원고가 제일 중요한 거 아니에요?"

"내 외전은!"

"지금 그게 중요한 게 아니잖아."

유중혁이 얼마나 많은 세계선을 순회했는지는 모르겠지만, 지금쯤이면 상당한 숫자의 세계선이 최신화까지 연재를 따라왔을 것이었다.

"아, 내가 세상에서 제일 싫어하는 게 연재 중단인데……."

소설의 최종장은 '가장 오래된 꿈'에게 '아직 일어나지 않은 일'이었다. 당연하게도, 아직 일어나지 않은 이야기를 그들이 온전히 상상할 수 있을 턱이 없다.

"어쩌죠? 마지막 에피소드가 제일 중요하다고 하셨잖아요."

"아직 방법은 있어."

손가락을 잘근잘근 씹던 한수영이 하늘을 올려다보며 말했다.

"나 말고도 원고를 고칠 수 있는 녀석이 하나 더 있어. 지금은 그 녀석을 믿어보는 수밖에."

"원고 업데이트가 멈췄군."

보통 원고는 하루에 한 번꼴로 업데이트되었다. 하지만 약 한 달 전부터 업데이트가 완전히 끊겼다.

처음에는 잦은 세계선 이동으로 인한 오류라고 생각했지만, 확인해보니 로그인 내역 자체가 없었다.

[대장, 뭔가 잘못된 거 같은데?]

가설은 둘이었다. 하나는 한수영이 원고를 쓰지 못하는 상황에 처했다는 것, 다른 하나는 지구의 시스템이 드디어 마비되었다는 것이었다.

어느 쪽이든 달가운 상황은 아니었다.

[동기화 중인 세계선으로 파일이 자동 전송되고 있습니다.]

벌써 원고의 최신 연재분이 다른 세계선으로 전송되었다. 가장 빠르게 연재를 시작한 세계선에서는 휴재 공지가 올라온 곳도 있었다. 갑자기 이야기가 떠오르지 않자, 당황한 작가가 휴재를 선언한 것이었다.

상황이 좋지 않았다. 이대로라면, 평정심을 잃은 작가들이 한수영이 쓰지 않은 원고를 제멋대로 창작하여 올리게 될지도 모른다.

[대장, 시간이 별로 없어.]

유중혁은 자신의 양손을 내려다보았다. 천천히 주먹을 쥐었다 펴보기도 했다.

방법이 없는 것은 아니었다. 한수영이 원고를 쓸 수 있는 상황이 아니라면…… 원고를 쓸 수 있는 사람이 마지막을 완성해야만 한다.

[특성 효과가 활성화됩니다!]

[당신은 클라우드 시스템의 원고를 편집할 수 있습니다.]

[원고 편집에는 다량의 개연성이 필요합니다.]

유중혁이 천천히 감았던 눈을 다시 떴다.

시스템이 소멸 시퀀스에 접어든 후 두 달이 더 지났다.

한 번 무너진 시스템은 돌아올 기미가 보이지 않았다. 시스템 메시지를 들을 수 있는 사람이 조금씩 줄어들었고, 스킬과 성흔도 하나씩 자취를 감추었다. 설화들의 목소리도 이제 들려오지 않았다.

—마력 엔진으로 운행되던 여객기가 동해안 상공에서 추락하여…….

아직 교체되지 않은 지난 세대의 전유물이 말썽을 일으키기도 했다.

"아, 내가 그렇게 교체하라고 말했는데!"

떠오른 뉴스 화면을 보던 정희원이 기어코 역정을 냈다.

한수영이 물었다.

"저긴 누가 갔어?"

"지혜랑 애들. 걔넨 아직 미약하지만 성흔을 사용할 수 있어서……."

두 사람은 실시간 뉴스로 구조 현장을 지켜보고 있었다. 화면 속에서 이지혜와 이길영, 그리고 신유승의 모습이 보였다. 예전보다 크기가 많이 줄어든 이지혜의 거북선과 신유승의 키메라 드래곤.

"파도가 너무 높아."

속출한 부상자를 하나둘 구조 중인데, 밀려오는 파도가 점점 거세지고 있었다.

휘청거리는 키메라 드래곤과 거북선.

악천후 속에서 구조 작업을 이어가고 있지만, 상황은 순탄치 않았다.

보다 못한 한수영이 자리에서 일어났다.

"지금 당장 유상아한테 연락해서 헬기 대기시켜. 쟤들만으로는 무리야."

"벌써 연락해놨어. 그런데 폭풍 때문에……."

빌어먹을. 한수영은 욕설을 내뱉으며 짐을 챙겼다.

—속보입니다. 동해안 인근에 대기권을 뚫고 나타난 정체불명의 비행 물체가…….

화면 속, 먹구름 너머로 뭔가가 하늘을 가로질러 날아오고 있었다. 굉음과 함께 바다 먼 곳에서 빛이 발생했다. 풍랑을 뚫고 날아간 드론들이 인근 해역의 영상을 실시간으로 송출하고 있었다.

뿌연 포말 사이로 드러나는 비행 물체의 외연. 캡슐형 방주 안에서 누군가가 몸을 일으켰다.

"유중혁?"

✳

뉴스를 확인하자마자 한수영과 일행들은 곧장 동해로 달려갔다.

—외계 존재의 도움으로 부상자 전원 무사 구출…….

—문제의 외계인은 이 년 전 지구를 떠난 테러범으로 알려져…….

끊임없이 떠오르는 뉴스 속보.

부두 쪽에서 얼마나 기다렸을까. 멀리서 이쪽을 향해 다가오는 구조선들이 보였다.

대형의 중심을 차지한 이지혜의 거북선. 이지혜와 아이들이 손을 흔들었다. 그리고 그 뒤에서, 이쪽을 바라보는 한 사내가 있었다.

"너……!"

낯선 모습이었다. 얼굴에는 큰 변화가 없지만, 녀석의 더벅머리가 군데군데 세어 있었다.

"오랜만이군."

한수영은 무슨 말을 해야 할까 멈칫거리다가 저도 모르게 쏘아붙였다.

"임무는? 왜 벌써 돌아온 거야?"

그렇게 말해서는 안 된다는 걸 알고 있었다. 유중혁이 버틴 세월은 그런 식으로 말할 수 없는 시간이었을 것이다. 유중혁이 말했다.

"돌아올 수밖에 없는 상황이었다."

"오빠!"

뒤쪽에서 달려온 유미아가 유중혁의 품에 안겨들었다. 유중혁은 하염없이 우는 유미아를 가만히 안아주었다.

한수영은 잠시 그 광경을 바라보다가 물었다.

"뒤에 달고 온 건 누구야?"

그러자 유중혁 뒤쪽에 있던 소녀가 빼꼼 고개를 내밀었다.

"뭐야 진짜…… 또 못 알아보네."

한숨을 푹 내쉰 소녀가 지겹다는 듯 중얼거렸다.

"바앗."

유상아가 직접 리무진을 끌고 일행들을 태우러 왔다. 이송 도중 이설화에게 건강검진을 받으며, 유중혁은 그동안 있었던 일을 설명했다. 지구를 떠나고, 세계선을 표류하고, 이계의 신격들에게 도움을 받고, 암흑 단층에서 비유를 만나고, 마침내 세계선 일주를 완수하기까지.

"설화 에너지가 다 떨어져서 돌아올 수밖에 없었다고?"

"그렇다."

아무래도 시스템의 소멸은 우주에 있던 유중혁에게도 영향을 미친 모양이었다. 그야말로 최악의 상황이 일어난 것이다.

"대체 우주에 얼마나 오래 있었던 거야?"

"궁금한가?"

유중혁의 입가에 희미한 미소 같은 것이 떠올랐다가 사라졌다. 지극히 유중혁답지 않은 모습에 한수영이 눈살을 찌푸렸다.

"웃어?"

"걱정하지 마라. 갈 수 있는 세계선은 모두 방문했다. 비유의 도움으로 실시간 링크를 걸어뒀으니, 소설은 그곳 작가들이 순차적으로 업로드하고 있을 거다."

유중혁의 말에, 대화를 엿듣던 일행들이 안도의 한숨을 내쉬었다.

하지만 아직 가장 중요한 지점이 남아 있었다.

"전부 전송한 거야? 마지막 원고는? 마지막 에피소드는 어떻게 됐는데?"

"네놈이 보내주지 않은 그 원고 말인가?"

"그래! 네가 고칠 수 있었던 그 원고 말이야!"

한수영이 기어코 역정을 냈다.

"너도 작가 특성 가지고 있잖아. 내 소설 쭉 따라 읽었으면, 완결이 어떻게 나야 할지는 잘 알고 있었을 거 아냐. 응? 썼지? 네가 대신 쓴 거지?"

유중혁은 그런 한수영을 가만히 바라보았다.

그렇게 얼마나 지났을까, 유중혁은 묵묵히 창밖으로 시선을 돌렸다.

한수영의 목소리가 떨렸다.

"너…… 너 설마—"

"내가 그것을 썼어야 한다고 생각하나?"

"무슨 개소리야 이 자식아! 당연히—"

"우리에게 일어나지 않은 희망을 결말로 쓰는 것이, 정말 온당한 일이라고 믿는 건가?"

순간적으로 굳은 한수영을 보며, 유중혁이 말을 이었다.

"한수영. 우리가 아무리 노력한다 한들, 그 이야기는 우리가 살았던 삶과는 다르다."

"너, 누가 그걸 몰라서—"

한수영도 알고 있었다. 누구보다 잘 알고 있었다.

문장이 쌓일 때마다 느껴지는 괴리감. 아무리 정확한 단어를 쓰고 고심한 표현을 써도, 이야기 속에 그들이 기억하는 시간을 온전히 담는 것은, 한때 이 세계에 살았던 김독자를 재현하는 것은 불가능했다.

애초에 소설의 버전을 나눈 것도 그 때문이었다. 어떻게든, 어떻게든 그들이 기억하는 김독자에게 닿고 싶었기 때문에.

"시도해보지 않은 것은 아니었다. 내가 기억하는 설화를 이용해 마지막 에피소드를 써보려고 했다. 너희가 그랬듯이. 하지만."

김독자를 재현하기 위해 일행들의 설화가 모였다. 한 조각, 두 조각. 그들이 기억하는 문장이 쌓여 가상의 김독자가 됐다.

「우리 애 어릴 때 이야길 듣고 싶다고?」

「내가 기억하는 독자 아저씨는…….」

「형이 그때 그랬다니까요! 진짜예요!」

1퍼센트의 김독자, 다시 2퍼센트의 김독자.

많은 사람이 김독자를 기억하고 있었고, 그렇게 모인 김독자는 어쩌면 99퍼센트의 김독자가 될 수도 있었다.

"우리가 만든 이야기로 김독자가 살아 돌아온다 한들, 너는 정말 그것이 김독자라고 생각할 수 있겠나?"

그들이 기억하지 못하는 1퍼센트의 김독자. 그들이 기억하지 못하는 그 김독자는, 이 우주의 어디에 남게 되는 것일까.

"영혼이 흩어지기 전에도 김독자는 '가장 오래된 꿈'이었다. 이상하다고 생각해본 적 없나? 그 녀석은 왜 자신의 행복을 상상하지 않았는지."

한수영이 발작적으로 대꾸했다.

"'가장 오래된 꿈'이라고 해도 세계를 자기 마음대로 상상할 수는 없어. 꿈의 대부분은 무의식이니까!"

"그렇다면 김독자의 무의식은 이 결말이 옳다고 생각한 것이겠지."

단 한 번도 자신의 행복을 상상해본 적 없는 존재. 그들이 아는 김독자는 그런 사람이었다.

"나도 알아! 김독자가 그런 놈이란 거. 넌 내가 왜 이 이야기를 썼다고 생각하는데? 내가 왜……."

뭔가가, 발등으로 툭툭 떨어지고 있었다. 무슨 말이든 하고 싶었다. 소리를 지르고, 유중혁의 멱살을 잡고 흔들고 싶었다. 하지만 그럴 수가 없었다.

오랜 피로감이 섞인 목소리가 들려왔다.

"누군가를 살리기 위해서."

흘러가듯 들려온 유중혁 목소리에 한수영이 고개를 들었다.

"네 이야기로, 나는 지금까지 살아남을 수 있었다."

한수영은 붉어진 눈으로 유중혁을 노려보았다.

"너 같은 놈한테 듣고 싶은 말이 아니었어."

멀리서 공단의 정경이 보였다.

그들의 집. 한때 모든 〈김독자 컴퍼니〉가 모여 살던 곳. 누군가의 불가능한 꿈이 만들어낸 장소. 모두가 그 광경을 바라보았다.

운전대를 잡은 유상아가 말했다.

"그렇게 된 거군요. 이야기해줘서 고마워요, 중혁 씨."

아무도 우는 사람은 없었다. 유중혁의 선택을 탓하는 사람도 없었다. 슬픔이 희석되었기 때문이 아니었다. 어쩌면 일행들은 그만큼이나 강해진 것이다.

유중혁뿐만이 아니었다.

이야기를 쓰고, 다시 이야기를 읽으면서. 그리고 누군가가 그 이야기를 읽어주기를 기대하면서, 일행들은 다시 남은 시간을 살아갈 힘을 얻었다. 꿈꾸던 기적이 눈앞에서 사라져도 무너지지 않을 용기.

단지 저 우주 너머에 그들의 이야기를 읽는 누군가가 있다는 사실만으로도 이제 그들은 살아갈 수 있게 되었다.

이지혜가 물었다.

"근데 그 소설, 인기 있었어요?"

"나쁘지 않았다."

"독자 아저씨들이 좋아했을까요?"

"야 시커먼 놈! 환생한 독자 형 본 적 있어? 어땠어?"

그동안 궁금했던 걸 모두 물어보려는 듯, 질문이 폭포처럼 쏟아졌다. 유중혁이 대답했다.

"환생한 김독자를 본 적은 없다. 하지만—"

창밖으로 지나치는 김독자 동상을 보며, 유중혁이 말을 이었다.

"놈은 분명 이 이야기를 읽었을 것이다. 그런 기분이 든다."

"독자 아저씨 짜증 내고 있겠다. 결말 또 못 봐서……."

다른 세계선의 김독자들에게 이 이야기의 결말은 어떻게 기억될까. 한수영은 알 수 없었다. 좋은 결말을 낸다는 건 헤어지는 연인에게 이별의 이유를 납득시키는 것만큼이나 힘든 일이니까.

"다른 세계선의 독자 씨들이 여기로 쳐들어오는 거 아냐?"

그러자 누군가가 아주 작게 중얼거렸다.

"그랬으면 좋겠다."

그 말을 마지막으로 일행들 사이에 깊은 침묵이 내려앉았다. 유상아가 타이밍 좋게 음악을 틀었다. 빗소리처럼 떨어지는 반주. 일행들은 서로의 얼굴을 바라보지 않았다. 지금 그들이 지킬 수 있는 유일한 예의였다.

한수영은 그 무거운 다정함 속에서 자신의 노트북 안에 담겨 있을 소설을 생각했다.

마지막 편이 없는 이야기. 이제 그 누구도, 그 소설의 결말은 알지 못할 것이다. 하지만 때로 이 세상에는 그런 이야기도 필요한 것이 아닐까.

"우리…… 다시 한집에서 살면 어때요?"

누군가의 목소리에 일행들이 고개를 들었다.

마침내 한수영도 깨닫고 있었다.

「이것이 김독자가 그들에게 준 이야기였다.」

일행들은 일상을 되찾았고, 유중혁은 돌아왔다.

〈김독자 컴퍼니〉의 모험은 여기까지다.

그들이 사랑했던 사람이 보고 싶어하던 결말은 비로소 완성되었다.

한수영은 불현듯 유중혁 쪽을 돌아보았다.

"그래서, 네 ■■은 뭔지 알았냐?"

"아직. 하지만 이젠 꼭 그걸 알지 못해도 상관없다는 생각이……."

기묘한 감각이 엄습한 것은 그때였다.

어디선가 츠츠츳, 하는 소리가 들렸다.

「…………………..」

희미한 노래처럼 귓가에 어른거리는 소리. 유상아가 스피커를 끄는 순간, 앞 좌석에 앉아 있던 비유의 모습이 바뀌었다.

[바앗?]

비유가 커다란 솜털 인형으로 변신해 있었다. 있을 수 없는 일이었다. 분명 차에 탑승하기 전, 비유는 시스템 소멸로 인해 변신 기능이 마비되었다고 말했기 때문이다.

"어?"

허공에서 들려오는 말들이 점점 더 명료해졌다. 틀림없이 설화가 이야기하는 소리였다.

"뭐야. 시스템은 부서졌을 텐데?"

한수영이 유중혁을 바라보았다.

유중혁 또한 똑같은 눈으로 그녀를 보고 있었다.

[설화, '왕이 없는 세계의 왕'이 다시 이야기를 시작합니다.]

차창 밖의 하늘로, 눈부신 활자들이 무리 지어 흘러가고 있었다.

그들이 잘 아는 설화였다.

"유상아!"

유상아가 액셀을 강하게 밟았다.

한수영은 걸려온 전화를 받았다. 아일렌이었다.

—수영 씨! 지금……!

주변 잡음 때문에 소리가 제대로 들리지 않았다.

[설화, '예상표절'이 다시 이야기를 시작합니다.]

시스템 소멸과 함께 자취를 감추었던 설화들이 꼬리에 꼬리를 물고 어디론가 흘러가고 있었다. 모두 이미 오래전에 끝난 이야기였다.

「작가가 멈춘 이야기는 정말로 끝난 것일까.」

한수영은 허공을 떠다니는 활자를 올려다보았다.

개별적으로 존재할 때는 의미를 지니지 못했던 활자들. 그런 활자들이 하나둘 짝을 찾아 이어지고 있었다.

"끊어진 필름 이론?"

공단 내로 진입한 리무진에서 일행들이 동시에 내려 달리기 시작했다. 그들이 쌓아온 설화들. 그들이 이야기해온 설화들이 곁을 스치고 있었다.

이 이야기의 결말을 아는 사람은 아무도 없다.

아무리 그들이 노력해도 '김독자'는 돌아오지 않는다. 99퍼센트의 김독자를 만들어도, 채울 수 없는 1퍼센트는 늘 존재한다.

그런데 세상에 단 한 사람, 그 마지막 1퍼센트를 채울 수 있는 존재가 있다면 어떨까.

저 먼 우주의 무의식으로 흩어진 활자들을 가진 존재.

"수영 씨! 저쪽!"

멀리 이설화의 병원이 보였다. 유유히 흘러가는 설화들이 그들을 안내했다. 설화들이 그들이 아는 병동으로 모여들고 있었다.

[거대 설화, '마계의 봄'이 다시 이야기를 시작합니다.]

한수영은 생각했다.

작가가 쓰지 않으면, 이야기의 결말은 만들어지지 않는다.

[거대 설화, '신화를 삼킨 성화'가 다시 이야기를 시작합니다.]

하지만 그렇다고 해서, 읽는 이들이 정말 그 이야기의 결말을 상상하지 못할까. 한수영은 굳게 입술을 깨물었다. 그녀의 손에서 만들어진 이야기. 그 이야기의 끝에서, 그녀가 모르는 이야기가 이어지고 있었다.

「만약, 누군가의 상상이 작가의 문장을 앞지르는 순간이 온다면.」

아직 스킬과 성흔이 제대로 돌아오지 않았기에, 한수영은 금세 숨을 헐떡였다. 유중혁이 곁을 보조하며 달렸다. 뒤늦이 계단을 오르다 신유승이 넘어졌다. 일행들이 재빨리 손을 뻗어 일으켰다.

[거대 설화, '빛과 어둠의 계절'이 다시 이야기를 시작합니다.]

[거대 설화, '잊혀진 것들의 해방자'가 다시 이야기를 시작합니다.]

그들이 쌓아온 거대 설화가 하나씩 돌아오고 있었다.

이름 붙여지지 않았던 〈김독자 컴퍼니〉의 마지막 설화가 감히 이름 붙일 수 없는 감정을 노래하고 있었다.

오래전 분리된 이들이 다시 하나가 되기를 원하는 마음.

누군가를 대신해서 슬퍼하고, 기뻐하고, 분노하고, 절망하는 것.

그리하여 마침내 다른 이가 되어주고자 하는 것.

누군가가 그들의 이야기에 공감해주고 있었다. 차오르는 숨 속에서, 한수영은 생각하고 또 생각했다.

「이 이야기가 너를 살릴 수만 있다면.」

네가 조금의 기억이라도 되찾아, 우리를 다시 한번 기억해준다면.

"저기예요!"

나는 언제까지고 영원히, 너를 위한 종장을 쓰겠다고.

숨을 헐떡거리며 도착한 병실 앞. 지난 사 년간 매일같이 방문한 바로 그 방 앞에, 마침내 한수영은 섰다.

한발 늦게 계단참을 뛰어 올라온 일행들이 그녀를 보고 있었다. 한수영은 그들을 보며, 미처 쓰지 못했던 결말의 마지막 문단을 떠올렸다.

「멸망한 세계에서 살아남는 세 가지 방법이 있다.」

정희원이 외치는 소리가 들렸다.

"한수영!"

뒤늦게 소식을 들은 일행들. 함께 동해에 가지 못한 동료들이 달려오는 모습이 창밖으로 보였다.

「이제 몇 개는 잊어버렸다. 그러나 한 가지는 확실하다.」

떨리는 한수영의 손이 문고리를 잡았다.

두려웠다. 만약 이 너머에 아무것도 없다면 어떨까.

그저 이 모든 것이 달콤한 허구에 지나지 않는다면.

곁을 돌아보자 유중혁이 고개를 끄덕였다.

「그것은 지금 이 글을 읽는 당신이 살아남을 거란 사실이다.」

이 너머에서 무엇이 그들을 기다리고 있든, 이제 그들은 그것을 볼 준비가 되었다.

삐걱거리며 열리는 문. 활짝 열린 창밖에서 희미한 별이 들어오고 있었다. 그녀가 밤새 수정하던 원고들이 바람에 흩날렸다. 눈부시게 흩어지는 활자들.

미처 완성하지 못한 이야기가 그곳에 있었다.

지금이 아니라도 언젠가는 반드시 쓰고 싶었던 문장. 그 문장을 생각하며, 한수영은 바보처럼 웃었다.

「이것은, 단 한 사람의 독자를 위한 이야기이다.」

[《전지적 독자 시점》 완결]

작가 후기

그럴 줄 알았어. 또 후기부터 볼 줄 알았다고.

'환생자들의 섬'에서도 말했잖아. 너라면 이럴 줄 알았다니까.

뭐? 이번엔 처음부터 읽었다고? 보나 마나 거짓말이겠지만, 정말 그렇다면 나로서는 조금 기쁠 것 같은걸.

네가 이 후기를 읽고 있다면, 아마 단행본이 발간되었다는 뜻이겠지.

이 단행본 원고는 사실 클라우드에 업로드할 생각이 아니었어. 우리 계획대로라면 원고는 연재본 하나로도 충분하니까.

네가 기억할지는 모르겠지만, 이 원고의 일부 내용은 우리가 살았던 그 시절의 또 다른 버전, 혹은 누락된 버전이야. 모두가 지닌 「김독자 컴퍼니」라는 설화의 내용이 조금씩 달라서 그런지, 가끔 원고를 작성하다가 의견 충돌이 있었거든.

뭐…… 당연한 일이겠지. 기억이란 늘 그런 식이니까.

누구 기억이 맞네, 틀리네, 이게 빠졌네…… 그렇게 이야기를 나누다 보니 서로 설득되기도 하고, 의견이 갈리는 기억에 관해서는 투표도 했어. 그런데 투표를 통해 어느 쪽으로 정했다고 해서, 다른 한쪽 설화를 내다 버릴 수는 없잖아?

이 단행본에는 일행들 사이에서 득표를 덜 받은 '설화' 일부가 함께 수록되어 있어.

연재본이랑 단행본 중 어느 쪽이 진■ 있었던 설화냐고? 이젠 나도 잘 모르겠어. 그만큼 이야기를 많이 나눴거든. 이제 와서 그게 뭐가 중요하겠어. 어떤 기억이 ■실이라고 해서, 다른 기억이 반드시 거짓이어야만 할까. 이 이야기가 진실이든 아니든, 너와 나, 아니면 일행들이 함께 나눴던, 우리가 살고 떠들■던 이야기일 텐데.

그러니 나는 다만 네가 이 이야기를 ■■있게 읽어주면 좋겠어.

너는 내가 아는 가장 훌륭한 독자니까.

■■■

■■까지 쓰고 보니 기분이 이상하네. 혹시 몰라 원고를 남겨■긴 하지만, 사실 내 후기가 너■게 도착■는 일은 없을 거야. 말하■면 이건 네게 도착■지 못할 편지인 셈이지.

■, 네가 [전■적 ■자 시점]이라도 발동해서 읽는다면 모를까.

그럼에도 불■하고, 만약 네게 이 이■기가 전달■다면, 그건 아마 ■■■ ■ ■■ 심각■ ■제■ ■겼■■ ■■■■. ■■■■■■■■■■■■■■■■■■■■■■■■■■……■■■■■■■■■■■■■■■■■■■■■■■■■■■■■■■■■■■……■■■■■■■■■■■■■■……■■■■■■■■■■■■■■■■■■■■■■■■■■■■■■■■■■■■■김■자■■■■■■■■■■■■■■……■■■

■■■■■■■■■■■■……

도와■

OMNISCIENT READER'S VIEWPOINT

《전지적 독자 시점》 외전

Apocrypha

아포칼립스

밤마다 무수한 별이 떨어진다.

떨어지는 모든 별이 성좌는 아니었다. 대부분은 별처럼 보이는 혹성, 어쩌면 그조차 되지 못한 별 찌꺼기들이었다.

하지만 유중혁은 인내심을 가지고 유성의 비를 응시했다.

혹시나 저 많은 조각 중 그가 미처 보지 못하고 놓친 단 한 조각이 있지는 않을까.

"방금."

[아냐, 아니었어.]

비유가 설레설레 고개를 내저었다. 하지만 유중혁은 단호한 목소리로 덧붙였다.

"아니, 틀림없다."

그저 한순간의 별빛이었다. 터무니없이 희미한 빛살. 그 빛살을 머금은 채 쏟아지던 한 줄기 유성.

[아니라니까, 대장.]

작은 우주선 안에 두둥실 뜬 비유는 한숨을 푹 내쉬며 말했다.

[아저씨 기척은 나도 잘 알아. 방금 그건 아냐.]

두 존재가 함께 우주를 유영한 지도 벌써 오랜 시간이 흘렀다.

비유는 빛을 잃은 유중혁의 눈동자를 바라보며 생각했다. 어떤 시간은 인간을 미치게 만든다.

"내가 맞다."

아니지. 애초에 단 하나의 별을 찾아다니는 인간이 제정신일 리가 있나.

"그놈이다."

텅 빈 우주에 너무 오래 있었던 까닭일까. 언젠가부터 유중혁은 자주 환각과 환청에 시달렸다. 오래된 설화들이 오류를 일으켰고, 시간은 영혼의 오염을 가속했다.

한수영의 소설을 읽지 않고서는 버틸 수 없는 시간들. 잦아드는 별빛 같은 이야기에 의존해 버티며 유중혁은 여기까지 왔다.

[대장.]

이제 여행을 그만둬야 한다는 것을 비유도 알고 있었다. 시스템의 힘은 약해지고 있었고, 한수영의 원고를 전송하던 [클라우드 시스템]은 자주 오류를 일으켰다. 원고를 전송할 세계선을 찾는 것도 쉽지 않았다.

"비유, 이번이 마지막이다."

비유는 그 말에 흔들렸다.

마지막.

[아저씨 아니면 바로 그만두는 거야. 알았지?]

유중혁이 고개를 끄덕이자, 비유는 우주선을 움직여 사라진 유성우를 좇아갔다.

흩어지는 우주의 빛무리가 콕피트를 따라 흘렀고, 얼마 지나지 않아 유중혁이 가리킨 유성의 꼬리가 나타났다.

"저기다."

우주선이 추적 궤도에 진입했다.

비유가 작게 입을 벌렸다.

놀랍게도 그건 '정말로' 김독자의 파편처럼 보였다.

[뭐야, 진짜가? 아직 환생하지 않은 아저씨 파편 같은—]

거기까지 말한 순간 우주선이 흔들렸다. 무언가 말캉한 벽 같은 것에 부딪힌 느낌. 사위가 흔들리고, 눈앞에서 광활한 빛이 퍼졌다.

【너 희 는 이 곳 에 입 장 할 수 없 다】

아주 먼 곳에서 들려오는 끔찍한 진언이 뇌리를 꿰뚫었다. 부왕의 진언이었다.

차원계를 담당하는 위대한 외신이 그들에게 경고하고 있었다. 그들은 이 '벽'을 넘을 수 없다고.

[무슨 소리야. 우린 '최후의 벽'도 넘었어. 우리가 넘을 수 없는 벽이 있을 리 없잖아.]

하지만 우주선은 늪에라도 빠진 것처럼 옴짝달싹하지 않았다.

유중혁이 우주선의 콕피트를 열어젖힌 것은 그때였다.

[대장?]

한순간의 일이었다. 유중혁의 흑천마도에 웅혼한 [파천검도]의 강기가 도사렸다.

영혼을 다해 휘두른 일격.

유중혁의 검격이 벽의 표면을 때렸다. 그리고 놀랍게도 벽에 아주 작은 틈새가 생겼다.

[잠깐만! 멈춰!]

비유가 다급히 손을 내밀었으나, 짧은 비유의 팔은 유중혁에게 닿지 못했다.

사위가 휘몰아치는 느낌과 동시에, 유중혁의 화신체는 강력한 중력에 이끌렸다. 차원이 찢어지며 몸이 엉망진창으로 패대기쳐졌다.

온몸의 뼈마디가 부러진 것처럼 아팠다. 간신히 숨이 붙어 있긴 했지만 손 하나 까딱하는 것조차 힘들었다.

천천히 몸을 일으키며, 유중혁은 의식을 잃기 직전 벌어진 일들을 복기했다.

벽의 틈새를 비집고, 달아나는 김독자 파편을 향해 손을 뻗던 기억이 떠올랐다. 파편의 끝에 닿았다고 생각한 순간, 부왕의 진언을 들었던 것도 생각났다.

【모 든 것 은 이 미 적 혀 있 고 동 시 에 적 히 고 있 다】

"어디냐…… 비유."

차가운 벽에 몸을 기대어 서자 주변의 풍경이 눈에 들어왔다.

비현실적으로 환한 한낮의 태양.

익숙한 양식의 건축물들.

벽면에는 누군가 휘갈긴 그래피티가 번져 있었고, 주인이 불을 끄는 것을 깜빡한 듯 낡은 네온사인이 불빛을 내뿜고 있었다.

골목길 사이로 그를 흘끔거리며 지나가는 사람들이 보였다.

현기증과 함께 오래된 기억이 불쑥 떠올랐다.

「"오바버니."」

그를 부르는 미아의 목소리. 부모도 친척도 없는 그에게 한없이 차갑고 냉혹했던 세계. 시나리오도, 도깨비도, 성좌도 없는 유년의 기억. 유중혁은 왜 갑자기 이 기억이 떠오르는 것인지 알 수 없었다.

아마도 이 골목길이, 이 풍경의 느낌이 그가 살았던 유년의 한 장면과 닮았기 때문일까.

서서히 호흡이 버거워졌다. 불편한 기억들이 그의 머릿속을 하염없이 부유했다.

"아저씨. 괜찮아요?"

언제부터였을까.

한낮의 네온사인처럼 불편한 이질감을 가진 존재가 눈앞에 서 있었다.

"어디 아파요?"

이제 막 열 살이나 되었을 법한 자그마한 소녀.

유중혁은 묘한 기시감이 느껴지는 소녀의 얼굴을 물끄러미 들여다보았다. 그러자 소녀도 유중혁을 올려다보았다. 그 시선의 교환에서 무언가를 느꼈는지, 소녀는 주머니에서 뭔가를 꺼냈다.

"이거 먹을래요?"

유중혁은 멍청한 얼굴로 소녀가 내민 초콜릿을 내려다보았다. 행색을 보고서 그를 거지라고 오해한 걸까.

난 이런 건 먹지 않는다고 말하려는 순간— 멀리서 누군가가 소녀를 불렀다.

"아가씨! 그쪽으로 가시면 안 됩니다!"

"어, 갈게."

아직 시나리오가 시작되지 않은 세계.

멀어지는 소녀의 뒷모습을 보며, 유중혁은 이 모든 게 그가 만든 지독한 꿈이 아닐까 생각했다.

세계선에 진입한 지 반나절이 지났을 무렵, 유중혁은 이 세계선에 대한 전반적인 정보를 알아냈다.

하나, 이 세계는 '시나리오'가 시작되기 전의 '지구'다.

골목에서 시비를 거는 양아치 두엇을 두들겨 패고 심문한 결과, 이 세계선은 분명 그가 기억하는 8612 행성이 틀림없었다.

둘, 이 세계에는 '시스템'의 힘이 희미하지만 작동한다.

시나리오의 기척은 느껴지지 않았지만, 시스템의 힘이 전무한 것은 아니었다.

그 증거가 바로 간헐적으로 들려오는 비유의 목소리였다.

—대장, 들려?

시스템이 아예 차단된 세계라면 이런 통신 메시지도 차단되었어야 했다.

—거긴 특수한 개연성으로 보호받고 있어. 대장 능력이 온전히 발휘되긴 힘들어.

유중혁도 느끼고 있었다. 이 행성에 진입하는 순간, 그가 초월좌로서 각성했던 모든 능력은 철저하게 봉인되었다. 설화의 힘도 사용할 수 없었다.

아마도 이 세계가 그의 무력을 허락하지 않는다는 증거일 터.

문제는 그뿐만이 아니었다.

퉁.

유중혁은 자신의 눈앞에 드리워진 투명한 장막을 두들겼다.

"아무래도 갇힌 것 같군."

좌, 우, 앞, 뒤— 어느 쪽 방향으로 걸어가든 마찬가지였다. 어디로 걸어가든 2킬로미터 정도를 걸어가는 순간, 유중혁은 이 투명한 장벽과 마주쳤다. 그가 할 수 있는 것은 채집통 안의 곤충처럼 그저 같은 자리를 맴도는 것뿐.

—부술 수 있겠어?

"지금 능력으론 힘들다."

이 벽은 오직 그만을 통제하고 있었다. 주변을 오가는 인파들이 아무 제약 없이 벽을 지나치는 게 그 증거였다.

—조금만 기다려봐. 내가 어떻게든 꺼내줄게. 여기 있는 설화 장벽만 해석하면…….

비유의 목소리는 그게 마지막이었다.

"비유?"

몇 번이고 다시 비유를 불러보았지만, 돌아오는 대답은 없었다.

뉘엿뉘엿 저무는 노을을 보며 유중혁이 중얼거렸다.

"곤란하군."

슬슬 배가 고파오고 있었다.

초월경에 이른 이후부터는 설화의 순환을 통해 배고픔을 억제하는 게 가능했지만, 여기서는 그마저도 불가능했다.

'위기인가.'

사냥할 것이라도 있으면 좋았겠지만, 시나리오가 없는 세계에 괴수종 따위가 있을 턱이 없었다.

그렇다고 아무 편의점에나 들어가 취식 행위를 하자니 그것도 문제였다. 화폐가 없는 것은 둘째 치고, 그의 화신체는 '자신이 만든 음식'이 아니면 탈이 나는 특징이 있었기 때문이다.

졸지에 도시 한가운데서 아사하게 생긴 그에게 누군가 말을 걸어왔다.

"저……."

심지어 한 사람이 아니었다.

"혹시 번호 좀 알 수 있을까요?"

"난 핸드폰이 없다."

"에이, 그러지 말고."

살갑게 번호를 물어오는 사람들을 보며, 유중혁은 오래전 이지혜와 나누었던 대화를 떠올렸다.

「"시나리오가 시작되기 전에 굶으면서 살았다고? 진짜?"」

「"그래."」

「"아니, 왜? 사부는 그냥 나가서 가만히 앉아 있기만 해도 누가 먹이고 입혀 줄 거 같은데?"」

그때 그는 무어라 대답했던가.

세상이 그렇게 녹록한 줄 아느냐며 이지혜를 꾸짖었던가.

"이거 주면 번호 줄래요?"

눈앞의 여성이 내민 쿠키를 보며, 유중혁은 인상을 찌푸렸다.

"난 남이 만든 건 먹지 않는다."

묘령의 여성들은 유중혁의 반응이 재미있었는지 자기들끼리 깔깔 웃고는 금세 멀어졌다.

유중혁은 어쩐지 허탈한 심경으로 손에 놓인 쿠키를 내려다보았다.

'이렇게 쉽게 식사를 해결할 수 있었나.'

그럼 그가 어릴 적 겪었던 불행들은 대체 뭐란 말인가.

어쩌면 그의 모든 불행은 망할 한수영이 그의 과거를 멋대로 설정하면서 일어난 불상사는 아니었을까?

"빌어먹을."

손안에서 부서진 쿠키가 바닥으로 흘러내렸다.

허기가 점점 강해졌다.

어떻게 하루이틀은 버티겠지만, 이대로 비유가 도와주지 않는다면 거리에서 꼼짝없이 굶어 죽게 될 판이었다.

열량이 필요했다. 근육을 유지하고, 호흡을 거듭할 수 있는 에너지가, 그가 직접 만든 요리가 필요했다. 그 요리를 적법하게 만들기 위한 장소를, 어떻게든 이 2킬로미터의 세계 안에서 찾아내야 했다.

그리하여 유중혁은,

—입주 도우미 구함.

마침내 그 전단지를 보게 되었다.

"면접 보러 오셨다고요?"

후줄근한 복장. [클린 바디]를 사용할 수 없었기에 씻지도 못한 얼굴로, 유중혁은 용케 면접관을 만났다. 면접관은 깔끔한 세미 정장을 입은 비서였다.

응접실에 앉은 유중혁은 침착한 눈길로 집 안을 훑어보았다. 테이블 위에 놓인 재떨이부터 벽면에 걸린 그림까지, 한눈에 봐도 값진 물건들이었다.

유중혁은 그런 부잣집의 응접실에 앉아 입주 도우미 면접을 보고 있었다. 김독자가 들었다면 두고두고 놀릴 일이었다.

"음. 그러니까 성함이……."

유중혁은 자신의 이름을 말하려 했다. 그런데 왜일까. 입술이 움직이지 않았다. 마치 거대한 의지 같은 것이 그의 혀를 통제하는 듯했다.

「이 세계가 '유중혁'이라는 이름을 배제하고 있는 느낌.」

마치 그 이름은 아직 이 세계에 태어나지 않았다는 듯, 혹은 존재해서는 안 된다는 듯이.

유중혁은 잠시 고민하다가 말했다.

"유준현이다."

"준현 씨."

비서는 고개를 끄덕이며 유중혁의 복색을 살피더니, 다음과 같이 물었다.

"어쩌죠? 입주 도우미는 여성분만 구하고 있는데."

유중혁은 인상을 찌푸렸다.

어차피 그렇게 말할 거라면 대체 왜 응접실로 안내한 건가.

"하지만 시설 관리팀이라면 지원하실 수 있어요. 최근 한 명이 비었거든요."

확실히 이렇게 큰 집이라면 그런 일손도 필요하겠다 싶었다.

"시설 관리팀은 주방을 이용할 수 있나?"

"음, 아뇨. 시설팀은 정원이나 경비 쪽만 신경 써주시면……."

"나는 입주 도우미가 되고 싶다."

비서가 곤란한 표정을 지었다.

사실 힘들 거라는 걸 어느 정도 예감은 하고 있었다. 부잣집에서 입주 도우미를 구하는데 출신이 불분명한 성인 남성을 선택할 리 없지 않은가.

그럼에도 유중혁은 포기하지 않았다. 적어도 김독자의 파편이 왜 이곳에 온 것인지를 알아내기 전까지는 포기할 수 없었다.

잠시 생각하던 유중혁은 이렇게 말했다.

"나는 여성 전용 무공을 사용할 수 있다."

비서는 그게 무슨 말인가 잠시 생각하는 듯하더니, 자택 경비원들에게 눈짓을 보냈다.

"지금 보여주겠다."

"혹시 신분증을 좀 확인할 수 있을까요?"

유중혁은 벌떡 일어서서 [파천검도]를 펼치기 시작했다. 물론 검이 없었기에, 그의 무공은 온전히 권형으로만 표현되었다.

허공을 가르는 주먹질에 깜짝 놀란 비서가 한 발짝 물러난 순간, 누군가가 응접실 문을 열고 들어왔다.

"뭐야? 우리 태권도 사범님도 뽑아요?"

"아가씨."

비서가 반색하며 손을 흔들었다.

"누구세요?"

망설임 없이 다가온 아이가 묻자, 비서가 유중혁을 소개했다. 아이가 고개를 끄덕였다.

“아하, 새로 온 삼촌이구나?”

유중혁은 아이가 누구인지 알아보았다. 아이는 며칠 전, 이 세계에 처음 들어왔을 때 그에게 초콜릿을 준 여자아이였다.

자그만 손을 내민 아이가, 어쩐지 음침하게 웃으며 말했다.

“난 한수영이에요.”

유중혁은 그런 아이를 잠시 내려다보다가 마주 손을 내밀었다.

“유준현이다.”

“요리할 줄 알아요?”

유중혁은 고개를 끄덕였다.

“라면 하나 끓여주세요.”

유중혁은 군말 없이 냄비 앞에 섰다. 짧게 숨을 고르며 스토브를 켜자, 깊은 열기가 냄비 바닥을 간질이며 거세게 피어올랐다.

타다다닥!

어슷썰기로 손질한 대파를 올리브유와 함께 냄비에 투하한 후, 냄비를 웍처럼 움직이며 재료를 골고루 익혔다. 이내 자글자글한 파기름 냄새가 허공에 달착지근하게 퍼지기 시작했다.

정량을 지킨 물이 끓자, 유중혁은 라면 봉지를 뜯었다. 분말 스프의 향이 공기 중에 부드럽게 퍼지고, 면이 천천히 물속으로 잠겼다.

명검을 담금질하는 장인처럼, 유중혁은 몇 번이나 면발을 공기 중에 풀어내며 온도를 조절했다.

“호오.”

모두가 조리 과정에서 눈을 떼지 못하는 가운데, 유중혁의 젓가락이 움직였다. 면발 하나하나의 찰기를 점검하는 듯 정확한 손길.

탱탱한 면발 위로 코팅되듯 노른자가 흐르자, 준비된 그릇이 수줍게 얼굴을 내밀었다.

라면이 완성되었다.

"먹어라."

한수영은 자신 앞에 놓인 라면을 멍하니 내려다보다가 젓가락을 들었다. 말없이 울려 퍼지는 후루룩 소리.

이내 국물까지 한 그릇을 깨끗하게 비운 한수영이 감탄한 표정으로 물었다.

"청소도 잘해요?"

유중혁은 대답 대신 화장실에 비치된 솔을 들고 청소를 시작했다. 응접실이 제법 넓긴 했지만, 〈제1 무림〉에 있던 시절 허구한 날 쓸고 닦던 파천검문의 연무장 크기에 비하면 아무것도 아니었다.

그로부터 십 분 뒤, 광이 날 정도로 반짝거리는 응접실을 확인한 한수영이 비서에게 말했다.

"합격."

모르긴 몰라도, 분명 김독자가 있었다면 이렇게 꼬투리를 잡았을 것이다.

「"뭔가 이상한데. 아무리 생각해도 이런 부잣집에서 널 고용할 리가 없잖아. 성인 남자에, 신분증도 없고, 이상한 무술까지 쓰는데. 이게 무슨 『냉혹 미남 가정부를 주웠다』 도 아니고."」

몹시 불쾌하지만 유중혁 역시 동의하는 바였다.

본인이 먹을 식사 외에 만들어야 하는 요리가 하필 한수영의 식사가 된다는 것이 영 못마땅하긴 했지만, 지금은 찬물 더운물 가릴 처지가 아니었다.

누구 밥을 만들든, 여기서는 먹고 살아남는 게 최우선이었으니까.

유중혁은 집 안 곳곳을 천천히 살피며 물었다.

"부모님은 없나?"

"저 혼자 살아요."

언젠가 한수영에게 어린 시절의 이야기를 들은 적이 있었다.

딱히 듣고 싶어서 들은 건 아니고, 시나리오 이전 시절 이야기가 나와서 일행들끼리 주절주절 떠드는 걸 우연히 엿들었을 뿐이다.

「"시나리오 이전이라…… 다들 내가 작가였다는 건 알 거고. 그보다 더 어린 시절 얘기가 궁금한 거야?"」

한수영은 피식 웃더니 이렇게 덧붙였다.

「"그냥 혼자 컸어."」

혼자 컸다. 한수영의 그 말을 처음 들었을 때, 유중혁은 비웃었다. '혼자 컸다'라니. 진짜로 혼자라는 게 뭔지도 모르면서 잘도 그런 소릴 지껄인다고 생각했다.

그런데 막상 이곳에 와보니, 한수영의 그 말이 아주 틀린 이야기는 아니었다.

다음 날 자기 몸통만 한 책가방을 걸친 한수영은 유중혁을 향해 또랑또랑한 목소리로 말했다.

"나 학교 갔다 올게요. 혹시 귀중품 훔쳐서 도망갈 생각이면 서재에 있는 책상 맨 아래 서랍부터 뒤져봐요."

"그딴 생각은 안 한다."

한수영이 사라진 후, 유중혁은 집안일을 시작했다. 과연 부잣집이라 그런지 최첨단 가전제품들이 비치되어 있었다. 제품들을 하나하나 관찰하던 유중혁은 조용히 설거지를 하고(유중혁은 식기세척기를 믿지 않았다), 집 안의 모든 방을 쓸고 닦았으며(청소기도 믿지 않았다), 빨래의 태그를 하나하나 확인한 후 손빨래를 했다(물론 세탁기도 믿지 않았다).

모든 집안일을 끝내고서 남는 시간에는 혼자 먹을 요리를 만들고, 혹시나 힘이 돌아올까 싶어 혼자서 [백보신권]을 연습했다.

그렇게 정권 지르기를 일만 번쯤 반복했을 무렵, 한수영이 귀가했다.

"아직 안 도망갔네?"

"실망한 건가."

"조금?"

어린 한수영이 종일 하는 것은 자신의 방에 틀어박혀서 책을 읽거나, 볕이 잘 들지 않는 창가에 앉아 건물들 사이로 보이는 하늘을 관찰하는 게 전부였다.

처음에는 그러려니 했는데, 그 꼴을 일주일 내내 지켜보고 있으려니 유중혁도 마냥 마음이 편치는 않았다.

"운동 같은 건 안 하는 건가. 산책이라든가."

"싫어해요, 운동."

"국군 도수 체조를 알려주지."

"하나, 둘, 셋, 넷— 이거요? 전에 삼촌이 하는 거 봤어요."

한 사람이 제대로 된 유년을 보내기 위해서는 무엇이 필요한 걸까. 유중혁은 알 수 없었다.

그 역시 그게 무엇인지 알지 못한 채 자랐으니까.

물론 그런 유중혁도, 지금의 한수영에게 필요한 것이 국군 도수 체조가 아니라는 것쯤은 알 수 있었다.

"너무 집에만 있는군."

"필요한 건 집에 다 있으니까?"

"애들은 나돌아다니면서 크는 거다."

유중혁은 무심코 그 말을 하고 흠칫했다. 방금 그 말은 한수영이 이길영과 신유승을 보며 종종 하던 이야기였기 때문이다.

"그건 보통 애들 얘기고. 우리 집은 좀 특이하잖아요."

유중혁도 대강 이야기를 듣긴 했다. 심지어 비밀 누설과 관련된 이상한 계약서도 썼고, 지장도 찍었다(효과가 있을지는 모르겠지만).

한수영의 아버지는 3선 국회의원. 어머니는 배우. 그리고 한수영은 세간에 알려지지 않은 그들의 자식이었다.

"뭔가 드라마 같죠?"

"나는 드라마 같은 건 안 본다."

"그럴 것 같아요."

그게 무슨 뜻이냐고 물어보려는 순간, 한수영의 전화가 울렸다. 발신인을 확인한 한수영의 표정이 어두워졌다.

"잠시만요."

그렇게 말한 한수영은 자기 방으로 뛰어 들어가 전화를 받았다. 방문을 닫았음에도 유중혁의 귀에는 전화 내용이 고스란히 다 들렸다.

"응, 안 나갔어요. 안 나갔다니까요, 진짜."

영문은 모르겠지만 한수영을 혼내는 목소리. 대답하는 한수영의 목소리가 점점 작아졌다.

"지난번에는…… 응. 필요한 거 있으면 이모 시킬게요. 이제 삼촌도 있고. 응. 응. 알겠어요."

유중혁은 점점 작아지는 한수영의 목소리를 듣다가, 괜히 거실에 놓여 있던 청소기를 켜보았다. 신통찮게 울리는 청소기의 소음을 들으며, 유중혁이 중얼거렸다.

"형편없군."

한수영이 집 밖에 나가지 못하는 이유를 짐작했음에도, 유중혁은 어린 한수영을 딱히 달래주거나 위로하지 않았다.

어차피 이 세계의 역사는 정해져 있고, 그 과정에서 그가 개입할 수 있는 일은 거의 없었다.

오히려 잘못 개입했다가 미래를 망치게 된다면, 그것은 그것 나름대로 문제였다.

대신 유중혁은 할 수 있는 일들을 열심히 했다. 집 안을 깨끗하게 청소하고, 정원을 돌보고, 배달 온 물건들을 정리하고, 가끔 집 앞 마트에서 장을 보았다.

한수영에게 요리를 해주었다. 요리는 맛있었지만, 대부분 한수영 혼자서는 도저히 먹을 수 없는 양이었다.

"삼촌."

혼자서 8인분에 달하는 요리를 해치우는 유중혁을 보며, 한수영이 물었다.

"밥 먹으려고 취직했어요?"

"누구나 그렇지 않나."

"그렇겠죠. 근데 누구나 여덟 끼씩 필요하진 않아요."

이제 시스템의 가호도 받을 수 없는 상황. 유중혁은 높은 근육량을 유지하기 위해 어쩔 수 없이 많은 식사를 해야만 했다.

"불만이라면 내 급여에서 삭감해라."

"됐어요. 그 정도는 감당할 수 있거든요? 그보다 오늘은 뭐 이상한 짓 안 할 거예요?"

유중혁은 식사를 끝내고 설거지를 시작했다. 빠르게 그릇을 정리하는 유중혁을 보며 한수영이 어이없다는 듯 물었다.

"왜 멀쩡한 식기세척기를 안 써요?"

"그런 것에 의존하면 강해질 수 없다."

"세탁도 손으로 하는 거 같던데."

"손세탁하라고 적혀 있었다."

"세탁기 약하게 돌려도 비슷하거든요?"

“정신력이 해이하군. 멸망한 세계에도 가전제품 따위가 있을 것 같나?”

“세계도 멀쩡하고 우리 집 가전제품도 멀쩡해요. 앞으로도 그럴 거고.”

순식간에 설거지를 끝내고 싱크대의 물기까지 제거한 유중혁은 거실 중앙으로 한수영을 데려갔다.

“넌 여성체니까 [파천검도]를 배우는 게 가장 좋겠지만…… [파천검도]는 문외 제자에겐 가르치지 않는다. 대신 [백보신권]을 알려주마.”

“와, 오늘의 이상한 짓이다.”

“일단은 정권 지르기 일만 번을 해라.”

한수영은 뭔가 재밌는 사건이 벌어졌다고 생각했는지, 입으로 “슉슉” 소리를 내며 정권 지르기를 시작했다. 그렇게 백 번쯤 주먹을 내질렀을까. 팔이 아픈 듯 인상을 찌푸린 한수영이 말했다.

“꼭 일만 번 안 채워도 되죠?”

“정신 차려라. 아포칼립스가 오면 반드시 후회할 거다.”

“아포칼립스?”

“아무튼 배워두면 언젠가 다 쓸 데가 있다.”

“삼촌, 그냥 연예인 같은 거 하지 그래요? 삼촌 얼굴이면 광고만 찍으면서도 살 수 있지 않나? 엄마한테 말해줄까요?”

“얼굴 따윈 아무 쓸모 없다.”

“그 얼굴로 말하니까 설득력이 떨어지는 것 같은데.”

“새로운 세계에는 새로운 법칙이 필요한 법이다.”

“오…… 새로운 법칙?”

한수영은 그 말이 마음에 들었는지, 작고 꼬질꼬질한 수첩에 뭔가를 적기 시작했다.

“훔쳐보지 마요!”

“안 본다.”

그 삐뚤삐뚤한 메모를 보며 유중혁은 생각이 복잡해졌다.

「언젠가 한수영은 '멸살법'을 쓰게 될 것이다.」

억지로 [백보신권]을 연습하다가 소파에서 잠든 한수영을 침실로 옮기며, 유중혁은 그가 겪었던 시나리오에 관해 생각했다.

이상한 느낌을 받은 것은 그 순간이었다. 창밖으로 시선을 돌린 유중혁이 맞은편 건물의 옥상에 시선을 고정했다.

이쪽을 훔쳐보는 사내가 있었다.

사내는 유중혁과 눈이 마주치자 화들짝 놀라며 사라졌다.

한 뼘의 하늘이 그리는 스카이라인 사이로 고적한 노을이 찾아들었다. 한수영의 새근거리는 숨소리를 들으며, 유중혁은 사내가 사라진 장소를 오래도록 노려보다 생각했다.

어쩌면, 이 세계에 갇혀버린 것은 그만이 아닐지도 모른다고.

아무리 유중혁이라고 해도 모두가 맛있게 먹을 수 있는 요리를 만들 수 있는 것은 아니었다.

특히나 저 식성 까다로운 꼬맹이가 대상이라면, 더욱 그러했다.

"아, 난 이거 먹기 싫은데."

"먹어라."

유중혁이 '입주 도우미'로서 맡은 임무 중에는 한수영의 편식을 고치는 것도 포함되어 있었다.

만약 한수영의 편식을 고치지 못하면, '입주 도우미'로서 그의 자질은 의심받게 될 것이다.

그러면 하루에 여덟 끼를 만들어 먹지 못하게 되고, 여덟 끼를 먹지 못하면 비유가 그를 구하러 오기 전에 아사하게 된다.

"먹기 싫다니까?"

"먹어라."

"내가 고용주인데?"

"먹어라."

"아아, 안 먹어! 안 먹는다고!"

그랬기에, 유중혁은 유미아의 편식을 고칠 때 종종 사용하곤 했던 비장의 수법을 꺼내야만 했다.

"먹으면 원하는 걸 하나 들어주지."

"진짜요? 그럼 전에 해준 이야기 들려줘요!"

"전에 해준 얘기?"

"그 성좌인가 뭔가 나오는 얘기 있잖아요!"

"일단 다 먹어라."

지금의 한수영에게 그 이야기를 전해도 될지 유중혁은 확신할 수 없었다. 그가 이 이야기를 했다가 미래가 치명적으로 뒤틀릴 수도 있었으니까.

하지만 반대로 이렇게 생각해볼 수도 있었다.

「만약 그가 이곳에 온 것 자체가 김독자의 안배라면?」

그가 이곳에 와야만 하는 이유가 있었고, 한수영에게 전해야만 하는 이야기가 있는 것이라면.

유중혁은 이야기를 시작했다.

"심연의 흑염룡이 뭔데요?"

"심연의 흑염룡은 음험한 성좌다. 〈흑운〉이라는 성운을 가지고 있고, 자신의 화신에게 자신의 정신 나간 사상을 강요하지."

유중혁은 차분한 목소리로 이야기를 계속했다.

흥미진진한 표정으로 그의 이야기를 듣는 한수영을 보고 있노라면, 때로 그가 겪은 모든 일들이 거짓말처럼 느껴지기도 했다.

"꼭 진짜 겪은 일처럼 말하시네요."

"진짜로 겪은 일이다."

"에이."

"정말이다."

"삼촌 원래 뭐 하는 사람이었어요?"

"나는……."

그리고 전화벨이 울렸다.

한수영은 시나리오 메시지라도 받은 사람처럼 안색이 창백해지더니 전화를 받았다.

"여보세요."

그저 목소리를 듣는 것만으로 발신인을 짐작할 수 있었다.

"네, 밖에 안 나갔어요. 네……."

학교에 다녀오고, 집에 틀어박혀 책을 읽고, 유중혁과 이상한 무술(한수영의 표현이다)을 훈련하고, 유중혁을 괴롭히다가 전화를 받는 것. 그게 어린 한수영이 보내는 하루의 전부였다.

시스템의 힘이 조금씩 돌아오기 시작한 것은 그로부터 이주일 뒤. 유중혁이 한수영의 기묘한 일과에 익숙해질 무렵의 일이었다.

최근 들어 부쩍 편식이 줄어든 한수영이 말했다.

"삼촌 요리가 점점 더 느는 거 같아요."

요리뿐만이 아니었다.

얼마 전부터 그의 [백보신권]에 희미하게 마력이 실리기 시작했다.

유중혁은 본능적으로 알 수 있었다. 그가 김독자 파편을 따라 이 세계로 와야만 했던 당위— 그 당위로 인한 개연이 천천히 소멸하고 있는 것이다.

그를 이 세계에 들였던 특수한 개연이, 이제 그를 이 세계 바깥으로 내쫓을 준비를 하고 있었다.

—대장, 나갈 방법 찾았어!

기다렸던 비유의 연락도 왔다.

—내일 새벽에 다시 한번 '벽'이 열릴 거야. 내가 미리 손 써뒀으니까 그때 꼭 나와. 알겠지? 절대로 늦으면 안 돼.

등교한 한수영을 기다리며, 유중혁은 이것이 한수영과의 마지막이 되리라는 사실을 깨달았다.

한수영과 함께 보낸 시간은 고작해야 한 달 남짓. 실로 짧은 기간이었으니, 아마 어린 한수영은 자신과 함께 지낸 기간을 제대로 기억하지도 못할 것이다.

츠츠츠측.

아마도 이 세계가 그것을 허락하지 않을 테니까.

[당신은 더 이상 해당 세계선에 머무를 수 없습니다.]

어차피 기억되지도 못할 거라면, 왜 그는 하필 지금 이곳으로 와야 했던 걸까.

그 의문의 대답이 지금 현관문 너머에서 들려오고 있었다.

"삼촌."

귀갓길에 무슨 일이 있었던 것일까. 그를 올려다보던 한수영이 갑자기 이상한 소릴 했다.

"누구 납치해본 적 있어요?"

유중혁은 순간 무슨 말을 해야 할지 알 수 없었다. 니르바나의 정신공격이나, 안나 크로프트의 흉계에 당했을 때도 이런 기분은 아니었다.

"나 납치해줘요."

그의 소매를 꽉 쥔 한수영을 내려다보며, 유중혁은 줄곧 지켜왔던 중심이 흔들리는 느낌을 받았다.

그의 본능이 경고하고 있었다. 지금 이 사건은 이 세계의 개연에 크게 위배되는 일이라고.

"정신이 나갔군."

"삼촌 집에 가요."

태연하게 그 말을 내뱉는 한수영을 보며, 유중혁은 고개를 저었다.

"나는 집이 없다."

"그럼 아무 데나 멀리 가요. 심연의 흑염룡? 걔 있는 곳으로."

"그 녀석한테는 갈 수 없다. 가봤자 좋을 것도 없고."

"왜 못 가는데요."

"……."

"역시 다 거짓말이었던 거죠?"

유중혁은 대답하지 않자, 한수영의 고개가 천천히 떨어졌다. 아이의 작은 뒤통수를 내려다보며, 유중혁은 이것이 올바른 선택이라 믿었다.

소매를 붙든 한수영의 손을 조심스레 뿌리친 유중혁은 거실로 들어가 커다란 가방 하나를 꺼냈다. 가방 안에 미리 싸둔 김밥을 넣고, 여덟 끼분의 간편식을 챙겼다.

그런 유중혁의 모습을 지켜보던 한수영이 물었다.

"뭐예요?"

"가자."

"진짜요?"

"다시 한번 말하지만, 심연의 흑염룡에게 가봤자 좋은 일은 없다."

"그래도 가는 거죠?"

"그래."

이 아이도 이런 표정을 지을 줄 알았던가. 한수영이 자리에서 방방 뛰며 외쳤다.

"가요! 당장 가요!"

그런 한수영에게 떠밀리듯, 유중혁은 현관 밖으로 나섰다.

이미 해는 졌고, 날은 어둑했다. 저택을 지키는 경호원들이 출입구를 서성거리는 게 보였다. 개중에는 언젠가 맞은편 건물에서 이쪽을 감시하던 사내도 있었다.

예상대로 그 사내는 한수영을 감시하는 인원이었던 모양.

"업혀라."

한수영을 가뿐히 업은 채 가방을 거머쥔 유중혁은, 그대로 도움닫기를 거듭해 4미터가 훌쩍 넘는 담을 가볍게 뛰어넘었다.

"삼촌 도둑이었죠."

"아니다."

"솔직히 말해봐요."

유중혁은 솔직하게 말했다.

"도둑질을 한 적은 있다."

"언제요?"

"지금."

집에서 100여 미터쯤 멀어지자, 한수영이 유중혁의 등에서 폴짝 뛰어내렸다.

"나 이 시간에 밖에 나와본 거 처음이에요."

잔뜩 상기된 얼굴. 하지만 표정과는 달리, 한수영의 작은 몸은 떨리고 있었다. 한 발짝 한 발짝을 겁내는 소동물처럼 종종 걷는 걸음걸이. 유중혁은 그런 한수영이 쉽게 좇아올 수 있도록 천천히 걸었다. 어차피 빨리 걸을 필요가 없는 여행이었다.

「그의 세계는 어디로 가든 2킬로미터가 한계다.」

명백한 끝이 존재하는 여행. 그랬기에 유중혁은 짧은 길도 일부러 빙 둘러서 걸었다.

그리하여 이 작은 세계 속에서 소녀가 걷고 또 걸을 수 있도록.

"와, 여긴 처음 와 보는데."

몰래 이웃집 담을 넘기도 하고, 다른 정원의 개집을 들여다보기도 하면서. 불이 꺼진 음식점 앞을 수상하게 서성거리거나, 낡은 네온사인에서 흘러나오는 불빛을 밟고, 어둠 속 담벼락에 남겨진 낙서를 읽으면서.

"밤에 나오니까 다른 세상 같아요."

"실제로 다른 세상이다."

"그래요?"

"밤에만 활동하는 성좌들도 있으니까."

그가 이 소녀에게 들려줄 수 있는 세계는 고작해야 2킬로미터 안쪽의 세계. 그럼에도 그 세계 속에서 한수영은 환하게 웃었다.

"전에 그 얘기 또 해줘요."

"심연의 흑염룡?"

"네!"

대체 왜 그렇게 '심연의 흑염룡'을 좋아하는지 모르겠다고 생각하면서, 유중혁은 심연의 흑염룡에 관해 이야기했다.

녀석의 성흔인 [흑염]에 관해. 천성이 오만하여 화신들을 우습게 여기지만, 자신이 마음을 내준 이야기를 위해서는 목숨을 바치기도 하는 검은 용에 관해.

끝내 '묵시록의 최후룡'이 되어, 〈스타 스트림〉을 멸망시키는 재해가 되는 별에 관해, 그는 이야기했다.

이야기를 듣는 동안 한수영은 활짝 웃기도 하고, 서글픈 듯 울상을 짓기도 했다.

그렇게 얼마나 이야기를 이어갔을까. 깊은 새벽이 찾아왔다.

"그래서요? 그다음엔 어떻게 됐어요?"

"그다음엔."

유중혁은 한결 차가워진 밤공기를 느끼며 입을 열었다.

"슬슬 부모님이 걱정할 거다."

그 말에 잠시 바닥을 내려다보던 한수영이 한결 어두워진 목소리로 대답했다.

"이게 드라마라면 그렇겠죠."

"드라마라고 생각하는 것 같던데."

"진짜 드라마 같은 거 알려 줄까요?"

한수영은 그 말을 하고서 잠시 침묵을 지켰다. 고적한 어둠이 내려앉은 밤길. 흔들리는 가로등 불빛 사이로 두 사람의 길고 짧은 그림자가 비쳤다.

"사실은 학교에서 애들이랑 싸웠어요."

역시 무슨 일이 있었던 건가.

유중혁은 채근하지 않고 한수영의 이야기를 기다렸다.

"싸우다가, 우리 엄마 아빠가 누군지 얘기했어요. 절대 얘기하면 안 된다고 했는데, 홧김에 얘기해버렸어요. 아마 지금쯤 다른 애들도 다 알게 됐을 거예요."

한수영의 부모님은 그들의 신원을 철저히 비밀에 부치고 있었다.

"엄마 아빠가 화내겠죠?"

"그렇겠군."

"지금쯤 집에서도 난리 났을걸요."

"네가 납치당했으니까."

한수영은 그 대답이 재미있었는지 히죽거리며 웃었다.

"제가 사라진 건 오히려 좋아하고 있을 거예요. 엄마 아빠는 내가 영영 사라져서 돌아오지 않길 바라거든요."

"왜 그렇게 생각하지?"

"날 세상에서 지우고 싶어하는 사람들이니까."

"그게 사실이라면 정상이 아니군."

"정상적인 부모라면 삼촌 같은 사람을 입주 도우미로 쓸 리가 없잖아요."

순간 말문이 막혔다. 한수영의 말이 옳았다.

"삼촌은 엄마, 아빠 있어요?"

"있다."

"어떤 사람들이에요?"

솔직하게 말할 수도 있었다.

그는 부모의 이름도, 얼굴도 알지 못한다고.

"내 부모는."

하지만 눈을 반짝이는 한수영을 보며 유중혁은 조금 다른 이야기를 해주기로 했다.

"소설을 좋아하는 녀석이었다."

"누가 부모를 녀석이라고 불러요?"

"그 녀석은 그렇게 불러도 된다."

"패륜아."

유중혁은 이야기를 계속했다. 십 년이 넘는 세월 동안 단 하나의 소설을 쓰고, 다시 그것을 읽은 사람들의 이야기.

어린 한수영은 그 이야기를 묵묵히 듣다가 배시시 웃었다.

"나도 소설 좋아하는데."

"……."

"삼촌 부럽다."

그 목소리를 듣는 순간, 유중혁은 어떤 깨달음을 얻었다.

어쩌면, 김독자가 이 세계로 그를 끌어들인 이유는…….

"한수영."

"네?"

"아포칼립스는 온다."

언제나 했던 이야기. 지겹도록 들었던 아포칼립스 타령에 짜증을 낼 법했음에도, 한수영은 웃었다.

마치 크리스마스라도 기다리는 아이처럼 배시시 웃었다.

"빨리 왔으면 좋겠다."

그런 아이의 웃음을 보며, 유중혁은 아무 말도 할 수 없었다.

정말 그날이 오면 그들은 끔찍한 이야기를 겪게 될 것이라고, 종말 속에서 소중한 것을 잃게 될 것이라고, 말해줄 수가 없었다.

지금 이 순간 그 종말은 이 아이에게 또한 구원이었던 까닭이다.

멀리서 손전등의 불빛이 반짝인 것은 그때였다. 뒤이어 들려오는 경호원들의 외침.

"아가씨! 수영 아가씨! 어디 계십니까!"

"삼촌."

시선이 마주친 두 사람이 고개를 끄덕였다.

한수영의 작은 손이 그의 손을 붙잡았다. 조금이라도 힘을 주면 부서질 것 같은 그 작은 손을 꼭 쥔 채, 유중혁은 달리기 시작했다.

"빨리! 더 빨리 가요!"

어둠을 헤치고 달리며, 유중혁은 한수영이 살아갈 날들에 관해 생각했다.

어디선가 천둥과 함께 번개가 치기 시작했다. 누군가가 비명을 질러도 들리지 않을 날씨.

아마도 비유가 힘을 쓰고 있는 모양이었다. 흘러든 뇌광이 어둠 속에서 유중혁의 얼굴을 밝혔다. 환하게 점멸하는 시야 속에서, 유중혁은 그의 코앞까지 다가온 세계의 끝을 느꼈다.

이곳이 그와 한수영이 함께할 수 있는 이야기의 끝이었다.

그 사실을 잘 알고 있음에도, 유중혁은 생각했다.

어쩌면 넘을 수 있지 않을까. 단 한 걸음이라도 좋다. 이 비좁은 세계를 벗어나, 이야기의 바깥으로 나갈 수 있다면—

퉁.

그런 유중혁의 기대를 배반하듯 무언가가 유중혁의 앞을 막아섰다. 한없이 부드럽지만 단단한 벽. 그 벽 앞에서 유중혁은 멈추었다.

"삼촌?"

한수영이 걸음을 멈춘 유중혁을 돌아보았다. 하늘에서 추적추적 비가 내리기 시작했다. 빗속에서 황망히 앞을 바라보는 유중혁을 향해, 아이가 다시 한번 입을 열었다.

"삼촌."

천천히 고개를 든 아이가 물었다.

"역시, 아포칼립스 같은 건 안 오는 거죠?"

이미 모든 걸 다 이해한 듯한 목소리였다. 한수영은 알고 있었다. 애초부터 그가 그녀를 멀리 데려갈 생각이 없다는 것을.

그들에게 허락된 여백은 고작해야 반경 2킬로미터.

비좁은 상상력이 만든 세계 위에서, 유중혁이 할 수 있었던 것은 그저 소녀의 시선을 피하지 않는 것뿐이었다.

만약 김독자였다면 어땠을까.

그 녀석이었다면, 이 똑똑한 꼬마를 잘 속였을까. 좁은 땅을 빙빙 돌면서도, 아주 먼 곳으로 소녀를 데려가줄 수 있었을까.

김독자였다면 가능했을지도 모른다. 하지만 그는 김독자가 아니었다. 그는 작가도 독자도 아닌 등장인물. 작가가 정한 대로 말하고, 독자가 해석하는 대로 읽히는 무력한 등장인물일 뿐이었다.

"달아나요, 삼촌."

그 등장인물에게, 언젠가 작가가 될 소녀가 말하고 있었다.

"잡히면 삼촌 곤란해질 거예요. 내가 최대한 시간 끌어볼게요."

평범한 아이에겐 허락되지 않은 상상력으로, 아이는 앞으로 일어날 일에 대한 대비까지 끝마쳤다.

"삼촌. 빨리요. 지금 안 가면—"

다급하게 외치는 아이를 보며, 유중혁은 그가 알던 한수영을 떠올렸다.

「"작가의 상상력은 빈약한 거야. 아무리 새로운 걸 쓰려고 해도, 결국엔 자기가 겪은 일들의 변용일 뿐이니까."」

어쩌면 그의 유년이 그토록 불행했던 것은, 그의 삶을 대필했던 그녀의 삶이 불행했기 때문은 아닐까.

「"미안해. 내가 좋은 작가가 아니라서."」

가까워지는 손전등의 불빛. 거세게 내리치는 천둥. 아이가 소리쳤다.

빗물에 젖은 아이의 얼굴을 보며, 유중혁은 비로소 아이와 자신을 가로막은 벽 앞에 섰다.

언젠가 한수영은 스스로의 힘으로 이 세계를 벗어날 것이다.

지금의 그가 어떤 행동을 하든, 그녀의 미래는 정해져 있다. 그녀는 자신이 증오했던 세계에서 탈출해, 비로소 자유로워질 것이다.

한 사람을 위한 이야기를 쓰는 작가가 될 것이다.

"한수영."

그는 그런 작가의 손에 의해 쓰였고, 그 이야기를 살아 여기까지 왔다.

"아포칼립스는 반드시 온다."

그러니 그에게도 이 정도 권리는 있지 않을까.

ㅊㅊㅊㅊ츳!

유중혁이 쥐어짠 설화가 요동치며, 개연성의 후폭풍이 불기 시작했다. 한순간 시스템의 권능이 돌아오자, 극한까지 응축된 [파천강기]의 힘이 용솟음쳤다. 그는 하늘을 향해 [백보신권]을 내질렀다.

[당신은 세계선의 중대한 개연성을 위반하였습니다!]

어둠 속에서 환하게 터져나가는 마력의 폭풍. 뭔가가 부서지는 듯한 소리와 함께, 그의 손끝에서 맹렬하게 피어난 마력이 결계를 꿰뚫었다.

부서진 하늘 위로 승천하는 그의 마력파는 흡사 흑색의 용을 닮아 있었다.

한수영은 작게 입을 벌린 채 그 풍경을 올려다보았다.

환한 스파크와 함께 유중혁의 화신체가 빛으로 화했다.

"그러니 무슨 일이 있어도 포기하지 마라."

"삼촌?"

놀란 한수영이 주변을 돌아보았으나, 유중혁은 어디에도 보이지 않았다.

"아가씨!"

멀리서 달려온 경호원들이 그녀를 감싸듯 보호했다. 그들의 품에 안긴 한수영이 중얼거렸다.

"진짜 있었어."

"네?"

"진짜 있었다고, 흑염룡."

용이 승천한 하늘 너머로, 희미한 유성우 같은 것이 잠깐 반짝이더니 이내 사라졌다.

집으로 돌아가는 내내, 한수영은 오래도록 그 하늘을 올려다보았다.

헉, 하고 눈을 떴을 때 유중혁은 우주선의 콕피트 안에 있었다. 망연한 얼굴로 몇 번인가 눈을 끔뻑이자, 콕피트 너머로 공허한 우주의 정경이 비쳤다.

어떻게 된 거지?

잠깐 잠이라도 들었던 건가.

설마, 모두 꿈이었나?

[아니, 대장! 제정신이야? 거기서 스킬을 쓰면 어떡해! 개연성 수습하느라 얼마나 힘들었는지 알아?]

허공에서 따박따박 들려오는 비유의 잔소리를 들으며, 유중혁은 안도의 한숨을 내쉬었다.

꿈이 아니었다.

반사적으로 품속에 손을 집어넣자, 차가운 금속성의 감촉이 느껴졌다.

[내가 조금만 늦었어도…… 잠깐, 그건 뭐야? 설마 그 세계선에서 가져온 거야?]

유중혁은 자신의 손에 쥐어진 금빛 목걸이를 내려다보았다. 펜촉 모양의 정교한 펜던트. 그가 훔쳐 온 이 목걸이는 한수영이 말했던 서재의 서랍 안에 들어 있던 것이었다.

"녀석의 파편이 여기에 깃들었다."

[여기에? 아저씨가?]

"세계선에서 빠져나오면서 목걸이에 담긴 힘이 흩어지긴 했지만……."

마치 처음부터 유중혁을 그 세계에 데려가는 것이 목적이었던 것처럼, 목걸이는 세계선을 빠져나오는 순간 빛을 잃었다.

"혹시 몰라서 가져왔다. 김독자를 찾는 데 도움이 될 수도 있으니까. 그런데…… 한수영에게 새로 온 연락은 없나?"

[아까 클라우드 업데이트하면서 원고에 메시지 남긴 거 같던데?]

유중혁은 곧장 [클라우드 시스템]을 확인했다. 실제로 원고에는 한수영의 메시지가 쓰여 있었다.

「멍청아. 왜 연락이 안 돼? 원고 빨리빨리 배달 안 하냐?」

다행히, 그가 저지른 돌발 행동은 이후의 한수영에게 대단한 영향을 끼치지 않은 모양이었다.

어쩌면 당연한 일이었다. 아마 그가 떠나는 순간, 세계의 개연성이 작동하며 한수영의 기억을 지워버렸을 테니까. 혹여나 한수영이 기억하고 있더라도, 그렇게 어렸을 때의 일을 자세하게 기억하고 있을 리도 없고.

곁에서 우주선을 움직이던 비유가 물었다.

[근데 대장, 거기서 뭐 하고 지냈어? 스킬도 설화도 못 쓰는 곳이라 생존하기 힘들었을 텐데…….]

"일했다."

[일? 무슨 일?]

"청소, 빨래, 요리. 꼬마애 하나를 돌보기도 하고."

[대장이?]

"그래."

[지금 작가 특성 개화했다고 소설 쓰는 거지?]

유중혁은 쓰게 웃었다. 그딴 이야기가 소설이 될 리가 있겠냐고, 설령 소설이 되더라도 누가 그런 걸 읽겠느냐고 대답하려는 순간

['클라우드 시스템'이 갱신되었습니다.]

무슨 일인가 싶어서 살펴보니, [아이디어] 폴더에 불빛이 깜빡이고 있었다.

그새 한수영이 또 새 원고를 쓴 건가 싶어 폴더를 열자, 낯선 이름의 파일이 있었다.

『냉혹 미남 가정부를 주웠다』

유중혁은 한참이나 그 원고의 제목을 바라보다가, 천천히 고개를 돌렸다. 창밖으로 또다시 유성우가 내리고 있었다.

"돌아가자, 비유."

돌아가면 한수영에게 새로 쓰는 외전의 제목을 바꾸라고 말할 것이다.

《전지적 독자 시점》 외전, 〈아포칼립스〉 끝

OMNISCIENT READER'S VIEWPOINT

전지적 독자 시점 9

1판 1쇄 인쇄 2025년 7월 31일
1판 1쇄 발행 2025년 9월 22일

지은이 싱숑
펴낸이 박강휘
편집 박규민 박정선
디자인 윤석진
마케팅 이헌영 박유진
홍보 반재서 박상연 이수빈

발행처 김영사
주소 경기도 파주시 문발로 197(문발동) 우편번호10881
등록 1979년 5월 17일(제406-2003-036호)
주문 및 문의 전화 031)955-3200 팩스 031)955-3111
편집부 전화 02)3668-3290 팩스 02)745-4827 전자우편 literature@gimmyoung.com
비채 블로그 http://blog.naver.com/viche_books
인스타그램 @drviche @viche_editors 트위터 @vichebook
ISBN 978-89-349-6769-9 04810 978-89-349-6782-8 (세트3)
책값은 뒤표지에 있습니다.
비채는 김영사의 문학 브랜드입니다.

싱숑

작가.
대표작으로 《멸망 이후의 세계》 《전지적 독자 시점》이 있다.